Alexander Lohmann, geboren 1968 in München, studierte nach seiner Ausbildung zum Informatiker Germanistik und Geschichte und war als Redakteur bei Zeitschriften tätig. Die Lektüre des »Herrn der Ringe« weckte schon früh seine Liebe zur Fantasy. Während der 90er-Jahre war er im Fandom aktiv, z. B. als Mitherausgeber eines Fanzines. Seine Vorliebe für spannungsreiche Gegensätze setzt er am liebsten in eigenen Büchern um, wovon die »Gefährten des Zwielichts« und »Der Tag der Messer«, beredtes Zeugnis ablegen. Wenn Alexander Lohmann gerade kein Buch schreibt, arbeitet er als freier Lektor und Literaturübersetzer in Leichlingen.

Weitere Titel des Autors:

28 527 Gefährten des Zwielichts
28 532 Der Tag der Messer

Weitere Titel in Vorbereitung

Alexander Lohmann

LICHT-BRINGER

BASTEI
LÜBBE
TASCHENBUCH

BASTEI LÜBBE TASCHENBUCH
Band 28 542

1. Auflage: Juni 2010

Bastei Lübbe Taschenbuch in der Bastei Lübbe GmbH & Co. KG

Originalausgabe

Lektorat: Monika Hofko/Ruggero Leò
Titelillustration: © Jesse van Dijk
Umschlaggestaltung: Guter Punkt, München
Autorenfoto: © Linda Budinger
Satz: Urban SatzKonzept, Düsseldorf
Gesetzt aus der Baskerville
Druck und Verarbeitung: CPI – Ebner & Spiegel, Ulm
Printed in Germany
ISBN 978-3-404-28542-6

Danksagungen und Widmung

Mein Dank gilt wie immer meinen Testlesern, allen voran Linda Budinger, die den Roman von den ersten Arbeitsschritten an begleitet hat. Ferner bedanke ich mich bei Andrea Broichhausen, Marcel König und Jörg Spinger, denen ich dieses Mal besonders viel Hektik zugemutet habe. Und bei Stephan Dierlamm von dierlamm-art.com, vor allem für seine grafische Unterstützung.

Ein ganz besonderer Dank geht außerdem an Torsten Low, der mit seiner Anthologie »Lichtbringer« vorher da war und ohne dessen Zustimmung ich mir für mein Buch einen anderen Titel hätte überlegen müssen … möge dieser erste »Lichtbringer« auch noch viele zufriedene Leser finden.

Widmen will ich diesen Roman meinem Großvater Karl Gerhardts, dessen selbsterfundene Geschichten meine Kindheit begleitet haben, bevor ich noch meine eigenen ausdachte. Ihm verdanke ich meine früheste Prägung als »Geschichtenerzähler«. Und wenn in irgendeinem Winkel dieses Romans etwas zu finden sein sollte, das an Schiffbrüchige auf einer Insel und Piraten erinnert, dann weiß ich zumindest, wo ich das erste Mal von solchen Dingen gehört habe.

Leuchmadan erhielt seinen Namen von den Finstervölkern,
da er ihnen das Licht von den Sternen auf die Erde brachte.
Doch das war eine Lüge. Zwischen den Sternen ist es dunkel,
lichtlos und kalt und ohne Leben. Wir müssen es wissen.
Denn auf der Flucht vor Leuchmadan haben wir uns
aufgemacht, um in den Schatten hinter der Welt Zuflucht
zu finden – und den Ort seines Ursprungs. Dort wollen wir
Leuchmadans Wesen ergründen und unsere Heimat von
der Finsternis befreien.
Denn das Licht von den Sternen ist eine Lüge.
Mit Leuchmadan kam die Dunkelheit zu uns, und jetzt, da wir
mit der letzten Insel unverfälschten Lebens zwischen den
Sternen treiben, sehen wir auch, woher sie kommt.
Die Finsternis lebt im Abgrund jenseits der Welt, und
Leuchmadan ist ein Teil davon.
Wir haben das Licht gesucht,
aber hier werden wir es nicht finden.

Teil 1

Das verlorene Paradies

1

***Der Tag der Scherben** – Im 8. Jahr vor Gründung der Union eröffnete die Allianz der Freien Völker die Offensive gegen das Reich von Falinga mit einem folgenschweren Angriff. Gulbert, der Führer der Allianz, befahl den Einsatz der neu entwickelten Nukleonenwaffe gegen den stark befestigten Scherbenpass.*

Zunächst sprach alles für einen Erfolg. Die Bomben vernichteten nicht nur die Festungen der »Finstervölker«, sie zerschmetterten sogar die Berge rings um den Pass. Doch die Strahlung war so stark, so schwer die Verwüstung, dass die bereits in Opponua aufmarschierten Truppen die entstandene Bresche nicht wie geplant für ihren Vormarsch nutzen konnten.

Der Feldzug wurde erst im nächsten Jahr wieder aufgenommen und entwickelte sich zu einem zermürbenden Stellungskrieg, wie er entlang von Leuchmadans Zinnen von jeher üblich gewesen war. Der Einsatz der Bombe schien keinen Unterschied zu machen. Erste Anzeichen rings um den Pass, Veränderungen in der Vegetation, schrieb man der Strahlung zu.

Es sollte Jahre dauern, bis man erkannte, dass die Schäden sich immer weiter ausbreiteten. Als man bemerkte, dass mehr dahintersteckte als die Auswirkungen der Nukleonenbombe, hatte das verseuchte Land sich schon bis weit nach Bitan hinein ausgebreitet.

Aus »Geschichte der Union«, von Tendor Istarios,
Prof. Em. der politischen Akademie zu Opponua

1. Tag des Lichtmonds, im 282. Jahr
nach Gründung der Union

Der Zug rollte den Scherbenpass hinab, und vor den Fenstern des Abteils erstreckte sich, so weit das Auge reichte, eine wüste Landschaft aus gebrochenem Fels und grobem Geröll. Die hohen Berge in der Ferne gerieten immer wieder außer Sicht, verborgen hinter Hügeln von zertrümmertem Gestein, das an diesem Ort bis tief ins Mark der Erde geborsten war.

Frafa die Nachtalbe blickte hinaus, betäubt vom gleichförmigen Auf und Ab der grauen Steinhalden und dem Schlagen der eisernen Räder auf den Gleisen. Es schlug ihr bei jeder Reise aufs Gemüt, wie leblos diese Landschaft war. Der Scherbenpass trug seinen Namen zu Recht, befand sie, obwohl sie sich noch an die scharfzackigen Grate erinnerte, die einst als »die Scherben« bekannt gewesen waren.

Bei der Abfahrt in Opponua hatte sie ein Buch gekauft, zeitgenössische bitanische Lyrik, aber sie hatte keinen Zugang gefunden, und der Band lag nun schon seit Stunden aufgeschlagen auf ihrem Schoß. So ging es ihr seit Jahren mit jedem Buch, das sie in die Hand nahm: Irgendwann legte sie es ermüdet fort und nahm es nicht wieder auf.

In Vordermark, dem ersten Ort hinter dem Pass, betrat ein weiterer Fahrgast das Abteil: ein Bitaner mit vorgewölbtem Bauch, in einer dunklen Weste über dem weißen Hemd und in spitzen Stiefeln. Seine ganze Kleidung war silbern verziert, auch die Stiefel und der breitkrempige Hut. Nach einem flüchtigen Blick wandte Frafa sich wieder zum Fenster hin. In der Scheibe konnte sie das Spiegelbild des Mannes betrachten, ohne den Blick auf ihn zu richten.

Der Mensch blieb in der Türe stehen, zog umständlich sein Billett aus der Tasche, schaute zu Frafa, runzelte die Stirn, schaute auf seine Fahrkarte und dann wieder zu Frafa. Schließlich stieß er einen grunzenden Laut aus, der wohl eine Begrüßung gewesen sein mochte, und wuchtete seinen kleinen Koffer auf das Gepäcknetz ihr gegenüber. Er ließ sich auf den mittleren Platz fallen und streckte ächzend die Beine aus.

»Eine Unverschämtheit«, knurrte er, an niemand Bestimmten gewandt, »dass sie die Strecke durch den Scherbenpass gelegt haben. Die Eisenbahn hat dabei ordentlich Geld gespart, aber ich muss zweihundert Kilometer Umweg im Kolbenbus fahren, wenn ich mich nicht vergiften lassen will.«

»Es ist fast dreihundert Jahre her, seit die Bomben fielen«, antwortete Frafa. »Die Strahlung war bereits harmlos, als die Schienen verlegt wurden.«

Der Bitaner musterte sie, bis Frafa seinen Blick erwiderte. Dann sagte er: »Harmlos für finsteres Gelichter vielleicht. Darum habt ihr den Pass wohl gesprengt: damit die anständigen Menschen vergiftet werden, wenn sie über die Berge kommen.«

Frafa schenkte dem Bitaner ein feines Lächeln. »Wenn ich mich recht erinnere«, sagte sie, »haben die Bitaner diese Nukleonenwaffen gebaut und eingesetzt. Weil sie eine Bresche schlagen und in unser Land einfallen wollten.«

Der Mensch machte eine wegwerfende Handbewegung. »Augenwischerei. Ihr Finstervölker habt uns dazu gebracht. Wenn man wissen will, wer die Verantwortung trägt, sollte man schauen, wer den Gewinn einstreicht, so heißt es bei uns. Und wer hatte den Gewinn? Erst sickerte euer Gift in unseren Boden, und gleich hinterher kamen die Finstervölker und raubten unser Land. Eine Verschwörung vom Anfang bis zum Ende.«

Es summte, und der Bitaner zog einen flachen bernsteingelben Gegenstand aus seiner Westentasche. Ein Phonofor, eine tragbare Gesprächsverbindung. Der Mensch hielt sich mit der Linken das Gerät ans Ohr, während er mit der Rechten an dem Zierstein herumspielte, der die Lederschnur um seinen Hemdkragen schloss.

»Ah, Medan ... Ja, bin wieder da. Vier Stunden in diesen verfluchten Finsterzinnen ohne Empfang. Muss mir einen besseren Portalanbieter suchen ...«

Frafa seufzte und schaute wieder aus dem Fenster. Die Welt war lauter geworden, seit jeder Gossenkehrer über öffentliche Portale Zugang zum Nexus hatte. Frafa erinnerte sich an eine Zeit, als jene eigentümliche Struktur im Äther nur wenigen Magiebegabten zugänglich gewesen war – und die hatten Besseres zu tun gehabt, als Worte hindurchzuschicken und miteinander über Belanglosigkeiten zu schwatzen ...

Nun. Frafa lächelte bei der Erinnerung. *Nicht immer.*

»... zehn pro Hufe? Was glauben die, worauf sie da sitzen? Bitanische Fettweiden? Vier, und das ist schon zu viel. Eine halbe Wüste, das Land hier. Die sollen froh sein, wenn sie überhaupt einen Käufer finden!«

Draußen ging es auf die Mittagsstunde zu. Schon das wenige Licht, das seitlich an ihrer Sonnenbrille vorbeidrang, stach Frafa in die Augen. Sie schlug das Buch zu und warf es auf das Gepäcknetz. Dann schloss sie die Vorhänge.

Nur eine Minute später beendete der Bitaner sein Gespräch. Er ließ das Phon auf das Tischchen neben sich fallen, beugte sich zum Fenster und riss den Vorhang wieder auf. »So ein Pack«, knurrte er in Frafas Richtung. »Die Menschen in diesem Land sind selbst halbe Finsterlinge geworden. Muss man aufpassen wie ein bitanischer Herdenhund. Berge von Schulden haben sie. Aber sind sie dankbar, wenn ihnen jemand noch ein paar Goldlöwen für ihren wertlosen Boden gibt? Nein! Die würden ihre Wohltäter am liebsten über den Tisch ziehen, sobald man ihnen eine Hand reicht!«

Frafa biss die Zähne zusammen. Die Worte trafen sie tief, auch wenn sie seit sechshundert Jahren nicht mehr die Verantwortung für das Land trug. *Dumm.* Sie rang die Empfindung nieder und versuchte, ruhig zu bleiben.

»Verzeihung«, sagte sie zu dem bitanischen Landaufkäufer. »Könnten Sie die Vorhänge vielleicht geschlossen halten? Das Licht verursacht mir Kopfschmerzen.«

»Und?«, rief der Bitaner. »Was kann ich dafür? Gutes, ehrliches Sonnenlicht. Weiß auch nicht, warum sie heutzutage Finsterlinge zu ehrbaren Menschen in die Erste Klasse setzen. Soll die Bahngesellschaft doch einen Viehwagen hinter die Lok hängen, ohne Fenster, dann bleibt jeder für sich und alle sind zufrieden.«

Der Bitaner grinste Frafa herausfordernd an. Seine Goldzähne funkelten. Lässig hatte er die Hände am Westenschlag.

Frafa stieß die Luft zwischen den Zähnen hervor. »Sie sollten«, erwiderte sie gepresst, »Ihre Worte bedächtiger wählen. Immerhin sitzen Sie in einem Zug nach Daugazburg, in die

Hauptstadt aller Finstervölker. Da werden Ihnen womöglich Leute begegnen, die solche Grobheiten übel nehmen.«

»Na und?« Der Bitaner schob das Kinn vor. »Verklagen Sie mich doch!«

Frafa legte die Fingerspitzen aneinander und musterte ihr Gegenüber. »Sie sollten sich mehr Sorgen um diejenigen machen, die nicht die Geduld für eine Klage aufbringen.«

»Ah!«, sagte der Bitaner. »Sie wollen mir mit Ihrer Magie drohen? Da gibt es Gesetze gegen. Und anderes.«

Mit einer lockeren Bewegung öffnete er die Weste. Zwei kleine Revolver mit silberbeschlagenem Griff steckten in Halftern unter den Achseln. Der Bitaner klopfte auf die Waffe an seiner linken Seite.

»Natürlich reise ich nicht ungeschützt in die Provinz. Eine Kugel fliegt schneller als ein Zauber. Finden Sie sich damit ab, Gnädigste. Die dunklen Tage sind vorbei. Niemand fürchtet mehr die tückische Hexerei von Nachtalben. Das Zaubervolk hat sich überlebt und ist nur noch ein lästiges Ärgernis für ehrbare Leute. Wie Ungeziefer. Man wird es nicht los, aber außer dem Ekel hat man keinen großen Schaden davon.«

Frafa starrte ihn immer noch an. Hinter den dunklen Gläsern konnte er ihre Augen nicht sehen, und Frafa stellte sich vor, wie ihr Blick ihm sein selbstgefälliges Grinsen aus dem Gesicht wischen würde. Was bildete dieser Narr sich ein? Sie war Frafa, Meisterin des Lebens, und sie konnte ihm Krankheiten und zehrende Geschwulste in den Leib setzen, ohne dass man je die Spur zu ihr zurückverfolgen konnte. Was halfen ihm seine Gesetze, wenn niemand das Verbrechen sah? Und was halfen ihm seine Waffen, wenn er nicht einmal bemerkte, wie sie zauberte?

Frafa ließ ihren Geist ausgreifen, ertastete den Körper des Bitaners mit ihrer magischen Aura. Sie fühlte sein Leben, das Innere seines Leibes. Sie spürte Gold, transmetabolische Membranen ... Erschrocken zuckte sie zurück.

Ihr war übel.

Fahrig griff sie nach ihrer Handtasche, murmelte etwas Unverständliches und floh auf den Gang. Sie schlug die Tür hinter sich zu und lief einige Meter weiter, bis der Mensch sie nicht mehr sehen konnte. Dann lehnte sie die Stirn gegen die kühle Außenwand und schloss die Augen.

Alchemistische Applikationen.

Frafa klemmte die Ledertasche gegen den schmalen Sims vor sich und wischte sich die Hände an ihrem schillernden grünen Kleid ab. Sie hatte das Innere des Bitaners nur allzu deutlich wahrgenommen, den Zerfall, die Krankheit. Der Landaufkäufer mochte fünfzig Jahre alt sein, und er hatte schon sein Herz und seine Leber eingebüßt. Ärzte hatten sie durch künstliche Organe ersetzt. Frafa hatte auch gespürt, wie der Unrat in den Blutgefäßen sich in seinen Arterien festsetzte, die Venen sackartig erweiterte. Verklebte Lungenflügel, poröse Adern im Gehirn, Magengeschwüre ... Frafa fühlte sich so schmutzig, als wäre sie in einen Aussätzigen getaucht.

Oder in einen Toten.

Sie konnte nicht glauben, dass sie ernsthaft darüber nachgedacht hatte, diesen Menschen zu töten. Es waren so zerbrechliche, kurzlebige Geschöpfe, diese Menschen. Voller Krankheit, ohne dass es eines Zaubers bedurfte. Und dieser Bitaner hatte seinen Leib bereits ebenso vergiftet, wie er seine Umgebung mit Worten verschmutzte. Er war die Mühe nicht wert.

Frafa empfand Mitleid mit dem Mann, und sie schämte sich für ihre Wut und dafür, dass sie beinahe die Beherrschung verloren hatte. Vielleicht lag sogar ein Körnchen Wahrheit in seinen Worten.

Frafa erinnerte sich an die frühen Tage der Union, als es undenkbar gewesen war, dass Nachtalben und Bitaner im selben Abteil reisten. Damals hatten die menschlichen Bahngesellschaften kein Finstervolk in der Ersten Klasse geduldet. Frafa wäre unter ihresgleichen geblieben, unter Goblins und Gnomen und Vampiren in der Dritten Klasse, wo man ihr zumindest Respekt erwiesen hätte, nicht unter reichen und mächtigen Menschen, mit denen sie in den letzten Jahrhunderten viel zu oft verkehren musste.

War ihr Platz bei den Völkern, die sie jahrhundertelang regiert hatte, oder bei jenen, die an der Spitze eines Volkes standen?

Frafa blieb auf dem Gang, während der Zug durch die weite Ebene auf Daugazburg zuraste. Sie *fühlte* das Land dort draußen – ihr Land. Das schwache Leben im kargen Boden, vereinzelt etwas Vieh und ärmliche Weiler. Dörfer mit viel zu wenig Einwohnern ... *Vor achthundert Jahren waren es Städte gewesen!*

Vor achthundert Jahren, als sie Kanzlerin von Falinga gewesen war. So lange war das her, und so oft hatte sich seither alles verändert, dass selbst die Veränderung eintönig wirkte.

Die Bremsen kreischten. Wie von einer Riesenfaust gestoßen, wurde Frafa durch den Gang geschleudert. Sie streckte die Hände nach den Griffen aus, bekam jedoch keinen zu fassen, prallte gegen eine Abteiltür und fiel auf die Knie. Sie stieß sich den Kopf an der Heizungsleiste.

Die Bremsen schrillten noch immer. Frafa raffte sich wieder auf. Der Schmerz in den angeschlagenen Gliedmaßen verging, ihre Prellungen heilten binnen eines Herzschlags. Schorf löste sich von einer Platzwunde, die sie sich bei dem Sturz zugezogen hatte und die schon wieder zugewachsen war. Rufe mischten sich unter das Wimmern gequälten Metalls, und vorn aus dem Zug hörte Frafa einen lauteren, gemeinschaftlichen Aufschrei aus den besser besetzten Wagen der zweiten und dritten Klasse.

Magie zupfte am Rande ihrer Wahrnehmung, eine Aura, die nicht in diese Landschaft passen wollte. Es war Leben, ja, Leben! Leben in einer Fülle, wie sie zwischen Daugazburg und dem Scherbenpass nirgendwo zu finden sein sollte.

Frafa tastete sich verwirrt den Korridor entlang, vorbei an einem weiteren dreisitzigen Erste-Klasse-Abteil, in dem eine Menschenfrau von ihrem Sitz gerutscht war und zwischen Mann und Kind gegenüber auf dem Boden saß. Bevor der Zug hielt, stand Frafa schon am nächsten Ausgang und rüttelte an dem Griff. Das Geschrei aus den anderen Wagen schwoll an, und in der Ferne hörte sie ein Donnern, ein Dröhnen wie von einem Erdbeben.

Menschen drängten in den Gang. Frafa sah einen gut gekleideten Vampir im Hintergrund stehen, der sich mit der Hand den Hut tief ins Gesicht zog und versuchte, sich unauffällig zu verhalten. Es klickte unter ihrer Hand, und die Zugtür sprang auf. Die Menschen flohen in Panik. Frafa gab eilig den Weg frei und stieg aus.

Reisende strömten überall über die Bahngleise. Frafa erkannte weitere Alben unter ihnen, dazu Nachtmahre, Gnome und Goblins, vereinzelte Zwerge und Elfen. Der Wagen Erster Klasse hing hinten am Zug, hier liefen nur einige wenige Fahrgäste über die benachbarten Gleise. Aber rings um die Wagen davor drängten Trauben von Passagieren hinaus in die Ebene. Viele eilten an den Gleisen entlang nach hinten, so weit fort von der Lok wie möglich – die großen Schwungräder der Zugmaschine waren mit Thaumagel gefüllt, und jedes Leck, jeder Tropfen, der herausspritzte und ein lebendes Wesen traf, konnte tödlich sein.

Frafa presste sich gegen den Zug und bahnte sich einen Weg nach vorn, um zu sehen, was dort vor sich ging. Jenseits der Menschenmenge zucken Blitze, es donnerte. Rauchwolken stiegen vor dem Zug auf, ein gutes Stück entfernt, Erdbrocken spritzten in Fontänen himmelwärts. Explosionen oder Einschläge – ein Angriff!

Frafa blieb entsetzt stehen. Als sie mit dem Blick ganz unwillkürlich dem Feuer und der hochgeschleuderten Krume folgte, sah sie den fliegenden Wald – eine riesige Insel von Grün mit einem dicken Klumpen von Mutterboden und Wurzelwerk darunter, die scheinbar schwerelos weit voraus neben den Gleisen schwebte.

Auf ihren Reisen hatte Frafa die fliegenden Waldstädte der Elfen schon oft gesehen, vor allem in Bitan. Aber niemals waren sie so tief geflogen, dass ihr Schatten die Mittagssonne verdunkelte, und noch nie hatte Frafa erlebt, dass die Elfen von dort aus Ziele in der Union angriffen!

Langsam trieb der Wald an den Schienen entlang auf den Zug zu. Frafa spürte keine Magie zwischen der fliegenden Insel und dem Erdboden, und im dichten Qualm und dem aufgeschleuderten Geröll konnte sie auch keine Geschosse ausmachen. Aber es war ein Angriff, ganz unzweifelhaft. Im Schatten unter der Insel stiegen Feuersäulen auf, und das Donnern der Explosionen wurde ohrenbetäubend.

Frafa zögerte kurz, dann lief sie weiter. Je näher sie zur Spitze des Zuges kam, umso verlassener wurde es um sie. Die Fahrgäste fürchteten die Lok noch mehr als die fliegende Insel und den Feuersturm, der darunter tobte. Nur ganz wenige Neugierige, Wagemutige oder Wahnsinnige blieben zurück. Sie suchten Deckung bei den Wagen, kauerten neben dem Bahndamm oder liefen ein Stück die Schienen entlang, um das Schauspiel besser betrachten zu können. Viele von ihnen machten Bilder, während die Erde sich vor ihnen aufbäumte und Feuergarben auf sie zupflügten und Erdschollen Hunderte von Schritten emporspritzten, bis sie fast die Krume des Waldes zu berühren schienen.

Zwei Lokführer in blau-grau gestreifter Uniform kamen aus dem Führerhaus, gerade als Frafa die letzte Koppelung erreichte. Sie warfen der Albe einen kurzen Blick zu, zögerten, dann liefen sie weiter. Sie riefen den Menschen, die zu dicht bei den Gleisen verharrten, eine Warnung zu.

Am schimmernden, wuchtigen Leib der Lokomotive blieb Frafa stehen. Der gepanzerte Koloss maß fünfzehn Doppelschritt von der Führerkabine bis zur Spitze und ragte auf beiden Seiten weit über das Gleisbett hinaus. In der Mitte hatte die Lok eine Höhe von vier Doppelschritt, und die zwei halbkreisförmigen Aufbauten, unter denen sich die thaumakinetischen Schwungräder verbargen, ragten fast noch einmal so hoch darüber hinaus. Frafa berührte das Zugfahrzeug, das neben ihr stand wie eine Festung und das doch leicht zur tödlichen Bedrohung werden konnte.

Der Wald war ein gutes Stück entfernt, zwei, drei Braza, schätzte Frafa. Aber genau konnte sie es nicht sagen. Er war so gewaltig, dass sein Flug allen Gesetzen der Natur Hohn zu sprechen schien. Aus der Ferne sah sie einzelne Bäume, Urwaldriesen, die eigentlich fest im Boden verwurzelt sein sollten und ganz gewiss nicht nach Falinga gehörten!

Ein Feuerball erglühte über dem Bahndamm, erfasste alle sechs Gleisspuren zugleich. In diesem Feuerball bogen sich die Schienen, bäumten sich rotglühend auf wie Riesenschlangen und verbrannten. Der Gestank nach Rauch und nach glühendem Stahl lag in der Luft, Schutt und kleine Steine regneten vom Himmel, prasselten wie feiner Hagelschlag auf Lok und auf Wagendächer. Die Waldinsel trieb scheinbar schwerelos über dem Inferno, kam näher wie vom Wind getragen.

Frafa musste sie aufhalten!

Sie streckte die Sinne aus, spürte das Leben der Bäume, tastete, wie die Wurzeln sich im fliegenden Erdreich verbanden, wie sie Kraft und Macht leiteten ...

Ein neues Geräusch riss sie aus ihrer Versenkung. Ein Brausen in der Luft.

Erst jetzt wurde Frafa bewusst, dass die hämmernden Einschläge verstummt waren. Das Land vor dem Zug brannte, in tausend kleinen Feuern, die in dem spärlichen Bewuchs kaum Nahrung fanden und zuckend und knisternd einen Ausweg aus dem aufgewühlten Schlachtfeld suchten. Und hinter dem Qualm kam das Brausen heran, zog über den fliegenden Wald hinweg ...

Odontopter.

Die Fluggeräte schossen aus der Rauchwolke hervor und wendeten über der unversehrten Landschaft neben den Gleisen. Ihr Rumpf erinnerte vage an eine Libelle, er war grau und lang gezogen und wies vorne eine Verdickung auf, wo der Pilot und der Antrieb untergebracht waren. Im Augenblick waren die vier Flügel festgestellt, und die Maschinen flogen mit den Turbinen und in höchster Geschwindigkeit. Es dröhnte, ein Windstoß blies über die Eisenbahnwagen und durch Frafas

Haar, als die Odontopter abschwenkten. Unwillkürlich zog sie den Kopf ein.

Die Odontopter sackten ein wenig ab, und die durchscheinenden Flügel begannen zu zittern. Die Piloten drosselten die Turbinen, und die Flieger wurden langsamer und schwirrten bald in reinem Flügelbetrieb. Aus dem Brausen wurde ein dumpfes Summen, und in weitem Bogen nahmen die Odontopter die riesige Waldinsel in die Zange. Frafa zählte vier von den Fluggeräten, aber womöglich waren noch mehr davon hinter dem Wald und in den dichten Qualmwolken verborgen.

Gleißende Punkte sausten von den Flugmaschinen fort und in langen Ketten phosphorstrahlend auf Bäume und Laubwerk zu. Sie zerbarsten, hundert Schritte von ihrem Ziel entfernt. Feuerfunken zeichneten die Umrisse einer unsichtbaren Blase nach, die den ganzen Wald zu umgeben schien. Die Elfen schützten ihre fliegende Insel mit einem Kraftfeld.

Ein Feuerschweif löste sich von einem der Odontopter, verharrte einen Moment vor dem Fluggerät, dann schoss er unvermittelt los und zerbarst nach kurzem Flug ebenfalls an dem Schutzkreis. Feuer leckte über das Kraftfeld, von der Magie der Elfen auf Abstand gehalten.

Die Odontopter feuerten weitere Raketen ab, die gegen das Schutzfeld hämmerten. Die Blase bekam allmählich Risse. Wer auch immer im fliegenden Wald unter dem dichten Blätterdach seine Magie wirkte, er konnte nicht alle Angriffe abwehren. Wo die Explosionen eine Lücke fanden, stachen Feuerlanzen hindurch. Aber sie verblassten und verloren an Kraft, ehe sie die Bäume erreichten. Phosphorgeschosse verschwanden zischend in den Blättern. Winzige Rauchfahnen kräuselten sich zwischen Bäumen hervor, kaum zu sehen durch den Staub und durch den Qualm rings um das Gleisbett.

Die Elfen erwiderten den Beschuss. Feuerkugeln stiegen von den Bäumen auf, drangen durch das Laub, ohne Spuren zu hinterlassen. In der Luft strahlten sie mit einem Mal heller. Sie beschleunigten, rasten knisternd auf die Odontopter zu.

Ohne ihre Turbinen, nur im Flügelbetrieb, waren die Odontopter langsamer, aber dennoch beweglich. Sie blieben in der Luft stehen, änderten abrupt die Richtung oder flogen rückwärts, um den Lichtgeschossen auszuweichen. Die aber wirbelten herum und verfolgten ihr Ziel, bis sie langsam verblassten. Weitere Feuerbälle stiegen aus dem Wald, und bald schwirrten rings um die fliegende Insel Kugelblitze, Phosphorgeschosse, Raketen und summende Flugmaschinen in einem bizarren Tanz durcheinander.

Frafa schaute in das blitzende Feuergefecht und presste die Lider zusammen. Rote Funken flimmerten ihr vor den Augen. Die Kriegsodontopter aus Daugazburg fanden inzwischen kaum noch Zeit, den massiven Beschuss zu erwidern, und ihre Vorräte an Raketen gingen zur Neige. Frafa musste wieder eingreifen.

Sie duckte sich hinter die Lokomotive, doch sie zuckte zurück vor der Berührung. Fester Stahl, und die Schwungräder waren mit einer zusätzlichen Panzerung von Skermakial überzogen, doch darunter lauerte der Tod. Konnte sie dieser Deckung trauen? Sie war sich nicht sicher, ob die Lok einer verirrten Phosphorgranate oder gar dem Aufprall einer abstürzenden Flugmaschine standhielte.

Keine Zeit für solche Sorgen.

Wieder griff Frafa mit ihrer Aura aus, warf sie mit einem kühnen Schwung durch den Äther hinan. Sie ertastete Baumriesen und weit verzweigte Wurzelgeflechte, die pulsierten vor Magie. Dazwischen verwoben eine Unzahl von kleinerem Leben: Farne und Sträucher und Gräser; Ranken und Blumen; Waldtiere – und Elfen, Hunderte, die Bewohner des fliegenden Waldes. Frafa erspürte sie alle.

Nur einen Moment lang schmeckte sie die Eindrücke, dann schob sie alles von sich fort und konzentrierte sich auf das Wesentliche: auf die Bäume! Die großen Bäume der Waldinsel bildeten einen vielfach verflochtenen Organismus, der das ganze Gebilde zusammenhielt. Ihr Wurzelwerk trug den Boden, auf dem alles wuchs. Ihre lebendige Aura leitete die Magie, speicherte sie, ließ den Wald fliegen, hielt den Schutzschild aufrecht, gab den Bewohnern Kraft für die magischen Angriffe …

Frafa teilte ihre eigene Aura tausendfach und ließ sie in das Wurzelwerk sickern. Ihr Geist schlich durch die feinen Bahnen in den Stämmen empor, lenkte Magie um, hielt hier einen Strom an Kraft auf, löste dort eine Verbindung. Ganz allmählich schwächte sie den Zusammenhalt des Waldes. Erde rieselte unten zwischen den Wurzeln hervor und fiel herab wie ein Sturzregen von geronnenem Blut. Geschosse von den Odontoptern, die nicht auf die Bäume zielten, sondern auf den Grund darunter, fanden ihr Ziel und rissen große Stücke Mutterboden und Wurzelteile heraus. Denn während die Elfen oben zauberten, unterhöhlte Frafa das Netz von Magie unter deren Füßen und grub dort Lücken in den Schutzschirm.

Dann stieß sie auf Widerstand. Eine andere denkende, zielgerichtete Essenz stellte sich ihr in den Weg. Frafa wich geschickt aus, wie ein Schädling, der an den Wurzeln nagte und sich nicht fassen ließ. Der Widerstand wuchs. Immer weitere Präsenzen machten Jagd auf sie im magischen Flechtwerk des Elfenwaldes, beseitigten hinter ihr die Schäden, peinigten ihren Geist und schnitten Glieder von dem vielarmigen Selbst, in das Frafa ihre Aura verwandelt hatte. Die Elfen hatten sie entdeckt.

Sie zog sich zurück, bündelte Kräfte, wich hierhin und dorthin aus, zog ihre Geistarme wieder an sich. Zaghaft tastete sie nach der Essenz ihrer Verfolger. Sie spürte erst sechs, dann achtzehn und schließlich vierzig Gegner auf ihrer Fährte, Elfenmagier von unterschiedlicher Kraft und Erfahrung. Frafa studierte sie, während sie kämpfte, und bald war sie überzeugt, dass die bedeutsamsten Zauberer des fliegenden Waldes an diesem magischen Duell beteiligt waren.

Der Wald war deren Heimat und deren Schöpfung. Sie kannten ihn, und sie hatten das magische Geflecht, das ihn zusammenhielt, für ihre Zwecke vorbereitet. In einem erbitterten Gefecht drängten die Elfen die Nachtalbe zurück, die so dreist in das Herz ihrer Zuflucht eingedrungen war. Die Wunden, die Frafa geschlagen hatte, schlossen sich wieder, kaum dass ihr nagender Geist davonwich – der Wald und seine Magie war ein zauberisches, lebendes Geschöpf und heilte sich selbst.

Frafa floh, nicht zurück durch den Äther in ihren Körper, sondern immer weiter ins Elfenheim. Höher und höher floh ihre Aura die Wurzeln empor, in die Stämme, während die Elfen Frafas Geistarme kappten und sie vor sich hertrieben.

Dann saß der Kern von Frafas Sein in einem gewaltigen Stamm des fliegenden Waldes gefangen. Doch da riss sie alle noch ausgreifenden Stränge ihrer Essenz wieder an sich. Sie bündelte ihre Aura zu einem einzigen Zauber. Krankheit und Fäulnis schossen wie ein Blitz durch das Holz, die Säfte des Urwaldriesen verkochten in einem Ansturm wilder Magie. Und draußen, in der grobstofflichen Welt, riss der Stamm auf, barst vier Schritte über dem Boden und spie faulige Splitter in das Unterholz.

Frafa hatte den Ort sorgsam gewählt, an dem sie all ihre ausgesandten Kräfte wieder vereinigte: Im Umkreis dieses Stammes saßen die mächtigsten ihrer Gegner. Während der Geist dieser Elfen in den Tiefen des arkanen Spektrums tastete, ging über ihren Leibern eine gewaltige Eiche nieder. Frafas Macht bohrte sich tiefer in den todgeweihten Baum, spaltete ihn bis hinauf in die Krone. Der Stamm schüttelte seine Äste ab, zerbrach in Stücke und krachte hinterher. Frafas Geist raste da schon wieder in den Stumpf hinab und weiter in die Wurzeln.

Ihre stärksten Gegner waren abgelenkt, und die anderen konnten ihrer Macht nichts entgegensetzen. Während die Elfen schwankten, setzte Frafa ihnen nach. Wieder faserte ihre Aura aus, in vierzig starke Arme diesmal. Sie fiel den zurückweichenden Feinden in den Rücken und folgte den Verbindungen, die die Zauberer selbst geschaffen hatten, von der arkanen Welt bis in ihren Körper. Es verging kaum ein Wimpernschlag von dem Augenblick, da der Baum fiel, bis zu Frafas Gegenangriff – nur ein Wimpernschlag, in dem die Elfen schwankten und sich neu ausrichteten. In diesem Wimpernschlag war Frafa über ihnen, in ihnen, mit einer Aura, die noch immer aufgeladen war mit der Magie von Tod und Vernichtung.

Frafa spürte den Aufschrei, den Schmerz ihrer Gegner. Nach einer kurzen Berührung zuckte sie zurück und war wieder im Wald. Allein. Die Zauberer, die ihr eben noch widerstanden hatten, waren nicht mehr da. Sie starben oder waren tot oder kümmerten sich um das, was Frafa in diesem einen Augenblick in ihren Körpern angerichtet hatte.

Solange die Elfen damit abgelenkt waren, vollzog Frafa in rasender Geschwindigkeit all jene Wege nach, die sie vorher im Kampf erkundet hatte. Sie faserte auseinander, raste die Wurzeln zurück, vom Stamm bis zum feinsten Wurzelhaar. Sie löste und hemmte, sie entzwirbelte und verknotete, während sie sich zurückzog, und spulte all die Strukturen der Magie ab, die in diesem Moment niemand mehr schützte und pflegte.

Und dann war sie wieder zurück, in ihrem Leib bei der Lokomotive. Sie blickte auf.

Der fliegende Wald schwebte immer noch dort, wo sie ihn zuletzt gesehen hatte, zwei Braza schräg vor dem Zug und einen halben Braza über dem Boden. Die Wurzeln hingen jetzt herunter wie tote Würmer, ihr feines Geflecht auseinandergerissen. Erde löste sich in großen Brocken. Keine Lichtkugeln schwebten mehr durch die Luft. Die Odontopter summten wie wütende Hornissen über den belaubten Kronen, und ihre Geschosse schlugen ungehindert zwischen die Bäume.

Stichflammen verzehrten das Blattwerk und schossen hoch über die Wipfel. Der fliegende Elfenwald brannte. Weitere Raketen schlugen an der Seite ein, und Feuerzungen leckten von einem Ende des Waldes bis zum anderen.

Während Frafa sich erschöpft an die Leiter lehnte, die zum Führerhaus der Lok emporführte, stürzten vor ihr die brennenden Bäume vom Himmel, ein Feuerregen, der eine große Stadt unter sich hätte begraben können. Hundert Schritt hohe Stämme fielen lodernd wie feurige Säulen durch eine Wolke von Qualm und Dreck, bis nichts zurückblieb als ein gewaltiger Brand, der die Schienen unter sich begrub.

Frafa atmete durch. Selbst auf die Entfernung spürte sie die Hitze des Feuers auf der Haut. Jetzt wäre es an der Zeit gewesen, die Reisenden zusammenzusuchen, die Lokführer zurückzuholen und den Zug einige Braza zurückzusetzen, damit sie alle in Sicherheit wären. Aber Frafa fühlte sich zu schwach. Seit Jahrzehnten hatte sie kaum mehr einen Zauber wirken müssen, und in dem Jahrtausend, das sie lebte, hatte sie noch nie an einer Schlacht teilgenommen, die eine solche Zaubermacht erfordert hätte.

Ein leises Lächeln schlich sich auf ihre Züge, ein Hauch von Euphorie, der gewiss ihrer Schwäche geschuldet war.

Ein einmaliges Ereignis!

Der Gedanke ernüchterte sie. Das hier war mehr gewesen als eine einmalige Gelegenheit, ihre Magie zu erproben. Es war ganz unerhört und beunruhigend!

Frafa wusste, dass die Elfen mit der Politik der Union unzufrieden waren. In ihren fliegenden Wäldern flohen sie vor dem Blut der Erde, das sich immer weiter ausbreitete auf dem Kontinent, und oft genug hatten sie den Menschen vorgeworfen, dass diese den Kampf gegen die Verseuchung des Bodens, der doch in ihrem Bündnis mit den Finstervölkern fest vereinbart worden war, nicht mit der notwendigen Tatkraft führten. Frafa hatte von Anschlägen gehört, die in den bitanischen Provinzen von Elfen verübt worden waren. Von Übergriffen zwischen Elfen und Menschen; von Auseinandersetzungen über die Flugwege der magischen Wälder.

Doch dies war das erste Mal, dass die Elfen eine ihrer fliegenden Inseln in die Lande der Finstervölker gelenkt hatten, um dort einen Terroranschlag auszuführen.

War das nun ein einmaliges Ereignis – oder ein erstmaliges? Nach diesem Wahnsinn, der hier geschehen war, wer wusste, was darauf folgen würde?

2

Formbein *– Ein Sammelbegriff für feste Substanzen aus organischer Materie, die sich unter Druck und Hitze in beliebige Formen pressen lassen. Formbein wird meist aus pflanzlichen Rohstoffen gewonnen, die durch alchemistische Verfahren verflüssigt und destilliert werden.*

Die Herstellung von Formbein ist mit einem gewissen Aufwand verbunden, doch da als Ausgangsmaterial Abfallprodukte verwendet werden können und wegen der vielfältigen Bearbeitungsmöglichkeiten, erfreut sich der Stoff in der Fertigung dennoch einer steten Beliebtheit. Inzwischen sind zahlreiche Varianten mit unterschiedlichen Materialeigenschaften entwickelt worden. Manche Hersteller werben damit, dass ihre Formbeinvarianten es mit der Festigkeit von Stahl aufnehmen können.

Die Bezeichnung »Formbein« oder auch »künstlicher Knochen« geht vor allem auf die weiße bis schmutzig graue Färbung zurück, die zu Anfang im Herstellungsprozess als angestrebtes Ziel für die Grundsubstanz galt – nicht zuletzt, um einen neutralen Ausgangszustand für die künstliche Färbung des Endprodukts zu schaffen. Alternative Bezeichnungen wie »künstliches Holz« beschrieben zunächst nur einzelne Endprodukte, wurden im Handel allerdings rasch als Begriff für die gesamte Stoffklasse übernommen, da die Assoziation mit »Knochen« vielfach als unvorteilhaft empfunden wird.

AUS: »TECHNIKLEXIKON«, VON ISKWELZA VON DAUGAZBURG

Drei Tage zuvor, im äußersten Westen von Bitan

Der schäbige Stehimbiss lag in einem Altbau in Marikantos. Die Decke war hoch, das dunkle Mauerwerk zeigte sich überall unter dem abbröckelnden Putz, und die wenigen Gäste hielten den Kopf gesenkt und kümmerten sich nicht umeinander.

Regen schlug gegen die große Scheibe, die innen von einem dicken Film überzogen war, sodass man fast nicht hindurchsehen konnte.

Bloma der Gnom stand seinem Lieferanten gegenüber, einem Elfen mit strähnigem blonden Haar, eingefallenen Wangen und einer spitzen Nase. Der Kerl hatte sich einen Tisch im hintersten Winkel der Imbissstube ausgesucht, möglichst weit weg von der einzelnen nackten Glühbirne, die über dem Tresen von der Decke hing.

»Hier.« Der Elf holte ein Päckchen aus seinem Mantel und schob es über den Tisch. Dabei schaute er sich so auffällig verstohlen um, dass Bloma unwillkürlich seufzte.

Bloma Sockels, genannt die »Knochenklinge«, konnte Stümper nur schwer ertragen. Aber was machte das schon – seine Laune war bereits im Keller, und aufgeflogen war er ohnehin.

Drei weitere Päckchen folgten. »Ich weiß immer noch nicht, warum ihr meine Hilfe braucht«, fuhr der Elf fort. »Ihr hättet die Ware viel besser selbst durchs Land schmuggeln können. Mit euren spe-zi-ellen Gnomenkünsten!« Er zwinkerte Bloma verschwörerisch zu.

Wenn Bloma mit den Zehenspitzen auf der Fußstütze balancierte, konnte er gerade eben über die Platte des kleinen Stehtisches schauen. »Du glaubst nicht, wie oft wir unterwegs von den Frettchen gefilzt worden sind«, sagte er und zwinkerte ebenfalls. »Man könnt fast meinen, die Polizei traut uns Gnomen alle Verbrechen zu. Keine Ahnung, wo der Ruf herkommt.«

»Menschen eben«, fuhr der Elf mit gesenkter Stimme fort. »Mich schaut hier jeder für einen Terroristen an, nur weil ich ein Elf bin. Und wenn man mich mit dem Zeug erwischt hätte ... Ich hab mich nur drauf eingelassen, um Geld für die Reise zu kriegen. Fort von dem verseuchten Boden.«

»Ja, ja, klar«, sagte Bloma, ohne genau hinzuhören. Er schob die Päckchen in eine Stofftasche und ließ sich von der Trittstange gleiten. Erst da fiel ihm auf, dass der Elf die Hand erwartungsvoll über den Tisch streckte. Bloma griff in die Innentasche seiner Jacke und warf achtlos einen Packen Geldscheine hin. Einige der menschlichen Gäste unterbrachen ihre Unterhaltung und starrten den Elf an. Bloma trat rasch durch die Tür und hinaus in die Nacht.

Marikantos war eine Hafenstadt im Westen Bitans. Die jahrhundertealten Bauten der Altstadt zeugten von vergangener Größe, doch inzwischen war der Ort zu einer verschlafenen Kleinstadt herabgesunken. Seit Menschen und Finstervölker in einer Union verbunden waren, hatte das Leben sich in den Osten verlagert. Der Handel mit den Südlanden erreichte Marikantos kaum.

Es war eine graue Nacht. Der Wind drückte den Regen vom Meer in die Straßen, und die wenigen Passanten trugen die Mantelkragen hochgeschlagen oder fochten mit widerspenstigen Schirmen gegen die steife Brise. Die meisten Straßenlaternen waren zerschlagen. Das Licht, das hinter einigen Fenstern brannte, war so trübe wie Leuchmadans Zeitalter.

Von seinem Verfolger war nichts zu sehen, aber Bloma wusste, dass er da war – ein Frettchen in Zivil, ein Geheimpolizist, der ihm schon vom Hotel aus gefolgt war.

Bloma ging langsam, bog dann unvermittelt in eine dunkle Seitengasse ein und fing an zu rennen. Bald hallten rasche Schritte hinter ihm wie ein Echo. Der Gnom lief um zwei Ecken und drückte den Stoffbeutel fest an die Brust. Er würde die Päckchen später sorgfältig prüfen. Wenn bei dieser Verfolgungsjagd etwas losgerüttelt worden war, konnte das ihr Leben in Gefahr bringen.

Oder schlimmer: den Erfolg ihrer Mission!

Im Laufen schon nestelte er die Uhr vom Handgelenk. Die Tasche hatte er sich unter den Ellenbogen geklemmt, und das Herz schlug ihm bis zum Hals bei dem Gedanken, dass sie hinunterfallen könnte!

Bloma war ein Stück in die Gasse hineingelaufen, dann sah er sich um. Keine Zeugen in der Nähe! Hastig stellte er die Tasche ab. Er legte die Uhr vor sich auf den Boden – und machte sich klein.

In Käfergröße stand er auf dem nassen Pflaster. Das Wasser umspülte seine Beine, schoss durch die Ritzen zwischen den Steinen wie ein wilder Bergbach. Die Uhr ragte vor ihm auf, ein Metallgehäuse, so groß wie ein Wagen. Gleich neben dem Stellrad für die Zeiger zeichneten sich die Umrisse einer Klappe ab. Sie war durch einen Riegel verschlossen, so fein, dass er für einen großen Betrachter bloß aussah wie ein Relief.

Hinter der Klappe lag ein Hohlraum, ein begehbarer Schrank für den geschrumpften Gnom, voll mit Kleidung und Ausrüstung. Bloma sprang hinein, riss die Blaspistole aus Formbein aus einer Halterung und holte eine kleine Schachtel aus der Schublade darunter. Im Nu war er wieder auf der Straße. Aber nun war er nicht mehr allein!

Er spürte die Anwesenheit des anderen, kaum dass er die metallene Hülle verlassen hatte. Neben dem Regen, der in Tropfen, so groß wie eine Eimerladung Wasser, auf das Kopfsteinpflaster hämmerte, neben den schmalen Wildwassern, die in den Ritzen schäumten und gurgelten, war noch etwas anderes da, eine Masse und eine Ansammlung von Lauten, die der winzige Gnom mehr fühlte, als dass er sie mit seinen natürlichen Sinnen wahrnahm.

Bloma schaute entsetzt nach oben, ob schon ein Fuß auf seine Uhr niederging und ihn achtlos zertreten würde ... Doch er zögerte nicht lange und machte sich groß. Während er sich konzentrierte, brachte er schon die Pistole in Anschlag.

Seine größer werdende Gestalt stieß in den Regen. Tropfen trafen ihn mit der Wucht von Pflastersteinen, und benommen stand er in seiner natürlichen Gestalt wieder auf der Straße. Der Mensch vor ihm war ein dunkler Umriss, vor Schreck erstarrt, als der Gnom unvermittelt vor ihm auftauchte.

Bloma zielte in Richtung der verschwommenen Silhouette und drückte ab. Zischend fuhren die Giftpfeile aus dem Lauf, zweimal, dreimal. Bloma blinzelte sich das Wasser aus den Augen.

Als sein Blick wieder klar wurde, lag der Mensch schon auf dem Boden. Er war tot – die Mischung in den Bolzen wirkte schnell. Bloma schlug den Mantel des Toten zurück und fand rasch die Dienstpistole, den Ausweis, ein Sprechgerät. Er hatte den Richtigen erwischt.

Der Gnom zog die Schachtel hervor, die er aus der Uhr mitgenommen hatte. Er schob sie auf, und knapp zwei Dutzend Holzstäbe mit verdicktem Kopf kamen zum Vorschein. Sie sahen aus wie besonders große Zündhölzer.

Bloma starrte darauf und fluchte.

Rot und Grün.

Bei diesem Licht und im Regen wirkten die Streichholzköpfe selbst für die scharfen Augen eines Gnoms alle gleichermaßen grau. Wie sollte er da ein passendes Paar finden?

Er kniff die Augen zusammen und drehte die Packung hin und her. Aber die Gasse, in die er seinen Verfolger gelockt hatte, war vollkommen dunkel. Schließlich glaubte er, winzige Unterschiede in der Schattierung erkennen zu können. Er holte zwei Hölzer hervor, hielt die Köpfe gegeneinander. *Ja.* Das mussten zwei verschiedene Farben sein!

Bloma beugte sich zu dem toten Menschen. Die Hölzer liefen zum einen Ende hin spitz zu, und er drückte das eine Hölzchen an einer weichen Stelle in den Kopf des Menschen, bis es fast ganz verschwunden war. Ein dünner Blutfaden lief dem Toten über die Wange und wurde vom Regen davongespült. Dann ging Bloma zu den Beinen, zog an dem toten Körper, bis der ausgestreckt dalag, und steckte das zweite Holz in die Wade.

Dann sprang er hastig zurück.

Es knisterte. Ein feines Glühen durchzuckte die Leiche von einem Hölzchen bis zum anderen. Dünne Rauchfäden stiegen aus der Kleidung des toten Polizisten. Flämmchen züngelten über den Stoff, und ein modriger Geruch zog durch die Gasse. Nach und nach verbrannte der Leib zu Asche, unter einem Zauberfeuer, das nur ab und zu heller aufflackerte, aber niemals ganz erlosch. Am Ende blieben nur graue Flocken, die der Regen fortwusch.

In der Pension fand Bloma nur seinen Freund Wisbur vor. Wisbur saß an dem viel zu hohen Tisch, hatte seine Ausrüstung aus der Uhr geholt, hatte sie vergrößert und ordnete sie gerade. Als er die Tür hörte, blickte er auf und legte die Hand auf die Blaspistole. Er atmete auf, als er Bloma erkannte.

»Alles in Ordnung, Bloma?«, fragte er.

»Nenn mich ›Knochenklinge‹, *Wisper*«, erwiderte Bloma. »Keine Namen im Einsatz. Man weiß nie, wer zuhört. Aber ja, alles gut gelaufen.«

Er holte die Tasche unter seiner Jacke hervor. Dann sah er sich um. »Wo sind *Greif* und *Reißer*?, fragte er.

Wisbur »Wisperwind« Unterbusch zuckte die Achseln. »Unterwegs«, meinte er.

Bloma runzelte die Stirn.

Einen Augenblick lang herrschte unbehagliches Schweigen, dann redete Wisbur weiter: »Der Pensionswirt hat Kaution verlangt. Weil wir Gnome sind, verdammter Rassist. Segga und ... ich meine, *Greif* und *Reißer* waren sauer. Sie wollten dem Burschen zeigen, was Gnome sind.«

Bloma schüttelte den Kopf. »Davon kriegen wir die Kaution erst recht nicht wieder.«

»Nur wenn der Wirt ihre Streiche bemerkt, bevor wir abreisen. Sie wollten im Keller eine Flasche Wasser hinter die Schränke kippen, damit der Kerl einen hässlichen Schimmelfleck kriegt. Oder ein Heizungsrohr anbohren. Irgendwas, was erst später auffällt.«

»Ich wäre beruhigter, wenn sie bei so was geschickter wären«, erwiderte Bloma. »Wenn sie auffallen, können wir ernsthafte Schwierigkeiten kriegen. Und damit meine ich nicht die Kaution.« Er wies beiläufig auf die Päckchen, die er mitgebracht hatte.

»Da fällt mir noch eine Menge mehr ein, wie wir auffliegen können«, sagte Wisbur. »Sobald sie die Elfen haben, kommen sie auch uns auf die Spur.«

»Nein.« Bloma widersprach entschieden. »Die Frettchen schnappen sich die elfische Widerstandsgruppe, von der wir die

Bomben haben, klar. Aber damit haben sie genau die Schuldigen, die sie haben wollen. Was kümmern sie ein paar Gnome, wenn sie elfische Terroristen haben?«

Wisbur musterte seinen alten Freund skeptisch. Der aber legte ihm die Hand auf die Schulter, lächelte und meinte: »Ich sag's dir, Wisper, genau so wird es laufen: In zwei Tagen brennen wir den Herren ihre Insel der Seligen nieder, den Elfen wird man die Schuld daran geben, und die Großen werden sich untereinander zerfleischen.

Und am Ende wird der Bund der Knochenmesser triumphieren, wie in alten Tagen.«

Die Insel der Seligen – so stand es in verschnörkelten Buchstaben auf dem großen Schild an der offiziellen Zufahrt zum Anwesen. Die Gnome mieden die Vorderseite und näherten sich dem Grundstück von der Seite.

In ihrer großen Gestalt liefen sie den Hügel empor, bis zu einer Sperre aus Stacheldrahtrollen. Sie legten die Päckchen ab, zogen ein Tarnnetz darüber und gingen dahinter in Deckung. Hinter dem gerollten Stacheldraht ragte ein höherer Zaun aus Maschendraht auf. Der Geruch nach Ozon hing in der Luft. Dann und wann sahen die Gnome Funken tanzen, wenn Insekten die stromführenden Drähte kurzschlossen. Ein noch höherer Zaun aus dünnem Stahlrohr verlief als dritte Linie dahinter und ließ einen schmalen Korridor frei bis zum vorherigen Zaun.

Es dauerte nicht lange, bis dort eine Patrouille entlangkam. Zwei dunkel gekleidete Menschen, die Hunde mit breiter Schnauze an der Leine führten. Die schwarze Uniform gab in der finsteren Nacht eine gute Tarnung ab, aber die Gnome sahen trotzdem genug. Die Menschen allerdings würden trotz ihrer Nachtsichtbrillen Schwierigkeiten haben, die flachen Päckchen im Gras zu erkennen. Die Gnome hofften darauf, dass den Hunden ihre Anwesenheit ebenfalls entging. Sie hatten sich dick genug eingesprüht mit einem Mittel, das die empfindlichen Hundenasen täuschen sollte.

Die Wachen gingen weiter, und die Gnome machten sich bereit. »Greifenklaue« und »Reißzahn«, daheim im Tal auch einfach als Segga und Waldron bekannt, liefen in ihrer kleinen Gestalt auf den Zaun zu. Es war ein langer Weg für sie, und sie würden eine Weile brauchen, bis sie auf der anderen Seite ankamen.

Bloma und Wisbur warteten eine Weile, bis die Streife außer Sicht war. »Wir haben zwanzig Minuten«, flüsterte Bloma dann. Sie nahmen ihre große Gestalt an.

Hastig zogen sie das Tarnnetz von den Päckchen. Da erschienen *Greif* und *Reißer* auf der anderen Seite des Stacheldrahts. Bloma und Wisbur klemmten sich jeder zwei Päckchen unter den Arm und liefen los. Vor dem Stacheldraht blieben sie stehen, warfen die Päckchen hinüber, und ihre Gefährten fingen sie auf.

»Alles sauber«, rief *Greifenklaue* halblaut.

»Aber der zweite Zaun sieht übel aus.« *Reißzahn* schaute misstrauisch über die Schulter.

Bloma und Wisbur wechselten in ihre kleine Gestalt und huschten unter den Drahtschleifen hindurch. Der dicke Draht war mit feinen Klingen besetzt, scharf wie ein Skalpell und voller Widerhaken. Doch für die käfergroßen Gnome blieben Lücken, breit wie Prachtstraßen und hoch wie Triumphbögen.

Der schmale Streifen bis zum nächsten Zaun war mit feinem Sand bestreut. Als sie ihn überquerten, spürten sie die Anwesenheit ihrer Gefährten, die in ihrer großen Gestalt warteten. Bloma hielt inne und stieß zischend die Luft aus.

Auf den ersten Blick bestand der mittlere Zaun aus einfachem Maschendraht, der mit einer dünnen Schicht Formbein überzogen war. Aber dazwischen waren drei stromführende Leitungen eingeflochten, und hauchdünne Drähte spannten sich zwischen den Maschen, Signaldrähte, die vermutlich auf bloße Berührung reagierten.

Doch viel unmittelbarer war eine ganz andere Gefahr: Unterhalb des Zauns verlief ein kleiner Graben. Er mochte fünf Zentimeter tief und dreißig Zentimeter breit sein, so genau ließ sich das nicht sagen, denn ein weißes Gespinst verwob sich dort zu einem wallenden Vorhang, der vom unteren Rand des Maschendrahts bis in den kleinen Graben reichte.

Ortstreue Spinnen, die man gezielt hier angesiedelt hatte, damit keine Gnome unter dem Zaun hindurchlaufen konnten. Wisbur sah ihre schwarzen Leiber in den Netzen, wo sie sich träge bewegten. Er legte die Hand an die Blaspistole, aber es waren zu viele, als dass sie sich den Weg hätten freischießen können.

»Lass den Unsinn«, sagte Bloma. »Die Anker!«

Er nahm seine Armbrust vom Rücken, spannte sie und legte einen Wurfanker auf, den er an der Seilrolle befestigte. Dann visierte er sein Ziel an. Es dauerte eine Weile, bis er eine saubere Stelle fand, weit genug entfernt von allen Signaldrähten und von den Starkstromleitungen.

Er schoss, und der Anker flog durch die angepeilte Masche des Zauns. Bloma blockierte die Seilrolle. Das Geschoss wurde unvermittelt aufgehalten und riss Bloma ein Stück weit nach vorn. Wisbur hielt den Atem an.

Auf der anderen Seite des Zauns schwang der Wurfanker auf die Maschen zu ... und Bloma zog mit beiden Händen das Seil zu sich, bevor es einen Signaldraht berührte. Bald schwang der Anker frei in der Masche darunter. Bloma zog weiter, bis die Haken am Zaun Halt fanden.

Bloma rammte die Armbrust, die als Gegenanker dienen konnte, in den Boden und spannte das Seil zum Zaun. Dann ließ er sich von Wisbur die zweite Armbrust geben, nahm sie auf den Rücken, zog sich an dem Seil hinauf und kletterte über das Spinnennest hinweg ...

Wisbur schaute ihm einen Augenblick zu, dann zog er zwei Leuchtstäbe aus dem Rucksack. Er steckte sie dort in den Boden, wo die Leine und die Armbrust verankert waren. Ein kalter grüner Schimmer markierte nun die Stelle, an der ihre beiden Kameraden hinüberklettern konnten, sobald sie ihre kleine Gestalt angenommen hatten.

Als Wisbur oben ankam, hatte Bloma bereits einen weiteren

Anker auf der anderen Seite in den Boden geschossen und Wisburs Armbrust im Maschendraht verhakt. Wisbur kletterte durch die Masche und warf einen misstrauischen Blick zur nächsten stromführenden Leitung. Wenn nur ein Funke übersprang, konnte ein kleiner Gnom geröstet werden. Die Signaldrähte würden für Erdung sorgen, oder auch der grobe Zaundraht selbst. Wisbur traute der Isolierung nicht.

Eilig rutschte er hinter Bloma her das Seil hinunter und stand im Wandelgang zwischen den beiden großen Zäunen. Hier bestand der Boden aus festgetretener Erde; nur ein paar karge Büschel hielten sich auf dem ansonsten kahlen Grund.

Die beiden Gnome machten sich groß, und ihre Gefährten warfen die Päckchen über den Zaun. Bloma und Wisbur fingen sie auf und warteten. Misstrauisch blickten sie den Weg entlang, aber von den Wächtern mit ihren Hunden war nichts zu sehen.

Jetzt trennte sie nur noch der dritte Zaun von dem Anwesen: ein einfaches Gitter ohne weitere Schutzmaßnahmen. Dahinter lag ein gepflegter Rasen, der sich über eine weite Hügelkuppe zog. Die Gnome sahen dort mehrere Gebäude und ein wenig abseits den Hang hinab einige Sportanlagen.

Greifenklaue und *Reißzahn* erschienen auf dem Gelände hinter dem Zaun. Bloma und Wisbur warfen ihnen die Päckchen zu. Wisbur atmete auf, als *Reißer* das letzte Bündel sicher aufgefangen hatte. In kleiner Gestalt krochen er und Bloma unter dem Zaun hindurch, und auf der anderen Seite teilten sie die Pakete untereinander auf. Bloma legte lauschend den Kopf schräg. Dann wies er auf das Wohngebäude, und sie liefen auseinander, jeder auf eine andere Ecke zu.

Wisbur sah, wie Bloma sich wenige Meter vor dem Haus auf den Boden warf. Er tat es ihm gleich und hielt den Kopf unten. Ein Geruch nach frisch gemähtem Gras stieg ihm in die Nase. Von Ferne hörte er die Hunde schnüffeln. Die Wachen sprachen über ihr freies Wochenende und über eine Fahrt nach Marikantos. Wisbur drehte den Kopf ein wenig und spähte zum Himmel, doch er konnte nur die düsteren Umrisse von

Wolkenmassen erkennen, die durch die schwarze Neumondnacht zogen.

Er lief weiter, bis zu der Ecke des Hauses, die ihm zugewiesen war. Dort schlug er das graue Wachspapier auseinander, und darunter kam ein längliches Rohr zum Vorschein, mit Klammern an der einen Seite und mit einer kantigen Verdickung am Ende. Wisbur bog die Klammern auseinander und setzte das Rohr an die Hausecke. Als es Halt hatte, stellte Wisbur die Bombe scharf. Dann lief er davon, suchte sich zwanzig Meter entfernt eine Mulde im Gras und warf sich flach auf den Boden.

Ein dumpfes Dröhnen ließ die Luft erzittern. Wisbur blickte auf. Aus den Augenwinkeln sah er eine Feuersäule aufsteigen, die bis hinauf zum Dachfirst leckte – Blomas Brandsatz. Dann ging sein eigener hoch, und Wisbur presste die Lider zusammen. Rote Nachbilder tanzten auf seiner Netzhaut.

Es prasselte und knackte. Bald hörte man Rufe und Schreie aus dem Gebäude. Wisbur öffnete die Augen wieder und versuchte, etwas zu erkennen, aber sein Blick war wie verschleiert. Er zog die Pistole aus dem Gürtel.

Das ganze Haus stand in Flammen. Wisburs Brandsatz hatte die Wand gesprengt, und ein Schwall von Feuer hatte sich ins Innere ergossen. Die großen Scheiben im Erdgeschoss barsten. Wisbur sah kurz Tische und Schränke aufblitzen, ehe sie von dem tosenden Brand verschlungen wurden.

Es brannte auch an den beiden anderen Ecken, die Wisbur von seiner Position aus sehen konnte. Zwischen den Brandsätzen schloss sich die Feuerwand wie ein Vorhang, der zugezogen wurde. Aber Wisbur sah auch Bloma, ein kleiner Umriss vor dem Feuer, wie er aus dem Gras aufsprang und um das Haus herumlief – zur Vorderseite, nicht dorthin, wo ihre Flucht geplant war.

Wisbur zögerte kurz, fluchte, doch dann folgte er seinem Gefährten.

An der Vorderseite brannte nur ein Teil des Gebäudes. Wisbur sah einen weiteren Gnom ihres Trupps, Segga »Greifenklaue«, der an seiner Ecke immer noch mit dem Brandsatz hantierte. Er hatte es nicht geschafft, ihn festzumachen.

Bloma lief weiter zum Haupteingang. Hinter den Türen aus gehärtetem Glas bewegte sich etwas. Die Bewohner, die es durch Rauch und Flammen ins Erdgeschoss geschafft hatten, stolperten auf den Ausgang zu. Bloma hockte sich hin und hob die Blaspistole.

Wisbur lief zu ihm. »Bloma!«, rief er. »Wir haben keine Zeit.«

»Dieser verdammte Stümper«, erwiderte Bloma und warf einen kurzen Blick in *Greifenklaues* Richtung. »Der macht mir nicht meinen Einsatz kaputt!«

»Es reicht doch«, rief Wisbur. »Das Gebäude brennt. Wen kümmert es, wenn ein paar mehr überleben?«

»Mich kümmert es«, stieß Bloma hervor. »Es sind *Feinde*. Wenn wir sie nicht töten, stehen sie in ein paar Jahren bei uns im Tal!«

Mehrere Gestalten drängten sich im dichten Qualm hinter der Eingangstür. Dann schien jemand die Notentriegelung gefunden zu haben, denn mit einem Mal sprangen die Türflügel auf, und hustend drängten die Bewohner heraus: Menschen, Kinder in blauen Schlafanzügen.

Bloma eröffnete das Feuer, und die Vordersten strauchelten; andere drängten nach und stolperten über die, die hingefallen waren.

»Lass doch«, sagte Wisbur. Er fasste Bloma an der Schulter, aber der schüttelte den Griff unwillig ab, schob ein neues Magazin nach und schoss weiter. Ein Mädchen mit rußigen Haaren sah den Gnom kurz an, riss ungläubig die Augen auf und brach zusammen. Die meisten Kinder bemerkten inmitten des Infernos nicht die tödliche Gefahr, die draußen auf sie lauerte. Immer mehr drängten aus dem Gebäude, taumelten über das Gras.

Wisbur sah sich hastig um. Wachen liefen vom Tor auf sie zu. Die Schüsse gingen im brausenden Brand unter, aber Wisbur sah das Mündungsfeuer, und er spürte eine Kugel, die allzu dicht an seinem Kopf vorbeizischte.

Er warf sich so heftig gegen Bloma, dass sie beide zu Boden gingen. Dann schoss er selbst auf die Posten und deren Hunde.

»Wir müssen weg!«, rief er.

Endlich drang er zu seinem Gefährten durch.

Gebückt liefen sie los. Aus den kleineren Häusern kamen Erwachsene – Lehrkräfte vermutlich. Wisbur lieferte sich einen kleinen Schusswechsel mit den Wachen, doch die zögerten inzwischen, in das Gewimmel hineinzuschießen.

»*Greif!* Komm mit!«, rief Bloma, als sie an ihrem Gefährten vorbeirannten, der immer noch hektisch mit der Bombe hantierte.

»Ich hab's gleich«, erwiderte der.

»Wenn er nicht kommt, erschieß ihn«, keuchte Bloma Wisbur zu. »Wir lassen niemanden zurück.«

Wisbur schnappte nach Luft. »Das kannst du gern selbst tun!«

»Kann ich nicht«, sagte Bloma. »Keine Munition mehr.«

Wisbur machte kehrt und entriss *Greifenklaue* den Sprengsatz. »Lauf zum Treffpunkt«, fuhr er ihn an.

»Aber ich bin gleich so weit«, erwiderte *Greifenklaue* störrisch.

Wisbur schloss die Klammern, machte die Bombe scharf und warf sie in Richtung ihrer Verfolger. »Lauf!«, brüllte er und versetzte *Greifenklaue* einen Stoß. Gemeinsam rannten sie los, rannten, so schnell ihre Beine sie trugen.

Hinter ihnen explodierte der letzte Brandsatz. Auf der freien Wiese richtete er keinen großen Schaden an, aber die Feuersäule hielt die Wachen auf und verschaffte den Gnomen einen Vorsprung.

Wisbur warf einen Blick über die Schulter zurück, wo die Kinder verwirrt durch das Inferno irrten, manche brannten, andere lagen reglos am Boden. Er wandte sich rasch wieder ab. Der Wind wehte ihm Rauch in die Augen. Tränen trübten seinen Blick.

Am anderen Ende des Grundstücks wartete *Reißer* bei einer Leine, die scheinbar aus dem Nichts vom schwarzen Himmel hing. Das dumpfe Knattern eines Odontopters mischte sich unter den Lärm von den Gebäuden.

Der Odontopter flog bereits los, als die Gnome noch hinaufkletterten. Bald drängten die vier sich in den viel zu kleinen Laderaum, und Bloma kletterte über die Lehne in den zweiten Pilotensessel.

»Wohin jetzt?«, fragte der Pilot, ein Elf.

»Ich hab die Steuerung«, sagte Bloma.

Der Pilot schaute ihn verwirrt an, da schoss ihm *Greifenklaue* auch schon von hinten einen Giftpfeil in den Hals. Der Elf erstarrte, gab einen gurgelnden Laut von sich und starb. Bloma rutschte auf der Sitzkante hin und her und hielt den Steuerknüppel.

Während Wisbur die Leine einholte, flog Bloma einen Bogen über das brennende Anwesen. Die beiden anderen Gnome kletterten vorn in der Pilotenkanzel herum und wuchteten den Elf durch den vorderen Einstieg.

Die Leiche landete unten auf dem Rasen.

»Das wird ihnen eine Weile zu denken geben«, sagte Bloma.

»Ein Elf, der von Gnomenwaffen getötet wurde? Ich weiß nicht, ob das die Spur ist, die wir legen wollen.« Wisbur blieb skeptisch.

»Sie finden einen toten Elf am Ort des Anschlags«, sagte Bloma. »Alles, was Elfen damit in Verbindung bringt, dient unserer Sache. Sie werden es ohnehin so auslegen, wie es ihnen am besten passt.«

»Vielleicht«, sagte Wisbur. Er setzte sich hinten im Laderaum, der kaum mehr war als ein kleines Gepäckabteil, auf den Boden. *Reißer* nahm ihm gegenüber Platz, während *Greif* sich auf dem verwaisten Pilotensitz niederließ. »Aber es gefällt mir trotzdem nicht. Es gab einfach zu viele Tote dort. Es waren Kinder.«

»Sie sind besser dran, wenn wir sie töten«, erwiderte Bloma. »So kann Gulbert sie wenigstens nicht für seine Zwecke missbrauchen. Es gibt Schlimmeres als den Tod.«

»Ich weiß«, sagte Wisbur. »Aber da draußen auf der Wiese habe ich gesehen, wie sie gestorben sind. Das macht einen Unterschied. Es war etwas anderes, einfach nur die Bombe an einer Hausecke anzubringen.«

Bloma zuckte die Achseln. »Ich glaube nicht, dass es für sie einen Unterschied macht.«

»Aber für mich«, sagte Wisbur. »Es lässt zweifeln ... lässt mich zweifeln, ob das wirklich die einzige Möglichkeit ist.«

»Was würdest du stattdessen vorschlagen?«

»Wir könnten an die Öffentlichkeit gehen. Wenn wir es in die Nachrichten bringen würden, was auf der Insel der Seligen geschieht ...«

»Was geschieht denn dort?«, fragte Bloma. »Wir kennen keine Einzelheiten. Wir haben keine Beweise. Wer würde uns glauben?«

Er hielt kurz inne. Das Brummen der Flügel erfüllte die Kabine. Schließlich fügte er hinzu: »Überhaupt, an die Öffentlichkeit zu gehen liegt nicht in unserer Art. Wir Gnome bleiben im Verborgenen. Und die Nachrichten gehören *denen.*«

Greifenklaue und *Reißzahn* nickten. Wisbur schwieg.

»Und jetzt?«, fragte er nach einer Weile. »Dieser Sportodontopter wird uns nicht bis nach Hause bringen.«

»Ich setze euch ab«, sagte Bloma. »Nicht in Marikantos. In Kamparika. Von da aus könnt ihr unauffällig heimreisen.«

»Und du?«

»Ich drehe um und setze den Odontopter ins Meer.«

»Wir sollten zusammenbleiben«, wandte Wisbur ein.

»Das geht nicht. Ich hab noch was anderes vor.« Bloma grinste. Er schaute Wisbur an. »Weißt du, du hast recht. Es sollte einen besseren Weg geben. Und ich werde ihn gehen.«

Er nestelte ein Papier aus der Jackentasche und reichte es nach hinten durch. Wisbur strich es glatt. Es war ein Artikel, den Bloma aus einer Zeitung ausgeschnitten hatte.

»Lichtbringer *in Daugazburg*«, las er. »*Feierlicher Stapellauf* ... Was hat das mit unserer Sache zu tun? Du wirst wohl kaum ein Kriegsschiff klauen können.«

»Das habe ich nicht vor«, erwiderte Bloma. »Aber ich will unser Problem bei der Wurzel packen. Die *Lichtbringer* ist eines von Gulberts Lieblingsprojekten. Er wird bei diesen Feierlichkeiten in Daugazburg sein. Und ich glaube, ich kann ihn da in einer verwundbaren Lage erwischen.«

3

***Nexus** – Eine Struktur im Äther, die sich im weitesten Sinne als Matrix beschreiben lässt, in der sich verschiedenartige Informationen speichern lassen (** aufprägen*) und in der sogar arkane Prozesse in algorithmischer Form ablaufen können. Der Nexus lässt sich leichter über seine Eigenschaften beschreiben als über seine Beschaffenheit. So ist umstritten, ob er eine grobstoffliche Grundlage hat oder ob er eine eigenständige Seinsebene darstellt. Selbst esoterische Konzepte wie »Unterwelt«, »Jenseits« oder »höhere Sphären« wurden mit dem Nexus in Verbindung gebracht.*

Seine Ausdehnung gilt als unermesslich. Darin hinterlegte Informationen lassen sich nur wieder auffinden, wenn ihre Position bekannt ist. Ein Informationsaustausch über den Nexus erfordert also entweder die persönliche Abstimmung der beteiligten Magier oder den Zugriff über *Portale, *in denen die notwendigen Informationen hinterlegt sind.*

Da der Nexus eine rein magische Erscheinung ist, kann er prinzipiell nur von Zauberkundigen manipuliert werden. Doch durch die weite Verbreitung von *Portalsteinen *sowie durch öffentlich zugängliche* *Portale *ist der Nexus inzwischen das meistgenutzte Informationsmedium. Er ist Grundlage des individualisierten* *Äthernetzes, *für Gesprächsverbindungen, aber auch für Gruppenübertragung von Bild- und Ton- und anderen sensorischen Informationen.*

AUS: »TECHNIKLEXIKON«, VON ISKWELZA VON DAUGAZBURG

3. Lichtmond 282 nGdU

Vampire waren unsterblich, und sie alterten nicht – so hieß es.

Rudrogeit stand in seinem kleinen Badezimmer vor dem Waschbecken und schaute in den Spiegel. Das rötliche Licht im Raum war angenehm für die Augen von Vampiren und Nachtalben, und es ließ seinen Teint lebendiger wirken und weniger bleich. Es verfälschte aber auch andere Farben, und in diesem Augenblick hätte Rudrogeit gerne mehr gesehen.

Er fuhr sich mit seinen langgliedrigen Fingern durch die kurz geschnittenen Haare wie mit einem Kamm und kniff die Augen zusammen. Im dumpfen Lampenschein blitzte etwas auf, und er hielt den Atem an.

Graue Haare!

Rudrogeit stellte das Wasser an, dann stöhnte er leise und ließ sich nach vorne sinken. Das hagere Gesicht im Spiegel kam ihm entgegen, die roten Augen, die ihn mit derselben Eindringlichkeit musterten, mit der er das Spiegelbild studierte, verschmolzen zu einem Fleck, als seine Stirn das kühle Glas berührte.

Über die grauen Haare konnte er hinwegsehen. Aber was, wenn es mehr war als nur eine Veränderung der Farbe? Ein Zeichen, womöglich. Ein Symptom!

Kamen ihm die täglichen Kampfübungen nicht seit Jahren immer mühsamer vor? Ihm war, als hätte er einst sogar seine Mutter übertroffen. Doch das war lange her, auf dem Höhepunkt seiner Kraft und seiner Schnelligkeit, der schon Jahrhunderte zurücklag und womöglich ohnehin nichts weiter war als eine verklärte Erinnerung.

Vampire waren unsterblich, so hieß es.

Doch wer sollte das wissen? Es war kaum tausend Jahre her, seit der erste Vampir hinaus ins Mondlicht getreten war, und Rudrogeit zählte zu den ältesten. Wenn die Lebensspanne der Vampire eine Grenze kannte, würde niemand ihn warnen können.

Ein paar harte Schläge gegen die Badezimmertür ließen ihn hochfahren.

»Was ist, Rudi?«, rief seine Mutter. »Bist du im Waschbecken ersoffen? Stimmen die Ammenmärchen der Menschen über Vampire und fließendes Wasser etwa?«

»Einen Augenblick, Mutter«, rief Rudrogeit zurück. »Ich bin gleich so weit.«

»Das hoffe ich«, erwiderte Swankar. »Ich hab doch keinen Gecken großgezogen, der seine Zeit mit Toilette vertändelt.«

Rudrogeit konnte Swankars spöttisch verzogene Lippen förmlich *hören*. Hastig wusch er sich das Gesicht mit klarem Wasser. Dann trocknete er sich ab und knöpfte das Hemd seiner Uniform zu.

»Flott jetzt! Sonst kommen wir zu spät zu unserem Ehrentag, *Capitan* Rudrogeit«, sprach seine Mutter draußen auf dem Flur weiter.

»Sehr wohl, *Coronel* Swankar«, antwortete er, setzte die Mütze auf und öffnete die Tür.

Rudrogeit betrachtete seine Mutter von der Seite. Swankar hatte einen Körper aus Stahl, der mit den Jahren noch härter geworden war. Sie war inzwischen einen Kopf kleiner als er, aber breiter, als eine Nachtalbe sein sollte. Ihr Leib wirkte jugendlich, weiblich und wohlgeformt, aber Rudrogeit wusste, dass vieles, was sich da in wohlgeschwungenen Linien unter der eng geschnittenen blauen Uniform bewegte, Muskeln waren.

Das kindliche Gesicht über dem Uniformkragen verriet davon wenig. Swankar trug die Schirmmütze etwas schräg auf dem Kopf. Ihre Haare waren so kurz geschnitten, wie es der militärischen Mode der letzten Jahrhunderte entsprach.

Sie sah zu Rudrogeit auf und lächelte.

»Ein Sohn sollte seine Mutter nicht so ansehen«, sagte sie.

Ihre Stimme klang neckend, aber Rudrogeit wandte sich hastig ab. Er fühlte, wie es in seinem Gesicht prickelte.

»Ich habe nachgedacht, Mutter«, sagte er nach einer Weile.

»Oh ja«, erwiderte Swankar. »Das tust du oft, und meist zur falschen Zeit. Halte wenigstens bei unseren Fechtstunden deine Gedanken beisammen. Dann kannst du dir eine Menge Schmisse sparen.«

»Hrm.« Rudrogeit räusperte sich verlegen. »Jedenfalls, ich bin bald tausend Jahre alt. Ich habe mir überlegt – ist es nicht peinlich, wenn ein Junge in meinem Alter noch bei seiner Mutter wohnt?«

Er versuchte zu grinsen, als wäre es ein Scherz, aber es misslang ihm gründlich. Swankar lachte laut auf. Sie stieß ihm den Ellbogen in die Seite, und Rudrogeit zuckte zusammen.

»Junge«, sagte Swankar. »Du *bist* peinlich! Seit tausend Jahren schon. Weich und versponnen, aber ich behalte dich trotzdem. Weil ich deine Mutter bin und es sich nun mal gehört.«

»Selbst bei den Nachtalben bleiben die Kinder nicht tausend Jahre lang bei den Eltern.«

Swankar wurde ernst. Sie schaute Rudrogeit an. »Du bist kein Nachtalb«, sagte sie. »Du bist ein Vampir. Du brauchst mein Blut, um zu überleben, und das kriegst du nur, weil du mir dienst. Vampire bleiben bei ihren Nachtalbeneltern. Dafür wurden sie geschaffen!«

»Die Zeiten ändern sich«, erklärte Rudrogeit leise. »Es gibt Gesetze. Ein Recht auf Unterhalt. Viele Vampire führen ein eigenständiges Leben, und die Eltern müssen ihnen das Blut zur Verfügung stellen.«

Swankar schnaubte. »Warum sie das mit sich machen lassen, ist mir ein Rätsel. Wir sollten es mal probieren, nur zum Spaß. Du ziehst aus und siehst zu, wie du dein Blut bei mir einklagst. *Ich* bin ja nicht diejenige, die sich in Krämpfen auf dem Boden windet und bei lebendigem Leib austrocknet, wenn es etwas länger dauert.«

Rudrogeit spannte sich an. Swankar bemerkte es, denn mit einem Mal lachte sie wieder. Sie trat Rudrogeit unvermittelt die Beine weg und nahm ihn in den Schwitzkasten. Er wehrte sich halbherzig, und einen kurzen Augenblick rangen sie miteinander.

»Mutter«, keuchte Rudrogeit. »Die Leute!«

Sie hatten inzwischen das Apartmenthaus für Militärangehörige verlassen und die Straße erreicht, eine Brücke, die sich hoch oben zwischen den Wohntürmen von Daugazburg spannte. Rings um sie brauste der Verkehr, Selbstfahrer auf den beiden Fahrspuren in der Mitte, Flieger aller Art über ihnen. Und

Passanten, die einen verstohlenen Seitenblick auf die rangelnden Offiziere warfen.

Rudrogeits Sonnenbrille war verrutscht, und er kniff die Augen vor der Abendsonne zusammen.

»Huch! Sie gucken alle!«, rief Swankar in gespieltem Entsetzen. Dann lachte sie wieder, ließ Rudrogeit los und schob ihm die Mütze zurecht.

»Tausend Jahre, und du machst dir immer noch Sorgen, was *Menschen* von dir denken könnten!« Sie machte eine ausholende Bewegung mit dem Arm. Angehörige aller Völker waren dort unterwegs, Alben und Gnome und Nachtmahre, sogar vereinzelte Zwerge. Aber mindestens die Hälfte der Fußgänger waren Menschen, die schon seit Jahrhunderten die Mehrheit der Bürger von Daugazburg stellten, schon vor der Zeit der Union.

»Wie willst du da alleine leben?«, fragte Swankar. »*Wo* willst du leben? Du weißt, was die Menschen von Vampiren halten. Und du brauchst ihr Blut ebenso wie meins. Willst du dich allein um alles kümmern, allein unter Nachbarn leben, die dich verabscheuen und fürchten? Wie *kommst* du auf so eine Idee?«

Sie maß ihren Sohn mit einem abschätzigen Blick.

»Hm.« Rudrogeit zögerte. »Ich bin bald tausend Jahre ...«

»Ja«, sagte Swankar. »Und ich bin noch älter. Kein Grund, darauf herumzureiten.« Sie knuffte ihn.

»Nun«, sagte er. »Ich meine ... Die ganze Zeit haben wir ... Ich habe mich nur gefragt, wenn man tausend Jahre lang dasselbe tut, sollte da nicht irgendwie noch etwas *anderes* sein? Vielleicht bin ich zu alt geworden, um an deiner Seite zu kämpfen. Ich fürchte, ich werde langsamer, und gerade dachte ich ... werden meine Haare grau?«

Swankar sah ihn an. »Ah«, sagte sie. »Das ist es also.« Sie musterte seinen Schopf. Dann griff sie blitzschnell zu und riss ihm ein paar Haare aus.

»Ich hab davon gehört«, fuhr sie fort. »Vampire sind nicht wie wir Nachtalben. Die menschliche Seite kommt durch – du warst wirklich schon mal flotter auf den Beinen. Aber keine Sorge ...«

Sie legte ihm den Arm um die Schultern und drückte ihn freundschaftlich. Swankars Freundschaft tat weh.

»... Ich verstoße dich schon nicht, nur weil du älter wirst. Ich habe dich jahrhundertelang ausgebildet. Wenn ich mir jetzt einen neuen Vampir heranziehe, dauert es Jahrzehnte, bis er so viel taugt wie du.«

Swankar löste sich von Rudrogeit und gab ihm einen wohlwollenden Klaps auf den Hintern.

»Ich gönn dir dein Gnadenbrot an meiner Seite. Bis du irgendwann so altersschwach wirst, dass sich das Problem in irgendeinem Kampf von selbst erledigt.«

»Danke, Mutter«, erwiderte Rudrogeit. »Sehr tröstlich.«

»Es ist, wie es ist«, sagte Swankar. »Wir sind Krieger. Wir leben so lange, wie wir stark genug sind. Daran wirst du nichts ändern.«

Sie folgten der Brücke durch das ausgeschnittene Stück eines Hochhauses. Es war wie ein Tunnel. Am anderen Ende lagen Terrassen mit Parkplätzen.

Noch vor dem Ausgang löste sich ein Goblin aus dem Schatten der Wand. Er trug eine graue Uniform mit den Winkeln eines Sargente und legte lässig einen Finger an die Kappe.

»Käpt'n. Leun't«, schnarrte er. »Steht'r Wagen bereit.«

»Coronel. Capitan«, verbesserte Rudrogeit ihn. »So lange bei der Truppe, und Sie können immer noch nicht die Dienstgrade auseinanderhalten, Sargente Sneithan.«

Der Goblin grinste, sodass man zwei Reihen scharfer Reißzähne sah. Er trug spitze Goldkronen auf den beiden größten Hauern. »Änd'rt sich so schnell«, erwiderte er. »So'n Jüngelchen sollt Leutnant sein ... höchst'ns.«

»He, Sargente«, rief Swankar. Sneithan drehte sich um. Sie stieß ihm den Fuß ins Gesicht. Er riss die Arme hoch und schlug klatschend das Bein zur Seite. Swankars Körper fing die Bewegung ab, tänzelte elegant und stand sicher.

»Eine respektlose Affenfresse, der alte Sneithan«, stellte sie fest. »Aber schnell.« Sie grinste Rudrogeit an. »Er denkt auch nicht so viel nach. Im Kampf zählt das mehr als die richtigen

Titel. Ich glaub also, den Zottelkopf mustern wir auch noch nicht aus.«

»Schweinescheiße. Pass auf, du schwanzloser Gashebelwichser! He! Aus'm Weg, Nutte. Steig aus'm Wagen, wennste'm Straßenrand stehn willst!«

In halsbrecherischem Tempo lenkte Sneithan den Selbstfahrer über die Hochstraßen von Daugazburg, und sein Gasturbinenfahrzeug ließ die trägeren thaumatechnischen, thermischen und mechanischen Stadtwagen hinter sich. Ruckartig wechselte er die Spur, zwängte sich in winzige Lücken und schrammte mitunter sogar über die Mittelschwelle auf die Gegenspur, bevor er sich schleudernd wieder in den fließenden Verkehr Richtung Stadtrand einfädelte.

Rudrogeit blickte zwischen den beiden Vordersitzen hindurch und tastete mit der Linken verstohlen nach dem Gurt auf der Rückbank. Es schien schwer vorstellbar, dass Sneithan nicht im nächsten Augenblick einen anderen Wagen touchierte oder durch die Randbegrenzung brach und Hunderte von Metern tief in die Häuserschluchten stürzte. Und doch war die Fahrweise, entgegen allem Anschein, kein Zeichen für den üblichen Leichtsinn der Goblins.

Sneithan fuhr nur so schnell, wie er den Wagen beherrschte. Und was er alles beherrschte, hatte er in den achtzig Jahren bewiesen, die er an der Seite von Swankar und Rudrogeit als Kampfpilot diente.

Swankar lächelte Rudrogeit im Rückspiegel an. »Du siehst blass aus, Rudi«, sagte sie.

»Sehr witzig«, gab Rudrogeit zurück. »Ich bin ein Vampir, keine schwarze Albe.«

Der Verkehr wurde spärlicher, als sie in die Außenbezirke kamen. Mit einem Mal betätigte Sneithan alle Bremsen zugleich. Der Selbstfahrer wirbelte um die eigene Achse, legte sich schräg ... Es krachte am Bodenblech, als der Goblin das Fahrzeug über die Seitenmauer lenkte.

Rudrogeit sah Funken am Seitenfenster aufblitzen, Stahl schrammte über Stein, dann stürzten sie drei Meter tiefer auf eine kleinere Seitenstraße. Der Goblin fuhr ein paar Schlangenlinien, bis der Wagen wieder in der Spur lag.

»Da vorn wäre eine Ausfahrt gewesen«, stellte Rudrogeit fest.

Er lauschte. Die Karosserie ächzte ein wenig, und in das Motorengeräusch mischte sich ein Schaben, das vorher nicht da gewesen war.

»Irgendwann wirst du deine Karre zu Schrott fahren«, merkte Swankar an.

Sneithan zuckte die Schultern. »Nai. Is'n Dienstwagen. Scheißegal. *Fahr auf'n Rübenacker, Pissbauer!*«, brüllte er einem Fahrer zu, während er halb über den Gehweg rechts an ihm vorbeiraste.

Die Straße fiel allmählich auf Bodenniveau ab, die Gebäude zu beiden Seiten wurden kleiner. Das verwirrende Geflecht von übereinander- und ineinandergebauten Brücken blieb hinter ihnen zurück und bildete zusammen mit den hohen Türmen der Innenstadt eine bizarre Silhouette am Horizont. Bald kam in der Ferne der Militärflughafen in Sicht.

Sneithan bog vor dem Haupteingang ab und hielt auf das Werftareal zu. Außerhalb des Geländes, vor dem Zaun, hatte man hohe Tribünen aufgebaut. Sie waren festlich geschmückt, Leuchtgirlanden säumten die Balustrade und alle Zufahrten, und auf einem großen Freigelände daneben war ein Parkplatz eingerichtet worden.

Eine Wache stand gelangweilt vor der Schranke am Nebentor; der Wachhabende in der Stube hielt den Blick gesenkt, so als würde er lesen. Beide Posten waren Menschen. Sneithan bremste nicht; er gab Gas und drückte mit seiner Klauenhand auf die Hupe.

Mit aufheulendem Motor und dröhnendem Signalhorn raste er auf die Schranke zu. »Mach'n Baum auf! Schleimbeutel in Uniform, kriegst'n nicht hoch, oder was?« Er brüllte wild und fuchtelte mit der Hand, die er nicht für die Hupe brauchte.

Der Soldat an der Schranke nestelte an seinem Gewehr, der

Wachhabende sprang auf. Kreidebleich blickten sie dem gepanzerten Selbstfahrer entgegen, der auf sie zuraste.

»Wir sind nicht am Haupttor«, bemerkte Swankar ruhig. »Die beiden kennen dich nicht.«

»Scheiße.« Sneithan trat auf die Bremsen. Der Wagen wurde so unvermittelt langsamer, dass sie nach vorn geworfen wurden, und Rudrogeit glaubte, er würde sich überschlagen. Das Heck brach aus, und zwei Handbreit vor dem Posten kam das Fahrzeug zum Stehen. Der Soldat stand zitternd da, das Gewehr vorgereckt. Der Wachhabende eilte aus der Stube und hielt eine Pistole in der Hand.

Swankar streckte den Kopf aus dem Fenster. »Na los!«, rief sie. »Macht hin mit der Kontrolle. Ich will zu meinem Schiff.«

»Coronel Swankar …?« Der Sargente vom Tordienst ließ unschlüssig die Waffe sinken. Der Wachsoldat ging um das Fahrzeug herum und stützte sich an der Motorhaube ab.

»Den Ausweis …«, stotterte er.

Rudrogeit zog den Dienstausweis aus der Jackentasche, Swankar hielt den ihren schon in der Hand. Aber Sneithan streckte seinen langen Arm aus dem Seitenfenster, packte den Soldaten am Hals und riss ihn zu sich heran, bis das Gesicht des Mannes nur Zentimeter von den goldüberkronten Reißzähnen entfernt war.

»Dienstanweisung, blöde Ratte!«, schrie er ihn an. »*Personen*kontrolle am Tor, keine leuchmadanverschissene Ausweisbeschau. Bin Sergeant Sneithan, sieht man ja wohl, was?«

Swankar blickte den Wachhabenden freundlich an, sodass der ihre spitzen Zähne sah. »Ich muss zugeben – das ist Sneithans Art, sich auszuweisen!«, erklärte sie liebenswürdig. »Am Haupttor würden sie ihn gar nicht reinlassen, sondern ihn für einen Doppelgänger halten, wenn er anders ankommt.«

Die *Lichtbringer* war kein großes Schiff. Vom Bug bis zum Heck maß sie weniger als zweihundert Meter. Sie war schlank und schnittig, und der Rumpf war aus Holz gefertigt statt aus Stahl.

Rudrogeit wusste, dass man dieses Holz in keinem Wald der Welt fand – jedenfalls nicht in einem Wald der Elfen, die Wert auf unverfälschte Natur legten. Die Bäume, von denen dieses Holz stammte, waren mit Magie und Bio-Alchemie vom Samen an neu gebildet und auf Festigkeit hin gezüchtet. Sie standen Stahl kaum nach, aber sie sahen weiterhin aus wie Holz. Auch das trug dazu bei, dass die *Lichtbringer* so schwerelos wirkte.

Das Flugschiff ruhte auf einem Gerüst, gleich neben einem Turm, den Tribünen auf der anderen Seite des Zauns gegenüber. Sneithan verließ die geebnete Straße und fuhr quer über das Gelände auf ihr Ziel zu. Rudrogeit lehnte sich aus dem Fenster und schaute nach vorn.

»Da ist wohl demnächst Sonderdienst angesagt, *Sargente* Sneithan. Grundausbildung. Sie müssen sich wirklich einmal die militärischen Ränge der Union einprägen.«

Sneithan spuckte aus dem Fenster. »Scheiß auf Union«, knurrte er. »Bin seit vier'ndert Jahren bei der Truppe. Sergeanten war'n gut genug für Goblins. Sargentes sind nackte Bitanerscheiße.«

»Vierhundert Jahre?«, erwiderte Rudrogeit spöttisch. »Ganz schön viel für jemanden, der nicht mal bis vier zählen kann.«

Sneithan griff mit dem linken Arm nach hinten und zeigte vier scharf geschliffene Klauenfinger, dann ballte er sie zur Faust und hielt sie Rudrogeit unter die Nase.

»Vier'ndert Jahre, Vampirjunge«, brummte er. »Hab ich ohne mein' Mama überlebt.«

Rudrogeit hörte ein unterdrücktes Prusten vom Beifahrersitz und beschloss, das Thema nicht zu vertiefen. Er stieß Sneithans Hand zur Seite und blickte zur *Lichtbringer* empor.

Der Rumpf des Schiffes ragte hoch über ihnen auf, vorn scharf geschnitten, an den Seiten und am Heck wohlgerundet und mit Aufbauten und Erkern bedeckt, die fast aussahen wie Augen. Das flache Deck konnte man von hier unten nicht sehen, nur einen Wald von Antennen, mit denen es gespickt war. Die meisten davon würden die Strahlungsmembran tragen, wenn die *Lichtbringer* erst einmal flog. Dazwischen verbargen sich sicherlich eine Menge sensorische Antennen, und vermutlich auch ein paar Geräte, deren Zweck Rudrogeit nicht einmal verstand.

Es gab größere Schiffe als die *Lichtbringer*, aber dieses Schlachtschiff war das Modernste, was die Union zu bieten hatte, der erste Kreuzer der Nodus-Klasse und der Stolz der Luftflotte. Der schlanke Rumpf barg die neuesten Errungenschaften der Militärtechnologie, Anlagen, in denen Gerüchten zufolge die Grenze zwischen Magie und Technik endlich überwunden war, und nach der feierlichen Indienstnahme am heutigen Abend würde Swankar diesen Kreuzer kommandieren.

Ein Leutnant begrüßte sie an Deck, um sie durch das Schiff zu führen. Rudrogeit schaute sehnsüchtig zum Heck, wo hinter dem Brückenaufbau zwei Odontopter von Klampen gehalten in ihrer Startposition hingen. Er wäre gern eingestiegen und davongebrummt, allein in seinem Cockpit, losgelöst und frei.

Sneithan ließ die Mannschaft antreten – trieb sie zusammen, war wohl der bessere Ausdruck. Der Leutnant öffnete eine Luke zu Füßen des Brückenturms, und von unten kam ihnen ein Zivilist entgegen, ein Mensch in einem gedeckten braunen Anzug. Gleich hinter ihm ging ein Nachtalb in der blauen Robe eines Flottenmagiers. Die Rangabzeichen, die ihn als Oberleutnant auswiesen, hatte er nur nachlässig auf die Schultern genäht.

Swankars schmale Augenbrauen zogen sich so dicht zusammen, dass sie eine geschlossene Linie bildeten. Ihr rundes Nachtalbengesicht bekam einen harten Zug. Rudrogeit wusste die Geste zu deuten: Nachtalben waren magische Geschöpfe, aber nicht jeder Nachtalb war ein Magier. Die meisten von ihnen vermochten vielleicht ein, zwei schwache Zauber zu weben; manchen blieb kaum mehr als ein vages Gespür für Magie.

Swankar würde Magie allenfalls spüren, wenn man ihr einen magischen Dolch mitten ins Herz stieß. Und sie hasste die Alben, die ihrem Empfinden nach »Zauberkunst zur Schau stellten« und sich »für was Besseres hielten«.

Der Mensch fing ihren Blick auf, blieb abrupt stehen und wich einen Schritt zurück. Dann nickte er kurz und rang sich ein Lächeln ab. »Guten Abend, gnädige Frau.«

»Was treibt dieser Zivilist an Bord?«, fragte Swankar. Sie schaffte es, über den Menschen hinweg direkt den Magier anzusprechen, obwohl der Zivilist zwischen ihnen stand und einen Kopf größer war als die Alben.

»Ähm, das ist Doktor Descidar«, erwiderte der Alb. »Wir haben gerade ...«

»Der Schiffsarzt?«, unterbrach Swankar ihn.

»Nein, nein ...«, sagte der Magier. »Obwohl, in gewisser Hinsicht ...«

»Stammeln Sie nicht rum, Mann! Wer sind Sie überhaupt?«

Der Magier nahm Haltung an. Er richtete sich auf und legte die Arme an den Körper. Er sah aus wie eine Dame, die sich anschickte, ihr Kleid zu raffen. Rudrogeit lächelte. Swankar wirkte nicht amüsiert.

»Oberzauberer Feitlaz«, sagte der Alb. »Verzeihung. Doktor Descidar ist öfter hier an Bord. Er muss diese neue Anlage nachjustieren. Den Nodus.«

Der Mensch nickte. Er nestelte mit zwei Fingern an dem rotbraunen Samttuch, das er anstelle einer Krawatte trug. Eine Nadel mit einem einzigen hellen Brillanten blitzte auf. »Vor der Vorführung wollte ich mich vergewissern, dass alles seine Richtigkeit hat.«

»Hm.« Swankar schwankte sichtlich zwischen Neugier und dem Bestreben, diesem Zauberer das Leben schwer zu machen. Dann aber siegte die Neugier. »Was ist dieser Nodus? Ich habe ein wenig darüber gehört, aber für mich klingt es nach einem ganz normalen Nexusportal.«

»Oh, es ist viel mehr als das ...«, sagte der Magier.

»Sehr viel mehr ...«, ergänzte der Doktor.

»Gut«, fiel Swankar ihnen ins Wort. »Dann zeigen Sie es mir, Feitlaz. Aber verabschieden Sie sich vorher von Ihrem Echo. Der Doktor kann sich zu den anderen Zivilisten auf die Tribüne setzen. Wir übernehmen das hier.«

Descidar nickte wieder und verabschiedete sich. Aber Feitlaz, der Schiffszauberer, ging ihnen voran die steile Treppe in den Rumpf hinab und redete dabei über das, was anscheinend sein liebstes Spielzeug hier an Bord war.

»Der Nodus kann tatsächlich eine Verbindung zum Nexus herstellen, ganz wie ein gewöhnliches Portal. Aber er ist selbst so etwas wie ein kleiner Nexus, ein eigenständiges, denkendes Konstrukt, das diesem Schiff ungeahnte Möglichkeiten verschafft.«

»Eine Integrationsmaschine?«, fragte Swankar zweifelnd.

»Mehr als das.« Feitlaz wandte sich zu ihnen um und strahlte über das ganze Gesicht. »Fast ein künstlicher Zauberer, könnte man sagen. Ich bin eigentlich nur an Bord, um den Nodus zu lenken. Meine eigenen bescheidenen Fähigkeiten sind nichts verglichen mit dem, was er bewirken kann.«

Feitlaz führte die übrigen Offiziere durch einen schmalen Gang an seitlichen Schotts vorbei bis zu einer Tür aus Skermakial. Dahinter lag der Steuerraum, ganz mit Metallkeramik verkleidet. Portalsteine, Bildwerfer und Kommunikationsanlagen waren in die Wände eingelassen, Sitze mit Sicherheitsgurten standen an den Seiten aufgereiht. In der Mitte blieb viel freier Platz, und gegenüber dem Eingang gab es ein weiteres Panzerschott mit einem Bullauge darin.

Der Zauberer erklärte stolz die magischen und die mundanen Einrichtungen. Swankar trat an das gegenüberliegende Schott und spähte durch die Scheibe. Dahinter befand sich eine Art Schleuse.

Swankar legte die Hand auf das Metall. »Eine Panzerung«, sagte sie. »Gibt es thaumatechnische Anlagen auf dem Schiff?«

»Bitte?« Der Zauberer blickte auf. »Die *Lichtbringer* besitzt ein kleines Inversmodul als zusätzlichen Auftriebskörper und als Antrieb. Aber der Nodus funktioniert mit Thaumagel, darum ist er in dieser Kapsel untergebracht.«

»Sie ist nicht versiegelt«, wandte Swankar ein und wies auf das gesicherte Schott. »Man kann sie öffnen. Ist das Thaumagel frei zugänglich?«

»Da müssen Sie Doktor Descidar fragen«, sagte der Zauberer. Er klang nervös. »Ich bediene den Nodus nur. Das Schott dient nur Wartungszwecken – laut Protokoll hat die Mannschaft keinen Zugriff.«

Swankar rümpfte die Nase. Sie legte die Hand auf den Öffnungshebel, schaute dann auf das Sicherheitsschloss. Es war ein Auraschloss, eine halbmagische Technologie. Die Aura eines Lebewesens galt als unverwechselbar, aber Swankar traute dieser Technik nicht. Magie konnte durch Magie getäuscht werden; vermutlich konnte selbst dieser armselige Schiffsmagier sich Zutritt verschaffen, wenn er wollte.

Swankar schätzte es gar nicht, wenn sich Bereiche auf ihrem Schiff ihrer Kontrolle entzogen.

»Und was kann dieser Nodus, was ein normaler Portalstein nicht zuwege bringt?«

»Nun«, sagte der Schiffszauberer. »Sie können die *Lichtbringer* von hier aus genauso führen wie auf der Brücke. Was nicht unmittelbar zugänglich ist, kann vom Nodus überbrückt werden. Der Nodus hat selbst dann noch Zugriff auf alle Waffen und Systeme, wenn die tatsächlichen Verbindungen in einem Gefecht zerstört wurden.«

4

Maße und Größen *– Wie es heißt, übernahmen die Finstervölker schon einmal, ganz unkompliziert und ohne Zwang, die bitanischen Gewichte, Maße und sogar den Sonnenkalender. Dies geschah während der »Knochenmesser-Revolte« vor 900 Jahren, und es blieb ein kurzes Zwischenspiel in einer stürmischen Zeit. Dennoch zeigt es, dass Unsicherheit und Ängste mehr Probleme schaffen als der grimmigste Streit.*

Denn das, was 635 Jahre zuvor mitten im Krieg kein Problem gewesen war, wurde eines, als Falinga und Bitan sich friedlich zur Union zusammenschlossen und ihre Größen und Begriffe vereinheitlichen mussten. Über Jahrzehnte wurde in Gremien und Ausschüssen erbittert um jedes Wort gerungen, und noch länger dauerte es, bis die vereinbarten Begriffe sich allgemein durchgesetzt hatten. So groß war die Furcht der beteiligten Völker, bei der Einigung über den Tisch gezogen zu werden und ihre Identität zu verlieren!

Am Ende kam ein Kompromiss heraus. Er bescherte den Bitanern 13 Monate im Jahr, die nach der Tradition der Finstervölker benannt sind, sich aber nach bitanischem Brauch am Sonnenlauf orientieren, und viele weitere Regelungen dieser Art. Dennoch findet man heute noch Traditionalisten, welche hartnäckig die Bezeichnungen ihrer Vorfahren neben der offiziellen Regelung verwenden, alte militärische Ränge, alte Begriffe für Münzen, alte Längenmaße …

Und doch, aller Sturheit zum Trotz, haben sich die unterschiedlichen Bezeichnungen im Alltag einander angenähert. So werden inzwischen beispielsweise zwei Schritte der Finstervölker auf einen bitanischen Meter gerechnet – was allenfalls für eine recht kleine Nachtalbe als Schritt durchgehen kann, was aber das Verständnis und die Umrechnung ungemein erleichtert.

Aus: »Geschichte der Union«, von Tendor Istarios,
Prof. Em. der politischen Akademie zu Opponua

Aldungan bewohnte einen Turm am Rande der Stadt, der ihm vor Jahrhunderten, als der Nachtalb noch Herrscher aller Finstervölker gewesen war, als Palast gedient hatte. Der Sockel des Bauwerks war so oft umgebaut und wieder überbaut worden, dass er inzwischen einem natürlichen Hügel glich und ein eigenes Viertel in der Vorstadt bildete. Buntscheckige Häuser übersäten seine schrundigen Flanken, wucherten dort wie Muscheln an einem Pfahl: kleine Hütten und größere Villen, Mietwohnungen und Geschäfte. Manche dieser kleinen Häuser standen mit dem größeren Bauwerk in Verbindung, waren womöglich Erker oder ehemalige Gesindehäuser. Andere hatte man später hinzugebaut.

Die beiden oberen Drittel des Turms stachen aus dem verschachtelten Durcheinander empor mit den klaren Linien und den scharfen Kanten einer Waffe, eine Kathedrale aus Glas und Stein, blau schimmernd im Abenddämmer, mit klingenartigen Vorsprüngen und sich überlappenden Balustraden, die an die Schuppen einer antiken Rüstung erinnerten.

Eigene Hochstraßen führten aus verschiedenen Richtungen auf die Tore zu, ruhten erhaben auf schlanken Brückenbögen hoch über dem wilden Durcheinander des Stadtviertels, das im Schatten des Gebäudes gewachsen war.

Das Bauwerk hatte wenig gemein mit jenem schlichten Turm, in dem Frafa vor tausend Jahren gemeinsam mit ihrem Meister gelebt hatte. Es überragte die luftigen Zufahrtswege noch um zweihundert Meter und bildete fast schon eine Stadt für sich, mit Dutzenden von Stockwerken und mit Tausenden von Räumen und Zimmerfluchten im Inneren. Ein Turm nur der Form nach, in Wahrheit ein Palast, der dem von Leuchmadan und der Fei in nichts nachstand, nur dass Aldungan seine Zitadelle in die Höhe gebaut hatte und nicht in die Breite.

Frafa erinnerte sich an alles, als ihr Wagen auf das Gebäude zurollte. Es war im zweiten Jahrhundert seiner Herrschaft gewesen, als Aldungan seinen Wohnsitz an diesen Ort verlegt hatte. Frafa stand auf dem Höhepunkt ihrer Kanzlerschaft und war nach außen hin selbst zur Herrin von Falinga geworden – der

Grauen Lande, die längst nicht mehr grau waren. Ein kleiner Sommerpalast war es damals gewesen, abseits von Daugazburg und dem Treiben der Stadt entrückt, umgeben von weitläufigen Gärten. Im Laufe der Zeit war er gewachsen, und in dem Maße, wie Aldungan selbst wieder in Erscheinung getreten war, zeigten sich nach und nach immer weitere Insignien von Macht und Herrschaft in der Architektur.

Seit Gründung der Union war das Gebäude wieder modernisiert worden. Die unteren Gewölbe hatte man abgetrennt, vermietet, versiegelt oder einfach vergessen; in anderen Bereichen hatte man ein Museum eingerichtet, oder man hatte sie stillgelegt. Aldungan selbst benutzte nur noch wenige Stockwerke dicht unter der Spitze.

Für den heutigen Tag waren viele der Hallen, die sonst für öffentliche Führungen zur Verfügung standen, wieder abgesperrt und geschmückt worden. Lange Reihen eleganter Fahrzeuge fuhren von allen Seiten auf den Turm zu, und Fluggeräte landeten in den dafür vorgesehenen Erkern.

Ein livrierter Einweiser winkte Frafas Fahrzeug heran, sie nahm ihre Tasche und stieg aus, und ihr Chauffeur wurde zu den Parkdecks weitergeleitet. Frafa raffte mit der freien Hand ihre schimmernd grüne Robe und schritt über den roten Teppich auf den Haupteingang zu. Die uniformierten Posten ließen sie ein, ohne nach einer Einladung zu fragen.

Sie ging gleich in Richtung der Garderobe, wo sie einen von Aldungans Protokollführern erblickte. Aber auf dem Weg dorthin traf sie auf den Bürgermeister von Daugazburg, auf einige alte Parteifreunde und auf einen früheren Kollegen von der Akademie. Frafa stellte ihre Tasche ab und wechselte ein paar Worte mit der Gruppe, doch als sie wieder zur Garderobe hinblickte, war der Protokollführer verschwunden. Dafür schritt Aldungan selbst über die breite Freitreppe in die Eingangshalle hinab. Der alte Nachtalb trug einen altmodischen dunkelblauen Anzug mit einem Besatz von Goldbrokat. Er und Frafa legten zur Begrüßung die Fingerspitzen aneinander.

»Frafa, meine Liebe. Ich hatte dich früher zurückerwartet ...«

»Ja, Meister ... Aldungan.« Frafa deutete einen Knicks an. Auch nach so vielen Jahren wurde sie in Aldungans Gegenwart immer wieder zur Schülerin. »Der Zug ...«

Aldungan winkte ab. »Ein bedauernswerter Zwischenfall, es kam in allen Nachrichten. Zum Glück haben unsere stolzen Luftstreitkräfte diese Intrusion nicht geduldet und die unverfrorenen Elfen in die Schranken gewiesen.«

»Genau genommen habe ich ...«

Aldungan fiel ihr wieder ins Wort. »Ja, die Einzelheiten – lass uns ein andermal darüber plaudern, wenn ein wenig Muße bleibt.«

Frafa nahm ihre Tasche hoch. Sie war unförmig, mehr eine Aktenmappe, und passte nicht zu dem feinen Kleid, das sie trug.

»Womit hast du dich da nur beladen?« Aldungan runzelte die Stirn. »Es ist einer eleganten Albe nicht würdig, bepackt herumzulaufen wie ein Menschensklave. Und nötig hast du es auch nicht, mein Kind. Seit Jahrhunderten rate ich dir, ein neues Taschentier zu erschaffen.«

Frafa schlug die Augen nieder. »Ich ... ich kann nicht. Es wäre so, als ließe Balgir sich einfach ersetzen.«

Aldungan seufzte. Sein Blick schweifte durch die Halle, sah ein bekanntes Gesicht. Er lächelte und winkte und sagte dann zu Frafa: »Was redest du für einen Unsinn. Natürlich lässt er sich ersetzen! Dieses Ding war einfach nur ein Tier ... oder eine Tasche. Du kannst mühelos eine neue machen, und außerdem ist Balgir schon seit ... wie vielen hundert Jahren tot?«

»Es ist keine Frage der Zeit«, gab Frafa zurück. »Balgir war ein Vertrauter.«

Aldungan schüttelte den Kopf. »Mitunter zeigst du eine Rührseligkeit, die einer Albe nicht ansteht. Wenn dir das Ding so am Herzen lag, warum hast du es dann so oft als Echse herumlaufen lassen? Es wäre weniger schnell gealtert und gestorben, wenn du es als Tasche im Schrank gelassen hättest.«

»Balgir hätte das nicht gefallen«, sagte Frafa. »Er wäre nicht so schnell gealtert, aber er hätte auch weniger *gelebt.*« Sie schaute zur Seite und besann sich auf ihr eigentliches Thema: »Ich habe die Unterlagen in der Tasche, die Dokumente der Reise. Wir müssen sie durchgehen.«

Aldungan schüttelte den Kopf. »Aber doch nicht heute!«, rief er aus. »Du siehst erschöpft aus, Liebes. Hast du gezaubert? Ich spüre eine gewisse ... Leere in dir. Erhol dich ein wenig, feiere. Es gibt ein Buffet für die Ehrengäste im Mondscheinsaal, Tanz, Konzerte ... Du wirst heute Nacht doch nicht arbeiten! Wir reden später über die Ergebnisse deiner Fahrt.«

»Und was soll ich heute Abend tun?«

»Gar nichts.« Aldungan legte Frafa die Hand auf die Schulter. »Wärest du vor zwei Tagen gekommen, wie es geplant war, dann hätte ich dich instruieren können. Es sind wichtige Gäste da, die ich gern deiner Obhut anvertraut hätte ... Aber, wie man so passend sagt, der Zug ist abgefahren. Wenn du dich gut unterhältst und unseren bitanischen Gästen zeigst, dass wir in Daugazburg kultivierte Leute sind und Nachtalben ein angenehmer Umgang, dann tust du genug für unsere Sache.«

»Worum geht es eigentlich bei diesem Empfang?«, fragte Frafa. »Um ein neues Kriegsschiff, habe ich gehört?«

»Das ist der offizielle Vorwand«, erklärte Aldungan. »Heute wurde die *Lichtbringer* getauft und in Dienst genommen, ein Flugkreuzer der neuesten Generation. Aber das ist Gulberts Lieblingsprojekt, nicht meins, er hat im Hintergrund die Fäden gezogen. Ich nutze bloß den Anlass, wo so viele von Gulberts Freunden in Daugazburg sind, und spiele den Gastgeber, um ein paar Leute zusammenzubringen.«

Er zwinkerte Frafa zu.

»Gulbert.« Frafa seufzte.

»Gulbert ist nicht mehr unser Feind«, tadelte Aldungan sie milde. »Heute sind wir alle eine große Familie, Finstervölker und Bitaner, und dieser Empfang soll dazu beitragen, die Grenzen noch weiter abzubauen. Genieße den Abend, Frafa, und lebe einfach ... Es ist nicht gut für uns, stehen zu bleiben und an der Vergangenheit festzuhalten. Ob es um Taschentiere geht, um magische Herzen oder um andere Dinge.«

Er wandte sich ab, holte ein Phon aus der Tasche und meldete sich bei seinen Protokollführern. Frafas Arbeitgeber und früherer Lehrmeister überließ nichts dem Zufall. Er ließ sich eine Liste der wichtigsten Gäste und ihres gegenwärtigen Aufenthaltsortes geben, bevor er entschied, in welchem Raum und bei welcher Gruppe er wie absichtslos auftauchen wollte.

Erst als er fort war, fiel Frafa eine Merkwürdigkeit auf.

Lichtbringer.

Das war eine althergebrachte Bezeichnung für Leuchmadan und wohl eine vage Übersetzung seines Namens. Es war ein Begriff der Finstervölker, Gulbert hingegen war jahrhundertelang der Hochkönig der Völker des Lichts gewesen und hatte sogar gegen Leuchmadan selbst gekämpft. Wenn dieses Schiff also sein Projekt war, weshalb wählte er dann den Namen eines alten Feindes dafür?

Das Buffet war an der Stirnseite des Mondscheinsaals angerichtet, auf einer kleinen Empore, die bei anderen Veranstaltungen als Bühne diente. Eine lange Reihe Tische stand dort, beladen mit Vorspeisen und Desserts und zahllosen Delikatessen. Bedienstete in weißem Gewand und mit roter Schürze legten die Speisen vor.

Frafa schlenderte unentschlossen an den aufgereihten Köstlichkeiten entlang. Sie bewunderte die Dekoration, ganze Landschaften mit Wäldern und Hügeln und kleinen Tieren, aus Gemüse geschnitten und mit Kräutern begrünt; naturgetreue Blüten aus Zuckerwerk und Marzipan. Frafa kam spät, und viele der Platten mit den Hauptgerichten waren schon fast leer; andere kaum angerührt oder wurden eben neu aufgedeckt.

Ein rundlicher Mensch, einer der Honoratioren von Daugazburg, stand vor den Meeresfrüchten und wollte sich einen Hummer vorlegen lassen. Da richtete sein Nachbar das Wort an ihn: »Verzeihen Sie, mein Herr«, sagte er. »Ich bin Arzt und möchte Ihnen sagen, dass Sie den Hummer womöglich nicht nehmen sollten.«

Frafa kannte den Daugazburger, aber den Fremden, der ihn angesprochen hatte, kannte sie nicht. Es war ein kleiner Mann, kaum größer als Frafa, in mattbraunem Anzug und mit einem aufgefältelten roten Tuch am Kragen.

Der Dicke riss seinen Teller zurück, als hätte das Schalentier ihn gezwickt. »Warum?«, fragte er hastig. »Meinen Sie, er wäre nicht bekömmlich?«

»Das hoffe ich doch«, erwiderte der Arzt ungerührt. Geschickt schob er seinen Teller unter dem Arm seines Nachbarn hindurch, drückte resolut mit der anderen Hand die Speisezange herunter und lud sich den Hummer selbst auf den Teller. »Es ist der Letzte auf dem Buffet, und ich hätte gern davon gekostet.«

Er zog mit seiner Beute ab. Der Daugazburger blickte ihm fassungslos nach. Dann tat er einen Schritt hinter dem Räuber her und lief selbst so rot an wie ein Hummer. »Was für eine Un…«, stieß er hervor, hielt dann inne und schnappte nach Luft.

Frafa drehte den Kopf, damit der Mensch ihr Grinsen nicht bemerkte. Eilig zwängte sie sich an ihm vorbei, legte sich ein paar Kleinigkeiten auf den Teller und entfernte sich. Sie sah den frechen Mann in seinem braunen Anzug allein an einem Tisch sitzen, und kurz entschlossen gesellte sie sich zu ihm.

»Ein starkes Stück, mein Herr«, sprach sie ihn an. »Marigar ist eine einflussreiche Persönlichkeit in Daugazburg. Er liefert Schuhe an das Militär, aber das ist nur eins der ehrbareren Geschäfte, an denen er beteiligt ist. Er mag Ihnen schaden.«

Der Fremde blickte kurz von seinem Teller auf, sah Frafa an und lächelte. »Militärstiefel?«, fragte er. »Da werde ich wohl aufpassen müssen, dass er mir nicht auf die Füße tritt.«

Der Hummer war aufgebrochen, und der Mensch löste das Fleisch mit dem Messer aus der Schale. Er handhabte die Klinge präzise, doch es war die Präzision eines Barbaren, der sein Essen mit der Waffe zerlegt, eines Barbaren, der mit der Waffe besser vertraut war als mit der Speise.

»Außerdem bleibe ich nicht lange in Daugazburg«, fügte er

hinzu. »Mit ein wenig Fortune bin ich wieder fort, ehe dieser Schuster mir ans Leder kann.«

»Und wenn nicht?« Frafa stützte das Kinn auf den Handrücken und ließ die spitzen Zähne aufblitzen. »Ihr Menschen seid so kurzlebig und so anfällig. Man sollte meinen, ihr wäret achtsamer.«

Der Bitaner zuckte die Achseln. »Umso wichtiger ist es doch, keine Zeit mit Sorgen zu verlieren. Stellen Sie sich vor, Mademoiselle Nachtalbe, ich hätte gezögert. Dann wäre dieser Hummer mir entgangen, und wer weiß, ob ich in meinem kurzen Menschenleben noch dazu gekommen wäre, diese Delikatesse zu kosten.«

»Sie sind tatsächlich Arzt?«, fragte Frafa.

»Doktor Descidar aus Kamparika, zu Diensten, Mademoiselle.« Er ließ das Besteck kurz sinken und lächelte Frafa an. »Spezialist für Thaumagel-Exposition. Allerdings bin ich mehr in der Forschung tätig als in der Heilkunde. Ein weiterer Grund, weswegen mir als kurzlebigem Menschen keine Zeit bleibt für Bedenken. In der Forschung darf ich nicht zaudern, wenn ich Ergebnisse sehen will! Immerhin steht mir nicht die Lebensspanne einer Nachtalbe zur Verfügung.«

Er hielt Frafa die Hand hin. Sie berührte nur seine Fingerspitzen und stellte sich ebenfalls vor: »Ich bin Frafa, Privatsekretärin von Meister Aldungan.«

Descidar nahm Frafas Hand nach Menschenart. Sie spürte seine Aura: kraftvoll, bewegt, aber durchwoben von etwas Fremdem. Man sah es ihm nicht an, aber Frafa konnte spüren, dass er dem Blut der Erde lange ausgesetzt gewesen war. *Thaumagel-Forschung* … fürwahr.

Descidar drückte ihre Hand kurz. »Privatsekretärin – und einiges mehr«, erwiderte er.

Sie sah ihn an, und er nickte.

»Ich kenne Sie selbstverständlich, Mademoiselle Frafa. Wie könnte ich nicht? Dekanin der Akademie von Daugazburg, Begründerin des Zweiges des Lebens … und einige Titel mehr, die Sie im Laufe der Zeit gesammelt haben. Ich müsste als medizinischer Wissenschaftler ein arger Ignorant sein, wäre ich nicht vertraut mit Ihren Arbeiten.«

Frafa zog ihre Hand zurück. »Ach«, sagte sie. »Das liegt Jahrhunderte zurück. Schon an der Akademie habe ich mehr Zeit mit administrativen Aufgaben verbracht als mit Forschung.«

»Dennoch.« Descidar musterte sie unverwandt. Ein Funkeln lag in seinen Augen. »Jahrhunderte. Ich bin mir sicher, ich könnte einiges lernen von Ihnen, wenn wir uns ein wenig über meine Arbeit unterhielten.«

Frafa schwieg. Sie wandte sich ihrem Essen zu. Der Mensch war unterhaltsam gewesen, als er sich leichtfertig und wider alle Sitten am Buffet sein Essen verschafft hatte. Aber wenn es um kleinliche Alltagsfragen bei der Verwendung von Thaumagel ging ... Frafa hatte derlei Themen lange hinter sich gelassen. Und das *Thaumagel* dieses Thaumateknischen Zeitalters war für sie immer das Blut der Erde geblieben.

Nach einer Weile schaute Descidar sich nervös um und tupfte sich mit der Serviette über die Lippen.

»Hm, ja«, sagte er. »Ich gebe zu, ich hätte Sie gern wegen meiner Arbeit um Rat gefragt. Aber das wäre ohnehin nicht möglich. Betriebsgeheimnis. Sie müssten eine Sicherheitseinstufung haben, und ich fürchte, bei meinem Arbeitgeber möchten Sie sich gewiss nicht bewerben. Also muss ich wohl allein durchfinden.«

Frafa folgte seinem Blick – und entdeckte Gulbert. Der Zauberer entfernte sich soeben vom Buffet, umringt von aufdringlichen Schmeichlern und mit einem Servierer, der ihm den Teller nachtrug. Er beachtete seine Begleiter nicht, sondern schaute unverwandt zu dem Tisch, an dem Frafa mit dem Doktor saß. Sie rutschte so hastig zurück auf ihrem Stuhl, dass die Beine laut über das Parkett schabten.

»Sie arbeiten für Gulbert?«, fragte sie den Doktor.

Descidars Lippen hatten bislang bei allem, was er tat oder sagte, einen spöttischen Zug beibehalten. Nun zuckten sie beinahe schmerzlich. »Nicht direkt. Ich bin für eine kleine Biotechnologie-Firma in Bitan tätig. Gulbert ist Anteilseigner und

Vertreter im Aufsichtsrat. Aber er hat ... Interesse an meinen Projekten.«

Gulbert kam auf sie zu. Frafa erhob sich halb und erwog, die Flucht zu ergreifen, bevor der Zauberer an den Tisch kam. Aber das wäre zu unhöflich gewesen. Aldungan hätte es nicht gebilligt.

Frafa hob den halb leeren Teller. Am liebsten hätte sie ihn sich wie einen Schild vor den Leib gehalten. Sie setzte ein bemühtes Lächeln auf.

Gulbert trug einen strahlend weißen Anzug aus Leinen, das Hemd unter dem Jackett setzte dagegen einen bläulichen Konter, kaum mehr als der Schimmer auf einer klaren Eisfläche. Gulberts Bart und sein Haupthaar waren so weiß wie eh und je. Die Haare fielen ihm in wirren Strähnen auf die Schultern, aber den Bart trug der Zauberer nicht mehr so lang und wallend wie in alten Tagen. Sorgfältig geschnitten, reichte er ihm nur mehr bis zur Brust.

Seine breiten Zähne funkelten hinter den dicken Lippen.

»Schau, die Dame Frafa«, begrüßte er sie und machte Anstalten, sie zu umarmen. Aber dann hätten die Speisen auf ihrem Teller einen Abdruck auf seinem Bart hinterlassen, und somit hatte das Geschirr in ihrer Hand seinen Zweck erfüllt.

»Herr Gulbert.« Frafa deutete einen Knicks an. »Ich hoffe, Sie genießen diese kleine Feier, die Herr Aldungan für Sie vorbereitet hat?«

»Für mich?« Gulbert beschrieb eine abwehrende Geste mit der Hand. »Wohl kaum. Dieser Tage bin ich nicht mehr als ein Privatmann. Wer würde einen solchen Aufwand treiben wegen meiner Person? Sind wir nicht alle alt geworden in diesen Zeiten und haben uns zur Ruhe gesetzt, meine Dame? Aldungan hat Minister und Generäle zu Gast heute Abend. Sehr generös von ihm, dass er seine Räumlichkeiten zur Verfügung stellt. Wenn ich auch sagen muss, an seinem Buffet hapert es ein wenig.«

»Verzeiht.« Der Servierer meldete sich mit einem Bückling zu Wort. »Die Bahnlinie in den Süden ist unterbrochen. Einige

Lieferanten haben unerwartete Schwierigkeiten, und wir mussten bei manchen Speisen umdisponieren …«

»Fürwahr, die infamen Elfen!« Gulbert schüttelte den Kopf. »Diese Umtriebe müssen ein Ende haben, meinen Sie nicht auch, Dame Frafa?« Seine buschigen Augenbrauen sträubten sich sorgenvoll. »Ich muss sagen, ich schäme mich meiner früheren Untertanen. Sie vergeben mir hoffentlich die Unannehmlichkeiten, die Ihnen hier durch mein Versagen entstanden sind? Ich beneide Sie darum, wie wohlgeordnet Sie Ihr Land in die Union geführt haben.«

Frafa wich einen kleinen Schritt zurück. »Sie schmeicheln mir, Gulbert. Ich hatte längst nicht mehr die Verantwortung für das Land, als die Union geschlossen wurde.«

»Nein.« Gulbert runzelte sorgenvoll die Stirn. »Es ist schon wahr: Noch immer tut es mir in der Seele weh, wie wenig ich damals, bei der Begründung unseres Bündnisses, meiner Verantwortung gerecht geworden bin. All die Jahre habe ich darum gekämpft, die Sezession zurückzunehmen und die Elfen in unseren Bund zurückzuholen.«

»Na, das wird sich vielleicht bald ändern.« Doktor Descidar stand auf und trat zwischen sie. »Bei dem Ausmaß, das diese Anschläge inzwischen erreicht haben, findet sich womöglich bald eine Mehrheit, die den gewaltsamen Anschluss der Elfenländer befürwortet. Zumindest dürfte die Regierung in Opponua das Budget für weitere Nodus-Kampfschiffe wohlwollend diskutieren. Glauben Sie nicht auch, Gulbert?«

Er zwinkerte dem Zauberer zu.

Gulbert musterte ihn missbilligend. »Ich finde die Haltung zynisch, die Sie zu diesen ruchlosen Anschlägen an den Tag legen, Doktor Descidar.« Er wandte sich zu Frafa hin und lächelte wieder. »Man sollte beim Essen nicht über Geschäfte sprechen. Und nicht über Terroristen. Das macht den Magen sauer.«

Frafa trat einen Schritt zurück. »Vielleicht finden wir später Zeit für eine ausführlichere Unterhaltung, bevor Sie wieder abreisen«, sagte sie halbherzig.

Aber es war Doktor Descidar, der darauf antwortete.

»Das würde mich freuen«, hörte sie seine fröhliche Stimme, als sie davoneilte. »Wenn ich diese Gelegenheit verstreichen lasse … wer weiß, ob ich jemals wieder nach Daugazburg komme und Sie noch einmal sehe!«

Frafa verließ die Räumlichkeiten, die für den Empfang hergerichtet waren, und fuhr in den 52. Stock hinauf. Sie betrat ihr Büro und schaute aus dem Fenster. Die Lichter draußen vereinigten sich in der Ferne und strebten empor zur grandiosen Silhouette der Innenstadt von Daugazburg – Hunderte kleinerer und größerer Wohn- und Geschäftstürme, die silbrig beleuchtet unter dem klaren Sternenhimmel glänzten.

Frafas Blick suchte andere Formen im Lichtermeer, ein anderes Daugazburg. Unter einer hell erleuchteten Hauptstraße konnte sie noch den Verlauf eines mächtigen Walls erahnen, der nur in der Linienführung des Stadtgrundrisses überlebt hatte. Die Halle der Helden hatte die Zeiten überdauert und kauerte nun wie ein unförmiger Käfer zu Füßen der höchsten Türme.

Der Anblick brannte in Frafas Augen, und wie von selbst bewegte sie die Hand und zog den Hebel, der die Scheibe schwarz werden ließ. Die Stadt, wie sie war, verschwand.

Wie viele Städte kann man zur gleichen Zeit vor sich sehen, mit den Augen und mit der Erinnerung, ohne in seinem Innersten zu zerreißen?

Frafa wandte sich ab. Ihr Büro lag zu offen, um eine Zuflucht zu bieten. Doch es gab andere Orte in dieser Zitadelle.

Sie fuhr zwei weitere Stockwerke nach oben, hinauf in Aldungans Allerheiligstes, zu seinen persönlichen Gäste-, Empfangs- und Besprechungsräumen, über denen sich nur noch sein Wohnbereich befand. Hier war der Teppich so weich und so lebendig wie in Frafas eigener Stadtwohnung. Sie zog die Schuhe aus und lief barfuß über die züngelnden Fasern. Vor einer mit Leder gepolsterten Türe hielt sie inne und legte die Hand auf den Aurentaster.

Nichts geschah.

Hatte Aldungan die Türschlösser verändert, oder war der Mechanismus defekt? Frafa zögerte kurz. Dann zuckte sie die Achseln. Sie war kein *Mensch*, der sich von einem falsch eingestellten Aurentaster aufhalten ließ!

Sie ließ ihre Aura in den Taster hinein ausgreifen. Dahinter lag ein thaumaturgischer Kristall, ein Hauch von Magie, vernetzt mit technischen Komponenten: mit einer Datenbank, einer Sensormatrix, mit Alarmsystemen, einer Aurenfalle ... Frafas Geist schlängelte sich an allem vorbei, was ihr im Weg stand, und prägte sich dem Kristall auf. Es klickte in der Wand, und mit einem leisen Zischen sprang die Tür einen Spaltbreit auf.

Eine Tür aus Leder und Holz mit einem Kern von Stahl, verschlossen von drei Riegelbolzen – Aldungans Kaminzimmer war wie eine Festung. Doch wenn man erst einmal darin stand, war wenig von dem harten Panzer zu spüren, der diesen Raum umgab: Die Wände waren mit Leder verkleidet, geschwungenes Holz und warme Lederbezüge bestimmten die Möbel. Gleich hinter der Tür stand ein großer Tisch mit einer Platte aus rotbraunem Marmor. Es gab Schränke für Gläser und Getränke, und am anderen Ende des Zimmers einen Kamin, in dem beständig ein magisches Feuer glühte, einige Sessel mit hoher Lehne und davor eine Couch, dazu ein schweres Bücherregal in einer Nische zwei Schritte entfernt.

Papiere lagen auf dem Tisch ausgebreitet; anscheinend hatte Aldungan hier gearbeitet. Ob er wohl das Türschloss neu geprägt hatte, weil seine Arbeit vertraulich war? Frafa beugte sich über die Unterlagen. Seit tausend Jahren arbeitete sie nun mit Aldungan zusammen – schwer vorstellbar, dass er Geheimnisse hatte vor ihr.

Ein Siegel oder ein Signet am Rand eines Blattes fing ihre Aufmerksamkeit. »Die Insel der Seligen« stand in verschnörkelten Buchstaben inmitten eines Musters, das an einen Wald mit verschlungenen Kronen erinnerte oder an ein säulengestütztes Dach. Die Worte weckten ein vages Erinnern in Frafas Geist.

Diese Bezeichnung hatte sie schon einmal gehört. Eines von Aldungans Unternehmen?

Es fiel ihr nicht mehr ein.

Vermutlich etwas Belangloses, das sie aufgeschnappt und dann wieder vergessen hatte. Aldungan hatte seine Finger in vielen Dingen, und Frafa war nicht in alles eingeweiht.

Flüchtig streifte ihr Blick eine Reihe Zahlen ... Geschäfte vermutlich. Sie erinnerte sich daran, wie Aldungan sich einmal abfällig über Krämer und Kaufleute geäußert hatte, doch das war lange her. Heute war alles Geschäft.

Frafa lächelte.

Wenn man es so betrachtete, hatten die Krämerseelen und Kaufleute den alten Magier am Ende doch in die Knie gezwungen und zu einem der ihren gemacht.

Sie ging zum Kamin, stand eine Weile vor den Flammen und setzte sich dann auf das Sofa.

Das falsche Feuer prasselte, Lichter schillerten sanft an den Wänden. Aldungans Zitadelle – und Frafa fühlte sich tatsächlich geschützt vor der Welt. Sie war dem lärmenden Empfang da unten entrückt, die Lehne des Sofas schirmte sie wie ein Schutzwall von allem ab, auch von dem Raum selbst. Frafa schlug die Beine unter und kauerte sich in ihre Nische.

Sie fühlte sich immer noch erschöpft. Die Reise nach dem Zwischenfall am Zug war beschwerlich gewesen. Es bedurfte mehr als der üblichen Meditation, damit sie sich von dem Zauber erholte, den sie dort gewirkt hatte. Der Gedanke war verlockend, die Nacht hier zu verbringen, allein. In den Morgenstunden, wenn die meisten der menschlichen Gäste fort waren, ergab sich vielleicht die Gelegenheit zu einigen ungestörten Worten mit ihrem alten Meister.

Frafa konzentrierte sich, riss den Äther um sich auf und zog ihre Aura ganz nach innen. Sie schirmte sich ab, wurde zu einer Lücke in der Wirklichkeit. Sie dämpfte ihre Lebensfunktionen und versenkte sich in Meditation. Niemand würde sie jetzt aufspüren können, niemand würde sie stören. Die Welt versank in Stille, und die Zeit hielt inne. Frafa löste sich von allem.

Da waren Stimmen in ihrem Kopf. Frafa hörte sie wie das ferne Flüstern von Wind in den Blättern, und als sie ihrer gewahr wurde, wusste sie nicht, wie lange sie schon da waren. Sie haschte nach den Lauten, ohne ihre Trance zu verlassen, wob die Worte in ein Netz bedeutungsloser Assoziationen.

Blut.

Scherben.

Bruder.

Die Insel der Seligen.

Pläne.

Ein Verstehen dämmerte in ihr auf, das aus den raunenden Stimmen mehr werden ließ als ein bloßes Echo in ihrem Kopf. Ein Gefühl zupfte am Rand ihres Verstandes, geleugnet von einem Geist, der sich allem Körperlichen entrückt fühlte. Neugier. Stark genug, um Frafas Bewusstsein aufsteigen zu lassen.

Verschwommen sah sie das Flackern der Flammen. Hörte die Unterhaltung. Erkannte die Stimmen.

Aldungan und Gulbert waren hereingekommen, während sie meditierte. Die beiden Zauberer saßen hinter ihr am großen Tisch. Wussten sie, dass Frafa im Raum war, verborgen von der Sofalehne und magisch abgeschirmt, wie sie war? Frafa hörte, wie Hände in Papieren blätterten. Sie erwog, sich zu erkennen zu geben, aber sie zögerte.

Mit Aldungan hatte Frafa seit tausend Jahren mehr Unternehmungen und geheime Winkelzüge geplant, als ein Mensch zählen konnte. Da schien es kaum eine Rolle zu spielen, ob sie nun etwas hörte, was nicht für ihre Ohren bestimmt war. Wäre ihr Lehrmeister allein hier gewesen, hätte sie sich einfach zu ihm gesellt und sich darauf verlassen, dass der uralte Alb kein Wort darüber verlor.

Aber bei Gulbert war es anders.

Sie traute ihm nicht.

»Ich muss zugeben, es war von allen möglichen Orten der ungünstigste«, stellte Gulbert gerade fest.

»Du selbst hast den Brand entfacht«, erwiderte Aldungan.

»Wolltest du nicht die Flammen lodern lassen und auf dem Wind gleiten, der davon aufsteigt?«

»Ja, kehr du nur den lyrischen Nachtalb heraus. Aber es war deine Kreatur, die uns in den Rücken gefallen ist.«

»Meine Kreatur?« Aldungan lachte. »Ich habe sie nicht erschaffen. Genau genommen ist die Fatu sogar älter als ich und verfolgt ihre eigenen Pläne. Ich habe niemals versucht, ihr das zu verwehren. Du weißt, wie wir spielen: hier und da ein kleiner Stoß. Solange die Richtung der Bewegung insgesamt stimmt, mag jede Kugel ihren eigenen Weg nehmen.«

Gulbert schnaubte. »Diese Kugel hat meine Kegel umgestoßen. Die Bewegung stimmt immer noch, aber mir fehlen nun die Mittel, um sie richtig zu nutzen.«

Frafa hörte einen Ledersessel knarzen, so als würde jemand sich zurücklehnen. »Finde Ersatz.«

»Menschenkinder mit einem Gespür für Magie wachsen nicht auf Bäumen.«

Frafa kauerte wie erstarrt auf der Couch. Sie ließ kein Leben in ihr Fleisch, aus Angst, sich damit zu verraten. Zuerst hatte Frafa geglaubt, dass die beiden von dem Anschlag auf die Bahnlinie sprachen und dass möglicherweise Gulbert dahintersteckte. Hatte nicht Doktor Descidar festgestellt, dass Gulbert einen Nutzen zog daraus? Aber nun redeten sie von Kindern, und dass Gulbert welche brauchte. Wo war da der Zusammenhang?

Und hatte Aldungan seinen alten Feind Gulbert wirklich einen »Bruder« genannt, ganz am Anfang, in jenen Teilen des Gesprächs, die Frafa nur unvollständig mitbekommen hatte?

»Ich denke, du misst deiner *Insel* zu viel Bedeutung bei«, stellte Aldungan eben fest.

»Fürwahr«, knurrte Gulbert. »Ich könnte die Lücken auch mit Nachtalben schließen.«

Aldungan lachte. »Selbst der schwächste Nachtalb widersteht deinen thaumaturgischen Experimenten noch viel zu gut. Nein, Gulbert: Es war von Anfang an ein Weg, ansonsten unbrauchbare Menschen aufzuwerten. Das ist überhaupt die einzige Rechtfertigung für deine Abschweifungen.

Es ist keine Schande, dass du weiterhin menschliche Interessen verfolgst«, fuhr er fort. Frafa hörte ein Klappern und ein Rascheln. »Wir alle pflegen unsere kleinere Seele. Und warum auch nicht, solange kein Schaden entsteht ... Möchtest du eine Zigarre, Gulbert?«

»Nein. Nein, das ist nichts Kleines, Aldungan! Unser Leib wächst weniger schnell, als es möglich wäre. Wir könnten immer noch aufgehalten werden. Mit den neuen Schlachtschiffen werden wir Elfen und Zwerge unterwerfen und unseren Griff um die anderen Kontinente festigen.«

Frafa roch den Rauch von Aldungans bevorzugtem Tabak. Es dauerte einige Augenblicke, bis ein blauer Dunst langsam in ihr Blickfeld sank. Ihr Meister sprach ruhig weiter.

»Die Elfen und Zwerge schmeicheln ihrem Eigensinn, indem sie auf ihre Freiheit pochen, aber sie stehen uns nicht im Weg. Der Samen auf den anderen Kontinenten ist längst gelegt. Das Blut fließt, und niemand kann es aufhalten. Wenn wir hier unser Volk verlieren, weil du unvorsichtig wirst, wäre das weitaus gefährlicher.«

Er verstummte.

Die beiden alten Zauberer bewegten sich, und Frafa spitzte die Ohren. Zu gerne hätte sie ihre Essenz ausgestreckt, in den Raum gegriffen und zu erspüren versucht, was hinter ihrem Rücken vor sich ging. Doch sie wagte es nicht. Sobald sie ihren Schirm aufgab, würden Gulbert und Aldungan ihre Anwesenheit bemerken.

»Ich sehe es«, sagte Aldungan. »Komm, alter Freund. Lass uns nach oben gehen. Wir werden dort weitersprechen.«

»Aber ...«, setzte Gulbert an, doch dann kam nichts mehr. Nur ein Rascheln und Schaben, so als würden die beiden Männer zusammenpacken. Der Umschwung im Gespräch und der Aufbruch kamen unvermittelt. Hatten sie Frafa entdeckt? Warum sprachen die beiden sie dann nicht einfach an?

Das Licht über dem Tisch, das die beiden Männer angeschaltet hatten, erlosch. Die Tür fiel zu. Es wurde still. Das Zimmer fühlte sich leer an, aber wie konnte Frafa sicher sein, wenn sie außer ihren Ohren keine weiteren Sinne zur Verfügung hatte?

Sie verharrte eine Weile, die Aura ihres Leibes eng an sich gezogen. Der Zigarrenrauch tanzte vor ihrem Gesicht, ihre kaum spürbaren Atemzüge verstreuten ihn und ließen feine Wirbel entstehen. Wo der Dunst über ihren Kopf strich, fing er sich in einer feinen Wechselwirkung mit der magischen Leere, die sie zu ihrem Schutz um sich gezogen hatte, und schwebte über ihr wie ein Gebinde von grauem Gestrüpp.

Aber das sah sie nicht.

Als Gulbert aus dem Aufzug trat, eilte Ciriador an seine Seite. Der Leibdiener hatte viele Stunden in der Eingangshalle auf ihn gewartet, doch als er seinen Herrn erblickte, war er von einem Augenblick zum nächsten wieder hellwach.

Mit einer leichten Verbeugung begrüßte er Gulbert. »Soll ich Ihnen etwas bringen? Möchten Sie in den Tanzsaal treten? Ich habe darauf geachtet, welche wichtigen ...«

Gulbert winkte ab. »Nicht heute, Ciriador«, sagte er. »Nur meinen Mantel. Wir fahren zurück zum Hotel.«

Ciriador eilte mit einer weiteren Verbeugung davon. Dann half der Leibdiener Gulbert in seinen weißen Mantel, reichte ihm Schal, Hut und Spazierstock.

Es war Hochsommer in Daugazburg, und selbst zu dieser Stunde war die Luft noch mild. Wie ein warmer Atemzug blies der Wind aus der Steppe über den hoch gelegenen Turmplatz. Auf Gulberts Gesicht, umrahmt von dem Hut und dem dichten Bart, zeigte sich kein Schweißtropfen. Der Wagen fuhr vor, von Ciriador über das Phon gerufen, und die beiden stiegen hinten in den geräumigen Fond.

Ciriador reichte seinem Herrn aus der Fahrzeug-Bar einen Branntwein mit Eis, und Gulbert vergewisserte sich, dass die Sprechverbindung zum Fahrer vorn unterbrochen war. Als der Wagen über die Hochstraße brauste und die Lichter vom Straßenrand gedämpft über die abgedunkelten Scheiben huschten, lehnte der alte Zauberer sich mit dem Glas in der Hand zurück und betrachtete seinen Diener, der ihm gegenübersaß.

»Wüsstest du gern, was ich mit Aldungan besprochen habe?«

»Wenn Sie es mir sagen wollen«, erwiderte Ciriador zögernd.

»Ich schätze deine Zurückhaltung. Leider, fürchte ich, wird deine vorausschauende Diskretion nicht von jedem geteilt. Weißt du, auch Aldungan war einst Herr eines bedeutenden Landes. Ich jedoch hatte das Glück, unter Menschen zu leben, während Aldungan ein Nachtalb ist. Und deren Langlebigkeit kann zur Plage werden.«

Er beugte sich zu Ciriador hinüber und senkte die Stimme. »Auch Aldungan hat eine Vertraute«, erklärte er. »Frafa, die Nachtalbe. Ich fürchte, sie hat an diesem Abend Worte gehört, die nicht für ihre Ohren bestimmt waren.«

Ciriador nickte. »Was hielt Herr Aldungan davon? Dies scheint mir eine Angelegenheit zu sein, um die er sich kümmern müsste.«

»Fürwahr, das sollte er! Diese Frafa allerdings dient Aldungan schon seit einem Jahrtausend. Da entsteht eine Vertraulichkeit, die durchaus schädlich sein kann.«

Ciriador schwieg.

Gulbert seufzte und sprach weiter: »Aldungan vertraut seiner Sekretärin. Tausend Jahre sind eine lange Zeit, Ciriador, da mag durchaus das Gefühl einer Bindung entstehen. Vertrauen, welches so lange Bestand hat, kann wie etwas Beständiges wirken, wie etwas Festes und Greifbares. Aber natürlich ist es das nicht.

Vertrauen ist ein Gefühl, und ein Gefühl ist etwas, was man selbst im Kopf oder im Herzen trägt. Es ist kein sicheres Band, das einen anderen fesseln würde. Ich denke, Aldungan macht einen Fehler, wenn er im Umgang mit Frafa auf Vertrauen setzt, anstatt einen entschiedeneren Pfad zu beschreiten.«

Der Wagen wurde langsamer. Sie fuhren bereits am Hotel vor, doch Gulbert sprach weiter.

»Aldungan glaubt außerdem, dass er auf Frafa nicht verzichten kann. Aber wir beide wissen, dass auch ein langjähriger und treuer Dienstmann ersetzbar ist. Hat es mir etwa zum Nachteil gereicht, als du den Platz deines Vorgängers eingenommen hast, oder dass ich mich zu jeder Zeit meines Wirkens auf sterbliche Menschen stützen musste?«

Ciriador schüttelte den Kopf. »Ob tausend Jahre oder nicht«, sagte er entschieden. »Ein Mensch weiß zu jeder Zeit besser als ein Nachtalb, was Treue bedeutet!«

Gulbert lächelte. »Siehst du, mein Freund! Aldungan irrt, wenn er denkt, er könne nicht jederzeit einen Ersatz für Frafa finden – einen Ersatz, der es an Treue mit dieser alten und allzu eigenständigen Nachtalbe aufnehmen kann. Aldungan weiß es auch selbst. Dennoch wird er nichts unternehmen, und da diese Gefahr uns beide betrifft, werde ich die Initiative nicht allein ihm überlassen.«

Ciriador empfand ein Frösteln bei diesen Worten. Gulbert plauderte weiter, als bemerkte er das Unbehagen seines Dieners überhaupt nicht … was vermutlich auch der Fall war. »Ich denke«, erklärte er, »ich werde dafür sorgen, dass die Dame Frafa heute Nacht noch Besuch bekommt.«

5

***Die Allianz der Freien Völker** – Über Jahrhunderte hinweg gehörte Gulbert der Zauberer zu den einflussreichsten Politikern im Umkreis des alten Bitan. Um das Jahr 650 vor Gründung der Union trat er erstmals als Vorsitzender des Freien Rates in Erscheinung, einem losen Militärbündnis verschiedener Völker gegen das Reich von Falinga.*

Nach der vernichtenden Niederlage der Bitaner vor Daugazburg im Jahre 634 vGdU fand er Anerkennung als Hochkönig bei den Fürstentümern von Bitan, bei den Elfenreichen sowie mehreren unabhängigen Menschen- und Zwergengemeinden. Gulberts Wirken ist es zu verdanken, dass diese zunächst nur in Personalunion bestehende Allianz zu einem gemeinsamen Staat zusammenwuchs, in dem der angesehene Zauberer stets eine wichtige Rolle spielte und die meiste Zeit auch formell als Oberhaupt auftrat.

Doch weder Gulbert noch der Staat, den er gründete, hatten das überwinden können, was sie überhaupt erst zusammengebracht hatte: den andauernden Krieg gegen die sogenannten Finstervölker. Als Gulbert sich am Tag der Scherben zum Handeln entschloss, dauerte dieser zermürbende und ergebnislose Konflikt bereits ungezählte Jahrhunderte an. Vor diesem Hintergrund ist vielleicht zu verstehen, weshalb er die Gelegenheit ergriff und versuchte, mittels der eben erst erfundenen Nukleonenbombe die Entscheidung zu erzwingen.

AUS: »GESCHICHTE DER UNION«, VON TENDOR ISTARIOS,
PROF. EM. DER POLITISCHEN AKADEMIE ZU OPPONUA

Als Frafa in ihr Apartment im dritten Stock eines Wohnturms am Saum zwischen Innenstadt und Altstadt kam, spürten ihre Geschöpfe gleich, dass etwas nicht stimmte. Die daumengroßen Spinnen, die mit selbst gewebten Tüchern für Sauberkeit sorgten, hielten inne und starrten sie aus funkelnden Knopfaugen an. Zwei Skalkare, magische Diener mit Flügeln, Schnabel und langen Armen, verharrten besorgt in dem Durchgang zwischen Diele und Wohnzimmer.

Frafa seufzte und schickte sie mit einem Gedanken fort. Durch das Gespräch, das sie belauscht hatte, hatte der Abend eine eigentümliche Wendung genommen.

Frafa bedauerte nicht, was sie getan hatte. Ihre Neugier war geweckt, und ein wenig von der Frische, die sie im Kampf gegen den fliegenden Elfenwald empfunden hatte, kehrte in sie zurück. Ein Rätsel, etwas Neues. Das war selten und kostbar in diesen Tagen.

Ob sie es wagen konnte, Aldungan darauf anzusprechen? Oder sollte sie auf eigene Faust mehr herausfinden? Sie schaute zu ihrer Sprechverbindung, einem alten Apparat, der an dem jahrhundertealten Kabelnetz hing und nur innerhalb von Daugazburg funktionierte.

Nein, sie würde nicht übereilt handeln.

Um sich abzulenken und um Zeit zum Nachdenken zu gewinnen, ging sie in die Küche. Sie war lange weg gewesen, und in den Schränken fehlte es an frischen Zutaten ... doch sie war eine Meisterin des Lebens! Sie konnte mit ein wenig Magie aushelfen und die Dinge *verändern*, die sie in die Schüssel tat.

Sie legte sich im Kopf das Rezept für eine Pastete zurecht, steckte das Rührgerät an der Drehmomentbuchse ein und vermischte die Zutaten. Dann bereitete sie eine Backform vor und rollte den Teig aus. Während ihre Finger sich mit alltäglichen Dingen befassten, während sie kleine Magie wirkte, die ihr zur Routine geworden war, spürte sie, wie ihre Neugier verblasste.

Der Vorfall in Aldungans Kaminzimmer kam ihr so unwirklich vor, als hätte sie die Szene auf dem Bühnenprojektor in ihrem Wohnzimmer gesehen. Was auch immer die beiden Zauberer beredet hatten – am Ende war es doch nur wieder eine kleinliche Intrige, wie sie in ihrer Laufbahn schon so viele erlebt hatte. Sie konnte froh sein, wenn Aldungan sie außen vor ließ.

Ihre Spinnen huschten über die Arbeitsfläche, wischten Mehlreste beiseite oder schleppten Krümel zum Abfallkorb. Frafa suchte Büchsenfleisch für die Füllung. Da klingelte es an der Tür. Frafa wischte sich die Finger ab und ließ mit ein wenig Magie Teigreste abbröseln. Dann eilte sie zum Sprechgerät.

»Hier ist ein Doktor Descidar«, sagte der Kobold, der den unteren Zugang zum Apartmenthaus verwaltete. »Ein Mensch. Er meint, Sie hätten eine Verabredung.«

»Eine Verabredung?« Frafa zog eine Braue hoch. »Eine gewagte Behauptung.«

»Soll ich ihn wegschicken?«, knurrte der Kobold.

Ein Lächeln schlich sich auf ihre schmalen Lippen, als ihre Gedanken zu dem bitanischen Doktor wanderten. Gewagte Streiche schienen eine Spezialität dieses frechen Menschen zu sein, wie der Vorfall am Buffet bewies. »Nein«, sagte sie zu dem Kobold, dessen langnasiges Gesicht ihr vom Bildschirm entgegenstarrte. »Lass ihn rein.«

»Sehr wohl, Herrin«, schnarrte der Pförtner, und sein Antlitz verschwand.

Frafa klatschte in die Hände. Dem ersten Skalkar, der auftauchte, warf sie die Schürze zu. Dann schickte sie zwei von ihnen in die Küche, damit sie dort alles in Ordnung brachten; die übrigen verbannte sie in eine Abstellkammer. Die Spinnen und andere winzige Dienstkreaturen verkrochen sich in einen finsteren Winkel, der lebende Teppich raschelte ein letztes Mal, bevor er erschlaffte.

Als ihr Besuch vor der Türe stand, war Frafa bereit.

Sie empfing Descidar mit zwei Gläsern für einen Willkommenstrunk. »Wir hatten eine Verabredung?«, fragte sie, als er das langstielige Glas entgegennahm. Sie schenkte ihm aus der Flasche ein, die sie auf dem Tischchen bei der Tür bereitgestellt hatte, und stellte sie wieder zurück. »Davon wusste ich gar nichts!«

Sie gab ihrer Stimme einen schalkhaften Ton und stieß klingend ihr Glas gegen seines.

»Aber sicher«, sagte Descidar. »Hatten Sie mir nicht eine ausführlichere Unterhaltung versprochen? Und da ich morgen abreise ...«

Er schenkte ihr ein Lächeln und trat auf sie zu. Frafa machte einen Schritt zur Seite und ließ den Doktor ein. Der blickte den Flur entlang.

»Ich wollte immer mal sehen, wie eine tausendjährige Zauberin lebt.«

Frafa folgte ihm, während Descidar durch die Wohnung ging, an dem prickelnden Wein nippte und durch angelehnte Türen spähte. Im Wohnzimmer bückte er sich und ließ die erschlafften Fasern des Teppichs durch die Finger gleiten. Er schaute auf den niedrigen Tisch aus Kristallglas, das ausladende Sofa und die geschwungenen Regale aus rotem Holz und aus Glas. Dann klopfte er gegen die milchige Scheibe ihres uralten Bühnenprojektors.

»Und?«, fragte Frafa. »Lohnt der Ausflug?«

»Ich weiß nicht.« Descidar wandte sich zu ihr um. »Erstaunlich ... normal. Nach den Maßstäben von Daugazburg, jedenfalls.«

Frafa bedeutete Descidar, auf einem Sessel Platz zu nehmen. Sie selbst setzte sich ihm gegenüber auf das Sofa. Einige Polster eilten herbei und schmiegten sich in ihren Rücken. Descidar erhob sich fasziniert und inspizierte die Sofakissen. Er drehte sie auf den Rücken und suchte nach Beinen.

»Ich besitze weitere Häuser.« Frafa setzte ihr Gespräch fort, als würde sie die Bemühungen des Doktors gar nicht bemerken. »Die entsprechen dem Bild der tausendjährigen Zauberin vielleicht eher. Ein Anwesen in den Bergen im Südosten, wo ich lange gelebt habe.«

»Sie waren als Gouverneurin in Sandersverg«, warf Descidar ein. »Unter Aldungans Herrschaft vor sechshundert Jahren, so weit weg von Daugazburg, wie es im damaligen Reich nur möglich war. Gab es da ein Zerwürfnis?«

»Nicht zwischen mir und Aldungan. Er hielt es für sinnvoll, mich eine Weile aus der Schusslinie zu bringen. Damals wurde das Land wieder trocken, und viele machten mich für die Krise verantwortlich. Viele Menschen.« Sie zwinkerte Descidar zu und spitzte die Lippen. »Und Menschen vergessen, wenn etwas für ein paar Jahrhunderte verschwindet.«

Descidar lachte.

»Und dort steht er noch immer, Ihr Palast? Der Palast einer Albenzauberin?«

»Als Statthalterin hatte ich dort einen Palast«, erwiderte Frafa. »Was davon übrig ist, gilt heute als Denkmal und wird von einer Stiftung gepflegt. Aber ich habe mir auch ein privates Anwesen bauen lassen, tiefer in den Bergen. Darum kümmert sich niemand mehr, und inzwischen ist es eine malerische Ruine. Der richtige Ort für eine albische Zauberin, wird manch einer meinen.«

»Leblose Ruinen interessieren mich weniger«, sagte Descidar.

Frafa sah ihn an mit dem Lächeln eines Raubtiers. »Ich sagte nicht, dass die Ruinen ohne Leben sind. Kein Ort, an dem ich gewirkt habe, ist ohne Leben zurückgeblieben. Sie experimentieren auch mit Leben, wenn ich richtig verstanden habe? Mit den Veränderungen, die das Blut der Erde am lebenden Körper bewirkt?«

Sie griff neben sich, hob die Flasche neben dem Sofa auf und schenkte sein Glas wieder voll. Descidar runzelte die Stirn. Frafa hatte die Flasche auf dem Tisch bei der Tür stehen lassen, aber dieser Mensch wollte den Haushalt einer Zauberin kennenlernen, also konnte sie ihm ein wenig davon zeigen.

»Meine Arbeit ist ziemlich unbedeutend, fürchte ich«, sagte er. »Sie sprachen von weiteren Häusern?«

»Ich besitze einiges Land im Kerngebiet von Falinga. Dort habe ich Pflanzen verändert, damit sie der Dürre widerstehen. Es ist ein Urwald inmitten der Steppe, und das Anwesen nutze ich mitunter noch. Aber seit Gründung der Union bin ich meistens in Daugazburg.«

»Der Urwald klingt interessant«, sagte Descidar. »Man sollte meinen, das würde auf mehr Interesse stoßen in einem so kargen Land.«

»Das Blut der Erde wirkt stark im Binnenland«, erwiderte Frafa. »Will man etwas wachsen lassen, muss man auf seine Macht zurückgreifen – aber die ist nicht freundlich zu Menschen. Meine Züchtungen sind zu feindselig für die Bauern von Falinga. Aber womöglich gibt es eine Ähnlichkeit zu Ihren Forschungen.«

Descidar setzte sich neben Frafa auf das Sofa. Dabei zog er ein Polster zu sich her, lehnte sich darauf und kraulte es mit einer Hand. Er entlockte ihm ein wohliges Schnurren.

»Eigentlich«, sagte er, »bin ich nicht wegen der Arbeit nach Daugazburg gekommen. Nun, vielleicht doch, aber deswegen bin ich heute Nacht nicht hier. Man will bei solchen Reisen ja auch ein wenig Kultur aufschnappen.«

»Aldungans Feier«, antwortete Frafa. »Unter seinen Gästen und in seinem Haus finden Sie eine Menge Daugazburger Kultur.«

»Aber Sie leben nicht dort«, sagte Descidar. »Sie leben hier. Am Rand der Innenstadt. In der Unterstadt.«

»Das ist nicht meine erste Wohnung in der Stadt«, sagte Frafa. »Im Laufe der Jahre hat es mich immer mehr hierhergezogen. Es ist weiter weg von dem, was ich tue, aber näher an dem Daugazburg, in dem ich meine Wurzeln habe.«

»Ja«, sagte Descidar. Er beugte sich über sein Polster zu ihr. »Das alte Daugazburg. Die Union mit ihrer Technik, ihren Bauten und Fahrzeugen macht alles gleich und überdeckt leicht all die Unterschiede. Aber ich habe gehört, dass Nachtalben ganz andere Vorstellungen von Moral und Tugend haben als die Menschen von Bitan. Dass sie ... Experimenten nicht abgeneigt sind.«

»Experimenten?« Frafa beugte sich zu Descidar hin. »Ich dachte, Sie wollten nicht über Ihre Arbeit reden?«

»Oh«, sagte Descidar. »Ich mag meine Arbeit. Ich mag neue Erkenntnisse und Erfahrungen. Ich mag es, Grenzen zu überschreiten. Ich habe gehofft, in Daugazburg könnte man ein wenig mehr von dem erleben, was nicht gerade in einem Laborkittel stattfindet.«

»Und was soll das sein?«, fragte Frafa.

Descidar legte seine Hand auf die ihre. »Der Zauber der Nachtalben ... *Ihr* Zauber, Mademoiselle Frafa! Wie es heißt, suchen Nachtalben ihr Vergnügen ohne Tabus und ohne Schranken. Die Begegnung für den Augenblick, um Freuden zu genießen, an die Menschen nicht einmal zu denken wagen, und frei von der Last des Morgen.«

Frafa lachte auf. Sie schob ihre Finger zwischen seine und verschränkte sie, sodass sie Descidars Hand auf dem Polster festhielt. Dann beugte sie sich vor und öffnete den Mund zu einem breiten Lächeln, das zwei Reihen mit spitzen, feinen Zähnen entblößte. »Gewagt, Herr Doktor Descidar«, säuselte sie. »Sie schwelgen in bitanischen Bühnenphantasien, wie mir scheint. In Daugazburg hätten Sie gewiss eine andere Albe mieten können, die für derlei menschliche Träumereien zur Verfügung steht. Was Sie in meinem Haus erwartet, können Sie nicht wissen.«

Descidar streckte die freie Hand nach ihrem Gesicht aus. Frafa spürte, wie das Polster nachgab, als er sein Gewicht auf den Ellbogen stützte. Mit der Linken strich er ihr über die Wange, über ihre Nase, folgte der Linie ihrer Augen. In seinen Augen spiegelte sich der Schein der Leuchttafel von der anderen Seite der Straße, das hellste Licht, das derzeit in Frafas Apartment leuchtete. Sie sah die roten Punkte in Descidars Iris aufblitzen und bei jeder Bewegung seines Kopfes wandern.

»Vielleicht«, sagte der Doktor. »Aber ich hatte eine Einladung von Ihnen. Warum sollte ich mich mit weniger zufriedengeben, wenn ich die beste Albe kennenlernen kann, die diese Stadt zu bieten hat? Das echte Daugazburg, keine gekauften Träume für menschliche Besucher, die billige Exotik suchen ...«

Seine Stimme erstarb. Frafa fixierte ihn mit ihren Augen, die größer waren als die eines Menschen und ohne Weiß und ohne Iris – tiefe schwarze Schächte, die ein Mensch nur schwer ertragen konnte. Frafa wartete, bis ihr Blick seine Wirkung tat. Descidar schluckte.

»Über diese Einladung«, sagte sie, »werden wir uns unterhalten müssen.«

Sie musterte ihn, sein Gesicht, seinen Körper. Descidars brauner Anzug war zerknittert, als trüge er ihn schon länger. Er hatte sein Jackett geöffnet, aber nicht abgelegt. Frafas Blick ging tiefer.

Dieser Mensch hatte eine gesunde Aura. Vom Blut der Erde berührt, gewiss, viel mehr noch als all die Menschen, die in Falinga heimisch waren und die das Mal dieses Landes trugen. Für einen Menschen blieb eine solche Berührung nicht ohne Folgen; die Finstervölker waren unempfindlicher gegen die thaumaturgischen Einwirkungen des Blutes der Erde, und was den Doktor über kurz oder lang vergiften würde, war für Frafa eine besondere Würze in seiner Aura.

Sie beugte sich näher zu Descidar hin und atmete ein, versuchte das, was sie mit der Essenz spürte, auch mit den körperlichen Sinnen zu riechen. Magie war ein Geruch ... konnte ein Geruch sein, für Nachtalben. Sie fuhr sich mit der Zunge über die Zähne. Eine Hand mit der des Doktors verschränkt, die andere um seinen Kragenbinder geschlossen, erhob sie sich vom Sofa und zog Descidar mit sich.

»Wir werden darüber reden, aber nicht jetzt. Morgen vielleicht, wenn ich weiß, ob Sie stark genug waren für Ihre eigenen Träume und für Ihre Frechheiten.«

Sie nahm Descidar mit in das Schlafzimmer. Die Spinnen raschelten hinter den Schränken. Descidar hatte nur Augen für Frafa. Der Mensch, der fast zwei Köpfe größer war und doppelt so viel wog wie die Albe, folgte ihr wie ein willenloser Skalkar, und seine freie Hand strich über ihren Körper, zeichnete die Linien nach.

»So zart ...«, murmelte er.

Frafa packte ihn fester und drehte ihn so, dass sie einander vor dem Bett gegenüberstanden. Wieder schauten sie sich ins Gesicht. Descidar beugte sich zu ihr hin und küsste sie. Frafa ritzte seine Unterlippe mit ihren Zähnen. Sie ließ ihn los und strich mit den Händen über seinen Körper. *Ein guter Stoff, aus lebenden Fasern gewoben.*

Unter Frafas Magie lösten Leinen und Wollfäden sich voneinander. Erschrocken wich Descidar zurück, aber Frafa legte die Arme um ihn und zog ihn an sich, während sein Anzug zerfiel und tausend Fäden aus den Maschen krochen und zu Boden glitten wie hauchdünne Würmer.

Descidar wehrte sich nicht länger, sondern öffnete Frafas Kleid am Rücken.

Frafa schmiegte sich an ihn, dann stieß sie ihn Richtung Bett, bis er sich niederlegte. Sie wartete einen Augenblick, bevor sie ihm folgte. Descidars Haut war blass, selbst für einen Menschen. Frafa berührte seinen Bauch, betrachtete den Gegensatz zwischen dem weißen, mit blondem Flaum überzogenen Menschenleib und ihrer eigenen glatten olivgrünen, fast schon braunen Haut.

Sie setzte sich rittlings auf ihn. Ihre Hand wanderte dabei langsam nach oben, eine Bewegung wie ein Schattenspiel im Dämmerlicht des Schlafzimmers. Descidar seufzte unter der Berührung, Frafa genoss die Ästhetik der Farben.

Dann ruhte ihr Handballen auf seiner Brust.

Frafa hielt kurz inne und schaute Descidar ins Gesicht. Sie fühlte seine Hände auf ihren Hüften. Dann biss sie sich auf die Unterlippe – und drückte die rechte Hand durch seine Haut.

Die Hand sank ein wie in einen zähen Morast. Descidar keuchte auf, sein Kopf fuhr hoch, fiel wieder zurück. Frafa drückte weiter, ertastete den Knochen, als sein Fleisch sich über ihrem Handrücken schloss. Mit ihrer Essenz spürte sie, wo die Nerven in Descidars Sonnengeflecht zusammenliefen. Sie schickte ihre Aura dorthin, verband sich mit seinem Leib und verschmolz ihrer beider Empfinden.

Mit der Linken strich sie über seinen Brustkorb, fühlte, was er fühlte: wie die Haarwurzeln seine Haut kitzelten. Frafa atmete rascher, sie sah, wie Descidar unter der Rückkoppelung von ihren und seinen eigenen Empfindungen erschauderte, wie seine Finger über ihre Haut spielten, immer schneller, wie er genoss, was er bei ihr bewirkte und was er von ihr wieder empfing. Frafa spürte seine Erregung, an ihrem Körper wie in seinem, und die Gefühle, die sich gegenseitig emporhoben, sich vereinten und überlagerten, ließen keinen Raum mehr für Gedanken und löschten aus, was nicht *Sein* war und Tun und Lust.

Die *Feenkrone* war das beste Hotel von Daugazburg, und Bloma der Gnom bezog dort ein Zimmer im 38. Stock. Was von seiner Reisekasse übrig war, erlaubte keine höhere Etage.

Er hatte also noch einen weiten Weg vor sich.

Bloma blickte aus dem Fenster des schmalen Raums. Von außen, so wusste er, wirkte die Glasfassade der *Feenkrone* schwarz, doch von innen war das Glas klar und gab den Blick frei auf eine gewöhnliche Nacht in Daugazburg ... auf die Hauptstadt der Finstervölker, aus der seine Vorfahren vor Jahrhunderten fortgegangen waren.

Die Nächte hier waren niemals ganz dunkel. Schatten mischten sich mit Lichtern in allen Farben, mit Werbetafeln, mit Warnlampen an Spitzen und Graten der hohen Häuser, mit Schlangen von bunten Scheinwerfern auf den Straßen, die sich zwischen den Wohntürmen wanden. An manchen Stellen stanzten unbeleuchtete Gebäudeflächen eine tiefere Finsternis aus dem grauen Nachthimmel, anderswo waren die Bauwerke wirkungsvoll ausgeleuchtet oder gesprenkelt mit hellen Fenstern, vielfarbig wie die Felder absonderlicher Spielbretter. In der Tiefe verband sich der Schimmer zu einem einzigen Band, in dem ständige zuckende Bewegung herrschte. Die vereinte Beleuchtung von Daugazburg ergab einen dunkelroten Schein, sodass die Straßenschluchten den Eindruck erweckten, als würde ein steter Strom von Lava die Sockel der Gebäude umfließen.

In Daugazburg gab es keinen Mangel an Licht, denn in der ganzen Stadt, fast unter jedem Gebäude, reichten Repulsatoren Hunderte, Tausende Meter hinab und entzogen dem Blut der Erde seine Kraft, speisten damit Lampen und Lüftungen und Klimaanlagen – und Heizungsöfen während des kurzen Winters –, das passende Futter für den verderbten Moloch, der diese Stadt war.

Bloma zog sich die schwarze Haube über das Gesicht, sodass nur seine Augen aus einem schmalen Schlitz hervorlugten. Dann ritzte er mit dem Glasschneider einen Kreis in das Zimmerfenster. Behutsam nahm er die Scheibe heraus und stellte sie ab. Er spürte den Sog und blickte kurz auf seine handgroße Bildtafel. Er hatte sie mit den Sensoren im Zimmer verbunden, und dort wurde der Druckabfall nicht registriert. Es hatte also geklappt. Bloma steckte das Gerät in die Brusttasche, kletterte auf das Fensterbrett und streckte die Hände durch die kreisrunde Öffnung.

Ein leises Zischen ertönte, als die Saugnäpfe an seinen Handgelenken auf dem glatten Untergrund Halt fanden.

Mühsam zog Bloma sich hinauf, und sobald sein Körper die Öffnung abdichtete, half die Luft im Zimmer nach und drückte ihn nach draußen. Dort klebte er an der Fassade wie eine Spinne. Wie eine *riesige Spinne*! Leider konnte Bloma nicht seine kleine Gestalt annehmen, und er fühlte sich an der glatten Glaswand schutzlos und allen Blicken ausgeliefert, ohne Deckung und nur durch seinen schwarz-grau gefleckten Tarnanzug geschützt. Aber er hatte zu viel Ausrüstung dabei, die nicht aus lebendem Material bestand, und so war er an seine jetzige Gestalt gebunden.

Bloma schaute hinab. Der Lichterstrom machte es schwer, Entfernungen abzuschätzen. Ein Abgrund gähnte unter ihm, und ausgerechnet die *Feenkrone* war ohne Kanten und Simse gebaut, wie sie die Architektur von Daugazburg sonst prägten. Wenn seine Saugnäpfe nicht hielten, würde er in die Tiefe stürzen.

Er presste sich enger an die Wand. Der Wind pfiff um das Gebäude und zerrte an ihm.

Bloma drückte das Gesicht gegen das Glas. Er schob sich seitwärts, löste abwechselnd die Saugnäpfe an seinen Armen, seinen Knien und an den Füßen, bis er das Gefühl hatte, dass hinter der gläsernen Fassade kein Raum mehr lag, sondern tragende Teile des Bauwerks. Dann kletterte er nach oben.

Immer wieder presste er die Stirn an das Glas und prüfte, ob er sich noch vor totem Mauerwerk bewegte. Wenn er über eine Fensterscheibe kroch und ein Hotelgast hindurchschaute, würde der Gnom unweigerlich auffallen.

Allmählich spürte Bloma die Anstrengung. Die Beine wurden ihm schwer, und er verlagerte das Gewicht auf die Arme, zog sich hoch. Aber seine Arme ermüdeten noch rascher. Bloma verschnaufte kurz. Er legte den Kopf in den Nacken, doch er konnte die Spitze der *Feenkrone* nicht sehen.

Er kletterte weiter.

Wenigstens war sein Ziel nicht zu verfehlen, denn Gulbert hatte die größte und edelste Suite gemietet – die ganze oberste Etage!

Die Glasfront bildete nun eine leichte Schräge. Das Gebäude verjüngte sich auf dem letzten Stück, und das machte das Klettern leichter. Dann und wann presste Bloma sich fester gegen das schwarze Glas und schaute auf die Flugmaschinen, die zwischen den Häusern umhersummten. Nur wenige Fledermäuse verirrten sich bis in diese Höhe, und die waren bei seiner jetzigen Größe keine Gefahr.

Wenn es sich nicht um Spione handelt, von Zauberern kontrolliert...

Bloma beobachtete die Tiere mit neu erwachtem Misstrauen.

Endlich zog er sich über die Brüstung auf einen Balkon, legte sich flach auf den Boden und verschnaufte.

Das oberste Stockwerk des Hotels *Feenkrone* war etwas zurückgesetzt, sodass es fast eine Art Penthouse bildete. Allerdings gab es keine umlaufende Terrasse, sondern nur größere Balkone, durch Gebäudeflügel voneinander getrennt. Bloma erhob sich wieder, erklomm die Brüstung und schob sich seitwärts an der Fassade entlang, bis er eine winzige Schlafkammer entdeckte, die verlassen aussah. Mit einer Hand versuchte er, den Glasschneider einzusetzen. Dann verließ er sich allein auf die Saugnäpfe an seinen Beinen und benutzte beide Arme. Er ließ die herausgeschnittene Scheibe vorsichtig in das Zimmer gleiten und kroch hastig hinterher.

Ihm blieb wenig Zeit. Hier hatte er die Klimaanlage nicht vorher manipulieren können. Bei längerem Druckabfall würde sie Alarm schlagen. Er setzte das herausgelöste Stück von der Scheibe wieder ein und fixierte es mit einem rasch aushärtenden Kunstharz. Seine Arme zitterten, als er das Glas gegen den Sog festzuhalten versuchte. Dadurch löste sich die Naht an vielen Stellen, und Bloma musste eine weitere Lage Klebstoff darum sprühen.

Der ringförmige Wulst an dem Fenster würde gleich auffallen, sobald jemand das Licht einschaltete. Andererseits hatte er den Raum gerade so ausgewählt, dass niemand hereinkommen sollte.

Er setzte sich aufs Bett, legte die Hände auf die Knie und atmete durch.

Keine Zeit jetzt. Wer wusste schon, wann Gulbert zurückkehrte?

Bloma zog die Blaspistole und schlich durch die Suite. Behutsam öffnete er die Türen und spähte hindurch. Er fand mehrere Schlafzimmer, Salons, einen Saal mit einem gewaltigen Bühnenprojektor, Sporthallen, ein kleines Schwimmbad, eine Bar und einige Badezimmer. Alles war verlassen.

Nur zwei der größeren Zimmer sahen bewohnt aus, dazu ein kleinerer Raum vor dem Zugang zur inneren Suite. Anscheinend hatte Gulbert nur einen Diener mit in sein Allerheiligstes genommen. Der Empfang bei Aldungan würde bis in die Morgenstunden dauern, Bloma blieb also Zeit, einen günstigen Ort für seinen Hinterhalt zu suchen und ein wenig Ruhe zu finden.

Er schwankte zwischen dem Bad und dem großen Schlafzimmer, da hörte er vom Korridor her ein leises Klicken.

Er zuckte zusammen. Seine Uhr zeigte kaum nach Mitternacht an! Er sah sich hektisch um, huschte ins Schlafzimmer und kroch unter das Bett. Zitternd lag er da, die Pistole in der Hand. In seiner Jackentasche drückten einige Geräte, die er vorher lieber herausgenommen hätte, um mehr Bewegungsfreiheit zu haben.

Hatte er unterwegs auch alle Türen wieder geschlossen? Hatte er etwas liegen lassen, was ihn verraten konnte? Nein. Einen so dummen Fehler würde er niemals begehen. Er beruhigte sich, lauschte, machte sich bereit.

Als er zwei Füße in den Raum treten sah, rollte er unter dem Bett hervor, sprang auf und schoss.

Die beiden ersten Bolzen flogen schon, bevor er Gulbert erkannte. Der weißbärtige Zauberer riss erschrocken einen kleinen Holzkoffer vor die Brust. Die Einschläge knallten auf dem dünnen Holz. Bloma fluchte lautlos und hob die Waffe höher.

Ein Giftpfeil traf Gulbert an der Wange, und die Hand des Zauberers fuhr zum Gesicht. Weitere Pfeile spickten seine Schulter, trafen ihn in die Brust, als er den Koffer fallen ließ. Bloma schoss das Magazin leer.

Doch der Zauberer kippte nicht um.

Er stieß beide Arme nach vorn. Es gab einen Donnerschlag. Bloma fühlte sich von einer unsichtbaren Faust gepackt und durch den Raum geschleudert. Er knallte mit dem Kopf auf den Boden und ruderte hilflos mit Armen und Beinen. Seine Ohren klingelten. Er schrie, aber er hörte seine eigene Stimme nicht.

Als er seine Finger wieder spürte, stellte er fest, dass er die Waffe verloren hatte. Er schaute sich um, doch er sah nur wabernde Schatten. Allmählich formten sie die Umrisse eines Bettes, eines Nachtkästchens … Dann sah er den Zauberer. Bloma kroch über den Boden. Mit der Rechten tastete er sich vor, mit der Linken zog er ein Messer aus dem Stiefel.

Die Farben wurden klarer, die Linien ruhiger. Seine Ohren schmerzten, aber er konnte wieder etwas hören.

Bloma blickte auf. Gulbert hatte sich nicht von der Stelle gerührt, seit er den Gnom mit einem Zauber niedergestreckt hatte. Stattdessen, stellte Bloma fest, hatte der Zauberer seinen Anzug ausgezogen und stand in Stiefeln und in Unterwäsche vor ihm. Der Holzkoffer, der die beiden ersten Schüsse abgefangen hatte, lag aufgesprungen zu Gulberts Füßen. Bunte Stifte und Fläschchen, winzige farbige Standleuchten, schwarze Schnüre lagen über den Boden verstreut.

Blomas Blick schweifte weiter und fand die Waffe, unter das Bett gerutscht. Zu weit weg, und leer geschossen. Bloma versuchte, aufzustehen, aber als er sich halb aufgerichtet hatte, knickten ihm die Beine weg. Er landete wieder auf dem Bauch.

Er sah zu Gulbert. An der Wange, wo Bloma ihn getroffen hatte, war eine weiße Stelle wie von Raureif bedeckt. Kein Blut. Gulbert zupfte sich weitere Giftpfeile aus dem Körper und ließ sie zu Boden fallen. Sein Körper unter dem Anzug war glatt und muskulös, von den Falten und den matten Altersflecken, die das Gesicht zeichneten, war hier keine Spur zu sehen. Nur ein paar weitere weißliche Flecken, ungefähr dort, wo Bloma ihn getroffen hatte.

Gulbert schnippte einen Bolzen in Blomas Richtung und knurrte: »Verfluchtes, heimtückisches Gnomenpack. Vom ersten bis zum letzten Augenblick meines Lebens eine Plage.«

Bloma streckte das Messer vor und sagte keuchend: »Irgendwann … erwischen wir dich. Alter Mann.«

Gulbert trat auf ihn zu. Bloma schwang die Klinge, doch seine Bewegungen waren so langsam, dass er sich selbst dafür schämte. Gulbert trat mit einem Stiefel auf das Messer und drückte es auf den Boden. Bloma hatte Mühe, seine eingeklemmten Finger vom Griff zu lösen.

Gulbert ging vor ihm in die Hocke, sodass der Gnom die rot gepunktete Unterhose aus der Nähe sehen konnte. »Warum?«

»Für die Freiheit«, stieß Bloma hervor. »Du musst sterben.«

Gulbert richtete sich auf und hob in einer verzweifelten Geste die Arme.

»Freiheit!«, rief er. »Ist es das, was euch Gnomen heute so wichtig ist, dass du dein Leben dafür gibst und mir zur Plage wirst? Vor ein paar Hundert Jahren hättest du dasselbe für deinen Herrn Aldungan getan. Vor tausend Jahren für die Vorherrschaft der Gnome. Vor zweitausend für Leuchmadan. Ich verstehe diese ganzen kurzlebigen Wesen einfach nicht, die alle paar Jahrhunderte neue Ideale aus der Westentasche ziehen, sie als Götter an den Himmel hängen … und immer dieselben kleinen Dummheiten daran knüpfen.«

Er ging ein paar Schritte durch den Raum.

»Merkst du nicht, wie klein dein Blick ist? Über die Jahrhunderte gesehen, was bedeutet deine Freiheit da? Was Treue, was Gesetz? Sei froh, dass jemand die Völker über allen Wandel hinweg leitet und für Ordnung sorgt. Auch für euch Gnome. Wichtig ist, dass es weitergeht, dass der Zweck bleibt ...«

»Welcher Zweck?«, fragte Bloma.

Gulbert fuhr zu ihm herum, und Bloma verfluchte sich selbst.

»Das Leben«, sagte Gulbert. »Die Einheit. Das Sein, welches alle Ideale und jede kleinliche Moral überdauert. In tausend Jahren werden deine Ziele so lächerlich wirken wie die deiner Vorfahren für dich. Sie bedeuten nichts. Du willst frei sein von mir? Du bist doch selbst nur eine Marionette, die an den Schnüren ihrer Erziehung, ihrer Geschichte und an der Indoktrination durch ihre eigene vergängliche Zeitspanne hängt. Aber die Menschen und die Gnome und alle anderen werden in tausend Jahren immer noch da sein. Und sie werden Führung und Lenkung brauchen. Und ich werde sie ihnen geben.«

Gulbert hatte wieder angefangen, auf und ab zu gehen. Als er sich von Bloma abwandte, rollte der seitwärts zum Bett hin, rammte ein neues Magazin in die Pistole und riss die Waffe hoch.

Gulbert sah ihn an.

Blomas Hand zitterte.

»Glaubst du wirklich«, sagte Gulbert, »dass es einem höheren Sinn folgt, was du hier tust? Nun denn, dann folge deiner kulturellen Programmierung, du Ameise. Tu, was der Zufall der Geburt deiner armseligen Existenz auferlegt. Töte für die Freiheit statt für einen König oder für einen Gott oder für was auch immer, und glaube daran, dass dieses Ziel mehr ist als eine Erfindung, die nur kurz den Kopf aus dem Strom der Geschichte gehoben hat und die morgen schon wieder darin versinken wird.«

»Du«, fragte Bloma, »lässt dich von mir erschießen?«

»Natürlich nicht, du Wanze.« Mit diesen Worten riss Gulbert den Arm hoch. »Ich weiß nicht, wie alle immer nur darauf kommen!«

Bloma fand die Zeit für einen einzigen Schuss. Dann wurde

er zurückgeworfen und krachte gegen die Wand. Die Knochen in seinem Leib knirschten und brachen, und alles versank in Schwärze.

Als Descidar eingeschlafen war, setzte Frafa sich auf. In die bunten Lichter von der Straße mischte sich ein milchiger Schimmer, die Ahnung eines frühen Sonnenaufgangs, der sich durch den Dunst und an Brücken vorbei seinen Weg in die Häuserschluchten bahnte.

Frafa sah auf den Menschen hinab, streckte die Hand aus und hielt dicht über seinem Leib inne, ohne ihn zu berühren. Es war nicht das erste Mal, dass sie einige Stunden mit einem Menschen verbrachte, auch wenn sie noch nie versucht hatte, die Empfindungen zu verschmelzen wie jetzt mit Descidar. Mit Menschen waren keine Berührungen möglich, wie Alben sie austauschen konnten, Berührungen des Körpers *und* der Seele. Dafür waren Menschen weniger zierlich gebaut, was auch seine Vorzüge hatte, und was sie heute mit Descidar getan hatte, ersetzte fast das aktive Spiel mit Aura und Essenz, das gegenseitige Einflechten von Magie in den Liebesakt.

Nachtalben kannten keine Romantik, keine langen Beziehungen, nur flüchtige Begegnungen und geteilte Lust.

Diese Vorstellung von ihrem Volk hatte Descidar hergeführt. Frafa war über derlei Stereotypen hinaus, und doch beschrieb es recht gut ihr eigenes Leben, ihre eigenen Erfahrungen während der letzten tausend Jahre. Musste das so sein?

Bei ihren menschlichen Gespielen, ob Sklaven oder freie Bekanntschaften, hatte sich die Frage ohnehin nie gestellt. Und in den ersten Jahrhunderten, als Kanzlerin in Daugazburg, musste sie die jeweiligen Verehrer – Liebhaber, Gefährten – auf Abstand halten, bevor sie ihr Vertrauen missbrauchen konnten. Bei jedem Alb und bei jeder Albe, mit denen sie das Bett teilte, hatte sie befürchtet, dass diese nur die eigene Karriere fördern wollten. Oder, schlimmer: dass man ihre Nähe suchte, um sie in einem schwachen Moment zu stürzen.

Und vermutlich waren diese Sorgen berechtigt gewesen.

Aber die Zeit war verstrichen, und Frafa hatte viele Ämter gehabt, bedeutende und unauffällige. Sie hatte viele Jahrzehnte nur dem Studium gewidmet, doch an ihrem Umgang mit Liebhabern änderte sich nichts. Die Vorsicht und die Distanz der ersten Jahrhunderte war zu einer eingespielten Gewohnheit geworden.

Dennoch, vor alledem gab es eine Vergangenheit, da hatte Frafa sich zumindest anderes *erträumen* können. Darum glaubte sie nicht, wie Descidar, dass Nachtalben so sein *mussten.* Nachtalben mussten überhaupt nichts! Das war ja gerade die Freiheit der Alben: dass sie stärker waren als andere Völker, als die Menschen beispielsweise; dass sie sich nicht in schmerzhafte Beziehungen verstricken ließen, getrieben von Gefühlen, die sie nicht beherrschen konnten.

Flüchtige Begegnungen zum wechselseitigen Vergnügen.

So war es schlichtweg einfacher.

Frafa schob die Beine über die Bettkante. Mit den Zehen tastete sie nach dem Teppich, der mit warmen und weichen Fasern ihre Zehen umschmeichelte. Sie stand auf und sah ihre Spinnen um die Überreste von Descidars Anzug versammelt. Tausende vorwurfsvoller schwarzer Punktaugen schauten zu ihr auf, während die Tiere mit wirbelnden Beinchen die Fäden wieder verknüpften, die Frafa mit ihrem Zauber gelöst hatte.

Der Anzug würde ein wenig schief und verknittert aussehen, wenn sein Besitzer erwachte. Aber zumindest musste Descidar das Haus nicht nackt verlassen.

Frafa bückte sich nach ihrem eigenen Kleid und trat zur Tür. Da spürte sie eine Bewegung neben sich, im langen Schatten des Bettes, wo die Spinnen ihre Arbeit verrichteten. Die winzigen Kreaturen stolperten übereinander und krabbelten am Saum der Decke empor.

Und der Schatten, der von der Kante des Fensters bis zur Tür verlief, hatte Dornen.

Frafa stutzte.

Der Schatten kroch über den Boden und weiter in den Raum

hinein wie schwarzes Steinöl. Frafa wich zurück, auf das Bett zu, aber die Unruhe der Spinnen dort sprang auf sie über.

Sie fuhr herum. War das der Schatten eines Menschen, verzerrt und gebrochen wie auf unebenen Grund geworfen? Aber der Boden war glatt, und da war kein Mensch und auch kein Licht, welches diesen Schatten hätte werfen können!

Weitere körperlose Umrisse lösten sich aus den größeren Schattenflächen an der Wand, glitten über den Teppich auf Frafa zu, kreisten sie ein. Ihr Herz pochte rascher. Sie tastete mit der Essenz nach dieser fremden Magie, aber einer der Schemen streckte den Arm aus, der länger und länger wurde und doch nur ein Schatten auf dem Boden blieb. Er bekam die Ränder von Frafas tastender Aura zu fassen und schlug seine Krallen hinein.

Frafa schrie auf. Sie taumelte.

Die Schatten stürzten sich gierig auf ihre ausgestreckte Aura, schnappten danach wie Raubtiere nach ihrer Beute. Frafa wollte ihre Essenz zurückziehen, aber der Schatten, der danach gegriffen hatte, hielt sie fest.

»Frafa? Was ist …?«

Doktor Descidar richtete sich auf dem Bett auf und schaute verschlafen in den Raum.

Frafa schlug mit dem Kleid nach den Schattenwesen, aber sie waren zweidimensional, Scherenschnitte, so wenig greifbar wie ein aufgemaltes Bild. Wenn Frafas Kleid darüberfuhr, verschwanden sie unter dem Stoff und krochen darunter weiter.

Mit einem schmerzhaften Ruck zog Frafa ihre Aura wieder an sich. Doch ein Teil davon blieb bei dem Schatten zurück, der nun zwei Arme mit langen dünnen Fingern nach ihr ausstreckte.

Frafa tat einen Schritt auf Descidar zu. Da fasste ein weiterer Schattenarm unter dem Bett hervor nach ihrem Fuß. Es brannte wie Feuer, als der Schemen über ihre Haut fuhr.

Sie streckte die Arme mit dem Kleid aus und rannte auf das Fenster zu, auf den schimmernden Umriss aus milchigem Glas, dem hellsten Fleck des Raumes, wo die Schattenwesen kein Versteck fanden. Es schmerzte, wenn sie den verletzten Fuß aufsetzte, und sie biss die Zähne zusammen.

Sie warf ihre Essenz nach vorn, ließ den Holzrahmen um das Fenster in Sekundenschnelle verrotten. Dann sprang sie, stieß mit den Fäusten, um die sie das Kleid geschlungen hatte, die Scheibe aus dem Rahmen und stürzte schreiend in die Tiefe.

Im selben Augenblick splitterte das Küchenfenster neben ihr an der Fassade. Zwei Skalkare flogen heraus, in einem Regen funkelnder Splitter. Sie schlugen mit den Schwingen und folgten ihrer Herrin. Frafa fiel, ließ das Kleid los, fasste nach ihren Dienern.

Die streckten ihr die Hände entgegen. Sich umklammernd, stürzten die drei gemeinsam, drehten sich in der Luft, bis die Skalkare unter Frafa waren. Die viel zu kleinen Flügel konnten kaum die Kreaturen selbst tragen, geschweige denn eine weitere Last. Sie fingen nur den Sturz ab, und zwölf Meter tiefer dämpften sie Frafas Aufprall mit dem eigenen Leib.

Knochen krachten, Fleisch klatschte dumpf auf die Pflastersteine. Es presste Frafa die Luft aus den Lungen. Sie spürte, wie der Knochen aus dem Hüftgelenk sprang, wie ihr Unterarm brach. Schmerzen wühlten in ihrem Leib, wo sie auf einem Skalkar aufgeschlagen war. Eine gebrochene Rippe der Dienerkreatur hatte sich durch ihre Haut gedrückt wie ein Speer.

Frafa lag da und bekam keine Luft. Sie versuchte zu atmen, aber der Schmerz drückte gegen ihre Lungen, und sie keuchte. Mühsam hob sie den Kopf und schaute zu den geborstenen Fenstern hinauf. Sie suchte nach Schatten, die an der Fassade herabkrochen. Aber auf dem rotgrauen Stein war nichts zu sehen im fahlen Morgenlicht.

Passanten kamen heran. Zwei Gnome streckten die Hand nach ihr aus, zögerten.

Frafas Wunden heilten. Sobald sie sich ein wenig aufrichten konnte, streckte sie sich. Der Hüftknochen rastete ein. Zentimeterweise schob sie sich von der fremden Rippe herunter, die in ihrem Brustkorb steckte.

Die Gnome überwanden ihre Scheu und reichten ihr die

Hand. Frafa stützte sich darauf und kam frei. Dann fasste sie nach ihrem eigenen gebrochenen Arm, zog daran und ließ den Knochen wieder zusammenfließen.

Weitere frühe Fußgänger versammelten sich um sie, Kobolde, Nachtmahre, Menschen. Sie wirkten müde zu dieser Übergangsstunde, zu spät für die Finstervölker und zu früh für die Völker des Tages. Sie sahen Frafa an, schauten zu den beschädigten Fenstern empor.

Frafa griff nach ihrem Kleid, das zwischen den Skalkaren lag.

»Ein Arzt? Hat jemand einen Arzt gerufen?« Eine Frau hielt ein Phonofor in der Hand.

Frafa winkte ab. »Ich …«, krächzte sie, hustete dunkelgrünes Blut aus den Lungen. »Ich kümmere mich darum.«

Sie stand auf. Das Loch in ihrem Leib schloss sich schon. Blutflecke blieben zurück und wurden von der Haut aufgesogen, während Frafa sich das Kleid überstreifte. Sie taumelte auf den Eingang des Apartmenthauses zu, und die Schaulustigen gingen ihr nach wie ein schäbiges Gefolge.

»Dame Frafa!« Der Kobold am Empfang blickte erschrocken auf.

Frafa straffte sich, während sie auf ihn zuging. »Ich musste aus dem Fenster flüchten. Etwas ist in meiner Wohnung.«

»Ich schicke sofort die Goblins hoch.« Der Kobold hämmerte auf einen Alarmknopf. Dann stellte er sich auf seinen Stuhl und wandte sich über Frafas Kopf hinweg an die Menge: »Verschwindet. Verschwindet! Das ist ein privates Haus! Kein Zutritt, kein Zutritt! Ich rufe die Polizei.« Der Kobold hüpfte auf und nieder, bis zwei Goblins in die Halle kamen.

»Bei der Dame Frafa, in der Wohnung! Eindringlinge!«, rief er ihnen zu. »Ruft die Reserve. Bringt die Leute raus!«

Die Goblins schauten sich verwirrt um. Einer betätigte sein Sprechgerät, der zweite uniformierte Hauswächter trat auf die Eingangstür zu und ließ den Gummiknüppel in die Linke klatschen. Die letzten Neugierigen flohen eilig nach draußen und gesellten sich zu jenen, die sich an der gläsernen Hausfront die Nase platt drückten.

Der Pförtner verriegelte die Tür und ließ die Jalousien herunter.

»Soll ich die Polizei rufen?«, fragte er Frafa. »Oder soll es … vertraulich bleiben?«

Die beiden Goblins verschwanden im Fahrstuhl. Die Lamellen vor dem Fenster schlossen sich, und es wurde immer dunkler in der Halle. Frafa fröstelte. Sie lenkte sich ab, indem sie mit einem beiläufigen Zauber ihr Gewand glättete und säuberte.

»Warte noch«, sagte sie. »Und mach das Licht heller.«

Der Kobold gehorchte. Die Leuchtröhren unter der Decke entflammten von einem matten Gelb zu einem so hellen Weiß, dass es Frafa in den Augen brannte. Die Schatten wichen, und keine unnatürlichen Formen blieben zurück. Frafa fühlte sich ein wenig sicherer.

Der Kobold beäugte sie. »Ist alles in Ordnung mit Ihnen, Dame Frafa? Soll ich wirklich niemandem Bescheid geben?«

»Mein Chauffeur«, sagte Frafa. »Weck ihn. Er soll mich abholen. So rasch wie möglich!«

Der Kobold gehorchte. Kurz danach summte sein Sprechgerät, und er wechselte einige Worte mit den Wachgoblins in Frafas Apartment.

»Sie haben einen nackten Mann gefunden«, teilte er ihr mit. »Er hat sich in Ihrer Wohnung herumgetrieben.«

Doktor Descidar!

Frafa schlug die Hand vor den Mund.

»Ist er in Ordnung?«, fragte sie hastig. »Er war ein Gast von mir!«

»Oh.« Der Kobold grinste. »Er war in Ordnung, als die Goblins ihn gefunden haben. Jetzt hat er ein paar blaue Flecke … Aber sonst war niemand da. Ich habe sonst auch niemanden hereingelassen.«

»Ich weiß«, sagte Frafa.

»Was hätte denn da sein sollen?«, fragte der Pförtner. »Sollen die Wachleute sich weiter umsehen?«

Frafa dachte nach. Die merkwürdigen Schatten waren fort, oder sie verbargen sich in einem finsteren Winkel ihrer Wohnung. Die Goblins würden nichts ausrichten können gegen sie, und Frafa hatte nicht vor, so schnell wieder nach oben zu gehen. Nicht, bevor sie nicht wusste, was sie dort heimgesucht hatte!

»Nein«, sagte sie. »Sie können sich zurückziehen. Ich kümmere mich selbst darum. Aber sorge für Doktor Descidar, und beschaffe ihm etwas zum Anziehen.«

Frafa ging wieder auf die Tür zu.

»Tut mir leid, dass die Wachleute Ihren Gast hart angefasst haben«, sagte der Kobold. »Aber sie langweilen sich hier unten, und sie wussten nicht, dass es dort oben auch einen erwünschten Besucher gibt.«

»Es ist in Ordnung.« Frafa winkte ab, ohne sich umzudrehen. Eine grundlose Heiterkeit stieg in ihr auf wie ein leichter Rausch. »Doktor Descidar wollte die exotischen Gebräuche von Daugazburg kennenlernen. Nun hat er außer den Nachtalben noch die Goblins erlebt, und er wird sich nicht beklagen können.«

Ciriador schreckte nach kurzem Schlummer auf. Er saß auf einem Stuhl vor der Verbindungstüre zu Gulberts Räumen und sorgte dafür, dass sein Herr nicht gestört wurde. Er lauschte. Alles blieb still, dennoch stieg ein Frösteln in ihm auf. Ciriador holte eine Decke, aber die Kälte schien aus seinem eigenen Inneren zu kommen. Er rückte von der Tür weg, drehte das Licht heller und schlief unruhig weiter.

Als er das nächste Mal erwachte, schien die Sonne durch ein Fenster in den Flur. Der Morgen war angebrochen, und Gulbert stand vor ihm. Der alte Zauberer wirkte grau und erschöpft, die Haare klebten ihm in feuchten Strähnen im Gesicht.

Ciriador sprang so rasch auf, dass der Stuhl umkippte.

»Herr Gulbert!«, rief er. »Hatten Ihre Bemühungen Erfolg?«

Der Zauberer schüttelte müde den Kopf. »Es war zu spät.« Er blinzelte in Richtung Fenster. »Ich wurde aufgehalten letzte Nacht.«

»Aufgehalten?« Ciriador blickte schuldbewusst zu Boden

und fragte sich, ob er wohl nicht in ausreichendem Maße für die Ruhe seines Herrn gesorgt hatte.

»Es war schon zu hell, als ich meine Sendung vollenden konnte. Ich fürchte, sie wurde zu früh entdeckt und die Beute ist entkommen.«

Er sah seinen Diener an und rang sich ein Lächeln ab. »Es ist nicht schlimm. Es gibt andere Wege. Sorg bitte für Ordnung in meinem Schlafzimmer, während ich bade; da muss ein toter Gnom fortgeschafft werden. Du hast gewiss Leute bei der Hand, denen man in diesen Dingen vertrauen kann.«

Ciriador nickte und wandte ein: »Nur ein Bad, Meister Gulbert? Sie brauchen Schlaf!«

Gulbert wies auf das Fenster. »Schau her, es ist heller Tag! Ich habe nicht vor, mich unter die Finstervölker zu mischen und im Sonnenlicht zu schlafen. Außerdem fehlt mir nicht Schlaf. Dieser Gnom hat mich derart voll Gift gepumpt, dass ich eine Weile brauchte, um meinen Körper zu reinigen. Nach dem Bad werde ich munter genug sein, um den Tag zu nutzen.«

Ciriador folgte Gulbert ins Schlafzimmer. Dort sah er zertrümmerte Möbel, die zur Seite geräumt worden waren. An der freien Stelle hatte Gulbert mit Schnüren mehrere Kreise gezogen, hatte farbigen Kreidestaub zu verschlungenen Symbolen ausgestreut und bunte Lampen aufgestellt. Neben dem Bett lag der zerschmetterte Körper eines Gnoms, halb hinter einem Nachttisch verborgen. Ciriador holte tief Luft.

»Wie ist er hereingekommen?«, fragte er. »Sie dürfen nicht länger in diesen unsicheren Räumlichkeiten bleiben!«

»Kein Grund zur Sorge«, sagte Gulbert. »Die Hand, die *diese* Waffe führt, kenne ich genau. Sie ist zu weit gegangen mit den Winkelzügen und ihrem Verrat. Ich werde mich darum kümmern.«

»Sie meinen die Person, die diesen Gnom geschickt hat?« Ciriador runzelte die Stirn. »Sie wollen sich mit Aldungans Vertrauter anlegen und dann noch mit einem anderen Feind, Meister Gulbert? Sie werden zu involviert! Haben Sie in den letzten Jahren nicht immer wieder betont, dass es an der Zeit sei für Sie, im Hintergrund zu bleiben und Ihren Feinden nichts zu zeigen, woran man Sie greifen könnte?«

»Allerdings, Ciriador.« Gulbert zupfte sich nachdenklich am Bart. »Allerdings. Ich werde mir Hilfe suchen. Bis zur Mittagsstunde kann ich ein paar Verbündete versammeln, um den nächsten Schritt zu wagen. Und sollte noch mehr Aufwand erforderlich sein ...« Gulbert zwinkerte seinem Leibdiener zu. »Nun, ich traue mir zu, Aldungan selbst so weit zu bringen, dass er sich gleich beider Probleme für mich annimmt.«

6

Portalstein – *Da der* *Nexus *eine magische Struktur ist, fehlt den meisten Endanwendern die Fähigkeit, aus eigener Kraft darauf zuzugreifen. Ein Portalstein schließt diese Lücke und wandelt normale sensorische Informationen so um, dass eine Aufprägung auf den* *Nexus *möglich ist, oder er sorgt umgekehrt dafür, dass dem* *Nexus *entnommene Daten in verständlicher Form ausgegeben werden, als Ton, als Text oder auch in Form von Bildern.*

Dabei kommuniziert der Portalstein stets nur mit dem ihm zugeordneten *Portal. *Dort erst wird die Verbindung zum* *Nexus *hergestellt. Darum kommen viele Portalsteine ohne magische Komponente aus, obwohl der Zugriff auf den* *Nexus *Magie erfordert. Sie stellen die Verbindung zu ihrem* *Portal *auf mundanem Wege her, beispielsweise über Ätherwellen oder schlichte Leitungen, und erst das* *Portal *greift magisch auf den* *Nexus *zu.*

Der Portalstein benötigt nur dann eigene Magie, wenn er selbst über den *Nexus *mit dem zugehörigen* *Portal *in Verbindung steht. Dieser Zugriff gilt als der zuverlässigste; Portalsteine dieser Art sind aber auch die teuersten. Sie bleiben meist hochmobilen Anwendungen wie dem tragbaren Phon vorbehalten. Gewöhnliche Gesprächsnetzverbindungen, stationäre Äthernetzkonsolen oder der* *Bühnenprojektor *im heimischen Wohnzimmer kommen in aller Regel ohne Magie aus.*

AUS: »TECHNIKLEXIKON«, VON ISKWELZA VON DAUGAZBURG

Der Campus der Akademie von Daugazburg lag südlich der Innenstadt, abseits der hohen Häuser. Als Wahrzeichen erhob sich ein großer Turm über dem parkartigen Gelände, mit einer schlanken Taille und einer Spitze, die fast an ein Schiff erinnerte. Er war erst nach Frafas Zeit im akademischen Dienst errichtet worden.

Die Fakultät für Ätherische Wissenschaften hingegen, die sich mit Magie befasste, hatte sich im Laufe der Jahrhunderte kaum verändert. Hier, am Rande des Campus, duckten sich immer noch verwinkelte Gebäude von überschaubarer Höhe um einen Turm, der fast so alt war wie Frafa selbst, und sie fühlte sich beinahe geborgen.

Bald saß sie am Lumenar im Lesesaal und gab eine Frage nach der anderen ein. Sie suchte nach Schatten, nach Wesen und nach den Namen von Gelehrten, die möglicherweise etwas geschrieben hatten, was ihr dabei half, die Vorgänge vom Vormittag einzuordnen. Vor allem aber suchte sie nach Hinweisen, die den Verdacht zerstreuen konnten, der am meisten an ihr nagte.

Sie fand Textauszüge, Aufsätze und Verweise auf Werke, in denen vielleicht etwas stehen könnte. Viel zu viele Verweise. Stundenlang überflog sie typoformierte Schriften und solche, die in späterer Zeit gleich für das Lumenar erstellt worden waren. Doch niemand beschrieb die Geschöpfe, die sie in ihrem Schlafzimmer angegriffen hatten. Überhaupt hatte Frafa das Gefühl, dass die meisten Texte, selbst wenn sie vielversprechend klangen, nie genau die Themen betrafen, die sie interessiert hätten.

Gegen Mittag spürte sie eine Bewegung neben sich und schaute im selben Moment auf, als sie ihren Namen hörte.

»Frafa!«

Sie kannte die Stimme.

»Achtalon!«

Sie erhob sich und tat einen Schritt auf den Nachtalb zu, der an ihren Tisch getreten war. Er war ungewöhnlich rundlich für einen Alb, als wäre ein Teil der weichen Formen des Gesichts auf den üblicherweise schlanken Leib übergesprungen. Er trug sein schwarzes Haar im Nacken zusammengebunden, und in der Rechten hielt er eine zusammengeklappte Sonnenbrille.

Achtalon war Frafas Liebhaber gewesen, lange davor ihr Student und inzwischen schon seit einigen Jahrzehnten Dekan der Ätherischen Fakultät. Mancher sah einen Zusammenhang zwischen diesen drei Sachverhalten, und vermutlich war sich Achtalon selbst nicht ganz sicher, in welchem Maße Frafa auf seine Karriere Einfluss genommen hatte.

Das erklärte die etwas zurückhaltende Begrüßung. Achtalon drehte das Brillengestell verlegen zwischen den Fingern, bevor er es in die Hemdtasche steckte. Schließlich einigten sie sich stillschweigend auf einen Händedruck, eine menschliche Geste und doch ein akzeptabler Ausdruck von Nähe und Vertrautheit, der über den üblichen Gruß unter Nachtalben hinausging.

Achtalon sah sich im Lesesaal um, als müsse er sich vergewissern, ob jemand Zeuge dieser Begegnung wurde. Aber der Raum war fast leer, und an den Tischen im Umkreis saß niemand. In den Instituten, die sich der Erforschung der Magie widmeten, traf man wenige Menschen an und sehr viele Alben. Zur Mittagsstunde herrschte kaum Betrieb.

»Ich habe zufällig erfahren, dass du hier bist. Du hättest ruhig bei mir vorbeischauen können, wenn du schon im Hause bist.«

Frafa spitzte die Ohren und versuchte herauszufinden, ob ein Hauch von Vorwurf in Achtalons Tonfall lag oder bloße Höflichkeit. Einen Augenblick lang wusste sie nicht, was sie darauf antworten sollte, denn in Wahrheit hatte sie gar nicht daran gedacht.

»Das ist keine Stunde für Besuche unter Nachtalben«, sagte sie schließlich. »Und hätte ich gewusst, dass du vormittags arbeitest, hätte ich dich erst recht nicht stören wollen. Du bist ein vielbeschäftigter Mann. Ich muss es wissen, denn ich saß eine ganze Weile auf deinem Stuhl.«

»Ja«, sagte Achtalon, »das war eine andere Zeit. Inzwischen ist die Fakultät ein wenig verschlafen.«

»Du langweilst dich?«, fragte Frafa.

Er schüttelte den Kopf. »Viel Zeit für die Forschung. Es gibt immer etwas, das man lernen kann.«

Achtalon war ein Theoretiker. Sein magisches Potenzial war denkbar schwach entwickelt. Dennoch hatte er sich durchgebissen, hatte seinen Platz unter den Zauberern gefunden und war auf seinem Gebiet eine anerkannte Koryphäe geworden. Er forschte in der Geschichte und in den Zusammenhängen der

Magie, feldübergreifend, und dies hatte ihn letztendlich zum idealen Leiter der gesamten Fakultät gemacht. Er konnte zwischen den Instituten vermitteln, weil er kein Fachgebiet bevorzugte. Und im ständigen Geschacher um Stellen und Mittel kannte er sich überall gleichermaßen gut aus und ließ sich nichts vormachen. Die Inhaber der Lehrstühle lernten rasch, dass es meist peinlich ausging, wenn man ihn während der Fakultätskonferenzen mit überzogenen Forderungen überrumpeln wollte.

»Wann warst du eigentlich zum letzten Mal hier?«, fragte er. »Seit meiner Amtseinführung jedenfalls nicht.«

Auch nicht *zu* seiner Amtseinführung, ging es Frafa durch den Kopf. Die musste ungefähr vierzig Jahre zurückliegen. War es das, was er in Wahrheit ausdrücken wollte?

Nein. Frafa hatte weder Zeit noch Lust, Gedanken an eine Beziehung zu verschwenden, die schon flüchtig gewesen war, als sie angedauert hatte. Wenn Achtalon dem mehr Bedeutung beimaß, umso besser. Er war genau der Ansprechpartner, den sie jetzt brauchte, und sie konnte diese Begegnung genauso gut für ihre Zwecke nutzen.

»Achtalon«, sagte sie. »Ich suche etwas. Vielleicht kannst du mir helfen.«

Sie setzte sich wieder, und Achtalon nahm schräg gegenüber Platz, damit ihm die Bildtafel des Lumenars nicht den Blick versperrte.

»Es muss wichtig sein«, sagte er, »wenn du eigens deswegen wieder in die Akademie kommst.«

Frafa beugte sich zu ihm hinüber und flüsterte: »Ich wurde überfallen. Heute Morgen in meinem Schlafzimmer. Auf magische Weise.«

Achtalon sah sie an. »Ein magischer Überfall? Auf dich?« Er lachte, aber Frafa sah den Schrecken hinter seinen ausdruckslosen Albenaugen. »Du bist die mächtigste Zauberin von Daugazburg. Tausend Jahre alt, ehemalige Direktorin der Akademie, langjährige Dekanin der Ätherischen Fakultät. Ganz zu schweigen von den Dingen, die man sonst über dich hört ... vor meiner Zeit. Wer wäre so verrückt, dich zu einem magischen Duell herauszufordern?«

»Kein Duell«, sagte Frafa. »Es war ein heimtückischer Anschlag, vermittels einer Magie, mit der ich nicht vertraut bin. Ich dachte mir, wenn ich mehr über den Zauber herausfinde, erfahre ich auch mehr über den Zauberer. Und …« Sie zögerte. »… ich bin *nicht* die mächtigste Zauberin in Daugazburg.«

Achtalon blickte sich noch einmal um im Saal. Sein Blick verweilte einen Augenblick lang auf jedem einzelnen Alb in Sichtweite. Dann wandte er sich wieder Frafa zu. »Aldungan?«, flüsterte er.

»Gulbert weilt derzeit auch in der Stadt.«

»Was für ein Zauber war es?«

»Schatten«, sagte Frafa. »Weißt du etwas über Schatten, die Körper und Aura angreifen können?«

»Die meisten Schattenzauber sind Illusionen«, erwiderte Achtalon, nun ganz im Gelehrtenton. »Der wahre Angreifer könnte sich dahinter verstecken. Es gibt Esparis Schattenkrieger, den Schattengolem …«

»Keine schattenhaften Gestalten«, warf Frafa ein. »Ich meine *echte* Schatten. Solche, die über den Boden kriechen, ohne körperliche Ausdehnung. Ihre Form war verzerrt, als wären es Schatten bizarr geformter Wesen, die auf einer anderen Ebene existieren. Aber da waren keine Wesen. Auch mit meiner Essenz habe ich nichts gespürt als die Schatten selbst, aber die Verletzungen, die sie meiner Aura zugefügt haben, die waren real. Ich dachte … an Dämonen.«

»Dämonen«, wiederholte Achtalon nachdenklich. »Dämonologie ist ein heikles Feld. Ich kenne keinen Zauberer, der sie heutzutage beherrscht. Schon in alten Tagen war die Kunst der Evokation so selten und so unsicher, dass nicht ganz klar ist, welche Geschichten darüber Legende sind und welche die Wahrheit berichten. Vermutlich war sie so selten, *weil* sie so unsicher ist. Adepten dieses Zweigs lebten nicht lange genug, um es zur Meisterschaft zu bringen und durch Taten aufzufallen, die der Überlieferung wert waren.«

»Leuchmadan.« Frafa brachte den Gedanken zum Ausdruck, der ihr die größte Sorge bereitete. »Leuchmadan galt als Meister dieser Kunst.«

»Ja. Leuchmadan.« Wieder sah Achtalon sich um, dann erhob er sich. »Wie dem auch sei, zur Dämonologie wirst du hier nicht viel finden.«

»Sind die Aufzeichnungen besonders geschützt?«, fragte Frafa.

»Auf die bestmögliche Weise.« Achtalon grinste. »Die meisten Werke dazu wurden nie typoformiert. Du wirst schon *echte* Bücher in die Hand nehmen müssen ... oder Schriftrollen und Pergamente. Das meiste ist sogar älter als der Buchdruck.«

»Unmöglich«, sagte Frafa. »Als ich hier Dekanin war, hatte die Erfassung des Bestands für das Lumenar höchste Priorität, und das ist über zweihundert Jahre her. Wir haben jahrelang kaum etwas anderes getan, als die Bücher der Ätherischen Wissenschaften zu typoformieren. Da können wir unmöglich ein ganzes Feld übersehen haben! Und wäre es bewusst ausgelassen worden, müsste ich davon wissen.«

Achtalon fasste sie beim Arm und führte sie auf den Gang. Er nickte grüßend nach rechts und nach links, wenn sie weiteren Alben begegneten.

»Ach«, sagte er, »da brauchte es gar keine bewusste Entscheidung. Du weißt selbst, wie knapp die Mittel waren und wie lang die Listen der wichtigen Werke, die von Dozenten und Lehrstuhlinhabern angefordert wurden. Wonach niemand fragte, das blieb einfach liegen, und als dann nur noch Schriften auf dem Stapel lagen, nach denen nie jemand fragte, da erschien das ganze Typoformieprojekt unbedeutend und wurde geschlossen. Dämonologie wurde niemals nachgefragt. Es galt schon vor zweihundert Jahren als alte und wenig aussichtsreiche Kunst, und wir hatten nie einen Lehrstuhl dafür.«

Der Portalstein an Frafas Brust prickelte. Zögernd hob Frafa die Hand zu der Brosche, die vorn an ihrem Kleid steckte, dann zögerte sie.

Es war ein Anruf von Aldungan.

Die fensterlose Kammer lag in einem vergessenen Keller unter Aldungans Turm, und sie quoll über von Kabeln und Geräten, von Sichttafeln, Äthernetzzugängen, vernetzten Integrationsmaschinen und allen möglichen Kommunikationsverbindungen.

Die anderen warteten schon, als Gulbert und Ciriador hereinkamen: einige Menschen und einige Kobolde und sogar zwei Wichtel. Die meisten waren formlos gekleidet, sie trugen eine Arbeitskombination mit vielen Taschen oder zerschlissene, ungepflegte Zivilkleidung – bis auf einen jungen Mann in steifem Geschäftsanzug. Es war einer von Aldungans Untersekretären, und er sprang auf, als er Gulbert sah.

»Endlich!«, rief er. »Aldungan meditiert nur eine Stunde. Wenn er fertig ist, muss der Stein wieder bei seinen Sachen liegen, sonst laufe ich den Rest meines Lebens als Käfer herum!«

Gulbert nahm ihm einen blau schimmernden Kristall ab. »Keine Sorge. Ich brauche den Stein nur für einen Augenblick. Bis der Herr Aldungan seine mittägliche Meditation vollendet hat, liegt alles wieder an seinem Platz. Und ein hübscher Batzen Geld auf Ihrem Konto!«

Er schob den Mann zu Ciriador hin. Dann konzentrierte sich Gulbert auf den Portalstein in seiner Hand. Der Stein war auf Aldungans Essenz abgestimmt und erlaubte weit mehr als eine Gesprächsverbindung: Was dieser Stein übermittelte, nahm der Träger mit der Aura wahr, und wenn der Gesprächspartner ein ebenso eingestelltes Gerät besaß, konnte man ihn im Nexus förmlich *berühren*.

Gulbert brauchte das Artefakt nicht, um in den Nexus vorzudringen, er benötigte nur Aldungans Portalverbindung. Dann projizierte er seinen ganzen Geist dorthin. Der Kristall, der diese Verbindung eigentlich herstellen sollte, war nun zwischen Gulberts körperlicher Aura und seiner überwältigenden Präsenz im Äther eingeschlossen, und Gulbert beherrschte ihn vollkommen.

Der Nexus war eine unwirkliche Region, in gewisser Hinsicht eine bloße Matrix im Äther, der man Informationen aufprägen konnte. Doch wenn ein Zauberer diesen Ort aufsuchte, empfand er ihn als wahrhaftigen *Raum*, als einen wandelbaren Raum, dessen Erscheinung durch bloße Gedanken geformt werden konnte.

Als Gulbert dorthin gelangte, erlebte er ein Chaos von brodelnden Farben, von Klängen, Gerüchen und Gefühlen. Ein schwacher Geist konnte sich auflösen in dieser Wirrnis, aber Gulbert grenzte sich ab und gestaltete die Welt um sich her. Der Nexus wurde schwarz und leer, dann formte Gulbert einen Boden und einen Himmel, und schon bald stand er in einer braunen Wüstenei, die sich an einem grauen Horizont verlor.

Gulbert verwendete einige Mühe auf sein Erscheinungsbild. Ganz von selbst schuf sein Geist die Illusion eines *Gulbert*, eines weißhaarigen bärtigen Zauberers in menschlicher Gestalt. Gulbert presste dieses Abbild zusammen, bis es schlanker wurde. Die Haare verschwanden aus dem Gesicht, die Haut wurde dunkler, und Gulbert prägte dem Nexus und seinem eigenen Avatar das Bild eines Nachtalben auf – Aldungan!

Er prüfte das Bild, das er geschaffen hatte, und war zufrieden. Erst jetzt übte er seine Kontrolle über den Portalstein aus und wählte damit den Empfangscode seines Zieles an.

Er wartete.

Er wartete lange, viel zu lange. Gulbert trennte die Verbindung und wählte noch einmal. Dann, als er schon fast aufgeben wollte und glaubte, sie sei zu misstrauisch, erschien eine winzige Gestalt ganz fern am künstlichen Horizont.

Gulbert war überrascht. Der Raum hier war nicht wirklich, was man sah, war Täuschung und Symbol zugleich. Sie hätte also vor ihm stehen sollen, sobald sie das Gespräch annahm. Gulbert wusste nicht, wie sie es zuwege gebracht hatte, in diesem vorsichtigen Abstand vor ihm zu erscheinen.

Er bewunderte sie für diesen Kunstgriff, doch dann legte er ein Lächeln auf Aldungans Gesicht und hob grüßend die Hand.

»Frafa«, ließ er seinen Avatar sagen. »Du hast lange gebraucht.«

Die Nachtalbe kam auf ihn zu. Sie trug die grün schimmernde Robe vom Abend zuvor und hielt beide Hände am Abbild eines Portalsteins, den sie an ihrer Brust trug, als müsse sie die Verbindung mit Mühe aufrechterhalten. Gulbert las Unsicherheit aus dieser Geste.

»Ich war nicht an einem Ort, an dem ich sicher hätte sprechen können«, erwiderte sie.

»Nun, wie auch immer«, ließ Gulbert Aldungan sagen, während sein Geist bereits damit beschäftigt war, unter dem imaginären Boden andere Dinge wachsen zu lassen. »Jetzt bist du ja hier. Heute Morgen war das nicht der Fall. Ich habe mich schon gefragt, warum du so schnell verschwunden bist. Wir hätten sicher ein wenig Zeit gefunden, uns zu unterhalten, nachdem die Gäste fort waren.«

Frafa legte den Kopf schräg. Sie musterte ihn aus den Augenwinkeln. Schöpfte sie Verdacht?

Gulbert beschloss, jetzt zuzuschlagen.

Die Erde riss auf, Dornenranken schossen empor. Im Nu lagen sie über der unwirklichen Ebene wie ein Netz, dehnten sich bis zum Horizont und wanden sich umeinander. Frafa zuckte zusammen, drehte sich um, aber schon umschlangen die Ranken ihren Leib. Dornen, gebogen und scharf wie winzige Säbel, bohrten sich durch ihr Kleid und in ihre Haut. Gulbert ließ sie wachsen und tief in Frafas Fleisch schneiden. Rankenschlingen zogen sich zusammen, schoben sich gegeneinander, um die Essenz der Nachtalbe zu zerreißen …

Frafa verschwand.

Gulbert schrie wütend auf, und es war *seine* Stimme, die über das Rankenmeer unter dem grauen Himmel des Nexus hallte. Um ein Haar hätte er seine Tarnung als Aldungan vernachlässigt. Er nahm sich zusammen. Die Albe *musste* noch da sein … Irgendwo verborgen.

Er ließ die Ranken durch die Luft schnellen wie Peitschen. Ausläufer schossen empor. Nur Gulberts Avatar stand unberührt inmitten des Infernos, und er ließ seinen Geist in allen Zellen des Nexus nach seinem Opfer suchen.

Frafa war fort.

Gulbert musste es hinnehmen, wenn er nicht davon ausgehen wollte, dass sie den Nexus besser beherrschte als er ... Und das war undenkbar.

Die Bewegung der Ranken erstarb, und sie sanken matt herab. Sie bleichten aus, verschmolzen mit dem Boden, und dann löschte Gulbert mit einem einzigen wütenden Gedanken alles aus. Den Boden, den Himmel, den Avatar, nach Aldungans Vorbild modelliert ... Ein wildes Brodeln erfüllte den Nexus, gaukelte dem Geist Sinneseindrücke vor, während es in Wahrheit an ihm zehrte.

Gulbert zog seine Aura zurück, spürte wieder den Portalstein, seinen sterblichen Leib, roch die abgestandene Luft des Kellers, das Odeur von Öl und Ozon aus den herumstehenden Maschinen. Sein Blick wurde klar, und er sah als Erstes Ciriador, der ihn aufmerksam beobachtete.

Gulbert holte tief Luft und fluchte. »Leuchmadans Hölle, Dämonen und Albenbrut, was ist geschehen? Was ist geschehen!«

Ciriador, der bestochene Sekretär und die anderen Mitglieder des hastig zusammengestellten Einsatztrupps sahen ihn an.

»Geschehen, Herr?«, fragte Ciriador vorsichtig. »Hier ist nichts geschehen. Sie haben ...«

»Ich weiß, was ich habe«, grollte Gulbert. »Aber was hat diese Albe getan? Sie ist mir entkommen, und ich weiß nicht, wie! Sie hat einen ebensolchen Portalstein wie Aldungan, der tief in ihre Essenz reicht, und ich hatte sie! Sie hätte niemals in der Lage sein dürfen, die Verbindung zu unterbrechen.

Ich hatte sie und ihren Portalstein unter Kontrolle, und ich weiß verflucht nicht, wie sie da wieder rausgekommen ist!«

Frafa streckte sich mit einem Aufschrei. Ihr ganzer Körper prickelte, obwohl er in Wahrheit und in dieser Welt niemals von irgendwelchen Ranken berührt worden war. Es blieben Wunden in ihrer Aura, aber das waren nur Kratzer. Der Schreck war schlimmer als der tatsächliche Schaden.

»Ist alles in Ordnung?«, fragte Achtalon besorgt. »Ich habe die Verbindung unterbrochen, sobald du ... seltsam wurdest.«

Frafa nickte. Sie wischte sich fahrig über die Stirn. Langsam sank sie auf den bequemen Bürostuhl zurück. Es war Achtalons Sessel, und sie saß an seinem Schreibtisch in einem der oberen Stockwerke des alten Zauberturms. Erst jetzt merkte sie, dass sie immer noch Achtalons Sprechgerät umklammert hielt, eine einfache Portalverbindung für Menschen oder für Nachtalben ohne magisches Potenzial. Dieses Gerät übertrug nur Bild und Ton und wurde mit Knöpfen und Schaltern gesteuert. Aber Frafa war in der Lage, mit ihrem Geist durch das Gehäuse hindurchzugreifen und über den Portalstein darin eine umfassendere Verbindung herzustellen.

Achtalon musterte sie besorgt.

»Es hat mit Magie zu tun, nicht wahr?«, fragte er. »Darum wolltest du den Anruf nicht gleich auf deinem Portalstein entgegennehmen, sondern hast ihn auf mein Gerät weitergeleitet?«

Frafa nickte.

Achtalon musterte den Edelstein, der in eine unscheinbare Brosche eingearbeitet war. Frafa hatte das Schmuckstück von ihrem Kleid gelöst und in sicherem Abstand auf den Tisch gelegt. Es gab nicht viele Zauberer, die mit solchen Artefakten ohne technische Hilfsmittel kommunizieren konnten, und Achtalon fiel es nicht schwer, die richtigen Schlussfolgerungen zu ziehen.

»Es war Aldungan«, stellte er fest.

Frafa hob die Schultern. »Es sah nach Aldungan aus.«

Es war nicht der Aldungan gewesen, den sie kannte. Frafa hatte bei der Begegnung etwas Fremdes gespürt, aber natürlich hatte sie Aldungan nie zuvor von dieser Seite erlebt – als ihren Feind. Und der Angriff im Nexus passte zu ihm: Aldungan war auch in der diesseitigen Welt ein Meister des Lebens, der Pflanzen und Ranken als Waffen führen konnte. Es war üblich, dass Zauberer den Nexus auf eine Weise formten, die ihren vertrauten Mustern folgte.

Dennoch zögerte Frafa immer noch, das Naheliegende zu akzeptieren.

»Aldungan ist ein Meister in vielen Dingen«, sagte Achtalon. »Und er ist alt. Er lebte zu Leuchmadans Zeiten, heißt es – zu den Zeiten, aus denen alles stammt, was wir über Dämonen wissen.«

Er musterte Frafa. Die löste vorsichtig ihre Finger von seinem Sprechgerät und mied seinen Blick.

»Ich habe alte Schriften gelesen, in denen es heißt, Aldungan wäre Leuchmadan selbst – der Meister der Dämonen. Ist das der Grund, weshalb du hier nach Dämonen forschst?«

»Ach.« Frafa versuchte ein Lächeln. »Glaub so etwas nicht. Das waren Gerüchte zum Zeitpunkt seiner Krönung. Er bestieg Leuchmadans Thron, und manche Leute zogen ihre Schlüsse daraus. Mehr steckt nicht dahinter. Aldungan ist ein Meister des Lebens, genau wie ich.«

Achtalon zögerte, dann nickte er und erwiderte das Lächeln. Das Zögern war kurz, das Nicken kam ein wenig zu schnell. Frafa wusste, dass Achtalon nicht wirklich überzeugt war. Ihm war bewusst geworden, wohin seine Schlussfolgerungen führten, und er hatte dankbar die Gelegenheit ergriffen, sich davon zurückzuziehen.

Und doch, in jenem Augenblick, ehe ihn der Mut verließ, hatte Achtalon denselben Pfad beschritten, auf dem auch Frafas Gedanken seit dem Überfall der Schattenwesen wandelten. Also war ihr Unbehagen mehr als eine müßige Einbildung.

Denn wenn es dämonische Kreaturen gewesen waren, die im Schlafzimmer nach ihr gegriffen hatten, dann führte diese Fährte zu Aldungan, genau wie das Gespräch, das sie am Abend davor belauscht hatte, und genau wie der Überfall im Nexus. Alles deutete auf Aldungan hin, auf ihren Lehrherrn, ihren Arbeitgeber und ihren Freund. Er war derjenige, bei dem sie Hilfe suchen sollte, und zugleich war er auch der Einzige, der hinter den Angriffen stecken konnte.

Ein leises Rauschen erfüllte den Raum, der kaum größer war als Frafas Wohnzimmer. Stahlregale standen so dicht aneinander, dass sie die Schultern einziehen musste, und wo dicke Folianten oder unsauber aufgestapelte, mit Kordeln gesicherte Manuskriptstapel in den Raum hineinragten, musste sie sich seitlich daran vorbeischieben. Sie holte tief Luft. Es war lange her, dass sie so viele Blätter auf einem Fleck gesehen hatte, so viele richtige Bücher, die alt genug waren, um eine *Seele* zu entwickeln, eine Aura, die man mit allen Sinnen spüren konnte.

Achtalon schob Bücher zur Seite, wälzte Folianten. Er blätterte in alten Notizen und sammelte Schriften in der Armbeuge. Sie erreichten einen kleinen Tisch in einem Winkel des Raums. Eine rostige Leselampe stand darauf, ein Stuhl davor. Es erinnerte Frafa an die Studierzimmer aus alter Zeit, die sie noch gekannt hatte, aber es war ein erbärmlich nüchterner Ort.

Achtalon legte die Bücher ab. »Ich hab dir einige Werke herausgesucht, die ich kenne. Nützliche Hinweise zur Dämonologie im Allgemeinen und ein Kompendium über dämonische Geschöpfe. Vielleicht findest du darin, was du suchst.«

Er wartete, bis Frafa sich gesetzt hatte und eines der Bücher zur Hand nahm. Er knetete nervös seine Finger.

»Ich weiß nicht …«, sagte er schließlich.

Frafa schaute ihn an. »Lass es«, erwiderte sie. »Ich habe selbst noch nicht durchschaut, was hier geschieht. Doch was am Ende auch dabei herauskommt: Es ist nicht nötig, dass du mit hineingezogen wirst. Jedenfalls nicht mehr, als du es ohnehin schon bist.«

Achtalon nickte. »Gut. Dann gehe ich wieder nach oben; die Arbeit wartet. Du findest dich sicher zurecht, ich meine, immerhin warst du meine Lehrerin!«

Er entfernte sich rückwärts gehend, schaute verlegen zur Seite und flüsterte dann: »Es tut mir leid, Frafa. Ich würde dir gern mehr helfen, aber ich bin ja kein Zauberer. Nur ein Beamter im Grunde, und ich könnte dir allenfalls mit Worten von Nutzen sein.«

»Es ist gut«, erwiderte Frafa. »Du hast genug getan. Du hast mich gerettet, einfach nur, indem du mir deine Sprechverbindung überlassen hast. Mehr kann ich nicht von dir verlangen. Lebe wohl, Achtalon. Und vielen Dank.«

Sie blieb in dem Kellerraum und las, solange sie es wagte. Die Schattengestalten, die sie gesehen hatte, fand sie in den umfangreichen Kompendien nicht beschrieben. Tatsächlich schien es, als wäre kein Dämon, von dem berichtet wurde, je ein zweites Mal in Erscheinung getreten.

Etwas mehr Erkenntnisse lieferten die theoretischen Texte. Frafa fand die magische Struktur beschrieben, die sie selbst erlebt hatte: eine Form von gebündelter, gelenkter Ätheressenz, die sich nicht richtig fassen ließ. Mehr und mehr kam sie zu der Überzeugung, dass sie auf der richtigen Fährte war. Wenn man wusste, womit man es zu tun hatte, war es möglich, sich davor zu schützen. Wenn man den Schriften glauben durfte, waren Dämonen nur in der Zeit von Leuchmadans frühem Wirken aufgetaucht. Leuchmadan hatte sie benutzt, um Macht über die Finstervölker zu gewinnen, und er hatte sie benutzt, um die frühen Angriffe der Völker des Lichts zurückzuschlagen.

Aber schon im ersten großen Krieg waren Dämonen kaum noch in Erscheinung getreten. Elfen und auch menschliche Zauberer hatten gelernt, mit ihnen umzugehen, sie zu fassen und sie zu bannen. Artefakte waren geschaffen worden, um die vielfältigen Schwächen der Dämonen auszunutzen und den Kampf gegen sie zu unterstützen. Es war mühsam und gefährlich, einen Dämon zu rufen. Nachdem andere Zauberer also gelernt hatten, wie man sich vor ihnen schützen konnte, schienen andere Formen der Magie erfolgversprechender, und die Dämonologie war in Vergessenheit geraten.

Mit ein wenig Zeit, davon war Frafa überzeugt, konnte sie lernen, den nächsten Angriff dieser Art abzuwehren. Oder etwas zu finden, was sie davor schützte. Vielleicht reichte es schon, über die Berge zu gehen. Nach allem, was sie in den Schriften lesen konnte, war noch nie ein Dämon jenseits der Grenzen von

Falinga gesehen worden, außerhalb der früheren Grauen Lande. Damals, als diese Kunst neu war und Leuchmadan seine Macht dadurch ausgebaut hatte, hätte er allen Grund gehabt, seinen Feinden nachzustellen und sie endgültig zu vernichten, ehe sie ein Mittel dagegen fanden.

Er hatte es nicht getan. Das konnte nur eines bedeuten: Er hatte es nicht gekonnt! Dämonen waren an das Land gebunden, in dem die Finstervölker damals lebten, und sie konnten die Berge nicht überschreiten. Wenn Frafa also in den bitanischen Teil der Union zog, war sie – möglicherweise – sicher.

Vor den Dämonen.

Einer Begegnung im Nexus konnte sie aus dem Weg gehen, indem sie diesem Ort einfach fernblieb.

Doch wenn Gulbert oder Aldungan oder beide hinter diesen Vorfällen steckten, waren der Anschlag mit den dämonischen Kreaturen und die Falle im Nexus nur der Anfang. Frafa würde nirgendwo sicher sein. Sie hatte es selbst oft genug erlebt. Sie hatte es in Aldungans Auftrag sogar schon veranlasst und geleitet: Winkelzüge und offene und verdeckte Angriffe im ständigen politischen Ringen mit erklärten Gegnern und versteckten Rivalen. Die magischen wie auch die mundanen Möglichkeiten, die den beiden ältesten Magiern der Welt zu Gebote standen, waren kaum zu ermessen …

Der Portalstein an ihrer Brust prickelte. Frafa schreckte hoch. Sie las schon seit einer ganzen Weile nicht mehr, sondern starrte gedankenverloren auf die Papiere. Es war Abend geworden, und Aldungan versuchte erneut, sie zu erreichen. Es war an der Zeit, eine Entscheidung zu treffen.

Wenn das alles ein Missverständnis war, wenn die Vorfälle des Tages nichts mit dem Gespräch vom Vorabend zu tun hatten oder wenn Gulbert allein dahintersteckte, dann würde Aldungan sie jetzt vermissen. Sie waren für den Abend verabredet gewesen.

Aber natürlich konnte sie keine weitere Begegnung im Nexus riskieren, keine weitere Verbindung über einen Portalstein, der Aldungan unmittelbaren Zugang zu ihrer Essenz gewährte. Mit einem kurzen Ausschlag ihrer Aura blockierte sie den Portalstein, dann verließ sie den Kellerraum und suchte sich oben auf dem Gelände der Fakultät eine öffentliche Gesprächsverbindung, unter freiem Himmel und auf einem gut zu überblickenden Teil des Campus. Von dort wählte sie Aldungans persönlichen Anschluss.

Wenn alles nur ein Missverständnis war, konnte sie so ein klärendes Gespräch führen, aus sicherer Distanz und ohne geheime Nebenverbindungen, über die Aldungan ihr einen Zauber schicken konnte.

Auf der Sichttafel erschien das Gesicht eines Sekretärs. Frafa kannte ihn flüchtig. Warum nahm er einen Anruf entgegen, der direkt an Aldungan gerichtet war, auf seiner privaten Codierung?

»Dame Frafa«, sagte der Mann, aber etwas an seinem Lächeln war falsch. Jetzt hätte Frafa sich eine Verbindung gewünscht, durch die sie in die Seele dieses Menschen hätte fassen und überprüfen können, was da vorging. Vielleicht hätte sie in den letzten tausend Jahren einfach lernen sollen, wie man in den Gesichtern von Menschen las ...

»Ich möchte Aldungan sprechen«, sagte sie. »Das ist sein persönlicher Anschluss.«

»Ja, ich weiß«, sagte der Mann. »Aldungan ist derzeit sehr beschäftigt. Er hat mir den Verbindungsdienst übertragen. Ich werde gleich anfragen, ob ich Sie durchstellen darf.«

»Aldungan hat erst vor wenigen Minuten versucht, mich zu erreichen«, erwiderte Frafa. »Er hat gewiss Zeit, mit mir zu sprechen.«

»Warum nehmen Sie den Anruf nicht auf Ihrem persönlichen Gerät entgegen?«, schlug der Sekretär vor.

Frafas Hoffnung, es könnte eine harmlose Erklärung geben, einen Ausweg und eine Rückkehr in ihr bisheriges Leben, erstarb. »Stellen Sie mich einfach durch«, sagte Frafa. »Sofort!«

Der Mann zuckte zusammen. Er sah ängstlich aus. »Bitte warten Sie«, sagte er tonlos.

Dann schaltete er Frafa weg, meldete sich nach einer halben Minute wieder und sagte: »Ich kann Ihr Gespräch gleich vermitteln. Wenn Sie einem Augenblick dranbleiben könnten ...«

»Stellen Sie mich auf Aldungans Apparat durch«, fuhr sie den Sekretär an. »Sofort. Ich übernehme die Verantwortung.«

»Gleich ... gleich«, stotterte der Mann. »Ich ... Bleiben sie auf jeden Fall dran!«

Und mit diesen Worten schaltete er Frafa wieder weg. Ein generiertes Bild erschien auf der Sichttafel und ließ Frafa wissen, dass sie in einer Warteschleife hing. Nach einer Weile prickelte ihr Portalstein erneut. Ärger stieg in Frafa auf. Glaubte Aldungan, sie würde dort sein Gespräch entgegennehmen und ein zweites Mal in dieselbe Falle tappen?

Dann kam ihr der Gedanke, dass irgendwer versuchte, sie hier festzuhalten, damit man wusste, wo sie war, während ihre Feinde irgendetwas unternahmen!

Je länger sie wartete, umso mehr erschien ihr der Platz nicht leer und ungestört, sondern beängstigend einsam und erschreckend ungeschützt. Sie unterbrach die Verbindung und hastete den Weg entlang, bis sie zum ersten Institutsgebäude gelangte und sich unter eine Schar Studenten mischen konnte, die zum Lesesaal oder zu einem Seminar strömten.

»Und aus!«, rief ein Kobold aus einer Ecke des Kellerraums. »Sie hat aufgelegt.«

»Wie weit seid ihr mit dem nächsten Schritt?«, fragte Gulbert.

»Wir suchen noch alles zusammen«, sagte einer der Wichtel, der mit einigen Kobolden und einem Alb die Köpfe zusammensteckte. »Es wäre einfacher, wenn ich meine eigenen Algorithmen benutzen dürfte.«

»Wir nehmen nur Algorithmen, die wir aus Aldungans Bestand transferieren können. Ich gehe davon aus, dass Sie mit dieser Einschränkung zurechtkommen.«

Der Wichtel nickte mürrisch. »Ich verstehe sie nur nicht. Es kann doch sowieso niemand zurückverfolgen. Niemand wird nachprüfen können, ob Aldungan oder sonst wer ihre Daten gelöscht hat. Da fallen wir eher auf, wenn wir in Aldungans Portaldaten herumschnüffeln.«

»*Sie* wird die Algorithmen wiedererkennen«, sagte Gulbert. »Darauf kommt es an.«

»Das kann nicht gut gehen«, sagte der junge Sekretär, der schon zur Mittagsstunde in Gulberts geheimer Kellerzentrale unter Aldungans Turm zugegen gewesen war.

Gulbert tätschelte ihm den Nacken. »Sie haben sich doch wacker geschlagen. Fangen Sie nur weiterhin die Gespräche ab, dann werden wir diese Albe bald genau dort haben, wo wir sie sicher packen können, ohne dass sie einen Schaden anrichten kann. Und das …« Er lächelte den jungen Mann herzlich an. »… wollen Sie doch auch, nicht wahr?«

7

***Der Bruch am Scherbenpass und die Folgen** – Der Einsatz der Nukleonenbombe war nicht unumstritten. Neben der außergewöhnlichen Zerstörungskraft der Bombe war auch die tödliche Strahlung bekannt, die bei einem Einsatz freigesetzt würde. Kaum dreihundert Kilometer von der bedeutenden Stadt Opponua entfernt, erschien vielen Zeitgenossen ein so massiver Schlag gewagt. Aber niemand rechnete mit der Katastrophe, die folgen sollte.*

Als die Veränderungen in der Landschaft rings um den Scherbenpass offenkundig wurden, stellten die Wissenschaftler rasch fest, dass ihre Ausdehnung nicht zur Verteilung der Strahlung passte, und auch die Muster der Schädigungen waren nicht mit den Erfahrungen aus früheren Nukleonenwaffen-Tests in Einklang zu bringen. Sie erinnerten allerdings an Besonderheiten, die jenseits der Berge von jeher beobachtet wurden.

Dennoch dauerte es Jahre, bis man die wahre Ursache erkannte: Der Schlag gegen den Scherbenpass hatte das Bergmassiv in einer Weise aufgerissen, dass eine Substanz entweichen konnte, die zuvor dahinter eingeschlossen gewesen war und die bei den wenigen, die davon wussten, als »Blut der Erde« bekannt war. In einer Tiefe von mindestens vierhundert Metern sickerte dieses »Blut« nun nach Bitan, und seine arkanen Emanationen beeinflussten das Leben, vor allem die Vegetation.

Aus: »Geschichte der Union«, von Tendor Istarios,
Prof. Em. der politischen Akademie zu Opponua

Leuchmadan lebt.

Frafa las das Graffito an der brüchigen Betonwand, raffte ihr Kleid enger um sich und eilte weiter. Dieser Teil der Stadt war dunkel, obwohl die Gebäude ringsum nicht allzu hoch waren und der Himmel sich frei darüberwölbte. Aber nur selten fiel Licht aus einem Fenster, und alle Straßenlaternen, an denen sie vorbeikam, waren zerbrochen. Abfälle und Trümmerstücke lagen umher.

Frafa wich den Schatten aus und dachte, dass es für eine Nachtalbe wenig angemessen war, die Dunkelheit zu fürchten.

Vom Gelände der Akademie war sie hierhergekommen, weil sie ein vertrautes Umfeld suchte. Hier lag der Teil der Altstadt, der den Anschluss an das neue Stadtzentrum verpasst hatte, jahrhundertealte Bauten mit einigen wirklich alten Türmen dazwischen. *Goblinheim*, so nannte man das Viertel. Einst war es ein stolzer Ort gewesen.

Frafa überquerte Brücken, die bei jedem Schritt schwankten. Sie hörte Steine unter ihren Füßen in die Tiefe poltern. Dann ließ sie die Überreste der alten Hochstraßen hinter sich; neue Straßen für Selbstfahrer waren hier nie gebaut worden. Sie stieg hinab, hinab nach Goblinheim, folgte den schmalen Gassen zu ebener Erde, ging durch Innenhöfe und Durchstiche zwischen den Häusern, und schließlich öffnete sich vor ihr ein weiter Platz, hinter dem ein größerer Schatten aufragte.

Die Halle der Helden.

Das Bauwerk erhob sich bis in eine Höhe von einhundertfünfzig Doppelschritt. Den unteren Teil erreichte man über eine breite Freitreppe, und von dort führte ein Tunnel durch die gewaltigen Grundmauern in den unteren Saal. Das zweite Stockwerk hatte einen eigenen Zugang und war überbaut mit einer gewaltigen Kuppel. Ein Prunkbau, der Stolz des nachrevolutionären Daugazburg – jetzt kauerte er schildkrötengleich vor den modernen Türmen in den angrenzenden Vierteln, von denen manche fast einen Kilometer hoch aufragten. Blau und rot und kaltweiß ausgeleuchtet, glitzerten die Hochhäuser im Hintergrund, umwoben von Hochstraßen wie von funkelndem Geschmeide … und die Halle der Helden lag davor wie ein düsterer, zusammengeschrumpfter Koloss, die Leuchtfeuer an den Flanken lange erloschen.

Aber es war Frafas Ort.

Andere hatten ihn geplant, aber gebaut hatte man ihn zu Beginn ihrer Kanzlerschaft. An diese Halle hatte sie gedacht, als ihr bewusst geworden war, dass sie nicht nach Hause zurückkehren konnte, es war das Erste, was ihr in den Sinn kam, wenn sie an eine Zuflucht dachte.

Sie trat durch das schwarz gähnende Loch ins Innere des Bauwerks. Ein Geruch von Qualm und Fäulnis schlug ihr entgegen. Sie rümpfte die Nase. Goblinheim hatte auch diesen geheiligten Ort letztendlich überwältigt. Frafa sah die Graffiti überall an den Wänden und roch die eingetrockneten Urinflecken.

Zwei überlebensgroße Statuen bewachten den Zugang zur großen Halle. Ihre Gesichtszüge wirkten leer, die Konturen verwaschen. Frafa blinzelte, aber es lag nicht an der Dunkelheit im Saal: Die Figuren waren bis zur Unkenntlichkeit verwittert. Frafa versuchte sich zu erinnern, ob der Verfall bei ihrem letzten Besuch schon so weit fortgeschritten gewesen war, aber sie wusste nicht einmal mehr, wann dieser letzte Besuch stattgefunden hatte.

Die Halle der Helden war gebaut worden in einer Zeit fast ohne Technologie, als das Volk nach heutigen Maßstäben bedrückend arm gewesen war. Wie konnte es sein, dass in einem Zeitalter von Thaumatek, billiger, überall verfügbarer Energie, von Selbstfahrern und allgemeinem Wohlstand niemals genug Geld da gewesen war, um dieses Zeugnis der Geschichte auch nur zu erhalten?

Frafa ging an der Wand entlang und studierte die Statuen in ihren Nischen: Nachtalben, Nachtmahre, Goblins, später Gnome, Kobolde und Menschen, immer mehr Menschen, deren Gesichtszüge immer klarer hervortraten, bis zu den neusten Figuren, die an der Stirnseite der viele hundert Schritt messenden Halle standen. Bei den meisten Skulpturen wusste Frafa, wer hier abgebildet war. Viele hatte sie selbst ausgewählt und ihnen einen Ehrenplatz im Gedächtnis der Stadt zugebilligt. Die Helden von Daugazburg im Wandel der Zeiten – bis vor Hunderten von Jahren die letzte Statue hier ihren Platz gefunden und sie alle zusammen vergessen worden waren.

Nein, dieser Ort bot keine Zuflucht. Frafa fragte sich, warum sie hergekommen war. Langsam wanderte sie an der Wand entlang wieder zum Eingang zurück.

Eine Bewegung dort ließ sie erstarren. Nein, nicht eine Bewegung, sondern viele Bewegungen, fast ein Wimmeln in der Finsternis. Frafa trat in den Schutz einer Nische, verborgen hinter dem überlebensgroßen Bildnis eines Kobolds. Dann ließ sie ihre Aura ausgreifen.

Sie stieß nicht auf Magie, sondern auf Leben. Fühlte den Schlag zahlloser Herzen, Blut, das in Adern floss, spürte die Kraft von Muskeln. Keine Schatten, keine Dämonen, keine magische Bedrohung – nur Goblins.

Frafa atmete auf und schob sich ein wenig in ihrem Versteck nach vorne.

Waren diese Goblins ihr gefolgt? Schergen des vermutlichen Feindes, der seinen nächsten Anschlag auf handfeste Weise vorbringen wollte? Oder hatte der Abschaum von Goblinheim sich versammelt, um sie an diesem einsamen Ort zu überfallen?

Die Goblins beachteten sie nicht. Sie gingen an Frafa vorbei und versammelten sich im hinteren Teil der Halle, dicht bei der inneren Säulenreihe. Goblins konnten im Dunkeln so gut sehen wie Alben, und in der grauen Düsternis, die durch die hohen Lichtschächte in die Schwärze stach, sah Frafa Augen aufblitzen, oder Zähne, wenn die Goblins den Mund zu einem Grinsen verzerrten. Zumindest einige der Goblins mussten Frafa gesehen haben, aber keiner machte Anstalten, sich ihr zu nähern.

Frafa beobachtete gebannt, was die Kreaturen trieben. Manche der Goblins waren fast nackt und trugen kaum mehr als ihr natürliches Fell. Andere waren in Lumpen gehüllt oder in schmierige Fetzen – Bettler, Rattenjäger, Herumtreiber. Manche waren besser angezogen. Frafa sah schäbige Straßenkleidung, es gab Arbeitsoveralls, zum Teil mit Werkzeugtaschen, Uniformen von Wachdiensten, und ein Goblin, der nicht weit von Frafa entfernt stand, trug die Farben der Luftstreitkräfte.

Die Goblins bildeten einen losen Kreis. Dann stimmten sie einen Singsang an. Es war ein Gottesdienst, erkannte Frafa.

Mit wechselnden Vorbetern murmelten die Goblins Bitten und Beschwörungen an ihren Gott. Das Summen steigerte sich zu einem wilden Gebrüll, und sie zogen ihre Waffen hervor: spitze Steine und Glasscherben, Schraubenzieher, Teppichmesser, Feilen oder alle Arten von Klingen. Frafa spannte sich wieder an, bereitete sich auf einen Angriff vor.

Aber der Soldat in ihrer Nähe krempelte einen Ärmel seiner Uniform hoch, setzte sein Messer an und schnitt sich tief in den Unterarm.

»Mein Blut für Leuchmadan!«, rief er und streckte den Arm in die Höhe.

»Mein Blut für Leuchmadan!«, antworteten seine Gefährten, und einer nach dem anderen schnitt sich in den Arm, in die Hand. Manche Goblins schienen sich in einen Wahn hineinzusteigern. Sie ritzten sich mit Scherben das Gesicht, trieben sich die Klinge tief in den Leib. Ihr Stöhnen und ihre ekstatischen Schreie stiegen zum Kuppeldach auf.

Frafa schluckte. Sie wandte den Kopf ab, sie empfand Ekel. Ganz allmählich stieg ihr der Geruch nach Blut in die Nase, überdeckte den leichten Gestank nach Fäulnis und Moder, nach Kot und Urin, der vorher in der Luft gehangen hatte. Frafa löste sich aus der Nische, schlich langsam dem Ausgang zu.

Der Soldat in ihrer Nähe wandte sich um, blickte sie direkt an und hob den Arm in die Höhe. Frafa erkannte die Stellen, wo dunkles Blut das Fell verklebte.

»Leuchmadan«, rief er. Die großen Hauer in seinem Mund schimmerten golden. »Bericht' deinem Meister, wir sind treu! Seine Goblins, seine Befehle. Leuchmadan ruft, und wir lassen die Völker des Lichts in ihrem Blut ersaufen!«

Draußen auf der Straße atmete Frafa auf. Die Luft, die von den alten Häusern her auf den kleinen Vorplatz wehte, roch bitter, nach Staub und nach Metall, aber sie fühlte sich frisch und lebendig an. Frafa trat auf die Treppe. Ihre Beine zitterten. Sie lehnte sich an die Mauer, die den Aufgang säumte.

War sie blind gewesen? Wusste jeder außer ihr, dass sie vor tausend Jahren statt ihres Meisters in Wahrheit Leuchmadan zurückgebracht hatte, nur in einer anderen Gestalt?

Frafa schüttelte den Kopf.

Nein. Es waren nur Goblins, die Ausgestoßenen dieser neuen Zeit. Sie hatten sich eine seltsame Religion zusammengebastelt und pflegten ihre Mythen ... Was dieser Goblin gesagt hatte, bewies gar nichts. Es wäre dumm, den Aberglauben dieser Geschöpfe für die Wahrheit anzusehen, nur weil er gerade zufällig zu ihren eigenen Zweifeln passte.

Eines allerdings war ihr klar geworden: Hier fand sie keine Zuflucht, weder in der Vergangenheit noch in diesen verlassenen Gebäuden. Doch sie brauchte einen Ort, an den sie sich zurückziehen konnte, um neu zu planen. Sie brauchte *Verbündete.*

Frafa schritt durch die schäbigen Gassen von Goblinheim und grübelte darüber nach, an wen sie sich wenden konnte. Sie ließ ihre Aura ausgreifen, tastete in die Hauseingänge, hinter die Ecken und spürte nach Leben. Sie waren da, die Bewohner dieses Viertels, aber sie hielten sich fern von der Nachtalbe. *Gut.*

Frafa half nach, wob Furcht in die Auren, die sie erreichte, ließ die Herzen schneller schlagen oder stocken. Wie eine unsichtbare Woge lief die Magie vor ihr her und machte ihr den Weg frei.

Wieder prickelte ein Anruf in ihrer Essenz, brannte sich tief in ihre weit ausgestreckte Aura. Frafa zuckte zusammen und unterbrach die Verbindung. Es war das dritte Mal in dieser Nacht, dass Aldungan sie zu erreichen suchte, aber als Frafa endlich an einen Bahnhof gelangte und an eine öffentliche Sprechverbindung, die nicht zerstört war, nahm erneut dieser Sekretär ihren Anruf entgegen und hielt sie hin.

Was für Beweise brauchte sie noch? Warum sollte Aldungan

ständig versuchen, eine magische Verbindung zu ihr herzustellen, aber ein gewöhnliches Gespräch abweisen? Wenn er nichts zu tun hatte mit den Vorfällen des Tages, warum verweigerte er sich dann einer harmlosen Aussprache? So schwer es ihr fiel, nach tausend Jahren einen neuen Weg einzuschlagen und mit ihrem Herrn zu brechen – sie konnte nicht länger nur abwarten, sich verstecken, darauf hoffen, dass sich alles von selbst löste.

Sie musste die Initiative ergreifen. Aber wie? Seit ihrer Kindheit war sie ein Teil von Aldungans Netz. Wo war ihr Platz, wenn dieses Netz sich gegen sie wandte?

Frafa dachte darüber nach, welche Freunde sie hatte, welche Bekannten. Aber es waren auch Aldungans Freunde, Aldungans Verbündete. Wer von denen würde für sie Partei ergreifen und sich gegen Aldungan stellen?

Allein der Gedanke ließ ihr den Atem stocken.

Frafa wurde bewusst, wenn sie Aldungans Welt verließ, blieb von ihrer eigenen nichts mehr übrig. Sie musste zurückgehen, weit zurück, um jemanden zu finden, der mit ihr in Verbindung stand, aber nicht mit Aldungan, von dem Aldungan nichts wusste und bei dem sie für eine Weile in Sicherheit sein mochte.

Sie erinnerte sich an Zeiten, so lange vergangen, fast schon ein anderes Leben. Doch dann fand sie jemanden. Ein ganz winziger Hoffnungsschimmer, ein Strohhalm nur, aber zumindest ein kleines Stück vertrauten Bodens, auf das sie sich retten konnte, bevor der Strom sie mit sich fortriss. *Eine einzige, flüchtige Bekanntschaft, die ganz mir gehört und nichts mit meiner Arbeit für Aldungan zu tun hat.*

So sieht sie also aus, dachte Frafa, die Summe eines langen, erfüllten Lebens. Eines Lebens, das sich gerade aufgelöst hatte wie eine flüchtige Illusion.

Unterwegs erkannte Frafa, dass sie immer noch das Kleid trug, das sie gestern für Aldungans Empfang angezogen hatte. Es bestand aus einem gewachsenen Garn, aus lebendigem Stoff, und es fiel Frafa nicht schwer, den Schmutz abblättern zu lassen. Dennoch, es war zu förmlich, es war hinten zu lang, und es hatte unter dem Ausflug nach Goblinheim gelitten. Es taugte nicht für eine Flucht.

Sie verließ die Stadtbahn. Frafa bevorzugte die Märkte am Grunde der Stadt, doch dorthin konnte sie nicht. Sie hatte nichts bei sich, und die Händler dort nahmen meist nur Bargeld. Ihre besseren Schneider wollte sie ebenso wenig aufsuchen, also durchstöberte sie unsicher die großen Einkaufszentren, deren Angebot vor allem auf menschliche Bedürfnisse ausgerichtet war. Viele dieser Geschäfte hatten in der Nacht geschlossen, aber die Auswahl war immer noch riesig.

Frafa kaufte zum ersten Mal in diesen Läden mit den langen Reihen fast gleichförmiger Kleidung, mit Schnitten, denen man die industrielle Fertigung anmerkte und die doch eine ungeheure Vielfalt boten. Frafa probierte Kleider an, und sie hatte das Gefühl, als würde sie ihre Haut wechseln, als würde sie zu einem jener Bürger werden, die sie in den letzten Jahrhunderten nur aus der Distanz betrachtet hatte.

Sie fühlte sich gleich ein wenig sicherer an diesem Ort, in dieser Mode, in der sie untertauchen konnte. Sicherer und zugleich freier, als streifte sie mit dem alten Kleid auch Ballast ab. Es war ein Neuanfang.

Frafa wählte ein unauffälliges Kostüm in gedeckten Farben, bequeme Schuhe und einen Hut mit einem kurzen Schleier an der Krempe. Sie bezahlte nicht mit einer ihrer Kontonummern, wie bei den kleineren Beträgen an Fernsprechgeräten. Es gab Handleser an den Kassen, die ihre Aura abtasteten und ihre Identität bestätigten wie bei einem Bankautomaten.

Frafa erwarb auch noch eine Tasche, und sie hob Bargeld ab. Als sie endlich die ganz eigene Welt der Einkaufszentren mit ihren künstlich erleuchteten Gängen, ihren Laufbändern und Expressliften verließ, verblasste der Himmel über Daugazburg bereits, und ein weiterer Morgen kündigte sich an.

Frafa nahm einen Mitfahrer, eine Luftdroschke, und ließ den Fahrer zwei Häuserblocks von ihrem eigentlichen Ziel entfernt anhalten. Den Rest des Weges legte sie zu Fuß zurück und wechselte dabei mehrmals die Straßenebene. Damit konnte sie einen Verfolger vielleicht nicht abschütteln, aber ganz gewiss würde sie ihn bemerken.

Unbehelligt gelangte sie zu einem niedrigen, kaum sechzigstöckigen Geschäftshaus ohne eigene Hochstraßenanbindung am Rande der Innenstadt. Leuchtende Laufbuchstaben zogen sich in Spiralen um die Fassade und verkündeten die Namen der hier ansässigen Firmen: *Cortado – Zuckerland – Flederhaus – Samusik ...*

Am Eingang herrschte reger Betrieb, vor allem Menschen begannen zu dieser Stunde ihren Arbeitstag. Frafa mischte sich unter sie, ließ sich mit der Menge treiben, lauschte den Fetzen der Gespräche um sie her.

»... habe ich die Nacht über dran gearbeitet. Wenn das die da oben nicht überzeugt, dann ...«

»... meinst du, wie lang dauert das noch mit der Bahnlinie? Es wird langsam teuer ...«

»... Veranstaltungshalle für Daugazburg. Ein Mordsding, und die Bausubstanz kriegen wir fast geschenkt.«

Die Pförtner wiesen Neuankömmlinge durch Schranken und kontrollierten Ausweise. Frafa überlegte kurz, ob sie sich anmelden sollte. Dann tastete sie einfach mit ihrer Essenz nach den Augen und nach dem Geist des nächsten Wachmanns. Nach außen, für alle sichtbar, lächelte sie, hob grüßend die Hand und ging ruhig an ihm vorbei. Der Portier blinzelte verwirrt und stand da mit versteinertem Gesicht, nur eine Sekunde lang. Dann schüttelte er den Kopf, so als wäre er eben erst aufgewacht.

Frafa war da schon auf halbem Weg zum Aufzug, ihre Gegenwart nicht mehr als ein undeutlicher Traum im Gedächtnis des Mannes.

Das oberste Stockwerk war gesichert, und zwei Menschen liefen herbei und traten in dieselbe Kabine. Frafa wartete, bis ihre Mitfahrer eine Etage gewählt hatten, dann drückte sie den Knopf darüber. Erst als sie allein im Aufzug war, konnte sie den Handflächenleser benutzen.

Es war ein techno-magisches Gerät, ein Aurenleser, wie Frafa gehofft hatte. Sie manipulierte ihre Aura und das Gerät, bis sie Zutritt zum Obergeschoss erhielt. Vier Etagen vor ihrem Ziel wurde sie dennoch zum Umsteigen gezwungen. Der Lift verweigerte die Weiterfahrt, und eine künstliche Stimme vom Band verkündete, dass dieser Schacht vorübergehend gesperrt war. Am empfohlenen Ausweichlift wartete Frafa eine gefühlte Ewigkeit auf die nächste Kabine, und noch länger, bis sie endlich allein war und ein zweites Mal das System umgehen konnte.

Frafa fluchte lautlos in sich hinein. Diese kleinlichen Ärgernisse bei alltäglichen Herausforderungen machten ihr nur umso mehr bewusst, was es bedeutete, wenn sie nun gegen Aldungan stand. Als sie, auf diese Weise abgelenkt, in der Vorhalle der Dachwohnung ankam, stand eine Nachtalbe im Morgenmantel vor der Tür des Aufzugs und empfing sie mit vorgehaltener Pistole.

Frafa blickte auf und erstarrte.

»Litiz«, sagte sie.

Litiz die Albe trug die Haare kurz geschoren, in schmalen, orange gefärbten Streifen, die längs über die dunkle Kopfhaut liefen und die an der Stirn in rötlich tätowierten Linien ausliefen. Sie war barfuß, aber der blausamtene Morgenmantel um ihren Leib wirkte so weich wie der Teppich in der Halle, und die zierliche Waffe in ihrer Hand sah aus wie ein Spielzeug.

»Frafa«, erwiderte Litiz. Sie verengte die Augen zu Schlitzen und musterte Frafa von oben bis unten. Ein harter Zug lag um ihre Lippen, und sie zögerte einen Augenblick, ehe sie die Pistole sinken ließ. Sie trat zur Seite und ließ Frafa vorbei.

»Schön, dass du mich erkennst.« Frafa blickte sich neugierig in der Halle um. »Ich war mir nicht sicher …«

»Die große Frafa. Herrin der Grauen Lande. Wer kennt sie nicht?« Litiz' Stimme klang spöttisch.

»Kanzlerin von Falinga«, erwiderte Frafa. »Aber das ist lange her.«

Sie war jung gewesen, als sie Litiz kennengelernt hatte, viel zu jung, in den Tagen der Revolution. Wie zufällig hatte Litiz stets jene Etablissements geführt, in denen sich die revolutionären Nachtalben trafen. Eine Zeit lang waren sie und Frafa fast so etwas wie Freundinnen gewesen, auf eine oberflächliche Art, die sich auf die Besuche in Litiz' öffentlichen Räumlichkeiten beschränkte. Doch als die Revolution zu Ende ging, hatten sie einander aus den Augen verloren.

Litiz war ihrem Gewerbe treu geblieben. Sie hatte wie Frafa die Jahrhunderte überlebt und war reich geworden mit einem untrüglichen Gespür für die Moden im Gastgewerbe. Nach vielen Hochs und Tiefs im Laufe der Geschichte herrschte Litiz nun über ein Imperium von Gaststätten, Lizenzunternehmen und Clubs, die über die gesamte Union verteilt waren. Hier in Daugazburg stand das Verwaltungszentrum, und oben auf dem Dach des Konzerngebäudes wohnte sie auch.

Wohlhabend und einflussreich genug, dass Frafa von ihr gehört hatte, aber ihre Wege hatten sich nicht mehr gekreuzt. Litiz hielt sich von Aldungan und von seinen Gesellschaften fern, und Frafa – nun, für Frafa war Litiz ein Name aus ferner Vergangenheit, eine Erinnerung, die sie gern weggeschoben hatte. Bis jetzt.

»Keine Sorge«, versicherte Litiz ihr. »Auch wenn es noch so lange her ist, ich denke an dich.«

Vor den Aufzügen erstreckte sich ein weiter und lichter Flur, fast eine Art Eingangshalle zu Litiz' privaten Räumlichkeiten. Die Morgensonne fiel durch die hohen Fenster zu beiden Seiten, und Frafa schirmte die Augen mit der Hand ab.

»Hast du deine magischen Künste geschult?«, fragte sie. »Du hast mich erwartet.«

Bei Litiz war die Magie stets nur ein Funke gewesen, ein Überrest, der es allenfalls erlaubte, Magie zu spüren und eine gewisse Resistenz dagegen zu entwickeln. Zauber wirken konnte sie nicht, nicht einmal einen Portalstein prägen oder eine der anderen Aufgaben in der Industrie übernehmen, wo mittlerweile die meisten Zauberer arbeiteten. Im alten Daugazburg hatten Alben wie Litiz zur untersten Schicht ihres Volkes gehört, sie waren Diener oder Ausgestoßene, kaum mehr wert als Menschen und Goblins.

Litiz lachte trocken. Sie hob die Waffe und legte den Lauf an ihre Wange. »Ich kenne die Zauberei gut – gut genug, um mich davor zu schützen. Die Pförtner am Eingang sind leicht zu täuschen. Aber es gibt Sichtlinsen im Foyer und im Aufzug, und Wachpersonal an Bildtafeln außerhalb der Reichweite einer Zauberalbe. Sie achten auf Unregelmäßigkeiten und haben mich gewarnt. Doch was deine Frage betrifft: Nein, selbst tausend lange Jahre haben keine Zauberin aus mir gemacht.«

»Du hast dich trotzdem gut gehalten.« Mit einer Geste maß Frafa die Halle, die Teppiche, die Holzvertäfelung an den Längswänden, die Bilder, die zwischen den Türen hingen, den Ausblick vom Gipfel eines Turmes.

Litiz zuckte die Achseln.

Sie öffnete eine stahlverstärkte Tür gegenüber dem Aufzug. Die Wohnung dahinter wirkte weit und großzügig, mit Stufen und luftigen Galerien, und sie war angefüllt mit erlesener Kunst und eleganter Ausstattung.

»Ich will nicht länger im Bademantel in der Vorhalle stehen«, sagte Litiz. »Gehen wir rein.«

Frafa folgte ihr, durch mehrere Wohnzimmer und Salons, an einer beachtlichen Bücherwand vorbei und über eine Brücke, die eine voll ausgestattete Bar mit mehreren Gasträumen überspannte. Durch die Fensterfronten sah Frafa Terrassen und Gärten, die weitläufiger wirkten, als man vom Gebäude her eigentlich erwarten konnte.

Litiz führte sie in ein Büro mit einem Schreibtisch, der fast so groß war wie ein Zimmer. Vereinzelte Blätter lagen neben versenkbaren Sichttafeln und Geräten.

Litiz setzte sich auf einen Sessel aus rotem Leder, wies Frafa einen Platz über Eck zu. Dann warf sie die Pistole achtlos auf die Tischplatte und holte Flaschen und Gläser aus verschiedenen Schränken hinter und unter dem Tisch hervor, die sie mit einer Drehung des Stuhls leicht erreichen konnte.

»Ich habe lange auf dich gewartet«, sagte sie. »Aber deswegen bist du wohl nicht gekommen. Also, was führt dich her?«

Frafa spürte, wie ihr das Blut ins Gesicht stieg. Hätte sie Litiz früher besuchen sollen? Aber warum sollte Litiz auf sie warten?

»Ich … brauche einen Platz. Und Hilfe«, erklärte sie. Sie zögerte, wusste nicht, wie weit sie gehen konnte, was sie sagen durfte. Litiz war eine Bekannte, und im Gegensatz zu den meisten anderen Bekannten hatte sie nichts mit Aldungan zu tun, aber konnte Frafa deswegen darauf hoffen, dass Litiz ihr auch gegen Aldungan beistand?

Litiz schenkte eine schimmernd grüne Flüssigkeit in Frafas Glas und in ihr eigenes. Dann lehnte sie sich zurück und steckte sich eine Zigarette an, ein kleines Stück Tabak an einer schlanken Spitze, die so lang war wie ein Unterarm und die vor zweihundert Jahren in Mode gewesen war.

Frafa erinnerte sich, wie sie Litiz kennengelernt hatte: an einem Treffpunkt von Revolutionären. Wenn jemand Verständnis für ihre Lage hatte, wenn jemand einen Rat wusste, dann Litiz. Seit Aldungan die Herrschaft an sich gerissen hatte, war Litiz nie wieder als Unruhestifterin aufgefallen. Andererseits – womöglich war ihre Distanz zum neuen Regime auch schon eine politische Aussage.

»Ich habe mit Aldungan gebrochen«, gestand Frafa. »Er stellt mir nach, fürchte ich. Ich brauche ein Versteck, für eine Weile. Ich muss nachdenken, wie ich mich schützen kann und was ich tun soll.«

»Warum?«, fragte Litiz.

Frafa schaute sie überrascht an. »Warum ich ein Versteck brauche?«

»Nein. Warum hast du mit Aldungan gebrochen? Nach der ganzen Zeit, nach allem, was du für ihn getan hast und was er mit dir gemacht hat? Das scheint mir ein sehr drastischer Schritt zu sein.«

Frafa hob hilflos die Schultern. »Ich weiß es nicht. Womöglich habe ich etwas gehört, was ich nicht hören sollte. Ich habe belauscht, wie er vertraulich mit Gulbert sprach. Und dann sind Dinge passiert …«

»Es ist also eine Laune«, stellte Litiz fest. »Ein kleines Problem, und du verlässt deinen Platz, anstatt ihn zu verteidigen.«

Frafa stockte der Atem. Dann sprang sie wütend auf. »Was verstehst du schon? Du bist magielos!« Sie hielt inne, dann redete sie ruhiger weiter: »Ich habe erlebt, wie Aldungan Zauberer vernichtet hat, aus keinem anderen Grund, als dass sie ihm zu mächtig wurden. Und gestern habe ich zwei magische Angriffe nur knapp überlebt. Ich muss erst aus seiner Reichweite sein, bevor ich mich wehren kann.«

»Es ist lange her, dass Aldungan die Macht in den Grauen Landen errang«, sagte Litiz. »Und auch lange, dass er sie wieder verlor. Die Zeiten haben sich geändert. Geh zur Polizei, wenn er dich bedroht. Wir haben eine gewählte Regierung, Gerichte, unabhängige Institutionen ...«

»Falinga«, berichtigte Frafa die andere Albe. Es war fast ein Reflex. Ihr wurde bewusst, dass Litiz ein wenig älter war als sie. Für Litiz würden es vermutlich immer die *Grauen Lande* bleiben, egal, wie viel Zeit verstrich.

»Und *was* hat sich geändert? Aldungan hat viele Freunde in den neuen Institutionen, und ich habe nichts gegen ihn in der Hand. Selbst ein wohlmeinender Richter würde nur lachen, wenn ich Aldungan bezichtige, dass er mir magisch nachstellt. Der Bürgermeister von Daugazburg zählt zu Aldungans Partei. Und wenn Aldungan tatsächlich ein geheimes Einverständnis mit Gulbert verschleiern möchte, hat er auch die Unterstützung der anderen Hälfte unserer gewählten Regierung: Gulberts Partei stellt nämlich die Minister in Opponua!«

Litiz lachte auf. »In der Tat, welcher Richter sollte dir diese Geschichte glauben? Du klingst wie diese Wirrköpfe, die ständig von Verschwörungen und ›Mächten im Hintergrund‹ raunen ...«

»Du meinst, ich überschätze Aldungan?« Frafa stutzte. »Haben die Zeiten sich so sehr geändert?«

»Sei nicht blöde, Frafa.« Litiz stieß mit der Zigarette in ihre Richtung. »Ich sage nur, wenn ich das behaupten würde, was du gerade angedeutet hast, dann würden die Menschen mich für verrückt halten. Darum habe ich es niemals ausgesprochen.

Aber ich bin eine Nachtalbe, und ich habe erlebt, wie dieser neue Staat gewachsen ist. Und du solltest dich erst recht auskennen, denn du hast kräftig mitgeholfen dabei!«

Litiz rauchte in drei langen langsamen Zügen ihre Zigarette zu Ende, klopfte den Rest Asche und Tabak in einen Spalt der Schreibtischplatte und legte das Mundstück hin. Dann erhob sie sich und ging auf und ab, mit schwungvollen, wütenden Schritten.

»Weißt du noch«, fragte sie, »wann wir uns das letzte Mal gesehen haben?«

»In deiner Xotoc-Stube«, sagte Frafa. »Nein – in dieser Bar. Der mit den Spinnen.«

»Das letzte Mal«, widersprach Litiz ihr, »habe ich dich bei Bleidans Hinrichtung gesehen. Seitdem tue ich so etwas nicht mehr. Keine geheimen Gesellschaften, keine Verschwörungen.«

»Oh.« Frafa sah Litiz an, die sie dazu zwang, sich an eine Zeit zu erinnern, die Frafa mit viel Mühe hinter sich gelassen hatte. »Ich glaube, ich habe dich nicht gesehen ... auf diesem Platz.«

»Nein. Du warst mit diesem anderen Alb dort. Ihr standet sehr dicht beisammen, als ihr Bleidan beim Sterben zugeschaut habt. Du hast kaum Augen gehabt für etwas anderes.«

Da lag ein Vorwurf in Litiz' Stimme. Frafas Widerspruch erstickte ihr in der Kehle. Was wollte Litiz eigentlich? Frafa glaubte nicht, dass es genau so gewesen war. Aber warum wollte Litiz sich an alle Einzelheiten erinnern, warum meinte sie zu wissen, wer wohin geblickt hatte? Das lag eine Ewigkeit zurück!

Litiz ging zum Fenster, stellte sich mit dem Rücken davor, sodass die grellen Lichtstreifen ihre Gestalt umrahmten und Frafa sie nur noch als dunklen Umriss wahrnehmen konnte. »Weißt du, dass es Jahre gedauert hat, bis ich herausfand, was passiert ist? Oh ja, es gab von Anfang an Gerüchte, *wie* Bleidan gescheitert ist, aber Gerüchte gibt es immer. Jeder behauptet, etwas zu wissen, und jeder erzählt etwas anderes. Als die Heimlichtuerei ein Ende hatte und die Wahrheit herauskam, warst du längst Kanzlerin von Daugazburg.«

Die Worte trafen Frafa wie ein Stich ins Herz. Sie selbst hatte Bleidan damals verraten! Aber hatte sie eine Wahl gehabt? Über diese Frage hatte sie selbst lange genug nachgedacht, bis sie beschloss, dass es sinnlos war, über die Vergangenheit zu grübeln.

Langsam erhob sie sich. »Was willst du von mir, Litiz?«

»Was ich von dir will? Du willst etwas von mir! Darum bist du doch hergekommen. Aber hast du dir jemals überlegt, was du mir *schuldest*?«

Frafa spreizte die Finger, schloss sie wieder. Warum sprach Litiz jetzt davon? Wollte sie Rache? Die Waffe lag unbeachtet auf dem Tisch, und das war ein Glück. Frafa wusste nicht, ob sie die Kraft oder den Willen aufbrachte, etwas gegen Litiz zu unternehmen, wenn es nötig werden sollte. Sie senkte den Kopf.

»Es tut mir leid, Litiz. Ich habe es bedauert, fast im gleichen Augenblick, wo es geschehen ist. Aber was sollte ich tun? Ich habe selbst am meisten darunter gelitten. Du musst es mir nicht vorhalten, denn ich habe den Preis dafür schon lange bezahlt.«

Litiz konnte das vielleicht nicht verstehen. Frafa war bis an die Spitze aufgestiegen, sie hatte nicht nur eine, sondern viele Karrieren gemacht. Für Litiz mochte es so aussehen, als wäre der Verrat an Bleidan der erste Schritt auf ihrem Weg nach oben gewesen. Nur Frafa wusste, dass es der letzte Schritt gewesen war, der letzte Fehler, den sie aus Nachlässigkeit und aus kindlicher Schwäche gemacht hatte. Wie sollte sie Litiz erklären, was die Geschehnisse für sie selbst bedeuteten?

»Ich habe Bleidan geliebt«, sagte sie.

Litiz lachte auf. »Geliebt? Du warst ein Kind und hast ihn angeschwärmt! Was hast du schon verstanden von der Liebe? Was verstehst du heute davon? Du bist so sehr eine *Nachtalbe*, und selbst wenn du deine Taten beklagst, denkst du nur an dich selbst. Hast du dir je überlegt, was es für *andere* bedeutet? Was du *anderen* angetan hast? Wer den Preis für deine Taten bezahlt?«

Frafa starrte Litiz' Schattenriss vor den grellen Sonnenbalken an, bis ihr die Augen tränten.

»*Du* warst in Bleidan verliebt?«, stieß sie hervor, und es gelang ihr nicht, die Fassungslosigkeit aus ihrer Stimme zu verbannen.

»Ich kannte Bleidan schon lange. Seit Jahren. Er und seine Freunde kamen zu mir, wir saßen beisammen und haben uns unterhalten – noch bevor du geboren warst. Woher willst du wissen, was ich für Bleidan empfunden habe?«

»Aber du …« Frafa verstummte.

Litiz trat vom Fenster weg, kam auf sie zu.

»Ich hatte keine Magie, und Bleidan war ein Meister? Oh ja, ich weiß. Ich wusste es nur zu gut. Ich hatte nichts zu erwarten, nichts zu erhoffen. Aber Bleidan sprach von Fortschritt, und die Zeiten *haben* sich geändert. Wäre Bleidan heute hier, würde dann das, was damals zwischen uns stand, noch eine Rolle spielen?«

Litiz blieb vor dem Tisch stehen, an dessen Schmalseite Frafa stand. Sie senkte die Stimme und sah Frafa in die Augen.

»Aber Bleidan ist nicht mehr hier. Du hattest kein Recht, ihm das Leben zu nehmen und dann um ihn zu trauern, als wäre er dein Eigentum gewesen, als ob *du* ihn verloren hättest. Du hattest kein Recht, mir meine Hoffnung zu nehmen.«

Sie standen da, die Gesichter nur eine Handbreit voneinander entfernt. Frafa fühlte sich elend und benommen. Sie spürte Litiz' Atem auf der Wange und wollte zurückweichen, aber sie wusste nicht, ob das nicht alles noch schlimmer machen würde.

Es war *nachtalbisch*, Nähe zu meiden.

»Was willst du?«, flüsterte sie. »Es ist lange her, und es ist nun einmal geschehen.« Sie strich mit dem Finger über die Schreibtischplatte, wies flüchtig in Richtung der Bildtafeln. »Seit Bleidans Tod habe ich versucht, seinen Traum zum Leben zu erwecken. Den Fortschritt. Ein neues Daugazburg. Die Welt hat sich geändert, wie er es wollte. Aber seinen Tod kann ich nicht ungeschehen machen, und ich kann nicht ungeschehen machen, was damals passiert ist. Was also soll ich tun?«

»Du könntest dich entschuldigen. Du könntest wenigstens, verdammt noch mal, eingestehen, dass es nicht nur um dich geht und um das, was du verloren hast. Ich will, dass du dich bei *mir* für das entschuldigst, was du mir angetan hast.«

»Ich ...« Frafa stockte.

Es schien so leicht zu sein, eine Entschuldigung auszusprechen – wenn es das war, was Litiz wollte. Aber die Worte kamen Frafa einfach nicht über die Lippen. Warum?

Es wäre nicht ihre erste Lüge. Eine Entschuldigung war nur ein weiterer politischer Zug, eine Finte wie so viele in ihrem Leben, ein paar Worte, um ihre Ziele zu erreichen. Wenn Litiz also eine Entschuldigung hören wollte, damit Frafa auf ihre Unterstützung hoffen konnte, warum fiel es ihr dann so schwer, diese Entschuldigung auszusprechen?

Es dauerte eine Weile, bis Frafa erkannte, was diesen Augenblick von den Verhandlungen, Intrigen und Winkelzügen der vergangenen Jahre unterschied. Hier ging es nicht um jemanden, der in einem politischen Spiel mit ihr den Kürzeren gezogen hatte. Es ging um einen wirklichen Fehler, um eine Freundin, die zu Schaden gekommen war, weil Frafa etwas Falsches getan hatte.

Wenn sie sich diesmal entschuldigte, gestand sie eine wirkliche Schuld ein. Was sie getan hatte, tat ihr tatsächlich leid, und sie bedauerte Litiz' Schicksal. Es schmerzte, dafür die Verantwortung zu übernehmen. Sie hatte geglaubt, sie könnte diese Vergangenheit allein hinter sich lassen, und sie wollte nicht, dass ein anderer daran teilhatte.

»Eine Entschuldigung?«, fragte sie endlich heiser. »Ist es das, was du willst? Tausend Jahre lang hast du darauf gewartet, dass ich vorbeikomme und mich bei dir entschuldige?«

Litiz trat einen Schritt zurück. »Nein«, sagte sie. »Anfangs ... wollte ich Rache. Habe mir ausgemalt, was nötig wäre, um mir Genugtuung zu verschaffen. Das gab mir die Kraft, weiterzumachen. Aber die Zeit verging, und alles, was ich mir ausmalen konnte, war irgendwann blass und abgegriffen. Am Ende, heute, ist nur die nackte Idee geblieben: Du bist mir etwas schuldig. Du hast etwas genommen, was mir zugestanden hat. Es geht um *mich*, um Litiz, nicht um die große Albe an der Spitze.

Ich wollte erleben, dass das anerkannt wird. Dass du es anerkennst! Du sollst sehen, was ich verloren habe, und dass es etwas bedeutet und dass *ich* etwas bedeute. Das ist der Gedanke, an den ich mich noch klammere.«

Frafa holte tief Luft. Sie ging um die Tischecke herum, trat vor die andere Albe hin. Litiz wich nicht zurück.

»Es tut mir leid«, sagte Frafa. Litiz' Gesicht wirkte streng, die rundlichen Albenwangen angespannt. »Es … Ich entschuldige mich. Es tut mir leid, was ich dir angetan habe. Ich wusste es nicht besser.«

Sie legte die Arme um Litiz, zog sie an sich, spürte, wie die starre Haltung der anderen sich ein wenig löste. Frafa hätte gern mit ihrer Aura ausgegriffen und die verzerrte Essenz ihrer alten Freundin geglättet. Aber womöglich hätte Litiz diese Magie als Beleidigung empfunden, und Frafa wollte nicht wieder überheblich wirken.

»Ich …«, setzte sie an, verstummte wieder. Sie ließ den Kopf sinken, lehnte sich an Litiz und spürte, wie die ihre Umarmung erwiderte. Die beiden Alben blieben eine Weile so stehen, in einer Geste des Trostes, und doch, so empfand es Frafa, allein in den eigenen Erinnerungen. Es war schließlich Litiz, die sich von ihr löste.

»Ich fürchte«, sagte sie, »es funktioniert nicht wirklich.«

Frafa schüttelte den Kopf.

Litiz setzte sich wieder hinter den Schreibtisch und zündete eine weitere Zigarette an. »Der Augenblick der Genugtuung«, sagte sie, »erscheint ein wenig kurz nach so langer Zeit.« Sinnend starrte sie ins Leere. »Und Bleidan ist wirklich fort.«

»Ich habe viel von ihm gelernt«, sagte Frafa. »Und diese Welt hätte ihm gefallen.«

Litiz' Blick kehrte ins Hier und Jetzt zurück. Ein harter Zug erschien auf ihren schwarz glänzenden Lippen. »Nicht ganz. Ihm hätte gar nicht gefallen, dass Aldungan und Gulbert immer noch die Fäden ziehen. Er wollte Politik machen, kein Marionettentheater aufstellen.«

»Er wollte …«

Litiz unterbrach sie mit einer Geste ihres Zeigefingers. »Fang nicht wieder an zu widersprechen. Du hast dich gegen Aldungan gestellt, du musst ihn also nicht mehr verteidigen! Du glaubst, du hast Bleidans Ideale verfolgt? Dann lass mich dasselbe tun. Auf meine Weise. Immerhin bringt mich das auf deine Seite, und du wärst dumm, darüber zu streiten.«

»Du hilfst mir also?«

Litiz zuckte die Achseln. »Warum nicht? Wer weiß, was für Pläne Aldungan und Gulbert verfolgen. Sie treten nicht offen in Erscheinung; niemand wählt sie, niemand schaut ihnen auf die Finger. Diese unsichtbare Herrschaft hätte Bleidan nicht gefallen.«

»Es ist nicht dein Kampf«, sagte Frafa. »Du hast schon einmal gelitten wegen Bleidan und mir. Ich hätte nicht zu dir kommen dürfen.«

»Es ist in Ordnung«, erwiderte Litiz. »Es war an der Zeit, dass du kommst. Und da ich jetzt nichts mehr habe, worauf ich warten kann – warum dann nicht an alte Zeiten anknüpfen und eine Revolution planen?« Sie lächelte. »Aldungans Stellvertreterin, die mächtige Zauberin, fällt von ihm ab und stellt sich gegen ihn. Ist das nicht die beste Gelegenheit, dem großen Alten mal vors Schienbein zu treten? Was auch immer am Ende herauskommt dabei – ich werde dich auf den Weg bringen und mithelfen, den *Fortschritt* ein wenig mehr so zu gestalten, wie Bleidan ihn vielleicht hätte haben wollen.«

Frafa atmete auf. »Danke.«

»Ich tu das nicht für dich«, erwiderte Litiz ernst. »Ich schulde dir nichts, und du schuldest mir mehr, als ich je von dir bekommen kann. Ich helfe dir um Bleidans willen. Nicht, damit du dich verkriechen kannst, sondern weil ich hoffe, dass du *kämpfen* wirst!«

Litiz kniff die Augen zusammen. »Ich würde dir ja gern das Versprechen abnehmen – nur für den unwahrscheinlichen Fall, dass du gewinnst! -, dass du dann nicht weiterleben wirst. Wenn alle fort sind, die damals gegen Bleidan standen, und keines der Relikte aus alter Zeit übrig bleibt, das wäre ein sauberer Abschluss. Aber ich glaube, das wäre zu viel verlangt. Mach es dir also gemütlich, genieße den Tag. Ich lege mich wieder schlafen, denn ich komme nicht mit ein wenig Meditation aus wie gewisse *höhere* Alben. Am Nachmittag reden wir darüber, wie du deinen Feldzug anfangen kannst.«

8

***Der Große Friede** – Als bekannt wurde, in welchem Maße das »Blut der Erde« Bitan vergiftete, beendete Gulbert den Krieg sofort. Erfolglos suchte die Allianz nach Wegen, das Vordringen dieser Substanz aufzuhalten. Monat für Monat vernichtete das »Blut der Erde« Weiden und Ackerland. Die Veränderung in der Vegetation, wiewohl anfangs kaum wahrzunehmen, brachte schädliche Stoffe in die betroffenen Pflanzen, die die Ernte unbrauchbar machten und das Vieh verenden ließen.*

In dieser Krise, als ganz Bitan die Verwüstung drohte, streckten die Völker von Falinga ihren Erzfeinden die Hand entgegen. Jenseits der Berge hatte man seit Langem gelernt, mit dem »Blut der Erde« zu leben. Die sogenannten Finstervölker zeigten sich immun gegen die Unverträglichkeiten, welche der Genuss veränderter Nahrungsmittel mit sich brachte. Und, bemerkenswerter noch: Selbst die Menschen, deren Vorfahren als Sklaven und Gefangene nach Falinga gekommen waren, hatten sich daran gewöhnt.

Mithilfe der Magier und Mediziner aus Falinga ließen sich die Auswirkungen der Krise mildern, Ernten reinigen und sogar Bewohner auf betroffenem Boden derart umstellen, dass sie mit den Veränderungen zurechtkamen. Aldungan, seit über sechshundert Jahren Monarch von Falinga, stimmte mit Gulbert darin überein, dass der Status quo erhalten bleiben müsse und das »Blut der Erde« sich außerhalb seines natürlichen Einflussgebietes nicht ausbreiten sollte.

AUS: »GESCHICHTE DER UNION«, VON TENDOR ISTARIOS,
PROF. EM. DER POLITISCHEN AKADEMIE ZU OPPONUA

Als Litiz wieder aufstand, saß Frafa an den Sichttafeln ihres Schreibtisches und durchforschte öffentliche Datenbanken. Ihre Gastgeberin begrüßte sie müde.

»Ich muss gleich nach unten«, sagte sie. »Sitzungen mit den Vorständen und Direktoren. Ich werde es kurz halten.«

Frafa nickte. Litiz werkelte ein wenig in der Küche und brachte dann eine Mahlzeit herein, die nach Frafas Maßstäben kunstvoll war. Litiz stocherte lustlos darin, klappte eine weitere Bildtafel in der Tischplatte auf und blätterte durch Zahlenkolonnen und Berichte. Dann war sie fort, und Frafa versuchte, sich nützlich zu machen und das Geschirr zu spülen.

Viele Geräte in Litiz' Küche verstand sie gar nicht. Sie selbst überließ die Arbeit zu Hause meist ihren stummen Dienern. Hier musste sie alles mit der Hand machen und hatte schon Schwierigkeiten, den Regler für das warme Wasser zu finden oder Spülmittel und Öle zum Kochen auseinanderzuhalten.

Als sie glaubte, alles halbwegs richtig eingeräumt zu haben, kehrte sie an den Schreibtisch zurück, bis Litiz wiederkam und sie ein spätes Abendessen auf der Terrasse einnahmen. Die Sonne war bereits unter die Dachkante gesunken, und nur der Antennenwald funkelte über ihren Köpfen.

»Ich hoffe«, sagte Litiz, »du hast meine Portalverbindungen nicht für auffällige Anfragen benutzt. Für solche, an denen deine Verfolger dich erkennen können.«

Ihre Stimme klang gelassen, als würde sie Frafa eine solche Dummheit nicht zutrauen. Frafa bemühte sich, nicht zusammenzuzucken, und ging in Gedanken durch, was sie getan hatte. In Aldungans Diensten hatte sie sich nie um sichere Verbindungen kümmern müssen. Fachleute hatten dafür gesorgt und ihr im Zweifel gesagt, was sie tun oder lassen sollte. Der technische Teil der neuen Kommunikationswege war Frafa bis heute fremd geblieben.

»Ich glaube nicht«, sagte sie. »Ich habe auf Aldungans Datenbanken zugegriffen. Aber dafür habe ich keine Geräte verwendet. Ich kann über den Äther in den Nexus eintauchen und weiß, wo ich ein paar von Aldungans Portalen finde.«

»Und, hast du etwas aufgespürt?«, fragte Litiz.

»Nicht das, was ich gesucht habe«, erwiderte Frafa. »Nicht dort.«

Sie sah sich misstrauisch auf der Terrasse um und erinnerte sich daran, wie die Luft über Daugazburg einst erfüllt gewesen war von Aldungans Spionen – bis dies eines Tages anscheinend überflüssig geworden war. Aber wer wusste, was er nun gegen sie einsetzte?

Frafa beugte sich vor und flüsterte Litiz zu: »Aber während der Meditation kam mir ein Einfall, wo ich weitermachen kann. Damals, bevor er den Thron bestieg, war ich es, die Aldungan nach Daugazburg zurückholte. Ich hatte ihn in Leuchmadans Hort aufgespürt, an der Quelle des Blutes. Wenn die Legenden stimmen, ist Leuchmadan schon einmal von diesem Ort gekommen …«

Litiz schaute sie verständnislos an, und Frafa holte weiter aus. Sie erklärte, wie jener alte und längst tot geglaubte Herr der Finstervölker mit sämtlichen Vorfällen der letzten beiden Tage in Verbindung zu stehen schien: von den dämonischen Schatten, die Frafa im Morgengrauen überfallen hatten, über das Blut der Erde in jenem belauschten Gespräch zwischen Aldungan und Gulbert bis hin zu dem Schlachtschiff *Lichtbringer*, das Gulbert in Anlehnung an Leuchmadan hatte taufen lassen.

»Und von Aldungan«, schloss Frafa ihre Zusammenfassung ab, »behauptete manch einer kurz nach seiner Machtergreifung, er wäre der wiedergekehrte Leuchmadan in seiner ganzen Machtfülle. So schließt sich der Kreis, so hängt alles zusammen.

Ich habe die Gerüchte um Aldungan nie ernst genommen, ich hielt sie für eine bloße Ehrenbezeugung dem neuen Herrn gegenüber. Aber die Goblins in der Stadt glauben heute noch daran, und wenn ich tatsächlich Leuchmadan zurück nach Daugazburg gebracht habe, finde ich dort, von wo ich ihn damals geholt habe, vielleicht einen Hinweis darauf.«

»Und dann?«, fragte Litiz.

»Leuchmadan hat schon einmal von einem Nachtalb Besitz ergriffen. Wenn er meinem Meister dasselbe angetan hat, kann man ihn womöglich ein zweites Mal bannen.«

»Mir scheint eher, wenn wir es nicht nur mit einem alten Nachtalb zu tun haben, sondern mit Leuchmadan selbst, wird unser kleiner Aufstand sehr schnell ein Ende finden.«

»*Mein* Aufstand«, berichtigte Frafa sie. »Du hältst so viel Abstand wie möglich von der Sache. Wer weiß, vielleicht lässt sich dieser Drache an der Quelle des Blutes zu Fall bringen, bildlich gesprochen ... durch einen Dolchstoß in den Rücken. Leuchmadan wurde schon einmal gestürzt. An ebendiesem Ort.«

»Wenn Aldungan Leuchmadan ist, wurde er nie wirklich zu Fall gebracht. Und derjenige, der es angeblich geschafft hat, war Gulbert – der sich, wie du befürchtest, mit Aldungan verbündet hat. Das klingt eher so, als wäre die Geschichte von Leuchmadans Sturz von Anfang an eine Lüge gewesen.«

Frafa lehnte sich zurück und spielte mit ihrem Glas. »Nun, irgendwo muss ich anfangen. Ich kann nicht die Hände in den Schoß legen und darauf warten, dass seine Dämonen mich erwischen.«

»Vielleicht kannst du etwas Unerwartetes tun«, schlug Litiz vor. »Schleich dich bei Aldungan in den Turm ...«

Frafa schaute nachdenklich auf den Abendbrottisch. »Das ist nicht einfach«, sagte sie. »Aldungan hat magische Sicherungen, an denen ich nicht unbemerkt vorbeikomme. Und er hat alle meine Daten löschen lassen. Im Moment könnte ich mich nicht einmal vor einer Polizeistreife ausweisen, geschweige denn vor Aldungans Wachen.«

»Deine Daten löschen lassen?«

»Alles außer den Bankdaten. Das ist eigentlich das Einzige, was mich überrascht. Ich kenne Aldungans Netzkobolde und ihre Algorithmen, und die Bankdaten manipulieren sie sonst als Erstes, wenn Aldungan einem Feind übel mitspielen will.«

»Du hast deine Bankverbindungen hoffentlich nicht benutzt, seit du untergetaucht bist?«

Frafa sah Litiz an. »Was denn sonst? Ich hatte keine Zeit, Geld einzustecken. Ich musste erst welches abheben. Und ein paar Anrufe habe ich mit Kreditnummer und Code bezahlt.«

Litiz verdrehte die Augen. »Genau darum haben sie dir die Konten nicht gesperrt: Wann immer du sie benutzt, wissen sie, wo du bist. Und sie kennen deine Gesprächsverbindungen. Ich hoffe, du hast keine verräterischen Anrufe getätigt. Ich hoffe, du hast nicht versucht, *mich* von unterwegs anzurufen!«

»Nein!« Frafas Gedanken überschlugen sich. »Ich habe nur versucht, mit Aldungan zu reden. Natürlich wollte ich seine Anrufe nicht noch einmal über meine persönliche Verbindung annehmen.«

Ihre Hand wanderte an die Brosche. Litiz sah die Bewegung und sprang auf.

»Das ist nicht der Portalstein, oder?«

Frafa sah sie erschrocken an. Litiz riss ihr die Brosche von der Bluse und warf sie auf den Boden. Dann zerschmetterte sie den Kristall mit dem Randstein eines Beetes.

»Du dumme Zauberin!«, rief sie. »Verstehst du denn gar nichts von diesen Dingen? Solange du deinen persönlichen Portalstein bei dir trägst, weiß Aldungan genau, wo du gerade bist!«

»Ich ...«, stammelte Frafa. »Es ist eine Verbindung über den Nexus. Niemand kann im Nexus etwas aufspüren.«

»Ach? Und deine Gesprächsverbindungen gehen alle unbemerkt verloren?« Litiz' Stimme war voll beißendem Spott. Ruhiger fügte sie hinzu: »Nein, dein Portalanbieter weiß natürlich alles über deinen Stein. Sonst könnte er gar keine Gespräche vermitteln. Warte einen Augenblick ...«

Sie verschwand durch die Terrassentür, und Frafa folgte ihr langsam. Sie fühlte sich gedemütigt, aber es war ihre eigene Schuld. Sie hatte all die technomagischen Spielereien dieser Zeit benutzt wie magische Artefakte in ihrer Jugend – aber ohne sie zu verstehen. Sie vermisste ihren Stab, der sich bei Aldungan um solche Dinge gekümmert hatte!

Frafa ging durch die Wohnräume und Galerien auf der

Suche nach Litiz und grübelte darüber nach, ob Anlass zur Sorge bestand. Sie hasste es, dass sie die Gefahr nicht selbst einschätzen konnte. Von einem Moment zum anderen misstraute sie allen Dingen, bei denen sie nicht genau wusste, wie sie funktionierten. Sie durchsuchte ihre Tasche und fragte sich, ob noch etwas darin war, was sie in Gefahr bringen konnte. Sie misstraute sogar ihrer Uhr!

Vor dem Büro kam Litiz ihr entgegen. Sie hielt wieder die Pistole in der Hand und warf Frafa unter zusammengezogenen Brauen einen Blick zu, der alles andere als freundlich war. »Du bist immer noch ein so unselbstständiges Kind wie bei unserer ersten Begegnung«, zischte sie.

Frafa biss sich auf die Unterlippe und schwieg. Sie konnte nicht alles wissen, aber sie war leichtsinnig gewesen, und es hatte keinen Sinn, jetzt darüber zu streiten.

Litiz fasste sie an der Schulter und schob sie durch die Wohnung. »Da sind Polizisten in den Aufzügen und an den Zugängen, und irgendwelche Gestalten, die sich an einem Seil von den Nachbarhäusern herüberschwingen. Du hattest wohl recht, dass dein Aldungan die Polizei in der Hand hat. Aber ich habe einen versteckten Aufzug ...«

Litiz blieb vor einem riesigen Bühnenprojektor stehen und drückte rasch ein paar Tasten auf dem Bedienfeld. Es erschien kein Bild, stattdessen löste sich das Gerät an der einen Seite mit einem Klicken aus der Verankerung und ließ sich aufziehen wie ein Tor. Dahinter befand sich eine schmale Aufzugskabine.

»Mein Fluchtweg«, sagte Litiz. »Seit den Tagen der Revolution habe ich immer so eine Hintertür in meinem Haus. Sie führt in einen Keller, noch unter dem tiefsten Parkdeck, mit einer eigenen Ausfahrt zwei Blocks weiter. Verschwinde, und stell dich in Zukunft geschickter an.«

Sie schob Frafa in den Aufzug, und Frafa fasste sie am Handgelenk. »Willst du nicht mitkommen?«

Litiz schnaubte. »Ich bin sicherer, wenn ich Abstand zu dir halte.« Sie schob Frafa weiter hinein in die Kabine und drückte selbst auf den Aufzugsknopf.

Die Tür schloss sich, sobald Litiz den Arm zurückzog.

»Leb wohl, Litiz«, rief Frafa, »und vielen Dank!«

Aber da sauste der Aufzug auch schon in die Tiefe, so rasch, dass Frafa der Magen fast bis zum Hals hochrutschte. Das war der Moment, wo ihr einfiel, dass ihr Mantel und ihr Hut noch an der Garderobe hingen, und sie hätte Litiz gern gefragt, ob sie wenigstens das abgehobene Bargeld ohne Gefahr benutzen konnte.

Aber sie war wieder auf sich allein gestellt.

Der Aufzug bremste abrupt, und Frafa kippte fast hinaus, als die Tür aufging.

Der Keller wirkte älter, als sie erwartet hatte: Die Wände waren gemauert, Spinnweben hingen in den Winkeln, der Boden war voller Staub und Schmutz. Ein paar trübe Deckenlampen spiegelten sich in ein paar Wasserpfützen. Das war kein betoniertes Geschoss von Litiz' Büroturm, sondern ein Teil der alten Katakomben von Daugazburg, zu einer kleinen Halle ausgemauert. Der Sockel des Aufzugsschachts ragte in den Raum wie eine Säule.

Der schnittige Luftwagen, der gleich neben dem Aufzug stand, wollte nicht recht in diese Umgebung passen. Er war neu, sah gepflegt aus und startbereit, auch wenn das silbrige Metall von einer dünnen Staubschicht überzogen war.

Frafa blickte in das Gefährt hinein. Es war ein sportlicher Zweisitzer, der ebenso auf der Straße fahren wie auch fliegen konnte. Frafa war sich nicht sicher, ob sie damit umgehen konnte. Unschlüssig legte sie eine Hand auf die Tür.

Nein.

Sie würde Litiz nicht ihr Fluchtfahrzeug wegnehmen. Frafa wollte sich nicht länger auf eine Technik verlassen, die sie nicht verstand. Sie würde ihre Magie gebrauchen. Es war an der Zeit, wieder auf die eigenen Kräfte zu vertrauen.

Sie schaute sich in der Halle um. Am anderen Ende sah sie einen dunklen Fleck an der Wand, und nach einigen Schritten erkannte sie, dass dort ein Tunnel seinen Anfang nahm. Eine Bewegung weckte ihre Aufmerksamkeit. Ein Schatten tanzte um eine Lampe.

Frafa hob die Hand, und ein kleiner Falter schwebte herab. Sie schloss die Faust um das Tier und konzentrierte sich. Der Falter war fast zu klein, um damit zu verschmelzen. Frafa spürte, wie erschöpft sie immer noch war von ihrem Ringen um den Elfenwald. Die dünne Schicht scheinbarer Erholung, die sie in den letzten Tagen wieder aufgebaut hatte, war rasch durchstoßen, und darunter lauerte eine ausgebrannte Höhle verausgabter Kräfte, in die sie zu stürzen drohte, sobald sie einen etwas mühsameren Zauber wirkte.

Ihr Körper zog sich zusammen, sie entfaltete zarte Flügel auf dem Rücken. Der Kopf veränderte sich, die Haare stellten sich auf, wurden länger und fächerten zu Antennen aus. Ihr Blick wurde verschwommen. Frafa konnte nicht genau kontrollieren, wie weit der Zauber ging, und als sie fertig war, stand sie keuchend da und musste erst wieder zu Atem kommen.

Sie hatte es nur geschafft, weil sie mit der Gestalt vertraut und weil sie schon einmal als Falter geflogen war. Als halber Nachtfalter erhob sie sich, flatterte schwerfällig dem Ausgang zu.

Im Tunnel flackerten weitere Lichter auf, als sie hindurchflog, und am Ende blinkte eine Warnlampe vor einer glatten Wand. Frafa verharrte unschlüssig, landete und verfluchte die farbenblinden Augen, mit denen die Falterform sie geschlagen hatte. Aber während sie darüber grübelte, ob sie den Zauber teilweise zurücknehmen sollte, glitt die Wand vor ihr auf, und der Gang mündete in die Auffahrt eines normalen Parkhauses.

Frafa schlug mit den Flügeln. Die Auffahrt war breiter als der Tunnel, aus dem sie kam, und Frafa flog sicherer. Nach einer Biegung schoss sie hinaus auf die Straße, spürte Passanten neben und unter sich, die erschrocken zur Seite sprangen und ihr nachblickten. Frafa schraubte sich empor, suchte den Aufwind zwischen den hohen Häusern. Sie umkreiste einen der Türme, wich den Luftwagen und den Velikoptern aus, da gleißte plötzlich links über ihr etwas auf. Ein warmer Wind erfasste sie und ließ sie trudeln.

Frafa schlingerte, ihre Fühler filterten Hitze, Gerüche und Schwingungen. Heftige Schwingungen, wie von einem fernen Sturm, und über ihr das helle Licht. Es tanzte auf einem Turm wie die Flamme auf einer Kerze, glühte verlockend in ihren schwachen Augen wie ein Sonnenaufgang …

Litiz.

Das war Litiz' Turm, erkannte Frafa, während sie langsam die ungewohnten Eindrücke ordnete. Litiz' Turm an der nächsten Querstraße, und es hatte eine Explosion gegeben. Die obersten Stockwerke brannten. Frafa spürte Asche in der Luft, warme Flocken tanzten um ihre Flügel.

Sie flog darauf zu, drehte an der nächsten Einmündung ab und bog in eine Seitengasse.

Litiz!

Warum?

Frafas Mottenaugen hatten keine Tränen, und so gaukelte sie zwischen den hohen Türmen von Daugazburg, bis sie sich orientiert hatte, und flog nach Osten aus der Stadt.

Gulbert streifte allein durch die unteren Geschosse von Aldungans Turm. Der Trakt, in dem er sich bewegte, war seit Langem unbenutzt. An manchen Stellen war eine Zwischendecke eingestürzt, Wasser tropfte aus ungeplanten Zisternen, die sich in vergessenen Kammern und durch rissiges Mauerwerk von selbst gebildet hatten. Gulbert ging durch eine Halle mit fleckigen Fahnen an den Wänden. Vermoderte Möbel und Polster mit einem Belag von pelzigem Schimmel standen herum und vermittelten eine Ahnung von vergangener Herrlichkeit.

Gulbert durchschritt all diese Räume einzig im Schimmer einer magischen Gemme an seinem Hut. Er kannte sich gut genug aus hier unten, hatte er doch Gefallen daran gefunden, in Aldungans Vergangenheit zu stöbern, seit ihre jahrhundertelange Fehde beendet war.

In gewisser Hinsicht, dachte Gulbert, war das eine Rache. Rache dafür, dass Aldungan ihm seine Wünsche erfüllt und ihm den Preis dafür verschwiegen hatte – den Preis, dass er, wenn er erst einmal die Macht hatte, nach der er so sehr strebte, nicht mehr derselbe sein würde wie zuvor.

Gulbert schüttelte den Kopf und zupfte sich am Bart. In welcher Hinsicht war er vorher anders gewesen? Er vermochte es nicht zu sagen. Aber der Unterschied schien ihm doch schwerwiegend genug, um als Rechtfertigung dafür zu dienen, Aldungan dann und wann ein wenig zu reizen.

So kam es, dass Gulbert wieder einmal im untersten, bewirtschafteten Kellergeschoss in den Aufzug stieg, sich mit seinen Fähigkeiten Zugang zu Aldungans privaten Etagen verschaffte und unvermittelt und ohne sich anzumelden in dessen Laboratorien auftauchte.

»Aldungan«, sagte er und legte dem alten Nachtalb die Hand auf die Schulter. »Wir müssen reden.«

Aldungan fuhr ungerührt mit seiner Arbeit fort. Er stand über einem Terrarium, in dem Miniaturbüsche von rötlicher Färbung unter künstlichen Lampen blühten, und fing eine eigentümliche Kreatur ein, eine pelzige Kugel mit vielen dünnen Beinen, die entfernt an eine Spinne erinnerte.

»Wozu soll das gut sein?«, erwiderte er. »Du tust ohnehin, was du für richtig hältst.«

Gulbert schnaubte. »Dein Nachtalbenhumor ist amüsant wie immer. Aber wir haben ein ernsthaftes Problem: Deine Assistentin hat uns verraten.«

»Uns?« Aldungan hielt den quiekenden Pelzball in einer Hand und wandte sich Gulbert zu. Seine Mundwinkel zuckten. »Vermutlich würde sie es gar nicht als Verrat ansehen, wenn sie etwas gegen dich unternimmt.«

»Du machst dich darüber lustig, doch derweil legt deine frühere Getreue deine Stadt in Schutt und Asche.«

»Ach?« Aldungan zog eine Braue hoch.

Gulbert wurde wütend. »Ja, ach. Nicht genug, dass sie unser Gespräch belauscht hat. Sie hat daraufhin noch Erkundigungen eingezogen und wollte mehr über uns herausfinden. Ein Tag hat ihr gereicht, und schon ist sie zu Custoden übergelaufen und legt Bomben.«

Aldungan wandte sich Gulbert zu. Das Tier barg er an seiner Kutte, die ein verschlungenes Muster von Grüntönen zeigte. »Frafa? Wohl kaum.«

»Warum nicht?«, fragte Gulbert. »Wenn sie herausgefunden hat, was wir gemeinsam ins Werk setzen ...«

»So schnell durchschaut sie das nicht«, widersprach Aldungan. »Und weshalb sollte sie Bomben legen? Wie hat sie die Zeit gefunden, Verbindung mit unseren Gegnern aufzunehmen?«

»Ich halte mich nicht lange mit Fragen auf«, sagte Gulbert. »Mir genügen die Fakten: Sie war an der Akademie und hat in den Archiven gestöbert. Dann hat sie sich in einem Bürogebäude am Stadtrand versteckt, und kurz darauf wurde die Polizei alarmiert. Gerade als die Beamten im obersten Stock waren, gab es eine Explosion. Es gab viele Tote. Frafa war da, und du musst zugeben, du hast die Kontrolle über sie verloren. Nicht wahr?«

»Da steckt mehr dahinter«, sagte Aldungan. »Du hast sicher manches dazu getan, dass die Dinge diese Richtung nehmen.«

Gulbert grinste. »Vielleicht. Aber wie auch immer: Deine Frafa ist außer Kontrolle, und du kannst das Risiko nicht eingehen.«

Aldungan seufzte. »Warum tust du das?«, fragte er. »Alles ist vollkommen im Gleichgewicht, und du fängst ohne Not an, Steine aus dem Turm zu ziehen.«

»Sie wusste zu viel«, sagte Gulbert. »Es war ein Fehler, sie gehen zu lassen vor zwei Tagen. Dein Fehler. Ein Fehler, der korrigiert werden muss. Es war ein Fehler, sie überhaupt so mächtig werden zu lassen. *Ich* wechsele meine Vertrauten mit jeder menschlichen Generation!«

»Ja«, sagte Aldungan. »Du tust eine ganze Menge. Du rührst Dinge auf, die von selbst zu ihrem Ziel fließen würden. Zu unserem Ziel.«

Er öffnete die Hand über dem Terrarium, mit dem Handrücken nach unten. Das Geschöpf saß still auf der Handfläche, dann fing es an zu zittern. Rote Tropfen bildeten sich auf dem Pelz, rannen herab, über Aldungans Hand und auf die winzigen Büsche im Sand darunter. Immer mehr von der sämigen Flüssigkeit quoll aus dem Tier, es schrumpfte zusammen, das Fell verschwand, und das, was übrig war, fing an, sich zu teilen.

Zurück blieben drei kleine Eidechsen auf der Hand des Nachtalben. Sie wanden sich, während der letzte Rest der roten Essenz von der Haut abperlte und in das Terrarium tropfte.

Gulbert sah aufmerksam zu. Dann zuckte er die Schultern.

»Dir mag es gefallen, die Dinge einmal anzustoßen und jahrhundertelang ruhig zuzuschauen, wie ein Stein nach dem anderen fällt. Ich will die Macht nutzen, die ich habe. Ich will die Steine selbst umwerfen, jeden einzelnen. Wir dienen demselben Ziel, mein Bruder, aber du kannst nicht von mir erwarten, dass ich die Zeit bis dahin damit zubringe, langweilige kleine Experimente mit Thaumagel anzustellen.

Ich habe Leute, die sich um derlei Kleinkram kümmern.«

Aldungan setzte die Eidechsen in ein anderes Terrarium und erwiderte: »Und ich *hatte* Leute, die sich um meine politischen Alltagsangelegenheiten gekümmert haben. Ich hatte eine Assistentin.«

»Du wirst dich um sie kümmern?«

Aldungan nickte. »Sie war die Letzte«, sagte er bedauernd. »Ich hatte gehofft, dass sie zu uns stößt – beizeiten. Aber natürlich riskiere ich nicht, dass eine Zauberin mit ihrer Erfahrung uns im Wege steht.«

9

***Die Gründung der Union** – In beispiellosem Bemühen überwanden Gulbert und Aldungan, die beiden Staatsoberhäupter der Allianz und der Finstervölker, ihre jahrhundertelangen Differenzen und wohl auch ihren persönlichen Ehrgeiz. Acht Jahre nach dem Tag der Scherben unterzeichneten sie und die Repräsentanten der meisten ihrer Völker den Vertrag von Opponua und gründeten die Union, einen Zusammenschluss der ehemaligen Feinde in einem gemeinsamen demokratischen Staat, dessen Hauptinteresse die Eindämmung des »Blutes der Erde« sein sollte, welches die Natur von Bitan auf Dauer zu verändern drohte.*

Gulbert und Aldungan traten von ihren Ämtern zurück und überließen die Macht einer gewählten Regierung der Nationalen Einheit in Opponua. In einer föderalen Verfassung blieben die Rechte und natürlichen Siedlungsgebiete der beteiligten Völker gewahrt, was dem vorherrschenden Misstrauen Rechnung trug.

Das entstehende Staatswesen sollte sich über die Jahrhunderte als stabil erweisen und wuchs vermutlich enger zusammen, als seine Gründer es sich vorgestellt hatten – auch wenn der Einfluss von Gulbert und Aldungan auf ihre immer noch starke Anhängerschar sicher erheblich dazu beitrug, dass die Spannungen der ersten Jahre nie zu einem endgültigen Bruch der Union führten.

AUS: »GESCHICHTE DER UNION«, VON TENDOR ISTARIOS,
PROF. EM. DER POLITISCHEN AKADEMIE ZU OPPONUA

8. Lichtmond 282 GdU, an der Sternenklippe

Zwei Nächte darauf erreichte Frafa die Sternenklippe. Sie war nicht mehr hier gewesen, seit sie Meister Aldungan zur Zeit der Revolution in den tiefsten Grotten dieses Berges aufgespürt hatte – vor einer halben Ewigkeit, vor über neunhundert Jahren. Ganze Reiche waren in dieser Zeit aufgestiegen und wieder vergangen.

Die Sternenklippe hatte sich gleichfalls verändert. Zwanzig Kilometer von den weitesten Ausläufern des Berges entfernt durchschnitt ein Zaun das dürre Buschland, das auch davor schon menschenleer gewesen war und ohne jede Spur einer Ansiedlung. Frafa flog tiefer. Große Schilder warnten davor, das Gelände zu betreten. Die Zäune waren rostig, Stacheldrahtrollen von Buschwerk durchwachsen, die Schilder alt und die Farbe abgeblättert. »Thaumagelförderung« – »Lebensgefahr« konnte Frafa noch mit Mühe entziffern.

Sie flog weiter, stieß auf alte Holzhütten, Unterkünfte für Arbeiter, Pumpräume. Der ganze Berg war mit Rohren überzogen, mit alten Leitungen und mit ganz alten. Von Letzteren zeugten oft nur mehr die Verankerungen und rostbraune Streifen auf dem Felsgestein.

Frafa spürte kein Leben außer Pflanzen, kleinem Steppengetier und einer gewaltigen pulsierenden Präsenz unter dem Boden ... Rasch zog sie ihre Sinne wieder zurück. Sie hatte das Gefühl, als würde sie von etwas aufgesogen.

Das Blut der Erde. Leuchmadans Hort.

Die Anlage war verlassen. Vor langer Zeit hatte Aldungan hier ein Forschungszentrum eingerichtet, so viel hatte Frafa mitbekommen. Sie wusste nicht, ob an dem Berg tatsächlich auch ein Abbau von Thaumagel stattgefunden hatte. Unmöglich war das nicht, denn nirgendwo sonst kam das Blut der Erde so dicht an die Oberfläche.

Auf ihrem Weg hatte Frafa die Gestalt des Falters gegen die einer Fledermaus getauscht, weil die ein besserer Flieger war. Nun flatterte sie dicht über dem Boden, ihre schwarzen Schwingen verschmolzen mit der Nacht. Sie sah mit Nachtalbenaugen, durchkämmte die Luft mit Fledermaussinnen. Aber sie war allein.

Sie glitt an den Hängen der Sternenklippe empor, die am Fuß sanft anstiegen, ehe sie dann fast senkrecht emporstießen bis hinauf zu der scharfen Spitze, die dort oben saß wie eine Krone.

Frafa kreiselte in Spiralen um den Berg, bis die Luft dünner wurde. Dann landete sie auf einer Straße, die man in die Flanke des Berges gesprengt hatte. Sie war mit Beton geglättet, doch inzwischen an vielen Stellen schon wieder gesprungen und kaum breit genug, um zwei Fahrzeuge vorbeizulassen. Für einen Fußgänger war dieser Weg allerdings so bequem, wie man nur erhoffen konnte, und Frafa folgte ihm, bis er schließlich in den von Höhlungen zerfressenen Bereich unterhalb der Krone mündete.

Hier gab es weitere Gebäude, verlassene Plätze, rostige Maschinen, gesicherte Eingänge in den Berg. Die natürlichen Steinsäulen waren bearbeitet worden. Mancherorts hatte man Raum geschaffen, anderswo Stützen eingezogen, Flanken ausgemauert. Das obere Viertel des Berges ragte drohend über die Fläche, bildete einen dunklen Irrgarten zwischen den steinernen Streben, die dieses Dach trugen.

Frafa suchte nach dem Eingang, den sie kannte, aber sie fand ihn nicht. Mehrere Höhlen führten in den Berg, von rotbraunen Stahltüren versperrt. Anderswo hatte man Häuser halb in die Sternenklippe hineingebaut. Womöglich war dieser Berg im Laufe der Jahrhunderte immer weiter ausgehöhlt worden, aber das Innere war schon damals ein Labyrinth gewesen, und wenn Frafa einfach irgendwo hineinging, konnte sie nicht hoffen, den Weg wiederzufinden, den sie einst gegangen war.

Schließlich trat sie in ein großes Gebäude, das wichtig aussah und das mit dem Berg verbunden zu sein schien. Das Hauptportal war verschlossen und bestand aus metalldurchzogenem Sicherheitsglas, matt und zerkratzt und nur an manchen Stellen gesprungen. Frafa kletterte stattdessen durch ein Fenster an der Seite, das aus dem verwitterten Rahmen herausgebrochen war und eine bequeme Öffnung zurückgelassen hatte.

Dahinter erstreckten sich verlassene Hallen und Büroräume, die voller Staub waren. Eine Treppe, die unter jedem ihrer Schritte knirschte, führte hinab in die Kellergewölbe. Große Pumpen standen hier, Kessel und Glaszylinder, jetzt grau und blind. Frafa sammelte Fluginsekten um sich, ließ sie phosphoreszieren, drang in die dunkleren Flure vor und tastete sich zum hinteren Teil des Gebäudes.

Der Weg endete vor einer schweren Stahltür, die zu den Höhlen führen musste. Frafa sah sich um, aber da war nur ein ganz gewöhnliches Schloss, ein mechanisches Sicherheitsschloss, wie es vor hundert Jahren üblich gewesen war und wie es heute nur noch von besonders fanatischen Magie- und Technikfeinden verwendet wurde. Frafa fluchte. Einen Aurentaster hätte sie beeinflussen können, aber die Mechanik der Tür entzog sich ihrer Macht.

Zögernd legte sie die Hand auf das Metall. Sie betätigte den Türgriff, aber der Stahl war nicht so rostig, dass sie diese Panzertür hätte aufbrechen können. Allerdings schloss die Tür nicht fugenlos. Die Ränder waren zerfressen, und wenn Frafa einen Finger davorhielt, spürte sie einen kühlen Luftzug.

Sie erinnerte sich an einen anderen Zauber, den sie jedoch nur ungern anwendete. Frafa verdrillte ihre Essenz, zog sie enger und enger, und ihr Leib folgte. Ihre Gestalt schnurrte zusammen, wurde immer kleiner. Der schmutzige Boden kam ihr entgegen. Dreckklumpen ragten auf wie Berge aus Lehm. Sie sah zerfallende Insektenpanzer, kletterte über eine brusthohe Staubschicht oder watete hindurch, wenn der Unrat sie nicht trug. Es roch nicht mehr nach Staub, es roch wie auf einer Müllhalde, wie in einem Gebeinhaus. Im Nu war ihr Kleid mit Schmier und feinen Bröckchen bedeckt, von denen Frafa gar nicht wissen wollte, was für Überreste genau an ihr klebten.

Sie schickte ihre Leuchtinsekten zuerst auf die andere Seite – Mücken, die inzwischen fast groß genug wirkten, um darauf zu reiten. Gleichzeitig tastete sie mit ihren Sinnen den Weg ab, spürte Spinnen und Raubinsekten auf und zwang sie in ihren Bann. Als sie unter dem Türspalt durchgekrochen war, hatte sich die Schar ihrer leuchtenden Anhänger vergrößert, und neben der schimmernden Wolke unter der Decke waren nun auch Boden und Wände von feinen Lichtpunkten bedeckt, die mit ihr wanderten.

Einst, vor langer Zeit, waren mit der Größe auch ihre Kräfte geschwunden. Inzwischen machte das kaum mehr einen Unterschied, und sie konnte ihre Aura in jeder Gestalt weit ausgreifen lassen. Dennoch, während ihres ersten Ausflugs in den Mikrokosmos hatte sie eine derartige Hilflosigkeit empfunden, dass dieses Gefühl in ihrem Geist tiefe Wurzeln geschlagen hatte. So schreckte sie heute noch vor dieser Verwandlung zurück und gebrauchte sie nur, wenn es unumgänglich war.

Frafa nahm wieder ihre große Gestalt an. Der Staub fiel von ihr ab. Sie drückte den Schmutz mit ihrer Magie aus dem Kleid, nieste und fühlte sich wieder wohler.

Sie stand nicht in einem Tunnel aus behauenem Stein, die sie erwartet hatte, sondern in einem Gang, dessen Wände mit glattem Beton verschalt waren. Rohre und Leitungen verliefen an der Decke, und uralte Lampen hingen dazwischen. Manche Lichter brannten sogar, trübe und flackernd und in weitem Abstand, aber hell genug für eine Nachtalbe und so hell, dass ihre leuchtende Insektenschar daneben verblasste und nutzlos wurde.

Frafa ging weiter, schritt durch den Tunnel und suchte nach vertrauten Orten, nach dem *alten* Hort von Leuchmadan.

Rudrogeit stürmte die Treppe hoch und nahm immer zwei Stufen auf einmal. Das Haus war billig, die Zimmer kaum abgedämmt. Rudrogeit hörte ein Stöhnen, ekstatische Schreie, das Ächzen von Möbeln. Als er in den Flur einbog, stand eine Menschenfrau vor einer halb geöffneten Tür und lächelte ihm entgegen.

»Hey, Süßer, willste Blut lecken …?«

Rudrogeit eilte an ihr vorbei, ohne innezuhalten. Er hasste diesen Ort. Er hasste den dreckigen Goblin, der ihn hierhergeführt hatte.

Rudrogeit fand die Zimmernummer, die ihm der Türsteher nach einigem Widerstreben herausgegeben hatte. Dahinter hörte er ein Knallen, ein Winseln, die raue Stimme eines Goblins.

Rudrogeit biss die Zähne aufeinander und trat die Tür auf, sodass sie auf der anderen Seite gegen die Wand knallte.

»Sneithan!«, brüllte er, als er in den Raum stürmte.

Der Goblin stand auf einem überbreiten Bett, die krummen Beine gespreizt. Er hatte gar nichts an, aber er hielt eine Peitsche in der Hand. Zu seinen Füßen lag eine Frau auf dem Bauch, in knapp geschnittenen Ledersachen, das Oberteil so eng geschnürt, dass die üppigen Brüste herausquollen. Sie drehte den Kopf und schaute zur Tür, dann ließ sie ihn wieder auf die Matratze sinken. Ihre Hände waren mit Handschellen auf den Rücken gefesselt.

Sneithan starrte Rudrogeit an, fluchte wütend und schlug mit der Peitsche zu. Ein blutiger Striemen erschien zwischen den leicht geröteten Streifen, die sich kreuz und quer über den nackten Rücken der Hure zogen. Die schrie auf, drehte den Kopf und brüllte den Goblin an.

»Du Affenhirn! Das war zu fest! Das war nicht vereinbart.«

»Halt's Maul, Nutte«, knurrte Sneithan. »Sonst zieh ich's dir durch die Fratze!«

Rudrogeit verzog das Gesicht und lehnte sich gegen die Tür. Er versuchte, sich nicht anmerken zu lassen, wie sehr die Szene ihn anwiderte – einschließlich des baumelnden Geschlechtsteils zwischen den Beinen seines Sergeants. Der Goblin hätte sich nur lustig gemacht, wenn Rudrogeit eine Schwäche zeigte.

»Tut mir leid, wenn ich deinen Spaß unterbreche«, sagte er. »Aber wir haben einen Auftrag. Bist du taub, oder was? Los, schmeiß dich in deine Uniform und pack deine Eier wieder ein.«

Sneithan bleckte die Zähne und drohte mit der Peitsche. Dann schleuderte er sie in eine Ecke des Zimmers und stieg vom Bett. Dabei trat er der Prostituierten auf den Hintern und kniff sie mit seinen Klauenfüßen.

Die schimpfte wütend, wand sich in ihren Fesseln und fuhr den Goblin an: »Ich zeig dich an für den Schlag! Blutet das? Blutet das? Dass dein Kumpel zuschaut, war auch nicht vereinbart. Das kost' extra, du Haufen Scheiße!«

Sneithan grunzte und schlüpfte hastig in seine Hose. Er griff nach seiner Jacke, holte ein paar Scheine aus der Tasche und warf sie aufs Bett. »Da«, sagte er. »Mehr, als du wert bist, Wabbelfresse. Kann ich mir im Osten zwei Menschenfrauen für kaufen. Junge und schöne noch dazu.«

Er lachte und ging zur Tür.

»Was ist mit den Handschellen?«, brüllte die Frau ihm nach.

»Bleib liegen, bis ich wiederkomm«, rief Sneithan. »Dich rührt eh keiner an, hässliches Stück.«

Er hängte sich die Uniformjacke über die Schulter, verließ mit Rudrogeit das Zimmer und ließ die schimpfende Nutte zurück. Rudrogeit war überrascht, dass der Lärm niemanden sonst herauslockte. Selbst die Prostituierte, die ihn angesprochen hatte, war verschwunden.

Er stieß Sneithan einen Finger vor die Brust und sagte: »Wenn du schon deine Perversionen in so einem Haus abziehen musst, dann lass beim nächsten Mal dein Phon angeschaltet. Ich bin nicht dein Laufbursche, der dich persönlich abholt, Sergeant Sneithan.«

»Is klar, Chef.« Der Goblin fasste sich in den Schritt und nestelte umständlich herum, als hätte er einiges zu sortieren. Dabei grinste er Rudrogeit an. »Hat dich erschüttert, was du gesehn hast, eh? Mann oder Muli, ist halt nicht jeder gleich gebaut.«

Rudrogeit spürte, wie ihm das Blut ins Gesicht stieg. »Was du da drin geschwungen hast, sah mir nicht grad nach einem strammen Schwanz aus.«

Sneithan spuckte auf den Steinboden. »Muss nicht zahln, wenn ich mein' Schwanz wegstecken will. Aber'n echter Goblin braucht auch mal was anderes.«

»Ein echter Goblin braucht öfter mal was Widerwärtiges«, erwiderte Rudrogeit trocken. »So viel hab ich im Lauf der Zeit schon verstanden.«

»Na«, sagte Sneithan. »Scheiß Zivilisation hier. 'n Goblinkrieger muss das Winseln von Sklaven hör'n. Da gönn ich mir den Spaß, selbst wenn's nichts Echtes ist. Auch nicht anders als dein Blut aus Konserven, Rudi.«

»Nenn mich nicht so«, knurrte Rudrogeit. »Wenn du leben willst wie ein echter Goblin, zieh doch zu deinen Brüdern im Osten. Auf der Steppe, so heißt es, halten die Stämme noch Sklaven, wenn sie können.«

»Nai«, sagte Sneithan. »Auf die Steppe flieg ich mit'm 'topter. Lass Feuer vom Himmel fallen und verbrenn die Fratzen. Scheiß Zivilisation, aber wenn's ans Schlachten geht, steh ich lieber bei den Gewinnern auf der Seite. Schafsdämliche Goblins auf der Steppe, hab'n se Sklaven, aber keine anständigen Waffen.«

Er schaute zu Rudrogeit auf. »Isses das? Fliegen mal wieder raus und sorgen für Ordnung? Lang her, der letzte Ritt zu mein' Brüdern!« Er grinste.

Rudrogeit schüttelte den Kopf. »Eher ein ... Polizeiauftrag. Wir sollen die *Lichtbringer* bereithalten für die Jagd auf eine Nachtalbe.« Er verzog das Gesicht.

»'n Schlachtschiff für 'ne einzelne Albe? Is nicht 'ne Kugel genug?«

»Für diese Albe vielleicht nicht. Es ist Aldungans ehemalige Assistentin. Sie hat ihn verraten und ist zu den Elfenterroristen übergelaufen, heißt es. Sie soll eine mächtige Zauberin sein. Frafa.«

Rudrogeits Stimme wurde immer leiser, während er sprach. Am Ende fiel Sneithan ihm ins Wort. Der Goblin blieb stehen, klatschte sich selbst auf die Oberschenkel und rief: »Dame Frafa, Scheiße! Letzte Nacht hab ich se noch gesehn und laufen lassen. Hätt ich da gewusst, dass sie'n Herrn verraten hat, da wär die Jagd schon zu Ende. Scheiße auch!«

Rudrogeit sah ihn skeptisch an. »Klar wär die Jagd dann zu Ende – nämlich für dich, Sneithan! Man schickt kein Schlachtschiff, wenn ein Goblin auch reicht.«

»Ach was«, erwiderte Sneithan. »Ein Goblin reicht, wenn's drauf ankommt. Dienen Leuchmadan, und Tod den Verrätern!«

Frafa irrte tagelang, so empfand sie es, durch ein Gewirr von Gängen, das seit ihrem ersten Besuch ins Unermessliche angewachsen war. Kein Raum, kein Tunnel kam ihr bekannt vor, jedenfalls erkannte sie keinen der Orte wieder. Der glatte Beton löschte die alte Textur aus. Alle Gänge, alle Wände glichen einander, sämtliche Räume sahen gleichermaßen neu aus, ob es nun Kammern aus Leuchmadans Tagen waren oder solche, die man erst später in den Fels geschlagen hatte.

Manche der Gänge waren eher Röhren, wie von mechanischen Tunnelbohrern ausgefräst. Aber selbst dort konnte Frafa nicht sicher sein, ob sie nicht auf alten Pfaden wandelte, denn natürlich mochte es sein, dass die Tunnelbohrer die Wege nicht neu geschaffen, sondern nur Bestehendes erweitert hatten.

Frafa wanderte durch die gelblich erleuchteten Gänge, sie meditierte, wenn sie Erholung brauchte, und nährte sich von der Macht des Äthers, die an diesem Ort ungewöhnlich heftig pulsierte. Immer mehr sank sie ein in die magische Natur dieses Ortes, und während ihr Leib ziellos durch die Hallen streifte, während ihre Insektenschar sich zerstreute, sank ihr Geist tief hinab in den Fels, zum Blut der Erde. Frafa bemerkte Strukturen darin, sie sah die Kraftlinien.

Und dann, sie mochte fünf Tage gewandert sein oder eine Woche, da *verstand* sie. Die Muster ergaben einen Sinn. Frafa erkannte Flüsse und Wirbel, und sie wusste, wie das Blut der Erde den Stein erfüllte, welchen Weg es nahm. Wie es an einem Punkt besonders hoch emporstieg und wie sich dort alle Kraftlinien vereinten und wahrhaft ein Herz bildeten.

Sie erinnerte sich, wie sie Aldungan gefunden hatte in der zentralen Kammer dieser Höhlen, in jener Grotte, wo das Blut der Erde in einem Becken an die Oberfläche kam. Wenn sie den Kraftlinien unter ihren Füßen folgte, wenn sie sich auf jenen Knoten zubewegte, wo diese Linien aufeinanderstießen, dann würde sie unweigerlich an ihr Ziel kommen.

Das zu erkennen war leicht. Den Weg zu finden war schwieriger. Frafa vertraute sich ganz ihren magischen Sinnen an, doch die Gänge zwangen sie auf bestimmte Wege. Es war unmöglich, sich in gerader Linie dem Ziel zu nähern, aber immerhin *hatte* sie jetzt ein Ziel, einen festen Punkt, an dem sie sich ausrichten konnte wie an einem Kompass. Wo immer sie war, wo immer sie sich hinbewegte – stets wusste sie, in welcher Richtung ihr Ziel lag, und sie kam diesem Ziel näher.

Sie stieß an Wände, hatte das Gefühl, dass nur wenige Meter Stein zwischen ihr und der Quelle lagen, womöglich nur eine Mauer. Mehr als einmal dachte sie darüber nach, mit Magie durchzubrechen, doch sie scheute vor Gewalt zurück, vor Zaubern, die weitab von ihrem Fachgebiet lagen und mit denen sie nicht vertraut war. Was für Folgen mochte das haben, an diesem Ort? Nein, es *musste* einen richtigen Zugang geben!

Frafa bahnte sich ihren Weg durch Türen, kroch durch Kabel- und Belüftungsschächte. Dann stand sie ein weiteres Mal vor einer Wand. Sie tastete mit den Fingern und mit ihrem Geist, sie klopfte dagegen und war überzeugt davon, dass es sich nur um eine dünne eingezogene Trennwand aus Formbein handelte.

Sie legte beide Handflächen darauf, konzentrierte sich. Das Material wurde weich und gab nach. Frafa trat einen Schritt vor, das Formbein floss um ihren Leib, gab mit einem Schmatzen nach – und sie war hindurch.

Eine weite Halle lag vor ihr, deren Dach zur einen Seite abfiel. Während Frafa dastand und blinzelte und versuchte, etwas zu erkennen, flammten oben unter der Decke strahlende Linien auf. Uralte Magie erwachte zum Leben und füllte den weiten Raum mit kaltem Licht.

Frafa sah Tische und Schmelzöfen, ein alchemistisches Labor, und auf der anderen Seite der Halle, weit entfernt, das winzige Becken, bei dem sie einst Aldungan gefunden hatte, und sie wusste, dass sie am Ziel war.

Die Quelle des Blutes. Wo sie vielleicht eine Antwort fand – eine Antwort auf die Frage, *wen* sie vor beinahe tausend Jahren zurück nach Daugazburg geholt hatte.

Die Halle hatte sich verändert. Eine moderne alchemistische Arbeitsstätte war hier eingerichtet worden – und nun schon wieder seit Jahrhunderten veraltet.

Hinter der falschen Mauer aus Formbein fand Frafa verschiedene Räumlichkeiten: eine Bibliothek, Schlafsäle, Vorratskammern – aber alles war verlassen. Die Vorratskammern waren leer, in den Schlafräumen standen fleckige Möbel und rostige Bettgestelle.

Frafa verbrachte viel Zeit in der Bibliothek. Die Bücher waren noch da, doch sämtliche Notizen, die verrieten, woran genau man an diesem Ort gearbeitet hatte, wer hier gewesen war, das alles war verschwunden. Frafa blätterte in Folianten und prüfte jede Schriftrolle.

In manchen Werken fand sie ganze Stratigraphien an Marginalien – Unterstreichungen und handschriftliche Erläuterungen am Rand, Korrekturen der Erläuterungen und Erläuterungen zu den Erläuterungen.

Aber auf eine gewisse unpersönliche Weise verrieten die Werke Frafa doch einiges: Es waren alte Schriften darunter, die außerhalb dieser Hallen in Vergessenheit geraten waren, ebenso wie neuere Aufzeichnungen, die bis in die Zeit vor dreihundert Jahren zurückreichten. Nichts, was neuer war. Damit ließ sich die Zeit eingrenzen, an der zuletzt hier gearbeitet worden war: vor knapp dreihundert Jahren, kurz vor Gründung der Union.

Womöglich hatte man eben deshalb das Labor in Leuchmadans Hort verschlossen und geräumt, weil Aldungan wusste, dass er bald als Herrscher zurücktreten würde und weil dieser Ort auch nach seiner Zeit geheim bleiben und keine Aufmerksamkeit erregen sollte.

Doch Frafa erfuhr nicht nur, *wann* hier zuletzt gearbeitet worden war – sie konnte auch schlussfolgern, *woran*. In den Büchern ging es um Magie, die Magie des Lebens, und um das Blut der Erde. Das war nicht überraschend, wenn man die Natur dieses Ortes bedachte: All diese Grotten dienten nur dem Zweck, dem Blut der Erde nah zu sein, damit zu arbeiten und daran zu forschen. Hinzu kamen allerdings Bücher zu anderen Themen, die nicht so selbstverständlich waren: zur Dämonologie und zur Herstellung von magischen Herzen.

Allein aus dem Inhalt der Bibliothek schloss sie, dass die letzte Phase der Forschung an Leuchmadans Hort um die Unsterblichkeit gekreist hatte, um die Erschaffung magischer Herzen – und um deren Bearbeitung.

Doch wer hätte hier an magischen Herzen forschen sollen, und warum?

Aldungan hatte ein magisches Herz besessen, bevor diese Bibliothek eingerichtet worden war. Und nach ihm, soweit Frafa wusste, war es keinem Zauberer mehr gelungen, ein solches Herz zu erschaffen. Wem also hatte diese Forschung gedient?

Sie dachte an Aldungans Versuche, sie selbst dazu zu bewegen, ein magisches Herz zu prägen. Und an ihre Gründe, das abzulehnen – ihre ganz persönlichen Gründe. War es vor dreihundert Jahren gewesen, dass Aldungan sie zum ersten Mal darauf angesprochen hatte? Es mochte sein. Vor dreihundert Jahren hatte sie die Akademie zu Daugazburg geleitet, hatte den Höhepunkt ihrer magischen Fähigkeiten erreicht. Es wäre die richtige Zeit gewesen, nach einem Herzen zu streben wie die Zauberer der alten Tage.

Es wäre der richtige Zeitpunkt gewesen, dass Aldungan dieses Thema ansprach und ihr seine Hilfe anbot.

Aber wenn sie nun bedachte, dass zu ebenjener Zeit hier an dieser Sache geforscht worden war, dann drängte sich der Verdacht auf, dass Aldungans Angebot nichts mit Frafas Entwicklung zu tun gehabt hatte, sondern mit seinen eigenen Interessen, seinen eigenen Forschungen. Mit dem, was in den Höhlen unter der Sternenklippe vorgegangen war.

Das schuf eine Verbindung zwischen diesem Ort, Aldungan und ihr. Grund genug, nicht einfach wegzugehen, sondern mehr zu erfahren.

Und dann, unter dem steten Zupfen an ihrer Essenz, das von der Lebenskraft ausging, die im Blut der Erde lag, hatte Frafa eine Idee. Eine Idee, wie sie mehr herausfinden konnte, mehr über die Personen, die hier gewirkt hatten, und über die tatsächlich geleistete Arbeit – weit über die indirekten Hinweise hinaus, die sie den Werken der Bibliothek entnehmen konnte.

Frafa stellte das letzte Buch, in dem sie geblättert hatte, entschlossen ins Regal zurück. Sie ging in die nächste Schreibstube, sah die leer geräumten Schreibtische, die vertrockneten Tintenstifte und die vergilbten, unbeschriebenen Blätter, die unten in einer Schublade vergessen worden waren.

10

***Thaumagel** – Zähflüssige, natürlich vorkommende Substanz mit arkanen Eigenschaften, im Volksmund auch als »Blut der Erde« bekannt. Zwischen unterschiedlichen Reservoirs von Thaumagel entsteht eine hohe Anziehungskraft, die sich durch thaumaturgische Maßnahmen leicht abschirmen, umkehren oder anderweitig manipulieren lässt. Die daraus resultierenden vielfältigen Anwendungsmöglichkeiten sind Grundlage der* *Thaumakinetik.

In gereinigter Form lässt sich Thaumagel stark verdichten, was die Anziehungskräfte erhöht bei gleichzeitig geringerem Volumen. Allerdings ist Thaumagel hochgradig mutagen. Schon der Kontakt mit kleinsten Mengen führt im Allgemeinen zu letalen Schäden. Die Anwendung von Thaumagel ist dementsprechend nur unter hohen Sicherheitsauflagen erlaubt und erfordert eine aufwendige Abschirmung.

AUS: »TECHNIKLEXIKON«, VON ISKWELZA VON DAUGAZBURG

19. Lichtmond 282 GdU, an der Sternenklippe

Die Sternenklippe kam in Sicht.

Majestätisch schwebte die *Lichtbringer* unter dünnen Wolkenfetzen vor einem stahlblauen Himmel. Das Sonnenlicht warf harte Schatten von den Aufbauten über das Deck.

Rudrogeit stand auf dem schmalen Steg vor der Brücke und betrachtete den schroffen Fels durch den Feldstecher. Er drehte einen weiteren Filter vor die Linse. Es war einfach zu hell, und dem Vampir tränten die Augen.

»Bist du sicher, dass sie da ist?«, fragte er seine Mutter.

Swankar lächelte triumphierend. »So hat es der Stab gemeldet. Deine Schwester war eine Weile unterwegs, aber jetzt hat sie sich hier eingegraben. Sieht ihr ähnlich, sich zu verkriechen.

Sie hätte halt keine Dummheiten machen sollen, wenn sie nicht den Mumm dazu hat.«

Es klirrte auf der eisernen Außentreppe zum Hauptdeck. Sneithan kam herauf. Er hatte einen Trupp Pioniere an Deck antreten lassen und erstattete mit nachlässigem Gruß Meldung.

»Versteh's nicht, dass wir nicht reingehen«, fügte er am Ende hinzu. »'s wär 'ne Aufgabe für Krieger, das Balg aus'm Loch zu brennen. Stattdessen schicken wir 'ne Handwerkerbrigade.«

»Der Berg hat mehr Gänge als ein Zwergenbau«, erklärte Rudrogeit. »Da können ganze Divisionen drin verlorengehen, und die Flüchtige schlüpft uns doch durch die Finger. Es ist klug, eine technische Lösung zu finden – also nichts für Goblins. Denk nicht weiter drüber nach, Sneithan. Ein Goblin, der denkt, ist kein schöner Anblick.«

Er grinste den Sergeanten an.

»Aye«, knurrte Sneithan. »Is' hässlich wie'n gegrillter Vampir.«

Rudrogeit zog sich die Schirmmütze tiefer ins Gesicht. Dann hielt er sich erneut den Feldstecher ans Auge und spähte hindurch.

Swankar hing ihren Gedanken nach. »Ich wusste von Anfang an, es nimmt kein gutes Ende mit dem Mädchen«, sagte sie. »Ich hätte sie gleich nach der Geburt erwürgen sollen. Überlegen fühlt sie sich, mit ihrer Magie und allem. Kanzlerin. Pah! Ich hab nur drauf gewartet, dass sie über ihre viel zu großen Schuhe stolpert, und ich hab recht behalten.«

»Mutter«, murmelte Rudrogeit, ohne den Feldstecher abzusetzen. »Sie hat sich neunhundert Jahre oben gehalten, und jetzt hat sie die Seiten gewechselt. Damit tut sie nichts anderes als viele Nachtalben vor ihr. Ich sehe keinen Hinweis auf eine Schwäche.«

»Du bist nur ein Vampir«, gab Swankar schroff zurück. »Du verstehst nichts von der Stärke eines Nachtalben. Ich habe von Anfang an gespürt, dass das Mädchen nichts taugt.«

Als das Schiff über dem abgezäunten Gelände um den Berg

schwebte, ging Sneithan wieder hinunter auf das Deck und brüllte seine Leute an. Rudrogeit nahm sein Gepäck und folgte ihm. Die *Lichtbringer* sank langsam herab, aber sie landete nicht. Einhundert Meter über dem Boden blieb das Schiff stehen, lautlos getragen von thaumateknischen Inversmodulen. Die Sternenklippe ragte neben ihnen auf, und unwillkürlich warf Rudrogeit einen skeptischen Blick auf die Spitze des Berges. Die zerbrechliche Felskrone darauf sah so aus, als könne sie jeden Augenblick herabfallen und sie alle zerquetschen.

Die Soldaten warfen Seile aus den Landeluken, und in Sekundenschnelle rutschten die Pioniere und deren Begleittruppen daran hinab. Rudrogeit kam als Letzter, nachdem der Perimeter gesichert war. Er suchte Deckung im Schatten eines alten Lagerschuppens und verfolgte über das Sprechgerät, wie seine Leute vorrückten und die Umgebung durchkämmten.

Endlich trat Sneithan zu ihm. »Gebäude sicher, Cap'n«, meldete er. »Machen Lager.«

Rudrogeit quittierte die Meldung mit einem Nicken, dann zog er die Blaupausen der Anlage aus einer langen Metallröhre, die er an einem Gurt über der Schulter trug. Gemeinsam mit den Unteroffizieren der Pioniere vertiefte er sich in die technischen Details, brachte das, was auf dem Plan stand, mit dem in Einklang, was sie hier vorfanden.

Die Pump- und Förderanlagen rings um die Sternenklippe waren zu unterschiedlichen Zeiten errichtet, umgebaut und neu konstruiert worden. Mehrere Generationen technischer Entwicklung trafen an diesem Ort aufeinander, und manches davon war älter als seine Pläne.

Die technischen Einheiten verbrachten die nächsten Stunden damit, die Anlage zu sichten und den Zustand der Maschinen und Leitungssysteme einzuschätzen. Rudrogeit machte sich Notizen auf den Blaupausen und entschied, welche Teile des Systems sie reparieren sollten und in welcher Reihenfolge. Sie holten weiteres Material vom Schiff. Andere Ersatzteile gewannen sie, indem sie Maschinen auf dem Gelände zerlegten und damit die besser erhaltenen wieder zum Laufen brachten.

Sie richteten eine Feldschmiede im Lager ein, um Zahnräder und andere Teile anzupassen. Eine Destille und ein Gussgerät für Formbein hatten sie mitgebracht, und die Spezialisten des Trupps frästen Bauformen aus.

Sobald das Material abgeladen war, stieg die *Lichtbringer* wieder empor. Rudrogeit beäugte das Schiff aus den Augenwinkeln. Die Luken für die Raketen standen offen, und Rudrogeit wusste, dass auch andere Waffensysteme schussbereit waren. Das Schiff war auf den Berg hin ausgerichtet und damit auf die eigenen Truppen, die am Fuß und an den Flanken der Sternenklippe arbeiteten.

Sneithan hielt es für Verschwendung, ein ganzes Schlachtschiff für die Jagd auf eine Person abzukommandieren. Aber Rudrogeit hatte die Schlachten in alter Zeit erlebt, als Gulbert und Aldungan selbst mit ihrer Magie in den Kampf eingegriffen hatten. Zauberer dieser Stärke waren selten geworden, oder sie zeigten sich nicht mehr, heute, da man mit Bomben und Raketen, mit Thaumagel gefüllten Geschossen und mit Feuerminen die tausendfache Wirkung erzielen konnte.

Frafa *war* eine alte Zauberin, vielleicht so mächtig wie Aldungan damals. Vermutlich versteckte sie sich tief im Berg. Womöglich war sie abgelenkt. Aber wenn sie die Anwesenheit der Truppen auf dem Gelände bemerkte und hervorkam, mochte sie durchaus in der Lage sein, das Schiff anzugreifen und den Einsatz aller Waffen zu erzwingen. Und dann wären er selbst und Sneithan und ihre Truppen im Kreuzfeuer gefangen.

»Scheiß auf's Menschenpack.« Sneithan trat neben Rudrogeit. »Geht die Sonne unter, dann woll'n se aufhörn. Anständige Goblins hätt'n wir mitgebracht, dann bräuch'n wir nicht 's beste Zeit vom Tag verschlafen.«

»Wenn wir das nächste Mal alle Maschinen zertrümmern wollen, statt sie zu reparieren, dann werde ich auf deinen Vorschlag zurückkommen«, erwiderte Rudrogeit.

Sneithan spuckte aus. »Gibt Goblinschmiede«, sagte er. »Nicht so'n faules Pack wie die Menschen.«

Mit der Dämmerung ließ das Prickeln und Brennen auf

Rudrogeits Haut nach. Im Lager nahmen die Pioniere ihr Abendessen ein, und bald waren nur noch die Wachen auf den Beinen.

Papier bestand aus organischen Grundstoffen, wie auch Tinte zum großen Teil. Jeder Bestandteil eines beschriebenen Blattes hatte einmal gelebt, und lebende Stoffe hinterließen einen Abdruck im Äther. Es sollte möglich sein, diese Muster zu rekonstruieren, wenn man die Abdrücke im Äther richtig ordnete.

Frafa stand vor dem leeren staubigen Schreibtisch, hatte alle Schubladen weit herausgezogen und konzentrierte sich.

Es war ein verzweifeltes Unterfangen. Viele Blätter hatten hier gelegen, durcheinander und jeweils nur für kurze Zeit, und das war Jahrhunderte her. Die Abdrücke mussten schwach sein und vielfach überlagert. Aber es war einen Versuch wert.

Sie tastete nach den Auren der grobstofflichen Welt, die sich in den Strömungen des Äthers erhalten hatten. Was um sie war, die Gegenwart, verschwand in Schatten. Frafas Wahrnehmung schwebte körperlos in jener Sphäre, die alles umhüllte und durchdrang, die alles miteinander verband und die die Dimension bildete, in der Magie wirkte.

Ihr Geist trieb dahin, jenseits von Zeit und Raum, und allmählich gewann der Äther an Form. Es war Frafa niemals bewusst gewesen, wie stark und wie vielschichtig die Wirkung von Thaumagel war. Sie kannte es als einen Störfaktor für Magie, den man tunlichst mied. Nun sah sie, dass es nicht einfach wilde Wirbel und Strömungen waren, die das Blut der Erde in den Äther schickte. All den Störungen lag ein Zweck zugrunde, ein Muster!

Das Blut der Erde zwang dem Äther eine Ordnung auf, und mit jedem wilden Schlag erneuerte es die Struktur, korrigierte Abweichungen, entwickelte die Muster im Äther fort und erschuf sie neu.

Frafa erkannte, wie der Äther in Leuchmadans Hort in winzige, klar voneinander geschiedene Zellen zerfiel und diese wiederum in kleinere Einheiten, alle mit klaren Grenzen und mit klar abgegrenzten Zuständen – eine Matrix, die beinahe an den Nexus erinnerte. Und diese Matrix enthielt Informationen, ordnete sie, schichtete sie übereinander und sorgte mit jedem Taktschlag vom Quell des Blutes dafür, das nichts verloren ging und nichts durcheinandergeriet.

Was im ersten Augenblick schwierig, fast unmöglich erschienen war, erwies sich als überraschend einfach. Je mehr Frafa von dieser Struktur verstand, desto leichter vermochte sie sich darin zu bewegen. Sie konnte an diesem Ort förmlich im Äther *blättern* wie in einem Buch oder wie in den Papieren, die einstmals hier gelegen hatten. Frafa fügte zusammen, was zusammengehörte, und formte Bilder in ihrem Geist aus den Spuren, die sie im Äther fand.

Wörter und Sätze schwebten vor ihr, die Abdrücke von Tinte auf Papier. Dazu Gesichter, Personen, Handlungen – alles, was einst an diesem Ort gewesen war. Die Eindrücke blieben blass und unscharf, wie auf der Sichttafel eines Bühnenprojektors, der ein Stück nicht von Anfang bis Ende abspielte, sondern der alle Bilder zugleich zeigte. Zu vieles überlagerte sich, zu viele Auren waren zu schnell und zu oft bewegt worden. So klar strukturiert der Äther hier auch war, Frafa konnte die Abläufe nicht so genau voneinander trennen.

Was blieb, waren einzelne Bilder, und die waren oft überraschend: Sie sah Gulbert und Aldungan. Beide Zauberer, mit denen Frafa in Daugazburg zuletzt zu tun gehabt hatte, waren vor dreihundert Jahren hier gewesen, hatten gemeinsam gearbeitet, allein und ohne Zeugen. Eine Weile versuchte Frafa, deren Tun zu verfolgen, dann gab sie es auf.

Die Schriften, die länger am selben Ort gelegen hatten, ließen sich leichter zusammenzufügen.

Frafa ertastete den Äther in den Schubladen und auf dem Schreibtisch. Sie las in Blättern, deren körperliche Vorlagen längst vernichtet waren und die sie dennoch dem Vergessen entreißen konnte. Frafa war begeistert, und sie war stolz auf das, was sie tat. Nur eine willkürliche, eine zufällige Auswahl an Texten ließ sich entschlüsseln, und vieles blieb verschwommen. Doch es reichte aus, dass Frafa eine lange Zeit beschäftigt war.

Während ihr Körper vergessen unter dem Berg hockte, stöberte ihr Geist in alten Papieren, wanderte in benachbarte Schreibstuben. Nur am Rande ihres Bewusstseins nahm sie wahr, wie der Strom des Blutes der Erde sich veränderte, wie die Matrix, die dieser Strom dem Äther aufzwang, sich auseinanderzog und neu gestaltete. Frafa glich die unstete Bewegung aus, hielt zusammen, was sie rekonstruiert hatte, und las.

Aldungan und Gulbert hatten an magischen Herzen gearbeitet … Sie hatten versucht, ein magisches Herz zu verändern, es neu zu formen und anzupassen. Frafa stutzte.

Unmöglich!

Sobald ein Magier ein magisches Herz schuf, band er sein Leben ein für alle Mal daran. Er konnte kein zweites schaffen, und er konnte das erste nicht verändern, denn jede Einwirkung darauf beeinflusste auch ihn und brachte ihn in Gefahr. So jedenfalls war die allgemeine Lehre.

Dennoch waren die beiden mächtigsten Zauberer der Welt hier zusammengekommen, um diese Grenzen der magischen Kunst zu überschreiten. Fast ein Jahrhundert, so schätzte Frafa, hatten sie gemeinsam hier gearbeitet, nicht ständig und ununterbrochen, doch immer wieder in unregelmäßigen Abständen. Mal war der eine hier gewesen, mal der andere, dann wieder beide zusammen. Sie hatten Experimente angestellt, Ergebnisse notiert. Und es waren nicht unbedingt ihre *eigenen* Herzen gewesen, an denen sie gearbeitet hatten …

Wieder hielt Frafa inne, und sie spürte einen Schauder. Magische Herzen waren selten geworden in diesen Tagen, seltener als in Frafas Jugend. Sie wusste nicht, wie viele Zauberer überhaupt noch eines besaßen, doch es machte den Eindruck, als hätten Gulbert und Aldungan vor drei-, vierhundert Jahren gezielt Jagd auf alle gemacht, die es damals gab.

Die letzten großen Zauberer, deren Tod man neidischen Konkurrenten, zufälligen Herzdieben oder Agenten im Krieg zwischen Gulbert und den Finstervölkern angelastet hatte, sie waren alle hier gestorben – verraten von den eigenen Herrschern, die zum Zwecke ihrer Forschung die stärksten Verbündeten opferten. Die bloße Zahl der magischen Herzen, die an diesem Ort ihr Ende gefunden hatten, war erschreckend! Es war kein Wunder, dass kaum ein Zauberer, der älter war als Frafa, heute noch lebte – kaum einer, der älter war, und keiner, der ähnlich mächtig war, mit Ausnahme von Gulbert und Aldungan selbst.

Die Papiere, die Frafa in zufälliger Folge dem Äther entriss, waren kompliziert und ungeordnet. Sie hatte Mühe, die Details zu verstehen. Was hatten die beiden Zauberer mit ihren magischen Herzen eigentlich erreichen wollen? Letztendlich war es um *Gulberts* Herz gegangen, so viel verstand sie endlich. Gulbert hatte sein Herz verändern wollen, und Aldungan hatte ihm dabei geholfen.

Warum?

Ein dumpfes Dröhnen riss an Frafas Geist. Es fiel ihr immer schwerer, die Bedürfnisse ihres Leibes zu übergehen, ihn beiläufig am Leben zu erhalten. Aber sie wollte doch verstehen!

Dann dämmerte es ihr. Es war im Grunde gar nicht von Bedeutung, was genau die beiden Magier getan hatten. Der Schlüssel zu Frafas Problem lag in dem, was sie bereits entdeckt hatte: Gulbert und Aldungan hatten gemeinsam an Gulberts magischem Herz gearbeitet. Das bedeutete, Gulbert hatte dieses Herz hierhergebracht, in Aldungans Reichweite, ins Zentrum von Aldungans Reich. Und dies war vor Gründung der Union geschehen, als die beiden Zauberer nach außen hin Todfeinde gewesen waren und ihre Völker in jahrhundertelangen Kriegen gegeneinanderführten.

Dies war die wirklich wichtige Entdeckung. Hier in der Verborgenheit von Leuchmadans Hort hatten Gulbert und Aldungan schon damals zusammengearbeitet. Nicht etwa flüchtig, nicht in einem vorsichtigen Bündnis, getragen von Diplomatie und Zurückhaltung, sondern in tiefstem Vertrauen. Gulbert hatte Aldungan sein Herz zu Füßen gelegt, sein Leben. Er hatte sich unterworfen, schon einhundert Jahre, bevor ihre beiden Reiche vereint worden waren. Am Tag der Scherben, bei jener Katastrophe, als Gulbert die Festungen der Finstervölker in den Bergen zerschlug und sein eigenes Land verseuchte, da handelte er längst als Aldungans Vasall. Gulberts Fehler hatte die Menschen von Bitan ihre Unabhängigkeit gekostet und zur Gründung der Union geführt – doch es war niemals ein Fehler gewesen.

Alles, was geschehen war, war eine Lüge, beruhte auf einem gemeinsamen Plan.

Die Erkenntnis erschütterte Frafa zutiefst. Sie konnte die Verbindung zum Äther nicht halten und spürte, wie ihr Geist in den Leib zurückgezogen wurde.

Wie betäubt saß sie da, während ihr Geist in den Körper zurücksickerte. Sie fühlte sich verraten. Sie und Aldungan, *sie beide* hatten gemeinsam die Jahrhunderte durchgeplant. Sie hatten Strategien entwickelt, Frafa war in die Verbannung gegangen, um Aldungans Stellung zu stärken, und Aldungan hatte sie wieder erhoben, als die Zeit gekommen war. Für Aldungan hatte Frafa ein Reich geführt, die Akademie von Daugazburg erneuert, sie hatte seine politischen Winkelzüge mitgetragen, seine Politik unterstützt und seine Diplomatie betrieben. Und in allem, was sie für Aldungan getan hatte, vor und nach Gründung der Union, war zumeist Gulbert der Gegenspieler gewesen.

Frafa hatte geglaubt, sie könnte etwas bewegen, sie hatte gegen Gulberts Anhänger gekämpft und Erfolge gefeiert, Misserfolge hingenommen. Doch in Wahrheit war Frafa wie alle anderen nur eine Figur gewesen, die Figur in einem Stück, das Aldungan und Gulbert gemeinsam inszenierten – bis zum heutigen Tag.

Frafa kehrte in ihren Leib zurück, und ihr Kopf sank auf die Knie. Sie spürte Tränen in den Augenwinkeln.

Ihr ganzes Leben war ein Lüge gewesen.

Sie hatte gewusst, dass Gulbert und Aldungan weiter ihre Fäden zogen, obwohl sie seit Langem von allen Ämtern zurückgetreten waren. Aldungan kannte viele Leute, beeinflusste manche und hatte andere regelrecht in der Hand. Frafa selbst hatte an diesem Netzwerk geknüpft und dabei geholfen, die Schnüre zu führen. Sie hatte nicht geahnt, dass sie selbst nur eine Marionette gewesen war, eine Marionette, die weder merkte, wie sie geführt wurde, noch wusste, worum es in dem Spiel überhaupt ging.

Sie wusste es immer noch nicht.

Frafa wusste nur, dass sie eine Lüge gelebt hatte. Sie fühlte sich in ihrem Innersten ausgehöhlt, als wäre sie tatsächlich zu einer Puppe geworden, zu einer Handpuppe, die ihre lenkende Hand verloren hatte und die nichts weiter tun konnte, als in sich zusammenzusinken, dazuliegen, zu warten, dass jemand sie forträumte.

Was hatte es für einen Sinn, weiterzukämpfen?

Frafa hatte ein Rauschen in den Ohren, und ihr wurde bewusst, dass dieser Ton von außen kam. Ihre Sinne kehrten zurück, und weitere Eindrücke kamen hinzu. Ein Geruch in der Luft kündete von Magie; es gab Geräusche in den Wänden, ein Knacken und Knistern hinter der Mauer aus Formbein. Frafa erinnerte sich an Eindrücke, die sie während der Trance nicht beachtet hatte. Ihre Umgebung hatte sich verändert.

Zögernd ging sie zu der Öffnung in der Trennwand, durch die sie den verborgenen Trakt betreten hatte. Bei den ersten Schritten schwankte sie noch, dann gewann sie die Herrschaft über ihre Muskeln zurück. Sie fühlte sich schwach und ausgebrannt. Zu lange hatte ihr Leib nur von Magie gelebt, zu viele Zauber hatte sie gewirkt, um dem Äther seine Geheimnisse zu entreißen.

Frafa kletterte durch das Loch. In dem Gang davor hörte sie ein tiefes Brummen und Rauschen. Was für ein Geräusch war das? War ihr jemand gefolgt?

Sie tastete mit ihren magischen Sinnen, spürte aber keine Präsenz. Jedenfalls kein Lebewesen, doch sie spürte etwas anderes …

Durch eine Türöffnung sah Frafa eine dunkle Lache. Sie schwappte träge auf dem Boden eines verlassenen Raums. Alles

Licht in diesem Teil des Gewölbes kam von einer einsamen Lampe, die ein Stück entfernt im Gang brannte. Sie flackerte, ging aus, und jedes Mal wenn sie wieder anging, wirkte ihr Licht verhüllter, gedämpfter.

Frafa verengte die Augen zu Schlitzen und spähte in den Raum, wo die Lache langsam Wellen schlug. Etwas kroch über die Wand ... floss herab. Das Blut der Erde!

Frafa trat zurück.

Träge tropfte die dunkelrote Flüssigkeit zu Boden und sammelte sich dort. Sie schien aus der Wand zu kommen, doch wie war sie dorthin gelangt? Zögernd ging Frafa den Gang entlang, folgte dem Geräusch, das aus der Ferne dumpf herandröhnte. Sie bog um die nächste Ecke, spürte eine Berührung an ihrem Haar, einen Hauch in ihrem Gesicht, an ihrer Schulter, wie von einem Luftzug.

Dann kam der Schmerz.

Etwas bohrte sich in ihren Leib, veränderte ihn. Es war wie Feuer, wie glühendes Blei, das sich in die Haut fraß.

Frafa schrie auf. Sie taumelte zurück, riss abwehrend die Arme hoch, doch da war nichts.

Nicht in der Luft vor ihr. Stattdessen wucherte es in ihrem Leib wie ein Krebsgeschwür. Ihr Haar klebte zusammen, verdrillte sich, tastete nach ihrem Hals und schien dort blutige Schnitte zu hinterlassen. Schnitte, die weiter aufrissen, sich tiefer fraßen.

Frafa schnappte nach Luft, sie sammelte ihre Gedanken.

Es war das Blut der Erde. In feinen Tropfen regnete es auf sie herab, klebte an ihrem Leib und verzehrte ihn. Frafa kämpfte dagegen an, aber sie fand keinen anderen Weg, als das betroffene Gewebe abzustoßen.

Mit all ihrer Magie tötete sie das eigene Fleisch, die Haut, alles, womit das Blut der Erde in Berührung kam. Die Haare fielen ihr in Büscheln aus. Fetzen blätterten von Frafas Gesicht, sie zog sich Brocken aus dem Körper. Das tote Gewebe klatschte zu Boden, zuckte dort, stülpte Zipfel aus wie kleine Finger, schien zu neuem Leben zu erwachen und *kriechen* zu wollen!

Wimmernd floh Frafa in den Tunnel zurück, schützte den Kopf mit den Händen. Sie spürte die Löcher in ihrem Fleisch, erstickte den Schmerz, stillte das Blut, das ihr über die Wange lief und auf die Brust tropfte.

Noch eine rote Lache schwappte ihr entgegen. Wie eine kleine Welle kam das Blut der Erde den Gang entlang. Frafa stieg durch ihr Loch in den geheimen Teil der Anlage zurück. Aber schon quoll das Blut unter der falschen Wand hindurch. Das Formbein zischte und qualmte, wo es mit der Flüssigkeit in Berührung kam. Es schmolz.

Gehetzt suchte Frafa nach einem Ausweg, aber jetzt, wo sie wusste, womit sie es zu tun hatte, spürte sie es überall. Das Blut der Erde hatte seine Quelle verlassen, es flutete durch die Gänge und löschte alles Leben aus, mit dem es in Berührung kam. Ein winziger Tropfen konnte einen Menschen töten. Alben waren zäher, aber ohne ihre Magie wäre Frafa schon verloren gewesen.

Der Ausgang aus dem Labyrinth lag Hunderte von Metern über ihr, und die tödliche Flüssigkeit drang von überall her durch die Wände. Wie konnte sie hinausgelangen?

Sie erinnerte sich an ihren Weg durch die Höhlen. In der Richtung, wo das laute Rauschen zu hören war, verlief ein dickes Förderrohr, das aus den Tiefen der Erde kam und aus dem Berg hinausführte. Jemand musste dort die alten Pumpen wieder in Betrieb genommen haben, förderte das Blut aus der Tiefe und verteilte es auf irgendeine Weise in den Gängen.

Man hatte sie gefunden und wollte sie hier unten vergiften!

Frafa wurde wütend.

So hilflos war sie nicht. Sie war Frafa die Nachtalbe, und sie wollte kämpfen! Wenn all die Kämpfe ihres Lebens inszeniert waren, all ihre Siege und Niederlagen nicht errungen, sondern von Aldungan geschenkt, so waren es für Frafa doch *wirkliche* Kämpfe gewesen, und echte Siege. Sie hatte gekämpft, hatte sich eingesetzt, und sie hatte etwas erreicht.

Sie würde Aldungan zeigen, dass sie auch ohne sein Drehbuch etwas erreichen konnte.

Frafa ging auf das Loch in der Wand zu, balancierte auf Zehenspitzen zwischen den Lachen. Im Gang dahinter wurden die trockenen Inseln schmaler, hier woben die Rinnsale ein tödliches Netz, in dem Frafa nicht mehr weiterkam. Da sah sie die Kakerlaken, die aus einem Spalt im Fels an der Wand emporflohen.

Frafa trippelte darauf zu, fing eines der Insekten, ließ es in ihre Handfläche sinken und vereinigte sich damit. Sie verwandelte sich nicht vollständig, sondern borgte sich nur einige Fertigkeiten von dem Tier. Als sie die Hand wieder auf die Wand legte, fand sie Halt.

Wie ein Insekt klebte sie an Fels und Formbein, kroch durch das Loch hindurch und nach draußen in die Gänge.

Sie war vorsichtig. Sie hatte erlebt, dass an manchen Stellen Tropfen durch die Luft flogen oder an der Wand herabrannen. Frafa blieb in sicherem Abstand über dem Boden und prüfte ihre Umgebung mit allen Sinnen. Sie lief auf die nächste Treppe zu und sah dort das Blut der Erde in langen Fäden auf die Stufen rinnen. Es tropfte aus Rohren unter der Decke, aus Lücken im Fels.

Wer auch immer dort draußen war, er pumpte das Blut durch die neueren Rohre empor und leitete es dann in die löchrigen und geborstenen Leitungen aus den Jahrhunderten davor. Von dort aus verteilte es sich in der Anlage, flutete die Gänge, zerstäubte in der Luft.

Frafa prüfte die Haupttreppen, die Aufzugsschächte. Sie kletterte in Seitengänge und Sackgassen, in der Hoffnung, einen Ausweg zu finden, der ihr auf dem Hinweg entgangen war. Aber es war aussichtslos. Der ganze Berg war von alten Rohren durchzogen, und sie trugen das Blut der Erde überallhin. Auf den oberen Ebenen musste es noch schlimmer sein, denn durch die brüchigen Leitungen gelangte nur ein kleiner Teil der Substanz bis nach hier unten. Das meiste verteilte sich schon oben in den Gängen, bevor es durch Schächte und Treppenhäuser abfloss.

Frafa kletterte an einem orangeroten Kabelschacht vorbei,

sah das Blut der Erde vor sich aus einem Kupferrohr an der Decke tropfen. Sie machte kehrt, erblickte wieder den Kabelschacht …

Sie hatte ihn auf ihrem Weg durch den Berg mehrmals gesehen – ein Schacht für die Sprechverbindungen, der sich quer durch alle Ebenen zog und von dem aus auf jedem Stockwerk kleinere Kabelstränge abgingen und zu den Sprechanlagen führten, die in unregelmäßigen Abständen an der Wand hingen. Hier unten endete der Kabelschacht, er war beinahe leer. Er maß im Durchmesser ungefähr so viel wie Frafas Arm.

Viel zu schmal für einen Fluchtweg.

Es sei denn …

Frafa starrte auf den Schacht. Es wäre ein langer Weg, wenn man ihn in Käfergröße zurücklegen musste, aber mit etwas Glück war der robuste äußere Mantel des Kabelschachts bis oben hin unversehrt und dicht, und im Inneren wäre sie vor dem Blut der Erde geschützt. Was die Gefahren dieser Gestalt anbelangte …

Frafa schüttelte das Unbehagen ab und legte die Hand auf das letzte Kabel, das sich unten am Schacht verzweigte. Sie schnurrte zusammen, schrumpfte und versuchte dabei, nicht den Halt zu verlieren.

Doch es ging zu schnell.

Sie wollte den Zauber kontrollieren, aber sie hatte ihn zu selten verwendet. Die Fäden ihrer Essenz entglitten ihr immer wieder, verdrillten sich fast von selbst, nachdem sie den Zauber einmal angestoßen hatte. Frafa verfluchte die schlechten Erfahrungen ihrer Jugend, ihre Ängste, die sie daran gehindert hatten, diesen Zauber zu üben, als sie Zeit dazu gehabt hätte.

Sie ruderte mit den Händen, sie geriet ins Rutschen. Sie umklammerte das Kabel, aber sie war noch zu groß und riss es aus der Halterung. Mitsamt dem Kabel stürzte Frafa ab. Aber sie schrumpfte weiter dabei und war mit einem Mal zu klein, um das Kabel weiter hinunterzuziehen. Mit beiden Armen hing sie daran, zog sich wieder hoch und setzte sich erst einmal auf eine

Halterung, um zu verschnaufen. Dann machte sie sich an den Aufstieg.

Schon in dem Gang, aus dem sie kam, war es dunkel gewesen. Nur wenige Lampen brannten noch, und das Blut der Erde, das überall floss, schien weitere Lichter beschädigt zu haben – auch wenn es auf Glas und auf Metall keine Wirkung haben sollte. Aber jetzt, im Kabelschacht, versank alles in vollkommener Schwärze.

Frafa kroch weiter und tastete mit ihrer Essenz. Sie lauschte auf das verräterische Tropfen und Plätschern von Thaumagel, das einen Weg in den Kabelschacht gefunden hatte.

Dabei stießen ihre Sinne auf eine Spinne, die dicht bei der Verzweigung im nächsten Stockwerk wartete.

Frafa griff mit ihrer Magie aus, verwirrte den Geist des dummen Tieres und rief es herbei. Die Spinne kam zögernd am Kabel herab, streckte Frafa ein haariges Bein entgegen – und die Albe nahm das Tier in sich auf.

Frafa triumphierte. Die Erinnerung an das Blut und an die Hilflosigkeit, an die Schrecken ihres ersten Größenwandels verblasste. Die kleine Gestalt beeinträchtigte ihre Fähigkeiten kaum, sie konnte ihre Essenz weit ausgreifen lassen. Ob Spinne oder Fledermaus – kein Tier wurde ihr heute noch gefährlich.

Und mit acht Beinen kletterte es sich leichter.

11

Strahlungsmembran *– Die Ätherstrahlung ist eine gewaltige und allgegenwärtige Kraft. In der Leere zwischen den Sternen drückt der Weltäther von allen Seiten mit gleicher Stärke gegen jedes Objekt, wodurch es schwerelos wirkt. Doch auf dem Boden unserer Welt, wo der Ätherdruck von unten durch die Masse des Planeten aufgehalten wird, ist es der Strahlungsdruck von oben, der uns am Boden festhält.*

Die Strahlungsmembran ist ein dimensionales Feld, das von der einen Seite für Ätherstrahlung durchlässig ist und sie ohne Widerstand zurück auf die ätherische Ebene leitet. Unterhalb einer Strahlungsmembran kommt somit keine Ätherstrahlung an, womit von dieser Seite her kein Strahlungsdruck auf dort befindliche Objekte einwirkt – aus allen anderen Richtungen hingegen schon.

So kann die Strahlungsmembran, wenn sie über einem Fahrzeug aufgespannt wird, dieses nicht nur schwerelos machen, sondern sogar einen Auftrieb erzeugen. Durch die richtige Ausrichtung der Membran lässt diese sich außerdem als effizienter Antrieb verwenden. Die Strahlungsmembran war ursprünglich ein arkanes Phänomen aus dem Feld der Dimensionszauber. Mittlerweile zählt sie allerdings zu den Entdeckungen an der Grenze zwischen Magie und Technologie, die sich auf rein technischem Wege reproduzieren lässt.

AUS: »TECHNIKLEXIKON«, VON ISKWELZA VON DAUGAZBURG

2. Staubmond 282 GdU, Leuchmadans Zinnen

Frafa landete auf den grauen Berghängen tief in Leuchmadans Zinnen. Sie unterschätzte die Steigung und kippte nach vorn. Mit den Flügeln fing sie den Sturz ab, doch sie fiel trotzdem auf das Gesicht und schlug sich die Lippen auf.

Erschöpft blieb sie liegen und regte sich nicht mehr. Ein kalter Wind strich über ihr Gefieder, ein Hauch von Eis lag in der Luft. Kälte sickerte in die Glieder und machte sie schwer.

Einfach liegen bleiben ...

Nichts schien verlockender. Wenn Frafa die Augen schloss, sah sie die brennenden Gärten ihres Landguts vor sich. Seit ihrer Flucht von der Sternenklippe hatten die Verfolger sie immer wieder aufgespürt, Frafa hatte nicht einen Tag Ruhe gefunden. Sie öffnete die Augen wieder, und graue scharfkantige Steine füllten ihr Blickfeld. Mühsam stützte sie sich auf. Sie schmeckte Blut, aber die Verletzungen heilten schon wieder.

Frafa blickte zum Himmel. Sie atmete schwer in der dünnen Luft. Ringsum ragten die Gipfel empor, ihre eisigen Kronen glitzerten wie Diamanten. Zu Frafas Füßen fiel der Hang steil ab in ein Hochtal, in dem es nichts als Steine gab. Sie spürte keine einzige lebende Aura in ihrer Umgebung. Nur in der Ferne, am Ausgang des Tals, kreiste ein Adler.

Frafa hob die Arme und ließ den Raben frei, von dem sie sich bisher die Flügel geborgt hatte. Als Nachtalbe blieb sie zurück. Der Rabe flog taumelnd davon, aber der Adler ließ sich nicht anlocken von dieser Beute, wie Frafa gehofft hatte. Sie ließ die Arme zwischen die Beine sinken und blieb kraftlos sitzen.

Diese Berge waren nicht auf Rabenflügeln zu bezwingen. Mit der Gestalt des Adlers wäre sie womöglich weitergekommen, aber er war zu weit fort, und sie war zu schwach. Sie wusste auch nicht, ob sie die Verwandlung überhaupt geschafft hätte.

Sie hätte Tage der Meditation benötigt, um sich wieder zu erholen. Aber wie lange würde es dauern, bis das fliegende Schlachtschiff sich über die Bergkämme erhob und erneut ihre Spur aufnahm? Sie kroch den Hang hinauf, hielt Ausschau nach einem Pfad, nach irgendetwas, das sie weiterbrachte ...

Immerhin, dachte sie mit grimmigem Humor, hatte sie gewiss nichts mehr am Leib, was sie verraten konnte. Nur ein halb verbranntes Kleid war ihr geblieben – kein Portalstein, keine Uhr, nicht einmal ein Schuh, der womöglich mehr Technik enthielt, als sie in ihrer Unwissenheit ahnte.

Wie, in Leuchmadans Namen, spürten ihre Verfolger sie trotzdem immer wieder auf?

Frafa hatte keine Kraft mehr zum Denken. Sie kletterte auf Händen und Füßen vorwärts, so träge wie eine Raupe. Geröll löste sich unter ihr und kollerte talwärts. Dann und wann blieb ein Flecken grünes Blut auf einem spitzen Stein zurück, aber Frafa bemerkte den Schmerz erst, wenn die Wunde längst verheilt war. Im Laufe der Jahrhunderte hatte sie ihren Leib derart mit Heilzaubern durchtränkt, dass sie dafür weder Konzentration noch Kraft brauchte.

Sie keuchte. Hörte Stimmen im Wind und wusste, dass es nur eine Halluzination war.

In einer Nische zwischen den Felsen hielt sie inne und legte eine Rast ein. Sie kauerte sich an den Stein, sammelte ihren zerstreuten Geist und schaffte es endlich, in die Meditation einzutauchen. Nur eine Stunde. Vielleicht zwei. So lange sollte der Vorsprung halten ...

Erst im Morgengrauen fühlte Frafa sich kräftig genug, um den Weg fortzusetzen. Im Nordwesten sah sie einen Einschnitt zwischen zwei weißen Berggipfeln, fast so etwas wie einen hohen Pass, und sie wanderte quer über den Hang darauf zu. Immer wieder spähte sie misstrauisch zurück, aber der Horizont über den Bergen blieb leer. Die Verfolger zeigten sich nicht.

Um die Mittagsstunde erreichte Frafa den Sattel. Links von ihr entsprang ein Gletscher, und auf der anderen Seite des Berggrats ging es in die Tiefe, steil zuerst, bis der Hang mit sanftem Gefälle auslief und sich zu einem Talkessel weitete.

Ein bunter Blütenteppich bedeckte den Talgrund, von Waldflecken gesprenkelt. Klare Bäche flossen in der Mitte zu einem silbrigen See zusammen. Die Berge, die das Tal umgaben, waren mit hohen Almwiesen überzogen, auf denen Bergziegen weideten. Ein, zwei Braza unterhalb von Frafa begann das Leben, karg nach den Maßstäben des Tieflands, doch eine Oase hier in den Bergen.

Frafa konnte kaum glauben, was sie da sah.

Einen Augenblick setzte sie sich einfach nieder, auf den steinigen Grat ganz oben an der Wasserscheide, und ließ den Anblick auf sich wirken. Dann spähte sie genauer hin und kniff die Augen zusammen. Sie sah keine Häuser, keine Anzeichen für eine Besiedelung. Keine größeren Geschöpfe außer den Bergziegen an den Hängen ... die doch ein wenig zu zahm wirkten, um auf sich allein gestellt hier zu leben.

Misstrauisch begann sie den Abstieg.

Es war ein weiter und mühsamer Weg, auf dem ersten Teil mehr ein Klettern als ein Wandern. Als Frafa Gras unter den bloßen Füßen spürte, fühlte sie sich wohler. In der toten Luft des Hochgebirges war es schwer, vom Äther zu zehren, nun aber ließ sie ihre Aura in das lebende Feld der Pflanzenwelt eintauchen wie eine Biene, die Nektar sammelte. Mit jedem Schritt fühlte sie sich stärker. Das Leben in diesem Tal hatte etwas Reines, das sie lange vermisst hatte.

Unter dem tiefen steinernen Sockel von Leuchmadans Zinnen floss das Blut der Erde nicht – das Blut, das inzwischen nicht nur die Vegetation von Falinga beeinflusste, sondern auch von fast ganz Bitan. Die Finstervölker kamen mit den Veränderungen besser zurecht als die Menschen ... Und doch, als Frafa in das unberührte Tal hinabwanderte, erkannte sie, dass es selbst für Nachtalben eine stete unbewusste Anstrengung erforderte, mit der veränderten Aura über dem vergifteten Boden zu leben.

In Daugazburg lieferte das Blut der Erde Licht und Wärme, es betrieb die Drehmomentanschlüsse in der Küche und ungezählte Maschinen. Doch hier, an diesem unberührten Ort in den Bergen, fragte sich Frafa, ob das alles den Preis wohl wert war. Was für Zauber sie wohl wirken könnte, wenn sie eine Weile auf diesem reineren Boden lebte?

Der Abstieg zog sich endlos. Allmählich wurde es wärmer. Der Sommer kehrte zurück, er wartete am Talgrund auf Frafa und umschmeichelte sie mit einer milden Luft, die nach dem eisigen Wind am Pass fast zum Greifen dicht wirkte. Der Nachmittag schritt voran, und die Gipfel im Westen warfen schwarze Schatten über die blühenden Wiesen.

Frafa sog den Geruch der Abendblüten ein, beobachtete die letzten Insekten, die im Zickzack dazwischen flogen, auf der Suche nach einem späten Mahl oder einem Unterschlupf für die Nacht. Bald watete sie bis zu den Knien in Gras und Buschwerk und überlegte sich, ob sie selbst einen Platz zum Rasten suchen oder lieber die Zeit der Dunkelheit nutzen sollte, um das Tal zu erkunden. Da fiel ihr auf, dass sich noch etwas anderes unter den süßen Geruch von Blumen und Kräutern mischte …

Sie sah genauer hin. Kleine Gestalten saßen auf dem Rücken der großen Libellen, die jetzt in weitem Bogen um sie kreisten. Gnome! Schon teilte sich das Gras vor ihr, und eine Gestalt schoss hervor.

Frafa fuhr zurück.

Der Gnom reichte ihr selbst in seiner natürlichen Gestalt kaum bis zur Hüfte, aber er hielt eine Pistole in der Hand. Die Libellenreiter rückten näher heran, zogen engere Kreise. Das vorher so beschauliche Summen der Insekten wirkte mit einem Mal bedrohlich. Weitere Gnome verbargen sich im Gras, in kleiner und auch in großer Gestalt. Frafa war umzingelt.

»Beweg dich nicht, Schwarzalbe«, sagte der Gnom. »Du bist eine Gefangene der Knochenmesser!«

Frafa hob die Hände und unterdrückte ein Grinsen. Der Schrecken verflog, obwohl noch mehr Gnome mit Pistolen aus dem Gras traten.

Knochenmesser!

Sie hatte die *wirklichen* Knochenmesser erlebt, deren bloßer Name die Herzen aller Völker mit Furcht erfüllte. Aber das war vor tausend Jahren gewesen, und diese Gnome hier hatten mit den gefürchteten Knochenmessern so viel gemein wie Balgir das Taschentier mit einem Drachen. Frafa hätte sich der kleinen Angreifer im Nu entledigen können, aber warum sollte sie das tun?

»Ich ergebe mich«, sagte sie. »Ich will euch nichts Böses. Ich bin auf der Flucht ... vor Gulbert dem Zauberer und vor Aldungan von Daugazburg.«

Fast hätte sie sich auf die Lippe gebissen. Es kam ihr verwegen vor, die Wahrheit so offen auszusprechen. Und doch ... Gulbert und Aldungan waren die Erzfeinde der ursprünglichen Knochenmesser gewesen. Wenn diese Gnome sich für deren Erben hielten, würden sie gewiss auch die alten Feindschaften pflegen.

Wenn sie es geschickt anstellte, so hoffte Frafa, konnte sie hier Verbündete finden, oder eine Zuflucht. Zumindest waren diese Gnome eine gute Ablenkung, wenn ihre Verfolger kamen.

Der Gnom vor ihr blickte grimmig drein. »Du hast das geheime Tal betreten, in dem unser Bund seit Jahrhunderten überdauert hat. Keine Albe darf hier sein ... Aber die Herrin erwartet dich.« Er winkte mit der Waffe. »Komm.«

Brüsk wandte er sich um und bahnte sich einen Weg durch die Wiese. Frafa folgte ihm. Unterwegs betrachtete sie die hohen Berge rings um das Tal, und leise Zweifel stiegen in ihr auf.

War es möglich, dass *echte* Knochenmesser hier überdauert hatten, in diesem verborgenen Hochtal? Die Berge dienten den Abtrünnigen und den Aufrührern von jeher als Versteck, und nach der Revolution waren viele Gnome, die sich der neuen Ordnung nicht fügen wollten, hierher geflohen. Zu Beginn ihrer Kanzlerschaft hatte Frafa noch mit echten Knochenmessern zu tun gehabt, mit Veteranen aus Darnamurs Miliz und womöglich sogar mit Darnamur selbst. Immer wieder hatte es Gerüchte gegeben, dass der frühere Protektor überlebt hatte ...

Aber das war vor tausend Jahren gewesen! Die Gnomenbanden hatten sich aufgelöst, die Veteranen der Revolution waren gestorben. Es gab neue Knochenmesser, bloße Schatten ihrer Vorbilder. Wann immer unzufriedene Gnome sich zusammenrotteten, wählten sie den Namen ihrer gefürchteten Helden von einst. Und selbst wenn die Knochenmesser in diesem Tal Nachfahren der echten Knochenmesser waren, so waren es doch nur *Nachfahren*, so weit von den wahren Vorbildern entfernt wie all die anderen Revolutionäre, geschwätzigen Utopisten oder bloßen Räuberbanden, die in den Jahrhunderten seither diesen Namen geführt hatten. Es war ohne Bedeutung.

»Wer ist eure Herrin?«, fragte sie.

»Die Göttin dieses Tals«, antwortete der Gnom, »die unseren Familien all die Zeit über eine Zuflucht gewährt hat. Sie wusste, dass du kommst, und sie will mit dir reden.«

Nach dieser Enthüllung taten sie schweigend ein paar Schritte, der Gnom vorneweg und dann Frafa mit einer Meute schwatzender Gnome hinter sich und flankiert von brummenden Libellenreitern. Sie hatte viel zu bedenken. Die Knochenmesser kannten keine Göttinnen, sie dienten nur der Macht der Gnome. Die wahren Knochenmesser jedenfalls, die vor einem Jahrtausend in dem Blutbad ertrunken waren, das sie selbst unter den anderen Völkern angezettelt hatten.

Dann blieb der Gnom stehen und wandte sich um. »Das ist das Tal der Blumen«, sagte er. »Mein Name ist übrigens Wisbur. Wisbur Unterbusch.«

Die Nacht schritt voran. Sie sprangen über kleine Wasserläufe und erreichten nach einigen Stunden den See, den Frafa vom Berg aus gesehen hatte. Ihr Führer machte keine Anstalten, innezuhalten, aber einen großen Teil der Eskorte hatten sie verloren: Wisbur Unterbusch ging voraus, und nur noch zwei Gnome folgten ihr. Einer von ihnen schaute immer grimmig drein, wenn Frafa sich umblickte. Die anderen Gnome und auch die Libellenreiter hatten sich irgendwo im Tal zerstreut. Mitunter hörte Frafa einige von ihnen in der Ferne schwatzen, versteckt im hohen Gras.

Was erwartete sie? Die »Göttin«, das klang nach einem greifbaren Wesen, doch vielleicht war es nur bildlich gemeint. Frafa ging ein wenig schneller, und Wisbur ließ zu, dass sie zu ihm aufschloss und sie beide nebeneinander her am Ufer des sternglänzenden Sees wanderten.

»Was ist das für eine Herrin?«, fragte Frafa. »Was will sie von mir?«

Wisbur wies vage über den See, wo das Gelände zum Talausgang hin wieder anstieg. »Die Herrin eben«, sagte er. »Sie war immer schon da. Sie beschützt uns.«

»Und sie hat mich erwartet?«

Wisbur blickte verlegen zu ihr auf. »Ich weiß es nicht. Ich habe Befehl erhalten, am Südhang auf eine Albe zu warten. Die Herrin weiß viele Dinge, aber mit ihr zu reden ist schwierig.«

»Hat sie einen Priester?«, fragte Frafa. Womöglich wartete gar keine Göttin auf sie, sondern nur ein weiterer Gnom, der sich als Stimme seiner Gottheit verstand.

Wisbur schien ernsthaft darüber nachzudenken. »Die Herrin hat meist einen Favoriten. Bloma war das zuletzt. Aber jetzt …« Er verstummte.

»Wisbur ist jetzt ihr Favorit«, verkündete der sauertöpfische Gnom hinter ihnen.

Wisbur zuckte zusammen. »Du kommst aus Daugazburg«, wandte er sich wieder an Frafa. »Hast du dort womöglich von einem Gnom gehört?«

Frafa legte den Kopf schräg und schaute zu ihm hinab. »Es gibt viele Gnome in Daugazburg.«

»Ein Gnom …«, sagte Wisbur zögernd. »Und Gulbert.«

Frafa musterte ihn fragend, und Wisbur seufzte.

»Es geht um Bloma Sockels, unseren Hauptmann. Wir haben ihn am Ende des Sommermonds zum letzten Mal gesehen. Er wollte nach Daugazburg … Er wollte Gulbert töten. Wenn er es versucht hat, so muss etwas darüber bekannt geworden sein!«

»Gulbert töten!« Frafa blieb stehen. »Aber wie? Gulbert hat ein magisches Herz, das seinen Geist am Leben hält, selbst wenn sein Leib vorübergehend stirbt.«

»Bloma glaubt nicht an magische Herzen.«

»Oh.«

»Ich wusste es«, warf der dritte Gnom von hinten ein. »Bloma ist tot. Sonst hätt er sich schon wieder gemeldet.«

»Ich dachte ...«, setzte Wisbur an, dann hob er hilflos die Hände.

»Gulbert war Anfang des Lichtmonds in Daugazburg«, bestätigte Frafa. »Sehr zu meinem Schaden. Aber ein Gnom kann ihn nicht töten, das weiß ich genau. Es hat schon einmal einer versucht, als ich jung war, im Krieg gegen die Bitaner, und Gulbert ist wiedergekommen. Er kommt immer wieder.«

Frafa schwieg kurz, dann fügte sie hinzu: »Ich wünschte, es wäre anders. Womöglich ginge es mir jetzt besser, wenn dieser Bloma Erfolg gehabt hätte.«

»Vermutlich ginge es Bloma jetzt besser, wenn er Erfolg gehabt hätte«, brach es aus dem bärbeißigen Gnom heraus.

»Jau!«, antwortete sein Gefährte. Frafa hörte, wie die beiden Gnome in die Hände klatschten und keckerten.

Wisbur schüttelte den Kopf.

»Tut mir leid«, meldete sich der erste Gnom einen Augenblick später zu Wort. »Es musste einfach raus.«

»Ein Gnom entschuldigt sich nicht für einen Scherz«, tadelte ihn sein Begleiter. »Lass dir bloß kein schlechtes Gewissen einreden, Segga. Wisbur ist jetzt unser Chef, aber ein richtiger Gnom, das muss er erst noch werden.«

»Zu spät«, knurrte Wisbur. »Waldron, Segga – wer euch kennt, der will kein Gnom mehr sein.«

Auf der anderen Seite des Tals kamen sie an eine Steilwand, die von Höhlen und kleinen Löchern durchsetzt war. Sie lag verborgen hinter Buschwerk und hinter einem vorgelagerten Hügel. Frafa entdeckte sie erst sehr spät. Leitern und kleine Stege verbanden die Öffnungen und ließen fast so etwas wie ein Dorf entstehen.

Gnomenkinder spähten aus fenstergroßen Spalten, weitere Gnome hockten in den Türöffnungen oder versammelten sich vor dem Abhang. Sie musterten Frafa aus großen Augen, manch einer trat näher und zupfte an ihrem zerschlissenen Kleid. Die Löcher im Fels schienen kaum auszureichen als Heim für all die Gnome, die Frafa in diesem Tal schon gesehen hatte. Andererseits, Gnome hatten eine andere Vorstellung von Platz.

»Da oben.« Wisbur wies auf einen Gang, der zwölf Doppelschritte über dem Boden in die Felswand führte. »Dort wohnt die Herrin. Sie will allein mit dir reden.«

Frafa legte die Hände auf den Holm einer Holzleiter und stutzte. Die Sprossen waren mit einer Art Bastschnur gesichert. Es war eine handgefertigte Leiter, wie sie vor Jahrhunderten üblich gewesen war, doch sie war neu, wie das Holz verriet. Auch die Waffen dieser Gnome wirkten neu, doch in anderer Hinsicht lebten sie weitab der Zivilisation.

Frafa kletterte über die ächzenden Sprossen und trat in den dunklen Höhleneingang. Der Stein war roh behauen und mochte bei besserem Licht braun und lehmig wirken. Im Sternenschimmer konnte sie nur schätzen, denn es gab keine Lampe.

Unter ihr hatten sich die Gnome vor dem Höhlendorf versammelt und blickten erwartungsvoll zu Frafa empor. Sie schüttelte den Kopf und ging weiter.

Der Gang verlief schnurgerade und war hoch genug für eine Albe. Sie hörte nichts, sie fühlte nicht einmal einen Luftzug. Sie tastete mit der Aura voran, doch sie spürte kein Leben ... aber etwas anderes, einen Hauch von Magie!

Der Gang erweiterte sich zu einer kleinen Kammer. Ein Steinblock stand darin, eine Art Altar, ansonsten war der Raum leer. Kein weiterer Weg führte von hier aus weiter. In der Finsternis erahnte Frafa ein Tuch auf dem Altar, das für ihre Nachtalbenaugen beinahe schimmerte. Es musste strahlend weiß sein, und es war so drapiert, dass einige Vasen und Kränze daneben Platz fanden.

Die Magie ging eindeutig von dem Steinblock aus, ballte sich unter dem Tuch zusammen. Frafa trat einen Schritt zurück, zog ihre Essenz an sich, hob die Hände und bereitete sich auf eine Abwehr vor. Doch niemand griff sie an.

Stattdessen schwebte das Tuch in die Höhe, teilte sich in zahllose Lagen, entfaltete sich, wölbte sich, und gleich darauf stand eine Gestalt von fast albischen Umrissen vor ihr, vom Scheitel bis zur Sohle unter weißen Schleiern verborgen, unter einem Gewand, das so aussah, als wäre es aus zahllosen hauchdünnen und sich überlappenden Tüchern genäht.

»Fatu!« Frafa ließ die Arme sinken.

»Ich bin Nifarfa«, säuselte die Gestalt, und ihre raunende Stimme schwebte wie ein Luftzug an Frafas Ohr. »Willkommen in meinem Tal, Frafa Nachtalbe.«

»Nifarfa ...« Frafa hatte diesen Namen schon einmal gehört.

»Nifarfa«, wiederholte die Fatu. »Fürstin im Rat der Schwarzen Fei, als du ein Kind warst, Frafa Nachtalbe. Seitdem lebe ich verborgen, die Letzte von den Fürsten aus alter Zeit.«

»Ihr habt Euch tausend Jahre lang in diesem Tal versteckt?«

Nifarfas Lachen füllte die Kammer wie ein tonloses Echo und schien aus allen Richtungen zugleich zu kommen. »Gewiss nicht. Ich war verhüllt an vielen Orten und kam in dieses Tal, als die Union mit den Menschen gegründet wurde. Ungefähr in jenem Jahrhundert.«

»Und Ihr seid hier auf die Nachfahren der Knochenmesser gestoßen?«, fragte Frafa misstrauisch.

»Sei nicht töricht, Frafa Nachtalbe. Die Gnome habe ich mitgebracht, ein kleines Häuflein. Verfolgte und Unzufriedene, gescheiterte Existenzen und enttäuschte Idealisten. Ich habe mir meine eigenen Knochenmesser geschaffen.«

»Sie halten sich tatsächlich für Knochenmesser«, sagte Frafa. »Und Euch für eine Göttin.«

»Der Mythos gibt ihnen eine Identität«, erwiderte Nifarfa. »Eine feste Gesinnung, die den Gnomen sonst fehlt. Es macht sie zu nützlichen Werkzeugen. Und sie glauben gern die Geschichten, mit denen ich sie gefüttert habe.«

»Aber was wollt Ihr mit diesen Werkzeugen?«, fragte Frafa. »Was wollt Ihr von mir? Ein Anschlag auf Gulbert …?«

Nifarfas Stimme war ein Seufzen. »Du hast Blomas Geschichte gehört. Es war nicht mein Auftrag, der ihn nach Daugazburg brachte. Bloma war stark und eine Waffe wie die alten Knochenmesser. Aber er war eigenwillig, und manchmal fühlte er sich zu stark …«

»Ein echtes Knochenmesser.« Frafa erschauderte. »Ich habe keine guten Erinnerungen an mordlüsterne Gnome. Aber sie sind seit tausend Jahren fort. Ihr hättet nach Daugazburg zurückkehren können, in Aldungans Dienste, anstatt Euch hier im entlegensten Tal der Zinnen zu verbergen.«

»Hätte ich das?«, fragte Nifarfa. »Wie viele alte Meister gibt es, Frafa Nachtalbe? Meister, die älter sind als du?«

»Nun …« Frafa zögerte. »Es gab niemals viele Zauberer, die Jahrtausende überstanden haben.«

»Ah ja«, wisperte Nifarfa. »Selbst die Unsterblichen kann ein Unglück treffen. So viele Zufälle geschehen, wenn genug Zeit ins Land geht. Nehmen wir die Zauberfürsten mit einem magischen Herzen, Frafa Nachtalbe. Es gab nie viele von ihnen, aber auch nie weniger als ein Dutzend allein in Falinga, in den Grauen Landen, während der alten Tage. Und heute, zufällig, gibt es nur zwei: Gulbert und Aldungan. Seit Jahrhunderten nur diese zwei. Ganz zufällig …«

Frafa erinnerte sich an das, was sie in Leuchmadans Hort herausgefunden hatte. Gulbert und Aldungan hatten eine Zeit lang Jagd auf magische Herzen gemacht, als Material für ihre Experimente. Aber was Nifarfa andeutete, ging dennoch zu weit.

»Ihr wollt sagen, Gulbert und Aldungan hätten all ihre Konkurrenten beseitigt und keine Zauberer dieses Formats mehr nachwachsen lassen? Aber das ist verrückt! Und ich kann beweisen, dass Ihr Euch irrt: Aldungan hat mir mehrmals seine Hilfe angeboten, falls ich mir ein magisches Herz schaffen möchte!«

»Ach, Aldungan verschenkt sein Herz freigebig.« Nifarfas

Gestalt schien sich gegen den Altar zu stützen, ihre Stimme war wie das feine Knistern ihrer Schleier. »Aber die Dame Frafa hat es zurückgewiesen. Zurückgewiesen, weil sie Angst hat, nicht sterben zu können, wenn das Leben zum Grauen wird. Irgendwann, Frafa Nachtalbe, wirst du aufhören müssen, dich von deiner Vergangenheit lenken zu lassen.

Aber in diesem Falle war es ein Glück. So bist du frei, eine freie Zauberfürstin. Und das ist gut, denn das Geheimnis von Leuchmadan, das Geheimnis von Aldungan und Gulbert liegt in der Magie, und nur ein Zauberer kann es erkennen und ihnen gefährlich werden.

Darum gibt es heute keine Zauberfürsten mehr. Außer einer.«

»Nun, zwei immerhin«, gab Frafa sarkastisch zurück. »Ihr seid auch eine Zauberfürstin, selbst wenn Ihr so sprecht wie die schlichten Gemüter, die zu viel Zeit im Äthernetz verbringen und überall Verschwörungen sehen. Bräuchte es nur eine mächtige Zauberin, um Aldungan und Gulbert zu stürzen, Ihr hättet es gewiss schon getan.«

»Ich habe es gar nicht versucht«, gab Nifarfa zurück. »Ich verstecke mich auch nicht vor Gulbert und Aldungan – sie wissen, wo ich bin. *Gegen* sie hätte ich nicht überlebt. Stattdessen war ich ihnen nützlich, beizeiten, und tat ansonsten alles, um harmlos zu wirken und übersehen zu werden.«

Frafa starrte auf die weiß verhüllte Gestalt in der Schwärze der Kammer. Sie wich zum Ausgang zurück, hob wieder die Arme. »Ihr arbeitet für Aldungan?«

»Verschwende nicht deine Kraft«, erwiderte Nifarfa. »Ich bin nicht dein Feind. Ich habe mich für Gulbert und Aldungan nützlich gemacht, wo es nötig war, aber ich tat es auf *meine* Weise und oft genug so, dass sie am Ende über ihre eigenen Pläne ins Straucheln geraten sind. Womöglich bin ich damit zu weit gegangen in jüngster Zeit, und ich werde dafür bezahlen … Doch das soll nicht deine Sorge sein.

Wichtig ist nur, dass uns ein wenig Zeit bleibt für ein kleines Gespräch. Ich habe auf dich gewartet, damit ich dich auf den Weg setzen und dir helfen kann, deine Bestimmung zu erfüllen.«

»Meine Bestimmung?«, rief Frafa. »An so etwas glaube ich nicht. Wenn ich in den tausend Jahren etwas gelernt habe, dann das: Es gibt keine Bestimmung, es gibt nur Entscheidungen!«

»Oh«, summte Nifarfa, »aber es *gibt* eine Bestimmung! Kein Schicksal, welches dir auferlegt ist von außen oder von höheren Mächten. Aber es gibt Dinge, die du tun musst, weil dir gar keine Wahl bleibt; Dinge, zu denen nur du in der Lage bist – und Dinge, die ich getan haben will. Deswegen habe ich diese Begegnung arrangiert. *Ich* verleihe dieser Begegnung, deiner Reise, deinem Schicksal und dem ganzen Spiel der Kräfte, die in diesem Moment in der Schwebe hängen, eine Bestimmung. *Meine* Bestimmung!«

»Warum sollte mich das binden?«, fragte Frafa.

Nifarfa lachte wieder ihr ätherisches Lachen. »Gar nicht«, sagte sie. »Es ist kein Befehl. Es ist kein Auftrag und keine Verzauberung. Es ist nur ein Gefühl. Eine Segnung. Es ist *mein* Gefühl, nicht mehr und nicht weniger. Es braucht dich nicht zu kümmern, aber du solltest meine Hilfe auch nicht abweisen.«

Frafa beäugte die Fatu misstrauisch. »Warum gewährt Ihr mir Hilfe? Was versprecht Ihr Euch von mir, was Ihr selbst nicht besser zuwege bringt? Ihr seid schon mächtig gewesen, als ich noch ein Kind war.«

»Glaubst du, Macht wächst mit den Jahren immer weiter wie ein Baum? Auch ein Baum wird irgendwann morsch, bricht unter seinem eigenen Gewicht oder wächst nur noch in die Breite, nicht mehr in die Höhe. Es kommt der Tag, da hat ein Geschöpf sein Potenzial ausgeschöpft, da *wird* es nicht mehr, sondern *ist* nur noch. Ich war eine Zauberfürstin zu Zeiten der Fei und bin bis heute nicht mehr geworden. Ob ich mächtiger bin als du, wer weiß? Unsere Kräfte sind verschieden, und ich kann nicht tun, was du tun kannst.«

Sie standen einander gegenüber in der kleinen Kammer unter dem Berg. Frafa streckte eine Hand aus und ging auf Nifarfa zu, wollte sie berühren, *erspüren*, was sie war. Es gab viele Gerüchte über die Fatu …

Doch Nifarfa löste sich auf in tausend kleine Tücher, die in den unsichtbaren Strömungen des Äthers schwangen und neu zusammenfanden. Die Fatu stand nun an der seitlichen Wand, wiederum zwei Schritte von Frafa entfernt. Die legte ihre Hand auf den Altar.

»Diese *Bestimmung*«, sagte Frafa, »diese Begegnung und alles andere – habt Ihr es vorhergesehen, nutzt Ihr es zu Eurem Vorteil, oder habt Ihr es gar mit Eurem Zauber gelenkt?«

»Wer weiß?«, wisperte die Fatu. »Alle Dinge sind miteinander verbunden, und tun und sehen sind eins. Wir Fatu existieren nicht in einer Zeit und in einer Welt allein. Den Fall des Apfels zu sehen und dort zu sein, wenn er auf Höhe meiner Hand ist, das ist die Art, wie ich Äpfel pflücke.«

»Dann sagt mir, was ich tun muss.« Ein Hauch von Gereiztheit lag in Frafas Stimme. Das Gespräch mit einer Fatu war wie der Versuch, sie zu berühren: Es verlor sich in Andeutungen, verfing sich in Schleiern, und nichts war einfach und klar.

»Das weißt du doch, Frafa Nachtalbe«, sagte die Fatu. »Wenn du überleben willst, musst du Leuchmadan selbst bezwingen.«

»Also ist Aldungan in Wahrheit Leuchmadan?«

»Wie sollte er das sein?«, fragte Nifarfa zurück. »Aldungan ist ein Nachtalb, und das ist Leuchmadan nicht.«

Frafa ballte die Faust. Im ersten Moment hatte sie tatsächlich geglaubt, sie bekäme eine klare Antwort! »Wer ist Leuchmadan dann? Und was habe ich mit ihm zu schaffen? *Aldungan* ist derjenige, der mich verfolgt.«

»Das ist es eben, was du herausfinden musst. Du weißt, dass deine Feinde über Leuchmadans Macht gebieten. Wenn du Leuchmadans Wesen durchschaust, wirst du auch wissen, wie er mit deinen Feinden zusammenhängt. Und wie du sie – und ihn – besiegen kannst.«

»Weshalb sagt Ihr mir das nicht einfach?«

»Was würde dir das nutzen?«, fragte Nifarfa. »Leuchmadans Schwäche lässt sich nicht mit Worten greifen. Du musst ihn mit all deinen Sinnen erfassen, um zu verstehen. Ich habe dir mehr zu bieten als Worte, Frafa Nachtalbe. Ich biete dir eine Reise.«

»Eine Reise zu Leuchmadan?«, fragte Frafa.

»Nur ein Schritt dorthin«, wisperte Nifarfa. »Soweit ich es eben einrichten kann. Ich zeige dir Reisegefährten und Verbündete, die dich weiterbringen können. Aber den Weg zu Leuchmadans Wurzeln, um sie endgültig herauszureißen, den wirst du selbst finden müssen.«

»Den Weg zu Leuchmadans Wurzeln.« Frafa verzog das Gesicht. »Der Weg zu einer sicheren Zuflucht wäre mir lieber.«

»Wer Leuchmadan zum Feind hat, findet keine sichere Zuflucht auf dieser Welt«, raunte die Fatu. »Ein Tag Ruhe vielleicht. Mehr Sicherheit gibt es nicht für uns beide, weder hier noch an irgendeinem anderen Ort, ehe unsere Reise nicht zu Ende geht.«

Eine einzelne blakende Kerze verbreitete mehr Qualm als Licht, und das Gestein lastete erdrückend auf der winzigen Felsenkammer. Die spärlichen Möbel aus dürrem Holz wirkten tot und verloren, wie beigesetzt in einer Gruft, das traurige Zeugnis einer schlichten Handwerkskunst. Das alles war gewiss kein Zeichen mangelnder Gastfreundschaft. So lebten die Gnome eben.

Barsemias der Elf fühlte sich dennoch fehl am Platze.

Die alten Grenzen haben sich verwischt. Wir müssen unsere Verbündeten suchen, wo wir sie finden können ...

Mit diesen Worten hatte sein Großvater ihn auf den Weg geschickt, damit er als Gesandter der Einladung einer Fatu folgte – ein Wesen aus den düstersten Legenden seines Volkes und Herrin dieses Tales. Dazu Gnome und wer weiß, welche Finstervölker noch!

Barsemias war kein Diplomat. Er war ein Zauberer, und eben wegen seiner einzigartigen Magie hatte man ihn hierhergeschickt. Und er wollte seinem Volke helfen, wollte tun, was möglich war, um den Rat der Ältesten zufriedenzustellen. Aber bisher hatte er nicht einmal erfahren, was er hier überhaupt sollte.

Er hockte auf dem Boden auf einer groben Wolldecke, die

die Gnome für ihn ausgebreitet hatten, und versuchte, zur Ruhe zu kommen. Er vermisste die Sonne und selbst das karge Leben, das er dort draußen im Tal finden konnte. Aber dort waren auch die Gnome, überall, hässlich und aufdringlich und einfach unerträglich. Nur in diesem Raum ließen sie ihn in Ruhe, achteten seine Würde, und so bedrückend diese Zuflucht auch war: Barsemias konnte sich einfach nicht aufraffen, sie zu verlassen.

Also wartete er hier und fragte sich, wie lange das noch dauern sollte. War diese ganze Gesandtschaft womöglich nur ein einziger großer Gnomenscherz? Eine Bosheit der Finstervölker, die ihren Spaß daran fanden, einen Elf auf eine nutzlose Reise zu schicken und ihn in Verlegenheit zu bringen? Wie lange sollte er noch warten, wenn weiterhin nichts geschah, was die Unbequemlichkeit rechtfertigte?

Eine Präsenz erschütterte die Ruhe des Äthers. Barsemias spürte die winzigen Wesen der Luft, die Organismen, die sich an die Höhlenwand klammerten ... und eine machtvolle Aura, die herannahte und ganz beiläufig Besitz ergriff von allem, was in der kleinen Kammer lebte. Selbst die Fäden der Wolle unter ihm krümmten sich mit einem Mal unter der Macht von etwas Fremden!

Eine Nachtalbe erschien am Zugang zur Felskammer, drei Gnome drängten sich um sie.

Barsemias sprang auf.

Die Albe verneigte sich. »Herr Elf. Barsemias. Ich bin Frafa. Nifarfa von den Fatu hat mich Euch anempfohlen. Mit Eurer Unterstützung, so sagte sie, könnte ich in der Heimat Eures Volkes Hilfe und Zuflucht finden.«

Barsemias verschlug es die Sprache. Er musterte sie von oben bis unten. Ihre Haut war dunkel, die Augen ausdruckslose Löcher über einer winzigen Nase. Das schwarze Haar fiel ihr fast bis auf die Schultern und umrahmte ein Gesicht von trügerischer Kindlichkeit. Aber Barsemias spürte ihre Aura, eine verderbliche Macht, die sie umgab, stärker als alles, was er bisher erlebt hatte.

Nur das braunrote Kleid aus grober Wolle, das sie trug, wollte so gar nicht zu der Erscheinung passen. Es sah aus wie ein Flickenkleid, so ungleichmäßig war es gefärbt. Es war oben zu weit geschnitten und an den Beinen zu kurz, und als Barsemias auf die Füße schaute, blinzelte er. Die Nachtalbe trug Filzschuhe mit aufgenähten Augen und einem maulartigen Zickzackmuster!

Die Albe kreuzte die Arme vor der Brust und schaute verlegen drein.

»Meine Sachen haben die ... Reise nicht gut überstanden. Die gastfreundlichen Gnome haben mir ausgeholfen.«

»Die Drachenköpfe auf den Schuhen waren meine Idee«, warf einer der Gnome ein.

»Sie passen zu einer gefährlichen Nachtalbe«, ergänzte sein Gefährte. »Verleihen ihr eine bedrohliche Würde.«

»... oder was du als Außenstehender in Sachen Würde darunter verstehst«, sagte der dritte Gnom. Barsemias kannte ihn. Es war Wisbur, der in diesem Dorf so etwas war wie ein Hauptmann. Die beiden anderen mussten dann seine unerträglichen ständigen Begleiter sein, Segga und Waldron.

Die Albe lächelte gequält.

Barsemias wandte den Kopf ab. Er spürte, dass er rot wurde. »Was interessieren mich albische Gewandfragen? Und was die Reise angeht ...«

Er stockte. Dann schaute er die Nachtalbe wieder an. »Frafa?«, fragte er. »Die Albe im Hintergrund? Aldungans Getreue?«

Frafa nickte. »Bis vor Kurzem. Bis Aldungan zweimal an einem Tag versuchte, mich zu töten. Nifarfa meinte, Euer Volk könnte mir am ehesten helfen – und ich womöglich ihm.«

Barsemias' Gedanken wirbelten durcheinander. Nun sah er die Albe in einem anderen Licht. Ein mächtiger Überläufer – das also steckte dahinter!

Eine Mächtige aus den Reihen ihrer Feinde konnte eine wertvolle Verbündete sein, und die Elfen suchten verzweifelt nach Verbündeten. Die Menschen hatten alle Zusagen gebrochen, die Zwerge verschanzten sich in ihren Bergen, und das Gift breitete sich immer weiter aus. Schon hatte es alles Land bis zu den nördlichen Schraffelgraten verschlungen, und Barsemias' Heimat machte sich als Nächstes bereit. Bald würden sie den Boden der Welt verlassen müssen und auf immer heimatlos am Himmel treiben …

»Gut«, verkündete er. »Ich werde Euch zu meinem Volk führen. Aber nur bis an die Grenze von Porfagilia, bis zu den äußeren Wachen. Dort könnt Ihr nicht mehr Schaden anrichten als jeder andere Besucher, der aus eigener Kraft zu uns reist. Und von dort aus mögt Ihr Euer Anliegen dem Rat der Ältesten vortragen.«

»Klasse.« Wisbur wies auf den Rucksack, den er neben sich abgestellt hatte. »Wir haben unser Gepäck gleich mitgebracht.«

»Und die Albe hatte ohnehin nichts dabei«, warf Waldron ein.

»Wenn Ihr mein Anliegen nicht weiter unterstützen wollt, warum sollten wir dann überhaupt gemeinsam reisen?«, fragte Frafa. »Was hat Nifarfa sich dabei gedacht?«

Barsemias' Ärger flackerte wieder auf. *Diese Albe war unverschämt!* »Vielleicht hatte sie Zweifel, ob Ihr es allein schafft?«

Die Albe musterte ihn von oben bis unten. »Ihr seid noch jung«, sagte sie. »Wie wollt Ihr mir gegen meine Verfolger beistehen? Da war ein ganzes Schlachtschiff hinter mir her!«

»Ich habe nicht vor, für Euch zu kämpfen«, sagte Barsemias. »Aber es hat seinen Grund, dass mein Volk mich geschickt hat. Ich verstehe die Ströme des Äthers, ich *sehe* den Raum jenseits der Welt. Und ich kann Tore öffnen, durch die meine Heimat nur einen Schritt weit entfernt liegt.«

»Ihr öffnet Tore?«, fragte die Albe. »Wohin? In die Ätherwelt? In die Sphäre der Dämonen?«

Sie klang beklommen, und das hätte Barsemias befriedigen sollen. Doch lag in diesem Ton nicht ein Zweifel an seinen Fähigkeiten? Er kannte diese Furcht vor seiner Magie nur allzu gut! Sein eigenes Volk sah Barsemias' Kräfte oft als unelfisch an, und er sah in Frafas Worten einen Vorwurf, den er nicht unwidersprochen hinnehmen konnte.

»Nein, nein ...«, antwortete er. »Nur Tore von einem Ort zum anderen. Der Raum, der uns als gerade erscheint, ist in Wahrheit vielfach um die Ätherwelt gewunden. Und ich *sehe* all diese Schleifen! Wenn ich die Stelle finde, wo der gewöhnliche Raum auf der ätherischen Ebene aneinanderstößt, dann kann ich mit meiner Magie ein Loch durch die Wirklichkeit stoßen und einen geraden Weg durch sämtliche Dimensionen auftun.«

»Das ist beeindruckend.«

Barsemias errötete. War das Lob von einer Nachtalbe ein Beweis dafür, dass seine Fähigkeit tatsächlich wider die Natur war?

Er blickte zu Boden. »Bei meinem Volk sagen manche, ich würde mit meiner Magie Grenzen durchstoßen, an die ein Elf nicht rühren sollte. Sie halten meine Fähigkeit nicht für eine Gabe, sondern für einen Fluch. Dennoch hat der Rat meine Ausbildung gefördert und nutzt jetzt meine Kunst für Missionen wie diese hier.«

Frafa nickte. »In tausend Jahren habe ich niemanden kennengelernt, der so etwas vollbringen kann. Es gibt den Zweig der Dimensionen, magische Wege durch die Anderwelt, aber das ist eine unsichere Kunst. Niemand sieht, wohin es geht, und man hält sich an die bekannten Pfade. Und Ihr könnt von einem Punkt aus überallhin reisen?«

»Nicht überallhin«, räumte Barsemias ein. »Der vergiftete Boden von Bitan ... Das Blut der Erde, wie die Nachtalben es nennen, es stört meinen Zauber. Auf verseuchtem Land kann ich die Wege nicht sehen. Aber das ist nicht schlimm. Hier haben wir den reinen Sockel der Berge unter uns. Ich kann einen Pfad zwischen hier und einem geschützten Ort in der Nähe von Porfagilia schaffen.«

»Ja, ja, ungemein interessant«, warf der Gnom Waldron ein. »Können wir jetzt los?«

Barsemias schaute auf die Gnome hinab. »Es mag einen Grund geben, die Nachtalbe über die Grenze zu bringen. Aber warum sollte ich euch mitnehmen?«

»Die Herrin hat es gesagt«, erwiderte Wisbur. »Wir sollen die Albe auf dieser Reise begleiten und dafür sorgen, dass sie sicher bei den Elfen ankommt.«

»Ihr habt den Elf gehört«, sagte Frafa. »Er bringt mich gleich von hier bis in die Elfenwälder. Es gibt keine Reise.«

»Na, dann bekommen wir ja nicht viel zu tun«, befand Wisbur.

Barsemias verzog das Gesicht. Was würde sein Volk sagen, wenn er drei Gnome mit nach Hause brachte? »Aber das ist dumm!«, rief er. »Ihr wollt die Albe bis zu uns begleiten? Das dauert nur einen Wimpernschlag. Aber anschließend müsst ihr wochenlang zurückwandern, denn ich bringe euch ganz bestimmt nicht wieder her.«

»Ach, das macht nichts«, sagte der Gnom Segga. »Irgendein Fahrzeug für die Rückreise finden wir immer zum Klauen.«

»Genau«, ergänzte Waldron. »Aber eine Zauberreise, die haben wir noch nie gemacht. Ich glaube, das ist die Mühe wert.«

Wisbur warf seinen Gefährten einen missbilligenden Blick zu. Er erkannte wohl, dass deren Argumente ihr Anliegen nicht eben förderten. Dann sah er zu Barsemias auf und zu der Nachtalbe.

»Diese Reise ist für uns nicht nur ein Befehl, dem wir folgen«, sagte er. »Frafa soll sich mit eurem Volk gegen Gulbert verbünden, und wir möchten dabei sein. Gulbert hat unseren Bruder ermordet, und euch zu helfen, ist unsere einzige Möglichkeit, ihn zu rächen. Das sind wir Bloma schuldig.«

Hinter dem letzten Grat fielen die Berge steil ab, und die *Lichtbringer* schwebte über einem tiefen Tal. Rudrogeit stand vor dem großen Fenster der Brücke. Er ahnte Bäume in der Tiefe, das unregelmäßige Muster einer wilden Wiese. Wasser schimmerte im Schein des Halbmonds.

»Alles Stopp«, kommandierte Swankar.

Schweiß glänzte auf der Stirn des Rudergasts. Weitere Techniker standen vor Hebeln, saßen vor Kontrollborden, einer blickte nach draußen auf die Antennenmasten und murmelte Anweisungen. Das blaue Licht auf der Brücke zeichnete die Gesichter hart und kalt. Die *Lichtbringer* verharrte schwankend zwischen den Felsen, wenige Meter über dem schmalen Bergsattel. In den Bergen gab es kein Thaumagel unter dem Rumpf, und die Inversmodule, die den Kreuzer sonst schwerelos schweben ließen, funktionierten nicht. Die *Lichtbringer* musste auf der Strahlungsmembran balancieren, und das war ein heikles Manöver.

»Da unten versteckt sie sich also.« Swankar spähte in das Bergtal hinab.

»Hier *soll* sie sein«, erwiderte Rudrogeit. »Wenn die Information richtig ist, die dem Generalstab zugespielt wurde.«

»Dann schauen wir uns doch erst mal dort um.« Swankar nickte in Richtung der Odontopter, die an Deck befestigt waren.

»Eine gute Idee«, stimmte Rudrogeit zu. »Wenn wir Frafa selbst sehen, kann sie uns nicht so leicht mit ihrer Magie entschlüpfen.«

»Wer weiß?«, erwiderte Swankar. »Wenn wir sie überraschen können ... Aber ich habe trotzdem gern das Schiff im Rücken. Es gibt keinen Ersatz für Feuerkraft. Oberleutnant Wedra, Sie übernehmen hier.«

Swankar instruierte ihren Vertreter, dann trat sie mit Rudrogeit nach draußen. Sie stiegen zu zweit in einen der Odontopter und ließen sich mit einem Katapult von der *Lichtbringer* abstoßen. Sie entfernten sich vom Heck ihres Schiffes und flogen in einem Bogen zum Tal, um ihre Position nicht zu verraten.

Die dünne Bergluft war klar, und die Eiskronen auf den Gipfeln funkelten im Sternenlicht. Rudrogeit sah kleine Wasserfälle wie Silberfäden von den kurzen Gletscherzungen talwärts stürzen, wo sie zwischen den Steinen verschwanden und weiter unten ein ganzes Netz winziger Bachläufe speisten. Ihr Odontopter flog sehr hoch. Die Turbinen blieben ausgeschaltet, und die Flügelantriebe waren so weit heruntergedreht, dass nicht mehr als ein Summen zu hören war. Aber ein Gleitflug in dieser Höhe war kaum mehr als ein kontrollierter Sturz.

Sie rasten über den Abhang. Aufragende Findlinge sausten an den Cockpitfenstern vorüber, die messerscharfen Kanten haarscharf an den filigranen Flügeln vorbei. Einige der Hindernisse verfehlten sie so knapp, dass Rudrogeit das Gefühl hatte, sie berühren zu können, wenn er die Hand aus der Kabine streckte. Aber er hatte alle Hände voll zu tun, mit Swankar um die Steuerung zu rangeln. Er legte Hebel um, blockierte ihre Kontrollen, und mal lenkte sie den Odontopter, mal er und mal gar niemand, bis Swankar endlich mit einem triumphierenden Ruf den Haupthebel einrasten ließ und alle Systeme auf ihre Kontrollen legte.

»Ha!«, rief sie. »Willkommen auf dem Beifahrersitz, du Verlierer!«

Swankar strahlte. Rudrogeit lehnte sich zurück und schloss die Augen. Er fand diese Spielchen überflüssig und gefährlich. Aber seine Mutter erwartete von ihm, dass er kämpfte. Sein Magen hob und senkte sich, während Swankar mit dem Odontopter jeder Bodenwelle folgte.

Rudrogeit schaute erst wieder nach draußen, als er spürte, wie sie langsamer wurden. Das Schwirren der Flügel wurde stärker, und dann setzte die Maschine hart auf. Swankar riss die Cockpitkuppel zur Seite, die wie ein Libellenauge seitlich am Bug saß. Mit dem Fernglas spähte sie über das Tal.

»Alles still«, sagte sie. »Ich sehe keine Gebäude und keine Wärmebilder außer von den Schafen da drüben.«

»Ziegen«, berichtigte Rudrogeit sie.

»Meinetwegen«, knurrte Swankar. »Wusste nicht, dass du grad dein Bauerndiplom machst.«

»Einer aus der Familie sollte was Anständiges lernen, dachte ich mir.«

Sie sprangen hinaus auf die Wiese. Die Flügelantriebe knackten leise, während sie in der kalten Luft abkühlten. Das Gras reichte Rudrogeit bis zu den Knien, und weiter hangabwärts und tiefer im Tal stand es noch höher. Allmählich mischten sich andere Geräusche unter das Knistern der Maschine: Grillen zirpten im Gras, Nachtinsekten summten. Rudrogeit trat zwei Schritte von dem Odontopter fort und hörte das leise Rascheln der Halme im Wind.

»Auf den Instrumenten vom 'topter hab ich auch nichts gesehen«, sagte Swankar. »Ich sollte mal den Navigator anfunken. Vielleicht haben wir das falsche Tal erwischt.«

Rudrogeit sah sich forschend um. »Wir sind genau da, wo der Generalstab uns hingeschickt hat. Aber eine Zauberin wie meine Schwester kann sich natürlich verstecken.«

Swankar brachte ihn mit einer Geste zum Schweigen. »Hier ist etwas«, murmelte sie. »Da sind Stimmen …«

Sie schnüffelte, dann riss sie den Arm hoch. »Gnome!«, rief sie.

12

***Die Union und der Landwandel** – So erfolgreich die Union in politischer Hinsicht auch war, ihren erklärten Gründungszweck erreichte sie nie. Das »Blut der Erde« breitete sich über ganz Bitan aus, und bis heute hat die Wissenschaft keinen Ansatz gefunden, diese Entwicklung einzudämmen oder gar umzukehren.*

Besonders vonseiten der Elfen wird der Vorwurf erhoben, dass die Union den zugesagten Kampf gegen das Blut der Erde bewusst oder fahrlässig verzögert. Tatsächlich sind die Elfen von den Vorgängen in Bitan unmittelbar betroffen: Es hat Jahrhunderte gedauert, doch inzwischen hat das Blut der Erde die Elfenwälder erreicht, was zunehmend für Spannungen sorgt.

Gerne verweisen die Elfen dabei auf eine »besondere Empfindlichkeit« ihres Volkes. Minderheiten dieser Volksgruppe auf bitanischem Boden beweisen allerdings, dass Elfen sehr wohl auch auf angeblich »magisch verseuchtem« Grund überleben können – und doch sind es paradoxerweise ebendiese Minderheiten, deren Protest gegen die vermeintliche Untätigkeit der Union immer öfter in Gewalt umschlägt.

AUS: »GESCHICHTE DER UNION«, VON TENDOR ISTARIOS,
PROF. EM. DER POLITISCHEN AKADEMIE ZU OPPONUA

5. Staubmond 282 GdU, Tal der Blumen

Barsemias schloss die Augen und tastete nach der Welt hinter den Dingen. Ein Abbild nahm Gestalt an in seinem Geist, vieldimensionale Muster fügten sich zu einer Form, die für sein Denken greifbar war. Er suchte einen geeigneten Ort an der Grenze, abseits der behüteten Stellen des Elfenwaldes und doch weit genug auf unverdorbenem Boden. Mit einem Stoß seiner Essenz riss er die Grenzen der Wirklichkeit auf. Hinter ihm schrie ein Gnom, und Barsemias schlug die Augen wieder auf.

Eine rötliche Wunde klaffte in der Luft, genau da, wo in der kleinen Felsenkammer ein Stuhl gestanden hatte. Ein Stück davon war noch sichtbar, halb überstrahlt von der Korona, die den Bruch in der Wirklichkeit umflorte wie ein gleißender Nebel. Der Stuhl existierte weiter, auf seine eigene Art und am selben Ort wie das blutrote *Nichts*.

»Ich bin so weit.« Barsemias sah sich nicht nach den anderen um. Der Anblick der Wunden, die er in die Grenze zwischen Welt und ätherischer Ebene schlug, erschreckte jeden. Barsemias war selbst entsetzt gewesen, als er das Tor zum ersten Mal geöffnet hatte – einen Spalt, der aussah wie ein gewaltsamer Schnitt und aus dem ein Leuchten troff wie Blut. Wenn die Gnome sich dort nicht hindurchwagten, war ihm das nur recht.

Er schloss die Augen, als er in das Glühen trat, und im nächsten Augenblick fühlte er sich brutal fortgerissen. Mit einem Aufschrei taumelte er zurück in die Wirklichkeit.

Er kippte fast vornüber, stützte die Hände auf die Knie und würgte. Rote Punkte tanzten vor seinen Augen. Hier war es heller als in der Höhle, also hatte der Zauber ihn fortgebracht. Aber etwas stimmte nicht! Der Übergang sollte nicht anders sein als ein Schritt auf einer gewöhnlichen Straße: Im einen Moment stand man am Ausgangspunkt, und im nächsten am Ziel. Diesmal allerdings fühlte er sich zerschunden, als hätte der Schritt durch die Ätherwelt ihn beinahe zerrissen. Die Schultern schmerzten ihn, Übelkeit tobte in seinem Magen.

Hinter sich hörte er seine Begleiter. Die Stimmen der Gnome klangen unbeschwert.

»Autsch! Die Sonne. Wir hätten eine Stunde warten sollen, dann wäre es dunkel gewesen.«

»Woher willst du das wissen?«, antwortete Segga. »Wir können überall sein. Vielleicht wird es hier erst eine Stunde später dunkel.«

»Du Idiot!«, sagte Waldron. »Ich sehe die Sonne doch. Wir sind bestimmt nicht in einer anderen Zeitzone.«

»Aber das hätten wir sein können, wenn wir eine Stunde … äh, du weißt schon. Irgendwie so.«

»Segga, Waldron«, hörte Barsemias Wisbur sagen, »haltet die Klappe. Ihr seid beide Idioten.«

Langsam traten die Umrisse seiner Umgebung klarer hervor. Ein staubiger Feldweg lag vor ihm im Schein einer bleichen Abendsonne. Pflanzen rauschten neben Barsemias im Wind.

Wisbur sah sich um. »Ich hatte … etwas anderes erwartet«, stellte er fest.

»Oh ja«, sagte Waldron. »Ich hatte mir den Elfenwald auch anders vorgestellt.«

»Mehr … mit Bäumen, irgendwie«, antwortete Segga und brach einen unreifen Kolben von einer Maispflanze ab.

Swankar und Rudrogeit rückten zusammen. Rudrogeit spähte in das hohe Gras und lauschte. Vampire hatten scharfe Sinne und konnten Gnome in kleiner Gestalt hören. Aber Nachtalben waren in dieser Hinsicht weit überlegen. Rudrogeit fehlte die Fähigkeit seiner Mutter, die Magie eines verkleinerten Gnoms zu *riechen*.

»Wo sind sie?«, fragte er.

Swankar hielt schon die Pistole in der Linken. Mit der Rechten zog sie das schmale Schwert, das nach all den Jahrhunderten immer noch ihre bevorzugte Waffe war. »Überall«, sagte sie. »In der Luft!«

Libellen umkreisten sie in weiten Bögen. Rudrogeit verfluchte sich selbst. Libellen waren keine Nachtflieger, und sie hätten ihm früher auffallen müssen. Er entdeckte winzige Höcker auf dem Rücken der Insekten – Gnome, die sie lenkten!

»Zeigt euch!«, rief er. »Wir wollen verhandeln.«

»Ein guter Trick«, murmelte Swankar durch die Sprechverbindung.

Die Gnome flogen auf ihn zu.

»Pass auf!«, rief Swankar und eröffnete das Feuer. Sie stieß

Rudrogeit zur Seite. Ein feines Sirren lag in der Luft. »Feuer in die hintere Talhälfte«, kommandierte sie. »Flächendeckend!«

Ein Brausen erfüllte den Himmel. Im Schutz der schattenverhüllten Berghänge war die *Lichtbringer* tiefer zu Tal geglitten. Lichtlanzen lösten sich vom Rumpf und erreichten in Sekundenschnelle den Boden. Die Libellenkrieger schwärmten aus.

Dann detonierten die Raketen jenseits des Sees. Wolken von flüssigem Feuer vereinigten sich zu einem meterhohen Flammenmeer. Es verschlang Blüten und Bäume und leckte als Welle die Hänge empor. Glutheißer Wind fegte durch das Tal, beugte das Gras, traf Rudrogeit im Gesicht. Die Libellen wurden umhergeschleudert, viele verschwanden zwischen den wogenden Halmen.

»Zurück zum 'topter!«, rief Swankar. Sie hatte die Pistole eingesteckt und zog Rudrogeit mit sich.

»Was tust du?« Rudrogeit zögerte. »Du hast das halbe Tal eingeäschert. Und mich fast umgeworfen. Wegen einer Hand voll Gnome!«

Swankar blieb stehen. »Rudi, du schwachsinniger Vampir!« Sie wischte mit der Hand über seinen Ärmel. Etwas blieb an ihrem dunklen Handschuh haften. Es sah aus wie gelbe Staubkörner.

Rudrogeit starrte darauf. Die Feuerwand am anderen Ende des Tals war zusammengefallen und hatte nichts als Asche hinterlassen. Die Flammen hatten sich selbst ihrer Nahrung beraubt. Ein paar verirrte Funken jedoch entfachten kleinere Brände an entfernteren Stellen der Wiese, die vom ersten Inferno verschont geblieben waren.

»Brauchst du eine Lupe, um die Pfeile zu erkennen?«, herrschte Swankar ihn an.

Rudrogeit kniff die Augen zusammen. »Die Gnome haben auf uns geschossen?«

»Darauf kannst du wetten«, knurrte Swankar. »Mit ihren winzigen Pistölchen von ihren Libellchen aus. Da steckt genug Gift drin, um einen Riesen zu töten, verlass dich drauf.«

Sie lief das letzte Stück zum Odontopter und stieg in die Kanzel. Rudrogeit folgte ihr betreten. Die winzigen Geschosse hatten nicht einmal die Körperpanzerung unter seiner Uniform hart werden lassen. Aber er zweifelte nicht daran, dass ein Treffer auf der bloßen Haut ihn hätte töten können.

Swankar startete die Maschinen und gab Anweisungen an das Mutterschiff. »Massenschläge an unsere Position. Sucht den Stützpunkt. Es *muss* einen Stützpunkt geben! Gnome leben nicht in Blüten!«

»Massenschläge?«, fragte Rudrogeit. »Die Gnome sind keine Gefahr mehr für uns. Und ... unsere Zielperson haben wir hier nicht gefunden.«

»Diese Gnome zahlen bestimmt keine Steuern in der Union«, knurrte Frafa. »Rebellen und Terroristen. Mir egal, ob Frafa dabei ist – wir heben das Nest aus!«

Der Odontopter schwirrte los. In rasendem Flug zog Swankar die Maschine hoch, tauchte knapp unter einem Hagel von silbrigen Kugeln her. Die Kügelchen verteilten sich hinter ihnen über dem Boden. Blaue Blitze zuckten hervor, zeichneten ein Netz auf dem Talgrund, illuminierten mit ihrem Licht die Fläche einer kleinen Stadt. Der Schlag der elektryschen Minen konnte größere Geschöpfe töten; winzige Gnome, ihre Libellen, andere Insekten und kleine Tiere, die sich zwischen den Halmen verbargen, würde er einfach rösten.

Rudrogeit wandte sich ab und schaute nach vorn.

»Wir haben Höhlen geortet«, kam eine Meldung vom Schiff. »An den Westhängen. Es gibt Bewegungen und Wärmemuster – ein Dutzend Personen mindestens.«

»Schickt ihnen eine nette Kombination von Raketen vorbei«, erwiderte Swankar. »Vakuum und Feuer, damit die Löcher mal ordentlich durchgeblasen werden. Wenn sich nichts mehr bewegt, pflastern wir das Tal mit Thaumagel-Geschossen. Dann verkriechen sich hier erst mal keine Rebellen mehr.«

Sie unterbrach die Verbindung und schaute grinsend zu Rudrogeit hin. »Eine üppige Jungfernfahrt für mein Schiff, was, Rudi? Ich denke, ich kriege einen kompletten Testlauf aller neuen Waffen hin, bevor wir zurück zum Stützpunkt fliegen.«

Frafa musterte den Elf. Er war schlank, und hellsilbernes Seidenhaar umrahmte sein blasses schmales Antlitz. Auf eine fremdartige Weise war er anziehend, selbst in den Augen einer Albe. Aber wie jung er war! Frafa schätzte ihn auf dreißig, vierzig Jahre womöglich. Kein Kind mehr, sondern ein ausgebildeter Zauberer, aber doch ein Jüngling ohne Erfahrung.

»Was Euren Zauber angeht ...«, setzte sie an.

Barsemias fuhr herum. Ein rötlicher Schimmer lag auf seinem Haar, das über das Maisdickicht hinweg angeleuchtet wurde. Schon kündigte sich der Sonnenaufgang an, und bald würden sie überlegen müssen, was sie tun wollten, wenn die Gnome nicht zurückkehrten.

Sie wedelte mit der Hand und bedeutete dem Elf, in Deckung zu gehen.

Er hockte sich wieder hin in ihrem Versteck mitten in dem grünen Maisfeld, das sich bis zum Horizont erstreckte. Er holte mehrmals Atem, dann sagte er endlich: »Es tut mir leid, dass ich Euch vorhin die Schuld gab. Aber ich weiß nicht, was meinen Zauber sonst gestört haben könnte.«

Frafa verbarg ein Lächeln. Für Barsemias war sie einfach die Nachtalbe, allein deswegen traute er ihr jedes Übel zu. Aber womöglich konnte er lernen. Vor langer Zeit hatte sie selbst erst lernen müssen, nicht nur Volk und Bestimmung zu sehen, sondern immer die Person. Sie würde gern diejenige sein, die ihm einen anderen Blick auf die Welt eröffnete, einen Blick, der Raum für Zwischentöne bot.

»Ich habe mir Gedanken darüber gemacht«, sagte sie. »Ich frage mich, ob möglicherweise Nifarfa dahintersteckt.«

Barsemias runzelte die Stirn. »Die Fatu?«

»Sie sprach davon, dass ihr Volk einen besonderen Zugang zur Ätherwelt hat. Womöglich verfügt sie über die Kenntnisse, Euren Zauber zu stören, selbst wenn sie keine eigenen Tore öffnen kann.«

»Aber warum sollte sie das tun?«, fragte Barsemias. »Wenn sie uns schaden wollte, hätte sie in ihrem eigenen Tal die Gelegenheit gehabt.«

»Wer weiß?« Frafa blickte nachdenklich in das Grün. »Die Fatu verfolgt ihre eigenen Pläne, und die sind vielschichtig und alles andere als gradlinig. Sie hat die Gnome mitgeschickt, damit sie uns auf der Reise beistehen. Wie Ihr selbst festgestellt habt: Das ergäbe wenig Sinn, wenn unsere Reise nur ein kurzer Sprung vom Tal in den Elfenwald wäre. Ich glaube darum, die Fatu wusste vorher, was geschieht. Wenn sie es nicht einfach vorausgesehen hat, dann hat sie es womöglich herbeigeführt.«

»Sie ist eine Fatu.« Barsemias musterte sie argwöhnisch. »Warum sollte sie Euch hintergehen? Ihr gehört beide zu den Finstervölkern.«

Frafa lachte auf. »Weil wir beide böse sind, ich und die Fatu, sollten wir einander vertrauen? Wollt Ihr das sagen?«

Barsemias senkte verlegen den Blick. »Ihr Finstervölker habt euch schon immer gegen uns verbündet.«

»Und wir haben uns schon immer untereinander befehdet. Glaubt mir, ich war lang genug dabei.«

»Das weiß ich«, erwiderte Barsemias. »Aldungan, Gulbert und Frafa. Die letzten Zauberer aus alter Zeit. Schwer vorstellbar, dass Ihr nach all den Jahren Eurem Herrn den Rücken kehrt und die Seiten wechselt.«

Frafa hob den Kopf. »Ihr Elfen habt wenig Grund, mich wegen meines Umgangs zu verurteilen. Ihr habt Gulbert zu Eurem Hochkönig ernannt.«

»Er hat uns getäuscht!«, rief Barsemias zornig. »Und wir zahlen den Preis dafür. Er hat sich mit den Finstervölkern verbündet und vergiftet unser Land.«

Frafa nahm zufrieden zur Kenntnis, dass sie seiner elfischen Würde mit ihrer Bemerkung einen empfindlichen Schlag versetzt hatte. Sie stocherte nicht weiter in dieser Wunde herum, sondern schlug die Augen nieder und fuhr ruhiger fort: »Ihr müsstet also wissen, wie leicht sich alte Herren gegen ihre Gefolgsleute wenden können. Aldungan hat Dämonen gegen mich entsandt und meine Freundin ermorden lassen. Ein Flugkreuzer der Union hetzte mich dann durch ganz Falinga, und ich bin überzeugt davon, dass Aldungan die Verfolger stets wieder auf meine Spur gesetzt hat. Darum habe ich gewiss nicht freiwillig dafür gesorgt, dass wir hier stranden – in Bitan, wo Aldungan und Gulbert Macht haben und mich erreichen können.«

Sie berührte das Blatt einer Maispflanze, rieb es versonnen zwischen Daumen und Zeigefinger. »Nachdem sie an der Sternenklippe versucht haben, mich in Thaumagel zu ertränken, bin ich auf meinen Landsitz geflohen. Ich hatte einen Garten dort, und ein Haus, so von Leben durchdrungen, dass es wirkte, als wäre es gewachsen. Es war ein sehr alter Garten, ich habe die Pflanzen selbst gezüchtet und gehegt, und sie sind zu einem Wald geworden. Es dauerte kaum einen Tag, bis das Flugschiff kam, und ich entfloh mit knapper Not und sah den Wald hinter mir brennen.«

Barsemias schaute sie an, und Frafa bemerkte Verständnis in seinem Blick, Mitgefühl. Der Elf schluckte, doch dann verhärteten sich seine Züge. »Ein Wald in Falinga – was für Pflanzen mögen das gewesen sein? Gesunde Bäume wachsen nicht auf einem solchen Boden. Nachtalbenwerk!«

Sie hörten ein kratzendes Schnurren von der Straße her. Ein Fahrzeug kam quietschend zum Stehen.

»Spitzohren ... wo steckt ihr?«

Frafa erkannte Wisburs Stimme. Sein Gefährte Segga meldete sich zu Wort: »Ich hab doch gesagt, wir sind hier falsch! Überall sieht es gleich aus. Die Menschen sollten auch mal anderes anpflanzen als überall nur Mais.«

»Sonnenblumen!«, rief Waldron. »Ich mag Sonnenblumen.«

»Klappe, ihr beiden«, sagte Wisbur. »Frafa, Barsel ... Barmi ... wie auch immer ... Seid ihr hier irgendwo? Wir haben ein Fahrzeug!«

Das Fahrzeug war ein motorisiertes Zweirad mit zwergischem Uhrwerkantrieb, und ein drittes Rad daran gehörte zu einem Beiwagen. Die drei Gnome hatten es gemeinsam hergefahren: Wisbur stand auf dem Federblock und lenkte, Waldron hatte ein Bein im Beiwagen, das andere auf der Fußbremse, während Segga an der anderen Seite der Maschine hing, auf der Fußraste balancierte, sich am Lenker festklammerte und die Schaltung bediente.

Das Motorrad war so alt und rostig, dass es aus der Ferne aussah wie rotbraun lackiert. Wenn man näher trat, sah man die narbige Oberfläche und abblätternde blaue Farbreste. Frafa fragte sich, wie viele Kilometer sie darauf zurücklegen konnten, ehe ihnen der Federblock um die Ohren flog.

Die Gnome waren begeistert davon.

»Das haben wir beim Farmer in der Scheune gefunden«, erklärte Segga.

»Wir haben es eine Stunde lang am Windrad im Hof angeschlossen, während wir es fahrtüchtig gemacht haben.«

Barsemias betrachtete das Gefährt misstrauisch. »Hättet ihr keine vernünftige Fahrgelegenheit besorgen können?«

»Vernünftig? Na, hör mal!« Waldron war empört. »Ein echter Schatz ist das, eine Rarität! Zwergische Wertarbeit. So was kriegt man heut gar nicht mehr in der Union.«

»Bei den Elfen erst recht nicht«, fügte Segga hinzu.

»Wenn wir nicht mit einem Traktor oder mit einer Erntemaschine fahren wollen, ist das hier die beste Wahl«, erklärte Wisbur. »Aber wir sollten schnell eine Ladestelle finden. Das Windrad auf dem Hof war ziemlich klapprig.«

»Wer weiß, wie ausgeleiert die Spannfeder ist?« Frafas Finger verharrten dicht vor dem Motorrad, als könne es bei der leichtesten Berührung zerfallen.

»Und haltet ihr es für schlau, mit einer gestohlenen Maschine an einer Ladestelle vorzufahren?«, fragte Barsemias. »Wenn der Besitzer sein Motorrad vermisst, weiß bald jeder, wo wir sind.«

»Ne«, antwortete Wisbur. »Das ist nicht zu befürchten. Die Maschine stand unter einer staubigen Plane, da hat schon seit Monaten keiner mehr druntergeschaut. Wir haben ein paar Holzböcke darunter geschoben. So schnell merkt keiner, dass was fehlt.«

»Aber wenn wir länger hier herumstehen, *sieht* es vielleicht jemand«, sagte Frafa. Sie fasste Wisbur unter den Achseln und hob ihn entschlossen in den Beiwagen. Dann schwang sie sich auf den Sattel. »Verschwinden wir von hier.«

»Könnt Ihr fahren ohne Sonnenbrille?«, fragte Barsemias. »Alben sind Geschöpfe der Nacht!«

Frafa blinzelte zum Himmel empor. Er hatte sich inzwischen deutlich aufgehellt. Vom nahe gelegenen Hof hörte man das Vieh und die Hühner. Fensterläden klapperten. »Es kann unangenehm werden«, räumte sie ein. »Aber ich bin kein Vampir. Ich komme damit zurecht.«

»Nicht nötig!« Segga präsentierte stolz eine Sonnenbrille. »Das hab ich gefunden – für den Fahrer.«

»Er hat gehofft, dass er das selber ist«, warf Waldron gehässig ein.

Frafa nahm die Brille dankbar entgegen. »Jetzt brauchen wir nur noch eine Ladestelle, Karten und Ortsnamen.«

Mit einem schnarrenden Summen und unter gelegentlichem Knirschen rollte das Motorrad über die Landstraße, vorbei an ausgedehnten Feldern: Mais, Weizen, gelegentlich ein Obsthain. Die Pflanzen zeigten deutlich einen purpurnen Stich, das Merkmal von Thaumagel-Einfluss. Wassergräben liefen in regelmäßigen Abständen schnurgerade durch die Ebene, und oft fuhren sie über Brücken, die kleine Bäche überspannten.

Frafa spürte das Schlagen des Uhrwerkmotors unter dem Sattel. Barsemias saß hinter ihr, und Frafa fühlte seine Wärme an ihrem Rücken, im Kontrast zur morgendlichen Kühle des Fahrtwinds, der ihr Gesicht und die ungeschützten Beine unter dem hochgerafften Kleid steif werden ließ.

Die drei Gnome drängelten sich im Beiwagen. Waldron balancierte vorn auf der Verkleidung, quengelte und fragte, ob er die Bremse betätigen dürfe, Gas geben …

»Wir könnten den Beiwagen abkoppeln«, knurrte Barsemias gereizt.

Frafa beschloss, mit den Gnomen zu reden, um sie alle abzulenken.

»Wo wohnt ihr eigentlich in eurem Tal? Die Höhlen wirkten kaum groß genug, jedenfalls nicht für Gnome in ihrer natürlichen Gestalt.«

»Meistens leben wir gar nicht in unserer natürlichen Größe«, sagte Wisbur. »Die Herrin meint, es wäre unauffälliger, klein zu bleiben.«

»Genau«, warf Waldron ein. »Wir wohnen in einem Dorf aus ausgehöhlten Pilzen am Seeufer.«

»Tatsächlich?«, fragte Barsemias interessiert.

Die Gnome kicherten. »Natürlich nicht!«, sagte Waldron.

»Hättest du je in Käfergröße einen Pilz untersucht, dann wüsstest du, was die als Baumaterial taugen«, ergänzte Segga.

»Aber ich wusste, dass ein Elf auf so was reinfällt«, sagte Waldron. »Die Wette hab ich gewonnen. Dafür schuldest du mir was, Segga!«

»Wette? Ich habe nicht gewettet.«

»Wenn ich dich vorher gefragt hätte, wär das Spitzohr doch gewarnt gewesen, Idiot. Ich konnte mir also nur *denken*, dass wir wetten. Also halt die Klappe und bezahl.«

Die beiden Gnome fingen an zu zanken, und Wisbur sprach weiter.

»Tatsächlich wohnen wir in einem ausgehöhlten Baumstamm in der Nähe des Sees. Es ist ein großes Dorf mit Ställen für die Libellen und die anderen Insekten. Wir haben gelernt, die kleinen Tiere zu nutzen. Die Herrin hat dafür gesorgt.«

»Oh ja«, seufzte Segga. »Ein schönes Tal. Dort wohnt die süße Fedar, die schönste Gnomin der Welt. Sie richtet Libellen ab und kann sogar einen Schmetterling reiten. Ich bringe ihr immer schöne Dinge mit, wenn ich in der Welt draußen war.«

»In der Tat«, sagte Waldron. »Den tragbaren Bühnenprojektor im letzten Jahr zum Beispiel. Dabei gibt es kaum Elektryzität im Tal und gar keinen Netzempfang.«

»Was verstehst du schon?« Segga klang empört. »Dafür sieht sie, was für ein Kerl ich bin, wenn ich das Tal verlasse und bei den großen Leuten Beute mache.«

»Pah.« Waldron schnaubte. »Ich hab sie sagen hören, dass sie dich den Fröschen im See vorwirft, wenn du noch mal eine so überflüssige und gefährliche Reise antrittst. Außerdem ist sie *mein* Mädchen! Ich bringe ihr *nützliche* Geschenke mit.«

»Das hättest du wohl gern! Sie hat nur Mitleid mit dir, weil du so ein Dummgnom bist …«

»Sagt mal …« Barsemias schob den Kopf über Frafas Schulter. »Da ist gerade ein roter Strich erschienen, in der Anzeige vom Federblock. Hat das etwas zu bedeuten?«

In der Ferne schwebte ein Elfenwald am Horizont, kaum mehr als ein Punkt von hier aus. Er trieb langsam mit den Wolken nach Süden. Frafa blinzelte ins Licht. Es war Mittag, und sie hätte sich gern in irgendeiner Höhle verkrochen.

Barsemias legte den Kopf in den Nacken und folgte ihrem Blick. »Ich könnte versuchen, sie herbeizurufen«, schlug er vor. »Sie nehmen uns möglicherweise auf.«

Frafa schüttelte den Kopf. »Sie fliegen in die falsche Richtung. Und wir sind auf bitanischem Boden. Wenn ich einen Elfenwald betrete, dann nicht hier.«

»Der Himmel ist frei«, sagte Barsemias. »Ihr habt uns das Land genommen, aber die Himmelswälder sind *unser* Boden, egal, wo wir fliegen.«

»In zwei Tagen können wir an der Grenze sein. An einer richtigen Grenze.«

»Erst einmal müssen wir eine Ladestelle finden.« Barsemias wischte sich den Schweiß von der Stirn und schob weiter. Die Gnome hingen am Beiwagen und klagten über das Licht und die Hitze. Frafa ging hinten neben der Maschine und hielt eine Hand am Gepäckträger, aber die meiste Arbeit tat Barsemias. Selbst die Vögel waren inzwischen verstummt und dämmerten im Schatten der seltenen Baumgruppen. Das Zirpen der Insekten lag über dem Land wie ein Teppich, mehr ein Hintergrund der mittäglichen Stille als ein Geräusch.

»Wieso zwei Tage?«, fragte Wisbur. »Wir wissen doch gar nicht, wo wir sind.«

»Nicht genau«, sagte Frafa. »Aber wir müssen in der Provinz von Culecis sein. Die Landschaft und die Siedlungen sind unverkennbar.«

»Die fehlenden Ansiedlungen, meinst du«, murrte Segga.

Sie schoben weiter. Ein paar kleine Schuppen kamen am Straßenrand in Sicht – zu klein für einen Hof und zu dicht an der Straße. Es war tatsächlich eine Ladestelle mit baufälligen Wirtschaftsgebäuden, einer Handpumpe für Brennstoff und einem winzigen Laden, in dem Flaschen in einem Regal die einzige Ware zu sein schienen, die regelmäßig umgesetzt wurde.

Frafa wühlte in dem staubigen Kartenständer und versuchte, das verblasste Schild über den Ladestationen zu entziffern. Ein Bursche in geflickter Kleidung suchte indes schimpfend nach einem passenden Adapter für den »uralten Schrotthaufen« und warf immer wieder misstrauische Blicke auf seine seltsamen Kunden.

Endlich hing das Motorrad an einem tragbaren Kurbelkobold, der Ladewart sortierte seinen Kasten mit Drehmoment-Kupplungen, den er bei der Suche umgekippt hatte, die Gnome amüsierten sich über den Namen des Ladegeräts, Frafa blätterte in der zwanzig Jahre alten Straßenkarte, und Barsemias behielt den Zähler am Federblock im Auge.

Frafa blickte auf. »Sagt mal, hat irgendjemand Geld dabei?«

»Geld?«, fragte Barsemias.

»Geld?«, fragte Waldron empört. »Wir haben schon für das Motorrad nicht bezahlt. Warum sollten wir da für das Laden bezahlen? Das ist ja nicht mal eine richtige Ware, die man anfassen kann.«

»Wir bezahlen die Arbeit«, erklärte Segga altklug. »Das ist ein mechanischer Kurbelkobold. Der will natürlich Lohn für seine Mühen.«

Frafa seufzte. »Es hat also niemand etwas dabei.«

»Tut mir leid.« Barsemias sah sich verlegen um. »Ich hatte nicht mit einer langen Reise gerechnet.«

Die fünf Gefährten blickten einander an. Der Ladekobold klickte.

»Wenn wir einfach abhauen«, stellte Wisbur fest, »hält bald die ganze Gegend nach uns Ausschau. Der Ladewart hat uns gesehen.«

»Der Ladewart hat uns gesehen«, sagte Waldron. »Aber wir haben Blaspistolen.«

Barsemias schaute entsetzt auf den Gnom, dann zu dem Mann, der missmutig seine Adapter sortierte. »Frafa, Ihr seid eine uralte Zauberin. Könnt Ihr den Mann nicht mit Vergessen schlagen?«

Segga pfiff anerkennend durch die Zähne. »Wow, der Elfenbursche ist ein begnadeter Räuber. Der hat klasse Einfälle!«

»Allerdings«, bestätigte Waldron. »Damit sollte sich etwas anfangen lassen auf dieser Reise.«

»Ich klaue nicht«, erwiderte Barsemias indigniert. »Ich werde von Porfagilia aus veranlassen, dass dieser arme Ladestellenpächter eine Entschädigung erhält. Wir dürfen im Augenblick keine Aufmerksamkeit auf uns ziehen.«

»Ich kann ihn so betrunken machen, dass er sogar seine Mutter vergisst«, sagte Frafa. »Dazu muss ich nur etwas mit seinem Blut anstellen ... und mit dem letzten Essen, das er zu sich genommen hat.«

»Für mich klingt das gut«, befand Waldron. »Danach kann sie mit uns dasselbe anstellen. Das wird eine lustige Reise!«

»Warum?«, fragte Segga. »Willst du deine Mutter vergessen?«

»He, sag nichts gegen meine Mutter!«

»Und ich dachte, ihr wärt Zwillingsbrüder«, fiel Barsemias ihnen ins Wort.

Waldron und Segga wurden still. Sie starrten den Elf an. »Wir haben nun wirklich überhaupt nichts gemeinsam«, verkündeten sie im Chor.

»Wir sind hier, auf dieser Straße.« Frafa zeigte mit dem Finger auf die Karte, die im Fahrtwind flappte. Wisbur hielt sie fest und Segga versuchte, sie glatt zu streichen. Frafa hatte nur eine Hand frei, weil sie die andere zum Lenken brauchte.

Barsemias hielt sich wieder an ihr fest, und wenn der Griff schmerzhaft wurde, wusste Frafa, dass sie von der Straße abzukommen drohte. Das war eine wertvolle Hilfe. Sie beugte sich zum Beiwagen, um mehr zu erkennen auf der Karte. »Habt ihr es?«, fragte sie. »Wenn wir Richtung Berge fahren, müssten wir mit der Ladung bis Altagrisa kommen.«

»Richtung Berge?«, fragte Barsemias. »Was wollen wir dort? Das wäre ein Umweg.«

»Das Blut der Erde fließt nicht unter den Bergen«, sagte Frafa. »Von dort aus könntet Ihr vielleicht Euren Zauber wirken und uns direkt ans Ziel bringen.«

»Ich weiß nicht …«, murmelte Barsemias. »Das Gestein in den Schraffelgraten ist nicht so dicht wie das in den Zinnen. Es könnte lange dauern, bis wir einen Platz finden, wo Leuchmadans Blut meine Magie nicht mehr stört. Womöglich müssten wir die Grenze zu den Zwergenstädten überschreiten, und das kann uns auch in Schwierigkeiten bringen.«

»Jedenfalls kann ich wohl kaum sämtliche Ladestellenpächter zwischen hier und den Elfenwäldern betrunken machen«, sagte Frafa. »Altagrisa ist abgelegen. Wir verstecken uns dort und denken über unseren weiteren Weg nach.«

»Wir könnten in der Stadt ein besseres Fahrzeug … organisieren«, schlug Barsemias vor.

»Sollen wir die Adresse des Besitzers notieren?«, fragte Wisbur süßlich. »Damit du ihm Geld anweisen kannst, wenn du daheim bist?«

Die Gnome lachten.

»Mit einem neuen Wagen ist es nicht getan«, sagte Frafa. »Wir müssen uns auch überlegen, wie wir unauffällig damit reisen. Ich werde gesucht, und Aldungan hat all meine Papiere löschen lassen. Solange ich am Steuer sitze, falle ich jeder Polizeistreife auf.«

»Ich kann sehr wohl fahren.« Barsemias klang gekränkt. »Bloß keine Museumsstücke aus dem vorigen Jahrhundert. Wenn die Gnome ein neues Fahrzeug besorgen, haben wir dieses Problem gelöst.«

Der Verkehr auf der Straße wurde dichter. Sie kamen nun regelmäßig an Dörfern und kleinen Städten vorbei, und damit stieg die Wahrscheinlichkeit, dass jemand auf sie aufmerksam wurde …

»Es wäre gut, wenn wir unser Äußeres verändern könnten«, sagte sie.

Sie spürte, wie Barsemias an ihrem Wollkleid zupfte. Verlegen schob sie die pantoffelartigen Drachenschuhe auf den Fußrasten näher an die Maschine. »Ich weiß nicht, ob diese Gnomengewänder in dieser Gegend nicht auffallen.« Sie versuchte, es so diplomatisch auszudrücken wie möglich.

»Hui, eine *Menge* Geldanweisungen für das Spitzohr!«, verkündete Waldron.

»Könnt Ihr uns nicht verwandeln?«, fragte Barsemias. »Wenn wir aussehen wie Menschen, würde niemand auf uns achten.«

Frafa schüttelte den Kopf. »Ich könnte einen Illusionszauber wirken. Aber der ändert wenig an unserer Größe und an unserer Gestalt. Aus einem Gnom mache ich damit höchstens einen Wichtel.«

»Wir könnten aufeinandersitzen«, schlug Segga vor.

Frafa warf einen schrägen Blick in den Beiwagen. »Es nützt ohnehin nichts«, stellte sie fest. »Es gibt zu viel Technik heutzutage. Sichtlinsen, Eidographen … alles Geräte, die nur einen Teil dessen wiedergeben, was ein lebendes Geschöpf sieht. Dabei geht die Illusion leicht verloren, und sobald jemand den Unterschied bemerkt, fallen wir erst recht auf.«

»Eine Meisterin des Lebens kann ihre Gestalt wechseln«, sagte Barsemias. »Zumindest können die Meister der Elfen das, und wie es heißt, äfft Frafa die Nachtalbe die Kunst der Elfen nach. Zumindest Ihr solltet also in eine unauffällige Form wechseln können.«

»Charmant ausgedrückt.« Für einen kurzen Augenblick

hörte Frafa auf, Fliegen und Mücken aus der Bahn des Motorrads zu vertreiben. Sie nahm rechtzeitig den Kopf zur Seite, sodass Barsemias getroffen wurde. »Aber ich müsste mit einer Vorlage verschmelzen. Ohne Vorlage kann ich nur wenige echte Veränderungen bewirken. Die Farbe der Haare beispielsweise. Aber eine Nachtalbe mit anderem als schwarzem Haar würde noch mehr auffallen.«

»Verschmelzen …« Wisburs Stimme klang grüblerisch. »Das würde …«

»Auf gar keinen Fall!«, verkündete Barsemias, und für eine Weile endete das Gespräch. In gemächlichem Tempo rollte das Uhrwerk-Zweirad dahin. Sie verließen die Hauptstraße wieder und folgten einem Abzweig in die Berge, an die Ostgrenze der Union, wo kleine menschliche Gemeinden mit den Freien Zwergenbingen um die randständigen Rohstoffminen stritten.

Ein Tier in sich aufzunehmen, das war ein alltäglicher Zauber für Frafa. Doch die eigene Aura mit der eines vernunftbegabten Wesens zu verweben, davor schreckte sie zurück. Eine solche Verbindung ließ den Geist nicht unberührt und brachte mehr Nähe, als ihr lieb war. Sie wusste nicht einmal, in welchem Umfang sie Herrin über das entstehende Mischwesen bleiben würde.

Ein solches Experiment mit Barsemias zu wagen … Sie konnte nicht leugnen, dass der Gedanke einen gewissen Reiz hatte. Aber zum Gnom zu werden, davor graute ihr.

»Ihr könntet«, sagte Barsemias widerstrebend, so als würden die Worte ihn große Überwindung kosten, »Eure Haare und Eure Haut heller machen und als Elfe durchgehen.«

»Unmöglich«, widersprach Frafa. »Niemand würde eine Elfe und eine Albe verwechseln, nur weil ein wenig andere Farbe aufgetragen ist.«

»Die Unterschiede sind groß«, räumte Barsemias ein. »Vor allem für jene, die auch eine Aura erkennen können. Aber hier, unter Menschen, die nur selten einen Elf und vermutlich nie einen Nachtalb gesehen haben, da könnte es reichen.«

Altagrisa war eine schäbige Bergarbeiterstadt zwischen zwei Ausläufern der Schraffelgrate. Der Ort lebte immer noch von der Kohle, und zudem drückte der Qualm einer höher gelegenen Zwergensiedlung in das Tal hinein, sodass die weiß getünchten Häuser grau und schmutzig wirkten.

Frafa und ihre Begleiter kamen in einer Pension am Stadtrand unter, umgeben von dreistöckigen Mietshäusern. Die Art, wie die Wirtin ihre ungewöhnlichen Gäste musterte, ermunterte sie nicht zu weiteren Ausflügen. Altagrisa war eine Menschenstadt; nur ab und zu sah man ein paar Zwerge, und die waren nicht gut gelitten.

Nach einer Nacht und einem vollen Tag waren sie noch immer nicht zu einer Einigung gekommen. Nun wurde es wieder Abend. Sie saßen auf den Betten im Zimmer der Gnome, umgeben von Imbisspackungen und Essensresten, und stritten.

»Wenn wir heute Abend rausschleichen«, sagte Wisbur, »merkt die Wirtin erst morgen, dass wir verschwunden sind. Wir bekommen eine Nacht Vorsprung.«

»Außerdem können wir nachts leichter eine Reisegelegenheit … organisieren.« Waldron schaute Barsemias an und grinste frech.

Der Elf war bedrückt und schweigsam, seit er bei der Anreise die mit Baumstümpfen übersäten Berghänge gesehen hatte. Sein Blick wanderte immer wieder zu Frafa, die mit ihrer hellen, fast weißen Haut und den silberblonden Haaren beinah zu seinem Ebenbild geworden war. Frafa musste auf ihn wirken wie eine Kreuzung aus einer Elfe und einer Nachtalbe, und was empfand er bei dieser Vorstellung? Frafa vermochte es nicht einzuschätzen.

»Wenn wir gut auswählen«, fuhr Wisbur fort, »vermisst auch keiner den Wagen vor morgen früh.«

»Ich habe einen anderen Plan«, sagte Frafa. »Im Grunde bin ich allein das Problem. Solange ich bei euch bin, sitzt uns Leuchmadan-weiß-wer im Nacken, und wir dürfen um keinen Preis auffallen. Ohne mich kämt ihr besser zurecht.«

Sie sah ihre Gefährten einen nach dem anderen an. Segga gähnte und legte sich aufs Bett. Waldron knuffte ihn halbherzig.

»Und solange ihr bei mir seid«, fuhr sie fort, »kann ich nicht so unauffällig reisen wie allein.«

»Du willst uns zurücklassen?« Wisbur sprang auf, schwankte und setzte sich wieder. »Kommt gar nicht in Frage! Wir haben einen Auftrag. Wir bringen dich sicher zum Elfenwald. Wir sind die *Knochenmesser*!«

Frafa musterte den Gnom. »Die Knochenmesser waren Darnamurs Elitetruppe in Leuchmadans großem Krieg vor tausend Jahren«, stellte sie nüchtern fest. »Die Gnome, die den Krieg überlebt haben. Eine harte und gnadenlose Auslese. Ich habe sie gekannt.

Ihr seid nur ein paar Gnome aus einem abgeschiedenen Tal. In einem echten Krieg, wie er Darnamurs Knochenmesser geformt hat, würde keiner von euch überleben.«

Wieder sprang Wisbur auf. »Wie kannst du …«

Er kippte hilflos nach vorne. Seine Arme waren zu schwach, um den Sturz abzufangen, und er fiel der Länge nach hin. Waldron wippte auf dem Bett. »Ich kann meine Beine nicht bewegen!«, stellte er erstaunt fest.

Frafa hob Wisbur hoch und legte ihn neben seine Gefährten wie ein Kind. Dann strich sie ihm übers Gesicht, und der schmerzerfüllte Ausdruck verschwand. Barsemias starrte sie fassungslos an.

»Ihr könnt mir nicht helfen«, sagte Frafa. »Ich müsste mich um euch kümmern auf dieser Reise. Und ich könnte euch niemals ganz vertrauen, weil ich nicht weiß, was eure Herrin tatsächlich vorhat. Warum also sollten wir zusammenbleiben?«

Sie tippte Waldron an, und er fiel neben die beiden anderen Gnome und blieb auf dem Rücken liegen. Segga schnarchte schon. Wisbur bewegte sich, aber es war nur ein hilfloses Zucken.

»Lebt wohl, kleine Knochenkrieger«, sagte Frafa. »Kehrt morgen in euer hübsches Tal zurück und bestellt Nifarfa meinen Dank für ihren Rat.«

Sie wandte sich an Barsemias. »Wir sehen uns wieder«, sagte sie. »In einem hatte die Fatu nämlich recht: Die Elfen sind meine sicherste Zuflucht und meine einzigen Verbündeten. Aber wenn ich allein dorthin reise, kann ich mich verwandeln und fliegen. Ihr wolltet ja ohnehin nicht bei Eurem Volk für mich sprechen, also kann ich auch ohne Euch dort um Aufnahme bitten.«

Frafa trat auf die Türe zu. Barsemias starrte ihr nach.

»Ich glaube Euch«, rief er ihr hinterher.

Frafa hielt inne. Sie wandte sich zu ihm um und zog die Augenbrauen hoch.

»Ich glaube, dass Ihr wirklich um Hilfe bitten wollt«, sagte Barsemias. »Da steckt kein durchtriebener Plan unserer alten Feinde dahinter. Dennoch …« Er wies auf die schlafenden Gnome. »… macht Ihr genau das, was man von einer Nachtalbe erwartet. Ihr verratet Eure Reisegenossen und tut, was Euch nützt. Warum sollten die Elfen Euch aufnehmen? Was hilft uns eine Verbündete, die uns verlässt, wenn es ihr passt, und der wir niemals vertrauen können?«

Frafa wandte sich ab und ging hinaus. Auf dem Flur blieb sie stehen und atmete durch. Seine Worte klangen ihr in den Ohren, und sie wusste nicht, weshalb dieser Vorwurf sie so traf. Sie handelte zum Wohle aller. Barsemias war ein Kind, wenn er das nicht verstand!

Sie ließ ihre Gefährten hier zurück, aber sie ließ sie nicht im Stich. Wenn Gefährten nicht einsehen wollten, was das Beste für sie war, musste man sie eben manchmal zu ihrem Glück zwingen. Das war kein Verrat nach Nachtalben-Art, es war schlicht vernünftig.

Frafa nickte und stieg die Treppen hinab. Nicht eine Diele in dem altersschwachen Gebäude knarrte. Frafa streckte ihre Sinne aus, doch sie fand keine Aura in der Nähe. Die Zimmerwirtin war in einem der hinteren Räume, andere Gäste gab es nicht.

Frafa öffnete lautlos die Tür und trat auf die Straße. Einige abendliche Spaziergänger gingen vorüber, sahen sie an. Frafa legte unwillkürlich die Hand ans Kinn. Sie traute ihrer erbärmlichen Verkleidung nicht. Aber das war Unsinn: Die Leute starrten, weil sie eine Elfe war, nicht, weil sie eine *merkwürdig aussehende* Elfe war!

Sie würde so schnell wie möglich die Stadt verlassen, einen Vogel suchen ...

Ein Schlag vor die Brust nahm ihr den Atem. Sie keuchte, blickte hinab. Ein kurzer Bolzen steckte dort, mit einem Federbausch am Ende. Frafa sah die Mechanik – ein Giftpfeil!

Etwas kroch in ihren Geist ... Schatten trieben vor ihren Augen.

Frafa wollte ihre Essenz lenken, das Gift erkunden, aber sie fühlte nur Leere. Sie spürte ihre Aura nicht mehr!

Zwei weitere Pfeile trafen sie an der Seite, doch sie konnte nicht sehen, wer geschossen hatte.

Dann wurde es dunkel um sie.

13

Thaumakinetik *– Technologie, welche die arkanen Anziehungskräfte von* *Thaumagel *ausnutzt, um Bewegungsenergie zu erzeugen. Meist enthalten thaumakinetische Anlagen nur einen Teil der benötigten Reaktionsmasse. Als Gegenpol werden tief unter der Erdoberfläche vorhandene Reservoire genutzt. Das führt zu einem erhöhten Wirkungsgrad der Anlage über bestehendem Bodenvorkommen bei fester vertikaler Ausrichtung der* *thaumateknischen *Apparatur.*

Thaumakinetische Kraftwerke mitsamt den zugehörigen *Drehmomentleitungen *gehören wegen der günstigen Energiebilanz trotz des aufwendigen und anfälligen Leitungssystems inzwischen zum Standard der meisten Städte in der Union. Selbst der Bedarf an Licht, Wärme und Elektryzität wird in Bitan inzwischen oft mit thaumakinetischen Anlagen gedeckt.*

Es ist in der Fachwissenschaft umstritten, ob Anlagen, die andere Energieformen ohne den Umweg über Bewegung unmittelbar durch Transformation des arkanen Potenzials von *Thaumagel *gewinnen, gleichfalls zur Thaumakinetik zählen (vgl. auch die* *thaumalektrysche *Beleuchtung durch Tiefenbohrung in Thaumagel-Vorkommen).*

AUS: »TECHNIKLEXIKON«, VON ISKWELZA VON DAUGAZBURG

8. Staubmond 282 GdU, Altagrisa in Bitan

Durch das Fenster verfolgte Barsemias entsetzt, was auf der Straße geschah. *Was, wenn sie als Nächstes in das Haus hereinkamen?* Hastig wich er ins Zimmer zurück und schüttelte die Gnome. Doch sie reagierten nur mit einem müden Blinzeln, einem ablehnenden Murren, dann nickten sie wieder ein.

Barsemias legte Wisbur eine Hand auf die Stirn und ließ seine Essenz in den Leib des Gnoms fließen. Erst behutsam, dann entschiedener gab er ihm Lebenskraft. Unvermittelt sprangen Wisburs Lider auf, und er fuhr hoch.

»Was?«, rief er. »Was ist los? Die Albe?«

»Pssst!« Barsemias hielt ihm den Mund zu. Besorgt lauschte er Richtung Tür. »Sie haben sie geholt. Bald kommen sie zu uns.«

»Waswaswas?«, murmelte Wisbur gedämpft durch die Hand auf seinem Mund. Er entwand sich Barsemias' Griff und stürzte zum Fenster. Dort hüpfte er auf und ab, um über die Fensterbank hinweg auf die Straße blicken zu können. Vor dem Haus standen ein paar Menschen beisammen und flüsterten. Ansonsten war es ruhig geworden.

Wisbur rannte im Zimmer umher, schaute in den Schrank und unter das Waschbecken. »Ein Stuhl«, rief er. »Etwas zum Draufstellen. Muss rausschauen.«

Barsemias hielt den Gnom an der Schulter fest.

»Hör mir zu«, sagte er. »Du musst dich beruhigen. Ich habe dich aus dem Schlaf geholt, in den die Albe dich versetzt hat, aber ich bin nicht gut in diesen Dingen.«

»Sie hat uns eingeschläfert und zurückgelassen«, sagte der Gnom. »Sie ist allein fortgegangen – wie konnte sie nur! Wir sind Knochenmesser, Knochenmesser sind wir, und wir sollten sie begleiten, und sie hat uns einfach zurückgelassen und jetzt – was ist eigentlich passiert?«

»Ich weiß es nicht genau. Es gab einen Tumult auf der Straße, kurz nachdem die Albe gegangen ist. Als ich zum Fenster kam, lag sie schon da, und diese vierschrötigen Gesellen kamen auf sie zu. Der eine hatte ein riesiges Gewehr ...«

Barsemias erzählte hastig, was er beobachtet hatte.

»Diese Leute mit dem Gewehr ...« Wisbur kratzte sich nachdenklich hinter dem Ohr. »Was du da beschreibst, sieht mir nicht nach Frettchen aus ...«

»Nein, natürlich nicht.« Barsemias war verwirrt. »Habe ich von Frettchen geredet? So ein Blödsinn. Es waren natürlich Menschen. Wie zum Abgrund kommst du auf Frettchen?«

»Na, Frettchen«, erwiderte Wisbur. »Greifer, Tentakel, Meister Stielauge ... Polizisten eben. Und das gerade waren keine. Kopfgeldjäger, vermute ich.«

»Und was machen wir jetzt?«, fragte Barsemias. »Warum hat niemand nach uns geschaut?«

»Frafa hat es doch gesagt. Keiner sucht uns.« Wisbur atmete mehrmals tief durch und schien ruhiger zu werden. »Wir sollten trotzdem verschwinden. Irgendwann wird jemand Fragen stellen und auf uns aufmerksam werden. Wir müssen die beiden Knaben da wohl wecken. Auch wenn wir das vermutlich bald bereuen werden.«

Barsemias nickte. Er kümmerte sich um die übrigen Gnome. Wisbur sprang auf das zweite Bett.

»Kopfgeldjäger übergeben ihre Beute gern lebend«, sagte er nachdenklich. »Das gibt meist eine höhere Prämie und weniger Ärger. Sie werden Frafa bei der Polizei abliefern und darauf warten, bis ihre Ansprüche geklärt sind. Das kann ein paar Tage dauern.«

Langsam kamen die beiden anderen zu sich. Waldron gähnte.

»Frafa kann bestimmt entkommen«, sagte Barsemias. »Eine Zauberin von ihrem Ruf ...«

»Der Ruf wird ihr nicht viel helfen«, stellte Wisbur fest. »Im Gegenteil. Natürlich kommen die Frettchen mit Zauberern klar. Sonst wär die Union voll von kriminellen Sprücheklopfern. Was sie vermutlich auch ist ... Bei unserer Albe dürften sie allerdings besonders gut darauf achten, dass sie genug von dem Zeug bekommt, mit dem man die Magie lähmt. Vermutlich haben die Kopfgeldjäger ihr schon eine Ladung verpasst.«

Wisbur spielte mit seiner Blaspistole.

»Was'n los?«, lallte Segga. »Kann mein' Füß nicht bewegen ... Oh, kann ja doch. Isse Albe weg? Bringse um ...«

Wisbur wartete, bis Barsemias seine beiden Gefährten wach bekommen hatte. Dann wiederholte er kurz, was er wusste, und forderte Barsemias auf, ihn zu verbessern oder zu ergänzen, wenn er etwas übersehen hatte.

»Was auch immer uns zusammengeführt hat«, stellte Barsemias am Ende fest. »Ich würde sagen, damit ist es vorbei.«

»Überhaupt nicht«, widersprach Wisbur. Er stützte den Lauf seiner Pistole gegen das Bett. »Wir suchen uns eine sichere Basis. Dann finden wir einen Weg, die Albe aus dem Gefängnis zu holen.«

Waldron meldete sich zu Wort: »Warum sollten wir sie rausholen? Sie hat deutlich gesagt, dass sie fertig ist mit uns. Ich bin auch fertig mit ihr. Soll das großkotzige Spitzohr ruhig selbst aus dem Knast spazieren, wir schulden ihr nichts.«

»Nein«, sagte Wisbur. Er stieß die Worte zwischen zusammengebissenen Zähnen hervor und unterstrich sie mit einer Geste seiner Waffe. »Wir schulden ihr nichts. Wir tun das nicht für sie, nicht einmal, um ihr etwas zu beweisen. Wir tun das, weil wir *Knochenmesser* sind, egal was sie glaubt. Wir sind *richtige* Knochenmesser mit einem Auftrag. Und darum bringen wir diese Albe zum Elfenwald, selbst wenn wir dafür die ganze Polizeitruppe in diesem Provinznest niederschießen und die widerspenstige Hexe selbst hinschleppen müssen.«

Frafas Geist trieb in Dunkelheit, umhüllt von Gedankenfetzen und fernen Stimmen. Sie war dem Schlaf so nah wie seit Jahrhunderten nicht mehr! Bei diesem Gedanken schreckte sie auf, nahm alle Kräfte zusammen und stieß durch die Schleier, die sie von der Wirklichkeit schieden.

Sie öffnete die Augen nur einen Spalt. Grelles Licht stach ihr tief in den Kopf, und rasch machte sie die Lider wieder zu. Sie lag still da, lauschte ihren übrigen Sinnen. Frafa fühlte eine harte Matratze unter sich. Prüfend regte sie die Glieder und stieß auf Widerstand – sie war gefesselt. Es war kühl, ein stechender Geruch lag in der Luft und ein vielstimmiges leises Summen von Apparaturen. Im Hintergrund hörte sie Menschenstimmen.

»Was ist los?«, fragte eine Stimme. Es klang nach einem Mann, und Frafa stellte ihn sich vor mit einem Bart und in einem weißen Kittel, der zu dem Krankenhausgeruch passte.

»Ich weiß nicht«, antwortete eine Frauenstimme. »Ich

dachte, ich hätte einen Ausschlag gesehen. Aber jetzt ist wieder alles ruhig.«

»Sie träumt«, sagte der Mann.

Die Menschen sprachen von ihr! Dabei träumte sie schon lange nicht mehr …

Frafa hätte beinahe gelächelt, aber sie wollte sich nicht verraten. Noch immer hatte sie das Gefühl, als sei ihr Kopf ein Schwamm, der ihre Gedanken aufsog. Sie sammelte ihre Essenz, wollte mit magischen Sinnen die Umgebung ertasten, doch da war nichts. Frafa konnte ihre Aura nicht einmal spüren!

Sie konzentrierte sich ganz auf ihren Leib, versuchte, ihn zu reinigen. Etwas in ihr hemmte ihren Geist. Sie war von aller Magie getrennt, von der ätherischen Ebene und von jeder höheren Wahrnehmung. Wer auch immer sie festgesetzt hatte, er hatte sie verkrüppelt und auf das Maß eines bloßen Menschen hinabgezogen!

Frafa hatte Mühe, ruhig zu bleiben.

Also gut, dachte sie. Man hielt sie sediert, damit sie nicht zaubern konnte. Aber wer auch immer das getan hatte, er verstand nicht viel von Nachtalben. Frafa spürte die Messfühler an ihrem Kopf; trotzdem hatten ihre Bewacher nicht bemerkt, dass sie aufgewacht war. Sie benutzten menschliche Apparate und hatten sie nicht richtig abgestimmt, sie hatten nicht bedacht, wie sehr es die Messwerte im Gehirn einer Albe beeinflusste, wenn man ihre Magie dämpfte.

Frafa glaubte nicht, dass sie es mit Aldungan oder mit seinen direkten Handlangern zu tun hatte. Andernfalls wäre sie kaum am Leben geblieben … Oder doch? Kurz geriet sie in Panik.

Was war, wenn sie *zu lange* lebte?

Sie entspannte den Leib und wartete, dass der Geist folgte. Es war zu früh, um in Panik zu geraten. Noch konnte sie kämpfen, und in diesem Fall hieß das warten. Sie konnte sich auf keinen Zauber konzentrieren, aber im Laufe ihres Lebens hatte sie ihren Leib derart mit ruhenden Zaubern durchtränkt, dass sie selbst einem magischen Gegenstand glich. Und sie war in den Händen von Stümpern, von ahnungslosen Menschen, die schon einmal einen Fehler gemacht hatten. Sie würden weitere machen.

Die Ruine des thaumakinetischen Kraftwerks lag ein Stück außerhalb der Stadt. Drei leicht gegeneinander versetzte Gebäudeflügel in der typischen Halbkreisform ragten hoch empor – Hallen, in denen riesige Schwungräder Bewegungsenergie erzeugen sollten. Sie waren unvollendet geblieben. Kleinere, kastenförmige Bauten daneben zeigten sich in allen Stadien des Verfalls, die vormaligen Büro- und Verwaltungsgebäude, Getriebehäuser, Umlenkwerke.

Barsemias schnappte bei dem Anblick nach Luft. Er hielt sich am rostigen Pfosten eines niemals gezogenen Zaunes fest. Thaumakinetische Kraftwerke waren für ihn mehr als eine zweifelhafte Technologie. Es war das Symbol eines vergifteten Landes! Leuchmadans Blut brachte die Räder dieser Anlage zum Drehen, dieselbe Substanz, die den Elfen ihre Heimat raubte.

»Geht es?«, fragte Wisbur.

Barsemias nickte. »Warum konnten die Kopfgeldjäger sich nicht einfach in einem Hotel einmieten?«

»Das haben sie«, erwiderte Wisbur. »Aber es gibt wohl ein paar Dinge, mit denen sie sich in der Stadt nicht sehen lassen können. Zum Glück. Hier draußen kommen wir leichter an sie ran.«

Die Gnome hatten nur wenige Stunden gebraucht, um mehr über die Kopfgeldjäger herauszufinden und deren kleinen Stützpunkt zu finden. Dann hatten sie den Ort in ihrer kleinen Gestalt ausgekundschaftet und einen Plan ausgearbeitet.

»Thaumatek ... bedrückt mich«, sagte Barsemias.

»Sie haben nicht mal die Schwungräder eingesetzt, ihnen ist vorher schon das Geld ausgegangen. Die Gebäude sind sauber, es gibt nur das Thaumagel unter dem Boden, wie überall in Bitan.« Wisbur stutzte, kniff die Augen zusammen und musterte Barsemias. »Da ist doch nicht zu viel von dem Zeug in der Nähe, oder? Du kannst zaubern?«

»Selbstverständlich«, erwiderte Barsemias. »Es ist nur der Anblick. Aber es geht schon.«

»Gut«, sagte Wisbur. »Ich will ungern in den Goblinsteppen rauskommen, wenn du mal wieder deinen Zauber verpatzt. Und das Thaumagel im Boden stört deine komischen Dimensionslöcher, hast du gesagt.«

Barsemias schüttelte den Kopf. »Es stört nur meine Wahrnehmung. Ich erkenne die Wege durch die Ätherwelt nicht so deutlich, wenn ich auf verseuchtem Boden stehe. Aber für kleinere Dimensionszauber ist das ohne Bedeutung.«

Sie schlichen auf das Gelände, in der Deckung eines Erdwalls, der von den Bauarbeiten zurückgeblieben war. Mehrere Jahrzehnte Witterung hatten den Haufen geglättet und einen grasbestandenen Hügel daraus gemacht. Als sie am Ende des Walls angekommen waren, zückte Wisbur ein Fernglas und spähte zum Dach der verlassenen Kraftwerksanlage. Waldron sollte von dort aus die Straße im Auge behalten und den Gebäudeteil, in dem die Kopfgeldjäger hausten.

Barsemias hörte Wisbur leise fluchen. »Was treibt Waldron da? Ich sollte ihn runterschießen, dann erinnert er sich vielleicht, dass wir auf ihn warten.«

»Wir hätten Sprechgeräte mitnehmen sollen«, sagte Barsemias.

»Kann man abhören«, widersprach Wisbur. »Die Burschen haben einen Nexusschnüffler da drin und jede Menge Geräte aufgebaut. Wir machen's auf die altmodische Art.«

Er setzte das Fernglas wieder an und wartete darauf, dass ihr Gefährte auf dem Dach das verabredete Zeichen gab. »Ah! Bahn frei.«

Sie rannten über die ungeschützte Fläche, um die großen Radhallen herum und näherten sich dem Verwaltungstrakt von der Rückseite. Hier hatten die Bautrupps vor dreißig Jahren für sich selbst Büro- und Planungsräume eingerichtet, deshalb war ein Flügel des Gebäudes fertiggestellt. Jetzt hatten sich die Kopfgeldjäger dort einquartiert.

Barsemias und Wisbur schlichen zu dem unfertigen Rohbau,

der an den abgeschlossenen Trakt grenzte. Sie sahen eingestürzte Zwischendecken, verwitterte Außenmauern und dahinter Innenräume, in denen Sickerwasser Tapeten aus Schimmel wuchern ließ. Rostige Drahtgitter ragten aus dem geborstenen Beton, und es roch muffig von überall her.

Wisbur hielt am Eingang inne und tauschte ein Zeichen mit Waldron auf dem Dach. Dann drangen sie in den Bau vor. Barsemias atmete flacher und musste würgen. Der Boden knirschte unter seinen Füßen. Elfen waren leichtfüßig, aber größer als Gnome. Hatten Wisbur und seine Leute das berücksichtigt, als sie den Weg ausgekundschaftet hatten?

Der tote Betonbau verunsicherte ihn. Bei Holz konnte er die Festigkeit fühlen, in jedem Stadium der Verarbeitung. Hier fürchtete er, dass die Ruine ihm schon bei einem falschen Wort auf den Kopf fallen konnte.

Sie gelangten an eine Treppe, und er schaute misstrauisch hinauf. An manchen Stellen lag auch hier der Stahl frei und war schrundig von Rost. Auf den Stufen lagen Betonbrocken, die von den darüberliegenden Stiegen herabgefallen waren. Barsemias hielt sich dicht bei der Wand.

»Ist das wirklich eine gute Idee?«, flüsterte er. »Dieses Haus ist nicht sicher!«

»Wir müssen den Wichtel überraschen, ohne dass er seine Freunde warnen kann«, erwiderte Wisbur. »Wenn wir durch das *sichere* Haus stapfen, bemerkt er uns sofort.«

Im zweiten Stock schlichen sie zur rückwärtigen Wand des Gebäudes. Barsemias ging auf Zehenspitzen. Dann und wann knirschte Sand unter den weichen Sohlen seiner Hirschlederstiefel, und Wisbur blickte sich mahnend zu ihm um.

»Ich dachte, Elfen wären lautlos und geschickt.«

Barsemias biss die Zähne aufeinander. »Es sind die Steine«, behauptete er schließlich, weil der Gnom ihm hier schlecht das Gegenteil beweisen konnte. »Im Wald laufe ich leichter.«

Ihr Weg endete vor einer fensterlosen Kammer mitten in der Bauruine. Es roch modrig wie in einer Gruft.

»Kannst du feststellen, wo der Wichtel ist? Mit deinem komischen, ähm, *Blick*? Es wäre schön, wenn du dein Tor irgendwo hinmachst, wo er es nicht gleich sieht.«

»Wenn ich durch die Dimensionen sehe«, sagte Barsemias, »dann nehme ich die Welt *anders* wahr. Flüchtige Dinge wie Personen fallen kaum auf. Aber ich brauche kein Tor. Um auf die andere Seite der Wand zu gelangen, reicht es, seitwärts zu gehen.«

»Seitwärts?« Wisbur kratzte sich am Kopf.

»Es ist wie ein Schritt in eine andere Richtung. Die Mauern dieses Gebäudes umfassen drei Dimensionen. Doch in der vierten kann man schlicht darum herumgehen, und schon gelangt man ohne Tür ins Nachbarhaus.«

»Klingt komplizierter als die Tore, mit denen du uns durch halb Bitan gebracht hast«, sagte Wisbur. »Türen und Tore kann ich verstehen, auch wenn sie magisch sind. Aber um eine Mauer herumgehen, obwohl die Mauer an beiden Seiten weitergeht ...«

»Stell dir einfach vor, du gehst nach links«, erklärte Barsemias.

Wisbur schaute auf die Betonwand links von der Tür. »Links?«

»Nein, ein *anderes* Links!«

»Also rechts?«

Barsemias hob die Arme. »Nenn es einfach Magie«, sagte er. »Ein Zauber. Und er ist einfacher, als ein Tor an einen ganz anderen Ort aufzustoßen.«

Barsemias streckte dem Gnom die Hand entgegen. Wisbur knurrte unwillig und zog die Pistole. Mürrisch starrte er auf den nackten Beton vor sich, dann hielt er Barsemias die Linke hin. »Ich bin kein Kind, das man an der Hand nimmt«, sagte er.

»Ich käme nie auf die Idee, so etwas zu denken«, erwiderte Barsemias.

Er ging zur Seite. Wisbur folgte ihm.

Barsemias schaute Wisbur an, runzelte die Stirn und wich zurück.

Wisbur blieb an seiner Seite.

Sie gingen vor und zurück, dann zur anderen Seite. Wisbur schlenkerte die Arme und schaute zu Barsemias auf. »Ist das ein Tanz?«

»Nein«, sagte Barsemias. »Du blockierst. Du kommst nicht mit.«

»Natürlich komme ich mit!«, rief Wisbur wütend. »Ich stehe die ganze Zeit neben dir bei deiner Elfentanzerei. Wir hätten das Gebäude einfach stürmen sollen. Dein Zauber funktioniert nicht.«

»Nein. Du kommst nicht mit.« Verzweifelt fuchtelte Barsemias mit der Linken. »Du klebst an den drei Dimensionen, die du kennst. Du hältst mich hier fest.«

»Großartig«, knurrte Wisbur. »Das ist die dreisteste Ausrede eines unfähigen Zauberers, die ich je gehört habe. Wenn ein Gnom deinen Zauber blockieren kann, taugt der einfach nichts.«

Barsemias atmete tief durch, rümpfte die Nase, hielt sich den Ärmel vors Gesicht. »Also gut«, sagte er. »Mach die Augen zu und lass dich führen.«

»Ich bin nicht hergekommen, um noch albernere Elfentänze in einer Abstellkammer aufzuführen«, knurrte Wisbur. »Wir gehen raus.«

»Nein«, sagte Barsemias. »Wir gehen nach nebenan. Wenn du nicht mehr siehst, wohin wir gehen, kann dein Geist auch nicht mehr verhindern, dass deine Füße den richtigen Schritt tun.«

»Da drüben sitzt ein Wichtel, den wir übertölpeln wollen. Ich stolpere nicht mit geschlossenen Augen in einen Angriff hinein.«

»Es ist nur ein Augenblick«, sagte Barsemias. »Vertrau mir!«

»Würdest du mir vertrauen?«, fragte Wisbur.

Barsemias zuckte zusammen. »Das ... kommt drauf an«, stotterte er.

Wisbur grinste. »Elfen. Machen sich immer zu viele Gedanken.«

Er hob die Pistole und schloss die Augen. »Los«, kommandierte er. »Führ mich durch dein magisches Links. Aber wenn ich die Augen aufmache und habe keinen Wichtel vor dem Lauf, bin ich mit meiner Geduld wirklich am Ende!«

Er hielt die Luft an, und Barsemias trat zur Seite und zog ihn mit.

Im nächsten Augenblick standen sie in einem großen Raum, der mit Kisten und Packen vollgestellt war. Die beiden Fenster waren verhängt, und Bildtafeln verbreiteten ein unruhiges Licht. Barsemias hörte ein Scharren, aber der Gnom sah den Wichtel zuerst.

»Weg von dem Schreibfeld«, rief er. »Und halt die Finger so, dass ich sie sehen kann!«

Ein Wichtel mit krausem Haar saß vor einer riesigen Bildtafel, die mit Textfenstern übersät war. Er schaute sich aus großen Augen zu den Eindringlingen um. Eine rot-schwarz gemusterte Weste umschloss seinen rundlichen Bauch, und er hörte nicht auf zu tippen, während ihm beim Anblick des Elfs und des Gnoms die Kinnlade herunterfiel.

Wisbur hob die Waffe. Barsemias sprang vor und zerrte den Wichtel mitsamt seinem Stuhl von der Netzverbindung fort. »Nicht schießen!«, rief er Wisbur zu. »Ich habe ihn.«

Wisbur kam heran und musterte die Bildtafel misstrauisch. »Spring mir nie wieder vor den Lauf«, sagte er zu Barsemias. »Das Gift in den Bolzen unterscheidet nicht zwischen Wichteln und Elfen.«

Der Wichtel saß zwischen ihnen und schaute von einem zum anderen. Er wischte sich mit seinen plumpen Fingern eine rötliche Haarsträhne aus dem Gesicht.

»Jetzt versteh ich's«, rief er plötzlich. »Die Nereiden schicken euch! Aber zu spät. Ich habe alles gesagt, was ich weiß. Ganz egal, was ihr jetzt noch mit mir anstellt.«

»*Wer* schickt uns?«, fragte Barsemias verwirrt.

Der Wichtel wies auf die Bildtafel. »Wir haben über euch geredet«, sagte er. »Darüber, wie ihr an der Küste Kinder entführt und uns unterwandert ... Ich hätte nicht gedacht, dass die Nereiden ihre Mörder bis in die Berge schicken, um mich zum Schweigen zu bringen.«

Barsemias folgte der Geste und las, womit sich der Wichtel an seiner Netzkonsole gerade beschäftigt hatte.

Wisbur behielt den kleinen Kerl im Auge. »Wir haben einen Gefangenen«, stellte er fest. »Aber der ist bekloppt.« Vielsagend tippte er sich mit der Waffe an die Stirn.

»›Die Verschwörung aus der Tiefe‹«, las Barsemias vor. »›Wie die Meerwesen für den Niedergang des bitanischen Westens verantwortlich sind‹. Darüber hat der Wicht gerade geschrieben. Er ist einer von den Spinnern, die den Nexus mit wirren Geschichten füllen!«

Die Kopfgeldjäger reisten mit viel Gepäck, und das meiste davon gehörte dem Wichtel, der sich Biste nannte. Es war eine Menge Ausrüstung dabei, die sie nicht in die Stadt bringen wollten, aber das meiste davon stand unausgepackt im alten Kraftwerk. Die Kopfgeldjäger hatten ihre Beute gestellt. Jetzt warteten sie nur noch auf die Belohnung.

Biste hielt hier draußen die Stellung, während seine Kollegen die Sache mit der Polizei abwickelten oder sich in einem bequemeren Hotelzimmer ausruhten. Der Wichtel vertrieb sich die Zeit im Äthernetz und pflegte sein Hobby, das anscheinend darin bestand, alle möglichen Theorien über geheimnisvolle Machenschaften zu verfolgen oder selbst daran zu spinnen.

»Eine seltsame Beschäftigung für einen Kopfgeldjäger«, stellte Wisbur fest. Er hatte den Wichtel erst gefesselt, aber sie brauchten Skizzen und Aufzeichnungen von ihm. Also hatten die Gnome ihn wieder losgebunden, und Wisbur behielt ihn im Auge.

»Warum?«, fragte Biste. »Gerade Kopfgeldjäger müssen Bescheid wissen. Und im Nexus findet man jede Information.«

»Aber wir wollen keine zweifelhaften Gerüchte aus dem Äthernetz«, sagte Wisbur. »Wir wollen wissen, was ihr wisst. Wo ist die Nachtalbe? Wie sieht es hier im Knast aus? Und wie lange dauert es, bis sie weggebracht wird – oder bis jemand für sie kommt!«

»Lasst mich ans Portal, ich kann das im Netz nachschauen …«

»Nein«, widersprach Wisbur. »Sag uns einfach, was du weißt.«

»Das wird nicht funktionieren«, sagte Biste. »Meine Kollegen können jeden Augenblick hier vorbeikommen, und was tut ihr dann?«

Wisbur hielt kurz seine Waffe hoch. »Wir brauchen nur einen von euch.«

Barsemias sprang von seinem Stuhl auf. »Das kommt gar nicht in Frage. Wir sind keine Mörder!«

»Du nicht«, erwiderte Waldron fröhlich.

»Überleg einmal.« Wisbur sprach ruhig und eindringlich zu dem Elf. »Wir haben es mit drei Menschen zu tun. Wenn Segga uns rechtzeitig warnt, können wir sie überraschen und sie erschießen, sobald sie hier durch die Tür kommen. Aber wir können sie kaum überwältigen, nicht mit einem Elf und einer Hand voll Gnome.«

»Wir können sie bedrohen und fesseln«, schlug Barsemias vor. »Wie diesen Wichtel.«

»Zu gefährlich«, entgegnete Wisbur. »Wenn nur einer entkommt, fliegen wir auf. Wir müssen schnell und endgültig zuschlagen.«

»Moment!« Waldron sprang auf. »Ich glaub, ich hab da was gesehen.«

Er rannte in den Nebenraum. Wisbur blickte ihm nach und seufzte.

»Einen hinterhältigen Mord werde ich nicht zulassen«, sagte Barsemias.

»Und ich lasse nicht zu, dass ein zart besaiteter Elf die Mission gefährdet«, sagte Wisbur. »Wenn du uns daran hinderst, die Dinge richtig zu tun, dann können wir auf dich verzichten.«

Barsemias straffte sich und schaute auf den Gnom hinab. »Das könnt ihr nicht«, sagte er. »Im Gegensatz zu euch habe ich nämlich einen Plan, und der hängt ganz besonders von meiner Mithilfe ab. Aber ich helfe euch nicht, wenn ihr mordlüstern durch die Gegend zieht.«

Waldron kehrte zurück. Er zog ein riesiges Gewehr hinter sich her, das vermutlich ebenso schwer war wie er selbst: ein Bolzengewehr, das wirkstoffgefüllte Pfeile verschoss.

Waldron hielt im Türrahmen inne und schnappte nach Luft. »Es hat sogar ein Zielfernrohr«, verkündete er triumphierend. »Das muss das Ding sein, mit dem sie die Albe erwischt haben. Betäubungspfeile, versteht ihr? Kein Gift wie in unseren Waffen!«

Stunden vergingen. Frafa hörte die Geräte, an die sie angeschlossen war, und mitunter die Stimmen ihrer Aufpasser. Ihr Geist klärte sich. Ganz langsam gewann sie ein Verständnis von der Wirklichkeit zurück. Sie spürte den Äther und die Auren ringsum. Sie konnte ihre Essenz auswerfen, und sie nutzte die wiedergewonnenen Fähigkeiten, um tiefer in die Meditation zu gleiten, um ihren Leib zu kontrollieren und die Apparate zu täuschen.

Sie fühlte sich wieder stark, aber sie war immer noch auf der Liege festgeschnallt. Und bei Litiz hatte sie gelernt, dass die Wachen, die sie fühlte und erreichen konnte, nicht unbedingt die Einzigen waren, die sie beobachteten. Vermutlich gab es auch hier Sichtlinsen und andere technische Hilfsmittel.

Dennoch, irgendwann würden die Wärter ihr eine neue Dosis verabreichen, oder jemand anders würde kommen und irgendetwas mit ihr anstellen!

Sie durfte nicht länger zögern.

Sie konzentrierte sich auf ihren eigenen Leib, zog die Essenz zusammen und schrumpfte, nur ein wenig, bis die Lederriemen locker um ihre Handgelenke lagen. Frafa zog die Hände heraus und setzte sich auf. Das Gerät neben ihrem Kopf schrillte. Frafa riss sich die Messfühler von der Stirn, zog die Füße aus den Fesseln.

Sie saß in der Mitte des Zimmers auf einer Art Krankenbett, einen Rollwagen neben sich. Hinter einer Glasfront erstreckte sich ein Korridor, und davor stand eine einzelne Menschenfrau in hellblauem Kittel vor einer lang gezogenen Tischreihe. Sie starrte die Albe aus weit aufgerissenen Augen an.

Frafa rammte ihre Essenz in den Kopf der Frau und schickte einen Schock durch alle Synapsen. Die Frau brach zusammen und wand sich in Krämpfen auf dem Boden. Frafa schwang die Beine über die Bettkante.

Sie trug nur ein weißes Krankenhausnachthemd und war barfuß. Als sie ihre hellen Füße sah, erschrak sie im ersten Moment. Dann fiel ihr wieder ein, dass sie selbst ihre Erscheinung verändert hatte. Das weiße Nachthemd passte sogar besser zu den blonden Haaren als der grobe Gnomenkittel. Sie lächelte kurz, dann ließ sie ihre Essenz weit ausgreifen. Sie ertastete die Auren aller Menschen im Gebäude, schätzte an den Bewegungen ab, wo die Flure lagen und wo die Ausgänge, wer ihr gefährlich werden konnte.

Barsemias saß im Gefängnis auf der Pritsche und fixierte einen Punkt auf dem schmutzigen Betonboden. Er versuchte, an gar nichts zu denken, denn sobald er dachte, spürte er die tödliche Leere in seinem Inneren.

Wie hatte es nur derart schieflaufen können?

Er atmete hastig und rang um Fassung. So sehr war er in sich selbst versunken, dass er den Tumult erst mit einiger Verspätung bemerkte.

Jedes lebende Wesen entlang des Korridors schrie sich die Seele aus dem Leib, brüllte und winselte in Todesqualen. Andere entsetzliche Laute mischten sich darunter. Und der Lärm kam näher, rollte auf Barsemias zu wie eine Woge der Agonie.

Er sollte Angst haben, aber sein Geist war so leer und betäubt, dass er kaum ein Gefühl aufbringen konnte. Barsemias schaute auf.

Eine helle Gestalt bewegte sich im trüb erleuchteten Flur. Unwillkürlich erhob sich Barsemias und trat auf sie zu. Die Nachtalbe Frafa stand vor den Gittern seiner Zelle, und er musste zweimal hinschauen, bevor er sie erkannte. Die Schreie wurden schwächer, bis nur noch ein Winseln zu hören war. Schluchzen und Röcheln hallte durch die kahlen Gänge des Gefängnistrakts.

»Was tust du denn hier?«, fragte sie.

Barsemias rieb sich die Stirn. Er hatte Mühe, eine Antwort zu finden. Es war kein Schmerz, gegen den er ankämpfen musste, es war eher die Abwesenheit von Schmerz. Eine Leere, die von innen gegen seinen Kopf zu drücken schien. Er bemerkte die respektlose Anrede der Nachtalbe sehr wohl, aber ihm fehlte der Antrieb, darüber zu streiten. Ein leichter Ärger stieg in ihm auf wie der untote Schatten eines echten Gefühls.

»Wonach sieht es denn aus?«, fragte er. »Ich bin hier, um dich zu retten!«

Frafa lachte auf. »Nein. Nein, danach sieht es gar nicht aus.«

»Ich habe mich in der Stadt bei einem Diebstahl erwischen lassen«, erklärte Barsemias.

»Ach?« Frafa runzelte die Stirn. »Ich habe deine Aura gespürt. Aber ich dachte, sie hätten uns alle gemeinsam erwischt, als sie mich geholt haben.«

»Nein«, sagte Barsemias. »Ich wollte mich mit Absicht hier hereinschmuggeln, damit ich dich befreien kann. Die Gnome warten mit einem Wagen auf uns, wenn wir hinauskommen.«

»Das mit den Gnomen klingt vielversprechend.« Frafa schaute auf die Gitterstäbe zwischen ihnen. »Aber wie du mich aus deiner Zelle heraus befreien wolltest, das musst du mir erst erklären.«

Barsemias verzog das Gesicht. Er hob hilflos die Hände. »Es ist schiefgegangen. Sie haben mir dieselben Drogen gegeben wie dir. Sie wussten nicht, dass ich ein Zauberer bin, aber sie machen das bei allen Elfen!« Er fühlte, wie ihm eine Träne über die Wange lief.

Die Albe hatte einen spöttischen Ausdruck auf ihrem falschen Elfengesicht und musterte ihn ungerührt. »Damit hättest du rechnen müssen«, sagte sie. »Obwohl es natürlich dumm war von den Menschen. Hätten sie mir mehr davon verabreicht, anstatt es an dich zu verschwenden …«

»Es ist grausam!«, fuhr Barsemias auf. »Es raubt mir die Seele! Sie dürfen einen Elfen nicht von seiner Magie abschneiden, das ist ... *falsch*!«

»Ich habe es auch überlebt«, stellte Frafa ungerührt fest.

»Du bist eine Albe«, sagte Barsemias. Ein Gedanke stieg in seinem tauben Geist empor. »Aber du konntest dich von dieser Droge befreien. Wenn du meinen Leib auf dieselbe Weise reinigst, könnte ich uns immer noch hier herausbringen. Durch alle Gitter und Mauern hindurch.«

Frafa berührte nachdenklich die Gittertür zu seiner Zelle. Dann schüttelte sie den Kopf. »Nein. Das dauert zu lange. Da hinten liegt ein Polizist. Ich hole seine Schlüssel.«

Frafa lief den Flur zurück, vorbei an all den Menschen, die immer noch unter den Folgen des Schmerzzaubers litten, mit dem Frafa sich ihren Weg gebahnt hatte. Sie kauerten sich zusammen und schluchzten leise. Der Polizist an der Sicherheitsschleuse lag in einer Pfütze von Urin und stöhnte bei jeder Bewegung. Er versuchte, davonzukriechen, als die Nachtalbe kam. Vorsichtshalber fasste Frafa ihn am Kragen und schlug seinen Kopf auf den Boden, damit er bewusstlos blieb.

Sie tastete die Jacke des Mannes ab. Mit dem Schlüsselbund in der Hand richtete sie sich wieder auf. Es war still geworden. Zu still! Außer den schwachen Atemzügen des Polizisten hörte sie gar nichts mehr. Das Wimmern aus den Zellen war plötzlich verstummt, die klagenden Rufe, das Poltern und Scharren ... Das Schweigen wirkte fast greifbar und rückte von allen Seiten auf sie zu.

Hatten die Lampen unter der Decke nicht eben noch heller gebrannt?

Sie sah feine Risse im nackten Beton, ebenso in den glänzenden Metallwänden der Krankenstation. Sprünge liefen über die Scheiben im Korridor, dünne schwarze Bruchlinien, die sich ausbreiteten und immer weiter verästelten.

Frafa erinnerte sich daran, dass Barsemias' Zelle am Ende

einer Sackgasse lag; der Ausgang befand sich in der anderen Richtung. Unschlüssig stand sie da und schaute auf den Schlüssel zwischen ihren Fingern. Zwischen ihren weißen, fast elfischen Fingern. Sie war Frafa, sie konnte sein, was sie wollte, und sie wollte sich nicht einschüchtern lassen!

Sie machte kehrt und lief zurück in den Zellenblock. Die Risse an der Wand verknüpften sich zu einem Netz, zu einem Mosaik von kunstvollen Mustern. Hinter den Zellentüren herrschte tiefe Dunkelheit, eine Finsternis hatte die Menschen verschlungen, die dort lagen. Nur Barsemias stand noch an seinem Gitter, vor einem Wall von Schwärze. Er blickte ihr entgegen.

»Was ist?«, rief er. »Du zitterst ja?«

Frafa spürte die Magie. Nur einen Augenblick lang hatte sie geglaubt, dass sie mit ihren Augen gewöhnliche Schäden an dem Gebäude sah. In Wahrheit waren es Risse in der Wirklichkeit selbst! Etwas sickerte aus dem Äther in die Welt ...

Frafa atmete schneller. Fahrig schob sie den Schlüssel in das Schloss, glitt ab, versuchte es erneut. »Leuchmadans Hölle«, fluchte sie.

Barsemias griff zwischen den Stäben hindurch und nahm ihr die Schlüssel aus der Hand. So krank er auch aussah, so träge er sich bewegte – er war geschickter als sie. Der Elf öffnete das Schloss, obwohl er dazu den Arm verdrehen musste.

»Was ist mit dir?«, fragte er. »Eine Nachwirkung der Droge?« Er drückte die Gittertür auf.

Da zerplatzten alle Oberflächen entlang der Ätherrisse, und die Bruchstücke waren vielfüßige Kreaturen, die durcheinanderwimmelten wie Ameisen in einem Stock. Sie waren überall, an den Wänden, an den Zellentüren, auf dem Boden.

Frafa packte Barsemias und riss ihn zu sich. Gleichzeitig formte sie eine Kugel von Essenz und stieß sie in den Raum, ein Kraftfeld, das sie beide umgab.

»Ein Zauber!«, rief sie.

Die Äthergeschöpfe liefen über ihren Schutzschirm in der leeren Luft wie auf festem Boden. Sie hatten einen segmentierten Leib mit Klauen und Zangen, aber keine Ausdehnung. Sie waren zweidimensional wie eine Schicht Lack, die von der Wand abgesprungen war, in den Farben von Türen, von Metall, von grauem Stein. Wenn sie sich bewegten oder sich verdrehten, entstanden bizarre Formen.

Bald waren Frafa und Barsemias umwimmelt, das Licht wurde trüb, als summe ein Mückenschwarm davor. Barsemias stand verwirrt neben ihr und versuchte, sich von ihr zu lösen. Frafa hielt ihn fest, damit er den Schutzzauber nicht verließ, und erst in diesem Augenblick erkannte sie, dass der Elf mit seinem gedämpften Empfinden für Magie überhaupt nichts bemerkte von der Bedrohung!

»Wir sind umzingelt«, sagte sie. »Ätherkreaturen!«

Sie taumelte auf den Ausgang zu. Die Geschöpfe waren überall, ein sinnverwirrendes Gewimmel, durch das Frafa kaum hindurchblicken konnte. Sie hörte, wie die Wesen an dem Schutzwall nagten. Es knirschte und knisterte. Mit körperlosen Klauen rissen sie Brocken aus der Essenz, und ein fahles Glühen zeigte sich dahinter. Die Geschöpfe fraßen an der Wirklichkeit und drohten Frafa in die Ätherwelt zu ziehen.

Barsemias legte Frafa den Arm um die Taille und zog sie mit sich. Er ging langsam, behutsam, aber sicher. Frafa konzentrierte sich ganz auf den Zauber, und Barsemias führte sie wie eine Blinde. Er achtete sogar darauf, dass sie nicht über den gestürzten Wachmann stolperten.

Er öffnete eine weitere Tür mit dem Schlüsselbund des Polizisten. Frafa bewegte sich durch eine Welt, in der ein unwirkliches Licht alle stofflichen Gegenstände zu bloßen Schatten werden ließ. Nur Barsemias hielt sie in der Wirklichkeit fest. Sie stärkte den Wall um sie beide, gab mehr von ihrer Essenz hinein. Dann fühlte sie Stufen unter den Füßen, die Wände wurden massiver, schwarz und schwer. Ein Schweif von Ätherwesen folgte ihnen, doch allmählich fielen sie ab, blieben zurück. Barsemias zog Frafa weiter. Sie bekam kaum noch Luft.

Auf einem Treppenabsatz blieb sie stehen, zupfte kraftlos an Barsemias' Ärmel. Sie löste den Schutzzauber.

»Eine kurze Rast«, stammelte sie. »Sie sind fort … Ich bin müde.«

Sie setzte sich auf den Boden. Barsemias schaute beunruhigt nach oben, dann nach unten in den Keller, aus dem sie eben gekommen waren.

»Ich glaube nicht, dass wir in Sicherheit sind«, sagte er. »Was war überhaupt los?«

Sie hockten in einem fensterlosen Treppenhaus, das so normal wirkte wie überall in der Union. Weiter unten sah Frafa nichts als nackte Wand, und das gewöhnliche kalte Licht von Leuchtröhren unter der Decke. Sie blinzelte einige Male, ihr Blick klärte sich, und die letzten Schatten verschwanden.

»Da waren Dämonen«, sagte sie. »Glaube ich. Aber das ist unmöglich! Noch nie gab es Dämonen auf bitanischem Boden. Ich dachte, das ginge gar nicht …«

»Bist du sicher?«, fragte Barsemias. »Ich habe nichts bemerkt. Nur du bist plötzlich … seltsam geworden.«

Er musterte Frafa, zuckte die Schultern. »Andererseits, ich merke ohnehin nichts mehr von solchen Dingen, seit sie mir dieses Zeug gespritzt haben.« Er reichte ihr die Hand und zog sie auf die Füße.

»Was glaubst du«, sagte er. »Erwarten die Polizisten uns da oben? Der Tumult dürfte ihnen nicht entgangen sein.«

»Ich weiß es nicht«, erwiderte Frafa. »Ich habe einige Menschen in den oberen Geschossen niedergestreckt, deren Aura mit einem Mal aufgewühlt wirkte, als ich mich befreit habe. Mit etwas Glück habe ich die Stelle erwischt, von der aus das Gebäude überwacht wird.«

Sie atmete tief durch, spähte misstrauisch die Treppe hinauf. »Trotzdem, viel Zeit bleibt uns nicht. Nicht genug, um dich zu heilen. Wir müssen uns zum Ausgang durchkämpfen. Ich schicke wieder einen Schmerzzauber voraus, du bleibst dicht hinter mir. Hoffen wir, dass niemand eine Waffe mit großer Reichweite in Anschlag bringt, bevor wir in Deckung sind.«

Barsemias musterte Frafa. Ein missbilligender Ausdruck trat in sein Gesicht. Aber er nickte nur.

»Mit *so einer* Flucht fallen wir allerdings wirklich auf«, fügte Frafa hinzu. »Wir werden die ganze Stadt auf den Fersen haben, die ganze Provinz, das ganze Land wird bald wissen, wo ich bin.«

Barsemias' Antlitz hellte sich auf. »Oh, keine Sorge«, sagte er. »Der zweite Teil unseres Fluchtplans ist perfekt. Bring uns nur bis zu den Gnomen, dann bringen wir dich sicher über die Grenze. Ganz ohne weitere brutale Nachtalbenzauber.«

Ein Blitz zuckte auf vor dem Fenster der Brücke. Swankar stand unerschütterlich.

»Unsere Geschosse prallen von ihrem magischen Schild ab, Coronel«, meldete ein Leutnant.

»Ich frage mich, was passiert, wenn wir mit dem ganzen Schiff durch den Schutzkreis der Elfen stoßen.« Swankar klang nachdenklich. »Wäre unser Schild härter als ihrer?«

Der Schiffszauberer Feitlaz räusperte sich.

»Feuerkugeln im Anflug«, meldete der Leutnant. Wieder blitzte es vor den Fenstern, die *Lichtbringer* erbebte leicht.

»Ich empfehle den Einsatz des Nodus«, sagte Feitlaz. Er klammerte sich an einer Konsole fest. »Ich kann mit einem Zauber versuchen, ihren Schirm zu durchbrechen.«

»Nein.« Swankar wandte den Blick nicht von dem fliegenden Elfenwald ab, der von Feuer umflort vor dem Rumpf ihres Schlachtschiffes schwebte. »Ich will sehen, was die *Lichtbringer* mit den Waffen zuwege bringt. Mit richtigen Waffen, die ich bedienen kann, ohne Zauberer. Die psychokinetischen Waffen, Leutnant!«

»Aye, Coronel«, bestätigte der Offizier.

»Mutter ... Coronel!«, rief Rudrogeit.

»Nicht jetzt, Rudrogeit«, erwiderte Swankar. »Volle Leistung. Schnappt euch den fliegenden Haufen Unkraut.«

Weitere Feuerbälle flogen auf das Schiff zu. Die *Lichtbringer* erwiderte den Beschuss mit Raketen und mit Geschossen aus automatischen Kanonen. Doch mit einem Mal veränderten die

Explosionen ihre Form. Feurige Sterne brachen auf wie Blüten und verteilten sich frei am Himmel.

»Ihr Schutzkreis bricht«, rief der Leutnant. »Unsere Granaten kommen durch.«

»Gebt ihnen alles.« Swankar grinste und wies mit dem Finger auf den Elfenwald. »Brandsätze. Zeit, das Feuerholz reinzuholen.«

Rudrogeit umklammerte die Lehne des Sitzes vor ihm. Seine Fingerknöchel wirkten weißer denn je. Starr verfolgte er das Inferno, das sich in seiner Sonnenbrille spiegelte. Bäume verschwanden unter einem weißen Feuersturm. Schwarze Erdklumpen trieben einen Augenblick wie schwerelos vor dem Bug, regneten hinab und zerfielen, zerstoben als staubige Asche über dem Land zwei Kilometer tiefer.

»Sehr gut.« Swankar ballte die Faust. »Die Union beherrscht wieder den Himmel über ihrem eigenen Land. Die Elfen werden sich uns nicht mehr widersetzen. Jetzt wissen sie, dass wir mit den neuen Kreuzern ihre Städte vom Himmel wischen können wie Dreck. Keine langen Kämpfe mehr – nur ein großer Kehraus.«

Die Besatzung auf der Brücke verfolgte das Schauspiel schweigend. Die Luft vor dem Schiff klärte sich, der Wind blies die Rauchwolken auseinander. Rudrogeit ergriff als Erster das Wort.

»Coronel, wir müssen reden.«

»Wenn Sie meinen, Capitan. Leutnant, übernehmen Sie.«

Mit einer schwungvollen Kopfbewegung wies Swankar auf die Tür des kleinen Besprechungsraums. Als sie allein waren, schrie Rudrogeit seine Mutter an.

»Das war Mord, Mutter! Die Elfenwälder sind keine Kriegsschiffe, es sind Siedlungen mit Kindern und mit Zivilisten!«

Swankar füllte sich gelassen einen Becher an einem Spender und setzte sich mit übergeschlagenen Beinen auf die Tischkante.

»Das hätten sie sich überlegen sollen, bevor sie unsere Forderungen zurückgewiesen haben.«

»Sie haben uns nicht angegriffen.«

»Nun, das ist Ansichtssache. Sie haben eine Überprüfung verweigert und wollten keine Truppen in ihr Gehölz lassen. Als wir ihren Schutzschirm beseitigen wollten, haben sie uns beschossen. Unser Einsatz war angemessen. Sie fliegen in unserem Luftraum und müssen sich unserer Autorität unterwerfen. Wir hatten viel zu lange Geduld mit diesen Elfen.«

»Du kannst nicht mit einem Kriegsschiff über den Himmel der Union fliegen und munter alles abschießen. Schon das Tal mit den Gnomen ...«

»Rudi!« Swankar schüttelte den Kopf. »Wir sind im Krieg. Was können wir dafür, wenn der Feind uns keine Krieger entgegenstellt, sondern als harmlos getarnte Ziele? Das gehört zu deren Taktik. Aber ich lasse mir nichts vormachen. Ich hätte nicht gedacht, dass du so weich geworden bist und genauso anfällig für Schwäche wie diese ganze verfluchte neue Zeit.«

»Die Waffen dieser neuen Zeit benutzt du sehr gern«, sagte Rudrogeit steif. »Du tätest gut daran, den ganzen Rest nicht zu vergessen.«

»Lass dich davon nicht beunruhigen, mein alter sorgenvoller Vampir.« Mit einer raschen Bewegung riss Swankar ihm die Sonnenbrille von der Nase. Rudrogeit taumelte zurück und schloss geblendet die Augen. »Ich weiß ganz genau, worauf ich mich gefasst machen muss in dieser neuen Zeit. Wir sitzen auf einem Pott voller Menschen. Es gibt genug Weichlinge, die den Vorfall melden werden. Es wird eine Untersuchung geben, ich werde meine Gründe nennen, und gar nichts wird passieren.«

»Wir werden sehen«, knurrte Rudrogeit.

Swankar nippte ruhig an ihrem Becher. »Glaub bloß nicht, ein Vampir kommt besser durch die Zeiten als eine Nachtalbe. Vielleicht erkenne ich die Zeichen sogar ein wenig besser als du. Glaubst du, man hat dieses Kommando zufällig *mir* übertragen? Irgendwo da oben sitzt jemand, der unsere Mission genau so haben will, wie ich sie angehe. Jemand ganz oben will, dass die Dinge in Bewegung geraten. Und ich werde ihn nicht enttäuschen.«

»Vielleicht verstehst du wirklich viel besser als ich, wie es heutzutage zugeht«, sagte Rudrogeit. »Andererseits bin ich nicht derjenige, der immer noch mit einem Schwert herumläuft.«

»Ich bin mit dem Schwert aufgewachsen, und ich werde mit dem Schwert in der Hand sterben. Und du stehst hinter mir, denn dazu habe ich dich ausgebildet. Vergiss das nicht, Rudi: Du bist der Wachhund, der mir den Rücken freihält. Ich will nicht fürchten müssen, dass dieser Hund einer ist, der mir beim Kampf zwischen die Füße stolpert.«

14

***Die Sezession** – Die Union war im Wesentlichen ein Zusammenschluss der bitanischen Fürstentümer und der Völker von Falinga, denn sowohl Elfen wie auch Zwerge verweigerten die Ratifizierung des Vertrags. Die Konsequenzen sind völkerrechtlich umstritten.*

Zum Zeitpunkt der Gründung der Union sprach Gulbert von einer »Sezession« und ließ keinen Zweifel daran, dass er als Staatsoberhaupt verbindliche Vereinbarungen für alle Völker seines Herrschaftsbereichs abschließen konnte. Die Elfen hingegen beharrten darauf, dass Gulberts Allianz stets nur ein Zusammenschluss souveräner Partner war und Gulberts Regierung mehr oder minder nur die Exekutivgewalt umfasste.

Auf dem Gebiet der Union wurde seither immer wieder die Forderung laut, die Abspaltung mit militärischen Mitteln aufzuheben. Doch obwohl inzwischen einzelne menschliche Fürstentümer und Gemeinden, die sich dem Zusammenschluss anfangs widersetzt hatten, auf die ein oder andere Weise in die Union eingegliedert wurden, ist ein entschiedenes Vorgehen gegen Elfen und Zwerge bisher nicht erfolgt.

Aus: »Geschichte der Union«, von Tendor Istarios,
Prof. Em. der politischen Akademie zu Opponua

Schwer atmend saß Barsemias auf dem Rücksitz des Selbstfahrers und zog den Kopf ein. Aber der Wagen fuhr, und keiner der Passanten achtete auf sie. Wie lange dauerte es wohl, bis die Polizei nach ihrem Fluchtfahrzeug suchte?

Frafa saß neben ihm und schlüpfte in den Mantel, den sie bei der Flucht durch das Polizeirevier von der Garderobe gestohlen und sich lose über die Schultern geworfen hatte. Dann schob sie die bloßen Füße in die Schuhe, die sie einer bewusstlosen Polizistin abgenommen hatte. »Leider habe ich die schönen

Pantoffeln verloren, die ihr mir gemacht habt«, sagte sie entschuldigend zu den Gnomen.

Wisbur wandte sich an Barsemias. »Das hat lange gedauert.« Seine Stimme klang vorwurfsvoll. »Außerdem dachte ich, ihr kommt hinten raus und nicht durch den Haupteingang.«

»Es lief nicht wie vorgesehen«, gab Barsemias kurz angebunden zurück.

Unsicher blickte er Frafa an. Er hatte die Nachtalbe retten wollen, ihr zeigen, dass Elfen ihre Gefährten nicht so einfach im Stich ließen. Stattdessen hatte sie *ihn* aus der Zelle befreit und dabei sogar ihr Leben aufs Spiel gesetzt. Andererseits hatte er auch ihr geholfen, im Korridor und auf der Treppe. Es war nicht viel gewesen, was er tun konnte, magisch geblendet, wie er war. Aber er hatte die Albe gestützt, als sie gestrauchelt war, und sie beide aus dem Keller hinausgebracht. Wer hatte also wen gerettet?

Wir haben zusammengearbeitet. Der Gedanke beunruhigte ihn.

»Nicht so schnell«, meinte Wisbur. »Wir fallen sonst auf.«

Barsemias stutzte. Wisbur saß auf dem Fahrersitz, und wenn er langsamer fahren wollte, warum tat er es dann nicht einfach, anstatt davon zu reden?

Barsemias beugte sich vor, um nachzusehen, was der Gnom trieb. Wisbur saß auf einer kleinen Truhe, damit er ungehindert durch die Frontscheibe schauen konnte. Segga kauerte vor ihm im Fußraum und betätigte die Pedale.

Barsemias erbleichte. »Bei allen lichten Waldgöttern. Soll lieber ich fahren?«

»Auf keinen Fall!«, rief Segga empört von unten herauf. »Wir können nicht unter der Fahrt die Plätze tauschen. Das wäre viel zu leichtsinnig!«

Barsemias schaute aus dem Fenster. Der viel zu kleine Gnom hinter dem Steuer musste doch auffallen! Aber es waren nur wenige Passanten auf der Straße, und die kleine Stadt Altagrisa blieb bald hinter ihnen zurück. Sie fuhren durch das bergige Umland. Hinter einer Hügelkette kam das Kraftwerk in Sicht, das niemals fertiggestellt worden war.

»Das gefällt mir nicht«, sagte Wisbur. »Ich kann Waldron nicht erreichen.«

Sie rasten über das aufgewühlte Gelände. Die Reifen rissen Brocken aus dem lehmigen Boden. Sie ließen die großen Hallen des Kraftwerks links liegen und näherten sich dem Verwaltungsgebäude.

»Was ist mit Waldron?«, fragte Frafa. »Und was wollen wir hier?«

»Waldron passt hier auf die Gefangenen auf«, antwortete Barsemias. »Und ...«

Frafa fiel ihm ins Wort. »Gefangene? Ihr lasst einen Gnom auf drei Menschen aufpassen?«

»Sie sind gefesselt.« Wisbur brachte den Wagen zum Stehen. Er blickte besorgt aus dem Fenster. In dem Gebäude regte sich nichts. »Und wir *sind* Knochenmesser«, fügte er trotzig hinzu.

Er stieg aus. Barsemias öffnete die hintere Tür.

»Das ...«, murmelte Frafa, dann rief sie: »Vorsicht!«

Barsemias spürte einen Schlag gegen die Brust, gerade als er die Füße auf den Boden setzte. Er sah nach unten und erkannte das gefiederte Ende eines Bolzens.

»Bei allen ...«

Er taumelte vom Wagen weg, wollte sich fallen lassen. Da wurde er plötzlich von hinten umklammert. Die Nachtalbe zerrte ihn mit überraschender Kraft zurück in den Wagen, genau in die Schussbahn eines weiteren Bolzens. Barsemias würgte. Frafa hielt ihn immer noch fest.

Sie gebraucht mich als Schild, war sein letzter Gedanke. Dann wurde es dunkel um ihn.

Die Gnome hatten ihre Feinde am Leben gelassen, und sie hatten die Verbindung zu ihrem Gefährten verloren. Das wäre echten Knochenmessern nicht passiert! Frafa verzog verächtlich die Lippen.

»Fahrt auf das Haus zu«, rief sie. »Bringt mich zum Eingang.«

»Au«, rief Segga. Wisbur kletterte über seinen Rücken wieder auf den Sitz. Der Selbstfahrer setzte sich schlingernd in Bewegung. Ein Reifen drehte durch. Beinahe hätte Frafa den Elf losgelassen, aber sie bekam die Tür nicht zu und brauchte ihn als Deckung, und wenn er jetzt aus dem Wagen fiel, würden die Gnome ihn möglicherweise überrollen.

Da ertönte ein lauter Knall. Ein Netz von Sprüngen machte die vordere Scheibe blind. Gegen eine richtige Waffe würde der Wagen nicht genug Schutz bieten.

»An die Mauer«, rief Frafa. »Und ruhig ... ruhig ... einen Augenblick.«

Sie griff mit ihrer Essenz aus. Da war eine Präsenz dicht bei der Außenwand. Das musste der Schütze sein, und er stand hinter einem Fenster im zweiten Stock ... glaubte sie. Auf jeden Fall war es eine menschliche Aura.

Ein weiterer Mensch lief nach hinten in das Gebäude. Die Art, wie er sich bewegte, hatte etwas Zielstrebiges an sich. Er floh nicht, er bereitete sich auf einen Angriff vor. Frafa durfte nicht zulassen, dass er sich aus ihrer Reichweite entfernte. Sie fühlte zwei weitere Auren in dem Gebäude, kleinere Geschöpfe ... Aber wo war der dritte Kopfgeldjäger?

Frafa gab die Suche auf. Sie fasste nach den beiden Menschen, die sie wahrnahm, kroch mit ihrem Geist in deren Leib, spürte ihre Muskeln, ihre Bewegung. Der Schütze beugte sich vor, als der Wagen näher an das Gebäude heranfuhr. Frafa folgte seinem Pulsschlag und dem seines rennenden Gefährten, folgte ihm bis ins Herz und drückte zu.

Sie stieß alles an Zauber hinein, was sie aufbringen konnte.

Von oben ertönte ein Aufschrei.

»Halt an!«, rief sie Wisbur zu.

»Fahren. Anhalten. Was denn nun?«, rief Segga, der verrenkt im Fußraum lag. Aber der Selbstfahrer rollte aus, und Frafa ließ Barsemias hinaus in den Schlamm fallen. Sie sprang hinterher und duckte sich hinter den Wagen.

»Die zwei Menschen in dem Gebäude sind keine Gefahr mehr«, stieß sie atemlos hervor. »Ihr meint, es wären drei?«

Wisbur nickte. Er kauerte hinter dem Lenkrad. »Einer hat sich vielleicht auf dem Dach der Radhallen postiert.« Wisbur wies in Richtung der halbrunden Betonberge. »Von dort oben hat man den besten Überblick, und sie können uns in die Zange nehmen.«

Frafa lauschte in den Äther, aber sie spürte nichts aus dieser Richtung. Das Bauwerk dort war hoch, und es stand ein gutes Stück entfernt.

»Fahrt außen herum«, sagte sie. »Der dritte Kopfgeldjäger darf nicht entkommen. Ich kümmere mich um Barsemias und um alles, was auf dieser Seite herumläuft.«

»Vor allem darf der dritte Kopfgeldjäger nicht zu seinem Odontopter gelangen«, erwiderte Wisbur grimmig. »Damit wollten wir nämlich abhauen.«

Er nickte Frafa zu, versetzte Segga einen Tritt, und der Selbstfahrer rollte an. Durch die Bewegung schlug die Hecktüre zu, und Frafa wich fluchend aus. Im nächsten Augenblick stand sie ohne Deckung vor dem Haus, und sie nahm den Elf hastig auf den Rücken. Mit dieser Last stapfte sie auf den Eingang des Verwaltungsgebäudes zu.

Frafa erreichte unbehelligt das zweite Geschoss, in dem sich die Kopfgeldjäger eingenistet hatten. Der Wichtel der Bande war noch da, aber er versuchte nicht einmal, sich ihr zu widersetzen. Sie heilte als Erstes Waldron, der einen Schlag auf seinen übergroßen Kopf erhalten hatte. Dann legte sie Barsemias auf eine Luftmatratze.

Bald stand der Gnom grimmig mit seiner Pistole da und hielt den Wichtel in Schach, der sich in seinen klappbaren Schreibtischstuhl kauerte und so klein machte wie möglich. Frafa überlegte, ob sie die Zeit hatte, sich um Barsemias zu kümmern. Waldrons Verletzung war leicht zu behandeln gewesen, doch wie lange sie brauchen würde, um den Elf wieder zur Besinnung zu bringen, das wusste sie nicht.

Der Wichtel beobachtete, wie sie nachdenklich vor ihrem

Begleiter verharrte. »Für den betäubten Elf…«, setzte er an, aber Waldron fiel ihm ins Wort.

»Klappe. Du bewegst keinen Muskel mehr, nicht mal die Zunge, sonst spick ich dich mit Giftnadeln, falsche Ratte.«

»Lass ihn reden«, sagte Frafa.

Waldron schaute sie missmutig an.

»Wir haben ein Gegenmittel für die Betäubungspfeile«, sagte der Wichtel.

»Trau dem Burschen nicht«, knurrte Waldron. »Er hat mich heimtückisch niedergeschlagen.«

»Du solltest auf ihn aufpassen«, sagte Frafa. »Wenn du dich so leicht ablenken lässt, sollte ich *dir* nicht trauen.« Sie musterte den Wichtel und fügte hinzu: »So geschickt sieht der Bursche ja nicht aus.«

Sie tastete die Umgebung ab, während sie sprach. Wisbur und Segga waren immer noch nicht da, und vom dritten Kopfgeldjäger spürte sie ebenso wenig. Der *Kopfgeldjägerin*, wie sie inzwischen wusste. Frafa war lange genug hier, um von Waldron einiges über ihre Gegner erfahren zu haben. Sie fragte sich, was Wisbur und Segga aufhielt.

»Er hat mich überrumpelt.« Waldron verteidigte sich. »Er hat mich mit diesem Nexusspiel abgelenkt und sich dann an mich angeschlichen.«

»Nexusspiel?«, fragte Frafa verwirrt.

Biste der Wichtel wies auf die Bildtafeln, die er aufgebaut hatte. »Ich habe ihm ein paar Spiele gezeigt, die man über das Äthernetz spielen kann. Der Gnom wirkte so gereizt, und ich wollte die Stimmung auflockern.«

»Ich *bin* gereizt«, knurrte Waldron. »Und das aus gutem Grund. Ich hoffe, die Nachtalbe verwandelt dich in eine Spinne… Besser in einen Frosch, falls ich hier mal die Größe wechseln muss.«

»Frösche schnappen auch Insekten«, erklärte Biste besserwisserisch.

»Du hast *gespielt*, während du auf den Wichtel aufpassen solltest?«, fragte Frafa streng.

»Ich bin nicht so blöd!« Waldron fuchtelte mit der Pistole herum und wies damit immer wieder auf Biste. »Wir haben *zusammen* gespielt. Er an dem einen Schirm, ich an dem anderen. Wie hätte ich ahnen sollen, dass er sich von hinten an mich anschleichen kann, während ich gleichzeitig mit ihm spiele? Ich hatte ja seine Spielfigur im Auge!«

»Der Gnom war so schlecht!« Jetzt redeten die beiden kleinen Gesellen auf Frafa ein. »Der hat keine Ahnung von Äthernetzspielen. Ich habe mich gelangweilt und schnell einen Algorithmus geschrieben, der meine Figur gelenkt hat. Und dann dachte ich mir, wenn ich gar nichts zu tun habe, kann ich ja meine Gefährten befreien. Der Gnom war so schlecht, der hat sogar noch gegen meinen Algorithmus verloren! Sooo peinlich! Es war eine Gnade für ihn, als ich ihn niedergeschlagen habe.«

Frafa lächelte. »Ich glaube nicht, dass der Gnom viel Erfahrung im Äthernetz hat«, sagte sie zu Biste. »Ich habe keine Portalgeräte in eurem Tal gesehen, Waldron.«

Waldron senkte den Kopf. »Wir sind abgeschieden. Die Herrin sagt, das wäre sicherer so.«

»Keine Portalanbindung?«, rief Biste. »Ich würde steeerben! Das ist primitiv! Wo kommst du denn her?«

»Du *wirst* sterben!«, knurrte Waldron und zielte wieder auf den Wichtel. Der rutschte auf seinem Stuhl ganz nach hinten.

»Biste«, sagte Frafa. »Zeig mir das Gegenmittel.«

Als Barsemias zu sich kam, fiel sein Blick als Erstes auf eine Leiche. Zador der Kopfgeldjäger lag neben seinem Gewehr in einer Blutlache. Das Blut tropfte ihm aus dem Mund, aus der Nase, aus den Ohren; seine Augen waren blutunterlaufen, weil alle Adern in seinem Leib geplatzt waren.

»Du hast den Menschen umgebracht«, stammelte Barsemias. »Mit deiner Nachtalbenmagie. Und mich hast du als Schild benutzt. Ich habe zwei Giftpfeile abbekommen!«

»Ich wurde gestern von dreien getroffen«, antwortete Frafa.

»Und du bist selbst schuld. Waldron meinte, die Gnome haben ihre Feinde deinetwegen am Leben gelassen.«

»Ich kann mir vorstellen«, erwiderte Barsemias bitter, »dass eine Nachtalbe keinen Sinn darin sieht, Leben zu schonen. Aber was ist es wert, eine zu retten, wenn wir drei dafür umbringen müssen?«

»Wenn ich die eine bin, fallen mir genug Gründe ein.« Frafa lächelte spöttisch. »Und ich bringe auch nicht einfach irgendwelche Leute um, weil ich eine böse Nachtalbe bin. Aber diese Kopfgeldjäger haben auf mich geschossen!«

»Mit Betäubungspfeilen! Du hättest sie ebenso betäuben können wie die Polizisten auf der Wache.«

»Es waren keine Polizisten, sondern Kopfgeldjäger«, erwiderte Frafa. »Sie haben die Betäubungspfeile nicht aus Mitgefühl verwendet, sondern weil sie Geld für uns wollten. Außerdem muss ich mir von einem Elf nicht erzählen lassen, wann man töten darf. Ihr werft Bomben auf Unschuldige, ganz egal, wen ihr damit trefft!«

Barsemias versuchte aufzustehen, sank jedoch kraftlos wieder auf die Luftmatratze. Er war zwar wach, aber in seinem Inneren spürte er immer noch diese zehrende Leere, die seine Seele zu verschlingen drohte. Fast wünschte er sich, die Albe hätte ihn nicht aufgeweckt. Er lehnte sich mit dem Rücken gegen die Wand, damit er zumindest sitzen konnte. »Bomben?«, fragte er. »Ich habe die Gerüchte gehört. Elfenterroristen. Aber das ist eine Lüge!«

Frafa erhob sich und stemmte die Arme in die Hüften. Sie schaute auf Barsemias hinab.

»Wem willst du das erzählen? Ich war selbst in diesem Zug! Ich war dabei und habe gesehen, wie ein fliegender Wald die Bahnlinie nach Daugazburg angegriffen hat. Und erzähl mir nicht, dass irgendjemand anders einen fliegenden Wald benutzt, um die Elfen schlecht dastehen zu lassen.«

»Der Wald.« Ein alter Schmerz regte sich in Barsemias' Herz. »Flascale.«

Er kannte diese Siedlung und deren Bewohner. Sie waren auf

dem Rückflug gewesen von einer großen Reise, als man sie über Falinga vernichtet hatte. Tausende Elfen, Familien, Kinder ...

»Was?«, fragte Frafa verwirrt.

Barsemias schloss die Augen. »So hieß der Wald«, erzählte er. »Eine Sippe von Elfen wohnte dort, sie wollten niemandem Böses.«

»Sie haben uns angegriffen«, sagte Frafa. »Einen Zug voller Zivilisten.«

»Es gab ... Schwierigkeiten«, erklärte Barsemias. »Kurz bevor die Verbindung abbrach, kurz bevor Flascale fiel, da meldeten sie, dass sie vom Kurs abgekommen seien. Es gab Ströme im Äther, Störungen in den Kraftlinien, die von Leuchmadans Blut ausgehen und auf denen unsere Wälder reiten. Flascale wurde nach Süden gedrückt, weitab von der Route, die sie eigentlich einschlagen wollten.«

»Willst du behaupten, sie hätten sich verirrt und könnten gar nichts dafür? Sie mögen vom Kurs abgekommen sein, aber gewiss hat sie niemand gezwungen, die Bahnlinie zu sprengen. Wäre der Zug nicht früh genug zum Stehen gekommen und hätte man den Wald nicht aufgehalten, dann wären alle Reisenden in dem Feuersturm vergangen, den deine friedlichen Elfen dort entfacht haben!«

Barsemias schüttelte müde den Kopf. »Ich kann es mir nicht erklären«, sagte er. »Sie hatten keinen Grund, eine Bahnlinie zu überfallen. Und sie waren mitten in Falinga, von Bergen umgeben, die ein Elfenwald nur an wenigen Stellen überwinden kann, ohne Aussicht auf Flucht, eingeschlossen mitsamt ihren Familien. Warum sollten sie so etwas Verrücktes tun?«

»Nuuun«, meldete sich Biste zu Wort. »Da gibt es Theorien.«

»Halt die Klappe«, fauchte Waldron. »Niemand interessiert sich für die Theorien eines dummen Wichtels.«

»Ich schon«, sagte Frafa. »Soll er sich nützlich machen, wenn er leben will.«

Biste schaute Hilfe suchend zu Barsemias. »Lass nicht zu, dass die Nachtalbe mir etwas zuleide tut«, flehte er. »Um des alten Bundes von Elfen und Wichteln willen!«

»Droh ihm nicht«, sagte Barsemias zu Frafa. »Du wirst ihn nicht töten wie diese Menschen.«

Frafa verdrehte die Augen. »Der Bursche glaubt so wenig an einen Bund zwischen Elfen und Wichteln wie Leuchmadan an den Sonnengott Lucan. Er benutzt dich nur, weil du der naivste Elf im Raum bist.«

Barsemias sah sie an. Frafa blickte verlegen zur Seite. »Das ist egal«, sagte er. »Er ist trotzdem hilflos, und wir werden ihn nicht bedrohen.«

Frafa zuckte die Schultern. »Er soll sagen, was er zu sagen hat. Er will es ohnehin, also müssen wir nicht drohen.«

»Diese Theorien«, erklärte Biste, »drehen sich um alten Sprengstoff. Um Minen und Bomben, Sprengköpfe, Artilleriegeschosse und militärische Sprengmittel, gefüllt mit Ultralyddit, die in Opponua vernichtet werden sollten und die verschwunden sind.«

»Ich erinnere mich«, sagte Frafa. »Es kam in den Nachrichten. Ein Buchungsfehler. Uralte Bestände, und irgendwann müssen die Papiere durcheinandergeraten sein.«

Biste lachte auf. »Buchungsfehler. Klar. Tatsache ist jedenfalls, als der Transport in Opponua abgeladen wurde, fand man viele Tonnen weniger Ultralyddit in den Kisten, als verzeichnet war. Da ist es natürlich am bequemsten, wenn man behaupten kann, dass der Sprengstoff nur auf dem Papier verloren gegangen ist.«

»Du glaubst das nicht?«

»Ich glaube gar nichts«, erwiderte der Wichtel selbstgefällig. »Ich berichte nur, was manche Leute im Äthernetz vermuten. Eine Theorie konzentriert sich dabei auf den Transport der Waffen: Sie wurden von Daugazburg nach Opponua gebracht. Mit dem Zug.«

»Es war jedenfalls kein Zug, was da vor mir explodiert ist«, wandte Frafa ein. »Außerdem wurde der Sprengstoff im letzten Jahr abtransportiert, aber der Vorfall mit dem Elfenwald fand erst diesen Lichtmond statt.«

»Geduld!« Biste hob einen Zeigefinger. »Fassen wir zusammen: In Opponua packte man die Sprengkörper aus, um sie zu entschärfen, und man stellte fest, dass es weit weniger waren als verzeichnet. Die Siegel an den Kisten und Waggons waren unversehrt, und darum kam die Untersuchung zu dem Schluss, dass unmöglich jemand etwas gestohlen haben konnte. Natürlich gab es Vermutungen, dass irgendwer die Waffen schon in Daugazburg verhökert hatte, vielleicht schon vor Jahrzehnten. Aber auf dem Schwarzmarkt ist nie etwas aufgetaucht, und man fand auch sonst keine undichte Stelle. Also ging man einfach von einem Fehler aus, der sich vor vielen Jahren in die Buchhaltung eingeschlichen hatte und der seitdem unbemerkt weitergetragen worden war. Denn Hunderte Tonnen Ultralyddit verschwinden ja nicht spurlos, nicht wahr?«

»Allerdings nicht«, befand Frafa. »Wenn solche Mengen verbotener Waffen bewegt werden, fällt es immer auf. Sie müssen transportiert werden, und jemand stolpert darüber. Oder jemand benutzt sie, und man findet Überreste.«

»Nicht, wenn man all diesen Sprengstoff an einem einzigen Ort zündet, in einem solchen Feuersturm, dass ein Großteil der Spuren dabei vernichtet wird. Nicht, wenn der Sprengstoff nicht transportiert wird, sondern gleich dort zum Einsatz kommt, wo er verloren geht. Nicht, wenn die Leute, die ihn einsetzen, wissen, wie man damit umgeht – wenn es womöglich dieselben Leute sind, die den Vorfall später untersuchen.«

Biste hatte nun die ungeteilte Aufmerksamkeit seiner Zuhörer. Barsemias starrte ihn an. Waldron stand mit offenem Mund da, und er hatte die Waffe sinken lassen.

»Was aber hat der Elfenwald damit zu tun?«, fragte Frafa. »Wie willst du all diese Stücke zu einem Bild zusammensetzen, das zu dem passt, was ich gesehen habe?«

»Wie gesagt«, meinte Biste. »Ich gebe nur wieder, was ich im Äthernetz gehört habe. Einige aufmerksame Beobachter, Nexusschnüffler wie ich selbst, haben darauf hingewiesen, dass der Transport der Waffen nach Opponua Verspätung hatte. Ein technischer Defekt an einer Weichenanlage stoppte einen entgegenkommenden Zug, gerade als der Sprengstofftransport an einer ungünstigen Stelle stand. Mehrere Stunden lang verweilte er dort – fast genau in derselben, dünn besiedelten Gegend, wo fünfzehn Monate später ein Elfenwald vorübertreibt und einen solchen Feuersturm entfacht, als hätten die Elfen von ihrem Wald aus Hunderte Tonnen Ultralyddit auf die Bahngleise geworfen!«

Er schaute Frafa triumphierend an. Die schüttelte den Kopf.

»Der Transport war bewacht und bewaffnet! Niemand konnte den Sprengstoff stehlen, selbst wenn der Zug eine Weile stand. Und wie sollte der Sprengstoff dort fünfzehn Monate unentdeckt bleiben? Das … das ist einfach zu groß, um es unauffällig einzufädeln.«

»Aber ein seltsamer Zufall ist es doch, nicht wahr?« Biste grinste. »Die Zeit reichte aus, um mal eben ein paar Waggons leerzuräumen und durch vorher präparierte Kisten mit intaktem Siegel zu ersetzen. Klar ging das nur, wenn jemand dafür gesorgt hat, dass die *richtigen* Truppen den Zug bewachten. Und wer sowohl echte neue Siegel wie auch die notwendigen Truppen beschaffen kann, der kann sicher auch dafür sorgen, dass in derselben Gegend zu passender Zeit ein Manöver stattfindet, bei dem zufällig das richtige Bataillon Pioniere dabei ist, die das Zeug fachgerecht verlegen und tarnen. Dann liegt es sicher unter den Schienen und wartet auf seinen Einsatz – irgendwann, wenn die zeitliche Nähe nicht mehr ganz so auffällig ist.«

»Ja«, murmelte Barsemias. »Ja, vielleicht.«

»Nein«, sagte Frafa entschieden. »Da sind zu viele Wenns in deiner Geschichte. Und warum sollte jemand so etwas tun?«

»Was die Wenns angeht«, sagte Biste, »die Manöver in der Gegend sind belegt. Den ganzen letzten Sommer über haben sich dort die Armeekorps der Union gegenseitig die Hand geschüttelt, und wer weiß schon, was jede einzelne Truppe dabei getrieben hat? Da haben sich ein paar Nexusschnüffler verdammt viel Mühe gegeben, um die Infos zusammenzutragen, obwohl sie natürlich außer den interessanten Zufällen keine Beweise beibringen können.«

»Das ist also deine Theorie zu dem Überfall auf die Bahnlinie?«, fragte Frafa. »Irgendwer hat Sprengstoff aus Militärbeständen geklaut, ihn vergraben und genau dann gezündet, als *zufällig* ein Elfenwald darüberflog? Das ist bemerkenswert … zufällig.«

»Das ist nicht meine Theorie«, wehrte Biste bescheiden ab. »Und wer glaubt an Zufälle?«

»Wenn es kein Zufall war«, wandte Frafa ein, »dann hat jemand den Elfenwald absichtlich dorthin geschoben. Aber wer kann einen Elfenwald lenken, wenn nicht die Elfen selbst? Barsemias, wer lenkt eure Wälder? Nicht die Union, nehme ich an.«

Barsemias schüttelte den Kopf. Unsicher sah er Frafa an. »Nein … nein«, sagte er. »*Wir* lenken die Wälder. Wir stoßen uns von den Kraftlinien ab, die von Leuchmadans Blut ausgehen.«

»Und niemand kann eure Wälder fernsteuern? Ist es nicht so?«

»Nein, niemand.« Barsemias hätte die Theorie des Wichtels gern geglaubt, aber auch ihm erschien die ganze Geschichte zu groß, als dass er sie für möglich halten konnte. »Wer einen Elfenwald von seinem Kurs abbringen will, der müsste schon Leuchmadans Blut selbst lenken können, das Blut der Erde, wie ihr es nennt. Nicht nur ein wenig aufrühren, sondern ganz gezielt anpassen und auf unsere Versuche reagieren, mit denen wir gegensteuern würden. Niemand kontrolliert das Blut in diesem Maße … glaube ich … Aber …«

»Wir nutzen es«, sagte Frafa. »Aber wir kontrollieren es nicht. Wie sollten wir auch? Wer sollte das Blut der Erde kontrollieren? Und derjenige müsste zugleich die Soldaten der Union kommandieren können und wer weiß was noch. Biste, dieser Verschwörer, den du da entwirfst … den deine Freunde im Netz sich ausgedacht haben, das wäre ein *Gott*! Und selbst wenn es so einen Gott gäbe, warum sollte er dann eine so sinnlose Charade betreiben?«

»Ja.« Biste senkte den Kopf. Er klang niedergeschlagen, nur

ein spöttisches Zucken an seiner Oberlippe verriet, dass er noch nicht am Ende war mit seiner Weisheit. »Ihr habt sicher recht. Wo sollte man so einen Verschwörer hernehmen? Es ist ja nicht so, dass es einen uralten Zauberer gäbe, mit hervorragenden Verbindungen und mit Verbündeten in allen Rängen der Union. Einen Zauberer, der seit Jahrhunderten auf einen Krieg gegen die Elfen drängt, weil er ihnen bis heute nicht verziehen hat, dass sie ihm den Rücken zugekehrt haben, als er Menschen und Finstervölker zusammenbrachte.«

»Gulbert!« Frafa ballte die Faust.

»Gulbert?«, wiederholte Barsemias.

Frafa atmete auf, als Wisbur und Segga zurückkehrten.

»Sie ist uns entwischt«, verkündete Segga missmutig.

Wisbur warf einen Blick auf den Toten, dann auf die übrigen Personen im Raum. Biste der Wichtel drückte sich wieder tief in seinen Stuhl und machte sich ganz klein.

»Die Kopfgeldjägerin war wirklich auf dem Dach«, berichtete Wisbur. »Wir haben uns hochgeschlichen, teilweise in kleiner Gestalt. Aber irgendwie ist sie an uns vorbeigekommen. Als wir oben waren, hörten wir unten unseren Wagen wegfahren.«

»Und jetzt?«, fragte Barsemias. »Wir müssen zu meinen Leuten. Wir haben ... Dinge erfahren.«

»Was für Dinge?«, fragte Wisbur neugierig.

»Dafür ist jetzt keine Zeit«, fiel Frafa ihnen ins Wort. »Jetzt ist es an der Zeit für den großartigen Fluchtplan, den Barsemias mir versprochen hat ... als er mich fast aus dem Gefängnis befreit hätte.«

»Ähm.« Barsemias wechselte einen Blick mit Wisbur. »Die Kopfgeldjägerin wird jetzt wohl den Odontopter nehmen, oder?«

»Nicht unbedingt.« Wisbur kniff nachdenklich die Augen zusammen. »Was meinst du, was deine Kameradin tut?«, fragte er den Wichtel.

»Hm – abhauen?«, riet Biste und blickte sehnsüchtig zur Tür.

»Ich denke, sie holt die Polizei«, sagte Wisbur.

»Ich habe die Gespräche der Polizei verfolgt, bevor ihr gekommen seid«, erzählte Biste. »Nachdem die Albe ihnen das Quartier aufgemischt hat, sind sie ausgeschwärmt wie die Hornissen. Sie suchen überall nach euch und haben einen Rundruf im örtlichen Kanal gebracht.«

»Ja, kann ich mir denken«, sagte Wisbur grimmig. »Komm, verschwinden wir.«

»Nein, halt«, rief Biste. »Was ich sagen will: Die halbe Stadt ruft gerade bei der Polizei an. Und Rasca hat nur noch ein ganz gewöhnliches Phon dabei. Sie wird zur Polizei hinfahren müssen, um sie zu erreichen.«

»Das verschafft uns bestenfalls ein wenig Zeit«, sagte Wisbur. Er musterte den Wichtel scharf. »Und warum sagst du uns das? Willst du uns weismachen, dass du deine Freunde verrätst?«

»He!« Biste hob die Hände. »Ich bin nicht lebensmüde. Und Zadors Trio, das waren nicht meine Freunde. Sie haben mich selbst geschnappt, nachdem ich, äh ... ein Experiment mit Bankkennungen durchgeführt habe. Eine wichtige Nexusrecherche. Sie haben mich behalten, statt mich bei den Uniformen abzugeben. War ein gutes Geschäft für beide Seiten. Ich hab die dicken Fische für sie aufgespürt, sie haben die Angel ausgeworfen. Aber ich weiß, wann es an der Zeit ist, wieder auf eigenen Füßen zu stehen und unterzutauchen.«

»Dicke Fische.« Frafa schaute auf den Wichtel, auf die Geräte hinter ihm. Nexuskonsolen, Bildtafeln, Portalanlagen. »Du hast mich aufgespürt. Wie konntet ihr so schnell hier sein?«

»Nicht jetzt«, sagte Wisbur. »Wenn die Kopfgeldjägerin erst zur Polizei fahren muss, können wir fliehen wie geplant. Aber trödeln dürfen wir nicht.«

Frafa hörte Wisbur und Segga davonfahren. »Warum bin ich eigentlich hier?«, fragte Waldron. »Ich bin auch ein Gnom! Ich kann sogar einen Odontopter fliegen, denke ich. Und ihr zwei großen Leute werdet mit dem Wichtel wohl fertig.«

»Wir brauchen jemanden, der uns sicher zum Treffpunkt bringt«, warf Barsemias ein. »Und wir sollten schnell aufbrechen, solange wir noch können.«

»Oh ja. Solange wir aus dem Haus hinauskommen und die Frettchen es nicht umstellt haben.« Waldron warf sich in die Brust und schien zwei Fingerbreit zu wachsen bei den Worten des Elfs.

»Wir müssen dafür sorgen, dass der Wichtel uns nicht verpfeift«, fügte er hinzu. »Er weiß zu viel.«

»Niemand rührt den Wichtel an«, widersprach Barsemias. Er streckte erschrocken die Hand aus, als Frafa auf Biste zuging. Sie schob den Elf einfach zur Seite.

»Ganz im Gegenteil«, sagte sie. »Dieser Wichtel kommt mit uns.«

»Was?«, rief Waldron entsetzt.

»Was?«, rief Barsemias.

»Was?«, rief Biste der Wichtel mit den Übrigen im Chor.

Frafa wandte sich zu Barsemias hin. »Du erinnerst dich, worüber wir gesprochen haben? Als wir in Culecis angekommen sind und uns in diesem Maisfeld versteckt haben?«

»Über deine Flucht ...« Barsemias strich sich über die Haare. »Über ... äh ...«

»Darüber, warum wir hier auf halbem Weg gestrandet sind. Ich hatte vermutet, dass die Fatu dahintersteckt, dass sie deinen Zauber gestört hat. Aber wir wussten nicht, warum. Darum!«

Sie wies auf Biste.

»Darum?«, echote Barsemias.

»Wegen mir?«, fragte der Wichtel. »Ich habe nichts getan! Wovon redet ihr überhaupt?«

»Wir nehmen den schleimigen Wichtel auf gar keinen Fall mit!«, krähte Waldron. »Der hat mir auf den Kopf gehauen.«

Frafa sprach den Gnom und Barsemias gleichzeitig an. »Es geht um deine Herrin, Waldron. Sie meinte, ich würde auf dieser Reise neue Gefährten und Verbündete finden. Und dann hat sie dafür gesorgt, dass wir nicht bei den Elfen herauskommen, wie Barsemias wollte, sondern irgendwo mitten in Bitan. Die Herrin des Tals der Blumen wollte, dass wir auf unserem Umweg diesen Wichtel treffen. Weil er uns nützlich ist.«

»Äh, wie schön.« Biste ließ sich mit piepsiger Stimme vernehmen. »Ich hoffe, ich war euch nützlich. Aber ich gehe lieber meiner eigenen Wege, als ... ihr wolltet in den Elfenwald? Das ist primitiv. Elfen haben nicht einmal Häuser, oder?«

Barsemias schaute pikiert drein.

Waldron wirkte nachdenklich. »Wenn die Herrin es gesagt hat, dann kommst du mit, oder du kriegst einen Giftpfeil in die Stirn!«

»Ja«, sagte Biste hastig. »Elfenwald klingt gut. Wir Wichtel haben früher alle in den Elfenwäldern gewohnt. Ich wollte immer schon die Heimat meiner Vorfahren besuchen. Eine, äh, spirituelle Erfahrung!« Er nickte heftig.

Frafa ging in die Hocke, gleich vor Bistes Stuhl, bis sie mit dem Wichtel auf Augenhöhe war. »Du wirst mit uns gehen, und du wirst es gern und freiwillig tun. Weil wir dir nämlich etwas bieten können, was du gerne haben willst. Du suchst nach Netzgeschichten? Nach der Wahrheit hinter den Dingen? Du willst dir von denen da oben keine Lügen erzählen lassen?

Nun, komm mit zum Odontopter, dann erzähle ich dir etwas von Gulbert und Aldungan. Meine Geschichte. Eine Verschwörungstheorie, die du nicht im Äthernetz finden wirst. Und was das Beste ist: Sie ist wahr!«

Der Odontopter der Kopfgeldjäger ähnelte eher einer Fliege als einer Libelle. Unter den schimmernden Flügeln hing ein plumper Rumpf, hinter dem nur ein winziger Schweif für Stabilität sorgte. Die Kabine war schwarz und so groß wie ein kleiner Bus.

Frafa und ihre Begleiter verbargen sich am Berghang in einem Gestrüpp, als das Fluggerät herankam. Es war Biste, der den Odontopter wiedererkannte und ihnen sagte, dass die anfliegende Maschine nicht zur Polizei gehörte. Damit machte der Wichtel sich zum ersten Mal nützlich, denn während des Weges über den Bergausläufer von der Kraftwerksruine bis zum Treffpunkt war er eine ständige Last gewesen, mit seinen kurzen Beinen, dem Gepäck, das zu schwer für ihn war, und mit seinen andauernden Klagen darüber, was er alles zurücklassen musste.

»Selbst wenn es der richtige Odontopter, ist«, gab Barsemias zu bedenken, »woher wissen wir, dass die Gnome darin sitzen?«

»Wenn das eine Falle ist, erschießen wir den Wichtel!« Waldron fuchtelte mit der Pistole.

Frafa kniff die Augen zusammen. Der Odontopter kam tief und zielstrebig heran, hielt auf die kleine Wiese am Fuße des Hangs zu.

»Es sind die Gnome«, verkündete sie und lief los.

Bald erkannten sie Wisbur durch die Scheiben, und Segga saß neben ihm. Sie schoben die große Seitentüre auf und sprangen hinein. Im hinteren Teil der Maschine war ein großer Raum für Gepäck. Die Sitze vorn boten genug Platz für einen Elfen, eine Albe und die vier kleinen Leute.

»Ist alles gut gegangen?«, fragte Frafa. Sie schnallte sich noch an, da hob Wisbur schon wieder ab und sauste das Tal entlang.

»Auf dem Flug hierher haben wir die Polizei gesehen«, sagte Wisbur. »Die Straße zum Kraftwerk ist voll mit ihnen. Sie haben uns vermutlich auch bemerkt, und wenn sie von dem Diebstahl erfahren, können sie sich den Rest zusammenreimen. Wir müssen zusehen, dass wir aus dem Tal rauskommen.«

»Ich weiß nicht, ob das reicht«, erwiderte Frafa. »Die Luftflotte war wochenlang hinter mir her. Und sie wussten immer genau, wo sie mich finden.«

Sie wandte sich an Biste, der eifrig auf einer Typotafel schrieb. »Genau wie ihr. Wie habt ihr das gemacht?«

»Wie ich dich gefunden habe?«, fragte der Wichtel. »Ach, das war leicht. Ich habe einfach Aldungans Nexuskanal abgehört. Da hat er seinen Verbindungsleuten beim Generalstab regelmäßig deine aktuelle Position durchgegeben.«

Er vertiefte sich wieder in seine Liste.

»Aber ...«, stammelte Frafa. »Einfach ... Wie kann das sein? Ich wüsste keinen Zauber, mit dem er mich magisch aufspüren könnte!«

»Aldungan schon, offenbar«, erwiderte Biste. »Vielleicht ist er darum ja dein Meister, und du warst seine Sekretärin.«

Er duckte sich unter Frafas Blick und fügte rasch hinzu: »Ich verstehe natürlich nichts von diesen Dingen. Jedenfalls hat er dich in den Bergen aus den Augen verloren. Wir haben erwartet, dass du in Bitan auftauchst, darum waren wir näher dran als das Schlachtschiff, sobald Aldungan dich wieder entdeckt hatte.«

Frafa blickte aus dem Seitenfenster und sah graue Berghänge und grüne Almwiesen. Gipfel schimmerten weiß über ihnen, getrübt vom Flirren der schlagenden Flügel. Ihr fröstelte. Sie fühlte sich beobachtet, und mit einem Mal hatte sie das Gefühl, dass diese Flucht niemals ein Ende finden würde.

»Einen ... Xotocl«, sagte Rudrogeit.

Der Barmann – Rudrogeit war sich nicht sicher, ob das der richtige Ausdruck war für diese Hinterwäldlerkneipe – musterte ihn abschätzig. Er wischte Gläser an seiner Schürze trocken und stellte sie neben den Zapfhähnen ab.

»Ein *was*?«, fragte er.

Rudrogeit suchte nach einer Getränkekarte. Aber obwohl das dämmrige Innere dieser Kneipe einem Vampir gelegen kam, sah er nichts dergleichen.

»Xotocl«, wiederholte er. »Oder ... Was für Mischgetränke haben Sie hier?«

»Mischgetränke?«, wiederholte der ... ja, Wirt! Das war die passende Bezeichnung, beschloss Rudrogeit. Er erinnerte sich an eine Zeit, als solche Häuser stets Schenken mit Wirten gewesen waren und die neumodischeren Begriffe noch nicht geboren waren. Und hier an der Grenze schien die Zeit stehen geblieben zu sein.

»Wir haben nix Gepanschtes, Vampirjunge«, sagte der Wirt. »Wir haben Bier, Schnaps ...«

»Drei Kronen«, warf eine Stimme hinter Rudrogeit ein. »Das macht selbst Tote wieder warm.«

Rudrogeit drehte sich um. Ein halbes Dutzend junger Burschen hatte sich hinter ihm versammelt, in blauer Arbeitshose und in grob karierten Hemden. Sie waren kräftig, aber mit ein wenig mehr Bauch als Schulter ausgestattet.

»Tut mir leid.« Rudrogeit blickte vom Wirt zu der Dorfjugend. »Alkohol wirkt nicht auf mich. Es wäre Verschwendung.«

»Ja, klar«, sagte einer der Burschen. »Schnaps ist ein Vergnügen für die Lebenden.«

»Ich bin durchaus lebendig«, erklärte Rudrogeit. »Es ist ein weit verbreiteter Irrtum, dass Vampire tot oder ›untot‹ wären. Tatsächlich sind wir einfach nur eine andere Spezies. Unsere Körpertemperatur ...«

Die jungen Burschen sahen sich an und lachten.

»Und ihr trinkt kein Blut, sondern dieses Kokotel, Spitzzahn?« Einer aus der Gruppe trat auf Rudrogeit zu und wedelte mit der Hand vor seinem Gesicht herum. »Willst du uns das erzählen?«

»Wir brauchen Blut als Nahrung«, räumte Rudrogeit ein. »Viele andere Speisen vertragen wir nicht, und auch unser Geschmackssinn ist eingeschränkt. Wenn der Herr Wirt also kein ...«

»Ui, der Herr Wirt!«

Ein paar der Burschen lachten.

»Vielleicht stehst du auch nur hier an der Theke, um unsere Frauen aufzureißen?« Der Sprecher zwinkerte seinen Kumpels zu. »Sie aufzureißen und ihr Blut zu trinken!«

Rudrogeit verdrehte die Augen, aber er wollte keinen Streit.

»Die Truppe sorgt für meine Vorräte«, sagte er. »Ihr habt nichts zu befürchten.«

»Befürchten?«, sagte der junge Mann. »Es heißt, Vampire sind schneller und stärker als lebende Männer. Von unheiliger Kraft erfüllt. Aber bist du auch stärker als sechs von uns?«

Rudrogeit hob beschwichtigend die Hände und wollte von der Theke wegtreten. Sofort holte einer der Burschen zu einem Schwinger gegen Rudrogeits Gesicht aus. Rudrogeit wich aus, ballte die Faust, doch er ließ sie wieder sinken.

»Bitte«, sagte er. »Es gibt keinen Grund ...«

Zwei der jungen Männer verstellten ihm links und rechts den Weg. Der Bursche vor ihm holte erneut zum Schlag aus. Rudrogeit wollte wieder ausweichen, aber er hatte keinen Platz. Einen Angreifer stieß er zur Seite, dann traf eine Faust sein Gesicht. Er schmeckte Blut. Es war sein eigenes. Er stieß mit dem Kopf nach vorn und traf etwas Weiches.

»Schluss damit, ihr Spinner!«, hörte er eine Frau rufen.

Als er den Kopf wandte, um nach der Stimme zu schauen, bekam Rudrogeit zwei weitere Schläge ins Gesicht. Er trat nach hinten, und jemand schrie auf vor Schmerz. Rudrogeit empfand ein Gefühl der Befriedigung. Er fühlte die Lust, Knochen zu brechen und *ernsthaft* zu kämpfen!

Ein Knall hallte durch den Raum wie ein Schuss. Rudrogeit fuhr herum.

»Es reicht!«, brüllte der Wirt.

Schwer atmend ließen die jungen Männer von dem Vampir ab.

»Keine Schlägerei in meinem Haus.« Der Wirt hielt einen zusammengelegten Ledergurt in der Hand wie eine Peitsche und ließ ihn wieder drohend auf die Theke klatschen. »Wenn ihr nach der Arbeit zu viel Kraft übrig habt, macht das auf der Straße aus.«

»Oh nein!« Ein Mädchen drängte sich zwischen den Landarbeitern hindurch und fasste Rudrogeit am Arm. Dabei sah sie grimmig auf die jungen Burschen. »Das werdet ihr schön bleiben lassen. Ihr fallt nicht über unsere Besucher her, wenn sich schon mal welche nach Altagrisa verirren.«

»Das ist ein Vampir!« Einer der Männer spuckte aus. »Wir haben hier keine Vampire, und wir wollen auch keine!«

»Ich bin mir sicher, das hat er verstanden.«

Das Mädchen führte Rudrogeit zwischen den Burschen hindurch zur Tür. Sie trug die schwarzen Haare kurz geschnitten, und ihre Arbeitshose und das grobe Hemd unterschieden sich kaum von dem, was die Angreifer trugen. Erst auf den zweiten Blick erkannte Rudrogeit die kurze Schürze um ihren Bauch und die große Geldbörse darin. Aus einer anderen Tasche in der Schürze zog sie ein Tuch. Sie wischte ihm das Blut aus dem Gesicht, während sie nach draußen traten.

Es war ein lauer Abend. Der Geruch nach Staub hing über der unbefestigten Straße, und nur der Widerschein aus vereinzelten Fenstern sorgte für dämmriges Zwielicht. Das Mädchen führte ihn weiter zu einer Bank neben der Tür und nötigte ihn, sich zu setzen.

Aus dem Inneren der Kneipe hörte er seine Angreifer grölen und Gläser klirren. Niemand folgte ihnen. Das Mädchen spuckte auf das Tuch und rieb in seinem Gesicht herum. Es schmerzte, wenn sie an die Nase kam.

Sie hielt kurz inne und sah ihn an. »Tut das weh?«, fragte sie.

»Ein bisschen«, erwiderte Rudrogeit.

»Oh.« Sie rieb vorsichtiger. »Das hätte ich nicht gedacht. Ich meine, bei Vampiren ...«

»Tote kennen keinen Schmerz?« Rudrogeit lachte trocken. »Vampire ...«

»... sind nicht tot«, vollendete sie den Satz. »Ich weiß. ’tschuldige. Im Gegensatz zu diesen Holzfällern habe ich in der Schule aufgepasst.«

»Sie müssen sich nicht entschuldigen.« Rudrogeit seufzte. »Wenn es keine Vampire gibt in diesem Kaff, ist der Aberglaube natürlich lebendiger als die paar Fakten, die man in der Schule erzählt bekommt.«

Sie saßen eine Weile schweigend nebeneinander. Das Mädchen wischte an seinem Uniformkragen herum, auf den das Blut getropft war.

»Entschuldigen Sie«, sagte Rudrogeit schließlich. »Für das Kaff. Ich wollte Ihren Heimatort nicht beleidigen.«

»Oh.« Sie lachte bitter. »Das tust du nicht. Du beschreibst ihn ganz richtig. Und sag ›du‹ zu mir – jeder tut das. Ich heiße Sona.«

»Rudrogeit«, sagte Rudrogeit. Er nahm ihre Hand und hielt sie sanft. »Du solltest wieder hineingehen. Bevor deine Freunde glauben, ich hätte dich angesteckt und uns beiden einen Pfahl durch die Brust stoßen.«

Sie lachte kurz auf. »Das sind nicht meine Freunde«, sagte sie. »Und es ist mir auch völlig egal, was sie von mir denken ... Rudrogeit.« Sie musterte ihn. »Du gehörst zu dem Flugkreuzer, der vor der Stadt liegt?«

Rudrogeit nickte. Er hatte immer noch Sonas Geruch in der Nase, ihr Blut ... Der Duft ihrer Haut, ihres Speichels mischte sich darunter. Er roch ihren Körper, und es roch gut. Er hatte selten von lebenden Menschen gekostet. Selbst damals, in einer anderen Zeit, hatte er das Blut getrunken, das seine Mutter ihm gegeben hatte. Von Sklaven gezapft, im Becher serviert. Nicht in blutigem Rausch gerissen.

Töten und Trinken – bei Swankar bekam man von beidem genug, aber seine Mutter achtete darauf, beides voneinander zu trennen. Bei Rudrogeit genau wie bei ihren anderen Gefolgsleuten.

»Ihr seid wegen dieser Albe hier? Die so viele Polizisten umgebracht hat?«

Rudrogeit nickte. Er schaute Sona wieder an und bemerkte, dass auch sie ihn musterte. Einen Augenblick lang versanken ihre Blicke ineinander. Rudrogeit dachte an die freien Vampire, von denen er gehört hatte. Manche von ihnen, so hieß es, kauften nicht nur das Blut zum Trinken, sondern lebten mit ihren eigenen Gefolgsmenschen zusammen. Sie tranken in wilden Orgien, während sie und ihre Menschen einander gegenseitig Lust bereiteten.

»Meine ... meine Vorgesetzte ist gerade bei der Polizei und spricht darüber, wie die Albe entkommen konnte«, sagte er hastig und versuchte, an etwas anderes zu denken als an diese ... Geschichten. »Ich wollte mich derweil in der Stadt umsehen, ob ich ein paar Hinweise sammeln kann.«

»Weißt du«, sagte Sona, »du kannst froh sein, dass du ein Vampir bist. Auf Nachtalben sind hier alle ganz schlecht zu sprechen. Besonders die Polizei. Ein halbes Dutzend Polizisten liegen tot im Gefängnis, heißt es, und eine Krankenschwester und ein paar Gefangene. Sie waren … verändert. So kalt und so starr, als wäre das Leben aus ihnen herausgefressen worden!«

Rudrogeit lächelte unwillkürlich, als er an seine Mutter dachte – eine Nachtalbe, die besonders schlecht auf die örtliche Polizei zu sprechen war, weil sie Frafa hatten entkommen lassen. Beide Seiten bereiteten sich vermutlich gerade eine richtig schlechte Zeit, und Swankar tat ihm nicht leid. Hätte sie sich nicht mit diesem Elfenwald aufgehalten, wären sie womöglich rechtzeitig hier eingetroffen …

»Du solltest trotzdem wieder hineingehen«, sagte er. »Der Wirt wartet sicher auf dich. Nicht, dass du meinetwegen deine Stelle verlierst.«

Sona warf trotzig den Kopf in den Nacken. »Ich will sowieso nicht ewig für den alten Tasko arbeiten. Wenn ich genug Geld zurückgelegt habe, ziehe ich nach Opponua.«

»Warum nicht nach Daugazburg?«, entfuhr es Rudrogeit.

Sona runzelte die Stirn. »Daugazburg?«

»Opponua ist die Hauptstadt«, sagte Rudrogeit. »Aber Daugazburg ist größer. Eine lebendige Stadt mit vielen Völkern. Da gibt es genug Platz für Fremde, mehr als im ordentlichen Opponua. Im Schatten der Türme ist Platz für jeden.«

Rudrogeit fand nicht die richtigen Worte, um auszudrücken, was er sagen wollte. Daugazburg, die Stadt der Freiheit. Für jeden, nur nicht für Vampire.

Sonas Finger wanderten über den Kragen seiner Uniform. »Daugazburg liegt bei den Finstervölkern.«

»Wir sind ein Land heutzutage.« Rudrogeit sah sie an. »Es fährt eine Bahn bis nach Daugazburg, und dort leben genauso viele Menschen wie in Opponua.«

»Und Fremde.« Ihr Blick flackerte.

Rudrogeit erinnerte sich daran, wo er war. In einer kleinen Stadt an der Grenze. Was auch immer die Union ausmachte, hier war nicht viel davon zu spüren.

»Wenn ich nicht im Einsatz bin, habe ich ein Apartment in Daugazburg. Ich kann dir meine Adresse aufschreiben. Melde dich, wenn es dich mal in die Gegend verschlägt …«

Er wühlte in den Taschen seiner Uniform nach Blatt und Stift. Er hatte nichts dergleichen. Da entdeckte er einen kleinen Block und einen Minenschreiber in Sonas Schürze, und er fischte beides heraus.

»Hm, hab's mir gedacht, dass d' was trinken willst. Aber in so 'ner hübschen Tüte … Teilst doch sicher mit 'm alten Freund, was, Rud?«

Rudrogeit blickte auf. Sergeant Sneithan stand auf der Straße, zwei Schritte vor der Bank und die Klauenhände in den Gürtel gehakt. Er grinste und zeigte seine mit Gold überkronten Hauer. Als Sona sich zu ihm hinwandte, stülpte er die Lippen vor und machte ein schmatzendes Geräusch.

Mit einem unterdrückten Schrei fuhr sie zurück und presste sich an Rudrogeit. Der legte den Arm um Sonas Schulter und fuhr Sneithan an: »Was wollen Sie, Sergeant?«

»Aye.« Sneithan grinste noch breiter. »So'n Förmlicher heut, seh schon, Hau'mann. Soll nach dir schau'n gehn, hat dein' Mama gesagt! Macht sich Sorgen um ihren Kleinen.« Er stand breitbeinig da und wippte vor und zurück. Rudrogeit hätte ihn am liebsten kräftig in die Eier getreten, um dieses fette Grinsen aus seinem Gesicht zu wischen.

Verlegen fuhr er sich übers Gesicht, schob Sona behutsam fort und stand auf.

»Ist gut«, sagte er zu Sneithan. »Ich komme. Sag Coronel Swankar, dass du mich gefunden hast.«

Er blickte Sneithan nach, bis der hinter der nächsten Ecke verschwand. Dann kritzelte er hastig seine Adresse und den Code seiner Gesprächsverbindung auf ein Blatt. »Melde dich, wenn du nach Daugazburg kommst«, sagte er.

»Vielleicht melde ich mich mal«, erwiderte Sona. Sie riss das oberste Blatt ab und stopfte es in die Hosentasche, bevor sie den Rest wieder in die Schürze beförderte. »Vielleicht melde ich mich, wenn ich in Opponua bin. Da wären wir beide fremd und könnten die Stadt zusammen entdecken. Falls du einmal eine Luftveränderung brauchst.« Sie zwinkerte ihm zu.

»Ja«, sagte Rudrogeit. »Vielleicht wäre es das Richtige für mich.«

Als Sona in Taskos Wirtschaft verschwunden war, wandte er sich ab. Er sah die Silhouette von Swankars Schiff hinter den Häusern. Für manche, dachte Rudrogeit, war es leichter als für andere, seinem Zuhause den Rücken zu kehren und anderswo neu anzufangen.

Aber andererseits, womöglich dachte das jeder, sobald es ihn selbst betraf.

15

Nexusschnüffler – *Wie an anderer Stelle bemerkt, lassen sich dem* *Nexus *aufgeprägte *Informationen nur dann wiederfinden, wenn die entsprechende Stelle bekannt ist. Dennoch bleibt jede dort abgelegte Information für immer erhalten, selbst wenn die Zugriffskoordinaten verloren sind.*

Denkbar ist also, dass man auf solche vergessenen Informationen stoßen kann – selbst wenn es ein sehr großer Zufall wäre angesichts der potenziellen Unendlichkeit der Nexus-Matrix. Als Nexusschnüffler sind nun jene Algorithmen bekannt, die versuchen, solche Zufallsfunde zu systematisieren und verlorene Informationen gezielt zu rekonstruieren. Die Bezeichnung wird auch auf Personen angewandt, die solche Algorithmen benutzen oder sie entwickeln.

Nexusschnüffler bewegen sich in einer rechtlichen Grauzone. Der *Nexus *selbst macht keinen Unterschied zwischen historischen Aufzeichnungen und solchen, die noch in Gebrauch sind. Der Nexusschnüffler kann also mit derselben Wahrscheinlichkeit auf das jahrtausendealte und vergessene Tagebuch eines Zauberers stoßen wie auf einen zeitgenössischen* *Äthernetz-*Eintrag oder auf ein aktuelles, vertrauliches Ferngespräch oder taktische Aufzeichnungen der Luftflotte. Auch wenn das Nexusschnüffeln an sich nicht illegal ist, da die Erfolgsaussichten laut offiziellen Stellungnahmen als »vernachlässigbar gering« anzusehen sind, kann der Zugriff auf vertrauliche Daten trotzdem eine Straftat darstellen.*

AUS: »TECHNIKLEXIKON«, IM ISKWELZA VON DAUGAZBURG

11. Staubmond 282 GdU, im Elfenwald von Porfagilia

Frafa stand am Fuß einer uralten Eiche und hielt die Finger verschränkt. Ein Dutzend Elfen standen im Halbkreis um sie herum, und alle blickten ernst und würdevoll drein. Der Baum hinter ihr ragte auf wie ein Turm, und eine fast feindselige Ausstrahlung ging von ihm aus.

»Warum diese Gestalt?«, fragte eine Elfenfrau. »Wolltet Ihr Euch bei uns … einschleichen?«

Frafa legte die gefalteten Hände ans Kinn und senkte den Kopf. »Es sollte unsere Verfolger täuschen, die Menschen von Bitan. Es war Barsemias' Einfall.«

Das Ergebnis dieser Anhörung würde darüber entscheiden, ob sie in den Elfenlanden Asyl fand. Dennoch fiel es ihr schwer, als demütige Bittstellerin aufzutreten. Das mochte der Rat der Ältesten sein, die Führer des Elfenwaldes von Porfagilia – aber keiner von ihnen war so alt wie sie, keiner auch nur annähernd so mächtig. Frafa empfand es als Farce, diesen Leuten Rede und Antwort zu stehen.

Doch in ihren Hochmut mischte sich eine andere Empfindung.

Scham.

Sie stand hier auf den Wurzeln eines Elfenwaldes und hatte selbst schon einen solchen Wald zerstört. Und dieser Wald mochte der nächste sein, welcher der Vernichtung anheimfiel. Ihretwegen.

Sie musste es aussprechen.

»Womöglich …« Sie zögerte. »… sollte ich mein Ersuchen zurückziehen.«

»Weshalb?« Es war der Sprecher des Rates, ein Elf mit silbernem Haar, so silbern, dass es fast so weiß aussah wie sein Gewand. Doch Frafa ließ sich nicht täuschen. Elfen waren alterslos wie die Alben, und wenn dieser Elf alt wirkte, dann, weil er es so *wollte.*

»Aldungan verfolgt mich mit all seiner Macht«, erklärte sie. »Ich kam her, um Schutz zu suchen. Aber inzwischen fürchte ich, dass ich eher Euch in Gefahr bringe.«

»Die Albe verbirgt ihren Stolz hinter falscher Sorge«, warf ein anderer Elf ein.

Oder verberge ich meine Sorge unter falschem Stolz? Frafa wusste es selbst nicht genau. Sie fühlte sich unsicher und allein unter den fremden Elfen, die sie misstrauisch beäugten. Barsemias war ihr in den wenigen Tagen ihrer Reise fast schon vertraut geworden, aber nun war er nicht hier.

Der Weißhaarige musterte sie.

»Ihr verbergt Eure Aura«, stellte er fest.

Frafa zuckte die Achseln. »Warum auch nicht? Meine Gefühle gehen Euch nichts an. Umso weniger, wenn ich nicht bleiben will. Aber meine Sorge ist berechtigt. Ihr habt Barsemias' Bericht vernommen.«

Der weißhaarige Elf lächelte. »Ihr solltet nicht unbedacht Eure Pläne ändern, nur weil Euch gerade ein anderer Einfall kommt«, sagte er. »Es war Unbedachtheit, die das Unglück über uns alle brachte. Gulbert hat den Wall der Finstervölker durchbrochen und damit den Boden vergiftet und uns das Land geraubt.« Er wandte sich an seine Brüder. »Niemand von uns sollte heute eine unbedachte Entscheidung treffen.«

»Aber Aldungan weiß, dass ich hier bin!«, rief Frafa. »Beunruhigt Euch das nicht?«

»Es gibt viel zu bedenken«, erwiderte der Elf. »Aldungans Magie reicht nicht bis unter unsere Bäume. Er mag Euren Weg durch Bitan bis hierher verfolgt haben, doch wo Ihr Euch von nun an bewegt, weiß er nicht mehr. Es würde also gar keinen Unterschied machen, wenn Ihr weiterzöget.«

»Als ich herkam«, sagte Frafa, »da hoffte ich auf eine sichere Zuflucht. Aber unterwegs ... Ich habe erkannt, dass es keinen sicheren Ort gibt für mich. Ich muss in Bewegung bleiben und versuchen, den Kampf dabei aufzunehmen. Ich würde nur diejenigen gefährden, die mich aufnehmen, ohne dass ich einen Nutzen davon hätte.«

»Na«, warf ein anderes Ratsmitglied ein. »Hier wäret Ihr jedenfalls sicher genug. Sie können wohl kaum unseren ganzen Wald niederbrennen, um Eurer habhaft zu werden.«

»Wenn die Gerüchte stimmen«, wandte Frafa ein, »dann will Gulbert den Krieg!«

»Natürlich will Gulbert uns mit Krieg überziehen.« Eine der

Elfenfrauen verzog angewidert das Gesicht. »Das sind nicht nur Gerüchte. Er versucht nicht einmal, seine Absichten zu verbergen. Wenn er es könnte, hätte er die Truppen der Union längst in Marsch gesetzt. Aber die Bewohner der Union wollen den Krieg nicht, und allein kann er ihn nicht mehr beschließen.«

»Warum sollten sie auch einen Krieg führen?«, warf ein anderer Elf ein. »Unser Land bekommen sie ohnehin. Die Grenze ist in den letzten Jahrzehnten um dreihundert Meilen nach Norden gewandert. Die Bitaner müssen nur abwarten, bis das Gift im Boden uns alle vertrieben hat.«

»Gulbert wartet nicht gern«, gab Frafa zu bedenken.

Der weißhaarige Elf löste sich aus dem Halbkreis seiner Genossen und kam auf Frafa zu. Mit einer großen Geste wies er über die kleine Lichtung mit der Silbereiche in der Mitte und mit kleineren Bäumen wie Säulen darum herum. »Gulbert will den Krieg, und vielleicht gelingt es ihm, die Union davon zu überzeugen. Wenn er das schafft, wird er von diesen Plänen nicht Abstand nehmen, nur weil Ihr anderswohin reist. Wenn die Union aber keinen Krieg gegen uns führen will, dann wird sie ihn nicht wegen einer flüchtigen Albe anfangen. Jedenfalls nicht so schnell: Sie werden kommen und verhandeln, und wir haben Zeit, uns unsere Schritte zu überlegen.«

»Ich könnte Gulbert einen willkommenen Vorwand liefern, um diesen Krieg zu beginnen.«

»Wenn ein Vorwand alles ist, was er noch braucht«, sagte der weißhaarige Elf, »wird er ohnehin einen finden. Aber gerade wenn uns nur noch ein Vorwand vom Krieg mit der Union trennt, könnte Euer Wissen uns besonders nützlich sein.«

Frafa ging zurück zum Odontopter, der auf einer Waldlichtung gelandet war. Der Boden unter ihren Füßen federte, die Hainbuchen standen weit auseinander und trugen ein hohes Blätterdach, das angenehm das Sonnenlicht filterte. Ein würziger Duft erfüllte die Luft, ein Duft nach Wald und nach Leben, nach abgefallenen Blättern vom letzten Jahr, nach Pilzen und nach Bitterfarn. Die Stämme hatten einen silbrigen Schimmer, wie eine Aura, die man mit bloßem Auge sehen konnte.

Sie fühlte Magie ringsumher, ein feines Gewebe mit vielen Strömen und Unterströmen. Frafa watete förmlich darin. Die Ausstrahlung der Bäume umfing ihren Leib, zupfte an ihrer Seele – nicht so mächtig wie im Schatten der Silbereiche, wo der Elfenrat sich versammelt hatte. Dennoch spürte sie die Feindseligkeit dieses Waldes, der sie mit all seinen Sinnen verfolgte.

Frafa schirmte ihre Aura ab. Sie vermied jede Kraftprobe, versuchte nicht einmal, den Zauber dieses Ortes zu ergründen. Sie musste es auch nicht mehr. Sie kannte das magische Gewebe eines Elfenwaldes bereits. *Flascale.* Frafa erinnerte sich an den Namen jener Siedlung, die sie erforscht und zu Fall gebracht hatte während der unglückseligen Bahnreise in Falinga.

Sie fröstelte und zog ihre Abschirmung fester um sich.

Die Magie ließ nach, je weiter sie sich vom Platz des Rates entfernte. Die Bäume wurden gewöhnlicher, die Stimmung im Wald profan. Unterholz breitete sich aus. Das Hainbuchenwäldchen hatte angemutet wie eine Kathedrale der elfischen Götter, doch wenige Hundert Schritt entfernt auf der Lichtung erinnerte nichts mehr an diese Stimmung. Ob die Elfen auch hier noch Kontrolle über das Land ausübten? Oder konnte sie einfach in den Odontopter steigen und davonfliegen?

Wisbur und Segga arbeiteten an der Maschine, Biste saß in der offenen Seitenluke und tippte auf einem handtellergroßen Ding herum. Waldron saß zu seinen Füßen auf dem Boden und stocherte missmutig mit einem Zweig im Laub.

»Wie ist es gelaufen?«, fragte Wisbur ernst. »Was haben die Spitzohren gesagt?«

»Sie haben sich nicht entschieden«, erwiderte Frafa. »Aber ich soll bei ihnen bleiben, bis sie sich einig werden. Das ist auch schon eine Entscheidung.«

»Wenn wir bleiben«, sagte Biste, »dann müssen wir unbedingt noch in irgendeine bitanische Stadt zurück. Ich habe eine Einkaufsliste.« Er hielt eine Typotafel in die Höhe.

»Eine Einkaufsliste?« Frafa trat neugierig zu ihm und las den ersten Wichtelwunsch laut vor. »Nachtalbenküsse?« Sie lupfte die Augenbraue. »Davon träumst du.«

»Hm … äh.« Biste fuhr sich mit den Fingern durch die kupferroten Locken. »Das ist nur ein Name … Ich meine, sie schmecken halt gut und sind sehr gesund.«

»Gesund?« Frafa las weiter. *Schaumzuckerbeeren, Xotocpralinen …*

»Ich brauche Zucker beim Denken«, erklärte Biste. »Ich hab mich grad schon mal in dieser Elfensiedlung umgeschaut, und da gibt es nichts Vernünftiges. Da ist alles irgendwie so handgemacht.«

Frafa schüttelte den Kopf und reichte ihm die Tafel zurück. Dann wandte sie sich an die Gnome. »Was ist mit euch? Eure Mission ist erfüllt. Euch hält niemand mehr im Elfenland, und der Odontopter dürfte euch sicher nach Hause tragen.«

Wisbur blickte verlegen zu Boden. »Heiße Ware«, murmelte er. »Ich weiß nicht, ob ich mit dem Ding in der Union unterwegs sein will.«

»Wir lassen ihn bei der ersten Siedlung stehen und klauen einen Wagen«, schlug Segga vor. »Kein Problem. Ich kann genauso gut fahren wie fliegen.«

»Eigentlich«, gestand Wisbur widerstrebend ein, »wollte ich nicht nur eine Albe durch die Gegend chauffieren. Ich wollte kämpfen! Bloma ist noch nicht gerächt. Und Barsemias meint, dass Gulbert einen Krieg gegen die Elfen plant. Mein Platz ist hier.«

Segga und Waldron sahen zu ihm auf.

»Ihr seid natürlich nicht daran gebunden«, fügte Wisbur hinzu. »Die Herrin hat nur befohlen, dass wir die Albe herbringen. Wenn ihr zurück ins Tal fliegen wollt …«

Er wies auf den Odontopter, blickte dabei aber skeptisch drein. Frafa verstand ihn gut. Sie wusste auch nicht, ob sie die beiden gern allein in einem Fluggerät sehen wollte.

»Wir sind natürlich dabei!« Segga klopfte Wisbur auf die Schultern.

»Klar«, sagte Waldron. »Bloma war auch unser Freund.«

Segga blickte zweifelnd drein, verzog das Gesicht und fügte hinzu: »Irgendwie jedenfalls. Glaube ich. Auch wenn er es nie richtig gezeigt hat.«

»Er hatte halt Probleme, seine Gefühle zu zeigen«, befand Waldron. »Er war ein echter Kerl.«

Wisbur lächelte traurig. »Ihr müsst nicht um einen Nachruf ringen. Bloma war, wie er war, aber er war mein Freund. Ich werde ihn nicht einfach vergessen. Der Zauberer, der ihn umgebracht hat, mag jahrtausendelang all seinen Feinden entgangen sein. Aber irgendwann fällt jeder, und ich will da sein, wenn Gulbert stürzt.«

»Hm, hm …«, sagte Biste.

Waldron fuhr herum. »Das macht er die ganze Zeit!«, rief er empört. »Er glotzt mich ständig mit seinem riesigen Auge an und fummelt an seinem Kasten herum.«

Frafa musterte den Wichtel genauer. Er hielt das eine Auge zugekniffen, das andere starrte blicklos ins Leere und wirkte leicht vergrößert. »Was tust du da, Biste?«, fragte sie.

»Ah?«, machte der Wichtel. »Ach. Ja. Ich schaue nach Kommentaren.«

»Was?« Frafa beugte sich zu ihm hinab.

Segga trat im Odontopter hinter ihn und spähte über den Kopf des Wichtels hinweg. Er beschrieb eine Geste an seiner Schläfe. »Der ist schwachsinnig geworden!«, rief er. »Und ich dachte, er hätte Waldron auf den Kopf gehauen, nicht umgekehrt!«

»He!«, rief Waldron. »Ich bin nicht schwachsinnig.«

»Nicht mehr als sonst«, murmelte Wisbur.

Biste stülpte gereizt die Lippen vor. »Ich bin im Äthernetz«, sagte er. »Im Nexus. Ich schaue nach, ob schon jemand etwas zu den Enthüllungen geschrieben hat, die ich während des Fluges aufgeprägt habe.«

Frafa sah seine winzige Schreibfläche an. »Wie kannst du damit im Nexus unterwegs sein?«

Biste fummelte in seinem Auge herum und hielt etwas Winziges, Glitzerndes in die Höhe. »Ich benutze das hier: eine kleine Bildtafel, die man sich direkt ins Auge klemmen kann.«

»Gib her!« Waldron stürzte sich auf ihn. »Ich will sehen, was für einen Verrat du im Nexus treibst.«

Er entriss dem überrumpelten Wichtel das Gerät und schob es sich selbst ins Auge. Gnomenaugen waren größer als die von Wichteln, und Frafa sah, wie die winzige Linse träge an Waldrons Pupille hinunterglitt. Der Gnom sah aus, als würde ihm übel, während er sich auf das Bild konzentrierte.

Auch Biste verzog das Gesicht. »Das ist eklig. Man schiebt sich nicht fremde Bildtäfelchen ins Auge.«

»Was siehst du?«, fragte Frafa neugierig.

»Was ist das?«, sagte Waldron. »So viel Schrift ...« Er fuchtelte mit den Armen in der Luft herum und starrte angespannt durch die Augenlinse. »Hoho«, entfuhr es ihm schließlich. »Da gibt es eine Verschwörung von Aldungan und Gulbert. Sie wollen den ganzen Kontinent mit Thaumagel unterspülen, damit es einen Erdrutsch gibt und ein Flachwassermeer für die Nereiden entsteht, mit denen die alten Zauberer im Bunde stehen.«

»Wer behauptet denn so was?«, fragte Frafa.

»Keine Ahnung«, sagte Waldron. »Es steht in dem Text, den der Wichtel eben gelesen hat. Moment ... da steht, das wurde von Frafa der Nachtalbe bestätigt, von Aldungans Vertrauter!« Er sah Frafa an: »Davon hast du uns ja gar nichts erzählt!«

»So etwas habe ich niemandem erzählt!«, rief Frafa empört.

»Nun«, erklärte Biste stolz. »Ich habe natürlich mein Wissen aus anderen Quellen hinzugefügt und alles so ergänzt, wie es logisch ist.«

»Du hast das ins Äthernetz gesetzt?«, fragte Frafa.

»Allerdings«, sagte Biste. »Und Millionen können jetzt die Wahrheit lesen.«

Barsemias kam vom Waldrand her auf sie zu. Er bewegte sich langsam und hielt den Kopf gesenkt. Frafa verstand nicht viel von Elfen. Selbst nach Gründung der Union, als der alte Krieg zwischen den Finstervölkern und den Völkern des Lichts ein Ende fand, hatte sie nicht viel mit ihnen zu tun gehabt. Aber sie hatte Barsemias kennengelernt, und er wirkte bedrückt.

»Ich soll euch in die Siedlung führen«, sagte er. »Wir haben Gastquartiere vorbereitet.«

»Ich war schon dort.« Biste verzog das Gesicht. »Ist langweilig.«

»Nun ...« Barsemias rang sich ein Lächeln ab. »Womöglich genau das Richtige, wenn du über die Ursprünge deines Volkes meditieren willst.«

»Immerhin gelangt man von hier aus ins Äthernetz.« Biste packte die wenigen Sachen zusammen, die er hatte mitbringen können. »Eine überraschend gute Verbindung, muss ich zugeben. Mehr als ich in einem Elfenwald erwartet hatte.«

Barsemias führte die Gruppe tiefer in den Wald. Frafa ging neben ihm. »Was hast du?«, flüsterte sie. »Hat es mit dem abgestürzten Wald zu tun?«

»Dem Wald?«, fragte Barsemias überrascht.

»Biste hat die Nachricht im Netz gefunden. Die Union hat einen Wald über Bitan abgeschossen. Den zweiten ... nach Flascale.«

Barsemias nickte. »Wir haben davon gehört. Es herrscht Trauer. Wir wollen die übrigen Städte sammeln und in die Nähe der Grenzen bringen, damit die Bitaner nicht noch einen Vorwand zum Angriff finden.«

»Warum verlasst ihr Bitan nicht ganz?«, fragte Frafa. »Ich habe mich immer gewundert, warum ihr mit euren Wäldern ausgerechnet über dem Land fliegt, das ihr nicht mögt.«

»Das müssen wir«, erklärte Barsemias. »Wir füllen das Leben in unseren Wäldern mit Magie, damit sie ganz von selbst von Leuchmadans Blut fortstreben. So lassen wir sie fliegen.«

»Wie die Inversmodule der Union«, merkte Frafa an.

»Die Wirkung ist ähnlich.« Barsemias klang verschnupft.

»Aber wir benötigen kein Thaumagel dafür. Unsere Wälder bleiben rein. Aber sie fliegen nur über verseuchtem Boden, und das hielt uns in Bitan fest. Bis jetzt.«

»Warum bis jetzt?«, fragte Frafa.

»Ich hatte dir doch von Flascale erzählt«, sagte Barsemias. »Von dem Wald, der in Falinga vernichtet wurde. Zuvor war dieser Wald nördlich um die Berge herumgeflogen, und die Elfen von Flascale fanden heraus, dass Leuchmadans Blut beinah die gesamte Goblinsteppe unterspült hat. Wir wissen jetzt also, dass wir auch in den Osten reisen könnten, außerhalb der Reichweite der Union. Womöglich werden wir das tun.«

»In die Golbinsteppen?« Frafa erschrak. »Aber die Goblins sind von Natur aus feindselig!«

Barsemias nickte. »Ihnen fehlen allerdings die Mittel, um unsere fliegenden Städte anzugreifen. Die wenigen schweren Waffen, die aus der Union geschmuggelt werden, können wir abwehren. Wir müssten uns auch um Regen kümmern. Aber alles ist leichter, als uns über Bitan zu halten, jetzt, wo die Union uns anscheinend unterwerfen möchte.«

»Hm«, sagte Frafa. »Aber das klingt doch nach einem Ausweg für euch. Warum wirkst du dann so bedrückt?«

»Ein Ausweg, ja«, sagte Barsemias. »Doch zugleich ist es beunruhigend. Seit unvorstellbar langer Zeit saß Leuchmadans Gift in den Grauen Landen fest, und plötzlich ist es überall! Viele von uns glauben, dass Menschen und Finstervölker dem Blut einen Weg gebahnt haben – im Osten ebenso wie westlich am Scherbenpass.«

»Zugegeben«, räumte Frafa ein. »Es mag gute Gründe geben, warum die Union den Kampf gegen das Blut der Erde nur halbherzig führt. Wo diese Substanz sich im Boden befindet, kann Thaumatek billige Energie liefern. Aber warum sollte man es dann teilen wollen?«

»Manche glauben, dass eine grundlose Bosheit dahintersteckt, die sich schlicht daran erfreut, wie die Menschen sich selbst vergiften und dasjenige hegen, was sie zerstört.«

»Ihr glaubt an Leuchmadan? Den alten ›Herrn der Finsternis‹?« Frafa schüttelte den Kopf. »Ich glaube nicht, dass mystische Betrachtungen und die Flucht in alte Religionen uns weiterhelfen.«

»Weißt du ...« Barsemias zögerte einen Augenblick. »Das ist es nicht, was mich bedrückt. Es ist eher ... Nun, ist es dir schon einmal so ergangen, dass du eine kurze Reise gemacht hast, und bei deiner Rückkehr fandest du plötzlich alles verändert?«

»Oh ja«, antworte Frafa inbrünstig. »Das Gefühl kenne ich.«

Die Siedlung der Elfen bestand aus großen kugelförmigen Gebilden, die aufeinandersaßen wie Waben. Sie waren von unterschiedlicher Größe, unten ein wenig flacher als oben und mit Durchgängen und Fenstern versehen. Manche waren miteinander verbunden wie verschiedene Räume in einem größeren Haus, andere hatten Türen nach draußen, ebenerdig oder auf das Dach tiefer liegender Kammern hinaus.

Die Wände der Kugeln fühlten sich an wie Holz, und in vielerlei Hinsicht wirkten sie wie gewachsen. Es gab durchscheinende Stellen darin, und Frafa konnte ohne Magie nicht feststellen, ob die Vorhänge, die sie überzogen wie eine Membran, angebracht oder schon mitgezüchtet waren. Die Räume, die man den Gästen zuwies, lagen in einem Haselhain, und tatsächlich erinnerten die Kugeln an riesige Nüsse, die aufeinandergeschichtet und von frischem Grün überwachsen waren. Brücken und Treppen verliefen außen über den gesamten Block, und die Elfensiedlung insgesamt schien aus vielen solchen Ansammlungen zu bestehen, die ringsum im Haselhain oder auch anderswo im Wald zu finden waren.

Frafas Gästezimmer durchmaß drei Doppelschritt, und der Boden war eben. Doch alles andere in dem Raum, Bett und Tisch und Schrank, Sitzgelegenheiten und selbst das Geschirr und das Wasserbecken, wirkte natürlich gerundet und fügte sich harmonisch in den Raum ein. Frafa zog die Tür hinter sich zu und saß eine Weile nur da.

Ob sie es wagen konnte, ihre Aura zu öffnen? Sie zweifelte

nicht daran, dass die Elfen sie im Auge behielten, und sie wollte nicht mehr von sich preisgeben. Auch mit ihren gewöhnlichen Sinnen bemerkte sie das vielfältige Leben um sich herum, sie hörte ein Knistern hinter den Möbeln, sah die feine Bewegung an allen Oberflächen. Krümel, die sie fallen ließ, verschwanden mit der Zeit; wenn sie einen Hocker verstellte, wanderte der nach einer Weile wieder in einen Winkel, in dem er die Harmonie des Raums nicht störte.

Frafa fühlte sich an ihre eigenen Wohnstätten erinnert, die sie mit selbst erschaffenen Wesen erfüllt und mit lebenden Oberflächen versehen hatte. Es war fast wie zu Hause, und es vermittelte ein Gefühl der Sicherheit, das trügerisch war.

Flascale und Litiz, Leuchmadans Hort und auch ihr alter Landsitz – Frafa hatte das Gefühl, dass sie Tod und Verderben hinter sich herzog wie einen Schweif. Was würden die Gnome wohl vorfinden, wenn sie in ihr abgeschiedenes Tal zurückkehrten? Die Andeutungen der Fatu gefielen ihr nicht. In der Rückschau klang es fast so, als hätte diese »Herrin« ihr Tal und ihre Getreuen schon aufgegeben. Frafa war froh, dass die Gnome bei ihr blieben.

Sie stand auf und öffnete die Tür. Vor der Elfensiedlung stand die Sonne tief hinter den Bäumen. Vögel zwitscherten im Haselhain. Es war ein milder Spätsommerabend, und statt irgendwelcher Elfenkinder spielten drei Gnome vor dem Haus. Sie kletterten über die Dächer der Siedlung und erkundeten das Haselgesträuch, misstrauisch beäugt von einigen Bewohnern.

Biste der Wichtel saß auf einer Dachkante und ließ die Finger über sein Eingabefeld huschen.

Frafa setzte sich zu ihm. »Du hast gesagt, du konntest Aldungans Nachrichten im Nexus lesen. Aber wie? Der Nexus ist unendlich groß. Man sagt doch immer, dass Nexusschnüffler dort niemals gezielt etwas finden können.«

»Hm«, erwiderte Biste. »Das ist wahr. Aber natürlich ist es dumm, wenn man ziellos im Nexus herumschnüffelt.«

Frafa wartete, dass er weitersprach, aber der Wichtel schien sich ganz auf seine Tätigkeit zu konzentrieren.

»Was macht man sonst?«, fragte sie.

Biste seufzte. Er legte beide Hände auf die Konsole und schaute hoch. Sein Auge wirkte groß hinter dem Sichttäfelchen. Schlieren trieben darauf wie Trübungen in den Tränen, doch vermutlich waren es Bilder und winzige Schriftzeichen, die nur der Wichtel lesen konnte.

»Kluge Nexusschnüffler konzentrieren sich auf die Stellen, wo man Informationen zu den Orten findet, an denen die Daten liegen. Die Portale unterhalten Indizes zu Nexusinhalten, sonst könnte ja *niemand* darauf zugreifen. Wir versuchen also vor allem, Zugriff auf die Portale zu bekommen oder auf private Verzeichnisse von Benutzern.«

»Wir?«, fragte Frafa.

»Die Gemeinde der Nexusschnüffler. Wir tauschen uns aus. Wenn einer was gefunden hat, teilt er seine Erkenntnisse mit anderen, die womöglich mehr damit anfangen können. So kommen eine Menge Geheimnisse ans Licht. Vieles finden wir gar nicht im Nexus, sondern wir bekommen es von den Mitarbeitern der Portalanbieter. Von gewöhnlichen Integrationsmaschinen. Oder wir fischen Portalsteine und Zugänge aus dem Abfalleimer von Firmen. Wir Nexusschnüffler, wir sind die besseren Gnome! Wir kommen überallhin – wie die Gnome in alter Zeit.«

»Bei Aldungan gibt es nichts zu schnüffeln«, wandte Frafa ein. »Er braucht keine Maschinen und keine Portalsteine, um in den Nexus zu gelangen. Er ist ein Zauberer und kann seinen Geist dorthin schicken – wie ich auch.«

Der Wichtel verzog verächtlich den Mund. »Aldungan«, erklärte er, »ist alt und selbstgefällig. Vermutlich gerade weil er selbst sich im Nexus bewegt wie ein Fisch im Wasser und gar nicht daran denkt, dass die, mit denen er dort spricht, auf weniger sicheren Wegen dorthin gelangen. Er hat ein paar Briefkästen im Nexus eingerichtet, durch die er Kontakt zu ausgewählten Offizieren hält. Er benutzt sie nicht oft, aber er hat sie seit Jahrzehnten auch nicht mehr verändert.

Der ein oder andere dieser Briefkästen ist schon lange bekannt in gewissen Kreisen. Als ich gehört habe, dass Aldungans Sekretärin gesucht wird, habe ich natürlich gleich dort nachgeschaut.«

Frafa verstand nicht alles, was der Wichtel ihr erklärte. Aber er hatte sie auf eine Fähigkeit hingewiesen, deren Potenzial sie bisher gar nicht gekannt hatte. Konnte sie mit ihrer magischen Verbindung zum Nexus ins Äthernetz vordringen, ein Nexusschnüffler werden? Konnte sie Aldungan auf diesem Feld angreifen?

Gab es eine neue Kunst, die sie lernen konnte?

Aldungan hatte seine Netzgnome auf sie angesetzt, gleich nach ihrer Flucht. Er hatte ihre Identität manipuliert, ihre Konten überwacht. Aber womöglich konnte sie dieselbe Waffe gegen ihn einsetzen, *besser* als er, wenn sie es selbst tat, mit all ihrer magischen Macht, anstatt auf Handlanger und auf Wichtel zu vertrauen.

»Kannst du mir beibringen, wie man vertrauliche Einträge im Nexus findet und wie man sie verändert? Wenn ich im Nexus die Bereiche aufsuchen könnte, die über das Äthernetz verknüpft sind ...«

»He!« Bistes Gesicht hellte sich auf. »Das klingt gut. Kopfgeldjägerei war eh zu gefährlich – zu viel mit Waffen und mit groben Kerlen. Nichts für Wichtel. Aber wir beide gemeinsam im Nexus ... Ich glaube, da könnten wir wirklich abräumen.«

Zwei Tage vergingen. Frafa meditierte und öffnete sich dem Äther, gewann neue Kräfte zurück. In den Nächten war es ruhig, ungewohnt ruhig. Nirgendwo in Falinga hatte sie erlebt, dass es in der Nacht stiller war als bei Tage, und sie fürchtete die Dämonen, die stets bei Dunkelheit gekommen waren. In Bitan hatte sie sich sicher gefühlt, und das war ein Fehler gewesen. Wie sicher war der Elfenwald mit seiner Magie?

Frafa bereitete sich auf Zauber vor, die sie zur Abwehr dämonischer Kreaturen gefunden hatte, und fragte sich, wie lange sie einem weiteren Angriff standhalten konnte.

Bei Tage unterhielt sie sich mit Biste und ließ sich in die Geheimnisse des Äthernetzes einweihen. Für sie war das Netz bislang nur ein unwichtiger Bestandteil des Nexus gewesen, ein Hilfsmittel, das den gewöhnlichen Völkern einen beschränkten Zugang gewährte. Erst jetzt verstand sie, dass es, aus einem anderen Blickwinkel betrachtet, der bedeutsamste Teil des Nexus war – der Teil, wo sich das Volk versammelte und wo man Einfluss nehmen konnte.

In der Dämmerung sprach Frafa mit den Gnomen, die sich langweilten und etwas tun wollten, und sie hielt sich in der Nacht von ihnen fern und fragte nicht danach, womit sie sich die Zeit vertrieben.

»Da ist ein Gespräch auf der Ätherwelle«, stellte Biste eines Tages fest, nachdem sie gemeinsam mit den Elfen im Morgengrauen ein Frühstück eingenommen hatten. Es war Barsemias' Familie, mit denen sie die Wohnkugeln am Haselhain teilten: seine Eltern, seine Tante, seine Schwester Ledesiel …

»Für uns?«, fragte Frafa. Ätherwellen waren ein mundaner Weg, Informationen zu übertragen. Aber das sagte nichts darüber aus, woher die Verbindung kam.

Biste schüttelte den Kopf. Er saß wieder auf seiner Dachkante, hatte einige der kleinen Geräte um sich aufgebaut, die er aus dem Kraftwerk gerettet hatte, und hielt sich ein Sprechgerät ans Ohr. »Die Bitaner sind da.«

Frafa zuckte zusammen. Unwillkürlich blickte sie zum Himmel hinauf.

»Wie?«, flüsterte sie, als könnten ihre Verfolger sie hören. Sie duckte sich in den Schatten der höher gelegenen Wohn-Nuss und spähte in den Wald.

»Ich glaube, es ist ein Schiff«, sagte Biste. »Sie halten Abstand.«

»Das wird nicht so bleiben«, erwiderte Frafa. Sie wechselte einen Blick mit dem Wichtel und stellte fest, dass er ihre Besorgnis teilte. »Was sagen sie?«

»Sie sprechen mit einer Elfe. Schon seit einer Weile. Sie verhandeln deinetwegen.«

»Du hast ihren Kanal entschlüsselt?«

»Das musste ich nicht«, sagte Biste. »Es ist ein offener Kanal. Jeder kann mithören, der einen Empfänger für Ätherwellen eingeschaltet hat. Allerdings gibt es hier nicht viele davon, denn meine Frequenzwächter haben gleich angeschlagen, als es losging.«

Frafa rückte dichter an den Wichtel heran. Auch wenn das Schiff ein Stück entfernt war, es war durchaus möglich, dass sie die Elfen mit den Verhandlungen ablenkten, während sie bereits Soldaten im Wald absetzten. Frafa wollte sich nicht darauf verlassen, dass die Elfen die Gegend schützten. Sie war aber auch noch nicht so weit, ihre Magie zu enthüllen.

»Wenn sie angreifen«, erklärte sie Biste, »werde ich gehen. Ich bin ihnen schon mehrmals entkommen, und es wird mir umso leichter fallen, wenn sie mit den Elfen beschäftigt sind.«

»Du glaubst, sie werden es mit Gewalt versuchen? Das wäre ein kriegerischer Akt.«

»Du hast selbst gesagt, dass es in der Union Kräfte gibt, die den Krieg wollen.« Frafa zögerte, dann fügte sie hinzu: »Ja, ich denke, wenn die Elfen nicht nachgeben, wird die Union es mit Gewalt versuchen.«

Biste schaute besorgt zum Himmel hinauf. »Womöglich sollten wir von den Häusern wegbleiben.«

Frafa rang mit sich selbst. Sie konnte nicht die Verantwortung für all ihre kleinen Begleiter übernehmen. Sie selbst konnte fliehen, wenn es hier ein Durcheinander gab, wenn Bitaner und Elfen gleichermaßen abgelenkt waren. Sie konnte ihre Gestalt verändern und davonfliegen. Aber nur sie allein. Mit drei Gnomen und einem Wichtel im Schlepptau ...

»Ich muss auf die Elfen achten«, sagte sie. »Sie könnten sich gegen mich wenden, mich ausliefern. Das ist die größte Gefahr.«

»Danach sieht es nicht aus«, erwiderte Biste. »Nicht nach den offiziellen Gesprächen. Sie reden viel, geben aber nicht nach. Es ist ... eigentümlich.«

»Was?«, fragte Frafa.

»Nun, die Elfe, mit der sie verhandeln, ich erkenne sie an der Stimme – ich habe gestern mit ihr geredet. Sie ist die Geschichtenhüterin der Siedlung. Eine Kollegin gewissermaßen. Darum habe ich ihr einiges von den Geheimnissen der Union erzählt. Aber sie ist sicherlich nicht die Person, die Entscheidungen trifft. Sie ist eher die Person, die lange reden kann … Geschichten erzählen. Ich habe das Gefühl, sie wollen die Bitaner hinhalten.«

»Also haben sie etwas anderes vor.« Frafa öffnete vorsichtig ihre Sinne, streckte ihre Aura. Sie prallte gegen die Magie des Waldes. In jedem Blatt, in jedem Zweig steckte eine ruhige Feindseligkeit, die Frafas Essenz zurückwies, die sie nur mit Gewalt hätte durchstoßen können oder die sie umgehen müsste. Doch sie hatte einen Eindruck gewonnen.

»Sie haben nicht einmal einen Schirm aufgebaut. Etwas passiert hier im Wald, aber es ist nach innen gerichtet …«

Biste sah sie verständnislos an. Frafa richtete sich auf. »Such dir eine Deckung«, sagte sie. »Sorge für dich selbst. Ich muss … mehr wissen.«

Frafa stieg auf das Dach ihrer Unterkunft, bog Zweige auseinander und tauchte in den Schatten des Haselhains. Sie öffnete ihre Aura weiter, ließ die Essenz des Elfenwaldes in sich ein, tastete danach. Unter dem Rauschen des Waldes glaubte sie, ein Flüstern zu vernehmen.

Sie setzte sich auf dem Dach nieder und ließ die Zweige wieder los. Bald saß sie wie eingebettet in dem Geäst und meditierte. Wenn die Elfen sie von dem fernhalten wollten, was derzeit geschah, so stellte Frafa sich ihnen lieber im magischen Geflecht des Waldes entgegen als in der körperlichen Welt.

Sie streckte ihren Geist aus, berührte die Zweige, die Blätter und die Stämme und sickerte hinein. Frafa wand sich um alle abweisende Magie herum, formte ihre eigene Essenz und verhüllte sie, bis sie für den Wald zu einer Elfe wurde und mit den magischen Strömen im Wurzelwerk floss.

Sie *fühlte* Elfen um sich.

Die Elfen hatten ihren Geist in das magische Wurzelnetz übertragen, fast wie in den Nexus, und dort wirkten sie gemeinsam Zauber und redeten miteinander. Frafa hörte Stimmen, ohne Worte zu verstehen. Manche Muster wirkten vertraut. Sie glaubte, Barsemias wahrzunehmen, und strebte auf ihn zu.

›Was willst du, Albe?‹

Es war eine Frage ohne Worte, ohne Stimme, doch Frafa verstand die Bedeutung. Sie erkannte die Aura des alten Elfen, der vor dem Rat mit ihr gesprochen hatte, auch wenn diese Aura hundertfach gebrochen und tief mit dem Herz des Elfenwaldes verwoben war. Da war etwas Fernes an seiner Essenz, als wäre nur ein kleiner Teil von ihm da, um mit Frafa zu sprechen, doch sie erkannte ihn.

›Baut euren Schutzschild auf‹, versuchte sie zu sagen. Der Elf hatte ihr das Verstehen gleich in den Geist gelegt, und Frafa wusste nicht, wie sie auf dieselbe Weise antworten sollte. Sein Bewusstsein entzog sich ihr. Sie versuchte, Gefühle zu vermitteln, Eindringlichkeit.

›Schirmt euch ab! Schützt euch.‹

Frafa empfing Beruhigung, das Gefühl, dass kein Raum blieb für Zauber wie den, den sie verlangte. Und dann war Barsemias da, wie durchgereicht, und Frafa hörte seine Stimme, als käme sie über eine Nexusverbindung.

›Frafa!‹, sagte er. ›Was tust du hier? Du darfst hier nicht sein.‹

›Ich weiß von dem Schiff. Ihr müsst euren Schutzschild aufbauen. Traut den Bitanern nicht.‹

›Das tun wir nicht‹, sagte Barsemias. ›Aber wenn wir Magie wirken gegen sie, kann sie das erst recht zum Angriff provozieren. Und wir brauchen noch etwas Zeit.‹

›Barsemias, sie werden nicht nach euren Regeln spielen. Euer Elfenwald wird brennen, genau wie Flascale, wenn ihr euch nicht schützt.‹

Da war ein Murmeln im Hintergrund, widerstreitende Stimmen. Feindseligkeit und Misstrauen, aber auch Sorge und Einverständnis.

›Wir haben nicht genug Kraft, alles zugleich zu tun.‹ Frafa

hörte Barsemias, aber sie wusste nicht, ob die Worte an sie gerichtet waren.

›Verlass das Netz, Frafa‹, sagte Barsemias dann. ›Du darfst hier nicht sein. Wir werden den Schutzzauber vorbereiten, verborgen unter den Bäumen. Dann können wir ihn rasch genug aufziehen, wenn es nötig ist.‹

Frafa zögerte. Sie wusste, sie hätte die Magie des Waldes verstärken können. Aber die Elfen würden diese Hilfe nicht annehmen, weil sie eine Nachtalbe war. Wenn Frafa es dennoch versuchte, wenn sie ihre Unterstützung aufdrängte, würden die Elfen sich gegen sie stellen. Sie würden ihre Kräfte misstrauisch aneinander aufreiben und ihren Feinden in die Hände spielen.

Sie zog ihre Aura zurück und war im nächsten Moment wieder in ihrem Leib. Dünne Zweige strichen ihr übers Gesicht, und die Berührung prickelte wie ein leichter Schmerz.

Ich hoffe, es genügt, dachte Frafa. Konnten die Elfen hier, in ihrer eigenen Heimat, einem Kriegsschiff der Union standhalten? Frafa erkannte, dass Hoffnung allein ihr nicht genügte. Sie wollte etwas tun. Eigentlich war es nun an der Zeit, ihre Flucht vorzubereiten. Doch dann würde sie die Verbündeten zurücklassen müssen, die sie mittlerweile gefunden hatte, nicht nur die Elfen, auch Barsemias, die Gnome, den Wichtel.

Sie spürte Bewegung um sich her, blickte auf.

Die Gnome kletterten auf das Dach und versammelten sich um sie. Wisbur wirkte beunruhigt.

»Da tut sich was im Wald«, sagte er. »Der Boden zittert.«

»Kleine Tiere krabbeln überall herum.« Waldron schüttelte sich.

Sie sahen Frafa an, als würden sie von ihr eine Entscheidung erwarten. Dann fühlte sie es auch. Die Kugelkammern, auf denen sie saß, erbebten. Ein lautes Knirschen fuhr durch das Gehölz. Stämme in der Ferne beugten sich wie unter einem Sturm. Alle Tiere waren verstummt. In Frafas Leib regte sich etwas, als würde ihr mit einem Mal der Magen nach unten gedrückt … und dann verstand sie.

Swankar stand auf der Brücke der *Lichtbringer* und sprach mit der Elfe.

»... werden die Beweise sorgfältig prüfen«, sagte diese gerade. »Wenn die Vorwürfe, die gegen diese Nachtalbe erhoben werden, stichhaltig sind, werden wir sie natürlich sofort der Union überstellen. Ich schlage vor ...«

»Hören Sie«, antwortete Swankar mechanisch. »Wir haben Belege, dass die Albe Frafa dabei war, als die Hauptlinie nach Daugazburg zerstört wurde. Wenn Sie uns die Verdächtige nicht ausliefern, müssen wir annehmen, dass die Planung zu diesem Anschlag von Ihrem Boden ausging.«

Rudrogeit gestikulierte hinter ihr und machte mit der flachen Hand eine Bewegung, als würde er sich die Kehle durchschneiden. Swankar stellte die Sprechverbindung stumm, aber sie beachtete Rudrogeit nicht und öffnete einen Kanal zu Sneithan. »Sargente, ist der Landungstrupp bereit?«

»Aye, Coronella«, schnarrte der Goblin durch das Mikrofon. »Rohr inner Hand, Saft im Sack.«

»Coronel«, sagte Rudrogeit. »Wir sollten abbrechen. Die Lage erfordert einen Emissär. Wir sind nicht instruiert für Verhandlungen.«

»Ah«, sagte Swankar. Sie schaltete die Sprechverbindung wieder ein und fiel der elfischen Unterhändlerin ins Wort: »Ja, Fräulein Elfenmädchen ... mein Erster Offizier wies mich gerade darauf hin, dass ich nicht verhandeln kann. Ich schlage vor, sie sprechen mit ihm weiter. Ich habe mich um ... technische Fragen zu kümmern.«

Sie schob Rudrogeit vor das Sprechgerät.

»Deine Brücke, *Capitan*«, flüsterte sie. »Dann zeig mir mal, wie du deine Schwester mit Worten da rausholst.«

»Mu... Mutter!« Rudrogeit schlug hastig auf den Knopf, der sein Mikrofon stumm schaltete. Einem der Menschen auf der Brücke huschte ein Grinsen über das Gesicht, das er jedoch rasch unterdrückte.

»Was ist?«, fragte Swankar. »Du gibst doch so gern gute Ratschläge, da kannst du auch gleich die Sprechverbindung füttern.«

»Was soll ich tun?«, fragte Rudrogeit. »Was hast du vor?«

Swankar fuhr Rudrogeit mit dem Finger über die Lippen. Dann grinste sie und zeigte ihre feinen, spitzen Zähne. Sie wandte sich abrupt ab, packte Feitlaz den Schiffsmagier am Arm. »Sie kommen mit mir, Oberleutnant.«

»Ich – Ich?« Feitlaz starrte sie an. »Aber ich …«

»Ja, Sie«, sagte Swankar. »Ich will einen Blick auf den Nodus werfen.«

Sie zog den Zauberer mit sich, verließ die Brücke und trat auf den umlaufenden Steg des Kommandoturms. Sie wählte den Weg im Freien, über Deck, obwohl die Sonne sie blendete und die dunkle Brille ihre Augen nicht ausreichend schützte. Der Tag hatte eben erst begonnen, und das Licht stand nicht aufseiten der Nachtalben. Aber sollte sie deswegen bis zum Abend warten, ehe sie etwas unternahm? Nein, darauf hofften die Elfen doch nur!

Unter ihr ließ Sneithan die Soldaten antreten; Menschen mit Helmen, mit Lumenarvisieren und herunterklappbaren Sichthilfen, in dunklen Uniformen, auf denen Farbflecken mit dem lichtbraunen Schiffsrumpf verschmolzen. Gelgefüllte Dilatanzpanzer zeichneten sich unter dem Stoff ab, und sie trugen Beschleunigergewehre, Pistolen und Ätherschleudern für alle Arten von Granaten.

Der Sargente brüllte, als er Swankar sah, und ließ die Männer im Ehrenspalier antreten. Swankar schritt durch die Reihen, lächelte und zerrte Feitlaz hinter sich her, bis zu der Luke, die unter Deck führte. Als sie den Nodus-Kontrollraum erreichten, stieß sie den Zauberer durch den Eingang und warf die äußere Panzertür mit einem Knall zu.

»Was … was tun wir …« Feitlaz schluckte und schloss kurz die Augen. Lichter flammten auf, Bäume wuchsen auf der leeren Fläche in der Mitte der Kammer. Swankar verfolgte interessiert, wie ein Abbild des Elfenwaldes entstand. Unter den halb durchscheinenden Bäumen sah man Markierungen und Beschriftungen, die auf Gebäude und Ströme von Energie hinwiesen. Ganz unten über dem Boden flackerte ein Feuerwerk von rotem

Licht, und ein schimmerndes Netz von Linien zeigte an, dass unter dem Wald etwas vorging und dass die Elfen über erheblich mehr Ressourcen verfügten, als der Bewuchs an der Oberfläche vermuten ließ.

Swankar trat auf den Zauberer zu. »Sie haben gesagt, der Nodus wäre ein künstlicher Zauberer. Was genau kann ich damit tun?«

»Nun, äh … allerhand«, sagte Feitlaz. Etwas wie Stolz flackerte in seinen Augen auf, aber als Swankar die Brille abnahm, hielt er ihrem Blick nicht stand und senkte den Kopf. »Der Nodus sorgt beispielsweise für den Schild, mit dem wir unser Schiff umgeben. Er ist in mancherlei Hinsicht mit dem magischen Gewebe eines Elfenwaldes vergleichbar, nur unvergleichlich komprimierter …«

Swankar verzog das Gesicht. Sie warf ihre Brille in den freien Raum in der Mitte, wo sie durch die holografischen Bäume und das Kraftnetz hindurchfiel. Das Bild flackerte kurz, verzerrte sich, da, wo die Sonnenbrille lag.

»Gut. Kann der Nodus auch einen Zauber wirken, der so aussieht, als käme er von den Elfen?«

»Was? Warum …«

»Hör zu, Feitlaz.« Swankar schlug einen vertraulichen Tonfall an. »Wir stecken hier fest wie ein Stiefel im Sumpf. Wenn nichts passiert, dann ziehen wir ohne Beute wieder ab. Die Anwälte stürzen sich auf diesen fauligen Braten und werden fett von jahrelangem Geschwätz, und die Löffelohren lachen sich tot über uns. Aber ich verliere nicht gern. Ich will diese kleine Schlampe da unten aus ihrem Versteck brennen, aber ich brauche einen götterverfluchten Anlass!«

»Aber«, sagte Feitlaz, »wir können hier keinen Angriff durchführen! Das sind Elfen, auf ihrem eigenen Territorium.«

Swankar winkte ab. »Diese Waldbleichlinge haben vor Jahrhunderten Gulbert die Füße geleckt und sich ihm unterworfen. Die Union hat die Grenze nie anerkannt. Die Elfenländer sind kein Staat, es sind bloß Rebellen. Wir müssen nicht mit ihnen verhandeln.«

Feitlaz schüttelte wild den Kopf. »Trotzdem können wir keinen Krieg mit ihnen anfangen. Das ist nicht unser Auftrag. Wenn wir das Ganze mit einer Täuschung inszenieren, dann, dann …«

»Feitlaz …« Swankars Stimme klang mit einem Mal milde. Sie trat näher zu dem schlaksigen Schiffszauberer hin, berührte mit den Fingerspitzen sein Kinn. »Zeig mir, was du bist.«

»Waaa … was?«, stammelte der Zauberer.

»Wir sind beide Nachtalben, die einzigen auf diesem Schiff. Wir sind umgeben von Menschen und Goblins und Vampiren, von niederen Völkern. Ich bemerke, wie du mich ansiehst. Du willst mich. Du bewunderst mich.«

»Ich … äh … Ganz ausgeschlossen, Coronel!«, wehrte Feitlaz ab.

»Du bewunderst meine Stärke«, fuhr Swankar ungerührt fort. »Alle Nachtalben bewundern Stärke, und das ist dein Dilemma, kleiner Zauberer. Kein Nachtalb lässt sich mit einem Schwächling ein. Also, Zauberer, beweise mir, dass du kein Schwächling bist. Zeig mir, dass du die Waffen in deiner Hand auch benutzen kannst.«

»Ich …« Feitlaz wich einen Schritt zurück, sah zu Swankar auf. »Ich könnte …« Er schüttelte den Kopf.

Das Abbild des Waldes auf dem Tisch erbebte. Swankar drehte den Kopf. Missbilligend kniff sie die Augen zusammen.

»Feitlaz«, sagte sie. »Was soll das? Stürzt dich allein der Gedanke, etwas zu tun, schon so in Verwirrung, dass du nicht einmal mehr die Anzeige aufrechterhalten kannst? Du bist Zauberer auf einem Kriegsschiff. Ich sollte dich gleich über Bord werfen und Leben retten!«

»Nein!« Feitlaz sah auf die Projektion. Er schluckte. »Der Nodus zeigt nur, was da ist. Ich habe nichts daran gemacht. Da geht etwas vor!«

Swankar schaute genauer hin. Das Abbild des Waldes zitterte so, dass die Umrisse der winzigen Baumkronen verschwammen. Die Symbole und die Schrift aber blieben klar. Die Kräfte unter dem Wald wirbelten wild.

»Der Elfenwald bewegt sich«, sagte Swankar.

»So sieht es aus«, bestätigte Feitlaz.

Swankar lachte auf. Sie versetzte dem Zauberer einen Stoß, sodass er zurücktaumelte und hart gegen eine Konsole prallte.

»Alle meine Angebote sind nichtig«, sagte sie. »Ich brauche dich nicht mehr. Die Elfen wollen mit ihr fliehen! Das reicht mir als Anlass.«

16

Wir leben in einer Zeit der Wunder, in einer Zeit der Wunder ohne Magie. Die Zauberei ist eine armselige Sache geworden, verglichen mit den alten Tagen. Es gibt Technik und Thaumaturgie, Magiewirker, die Magie auf dieselbe Weise betreiben, wie eine Druckmaschine schreiben kann: Sie prägen einem Gegenstand eine magische Wirkung auf, nach immer derselben Vorlage, die andere irgendwann geschaffen haben. Aber wer wirkt heute noch freie Magie?

In einer Zeit, wo eine große Menge Technik nur wenige und simple, dafür aber unverzichtbare magische Bauteile braucht, da steigt die Zahl der Zauberer scheinbar ins Unermessliche. Schon das kleinste Talent hat einen Nutzen. Wen stört es, dass ein Student der Magie nicht einmal die Kraft hat für ein Zauberlicht? Solange er nur einen kaum fühlbaren Funken Magie in einen Portalstein pflanzen kann, ist ihm nach seinem Abschluss eine Stelle gewiss, als Fertigungszauberer in einer Firma für Sprechgeräte oder für Äthernetz-Platinen. Darum bringen die Akademien Gelehrte hervor und thaumaturgische Handwerker – aber wo sind die echten Zauberer?

Die Zauberer von heute sehen mit Bangen jenem Tag entgegen, da die letzte kleine Lücke zwischen Magie und Technik geschlossen werden kann. Denn sobald die erste Maschine in der Lage ist, auch nur den allerkleinsten Zauber zu wirken, werden die Zauberer vollends überflüssig.

Aus: »Eine kleine Geschichte der Wissenschaft«,
von Teslo Hoigan

Die Vögel im Wald waren verstummt. Frafa schaute auf die Gnome, die an ihr zupften, blickte zwischen den Zweigen hindurch auf den Vorplatz der Siedlung. Einige Elfen hatten sich dort niedergelassen, dicht bei den Bäumen. Aber es herrschte keine Aufregung.

»Bleibt ruhig«, sagte sie zu Wisbur. »Der Wald hebt ab – ihr kennt die fliegenden Elfenwälder. Ich nehme an, es ist sicher.«

Die Wohnkugel, auf der sie stand, zitterte unter ihren Füßen. Holz schlug klackernd gegen Holz, aber die wabenartige Siedlung war umwachsen. Frafa vermutete, dass die Häuser von mehr gehalten wurden als nur von ihrem eigenen Gewicht. Sie trat nach vorn an die Kante.

Ein Aufblitzen ließ den südlichen Himmel erstrahlen wie in einem Wetterleuchten. Lichtstreifen zogen darüber wie Polarlichter.

Es fängt an.

»Was sollen wir tun?«, rief Segga.

»Wir können den Odontopter nehmen.« Wisbur sah zu Frafa auf. Die spürte in den Wald hinein. Die Vögel versteckten sich, aber sie waren da. Frafa hob den Arm und griff mit ihrer Essenz aus. Es flappte, und ein Kuckuck landete auf ihrer Hand. *Wie passend* ... In ihrem Geist sah sie ein Bild, wie der Kuckuck sich erhob, kleinere, fremde Geschöpfe hinter sich zurückließ, verloren auf dem Waldboden.

Sie betrachtete die Gnome, suchte nach Biste, der seinen Platz auf der tieferen Dachterrasse verlassen hatte. Jetzt wäre die Zeit, sich davonzumachen, in Vogelgestalt zu entfliehen. Die Gnome mochten den Odontopter nehmen, aber Frafa traute ihrer Magie mehr als den Maschinen.

»Wenn ihr fliegt«, sagte sie, »nehmt den Wichtel mit.«

»Ich dachte, wir bleiben bei den Elfen?«, fragte Waldron verwirrt.

»Ich weiß nicht«, erwiderte Wisbur. Die Gnome kauerten sich nieder, suchten nach Halt auf dem glatten Dach. Frafa stand ungerührt auf dem bebenden Untergrund. Dann schickte sie den Kuckuck fort.

»Also gut«, murmelte sie. »Wir bleiben ... noch.«

Sie erhob die Stimme: »Die Lichter am Himmel – das sind die Bitaner. Sie greifen an.«

»Ich dachte, der Elfenwald erhebt sich ...«, wandte Wisbur verwirrt ein. »Was tun wir?«

»Was wohl?«, fragte Frafa. »Wir kämpfen. Wir versuchen, den Elfen beizustehen, damit sie ihren Wald hier fortbekommen.«

Der Rat der Ältesten versammelte sich im Schatten der Silbereiche, die übrigen Zauberer der Sippe saßen an bedeutsamen Punkten des Waldes und lenkten die Magie. Barsemias meditierte, er versenkte seinen Geist in das Netz, das den ganzen Boden unter seinen Füßen erfüllte.

Der Wald war durchwirkt von Magie. Die Elfen hatten die Bäume und alle Pflanzen verändert, um Macht zu tragen, um Zauber zu verstärken. Die Wurzeln hielten und lenkten Essenz, die Blätter filterten Kraft aus dem Äther, und die Stämme bildeten Tore zwischen Welt und Anderwelt. Über Jahrzehnte hatte das Volk Myzelien gezüchtet, die nun überall das Erdreich durchzogen, die feinen Haarwurzeln der Bäume verbanden und ein Netz schufen, das den Nervenbahnen im Gehirn höherer Wesen entsprach: ein künstlicher Verstand, durchtränkt und gelenkt von den Auren der alten Elfen.

Barsemias' Geist wandelte in dem Wurzelgeflecht, und sein Volk war bei ihm. Er spürte die Gegenwart seines Großvaters, der ihn anleitete und ihm Halt gab, und das war tröstlich.

Die Elfen wirkten alle zusammen. Ihre Macht ließ die Wurzeln sprießen, wie Pfähle rammten sich Ausläufer tiefer in den Boden, gruben sich durch Erde, spalteten Stein, begrüßten ihresgleichen und umschlangen sich, während sie weiterwuchsen. Schon reichte der Grund des Waldes tiefer, als es den Bäumen auf natürliche Weise gegeben war. Doch wenn der Wald sich von der Erde löste, musste er die eigene Krume mitnehmen, und das Wurzelwerk musste diesen Boden halten.

Barsemias gab ein wenig von seiner Essenz, und der Wald vervielfachte sein Wirken wie ein riesiger Hebel, unterlegte jeden kleinen Zauber mit einer gewaltigen Kraft. Fast ließ Barsemias sich mitreißen von diesem Hochgefühl. Was konnte er nicht alles erreichen, wenn er seine eigenen, seine mächtigsten Zauber durch dieses Netzwerk sprach?

›Es ist genug‹, vernahm er die Gedanken von Ledesiel, seiner Schwester.

Barsemias hielt inne. Die Bindung der Wurzeln festigte sich, dann ruhte sie. Der Wald sammelte Essenz, und die Elfen gaben ihr eine neue Richtung. Unter den tiefsten Ausläufern der neuen Wurzeln strömte Leuchmadans Blut, und das Leben darüber strebte davon fort. Nun fand der Wald die Kraft, aus diesem Streben eine Bewegung zu bilden.

Der Boden hob sich. Lebende Bäume in der Ferne gerieten in Bewegung, wie von einem unsichtbaren Strudel erfasst. Barsemias fühlte es mit den Sinnen des Waldes, denn sein eigener Leib war ihm fern und bedeutungslos. Mit jeder Verbindung, die sich löste, ging es schneller. An den Grenzen des Landes wurden Furchen zu Rissen, Risse zu Gräben und Gräben zu klaffenden Spalten.

Da zuckte ein Schwindel durch seinen Geist, fast ein Schmerz. Barsemias wollte die Hände an den Kopf pressen, aber da war kein Kopf, da waren keine Hände – es war der Leib des Waldes selbst, den er spürte, von dem er nun ein Teil war. Einige Stränge der Magie hatten sich zu neuen Formen gefügt, so schnell und so heftig, dass es Barsemias fast überwältigt hätte.

Der Schutzschirm des Waldes hatte sich entfaltet und eine Rakete abgefangen. Weitere folgten, und die Erschütterungen gingen bis in die tiefsten Wurzeln. Ein leises Entsetzen kroch in Barsemias' Seele. *Sie griffen den Wald an! Wie konnten sie es wagen?*

Dennoch, der Zauber musste weitergehen. Sie mussten den Boden hinter sich lassen und davonschweben.

›Mut‹, sagte seine Schwester. ›Bald sind wir fort.‹

›Sie werden uns folgen.‹

›Wir bleiben an der Grenze, wir fliegen über die Länder unserer Freunde. Sie werden ihre Kräfte mit den unseren vereinen. Ein Schiff der Union kann nicht gegen so viele kämpfen.‹

›Sie werden Verstärkung holen‹, wandte Barsemias ein.

›Bis dahin sind wir östlich der Berge‹, beruhigte ihn Ledesiel.

Und dann …

Ein Schlag fuhr durch das Netz. Die magische Welt in Barsemias' Geist zerbarst. Plötzlich steckte er wieder in seinem fleischlichen Leib, er wand sich auf dem Boden, er roch Qualm, spürte die Erde unter den Fingern, als sich seine Hand in den Waldboden krallte.

Er kreischte vor Grauen, vor abgründiger Furcht, und vergaß alle Magie.

Frafa schickte die Gnome fort, unter dem Vorwand, sie sollten Biste suchen. Dann sprang sie selbst hinten von dem Wabenbau der Elfen hinab in den Haselwald. Das Geäst beugte sich widerstrebend ihrem Willen, fing ihren Sturz ab und machte Raum, sodass sie im Unterholz untertauchen konnte.

Unter ihr zitterte der Boden, über ihr raschelten die Zweige wie im Sturm. Trotzig ging Frafa weiter. Wenn die Elfen ihr nicht trauten, musste sie eben einen Weg finden, ihnen dennoch zu helfen. Einst hatte sie Macht gehabt, und doch war stets jemand da gewesen, der ihr ihren Platz zugewiesen hatte. Sie hatte einen Meister gehabt, und sie hatte ihn verloren. Sie war nicht hier, um sich von jemand anderem den Weg vorgeben zu lassen!

Doch es war schwer, mit dem Geist in den Elfenwald zu tauchen, sich dort einzunisten, während sie gleichzeitig an ihren Leib denken musste. Der kleine Haselhain hielt nicht einmal die Gnome auf – wie viel weniger konnte sie sich darin vor den Elfen verstecken. Sie brauchte einen geschützten Ort, um ihre Zauber wirken zu können.

Frafa trat an eine Hasel mit festem Stamm. Das Holz zitterte unter ihrer Hand, als es die Stöße vom Boden weiterleitete. Sie versenkte sich darin, spürte die Abwehr der Pflanze und drückte sie heraus. Es dauert nur einen Augenblick, dann war die Hasel entzaubert, und Frafa konnte ihre eigene Magie darauf wirken. Sie tauchte die Finger in das Holz, drückte ihren Leib dagegen und verschmolz mit dem Baum. Ihr Körper fügte sich zwischen die Fasern, schlug Wurzeln. Nun war sie wahrhaft eins geworden mit dem Wald und konnte ungehindert ihren Geist auf Wanderschaft schicken.

Sie senkte die Aura in ihre Wurzeln hinab, ließ ihre Essenz in das Geflecht fließen, das den Elfenwald zusammenhielt. Sie beobachtete, erspürte, wich zurück, wenn sie den Geist eines Elfen fühlte. Sie kleidete ihre Seele in elfische Empfindungen wie in einen Mantel. Bald bewegte Frafa sich zwischen den Zauberern, lieh sich hier ein wenig Kraft, lenkte dort einen Strom.

Je länger sie zwischen den Elfen zauberte, umso mehr sammelte sie von deren Auren. Sie verwahrte in ihrem Inneren, was sie bei den anderen wahrnahm, und spiegelte es an ihrer Oberfläche, wenn eine tastende Essenz ihr zu nahe kam. Die Elfen waren abgelenkt, und niemand prüfte sie mit größerem Nachdruck. Ihre Tarnung hielt stand.

Frafa half, als die Bewohner von Porfagilia ihren Wald ablösten. Sie stärkte den magischen Schild gegen die Waffen der Angreifer, doch in ihrem Inneren brannte der Wunsch, zurückzuschlagen. Frafa kannte ihre Verfolger. Sie war diesem Kriegsschiff mehrmals begegnet, auf ihrer Flucht durch Falinga, und es war stark. Es trug Magie im Herzen und einen Schutzschirm, der all ihre Angriffe zurückgeschlagen hatte. Doch mit der Macht des Elfenwaldes hinter sich hätte sie die Abwehr des Schiffes vielleicht durchstoßen können, den hölzernen Rumpf faulen lassen …

Aber die Elfen versuchten nichts dergleichen, und Frafa wagte nicht, mit ihren eigenen Plänen aufzufallen. Warum nur hielten sie sich derart zurück?

Mit einem Mal wurden die Elfen aus ihrem Wald herausgerissen. Es ging so rasch, dass Frafa gar nicht mitbekam, wie es geschah. Ein vielstimmiger Schrei schwebte kurz durch den Äther, dann wurde es stumm um sie. Die Magie in den Wurzeln stockte. Sie fühlte eine Erschütterung in ihrem hölzernen Leib, und der ganze Wald sackte wieder ab, prallte hart in die Erde zurück. Das Erdreich unter ihr wurde zusammengestaucht, Myzelien starben, Wurzeln rissen. Frafa empfand ein Entsetzen, das ihren Leib um ein Haar aus der Haselhülle herausgestoßen hätte.

Sie wollte nach Luft schnappen, aber da war nur ein Rauschen in ihren Blättern.

Mühsam gewann sie die Kontrolle, beruhigte ihren aufgewühlten Geist. Sie tauchte zurück in den Äther, spürte die Welt um sich her. Sie fand die Luft erfüllt von einer Macht, von einer *Wirkung*...

Im Netz des magischen Waldes verlor sie die Orientierung. Alles wirkte so fremd, so zerrissen. Immer wieder liefen Stöße durch ihren Geist, unkontrollierte Emotionen, als wolle eine fremde Macht von ihr Besitz ergreifen. Körper und Geist verschoben sich gegeneinander, und jedes Mal wurde Frafa aus ihrer Konzentration gerissen.

›Was ist‹, hörte sie. ›Wer ist?‹

Da waren sie wieder, die eigentümlichen, schwer verständlichen Gedanken oder Gefühle des alten Elfs, der sie bei ihrem ersten Eintauchen in den Wald schon empfangen hatte. Er schien der einzige Geist zu sein, der außer ihr noch im Wurzelwerk überdauerte.

Ein Zauber, antwortete sie. *Eine Waffe.*

Frafa erschrak. Was für ein Angriff war das, wenn nicht einmal sie noch die Wirkung einer Waffe von gewirkter Magie unterscheiden konnte? Das war undenkbar!

Einen Moment lang empfand sie echtes Grauen, nicht nur diesen Zwang, den man von außen auf sie zu legen suchte. Das half ihr, beides zu unterscheiden, den Zwang abzuschütteln und mehr Kontrolle zu gewinnen. Die magischen Ströme des Elfenwaldes traten klarer hervor. Sie fühlte den alten Elf, und nun auch noch weitere elfische Geister hinter ihm, fern und unklar und so anders als die Präsenz der elfischen Zauberer, zwischen denen sie eben noch verweilt hatte.

Ein Angriff des Schiffes, gab sie dem alten Elfen zu verstehen. *Ich weiß nicht*...

›Komm‹, sagte der Elf.

Sie verstand nicht, aber instinktiv suchte sie die Berührung zu seiner Präsenz. Sie spürte eine magische Essenz, aber keine Aura, keine *greifbare* Aura. Auch die übrigen Elfengeister kamen auf sie zu, umhüllten sie. Frafa fühlte sich ihrem Leib entrückt, und im selben Maße wurde ihr Geist klarer.

Was geht hier vor?, fragte sie. *Wer seid ihr?*

›Wir sind der Geist des Waldes.‹

Frafa glaubte, den alten Elf zu erkennen, den Vorsitzenden des Rates – Barsemias' Großvater, wie sie inzwischen wusste. Doch in anderer Weise war er es wiederum *nicht*. Da waren viele Geister ohne Stimme, aber mit einem gewissen *Sinn* ...

›Zeige uns die Welt.‹

Frafa verstand nicht, was vorging, doch sie teilte ihre Eindrücke mit diesen Präsenzen ... oder womöglich mit jenem freien Bewusstsein, das die Elfen ihrem Wald aufgeprägt hatten und das nun, da der Angriff alle Zauberer außer Frafa gelähmt hatte, allein und ohne Führung das Wurzelnetz erfüllte.

Ja, so musste es sein!

Könnt ihr einen Schutz um den Wald schaffen gegen diesen neuen Angriff?, fragte Frafa.

›Zeige den Angriff‹, sagten die körperlosen Stimmen. Mehr und mehr verloren sie ihre vertraute, ihre elfische Gestalt. Frafa spürte den alten Elf nicht mehr in der Vielheit, er hatte sich darin aufgelöst. ›Weise uns den Weg.‹

Swankar und Feitlaz waren auf die Brücke zurückgekehrt. Feitlaz hielt die Augen halb geschlossen, Falten erschienen auf seiner Stirn. »Der Schirm über dem Elfenwald ist gefallen«, verkündete er.

Swankar sah es im selben Augenblick. Zwei Raketen kamen durch. Eine Rauchsäule stieg empor, dort, wo in der Simulation im zweiten Kontrollraum viele Energielinien zusammengelaufen waren. Sie hatten einen Knotenpunkt getroffen.

»Das war es also«, zischte sie. Dann hob sie die Stimme. »Feuer einstellen. Auf Landungsdistanz annähern. Wir gehen rein.«

Sie griff nach dem schmalen Schwert, das zwischen den Konsolen stets für sie bereitlag. »*Ich* gehe rein!«

»Coronel«, hörte sie Rudrogeits besorgte Stimme. »Sie wollen sich doch wohl nicht an dem Landungsunternehmen beteiligen? Die Führung des Schiffes …«

»… übernimmst du«, fiel Swankar ihm ins Wort. Dann rief sie in die Sprechverbindung: »Sneithan, du räudiger Köter! Ich übernehme das Kommando über deinen Haufen. Ich will wieder Elfenblut sehen. Absprung in dreihundert *Ticks*. Zeit genug, dass du deinen Platz in der zweiten Reihe anwärmen kannst.«

»Aye, Herrin«, antwortete der Goblin. »Zweite Reihe 's gut genug für jeden, der nicht mit 'ner Stricknadel zum Kränzchen geht.«

»Danke, dass du den Trupp reinschickst«, sagte Rudrogeit. Ein eindringlicher Tonfall lag in seiner Stimme. »Ein gezielter Zugriff, kein brennender Wald, keine unbeteiligten Opfer. Wir setzen Frafa fest und liefern sie bei den Gerichtsbehörden ab.«

Swankar lachte. »Klar. Und ein paar Elfenkindern streichel ich auch noch über die Haare, damit du zufrieden bist.«

Sie ging auf die Tür zu, nahm einen Kampfhelm und eine Schutzweste vom Haken. In diesem Augenblick erschütterte ein Aufprall die Brücke. Es krachte und knisterte, Lichtblitze gleißten vor dem Fenster, ein Spiel von Farben löschte Himmel und Boden aus. Swankar verlor den Halt. Ein weiterer Stoß lief durch das Schiff, und Swankar wurde hochgeschleudert. Sie rollte sich ab, stieß gegen eine Konsole. Sie hörte Schreie, Rufe, jemand stöhnte vor Schmerz. Dann erstarben die Geräusche, der Blick vor dem Fenster wurde klar.

Die *Lichtbringer* schlingerte wild, und einer der Offiziere musste sich übergeben.

»Bericht!« Swankar kam auf die Füße. »Was war das?«

»Das Bild ist weg!«, rief ein Offizier. »Ich habe keine Anzeige auf der Sichttafel.«

»Ich …«, sagte Feitlaz. Der Zauberer rappelte sich wieder auf. »Ich …«

Er stöhnte, hielt sich den Kopf. Swankar packte ihr Schwert fester und trat auf ihn zu. Feitlaz sprach hastig: »Die Elfen haben ihren Schirm wieder aufgebaut. Gerade als wir hindurchflogen. Das Schiff wurde zurückgeschleudert, unsere Schutzschilde haben sich überkreuzt.«

Swankar sah zum Fenster. »Der Schirm ist wieder da? Wie kann das sein?«

Feitlaz hob abwehrend die Hand. »Was weiß ich? Jedenfalls ist er wieder da, und er hat sich angepasst. Er blockiert jetzt auch unsere psychokinetischen Waffen.«

Swankar stieß einen wilden Schrei aus. Sie rannte zum nächsten Fenster, drückte das Gesicht gegen die Scheibe. Hinter ihr nahmen die Offiziere langsam wieder ihre Posten ein, schalteten Geräte an, gaben Anweisungen durch.

»Das ist unmöglich!«, brüllte Swankar. »Diese Elfen sollten sich am Boden wälzen vor Furcht und vor Wahnsinn. Sie waren gar nicht in der Lage, ihren Zauber anzupassen.«

Meldungen über Schäden kamen herein, aber anscheinend war nichts weiter geschehen, als dass ihr Schiff einmal gut durchgerüttelt worden war. Und ihr Plan war vereitelt. Das Kriegsschiff konnte das ab, aber Swankar trug schwer daran.

Feitlaz räusperte sich. »Was machen wir jetzt?«, fragte er. »Sollen wir unseren Schild verstärken und durchbrechen?«

Swankar riss das Schwert aus der Scheide. Mit einem frustrierten Aufschrei rammte sie es durch ihren Sitz bis in den Boden. Dann hielt sie schwer atmend inne.

»Nein«, sagte sie. »Bringt das Schiff auf Abstand. Rudergänger, Distanz Zwo Null … Nein … Vier Null. Viel Abstand.«

Sie wandte sich an Rudrogeit. »Rudi, schnapp dir Sneithan. Nehmt die Odontopter und greift das Ziel von der anderen Seite an. Feitlaz …« Ihr Kopf ruckte herum. »Was für Offensivzauber stecken im Nodus? Schick den Elfen alles, was unsere Kraft hergibt. Oberleutnant Wedra, *alle* Waffen in Bereitschaft.«

Sie schaute aus dem Fenster. Das Waldland unter ihr lag ruhig da, nur von einer einzigen Rauchwolke markiert. Ein letzter Augenblick der Ruhe.

»Wir haben es mit Vernunft versucht und mit raffinierter Technologie. Sie haben es abgewiesen. Jetzt sollen sie die ungezügelte Gewalt der Union schmecken. Wir werden diesen verdammten Wald mit Feuer und mit Granaten in den festen Boden zurückprügeln. Wollen doch mal sehen, was ihr magischer Schild *wirklich* aushalten kann.«

Eine klare Empfindung. Die Blätter vom Vorjahr am Boden, gleich vor seinen Augen. Barsemias schluchzte noch einmal, dann blickte er auf. Er atmete die Luft, die nach Wald roch und nach Leben, und ein wenig nach Rauch. Seine Schwester Ledesiel schaute ihn an.

»Wie geht es dir?«, fragte sie.

Barsemias nickte nur. Er fühlte sich, als wäre ein Feuer durch seinen Kopf gezogen. Er konnte noch immer nicht glauben, dass es vorüber war, dass er wieder denken konnte und nicht einfach nur Furcht empfand.

»Ich muss zurück«, sagte Ledesiel. »Zu den Wurzeln.«

Auch sie sah mitgenommen aus. Ihr schmales Gesicht war zerfurcht, ihre Augen wirkten matt. Einer ihrer Fingernägel war abgebrochen, und die Lippen waren aufgebissen. Es ging ihr nicht besser als ihm, befand Barsemias, und wenn sie sich aufraffen konnte, konnte er das auch.

»Ich komme mit«, sagte er.

Ledesiel legte bereits eine Hand auf die weiße Birke, die ihnen den Zugang zum Netz des Waldes erleichterte. Barsemias schaute sich um. Die beiden Elfen, die bei ihnen waren, standen mühsam auf. Sie wirken so abgehärmt wie Ledesiel und würden noch eine Weile brauchen, bis sie sich erholt hatten. Aber sie schienen keinen weiteren Schaden genommen zu haben.

Barsemias kniete vor dem Baum nieder, hob die Hand, schloss die Augen und versenkte seinen Geist in die Welt der magischen Kräfte. Er suchte die pulsierenden Stränge des Zauberwaldes in der Ätherwelt – und fand sie auch.

Was immer geschehen war, es hatte Schaden angerichtet.

Viele der Wurzelsynapsen waren gerissen, der Wald war wieder fest in die Erde gerammt. Barsemias spürte Aufregung an einer Stelle des Netzes, viele seiner Brüder waren dort, wirkten aufgebracht.

Er ließ seinen Geist wandern und schloss sich ihnen an.

›Frafa!‹, dachte er, als er die Aura erkannte.

›Barsemias‹, antwortete Frafa. ›Sag ihnen, wir müssen zusammenarbeiten.‹

›Was?‹, fragte Barsemias. Sein Geist fühlte sich an wie betäubt. ›Was tust du hier?‹

›Ich habe euren Schild wieder aufgerichtet. Zusammen mit deinem Großvater Antamas und einem *Geist des Waldes.*‹

Großvater, dachte Barsemias. Er tastete nach Antamas' Aura, doch sein Großvater war mit der Stimme des Waldes verschmolzen und nicht mehr zu greifen. Barsemias empfand Trauer. *So rasch* ...

›Die Ältesten sind fort.‹ Barsemias hörte Ledesiels verzweifelte Gedanken. ›Ein Feuer vom Schiff traf die weiße Eiche. Viele sind tot, viele sind verwundet. Nur wenige von ihnen sind in das Netz zurückgekehrt.‹

Barsemias spürte es selbst. Die Menschen schossen auf sie. Der Schild hielt, doch die Belastung war kaum zu ertragen. An den Grenzen des Waldes brannte es, Flammen leckten über den magischen Schirm. Raketen trafen den Schutz wie ein ununterbrochener Blitzschlag, kleinere Geschosse folgten wie Hagel. Viele der Brandgeschosse kamen durch, in den Bruchteilen von Sekunden, wenn der Schild von Explosionen geschwächt war. Sie sausten knisternd durch das Laub, schlugen in den Boden ein und brannten tief unter der Oberfläche weiter.

Der Wald war nun Barsemias' Leib, und er fühlte das Glühen als heftigen Schmerz in seinem Inneren.

›Ihr könnt meine Hilfe nicht zurückweisen‹, sagte Frafa. ›Ihr seid zu schwach, zu wenige.‹

›Es ist unser Wald‹, widersprach Ledesiel wild. ›Wir lassen keine Nachtalbe an die Wurzeln von Porfagilia.‹

›Ich bin eine Meisterin des Lebens‹, gab Frafa zurück. ›Ich kann mit eurem Wald so gut zaubern wie jeder Elf. Besser sogar. Wer von euch Elfen ist so alt und so mächtig wie ich?‹

›Niemand von uns ist so alt‹, fuhr Ledesiel auf. Barsemias spürte Zorn und Trauer in ihren Gedanken. ›Und das ist eure Schuld …‹

›Schwester‹, mischte er sich ein. ›Wir können jetzt nicht streiten. Unser Wald stirbt, und wir brauchen alle Kräfte, die wir haben.‹

Sie verteilten sich in den Myzelien und erneuerten die Zauber. Es war schwieriger geworden. Die Ablösung von Porfagilia war vorzeitig erfolgt, und was sie im letzten Moment noch eilig verwoben hatten, war nun beschädigt und bedroht. Sie waren auf den Anfang zurückgeworfen.

Barsemias wob Zauber, so gut er konnte, doch er war nicht erfahren in dieser Art von Magie. Die Wurzeln pulsierten unter den Einschlägen, und immer wieder wurde auch der Wald getroffen. Lebende Pflanzen wurden zerfetzt, verbrannt, das ganze magische Netz von Porfagilia wurde wie von einem Schock erschüttert.

Und Frafa war überall. Barsemias konnte kaum fassen, in wie viele Teile zugleich die Albenzauberin ihren Geist auseinanderfaserte, wie geschickt sie das Wurzelwerk nutzte, wie sie Kraft aus den magischen Linien schöpfte und zahlreiche Zauber wirkte. Er versuchte, ihr Tun zu verfolgen. Er fühlte sich verantwortlich. Aber der Wald selbst hatte sie akzeptiert. Und wenn die Seele von Porfagilia ihr vertraute, durfte er dann Verrat befürchten?

›Wir können uns nicht halten.‹ Frafa berührte Barsemias' Geist.

Ganz langsam hob sich der Wald erneut in die Höhe, immer wieder von schweren Treffern niedergedrückt. Die Magie in den Wurzeln schwand rascher, als die Pflanzen sie aus dem Äther ziehen konnten. Die Zeit floss anders in der magischen Welt. Es mochte drei Minuten her sein, seit Barsemias in das Netz zurückgekehrt war, höchstens fünf. Doch es fühlte sich an, als kämpfe er schon einen Tag lang und eine Nacht. Er fühlte sich erschöpft.

›Nur wenige Kilometer bis zu unseren Nachbarn.‹ Er überrollte Frafa förmlich mit seinen Gedanken, mit seiner Hoffnung. ›Wenn wir es zu ihnen schaffen, wird das Schiff der Menschen seine Kraft rasch verausgaben im Schatten der Elfenstädte. Wir müssen nur fliegen.‹

›Unsere Kraft schwindet‹, ließ Frafa ihn mitleidlos wissen. ›Uns fehlt die Zeit, um den Feind zu zermürben. Aber für einen einzigen großen Zauber, dafür mögen Kraft und Zeit genügen.‹

›Was für einen Zauber?‹, fragte Barsemias verzweifelt. Er schickte die Frage an alle Elfen, die er erreichen konnte. ›Wir können das Schiff nicht angreifen. Wir haben Waffen und Magie nicht getrennt, wie das Schiff der Union. Ein jeder Angriffszauber schwächt unsere Verteidigung und hält uns am Boden fest.‹

›Ich dachte nicht an einen Angriffszauber‹, erwiderte Frafa. ›Ich dachte an deine speziellen Talente. Barsemias, öffne ein Tor. Wir haben keine Zeit, um davonzufliegen. Aber auf den Pfaden des Äthers kannst du den Wald davontragen innerhalb eines Augenblicks.‹

Frafa fühlte, wie bald nicht nur Barsemias ihr zuhörte. Doch es fehlte die Zeit für müßiges Geplauder. Sie waren zu wenige, um den Wald zu halten, und all die Elfenzauberer, die bei Frafa auf der ätherischen Ebene verweilten, waren so erbärmlich *schwach*!

›Ich kann das nicht‹, teilte Barsemias ihr mit.

›Du musst den Zauber nicht alleine wirken.‹ Frafa sprach mit ihm wie mit einem Kind. ›Das Netz des Waldes wird ihn verstärken. Und ich helfe dir.‹

Jeder Treffer auf dem Schild kostete sie Kraft, erschütterte das Gewebe der Wurzeln, ließ Myzelien verschmoren. Frafa tat, was sie konnte, doch es war nur eine Frage von Augenblicken, bis es nicht mehr reichen würde.

›Ich kann keine Tore öffnen über dem Blut‹, erklärte Barsemias. ›Ich sehe die Wege nicht!‹

›Ich dachte, der Wald schirmt euch ab vor dem Blut der Erde?‹ Frafa fühlte sich zunehmend verzweifelt.

›Hier vielleicht‹, erklärte Barsemias. ›Doch ich muss auch unser Ziel erkennen. Und der Wald fliegt nur über Leuchmadans Blut. Wohin also soll ich ihn bringen?‹

›Irgendwohin!‹ Frafa hätte es hinausgebrüllt, doch es gab keine Stimmen an diesem Ort, es gab nur das gleichmäßige ineinanderlaufende Raunen von Gedanken. ›Überall ist es besser als hier. Setz den Wald irgendwo auf sauberen Boden, wenn du musst.‹

›Nein.‹ Eine andere Elfe mischte sich ein. Frafa erkannte die Aura. Es war Ledesiel, Barsemias' Schwester. ›Der Wurzelballen, der uns trägt, ist viele hundert Meter dick. So viel Luft bräuchten wir mindestens über dem Grund, sonst kommen wir gar nicht durch das Tor. Ein Sturz aus dieser Höhe würde uns zerschmettern.‹

›Ich hab es‹, warf Barsemias ein. Mit einem Male waren seine Gedanken in Aufruhr, und Frafa fühlte etwas *Großes* darin. ›Ich weiß einen Ort, wo der Wald schweben kann. Stärkt den Schild! Stärkt den Schild!‹

Frafa spürte, wie Barsemias in das Wurzelnetz tauchte und seine Zauber wirkte, wie er seine Sinne ausstreckte und jene Falten und Biegungen des Äthers erkundete, die nur er wahrnehmen konnte. Sie stellte keine Fragen, sie war einfach dankbar und half.

Sie lieh Barsemias von ihrer Essenz, sie nahm die Strukturen seiner Magie auf und schickte sie überall in den Wald, sie führte Barsemias' Geist durch das Wurzelwerk und sorgte dafür, dass er seine Magie vervielfachen konnte, weit über seine Kräfte und über den Stand seiner Erfahrungen hinaus.

Es war Frafa, die ihm ihre Stärke lieh für einen Zauber, den sie selbst gar nicht verstand.

Immer mehr von den magischen Verbindungen, von dem künstlichen Gehirn, das die Elfen unter dem Boden des Waldes geschaffen hatten, wurden in den Zauber mit einbezogen. Frafa fühlte, wie die Wirklichkeit sich bog, wie ein Strudel die körperliche Welt genauso erfasste wie alle Dimensionen des Äthers. Der Schutzschild flackerte, als viele der Wurzelsynapsen, die ihn trugen, ausfielen und anderen Zwecken zugeführt wurden. Die Elfen versuchten auszugleichen, aber der Wald wurde mehrere Male getroffen.

Holz barst, die Todesqual der Bäume strömte in die Wurzeln zurück und riss Frafas Geist fast mit sich fort. Kurz dachte sie an ihren Leib, im Haselstamm, im Holz gebunden. Sie konnte nichts für ihn tun außer den Schild wieder stützen. Sie teilte ihren Geist, wehrte die Waffen des Flugkreuzers ab, unterdrückte den Schmerz, den sie tief in ihrer Aura fühlte.

Ihre Essenz floss wie Wasser aus einem zerstochenen Schlauch.

Frafa spürte, wie Erdbrocken aus dem gerissenen Wurzelnetz herausbrachen. Mit jedem Schritt, den der Boden sich hob, verlor er an Substanz. Das geschundene Geflecht der Wurzeln streckte sich und versuchte, die Krume zu halten.

Und dann war da ein anderer Sog. Die Magie des Waldes wurde entlastet. Porfagilia stieg rascher, stieg in ein brodelndes Chaos hinauf, von dem Frafa ihre Sinne abwenden musste. Es war ein Brodeln, das ihre Essenz verschlang und ihre Aura in Stücke zu reißen drohte, wenn sie es auf sich wirken ließ; eine solche Vielheit von gebrochenem Raum, dass der Verstand eines Lebewesens es nicht ertragen konnte.

Die Magie brannte in ihrem Inneren, und mit einem Mal verlor Frafa die Kontrolle. Alle Stränge, die sie hielt, entglitten ihr. Ihre weitverzweigte Aura schnellte in einem Punkt zusammen wie ein gerissenes Gummiband. Der Schmerz wurde unerträglich. Im einen Moment spürte sie die Kraftlinien des Waldes, war ein Teil davon und führte ihn wie an hundert Zügeln. Und im nächsten war sie Frafa. Ihr Geist fuhr mit einer solchen Wucht in den Körper zurück, dass sie den Aufprall spüren konnte wie einen Peitschenschlag auf jeder Zelle. Mit einem Ruck fühlte sie sich aus dem Haselbaum gestoßen, als bloßes Fleisch …

Sie kippte von dem Baum fort, mit dem sie eben noch verschmolzen gewesen war. Sie wollte nach dem Stamm greifen, doch die Arme folgten ihrem Willen nicht mehr. Sie hingen schlaff herab. Frafa fiel um – *totes Fleisch*!

Hilflos musste sie zulassen, wie ihr Körper durch das Gehölz brach. Die Pflanzen des Waldes gehorchten ihr nicht länger, sie wichen nicht aus, sie fingen ihren Sturz nicht ab. Frafa spürte jeden spitzen Zweig, der ihr in die Haut stach, jeden festen Ast, gegen den sie stieß. Dann lag sie still da, starrte aus weit aufgerissenen Augen zum Himmel.

Sie fühlte sich fast so wie in dem Gefängnis von Altagrisa, als die Drogen ihr jede Magie geraubt hatten. Doch diesmal war jede Kraft aus ihrem Leib gewichen. Sie hatte keine Verbindung zum Äther, konnte ihre Aura nicht lenken, konnte sich nicht mehr bewegen. Sie konnte nicht einmal die Augen schließen, nur daliegen, die Schmerzen spüren, hören, riechen …

Alles war aus ihr herausgebrannt, und sie fragte sich, ob sie im Sterben lag oder ob das schon der Tod war. Sie lag auf dem Rücken, sah den Nachthimmel durch eine Lücke im Geäst und konnte den Blick nicht abwenden.

Die Sterne, dachte sie und wunderte sich. *Ist so viel Zeit vergangen?*

Dann verlor sie die Besinnung.

Swankar sah zu, wie der Wald sich hob. Die Bewegung war inzwischen mit bloßem Auge zu erkennen, auch wenn der Elfenwald mitunter hinter dem Feuer aus ihren Waffen verschwand. Swankar sah die Wirkung, die der Beschuss hinter dem Schild anrichtete: Rauch und brennende Schneisen im Elfenwald, Trümmer und lodernde Stämme, die von innen bis an den magischen Schutzschirm emporgeschleudert wurden.

Sie stützte sich mit beiden Fäusten auf die Konsole und verfolgte befriedigt, wie der Widerstand ihrer Feinde brach. Die Elfen hatten nicht einmal die Kraft zur Gegenwehr, und die *Lichtbringer* verfügte über reichlich Reserven.

Der Qualm und der Widerschein der Flammen malte ein rötliches Glühen über den Wald.

Swankar kniff die Augen zusammen. Das war kein Widerschein. Es war ein Zauber! Der aufsteigende Qualm drehte sich wie in einem Wirbel, und dann tat sich ein Loch darin auf, ein Riss in der Wirklichkeit, von blutigem Leuchten umrahmt.

»Feitlaz!«, rief sie. »Was ist das?«

»Ich weiß nicht«, stammelte der Schiffszauberer. »Ich … Kein Angriff, glaube ich.«

»Mach das weg«, kommandierte Swankar. »Sofort!«

Feitlaz murmelte etwas vor sich hin. Swankar fragte sich, ob es Zaubersprüche waren.

»Ich kann nicht«, sagte er dann. »Ich verstehe das nicht. Das ist ein Dimensionszauber!«

Der Elfenwald stieg dem glosenden Spalt entgegen.

»Scheiße«, hörte sie Sneithan aus dem Sprechgerät. »He, Käptn, die Spitzohren verschwinden in'er Riesenfotze!«

»Feuer verstärken«, befahl Swankar. »Und Feitlaz, mach das *zu*!«

»Käpten … Äh, Coronel, ich kann nicht an einem Dimensionszauber herumpfuschen. Der Nodus muss Berechnungen anstellen, sonst werden wir selbst in Stücke gerissen!«

»Und was bei Leuchmadans Eiern treibt dein verfluchtes Ding die ganze Zeit? Dein künstlicher Zauberer, der so viel mehr ist als jede verfluchte rechnende Integrationsmaschine?«

Eine Erschütterung lief durch das Schiff. Die *Lichtbringer* legte sich schräg.

»Nicht schon wieder.« Feitlaz klammerte sich an einem verankerten Stuhl fest und schnallte sich an.

Das Schiff krängte zur anderen Seite. Schüsse gingen fehl. Granaten schlugen in dem Loch ein, das unter dem Elfenwald im Boden zurückgeblieben war. Swankar hörte Flüche von Sneithan und von Rudrogeit, die mit ihren Odontoptern kämpften.

»Coronel«, meldete der Rudergast. »Wir haben Turbulenzen von dem … von dem Elfenzauber.«

Ein Sturm packte das Schiff und warf es umher.

»Die Strahlungsmembran«, rief Swankar. »Setzt das Strahlungssegel dagegen.«

»Die Richtung wechselt zu schnell!«, rief der Rudergast.

Ein graues Schimmern bildete sich zwischen den Antennenmasten. Es flackerte, pulsierte, und zu den Turbulenzen gesellten sich Stöße, die vom Schiff selbst ausgingen. Dennoch stabilisierte sich die Flugbahn. Die *Lichtbringer* stemmte sich gegen den Sog und ging auf Abstand zu dem Riss. Vor dem unwirklichen Glühen war nur noch der Erdklumpen unter dem Elfenwald zu sehen, Wurzelenden hingen heraus wie leblose Tentakel.

»Feuer!«, rief Swankar. »Lasst sie nicht entkommen!«

Da erlosch das Leuchten, und der Himmel war klar und unberührt. Das Schiff tat einen Satz nach hinten. Swankar prallte mit dem Gesicht gegen die Scheibe, sank benommen auf die Konsole, und als sie wieder aufblickte, war alles still.

Die *Lichtbringer* schoss nicht mehr, sie trieb langsam zurück auf die Position vor der Grenze. Keiner der Offiziere sagte etwas. Vor ihnen lag ein Krater, viele hundert Meter tief und sechs Kilometer breit. Von unten stieg der Qualm verirrter Explosionen und hinabgestürzter, brennender Bäume auf und verlor sich vor dem leeren Horizont.

Teil 2

Abyssos

17

Äthernetz *– Die Nutzung des* *Nexus *in seiner allgemeinsten und zugänglichsten Form. Der Zugriff auf das Äthernetz erfolgt über ein daran angebundenes* *Netzportal *und erlaubt es, dem* *Nexus *mehr oder minder beliebige, nur vom Angebot des Portalanbieters abhängige Inhalte* *aufzuprägen. *Die* *Netzportale *innerhalb des Äthernetzes kommunizieren untereinander und pflegen gemeinsame Protokolle zum Austausch von Inhalten.*

Dadurch kann prinzipiell jeder Teilnehmer im Äthernetz, der über einen angebundenen *Portalstein *verfügt, jederzeit auf jeden Inhalt des Netzes zugreifen. Dieser beliebige Austausch von Informationen ist das wesentliche Merkmal des Äthernetzes, auch wenn Portalanbieter oder Benutzer im Einzelfall durchaus Beschränkungen festlegen können.*

Da der Zugriff auf Informationen wahlfrei erfolgt und die Inhalte beliebig sind, kann im Grunde jede Übertragung, die den *Nexus *benutzt, auch über das Äthernetz abgewickelt werden.*

Aus: »Techniklexikon«, von Iskwelza von Daugazburg

»Das stimmt nicht«, sagte Frafa zu Litiz. »Ich habe Bleidan nicht vergessen. Da war ein Mensch in der Eisenbahn aus Bitan, der hat mich sehr gekränkt. Ich wollte ihm etwas antun, aber als ich in sein Innerstes griff … Sein Herz, seine Leber, sie waren ersetzt worden, ganz so, wie Bleidan es erträumt hatte: den schwachen Völkern Leben geben mit künstlichen Organen! Da konnte ich dem Mann nichts mehr tun, obwohl ich es wollte. Es war Bleidans Kunst, die ihn am Leben hielt. Wie hätte ich das zerstören können? Ich vergesse Bleidan nicht, genauso wenig wie du!«

Aber Litiz war tot. Frafa konnte ihr das nicht sagen, sie würde ihr nie wieder etwas sagen können. Bisher hatte sie sich nicht einmal selbst eingestanden, was in Wahrheit ihre Magie zurückgehalten hatte, damals im Zug aus Opponua: Die Erinnerung an Bleidan war der Grund gewesen, weshalb sie den Menschen unversehrt gelassen hatte! An Bleidan, der ebenfalls tot war, seit beinahe tausend Jahren schon, und der Frafas Rechtfertigungen ebenso wenig anhören konnte wie Litiz.

Frafas Geist stieg aus der Bewusstlosigkeit empor, und sie erwachte.

Elfen standen um sie herum. Frafa fragte sich, ob sie gerade laut gesprochen hatte, und was diese Elfen ihren Worten entnahmen. Oder hatte sie geträumt, hatte die Ohnmacht sie für Augenblicke über jene feine Grenze in den Schlaf gestoßen, den sie mied, seitdem sie Bleidan verloren hatte?

»Wo sind wir?«, fragte sie und drehte den Kopf.

»Wir sind ...« Barsemias stockte. »Das ist schwer zu sagen. Wir fliegen!«

»Wir sind in Sicherheit«, sagte seine Schwester Ledesiel.

»Für eine Weile«, fügte Barsemias hinzu.

Sie lag nicht mehr in dem Haselhain. Man hatte sie herausgeholt und auf eine Wiese gelegt, auf eine Lichtung im Wald. Der Nachthimmel wölbte sich über ihr, aber Frafa hatte alles Gefühl für die Zeit verloren. Sie fühlte sich immer noch schwach, aber sie konnte sich wieder bewegen. Gleich würde sie sich aufsetzen ... sobald die Müdigkeit nachließ, die sie umfing.

»Sind alle wohlbehalten?«, fragte sie. »Da war dieser alte Elf, der zu mir sprach. Ich habe ihn nicht mehr gespürt. Der Wald brannte ...«

Barsemias wandte sich ab.

Seine Schwester antwortete: »Wir haben die Feuer gelöscht. Einiges ist beschädigt, und wir haben viele der Ältesten verloren. Aber die weiße Eiche steht noch, und wir können den Wald damit führen. Ihr habt uns zweimal gerettet an diesem Morgen. Wir müssen Euch danken.«

»Ich habe euch überhaupt erst in diese Lage gebracht«, flüsterte Frafa. Sie sah, dass viele Elfen diese Einschätzung teilten.

Eine Elfe aus dem Rat kniete neben ihr, und Frafa las den Hass in ihren Augen.

Aber die Elfe presste die Lippen aufeinander, atmete durch und unterdrückte ihren Zorn. »Wir hätten Euch fortschicken können, doch wir haben es nicht getan. Was geschehen ist, war eine Folge unserer Taten. Wir werden es auf uns nehmen.«

Andere Elfen in dem Kreis nickten grimmig. »Aber wir werden es in Erinnerung behalten«, murmelte einer.

»Ich werde euch weiterhin helfen«, sagte Frafa. »Was auch immer ihr vorhabt.«

»Still«, sagte die alte Elfe neben ihr. »Ihr seid kaum stark genug, um zu leben.«

»Wir sind entkommen, aber wir sind geschlagen«, stellte Ledesiel bitter fest.

»Vorläufig«, ergänzte Barsemias. »Unser Volk ist weiterhin von der Union bedroht. Wir werden zurückkehren und kämpfen.«

»Das sind die Entscheidungen eines anderen Tages«, sagte die Älteste an Frafas Seite. »Jetzt ist die Zeit, um zu heilen.« Sie sah Frafa an. »Eure Aura ist ausgezehrt. Ich werde mich darum kümmern, so gut ich kann, aber Ihr müsst Euch erholen. Schlaft jetzt.«

Frafa schloss die Augen und entspannte sich. Es fühlte sich gut an. Aber schlafen wollte sie nicht. Niemals mehr.

Tage später saß Frafa am Rand des Waldes und blickte in den Abgrund. Sterne leuchteten dort unten, aber die Leere dazwischen war so gewaltig, dass sie Frafa zu verschlingen drohte.

Sie rückte ein wenig von der Kante weg, obwohl sie wusste, dass ihre Sorge unbegründet war. Barsemias hatte den Wald so vollkommen von der Welt gelöst, dass es nichts mehr gab, wohin sie abstürzen konnte! Porfagilia trieb Tausende Kilometer über der Erde, und alles, was Frafa hier am Boden hielt, war die Kraft, die der Wald selbst erzeugte – seine Magie schirmte den Strahlungsdruck von unten ab und sorgte für Schwerkraft.

Hier oben, im leeren Raum, konnten alle Schäden heilen, konnte sich das geschundene Wurzelwerk wieder erholen. Die Elfen brauchten viel Kraft, um eine Blase zu erzeugen, die ihre Insel von der lebensfeindlichen Leere ringsum abschloss. Dafür waren sie nicht nur ihren Feinden entkommen, sondern auch den gewaltigen Kräften an der Oberfläche, die den fliegenden Wald endgültig in Stücke gerissen hätten.

Frafa zog die Knie an und umfasste sie mit den Armen.

Der Wald mochte heilen. Was war mit ihr?

Sie trug ein langes Kleid, das die Elfen ihr geschenkt hatten. Ein Elfengewand aus glattem weißem Taft mit einem rosigen Schimmer, der mitunter ins Violette spielte, je nachdem, wie das Licht auf das Gewebe fiel und den Seidenglanz zur Geltung brachte. Für eine Nachtalbe wäre das Farbenspiel gewagt gewesen, aber Frafas Haut war noch immer hell, und das Haar floss ihr silberblond über die Schultern. Sie sah ihre bloßen blassen Unterarme auf dem glatten Stoff, die glitzernden Haarsträhnen, die ihr bis zur Hüfte reichten, und konnte fast glauben, eine andere zu sein. Keine Elfe, doch auch keine Albe mehr.

Viele Tage hatte sie bei den Elfen gelebt, und ihre Verkleidung war längst überflüssig geworden. Warum hatte sie daran festgehalten? Jetzt war sie in dieser Erscheinung gefangen. Es hätte eines Zaubers bedurft, um ihr Aussehen wieder zu verändern, und Frafa konnte keine Zauber mehr wirken. Alle Magie war aus ihr herausgebrannt, seitdem sie sich im Netz des Waldes verausgabt hatte.

Tatsache war, es hatte ihr gefallen, eine andere zu sein. Und passte es jetzt nicht umso besser? Sie hatte alles verloren, was sie einstmals gewesen war, nicht nur ihren Rang und ihre Stellung, sondern inzwischen sogar ihre Magie. Ihr Aussehen war das sichtbare Zeichen eines Neuanfangs – fast eine neue Geburt. Wenn sie alles hinter sich ließ, war es dann nicht besser, wenn man das auch *sehen* konnte?

Licht flutete über den Wald, ein kaltes, hartes Leuchten, doch der Himmel in der anderen Richtung blieb schwarz. Porfagilia drehte sich, und vor Frafa, in der Tiefe, erschien eine dunkle Welt, an deren Rand sich soeben ein Sonnenaufgang abzeichnete. Als goldene Sichel schnitt der anbrechende Tag in die nachtverhangenen Landstriche.

Die Sonne, die über den Rand der Welt stieg, erhellte auch Porfagilia. Der magische Schirm, der um die Siedlung lag wie eine Blase, fing das Licht, verteilte es und milderte es ab. Bald blickte Frafa in ein perlweißes Firmament, hinter dem sich noch immer schattenhaft die Gestirne und der Planet unter ihr abzeichneten.

Barsemias trat aus dem Wald, stellte sich an die Böschung und sah hinab.

»Wie geht es dir?«, fragte er. »Du kannst dich hier nicht in die Tiefe stürzen. Der Wald würde dich zurückholen.«

Frafa lachte. »Das habe ich nicht vor«, sagte sie. »Es geht mir gut.«

»Wirklich?«, fragte Barsemias. »Ich weiß, wie ich meine Magie verloren habe. Auf der Polizeiwache in Bitan. Das war schlimmer als der Tod. Es war, als wäre ein Teil aus mir herausgeschnitten.«

Wie die Alben waren auch die Elfen Geschöpfe der Magie – der Leib nur eine Ausprägung der Aura, nicht umgekehrt wie bei niederen Lebewesen. Frafa war selbst überrascht, wie wenig ihr der Verlust ihrer Magie, eines Teils ihres *Seins*, bedeutete. Doch andererseits, die meisten Alben und Elfen genossen niemals jenen Zugang zur ätherischen Ebene, an den Frafa gewöhnt war, und sie lebten doch.

»Ich werde mich erholen«, sagte sie. Sie zog Barsemias an der Hose, damit er sich setzte. »Meine Magie wird zurückkehren. Deine Heilerin hat es gesagt.«

»Aber wann?«, fragte Barsemias. »Das vermochte sie nicht einmal zu schätzen.«

Frafa zuckte die Achseln. »Es ist nur Zeit. Wie kommst du darauf, dass ich mir über Zeit Gedanken mache?«

Er sah sie an, und sie lächelte schalkhaft. »Nein, nimm das nicht so ernst. Wenn meine Aura erst einmal anfängt, sich zu erholen, wird es schnell gehen. Ich habe Zauber dort eingewoben, die auch ohne mein Zutun für Heilung sorgen. Es muss nur wieder genug Essenz dafür da sein. Und bis dahin …«

Frafa schaute über die Böschung nach unten, wo der leuchtende Schirm um den Elfenwald blass war und das Licht erträglich. Die Welt unter ihnen, die schmale Morgensichel, stand dort hell genug, um den Himmel des Elfenwaldes zu überstrahlen.

»Und bis dahin«, fuhr Frafa fort, »ist es wie eine Rast. Eine erzwungene Pause, aber es fühlt sich gut an. Die Flucht war so wild, vermutlich musste ich vor einen Baum laufen, um zur Ruhe zu kommen.«

Schweigend sahen sie zu, wie die Welt, die sie verlassen hatten, allmählich aus der Finsternis geholt wurde. Ob Barsemias wohl an Lucan dachte, an den Sonnengott seines Volkes? Frafa nahm seine Hand und stellte fest, dass ihre Haut heller war als seine.

»Weißt du, dass ich mich jünger fühle, seit ich meine Magie verloren habe?«, fragte sie. »Es gab eine Zeit, da brachte ich kaum einen Zauber zustande. Ich musste darum kämpfen, zum ersten Mal meine Aura zu verändern. Jetzt bin ich fast wieder ein Kind, und ich denke darüber nach, ob ich nicht schon früher hätte innehalten sollen und neu anfangen.«

Barsemias' Finger lagen steif in ihrer Hand. Frafa ließ ihn los. Er räusperte sich verlegen. Aber er blieb neben ihr sitzen, und Frafa spürte, wie sie mit dem Arm und mit der Schulter an ihm lehnte, und für einen kurzen Augenblick fragte sie sich, wie weit diese Neugeburt gehen konnte. Was, wenn sie alles hinter sich ließ und einfach jemand anders wurde, eine Elfe unter Elfen beispielsweise? Wie würde es sein, das Leben neu zu lernen, ein ganz anderes Leben?

Ihr schwindelte bei der Vorstellung, und sogleich fielen ihr all die Schwierigkeiten ein. *Ich kann eine Elfe sein, wenn ich seine Hand halte, doch es ist schon vorbei, wenn ich den Mund öffne und man die Zähne sieht.*

Sie wechselte das Thema: »Ich glaube nicht, dass wir in Sicherheit sind. Das Schiff, das mich verfolgt hat, hatte eine

Strahlungsmembran. Wenn ich es recht verstehe, kann ein solches Hilfsmittel ein Gefährt jederzeit bis hier herauftragen.«

»Oh«, sagte Barsemias. »Ich zweifle nicht daran, dass die Union uns einholen könnte. Aber dazu müssen sie uns erst finden. Wir fliegen auf der anderen Seite der Welt und haben jede Verbindung durchschnitten. Der Wichtel beklagt sich schon, dass er den Nexus nicht erreichen kann.« Barsemias lächelte, dann wurde er ernst. »Aber wir haben auch die Verbindung zu unserem Volk verloren. Dort unten nimmt womöglich ein Krieg seinen Fortgang.«

»Ich werde euch helfen«, sagte Frafa. »Wenn ihr mich lasst.«

Barsemias schnaubte. »Wir lassen dich sicher nicht untätig herumsitzen. Was für einen Sinn hätte dann alles gehabt, was wir bis jetzt getan haben? Mein Großvater Antamas meinte, dein Wissen könnte nützlich sein für die Elfenvölker.«

»Antamas«, sagte Frafa. »Der alte Elf aus dem Rat.«

Barsemias nickte.

»Was ist mit ihm?«, fragte sie. »Er war da, als ich in das Wurzelwerk tauchte. Aber danach habe ich seine Präsenz nicht mehr gefühlt. Er kam doch hoffentlich nicht ums Leben, als die Rakete bei der weißen Eiche einschlug?«

Barsemias schüttelte den Kopf. Dann räusperte er sich.

»Nein«, sagte er. »Er ist nicht tot. Oder ... vielleicht.«

Er zögerte. Frafa wusste nicht, ob sie weiter in ihn dringen sollte. Sie war neugierig, doch was auch immer geschehen war, es ging Barsemias nah.

Nach einer Weile sprach er von selbst weiter: »Ich weiß nicht, ob ich es dir sagen soll. Doch was soll's? Wenn man bedenkt, wie tief du schon in den Elfenwald eingedrungen bist, dürfte das zusätzliche Wissen keinen Schaden mehr anrichten.«

Er holte Luft, wandte den Blick von Frafa ab. »Über die Jahrhunderte haben wir unsere Wälder verändert. Wir haben die Bäume und Pflanzen mit speziell gezüchteten Pilzfasern umwoben und ein Netz daraus geformt, das unsere Magie aufnimmt und verstärkt.«

»Ich weiß«, sagte Frafa. »Das habe ich gespürt. Es gleicht

fast … dem Nexus. Auch wenn es überschaubarer ist und greifbarer.«

»Es ist sogar ein wenig mehr als ein Netz von Wurzeln und Myzelien. Wir haben eine Art Gehirn nachgebildet, es ist ganz ähnlich, aber um vieles gewaltiger. Doch es ist ein Gehirn ohne Geist, und es ist zu groß, als dass die Elfen es lenken könnten, nicht einmal alle gemeinsam. Wir brauchten also mehr, einen eigenen Verstand, eine unterstützende Kraft, die in dem Wurzelnetz wohnt. Und das sind unsere Ältesten. Sie geben ihren Leib auf, übertragen ihre Aura in das Netz und verschmelzen damit.«

Er atmete schwer. Frafa sah, dass seine Augen glänzten vor Tränen, auch wenn er den Kopf abgewandt hielt und es zu verbergen suchte.

»Das hat dein Großvater getan? Er lebt jetzt im Wald?«

»Ja«, sagte Barsemias. »Und nein. Der Geist verliert sich mit der Zeit in dem Netz. Die Elfen, die dort eingehen, überleben nur als Ganzes, als Kollektiv. Mein Großvater ist im Willen des Waldes aufgegangen, und zwar sehr schnell. Normalerweise dauert es länger, bis das Individuum vergeht. Doch unter der Belastung des Kampfes musste Antamas die Verschmelzung beschleunigen.«

Das tut mir leid. Frafa wollte es sagen, doch es klang zu sehr nach leeren Worten, und sie wusste nicht, was sie sonst hätte sagen können. Also schwieg sie.

»Die meisten von den alten Elfen sind dorthin gegangen«, erklärte Barsemias weiter. »Sie leben in unseren Wäldern weiter, lassen sie fliegen, beschützen sie. Man muss sehr mächtig und erfahren sein, um dem Wurzelwerk seinen Willen aufzuprägen. Die Besten von uns sind jetzt dort. Es liegt an der Technik der Union, an all den Fortschritten und Entdeckungen. Wir Elfen mussten dem etwas entgegensetzen, um unsere Eigenständigkeit zu bewahren!«

»Dein Großvater hat uns alle gerettet«, sagte Frafa. »Wir sollten sein Opfer ehren, indem wir unseren Beitrag leisten zu seinem Werk. Wir müssen den Wald beschützen, und wir dürfen nicht zu lange zögern, bevor wir etwas unternehmen. Denn auf welcher Seite der Welt wir auch immer sind, irgendwann wird irgendwer zum Himmel blicken und uns bemerken!«

»Ich denke«, sagte Frafa, »dass Leuchmadan der Schlüssel ist.«

Frafa und Barsemias hatten sich mit Biste und den Gnomen getroffen und saßen nun im Schatten eines Holunderstrauchs. Sie unterhielten sich über Frafas Erlebnisse, über ihre Flucht und über alles, was damit zusammenhing, in der Hoffnung, daraus mehr über ihre Feinde zu erfahren. Der Boden unter ihnen war mit dünnem Gras bewachsen, und ein Hauch von Asche lag in der Luft. Die Lichtung war vor Kurzem noch eine Brandschneise gewesen, und die Elfen hatten diese Wunde in ihrem Wald mit kleineren Pflanzen geheilt, die sie rasch magisch wachsen lassen konnten.

»Leuchmadan?«, fragte Barsemias. »Warum ausgerechnet Leuchmadan? Gulbert und Aldungan sind unsere Feinde. Sollten wir uns nicht auf diese greifbaren Gegner konzentrieren statt auf mystische Götter der Vergangenheit?«

»Wir wollen das Übel bei der Wurzel packen«, sagte Frafa. »Und ich habe das Gefühl, irgendwie ist alles über Leuchmadan verbunden. Gulbert und Aldungan haben ein Bündnis geschlossen in Leuchmadans Hort; Gulbert benennt ein Schiff nach Leuchmadan; Aldungan galt dereinst als wiedergekehrter Leuchmadan; und ich wurde von Dämonen bedroht, als ich mit den beiden in Zwist geriet – von Dämonen, den Geschöpfen Leuchmadans!«

»Hm.« Barsemias hockte auf den Fersen und wippte vor und zurück.

Frafa hob die Hand und bedeutete ihnen, dass sie noch nicht fertig war. »Bleiben wir bei den Dämonen. Sie bringen uns auf eine ganz andere Fährte. Sie sind sogar in Bitan aufgetaucht, das zu Leuchmadans Zeit als sicher galt. Was hat sich seither verändert? Nun, das Blut der Erde fließt inzwischen auch dort! Deutet das nicht darauf hin, dass Leuchmadans Dämonen an das Blut der Erde gebunden sind? Genau wie Aldungans Gabe, mich aufzuspüren, denn immerhin hat er mich in den Bergen aus den Augen verloren. Und nennt ihr Elfen das Blut der Erde nicht sogar Leuchmadans Blut? Leuchmadans Hort ist voll davon, und damit führt auch diese Spur zu Leuchmadan. Alles, was uns in den letzten Wochen widerfahren ist, hat in irgendeiner Weise mit Leuchmadan zu tun!«

Und außerdem, dachte Frafa, *hat selbst die Fatu es mir geraten: Wenn ich überleben will, muss ich Leuchmadan selbst bezwingen.* Sie sprach es nicht laut aus, denn das Wort einer Fatu war sicher nicht dazu angetan, Barsemias zu überzeugen.

Tatsächlich blickte der Elf auch so schon misstrauisch drein. »Vielleicht kann man einfach deswegen alles mit Leuchmadan in Verbindung bringen, weil er ein bloßer Popanz ist. Eine Fantasiegestalt, die von jeher für alles Schlechte steht und unter der ein jeder sich alles oder nichts vorstellen kann.«

»Dann lass uns das feststellen«, sagte Frafa. »Denn das ist mein Vorschlag: Lass uns mehr über Leuchmadan herausfinden. Wenn dort die Wurzel allen Übels liegt, finden wir womöglich einen Weg, sie herauszurupfen. Wäre das nicht besser, als vergebens gegen das Unkraut an der Oberfläche anzukämpfen, wie all die Generationen vor uns? Wie vor allem *dein Volk* schon seit Jahrtausenden?«

»Wenn Leuchmadan und die Finstervölker vom selben Ursprung sind, so wäre das rechte Verständnis seines Seins ein notwendiger Schritt, um ihn und seine Völker endgültig aus unserer Mitte zu tilgen«, murmelte Barsemias.

Frafa fröstelte bei diesen Worten. »Was?«, fragte sie.

»Nichts von Bedeutung«, sagte Barsemias. »Nur ein Zitat vom alten Caezo. Du kennst seine Werke. Mir ist eben eingefallen, dass dieser Priester der Sonne schon vor mehr als einem Jahrtausend dasselbe gesagt hat wie du jetzt.«

Führte der Weg, den sie einschlagen wollte, wirklich zu dem Ziel, das dieser fanatische Priester vor Augen gehabt hatte? Zur Auslöschung der Finstervölker? Frafa blickte unruhig auf ihre schmalen hellen Finger und fragte sich, ob ihre Verwandlung einen Schritt zu weit gegangen war; ob sie wohl Dinge dachte, deren Folgen sie gar nicht absehen konnte.

Nein. Nur die abergläubischen Fanatiker setzen die Götter mit ihren Anhängern gleich. Was auch immer Leuchmadan ist – wir Finstervölker teilen nicht mehr sein Schicksal. Wir haben unseren Geist, unsere Kultur längst von den alten Göttern befreit. Wenn diese Götter wirklich leben, ist es an der Zeit, dass wir auch unsere Welt von ihnen befreien.

»Dann nehme ich das einfach als weiteren Hinweis, dass ich auf der richtigen Spur bin«, erklärte sie entschlossen.

»Leute«, warf Biste der Wichtel gelangweilt ein. »Niemand redet heut noch über Leuchmadan. Elfen und Alben, zurück in die Wirklichkeit bitte! Lasst uns über ernsthafte Verschwörungen reden.«

»Das kleine Volk hat nicht unrecht.« Barsemias schaute Frafa an. »Überleg einmal: Der berühmte Theologe Caezo hat schon in alten Tagen Mutmaßungen über das Wesen des Leuchmadan angestellt. Wenn bis heute niemand eine Antwort darauf gefunden hat, wie können wir es dann erhoffen?«

»Ganz einfach«, sagte Frafa. »Weil wir hier sind. Das ist unser Vorteil gegenüber all denen, die in den letzten Jahrhunderten die Antwort auf diese Frage gesucht haben. Wir sind nicht länger auf theologische Spekulationen über das Wesen Leuchmadans angewiesen. Wir fliegen über eben den Himmel, von dem Leuchmadan herabkam. Wir können die Wahrheit *sehen*!«

Ihre Begleiter starrten sie verwirrt an. Biste schielte auf seine Handkonsole, Segga und Waldron hoben den Kopf und schauten blinzelnd in die Höhe.

»Es ist nur eine Legende«, stellte Wisbur fest. »Und sie besagt, dass Leuchmadan vor Äonen vom Himmel fiel. Selbst wenn das stimmt, bedeutet das, er ist *jetzt* nicht mehr hier!«

Frafa beugte sich zu Barsemias hin. Sie nahm seine Hände, sah ihm in die Augen. »Du siehst die ätherischen Ebenen«, sagte sie. »All die fein gefalteten Dimensionen unserer Welt.«

Barsemias nickte unsicher.

»Weißt du noch«, fuhr Frafa fort, »was ich über meine Entdeckungen in Leuchmadans Hort erzählt habe? Wie ich darangekommen bin? Die Auren von lebendigen Stoffen hinterlassen einen Abdruck im Äther, der die Zeiten überdauert. Wenn man nur feinfühlig genug ist, dann kann man sehen, was sich an einem Ort in vergangenen Zeiten zugetragen hat.«

»Wer dort gewesen ist ... vielleicht«, verbesserte Barsemias sie.

»Man sieht die Abbilder allen Lebens«, stellte Frafa richtig. »Wer, wenn nicht du, sollte in der Lage sein, noch die feinsten Muster im Äther zu erkennen?«

»Soll ich etwa Leuchmadan in der Vergangenheit verfolgen?« Barsemias löste seine Hände aus Frafas Griff. »Das ist unmöglich! Wir müssten Jahrtausende zurück, und jeder Abdruck, den Leuchmadan hinterlassen hat, muss seither von unzähligen anderen Geschöpfen überlagert worden sein. Wenn er überhaupt ein lebendes Wesen mit einer Aura war. Wenn es nichts weiter war als ein Stein, der vom Himmel fiel, dann hat er gar keine Abdrücke im Äther zurückgelassen.«

Frafa stand auf und reckte die Hände zum perlmuttfarbenen Firmament empor. Es wurde schon wieder blasser, während der Elfenwald auf die Nachtseite der Welt tauchte. »Schau, wo wir sind!«, rief sie. »Da draußen, nur einen Schritt von deinem Wald entfernt, beginnt die leblose Leere. Seit Anbeginn der Welt hat niemals eine Aura hier einen Abdruck im Äther hinterlassen, nicht bevor ihr euren Wald hierhergebracht habt.«

Sie beugte sich wieder zu dem Elf hinab. »Leben schafft eine Verbindung zur ätherischen Ebene, doch reine Magie tut das auch. Und was immer Leuchmadan war, wenn es ihn gab, wenn er tatsächlich vom Himmel gefallen ist: Niemand kann glauben, dass er keine Magie an sich hatte! In einem Äther, der so unberührt ist wie an diesem Ort, muss Leuchmadans Sturz eine Linie gebrannt haben, die sich durch die ganze Leere zieht. Schau dorthin, such die Spuren von Magie, und du wirst dem Weg folgen können, den Leuchmadan genommen hat.«

»Wenn wir es tun«, sagte Barsemias. »Was dann?«

Frafa sah ihn verständnislos an.

»Was tun wir mit dem Wissen, das wir dabei gewinnen?«,

fragte der Elf. »Wir mögen Leuchmadans Spur finden, oder auch nicht. Doch es wäre nur das Echo einer alten Macht, die hier ihre Bahn gezogen hat. Es verriete uns nichts darüber, wo Leuchmadan heute ist; oder was er dort unten auf der Welt treibt.«

»Aber verstehst du denn nicht?«, rief Frafa. »Wo Leuchmadan hin ist, das wissen wir. Aber wir wissen nicht, wo er herkam! Wenn wir seine Spur zurückverfolgen, dann finden wir seine Heimat. Wir finden Leuchmadans Wurzeln, sein Geheimnis, seine Schwächen. Du hast Leuchmadan ein Gespenst genannt, das sich nicht greifen lässt. Doch wenn wir seine Herkunft kennen, verstehen wir womöglich auch seine Gegenwart.«

Im Grunde spielte es keine Rolle, wann und von welchem Ort aus Barsemias in die Leere blickte und versuchte, die feinen Eindrücke im Äther rings um die Welt zu deuten. Er würde nicht mit den Augen schauen, sondern mit seinen magischen Sinnen, die selbst den Lichtvorhang während des Tages mühelos durchdringen konnten.

Dennoch wanderte die kleine Schar bis an den Rand der fliegenden Insel, bis zu der Stelle, wo Frafa am Morgen gesessen und auf die Sterne geblickt hatte. Inzwischen war der Himmel wieder schwarz geworden, die magische Blase, die den Wald umhüllte, war unsichtbar. Frafa trat bis ganz an den Rand und blickte in den Abgrund, wo tief unter ihr die Welt schwebte vor einer noch tieferen Leere darunter.

Barsemias mochte mit seinen magischen Sinnen durch alle Hindernisse hindurchschauen können, doch Frafa wusste, dass es dem Geist bei der Konzentration half, wenn man sich mit den körperlichen Sinnen auf sein Ziel einstimmte. Wenn der Elf die Welt mit seinen Augen sah, dann war es leichter für ihn, den Äther im selben Raum zu studieren.

»Brauchst du keine Geräte?«, fragte Biste. »Ein Fernglas vielleicht? Ich glaube, ich habe noch eins im Odontopter.«

»Pssst«, sagte Frafa. »Barsemias benötigt nichts außer Ruhe.«

»Ich schaue jetzt«, sagte Barsemias. »Aber sei nicht enttäuscht, Frafa.«

Er blickte hinaus in die Schwärze, als wären seine silbergrauen Augen selbst zwei Sterne, die das Dunkel zu erhellen versuchten. Dann schloss er sie, rückte noch näher an den Abgrund heran. Frafa legte einen Arm um seinen Leib und eine Hand an seine Hüfte, um ihn zu halten. Er hatte gesagt, man könne von der Elfeninsel nicht herunterfallen. Und doch, die Kluft vor ihren Füßen war so gewaltig, dass sie alles an sich zu ziehen drohte. Wer wusste schon, was geschah, wenn Barsemias sich während seines magischen Tastens darin verlor?

Frafa spürte, wie sein Körper unter ihren Händen bebte.

»Ich sehe etwas«, murmelte er. »Bei Lucan! Das ist kein Abdruck, es ist ein Riss im Äther. Wie ein erstarrtes Wellental, vom Bug eines mächtigen Schiffes geschnitten.«

Er verfiel wieder in Schweigen. Sein Kopf ruckte hin und her, während er Dinge jenseits der Welt zu erblicken versuchte.

»Es verliert sich in der Ferne ... und am anderen Ende in einem Aufruhr, der weit über die Welt hinausreicht. Es ist geborsten, es war überall, und es ist ...«

Wieder verstummte er. Sein Körper bewegte sich langsam, sein Fuß trat auf die Böschung zu, als würde er einem Pfad in der Ferne folgen. Frafa zog an ihm, hielt ihn fest.

Barsemias taumelte erschrocken zurück. Frafa wollte ihn stützen, aber sie stolperten beide und fielen übereinander ins Gras. Barsemias riss die Augen auf und zog erschrocken die Luft ein.

»Ich habe ihn gesehen!«, stieß er hervor. »Er ist ganz in der Nähe!«

»Leuchmadan?«, fragte Frafa.

Die Gnome zogen ihre Waffen und sahen sich misstrauisch um.

»Du meinst, du hast Leuchmadan unten auf der Welt gesehen?«, drang sie in Barsemias, als der nicht antwortete.

»Nein. Ja«, erwiderte der Elf verwirrt. »An manchen Stellen der Welt glaubte ich, eine Aura zu sehen, die der alten Narbe am Himmel glich. Aber das ist es nicht. Ich konnte sehen, wo die Spur endet.«

»Leuchmadans Ursprung!« Frafa hielt den Atem an.

Auch ihre kleineren Begleiter traten neugierig näher, auch wenn sie vorher Frafas Plan missbilligt hatten.

»Ich glaube nicht.« Barsemias fuhr sich verwirrt mit der Hand über die Stirn. »Es war nicht so leicht zu deuten. Die Eindrücke im Äther waren nicht so klar, wie du gedacht hast, es gibt mehrere Spuren. Eine ist sehr ausgeprägt und verliert sich in der Ferne. Ich glaube, das ist der Pfad, auf dem Leuchmadan zu unserer Welt kam.

Aber andere Spuren führen von unserer Welt fort. Leuchmadan zersprang in viele Teile, als er aufprallte, und manche davon wurden wieder hochgeschleudert. Eine dieser Spuren ist besonders deutlich, es muss ein großes Stück gewesen sein. Das Größte. Voller Magie ...«

Er schluckte, sah Frafa an. Seine Lider flatterten. »Frafa, womöglich dürfen wir Leuchmadan gar nicht auf unserer Welt suchen. Vielleicht sind dort nur ein paar Überreste zurückgeblieben, die er beim Aufprall verloren hat. Doch der Rest von ihm wurde wieder hochgeworfen und flog weiter. Ich habe die Spur gesehen, und sie endet in der Leere. Er ist immer noch da, auf einer eigenen Bahn um die Welt gefangen. Ich habe gesehen, wo Leuchmadan *hin* ist, und er schwebt nicht weit entfernt von hier.«

18

Gerechte Ordnung (GO) *– Neben der* *HuV *eine der beiden bedeutsamsten politischen Parteien in der Union. Begründet von Gulbert dem Zauberer, der bis heute Ehrenvorsitzender geblieben ist, stand die GO am Anfang vor allem für eine strikte Apartheid der Völker, für Zentralismus und für staatliche Regelung und Gemeinschaftsgeist.*

Im Laufe der Jahre hat die Partei ihre Ziele mehrfach neu bestimmt und angepasst, sodass die frühe GO dem heutigen Bürger der Union radikal erscheinen mag. Aber durch diese Flexibilität konnte die Partei ihre Stellung als Regierungsanwärter in Opponua bis heute behaupten und mehrere Krisen und Abstürze in der Popularität überwinden.

Auch wenn die GO inzwischen für alle Bewohner der Union steht, findet sie ihre Anhängerschaft weitestgehend unter den Menschen von Bitan und hat eine besonders starke Stellung in Bezirken mit geringer ethnischer Divergenz. In Daugazburg hat die GO bis heute noch kein einziges Mal die kommunale Regierung stellen können. Dennoch wäre es verkehrt, diese Gruppierung als reine Bitanerpartei zu bezeichnen. In vielen ländlichen Bezirken von Falinga kann sie inzwischen auf eine traditionell starke Stellung verweisen, und die Konflikte, die die Funktionäre aus Ost und West innerhalb der GO untereinander austragen, muten oft erbitterter an als die Wahlkämpfe zwischen der GO und ihren außerparteilichen Rivalen.

Aus: »Geschichte der Union«, von Tendor Istarios,
Prof. Em. der politischen Akademie zu Opponua

»Da sind wir nun«, sagte Pleras, und sein Atem stand weiß in der eisigen Luft.

Loricas blickte sich um. Es war dunkel auf dieser Welt. Die Sonne stand fern und klein über dem nahen Horizont. Ihr geisterhaftes Glühen enthüllte Umrisse, aber die Oberflächen wurden nur sichtbar, wenn ein Lichtstrahl aus den Lampen sie traf.

»Ich wäre lieber woanders«, murmelte Loricas. Die Landschaft rings um den elfischen Landungstrupp war in Schwärze getaucht, mitunter von tiefroten Linien durchzogen, die mineralischen Ursprungs waren; so viel hatte eine erste Untersuchung bereits ergeben. Trotz Dunkelheit und Kälte gab es Leben hier, fremdartig und vegetativ. Bizarre Gewächse wucherten in dicken Verzweigungen und prallen Ausbuchtungen, genauso schwarz wie der Boden, auf dem sie sprossen. Alle Oberflächen wirkten gleichförmig: fest, leicht elastisch und unregelmäßig gemasert. Das Licht der Lampen verlor sich in einem Muster, in dem Schatten und feste Geländemerkmale kaum zu unterscheiden waren.

Die Kundschafter trugen Schutzanzüge aus einer robusten Faser, die aus dem Harz von Bäumen gefertigt wurde. Auch Elfen vermochten Werkstoffe zu formen, die dem menschlichen Grundstoff für Kunstbein glichen. Ein Gewebe von künstlicher Spinnenseide war darin eingebettet und bot zusätzlichen Schutz, genau wie die Helme. Pleras hatte seinen Helm geöffnet und weit in den Nacken geschoben, aber Loricas konnte sich dazu nicht durchringen. Sie waren so gut gerüstet, wie die Mittel der Siedlung es nur zuließen. Dennoch fragte er sich, ob ihre Ausrüstung wirklich Schutz bot vor dem, was sie hier erwartete.

»Ich habe dich gehört, Loricas«, meldete sich Pleras über das Sprechgerät. »Du weißt, warum wir hier sind. Mach es nicht noch schlimmer.«

Loricas wusste es, auch wenn er nicht verstand, warum sie ausgerechnet an *diesen* Ort gekommen waren. Sie waren auf der Flucht. Auf den Boden ihrer Heimatwelt konnten sie nicht mehr zurückkehren, und der Wald war so beschädigt, dass allein der Versuch ihn vermutlich zerrissen hätte. Allen Elfen drohte ein Krieg, und hier oben hofften sie das Geheimnis ihrer Feinde zu finden, eine Schwäche ihrer Gegner, die den Elfen den Sieg bringen konnte …

Es hieß, Leuchmadan selbst stecke dahinter und diese winzige Welt wäre seine wahre Festung. Das klang wenig glaubwürdig, es klang nach dem alten Aberglauben, den sie seit Jahrhunderten hinter sich gelassen hatten. Aber die Nachtalbe hatte so etwas erzählt, angeblich. Doch wenn es stimmte, war es dann nicht umso mehr ein Grund, ihr zu misstrauen?

Immerhin konnte man die Luft atmen, und die Temperatur war erträglich, und das war mehr, als sie auf einer Welt dieser Größe eigentlich erwarten konnten. Dennoch fühlte Loricas eine Bedrückung, die mit jedem Schritt schlimmer wurde. Er spürte das Leben nicht, das er sah, und er hatte all seine feineren Elfensinne dicht an sich gezogen, weil es wehtat, diese Welt damit zu berühren!

»Ich glaube, ich hab hier was!« Fresis Scheinwerfer beleuchtete ein Loch, wo die fremdartige Vegetation sich vom Boden aufwölbte wie der Schlund eines Wals und den Zugang zu einer Grotte freigab. Nach wenigen Schritten in die Öffnung hinein stand die Schar in einer Höhle aus porösem Gestein. Größere Löcher führten in weitere Kammern, sodass ein ganzes System verschiedener Höhlen vor den Elfen lag.

Die Lampen an ihrem Anzug schnitten Stücke aus der Dunkelheit. Finstere Gänge zu erkunden, das behagte Loricas noch viel weniger, als die Oberfläche dieses von den Göttern vergessenen Felsbrockens zu erforschen.

»Wir hätten die Gnome mitnehmen sollen«, sagte er mürrisch. »Die kleinen Burschen haben sich doch regelrecht gerissen um diesen Ausflug.«

»Meinetwegen hätten sie gleich ganz allein herkommen können«, sagte Leiri, eine weitere Elfenspäherin.

»Nein«, sagte Pleras entschlossen. »Wir werden die Finstervölker nicht hierherbringen. Wir erkunden diesen Ort selbst und entscheiden dann, was zu tun ist.«

»Nicht deine Entscheidung«, knurrte Loricas verdrossen. Gleichzeitig öffnete er seinen Helm. Es zischte, sodass sein Offizier die Worte nicht hören konnte. Loricas war der Letzte, der den Helm abnahm und die Luft dieser Welt atmete. Ammoniakgeruch reizte seine Nase.

»Was ist eigentlich mit unseren Zauberern?«, fragte er.

»Sie sind noch hier draußen.« Fresi meldete sich über das Sprechgerät. »Ledesiel fühlt sich nicht wohl.«

Loricas schaute Leiri an und hielt die Hand auf das Mikrophon. »Großartig«, murrte er. »Die Zauberin, die uns Rückendeckung geben soll, macht schlapp. Und unsere Kameradin, die diese wunderschöne Höhle entdeckt hat, ist selbst nicht mit reingekommen.«

Leiri grinste und antwortete mit einer abfälligen Geste.

Pleras führte sie wieder nach draußen, und sie versammelten sich vor dem Schlund, inmitten der Pilzgewächse und der Pflanzen, die aussahen wie lebende Steine. Loricas blickte sehnsüchtig zum Himmel auf, aber von der Heimat war nichts zu sehen. Der fliegende Wald von Porfagilia verharrte unterhalb des Horizonts und in sicherer Entfernung.

»Was ist los?«, fragte Pleras die beiden Zauberer. Die mächtige Ledesiel klammerte sich an Becas fest, einem niederen Zauberkundigen, der oft mit den Spähern ging und jetzt ebenfalls blass wirkte. Er war es, der antwortete.

»Es ist die Aura dieser Welt«, sagte er. »Da ist Magie im Boden. Es ist bedrückend. Ich fühle es auch, aber Ledesiel ist davon regelrecht vergiftet worden. Ihre Sinne sind viel schärfer als meine, und sie hat versucht, ihre Aura auszustrecken und tiefer zu tasten.«

»Sind wir in Gefahr?«, fragte Pleras. »Ist *sie* in Gefahr? Sollen wir abbrechen?«

Becas sah Ledesiel an, dann schüttelte er den Kopf. »Ich denke, nicht. Wir haben keine wirkliche Bedrohung gespürt, kein mächtiges magisches Wesen oder eine Magie, die gegen uns gerichtet wäre. Es ist mehr ... wie ein Gift. Wie der Boden von Bitan, nur schlimmer. Es wirkt auf unsere Aura, aber wenn wir uns dagegen abschirmen, können wir eine ganze Weile durchhalten, bevor wir Schaden nehmen.«

»Ich kenne einen Elf«, warf Leiri ein, »der wohnte jahrelang in Bitan. Er sah krank aus, aber es hieß immer, das läge mehr an dem Zeug, das er gegen sein Unwohlsein im Menschenland genommen hat.«

»Ich kenne einen Elf, der hat jahrelang in Bitan studiert.« Loricas grinste. »Aber Barsemias war vorher schon merkwürdig.«

Ledesiel funkelte ihn an, die Lippen zusammengepresst vor Übelkeit.

»Lasst den Unsinn«, befahl Pleras.

»Ledesiel und ich, wir werden uns wieder erholen«, fuhr Becas fort. »Gebt uns ein wenig Zeit.«

Einige Stunden darauf hatten sie im vorderen Höhlenraum einen Stützpunkt eingerichtet. Die Gänge reichten nicht tief in den Fels, und die Höhle wirkte sicher. Loricas rechnete ohnehin nicht mehr mit greifbaren Gegnern. Er hatte auf dieser Welt nichts gesehen, was sich bewegte, nur die Pflanzen und die seltsamen Gewächse, die sich nicht einmal lebendig *anfühlten*. Diese Welt war nichts weiter als ein großer Stein in der endlosen Leere, überschaubar und nicht dafür geschaffen, Leben zu tragen, selbst wenn eine fremde Magie für Schwere, für Luft und für Wärme sorgte.

Gift hingegen – das glaubte er gern! Dieser ganze Ort war verflucht. Ob sie hier etwas fanden, was ihnen gegen ihre Feinde von Nutzen war, das mochten die Zauberer entscheiden.

Leiri hatte sich bei den beiden zusammengerollt und schlief. Loricas hielt am Eingang Wache, die pneumatische Armbrust in der Hand, und schaute nach draußen. Das Licht veränderte sich nicht. Der Brocken, auf dem sie standen, hatte seinen Umlauf an die ferne Sonne angeglichen, die auf diese Weise immer an derselben Stelle des Horizonts verweilte wie ein übergroßer Stern. Sie waren auf der Tagseite dieser Welt gelandet, und hier wurde es niemals dunkel.

»Wir sehen uns noch etwas um.« Pleras trat zu ihm, eine Hand auf Fresis Ellbogen gelegt. Die beiden hatten die schweren Schutzanzüge abgelegt und nur die leichteren Kombinationen darunter anbehalten. Loricas wusste Bescheid.

»Eigentlich sollte die Kälte dich zügeln, wenn schon nicht dieser Ort«, knurrte er. Aber seine Gefährten hörten gar nicht zu. Sie eilten davon und nahmen unterwegs zwei Deckenrollen mit.

Die Zeit verstrich, und nichts änderte sich. Mitunter regte sich einer der Zauberer unruhig im Schlaf. Loricas versuchte, sich bequemer hinzustellen. Der Helm drückte, der Schutzanzug lastete auf seinen Schultern. Elfen waren nicht dazu geschaffen, eine Rüstung zu tragen, auch nicht eine so kunstvolle wie die modernen Anzüge der Späher. Und wenn selbst ihr Hauptmann sich dieser Last bereits entledigt hatte ...

Loricas stellte die Waffe ab und befreite sich von den Tragriemen seiner Ausrüstung. Dann schälte er sich ebenfalls aus seiner Panzerung und stapelte die Teile sorgfältig neben dem Eingang.

Einige Zeit später kam Leiri zu ihm: »Die Zauberer sind wach. Wo ist Pleras?«

Loricas lachte trocken. »Er ist mit Fresi hinten«, sagte er und unterstrich seine Erklärung mit einer Handbewegung.

»Wie können sie nur – hier!« Leiri schüttelte sich.

Loricas' Grinsen wurde breiter. »Sie sind jetzt allerdings lang genug weg. Ich finde, wir könnten sie stören.«

Er trat zu Becas und Ledesiel, die müde einen Kocher entzündeten und Tee aufbrühten. Die beiden Zauberer versicherten ihm, dass es ihnen besser gehe. Loricas hoffte, dass er wenigstens noch etwas Zeit für eine kurze Meditation fand, während die anderen frühstückten. Womöglich hätte er sich doch ablösen lassen sollen, aber sie waren kaum sechs Stunden hier, und diese Rast war viel zu früh gekommen für ihn.

»Du hast es richtig gemacht«, sagte er zu Leiri. »Jede Gelegenheit nutzen und schlafen.«

Leiri lachte. »Aus dem Alter bin ich raus. Ich kann wach bleiben wie jeder Veteran. Aber wach sein und untätig herumsitzen an diesem Ort, da bedanke ich mich!«

Sie gingen von der großen Grotte zu den hinteren Höhlen. Die benachbarte Kammer war leer, doch am Durchgang zum nächsten Höhlenraum hielten sie inne.

Leiri stieß erschrocken die Luft aus. »Was ist das?«

Das Licht ihrer Lampen fiel auf ein Knäuel schmutzig weißer Fasern in der Mitte des Raums, verwoben wie der Kokon einer Spinne. Weitere Stränge spannten sich von dort aus tiefer in die Höhle hinein.

Aber nicht das Gespinst hatte Leiri aufgeschreckt, sondern das, was sich deutlich sichtbar im Zentrum befand: die Körper von Pleras und Fresi, dunkel, eingefallen und faltig wie ausgedörrte Mumien. Die runzligen Augenlider lagen tief in den leeren Höhlen, und die schrumpelnden Lippen hatten die Zähne in totem Lächeln entblößt.

Leiri riss ihre Waffe hoch und richtete die Lampe daran zur Decke. Sie suchte nach einer Bewegung, aber die Höhle wirkte so verlassen wie bei ihrem ersten Rundgang. »Hier war doch nichts … Verdammt, was ist passiert?«

»Etwas hat sie eingesponnen!«, rief Loricas. Er schlug mit seiner Pneumo-Armbrust auf die Fäden und zuckte überrascht zurück. Er hatte mit einer Art Spinnenfaden gerechnet, zäh und womöglich klebrig. Aber die weißen Fasern waren hart und spröde wie Glas. Sie knirschten und brachen beim leichtesten Druck.

»Sie sind nicht eingesponnen«, stellte Leiri fest. »Es wächst aus ihnen heraus!«

Loricas machte weiter. Ohne viel Kraftaufwand schlug er zu, mit der Waffe, mit der bloßen Hand, und durchtrennte die Stränge mühelos. Schließlich legte er die Armbrust weg, weil sie ihn behinderte. Jetzt konnte er sich mit beiden Händen einen Weg zu seinen Gefährten bahnen. Er arbeitete sich durch das Geflecht, das splitterte wie dünne Keramik.

Dann hielt er inne. Seine Haut kribbelte überall da, wo das Untergewand sie nicht bedeckte, am Gesicht, am Hals, an den Handgelenken. Er zog einen Handschuh aus und sah im Schein der Lampe pockenartige Auswüchse an dem Gelenk. Sie wucherten weiter, während er hinblickte.

»Lucans Gnade«, stöhnte er ungläubig. Das Kribbeln erfasste seinen ganzen Körper. Der Ausschlag an den Handgelenken breitete sich weiter aus, über die Hände, über die Finger. Die Knoten auf der Haut wuchsen weiter zu langen weißen Fäden, die sich in den Raum streckten.

Loricas hörte einen entsetzten Laut von Leiri, dann Schritte. Er blieb allein zurück und sank zu Boden. Die Fäden verwoben sich mit dem Stein und mit dem Gespinst rings um die beiden toten Gefährten. Das Prickeln wurde zu einem Brennen, und Loricas spürte, wie sein Körper in dem Maße verdorrte und zusammenfiel, wie die Fasern wuchsen.

Er war wie gelähmt, seine Augen waren blind. Aber er hörte Leiri zurückkehren, dazu die Stimmen der Zauberer. »Wie Nervenstränge«, vernahm er undeutlich. »Thaumagelschaden …«

Loricas konnte sich nicht mehr konzentrieren. Die Stimmen verwischten zu einem Rauschen und verstummten schließlich ganz. Aber da war etwas anderes! Schmerzhaft zuckten Eindrücke durch sein Denken, wie vertraute Stimmen in seinem Kopf. Und er war entsetzt, als er sie erkannte.

›Das ist etwas Fremdes.‹

›Es ist in dir.‹

›Fresi – wir sind Fresi!‹

›Woher stammt diese Erinnerung?‹

Die Gedanken verwirbelten immer schneller, gleißten in seinem Kopf wie Funken. Das Grauen verschwand, all seine Empfindungen wurden fortgespült. Loricas' Bewusstsein ging auf in der Ekstase einer Verschmelzung.

»Wenn man es nicht berührt, kann es sich nicht verbreiten«, sagte Becas. Er hatte die Hände vorgestreckt und die Augen halb geschlossen. Er zitterte.

Vor ihnen hatten sich die drei Knäuel fremdartiger Nervenstränge ineinander verflochten und die Körper leblos und ausgelaugt zurückgelassen. Dennoch fühlten beide Zauberer, wie sich in den drei Gehirnen und an den weißen Fasern Leben regte, wie Gedanken flossen. Die Auren der Opfer ließen sich nicht mehr unterscheiden, so wenig wie die Persönlichkeiten in dem Gemenge. Das gesamte Gespinst bildete ein untrennbares Ganzes. Und doch, wie in dem Wurzelwerk des Elfenwaldes, spürte Ledesiel den Nachhall der Geister, die darin aufgegangen waren.

»Sie leben noch«, flüsterte sie.

»Wir müssen etwas tun«, sagte Leiri. »Wir können sie nicht so zurücklassen!«

Sie hob hilflos die Waffe und schaute auf die Überreste ihrer Gefährten, auf die weißgraue Masse, in der drei Elfen scheinbar tot und erstarrt auf dem Höhlenboden lagen.

»Es war meine Schuld«, sagte Ledesiel. »Leuchmadans Blut füllt den ganzen Meteoriten aus. Es ist überall, nicht nur tief unter der Erde. Ich hätte es früher bemerken müssen, aber es ist so fremd, so stark, so anders als auf unserer Welt. Es hat meine Sinne regelrecht betäubt, und ich habe es nicht erkannt.«

»Es muss sich verändert haben, seit es auf unsere Welt kam.« Becas schaute versonnen in den Höhlenraum.

Ledesiel schüttelte den Kopf. »Das hier ist die ursprüngliche Form. Bei uns ist es sanfter geworden. Es hat sich dem Leben auf unserer Welt angepasst, so wie es umgekehrt auch das Leben vergiftet, auf das es einwirkt.«

Leiri sah misstrauisch zur Höhlendecke hinauf und schob den Helm zurecht. »Wenn unsere Kameraden noch leben, wenn sie denken, dann leiden sie. Wir müssen ihnen helfen!«

»Es gibt nichts, was wir für sie tun können«, befand Ledesiel.

Die drei Elfen blickten einander an. Leiris Lippen zitterten, aber sie schwieg.

Becas ergriff das Wort: »Elfen töten keine Elfen. Und heilen können wir sie nicht. Wir müssen sie ... zurücklassen.«

»Aber das geht nicht!«, fuhr Leiri auf. »Loricas ... und Pleras und Fresi ... Nicht so! Wenn sie tot wären ... Aber nicht so!« Sie zögerte, und Hoffnung blitzte in ihren Augen auf: »Unsere Ältesten leben im Netz des Waldes. Ihr Geist ist immer bei uns. Können wir nicht unsere drei Gefährten auf diese Weise mitnehmen? Könnt ihr Zauberer nicht wenigstens ihre Seelen aus diesem Gespinst holen und sie in das Wurzelwerk übertragen?«

Becas riss entsetzt die Augen auf. Auch Ledesiel erbleichte.

»Unmöglich!«, sagte sie. »Sie sind nicht mehr sie selbst. Sie sind von Thaumagel vergiftet! Wer weiß, was für Spuren davon in ihrem Geist zurückgeblieben sind. Wir dürfen sie auf keinen Fall in unseren Wald lassen, daran ist nicht zu denken.«

»Nein.« Leiri klang traurig. »Der Wald muss rein bleiben. Pleras würde das verstehen.«

Sie schaute ihre leblosen Kameraden an und schüttelte sich. »Nein«, wiederholte sie. »Nicht in unserem Wald.« Leiri wandte sich ab. »Wir sollten uns zurückziehen. Wenn die Steine voll sind von Leuchmadans Blut, will ich keine Decke über meinem Kopf haben. Wer weiß, was heraustropft.«

»Wer weiß, wo die drei damit in Berührung gekommen sind«, murmelte Ledesiel. »Du hast recht, wir verlassen die Höhle. Obwohl die Anzüge uns schützen sollten. Es war dumm von ihnen, sie abzulegen.«

Gemeinsam hasteten sie durch die Grotten. Am Eingang hoben sie nicht einmal die Ausrüstung auf, die sie dort abgelegt hatten. Leiri blieb kurz stehen, aber als die Zauberer weiterliefen, folgte sie ihnen.

»Was nun?«, fragte sie.

»Wir sind fertig hier«, erwiderte Ledesiel. »Wir kehren zurück.«

»Dann war also alles umsonst?«, sagte Leiri bitter. »Ein überflüssiger, gefährlicher Ausflug, und wir haben drei Späher verloren?«

»Nein«, antwortete Ledesiel. Ihre Lippen waren schmal. »Wir haben gefunden, was wir gesucht haben. Der Rat muss davon erfahren.«

»Bitte?« Becas betrachtete sie verwirrt. »Wir haben Leuchmadan gesucht und einen Steinbrocken voll Thaumagel gefunden, übersät von Gewächsen, die vermutlich allesamt Thaumagel-Kreaturen sind. Aufregend für einen Forscher, aber ohne Bedeutung für unser Anliegen. Oder willst du behaupten, der Brocken selbst wäre Leuchmadan und die Substanz darin wäre tatsächlich sein Blut, wie die Bezeichnung aus alten abergläubischen Zeiten nahelegt?«

»In altem Aberglauben steckt mitunter eine Menge Wahrheit«, sagte Ledesiel. »Unsere Vorfahren waren nicht dumm. Sie nutzten Mythen und Legenden, um ein Wissen auszudrücken, das nicht geringer zu schätzen ist als das unsere. Es fehlte ihnen nur die klare Sprache der Wissenschaft, die uns heutzutage blendet. Wir täten gut daran, das nicht zu vergessen.«

Becas blieb stehen, aber Ledesiel nahm ihn bei der Hand und zog ihn weiter durch die düstere Landschaft, deren Bewuchs eher mit dem Boden verschmolzen schien als darin verwachsen. Dieser Steinbrocken kam ihr mit einem Mal tatsächlich vor wie eine einzige vielschichtige Lebensform; die Linien des roten Minerals im Gestein sahen aus wie Adern, die den gesamten Organismus ernährten. Und wenn es so war? *Leuchmadan und Leuchmadans Blut.*

». . . und das«, schloss Ledesiel ihren ausführlichen Bericht vor dem Rat der Ältesten, »sind die Ergebnisse unserer Expedition zu dem Bruchstück.«

Sie stand auf dem Sprecherplatz vor der weißen Eiche, umringt von den sechs verbliebenen Mitgliedern des Rates. Doch dahinter gab es noch einen größeren Kreis: Sämtliche Zauberer von Porfagilia nahmen an dieser Versammlung teil. Neben Becas, der als Mitglied des Spähtrupps selbst zur Befragung bereitstand, saß auch Ledesiels Bruder Barsemias dort, der das ganze Unternehmen überhaupt erst angestoßen hatte. Wie ein feiner Dunst lag der Atem der Versammelten über der Menge, und vereinzelte Eiskristalle rieselten vom dunklen Himmel herab.

Antamas und zwei weitere der Ältesten waren in den Wald eingegangen, andere hatten in der Schlacht mit dem bitanischen Luftkreuzer ihr Leben verloren. Seither hatte Solis den

Vorsitz inne, eine alte Zauberin von mehr als dreihundert Jahren.

Sie wiegte bedächtig das Haupt. »Ich muss Becas' Einschätzung zustimmen«, sagte sie. »Ein fruchtloses Unterfangen zu einem hohen Preis.«

Barsemias hielt den Kopf gesenkt. Ledesiel warf ihm einen Blick zu und straffte sich. »Ganz im Gegenteil.« Ihre Stimme hallte klar durch die frostkalte Luft. »Diese Expedition hat uns die Wurzel allen Übels auf der Welt enthüllt. Uns bleibt gar keine Wahl, als auch der anderen Spur zu folgen, der langen Fährte, von der Barsemias erzählt hat, die durch die endlose Leere bis zu dem Ort von Leuchmadans Herkunft führt.«

»Leuchmadan?« Ebicos ergriff das Wort, ein weiteres Mitglied des Rates. »Ich sehe nur einen Stein, gefüllt mit demselben Gift, von dem wir auch auf unserer Welt schon allzu viel haben.«

»Ist es nicht gleichgültig, ob man das Ding Leuchmadan nennt oder einen Stein?«, fragte sie. »Tatsache ist doch, dass dieser Meteorit jene Substanz auf unsere Welt gebracht hat, die wir als Leuchmadans Blut bezeichnen. Und welchen Namen wir dem Gift auch geben: Es breitet sich aus, und es vermehrt sich von selbst. Wir alle haben es erfahren, und unser Volk leidet bitter darunter.«

Ledesiel schaute Barsemias an, der ihren Worten gebannt lauschte. Er hatte dem Rat diese Erkundungsreise empfohlen, und er fühlte sich für die Folgen verantwortlich. Barsemias hätte sich gewünscht, dass sie die Expedition rechtfertigte. Aber Ledesiel redete nicht ihrem Bruder zuliebe. Es ging um mehr, es ging um das Schicksal der Welt und ihres Volkes.

»Lange Zeit war Leuchmadans Blut in einem Ring von Bergen gefangen, der erst vor dreihundert Jahren durchbrochen wurde. Doch seit Kurzem wissen wir, dass Leuchmadans Blut sich überall ausbreitet, wo die Union Niederlassungen unterhält. Als wir hoch am Firmament schwebten, konnten wir die Aura der verseuchten Gebiete sogar auf der anderen Seite der Welt ausmachen!

Damit liegt es auf der Hand, dass die Verseuchung von Bitan nicht nur die Folge eines zufälligen Bruches ist. Es steckt ein Plan dahinter. Zumindest ein Wille. Leuchmadans Blut *will* sich ausbreiten. Es *will* unsere ganze Welt verschlingen. Ebicos sagt, wir brauchen uns nicht um Leuchmadan zu kümmern, weil er keine Person ist, sondern nur ein giftiger Felsen. Aber macht ihn das weniger feindselig? Selbst in der kleinsten Mikrobe wohnt der Wille, sich zu vermehren, sich auszubreiten. Leuchmadans Blut ist wie eine Krankheit, und in dieser Hinsicht ist es lebendig. Ein fremdes Leben, das auf unserer Welt nicht heimisch ist. Und damit ist es ein handfester Gegner, den wir nicht unterschätzen dürfen. Das ist die Wurzel allen Übels, ein Feind, den wir studieren und direkt angehen müssen, anstatt ihn weiterhin nur indirekt zu bekämpfen!«

»Leuchmadans Blut ist ein Problem, das leugnet niemand«, warf ein Ratsmitglied ein. »Doch es hat keine Hände, um sich einen Weg aus seinem Gefängnis zu graben. Es ist der Erfindungsgeist von Menschen und von Finstervölkern, der es befreit und zu einer Bedrohung für unser Volk werden lässt. Wenn wir jetzt die Schuld dem Gift anlasten, wäre das nicht so, als würde man das Pferd schlagen, weil es den bewaffneten Reiter in unser Land getragen hat?«

»Wer ist das Pferd und wer der Reiter?«, fragte Ledesiel. »Wir wissen nicht viel über Leuchmadans Blut, aber wir wissen, dass es alles Leben verändert, mit dem es in Berührung kommt. Bei einer körperlichen Berührung tötet es, doch selbst tief unter dem Boden bewirkt seine magische Aura eine Wandlung, macht etwas Fremdes aus dem, was darüber heranwächst. Eben darum empfinden wir es ja als Gift. Wer sagt uns, dass diese Veränderung sich auf Form und Farbe und auf einige Details im Stoffwechsel beschränkt?

Selbst wenn wir Leuchmadan nicht als einen Gott betrachten, so ist doch auch ein bloßer Parasit oder eine Krankheit in der Lage, das Verhalten des Wirts zu verändern, sodass er für die Ausbreitung des Übels sorgt. Leuchmadans Blut erzeugt ein mächtiges magisches Feld, so viel wissen wir. Und wenn das Blut sich ausbreiten will, dann trägt seine Aura dieses Streben unweigerlich bis in den Geist all jener Völker, die in seinem Schatten leben.

Ich glaube, die jahrtausendelangen Kriege gegen die Finstervölker, deren Wunsch, die Grenzen ihres Landes zu überwinden und über die Länder des Lichts herzufallen, waren von Anfang an nichts weiter als der Ausdruck des Giftes unter ihnen im Boden. Doch erst in der modernen Zeit fanden sie die technischen Mittel, das Blut aus seinem Kerker zu holen und seinen Willen direkt zu erfüllen.«

Ein Raunen erhob sich im Rat und unter den Zuschauern, gemurmelte Gespräche, die langsam ihren Weg durch die Reihen fanden und nicht mehr verstummten.

»Wenn du recht hast ...«, murmelte Solis.

»Es ist nicht wichtig, ob ich recht habe«, sagte Ledesiel. »Ob Leuchmadans Blut nun Ross ist oder Reiter, ob es denkt oder ob es nur ein Parasit ist oder doch bloß ein Gift von eigentümlicher Beschaffenheit: Es raubt uns das Land! Auch wenn wir unsere Feinde besiegen, ist das Gift immer noch da, und unser Land ist verloren. Der Kampf gegen Gulbert, gegen die Union oder gegen die Finstervölker ist nichts als eine Ablenkung, durch die wir nichts gewinnen können.

Wenn wir jedoch einen Weg finden, Leuchmadans Blut zu vernichten, so mag der Krieg zwar trotzdem weitergehen – aber ohne das Gift wird es weiterhin reine Wälder geben und ein Land, um das es sich zu kämpfen *lohnt.* Es ist also auf jeden Fall wichtiger, Leuchmadans Blut zu bekämpfen als die kleinen Gegner an der Oberfläche.«

»Aaah«, meldete sich Ebicos gedehnt zu Wort. »Aber wozu dann weitere gewagte Ausflüge unseres Waldes? Leuchmadans Gift können wir auch zu Hause erforschen. Wie du selbst gesagt hast – es gibt dort genug davon.«

»Es wird seit Jahrhunderten erforscht«, sagte Ledesiel, »selbst von unseren Feinden, und sei es nur, um weitere Anwendungsmöglichkeiten für Thaumagel zu ergründen. Wir haben dabei bislang nichts entdeckt, was uns helfen könnte. Auf unserer Welt finden wir zwar Leuchmadans Blut, aber nichts, womit wir es vergleichen könnten. Wenn wir es in seiner natürlichen Umgebung studieren, können wir herausfinden, wie es entstanden ist. Und auf der Welt, von der es kam, mag es ganz natürliche Feinde haben, die wir uns zunutze machen können.«

»Mag ja sein«, erwiderte Ebicos mürrisch. »Aber dann sollten wir trotzdem *andere* schicken. Wir sind eine Siedlung, kein Forschungsschiff.«

Ledesiel lächelte. »Wir Elfen haben weder Kriegs- noch Forschungsschiffe. Wir haben nur unsere Wälder. Und dieser Wald ist für eine solche Reise in der besten Position. Ein Krieg droht, unser Land stirbt, und was bleibt, rückt immer weiter in den Norden und wird immer karger und armseliger. Glaubst du, wir werden daheim eine bessere Expedition ausrüsten können?

Nein, Ebicos, Solis – Rat und ihr Elfen von Porfagilia: Wenn wir jetzt nichts unternehmen, erwartet uns zu Hause nur der Untergang. Auf einer Welt voll mit Leuchmadans Blut werden unsere reinen Waldinseln welken wie die Seerosen auf einem vergifteten Teich, und am Ende werden die Elfen vergehen.«

»Was geschieht jetzt?«, fragte Frafa.

Sie saßen nach dem Essen noch in der Küche von Barsemias' Familie, Frafa, die Gnome und Biste der Wichtel. Barsemias und seine Schwester waren bei ihnen geblieben; die übrigen Elfen hatten sich rasch entschuldigt.

Es war kühl. Bläuliches Zwielicht fiel durch die Fenster, und im Ofen brannte nur eine kleine Flamme.

»Wir werden den Wald näher an die Sonne lenken«, erklärte Ledesiel. »Licht und Wärme aufnehmen, bevor Barsemias uns alle hinaus in die Leere bringt.«

»Und was ist mit euren Genossen?«, fragte Biste. »Die ihr auf dem Asteroiden zurückgelassen habt?«

Barsemias legte die Hände aufeinander, als müsse er sie wärmen. »Was soll mit ihnen sein? Wir haben es euch doch erzählt.«

»Aber sie leben noch!« Der Wichtel war außer sich. »Das habt ihr selbst gesagt. Ihr könnt nicht weiterfliegen und sie zurücklassen.«

»Elfen töten keine Elfen«, sagte Ledesiel. »Und heilen können wir sie nicht.«

»Ich ...«, setzte Frafa an, »Ich bin keine Elfe. Ihr könntet mich hinüberbringen.«

»Oder uns!«, rief Segga.

»Oh ja«, fügte Waldron hinzu. »Wir sind gut in so was.«

Ledesiel und Barsemias schauten sie entsetzt an.

»Glaubt ihr, wir setzen Meuchelmörder auf sie an?«, fragte Barsemias.

»Nun.« Wisbur musterte den Elf kalt. »Jedenfalls hätte ich nicht geglaubt, dass ihr Elfen eure Kameraden einfach zurücklasst. Lebend und in diesem Zustand.«

Frafa legte ihm die Hand auf die Schulter. Aber sie war selbst fassungslos. Barsemias wand sich auf seinem Stuhl. Frafa wusste, dass er sich verantwortlich fühlte, aber am Anfang war das ganze Unternehmen ihre Idee gewesen, und sie konnte es nicht auf sich beruhen lassen.

»Ihr meint, ihr Geist lebt noch, innerhalb ... dieser entsetzlichen Thaumagel-Verzerrung. Womöglich leiden sie unvorstellbare Qualen. Wenn es Nervenfasern sind, freiliegende Nervenfasern ... Ich kann mir nicht einmal vorstellen, was sie empfinden.«

»Das mag sein«, sagte Ledesiel kühl. »Aber es sind Elfen, keine Hunde oder Pferde, die man erschießt, wenn sie leiden. Wenn man nichts für sie tun kann ... kann man nichts tun. Und damit ist dieses Thema erledigt.«

»Genau«, warf Barsemias ein. »Es sind Elfen! Wenn ihr Geist überlebt hat, dann können sie ihn vielleicht bündeln, in die Meditation gelangen und ihre Seele befreien.«

»Das wäre ein reiner Ausweg«, bestätigte Ledesiel. »Eine elfische Lösung. Die drei werden es bestimmt schaffen.«

»Irgendwann«, murmelte Biste. »Sie haben ja womöglich eine Ewigkeit Zeit, es zu versuchen.«

Stille senkte sich über den Tisch. Es schien noch einige Grad kühler zu werden. Biste wippte auf seinem Stuhl, spielte an seiner kleinen Konsole herum und blickte nicht auf. »Was ist?«, fragte er nach einer Weile. »Ich habe keine Schuld. Ich habe niemanden fortgeschickt, und ich habe auch niemanden zurückgelassen. Was kann ich dafür, wenn ihr die Wahrheit nicht hören wollt?«

Frafa rutschte unbehaglich auf ihrem Platz herum. Zum ersten Mal seit ihrer Verwandlung fühlte sie sich unwohl in ihrer Haut. Sie gehörte nicht zu den Elfen, wie auch immer sie aussah – sie gehörte einfach nicht hierher.

Verlegen räusperte sie sich. Dann sagte sie: »Ist es denn entschieden? Werden wir Leuchmadans Spur folgen?«

»Nun, offiziell ist die Entscheidung noch nicht gefallen«, erklärte Ledesiel. »Aber es ist nötig, und wir werden es tun. Ich werde eine Mehrheit für den Entscheid bekommen.«

»Ihr?«, fragte Frafa. »Verzeiht, wenn ich eine unpassende Frage stelle, aber ich dachte, Ihr gehört nicht einmal zum Rat der Ältesten?«

»Genau genommen«, murmelte Barsemias, »haben wir im Augenblick gar keinen Rat.«

»Der Kampf«, stellte Frafa fest. »Eine Rakete kam durch und hat viele Ratsmitglieder getötet.«

»Und die drei mächtigsten von ihnen gingen vorher in den Wald ein, damit wir uns überhaupt vom Boden lösen konnten«, fügte Ledesiel hinzu. »Auch Antamas war darunter, der alte Vorsitzende und unser Großvater. Was jetzt vom Rat übrig ist, ist ein Witz.«

»Bitte!« Barsemias zuckte zusammen. »Sei nicht respektlos. Es sind immer noch …«

Ledesiel schnitt ihm mit einer Geste das Wort ab. »Ich bräuchte nur ein halbes Dutzend der freien Zauberer an meiner Seite, und schon könnte ich dem Rat die Herrschaft über den Wald entreißen. Nein, unser Rat versammelt nicht länger die Blüte unserer Gemeinschaft, nicht mehr die Edelsten und Reinsten. Sie müssen ihn erweitern, damit er wieder Autorität gewinnt.«

»Aber das können wir jetzt nicht tun.« Barsemias wandte sich an Frafa. »Es wäre unangemessen. Über die Besetzung des Rates muss in Ruhe entschieden werden.«

»Ihr braucht Zeit für eine Wahl?«, fragte Frafa neugierig. Sie kannte die Könige und die Edlen der Elfen aus den Geschichten ihrer Jugend, und später waren es schlicht Gulberts Elfen gewesen. Sie musste sich eingestehen, dass sie nicht wusste, wie die Elfen heute ihre Gemeinschaften führten.

Ledesiel schüttelte den Kopf. »Ihr meint eine Abstimmung? Das ist eine menschliche Sitte. Und wohin führt sie? Die Stärksten führen die Masse der Schwachen an der Nase herum, und so sichern sich die größten Schurken gegenseitig ihre Macht. Ein unseliges Bündnis.«

Frafa senkte den Kopf. Sie wusste, dass Ledesiel von Aldungan und Gulbert sprach.

»Nein«, erklärte die Elfe. »Bei uns treffen sich die Großen des Volkes, diejenigen, in denen das Elfenblut am stärksten fließt. Die Mächtigen der Sippe. Und wir handeln den Rat untereinander aus, bis die kleinste Anzahl gefunden ist, die jeden Widerspruch verstummen lässt. Dann wissen wir, dass die Besten und Edelsten gefunden sind, und das sind diejenigen, die mit Recht die Sorge um das Volk in Händen halten sollten. Aber natürlich ist jetzt ein schlechter Zeitpunkt dafür. Zu viele Plätze sind neu zu besetzen.«

»Und wer trifft dann die Entscheidung?«, fragte Frafa.

»Der Rat hat die Entscheidung vertagt, weil er allein nicht mehr entscheiden kann«, sagte Ledesiel. »In den nächsten Tagen, während wir unseren Wald im Sonnenlicht baden, wird der Rat die Stimmung unter den Zauberern ausloten. Es wird erörtert und verhandelt, und am Ende wird das, was vom Rat übrig ist, der stärksten Fraktion folgen.«

»Und das ist die Eure?«

»Sie wird es sein«, verkündete Ledesiel. »Wir haben Gewicht in den Verhandlungen. Barsemias …« Sie lächelte ihren Bruder liebevoll an, doch der zog unbehaglich den Kopf ein. »Barsemias ist der stärkste Magier unseres Volkes. Und hier draußen kann nur er allein unseren Wald bewegen und wieder zurückbringen. Doch zugleich ist er viel zu jung für den Rat, und er hat keine Erfahrung. Außerdem halten viele seine Art der Magie für unelfisch und verabscheuen sie. Das bringt so manchen in schwere Gewissensnöte, nicht wahr, kleiner Bruder?«

»Ich kann nichts dafür«, sagte Barsemias. »Ich habe nie einen Platz im Rat angestrebt. Es gab so viele, die größeren Anspruch hatten ... vor wenigen Tagen noch.« Er sah unglücklich aus. Frafa erkannte Trauer in seinen Augen, und sie konnte seinen Schmerz verstehen.

»Und daneben«, fuhr Ledesiel fort, »gibt es Zauberer wie Becas – alt, mit viel Erfahrung, aber ohne großes Potenzial. Ein Fährtensucher mit einer Hand voll Schutzzaubern, und noch weitere von seiner Art. Sie hatten nie große Aussicht auf einen Platz unter den Großen, aber es wäre eine Demütigung für sie, würde ein umstrittener Jüngling wie Barsemias ihnen vorgezogen.

Ein Geschenk für sie wäre es allerdings, würde ich an sie herantreten und sie wissen lassen, dass unsere Familie ihre Bewerbung im Rat unterstützt und dass Barsemias freiwillig auf jeden Anspruch verzichtet, wenn sie uns dafür ein wenig zu Gefallen wären.«

Ledesiel lächelte triumphierend. »Also verlasst Euch darauf, Albe: Die Entscheidung des Rates wird in meinem Sinne fallen. Und im Sinne von Barsemias.«

Politik. Frafa kannte diese Spiele. Sie hatte sie selbst lange Zeit betrieben, in Aldungans Auftrag und mitunter, vor allem in ihren frühen Jahren, auch in ihrem eigenen Interesse. Doch zu sehen, dass dieses Geschacher bei den Elfen am Ende auch nicht viel anders ablief als die Politik anderswo, wie sehr die Elfen selbst diese Unterschiede auch betonen mochten – das hatte etwas von einem gelüfteten Zauber an sich.

Sie fühlte sich, als hätte ein weiterer Mythos ihrer Jugend seine Magie verloren.

4. Blutmond 282 GdU, Daugazburg

Sneithan lehnte an der Reling, eine billige Zigarre im Mund und die Ellbogen hinter sich aufgestützt. Swankar stand stocksteif bei der Landungsbrücke und verfolgte mit starrem Gesicht, wie die Menschen in weißem Overall Kisten auf Schwebekarren an Bord brachten.

Rudrogeit stand zwischen den beiden und hatte sich die Schirmmütze tief über die Sonnenbrille gezogen. Es war ein sonniger Spätsommertag auf dem Flugfeld am Rande von Daugazburg, und die *Lichtbringer* hing zur technischen Aufrüstung am Anleger.

»Hähä. Der Doktor hat wohl 'n Steckenpferd mit Kindern«, sagte Sneithan und vollführte mit der Hand eine schneidende Bewegung vor der Kehle. Er grinste unverschämt. »Und hier legt er seine Opfer nieder, in'er Kammer im Schiff, wo außer ihm keiner reinkommt.«

Rudrogeit seufzte. Was sonst sollte ein Goblin sich vorstellen als Mord und Gewalt?

Aber er musste selbst zugeben, dass die schmalen Kisten auf den Schwebekarren an Kindersärge erinnerten. Allerdings waren sie aus Metall, mit Skermakial gepanzert und mit allerhand Anzeigen und Messgeräten bestückt. Thaumagel-Warnzeichen klebten gelb und rot auf allen Seiten. Die Techniker schoben sie unter Deck, wo Doktor Descidar auf sie wartete. Dort verschwanden sie in der geheimen Kammer hinter dem zweiten Kontrollraum, hinter der abgeschirmten Sicherheitsschleuse, und Descidar allein wusste, was genau mit dem Inhalt geschah.

Den Nodus aufrüsten.

Swankar beäugte den Transport missmutig. Dann blickte sie auf, und ihre Laune schien noch weiter abzusinken. Rudrogeit folgte ihrem Blick. Hinter dem letzten Techniker stolzierte ein älterer Herr über die Brücke, ein breit gebauter Mensch mit einem weißen Bart und in einem weißen Anzug, der sich auf einen schwarzen Spazierstock mit goldenem Kopf stützte. Gold glitzerte auch auf der purpurnen Krawatte, die als einziger Farbfleck zwischen Bart und Kleidung sichtbar war.

Gulbert.

Unwillkürlich wich Rudrogeit ein Stück vom Steg zurück und trat damit näher an Sneithan heran. Der Geruch von scharfem Tabak umgab ihn, und er hörte, wie der Goblin zischend ausatmete.

»Aye. Da hab'n wa'n Herrn, den tät ich gern mal in'en Sarg legen wollen.«

»Coronel Swankar!« Gulbert trat mit einem strahlenden Lächeln auf die Nachtalbe zu und streckte ihr die Hand entgegen. »Es freut mich, eine so legendäre Kriegerin von Falinga persönlich kennenzulernen.«

Swankar hatte die Hände hinter dem Rücken verschränkt und regte sich nicht. »Ja«, brachte sie tonlos hervor. »Schade, dass wir nicht früher dieses Vergnügen hatten. Was wollt Ihr auf meinem Schiff, Herr Gulbert? Kein Zugang für Zivilisten.«

»Aber, aber.« Gulbert lächelte unbeeindruckt und rieb sich die Hände, als hätte er die Abweisung seines Grußes nicht bemerkt. »Ich bin ganz dienstlich hier, auf Einladung des Generalstabs. Ich habe einen Kontrakt mit dem Ausrüster. Ich bin immer noch ein Zauberer von Rang, müssen Sie wissen. Da kommen heute einige zusammen, um den aufgerüsteten Nodus neu einzustellen.«

Rudrogeit beugte sich zu Sneithan hin und flüsterte: »Na, hörst du das? Erst wühlt dieser Descidar in den Eingeweiden des Schiffes herum, und jetzt will auch Gulbert seinen magischen Stempel aufprägen. Mal sehen, wie lange Mutter das noch mitmacht.«

»Aye«, knurrte Sneithan. Er zerdrückte den Rest der glühenden Zigarre zwischen den Fingern und ließ sie auf das Deck fallen.

»Ich verfolge Ihre Karriere mit großem Interesse«, fuhr Gulbert freundlich fort. »Ich bewundere Ihre Konsequenz. Sie sollten wissen, dass ich nicht zu denen gehöre, die missbilligen, wie Sie Ihr Kommando gegen die Elfen geführt haben.«

»Fein.« Swankar presste die Lippen so fest aufeinander, dass alles Blut daraus wich und sie noch einen Hauch dunkler wurden. Sie blickte in Richtung des Treppenabgangs, wo die Techniker verschwunden waren, aber niemand kam und erlöste sie von dem unerwünschten Besucher. »Aber ich habe mein Kommando nicht von Euch bekommen. Und ich führe es nicht, damit Ihr Euren Spaß daran habt.«

»Fürwahr ...« Gulbert hob die Hand, als wolle er ihr väterlich auf die Schulter klopfen. Doch er besann sich eines Besseren. »Allerdings habe ich mich auch nicht gerade dagegen ausgesprochen, dass dieses neue Schiff Ihnen anvertraut wird. Und Sie haben meine Erwartungen nicht enttäuscht.«

Rudrogeit erinnerte sich daran, dass Swankar schon gegen Gulbert gekämpft hatte, lange bevor er geboren worden war – damals, als Gulbert nichts weiter gewesen war als ein mächtiger Zauberer und einer von vielen Feinden auf der Seite der Völker des Lichts. Gewiss träumte Swankar schon seit tausend Jahren davon, diesen Menschen zu töten. Was waren dagegen schon dreihundert Jahre Frieden? In Swankars Augen vermutlich nur ein Ärgernis, das der Erfüllung ihrer Wünsche im Wege stand.

Er löste sich von der Reling, atmete tief durch und trat zu den beiden. Es war an der Zeit, für eine Ablenkung zu sorgen, bevor *irgendjemand* etwas Dummes tat.

»Herr Gulbert.« Rudrogeit tippte sich grüßend mit der Hand an die Kappe. »Was genau wollen Sie auf unserem Schiff einstellen?«

»Nun, wir fügen neue Module in den Nodus ein«, erklärte Gulbert. »Wir steigern seine Leistungsfähigkeit ganz immens, um ein Vielfaches.«

Er schaute wieder Swankar an und setzte sein breites Lächeln auf, das aus dem buschigen weißen Bart hervorglänzte.

»Ihr habt die Frage meines *Capitans* nicht beantwortet, Gulbert«, presste Swankar zwischen den Zähnen hervor. »Was macht Ihr mit meinem Schiff?«

»Nun, Ihr Schiffsmagier hat Ihnen sicher erklärt, dass der Nodus in vielem einem menschlichen Gehirn gleicht ...«

»Nein«, fiel Swankar ihm ins Wort. »Er hat nicht von einem *menschlichen* Gehirn gesprochen. Er nannte es einen künstlichen Zauberer, und Menschen sind nicht eben für ihre Magie bekannt, bis auf ein paar Ausnahmen, die aus der Art geschlagen sind.«

Gulbert lachte unbeschwert. »Fürwahr, fürwahr, Frau Swankar, da haben Sie mich. Ich wollte das Wirken des Nodus nicht speziell mit dem Gehirn eines Menschen vergleichen, sondern vielmehr mit dem eines denkenden Geschöpfes im Allgemeinen. Ihr Schiffszauberer ist ein Nachtalb, nehme ich an? Nun, er hätte für den Vergleich wohl das Gehirn eines Alben genommen, und das wäre womöglich treffender. Denn der Nodus ist in der Tat sehr *magisch*, und Nachtalben sind magische Kreaturen. In Ihrem Volk gilt eher derjenige als aus der Art geschlagen, der sich nicht auf Magie versteht, wenn ich recht im Bilde bin?«

Er hielt kurz inne, schien gar nicht zu merken, wie das Blut aus Swankars Gesicht wich. Unbefangen fuhr er fort: »Jedenfalls, ein Gehirn benötigt einen Geist und Gedanken. Und da der Nodus aus vielen Bauteilen zusammengesetzt wird, muss dafür gesorgt werden, dass sie alle mit *einer* Stimme denken … wenn dieser Vergleich gestattet ist. Und dann soll dieser künstliche Geist ja auch den Anweisungen gehorchen, die ihm gegeben werden, nicht wahr?

Dafür, Coronel, bin ich gekommen: Mit einigen Kollegen werden wir den Geist Ihres Schiffes verknüpfen, die neuen Teile einbinden und alles hübsch gefügig machen. Und danach können Sie Ihrer Beute folgen, wohin auch immer sie zu fliehen versucht.«

»Wir sollen also weiter Frafa jagen«, sagte Rudrogeit. »Mit dem mächtigsten Schiff der Union, obwohl es kein weiteres dieser Art gibt und obwohl die Lage an der Grenze zu eskalieren droht?«

»Rudrogeit.« Swankars Stimme klang rau. »Diese Befehle stehen nicht zur Diskussion. Ich will es zu Ende bringen. Es ist an der Zeit.«

»Fürwahr«, stellte Gulbert fest. »Ihre Frau Mutter hat recht,

Herr Vampir. Sie haben gesehen, wozu diese Zauberin Frafa imstande ist. Doch der neue Nodus wird die Spur eines jeden starken Zaubers aufnehmen können. Wie auch immer es dem magischen Wald der Elfen gelungen ist, einen Dimensionszauber dieser Art zu wirken – der neue Nodus kann es besser. Ihre Aufgabe wird dann sein, dafür zu sorgen, dass nie wieder eine Magie dieser Art gegen die Union zur Anwendung kommen kann.«

19

Heutzutage existieren viele unterschiedliche Formen der Technik nebeneinander, durchdringen unseren Alltag und erleichtern das Leben: Thaumatek, Mechanik, elektrysche, thermische und sonstige alchemische Prozesse ... So nahtlos sie in der Praxis oft ineinander übergehen, darf dies doch nicht darüber hinwegtäuschen, dass es sich um grundverschiedene Technologien mit jeweils eigener Geschichte handelt.

Wir alle kennen Beispiele, wie Kräfte aus dem einen Bereich sich in einen anderen transformieren lassen: Mit Drehmomentkraft, wie sie uns die Thaumatek liefert, lassen sich beispielsweise rein mechanische Uhrwerkkonstruktionen aufziehen, sie lässt sich über Bandgeneratoren oder magnetische Spulen in Elektryzität umwandeln, oder sie erzeugt Wärme in Reibungsöfen.

Tatsächlich aber ist die Erkenntnis der Konvertierbarkeit der Kräfte recht neu, und bei aller Durchdringung der Fachgebiete, die wir inzwischen erreicht haben, halten auch heute noch viele an dem Dogma fest, dass es zumindest zwei Welten gibt, die sich nicht substituieren lassen: die der Magie und die der grobstofflichen Technologien. Mit mechanischer Kraft beispielsweise einen Zauber zu wirken, ohne dass bei diesem Prozess ein Zauberkundiger beteiligt ist, das scheint den meisten unmöglich.

Aber ist nicht schon die Thaumakinetik eine Transformation magischer Energien ins Grobstoffliche? Und funktioniert nicht die kürzlich entwickelte Strahlungsmembran an einer schwer fassbaren Grenze zwischen Magie und Stofflichkeit? All das hat im Laufe der Zeit den Ehrgeiz vieler Wissenschaftler geweckt, auch die letzten Lücken interdisziplinärer Forschung zu schließen und eine vereinheitlichte Kräftetheorie zu entwickeln. Und lässt sich die beliebige Transformation aller Energieformen untereinander erst einmal berechnen, ist die technische Umsetzung nur eine Frage der Zeit.

Aus: »Eine kleine Geschichte der Wissenschaft«,
von Teslo Hoigan

Die Reise dauerte länger, als Frafa erwartet hatte. Barsemias brachte den Wald näher an die Sonne heran, die bald größer am Himmel stand, als Frafa es vom Boden der Welt aus gewohnt war. Es wurde heiß. Die Winterkälte wich von einer Stunde zur nächsten einer sommerlichen Hitze. Wasser stieg vom Boden auf und machte das Atmen schwer.

Es blieb dämmrig unter dem Blätterdach, doch der Tag nahm kein Ende und Frafa verließ selten ihr Elfenhaus. Die gleißende Sonne überstrahlte sämtliche Gestirne, und fast eine Woche lang sah Frafa keine Sterne mehr. Die Lücken in der Vegetation füllten sich rasch, neue Bäume sprossen auf den Brandschneisen, und das Unterholz schloss sich dichter um Pfade und Plätze, die die Elfen frei hielten.

Warum blieben sie so lange hier?

Der Wald brauchte Sonne, doch es war ein magischer Wald. Frafa wusste, dass die Elfen ihre Bäume so verändert hatten, dass sie Kraft aus dem Äther ziehen konnten. Und diese Magie war das Entscheidende, nicht das Sonnenlicht. Sie brauchten Magie für die Reise, Magie für den magischen Schirm, der sie vor der Leere schützte und vor den schlimmsten Strahlen. Und Magie gab es überall.

Nur Frafa hatte keinen Anteil daran.

Sie saß ohne Magie in den fremdartigen Räumen, sie betrachtete die nützlichen Tiere und die lebende Einrichtung, deren Auren sie nicht spüren konnte, und sie fühlte sich von allem abgeschnitten.

Und dann, von einem Moment auf den nächsten, wurde es dunkel. Frafa hatte gehört, dass der Aufbruch bevorstand, doch sie sah das Portal nicht, das Barsemias öffnete. Sie verspürte eine Übelkeit, das Licht in ihrem Zimmer verschob sich, und als sie nach draußen trat, herrschte tiefste Nacht im Wald.

Sie lief an den Rand, zu ihrem Lieblingsplatz, von dem aus sie hinaus in die Leere blicken konnte. Frafa war lange nicht mehr dort gewesen. Die vertrauten Wege waren zugewachsen, und sie kämpfte sich mühsam durch federndes Gesträuch, ein Ast traf sie an der Schulter, und sie ging langsamer. Sie war es gewohnt, dass die Pflanzen ihr Platz machten; jetzt musste sie sich durch das Unterholz kämpfen wie ein Mensch, und Tränen traten ihr in die Augen. Endlich tat sich ein schmaler Streifen Wiese vor ihr auf, und der Wald schloss sich hinter ihr mit einem Rascheln.

Frafa stand am Ufer dieser winzigen Welt und blickte hinaus in die Ferne. Kalte Silberlichter funkelten in der Tiefe, Sterne, und Frafa schöpfte Luft. Sie genoss die klare, reine Nacht, die sie so lange hatte entbehren müssen. Schlieren trieben dahin, flossen zusammen. Frafa beobachtete, wie die Sterne hinter Dunst verschwanden, und binnen kürzester Zeit war der ganze Elfenwald von Nebel verhangen. Es wurde kühl.

Sie legte fröstelnd die bloßen Arme um den Leib, aber sie blieb stehen.

Noch zweimal reiste der Elfenwald durch die Tore des Äthers, glitt, von Barsemias gelenkt, durch die Lücken zwischen den Dimensionen. Diesmal sah Frafa die Tore wie Wunden in der Wirklichkeit. Ein unwirkliches Leuchten strömte heraus, das selbst den Nebel durchdrang, so rot wie eine sterbende Sonne, die als Grabmal über toten Welten gloste.

Der Nebel sank herab. Es tropfte und rauschte aus dem Wald hinter ihr. Frafa spürte, wie ihre langen Haare schwer wurden vor Nässe. Als sie sich umwenden wollte, um zurückzugehen, sah sie Barsemias aus dem Wald treten.

Der Elf wirkte erschöpft, seine Augen lagen tief in den Höhlen. Wortlos trat er neben sie, fasste sie am Arm, und sie sahen gemeinsam in den Abgrund. Die letzten Nebelstreifen verwischten das Sternenlicht, als hätte ein trübes Nichts sogar die Dunkelheit verschlungen. Frafa beugte sich vor und versuchte etwas zu erkennen.

»Ich wollte mit eigenen Augen sehen, wohin ich uns gebracht habe«, sagte Barsemias. »Man verliert die Perspektive, wenn man zu lange nur mit dem Geist ... auf die anderen Seiten der Wirklichkeit sieht.«

Frafa stand steif neben ihm. Sie spürte seine Hand auf ihrem Arm, doch sie wagte nicht, sich aus dem Griff zu lösen. Er mochte es als Kränkung ansehen, womöglich störte es seine Konzentration bei den notwendigen Zaubern. Wer verstand schon, was Elfen empfanden?

»Wo sind wir?«, fragte sie. »Ich sehe nichts.«

»Wir sind im Nirgendwo«, erwiderte Barsemias. »Ich brauchte eine Rast, ein wenig Schlaf. Wir setzen die Suche morgen fort.«

Es gab keinen Morgen an diesem Ort ...

Eigentlich sollte Frafa froh sein darüber, doch sie spürte ein Frösteln. Vielleicht lag es nur an der Kühle nach der Gluthitze der letzten Tage.

»Warum hast du uns hierher gebracht? Ich dachte, in den höheren Dimensionen spielt die Entfernung keine Rolle. Du hättest uns gleich ans Ziel bringen können.«

»Ich kenne das Ziel nicht«, sagte Barsemias. »Ich muss einer Spur folgen. Wenn ich den Faden verliere, an dem wir uns durch den Abgrund tasten, dann sind wir verloren. Verstehst du, Frafa, diese Spur ist unsere einzige Wegmarke in beide Richtungen, zu Leuchmadans Ursprung und zurück nach Hause. Wenn wir sie verlieren, kommen wir nirgendwohin.«

Frafa erkannte, dass nicht nur der Zauber ihn erschöpfte. Auch die Verantwortung zehrte an ihm. Der Wald verstärkte seine Magie, aber Barsemias allein sah den Weg, den sie nehmen mussten. Wenn er einen Fehler machte, strandeten sie hier draußen im Nichts. Der Wald würde welken und im Frost versinken. Und am Ende würde der magische Schirm erlöschen und das Dunkel sie verschlingen, diese unbedeutende Elfeninsel, die sich zu weit in die Leere hinausgewagt hatte ...

»Ich hätte nicht gedacht, dass es so schwierig ist«, sagte Frafa. Sie nutzte das Gespräch und löste sich unauffällig aus seinem Griff. »Leuchmadans Magie muss gewaltig sein. Ich dachte, sein Abdruck im Äther wäre deutlich genug. Er müsste ja regelrecht lodern!«

»Er ist blass, und man sieht ihn kaum.« Barsemias seufzte. »Und die Wege sind verschlungen ... Du kannst das nicht verstehen, Frafa. Niemand kann es verstehen, denn niemand sieht, was ich sehe, und hier draußen ist alles so weit und so gewaltig. Es steht nicht still. Wir glauben, die Sterne regen sich nicht, doch das stimmt nicht. Alles rast dahin, und nichts ist mehr an dem Ort, wo es war, als Leuchmadan seine Spur in den Äther grub. All das muss ich bedenken.«

Frafa erinnerte sich an ihre eigene Zeitreise in Leuchmadans Hort. Die Bilder, die sie aus dem Äther geholt hatte, waren verschwommen gewesen. Aber dort hatten sich viele Dinge überlagert, und hier draußen gab es nichts, was Leuchmadans Spur hätte verwischen können.

»Zeit und Raum berühren den Äther nicht«, sagte sie. »In Leuchmadans Hort fand ich auf der ätherischen Ebene die Spuren früherer Zeiten, sosehr sich unsere Welt seither auch gedreht und bewegt haben mag. Ich dachte, was auch immer sich hier in der stofflichen Welt verändert hat, Leuchmadans Spur müsste immer noch mit denselben Orten verbunden sein wie einst.«

»Das ist auch so«, erwiderte Barsemias. »Aber es ist schwer, die Verbindung herzustellen, also die Spuren im Äther zu lesen und zu erkennen, was sie im wirklichen Raum bedeuten. Es ist schwer, und ich bin allein.«

Er setzte sich auf den nassen Boden und legte die Stirn auf die Knie.

»Weißt du«, fuhr er nach einer Weile fort, »die drei Späher, die wir verloren haben – ich habe sie nicht aufgegeben. Leuchmadans Blut hat sie verändert. Doch wenn wir unser Ziel erreichen und das Geheimnis dieser Substanz enträtseln, wenn wir erfahren, wie wir sie bekämpfen können, dann können wir auch dieses Bruchstück wieder aufsuchen und unser Wissen nutzen, um unsere Brüder da herauszuholen.«

»Du musst dich nicht rechtfertigen«, sagte Frafa. »Ich bin nur eine Nachtalbe. Erinnerst du dich noch an Altagrisa, als du mir vorhalten wolltest, was gut und richtig ist? Ich habe es nicht gern gehört. Also habe ich wohl auch nicht das Recht, dasselbe bei dir zu tun.«

Barsemias sah sie an. »Nein«, sagte er. »Wenn ich dir Vorwürfe gemacht habe wegen etwas, das ihr Nachtalben als gut und richtig empfindet ... dann warst du vermutlich zu Recht verärgert, und ich muss einfach hinnehmen, dass es Dinge gibt, in denen wir einander niemals verstehen werden.

Aber was die drei Elfen betrifft – du darfst nicht glauben, dass wir es gut und richtig fanden, sie zurückzulassen. Ich verstehe deine Vorwürfe, und ich verstehe, was du empfindest. Es gab nur nichts Richtiges, was wir hätten tun können.«

Frafa hätte sich gern neben ihn gesetzt, ihm den Arm um die Schulter gelegt. Sie schaute an sich hinunter, an ihrer elfisch lichten Gestalt, und sie konnte sich nicht dazu durchringen. Sie war keine Elfe, und sie war kein Mensch. Nachtalben vermieden es, einander zu berühren, außer auf die flüchtigste Weise. Grüßende Gesten, ein Halten, wo es nötig war – darüber hinaus war ein inniger Kontakt dem Umgang mit Kindern vorbehalten ... oder er drückte Begehren aus, den Wunsch nach Lust und nach dem Körper des anderen. Liebe womöglich.

»So ist es, seit Leuchmadan auf die Welt kam«, fügte Barsemias kraftlos hinzu. »Er verführt uns Elfen zum Übel. Denn es war ein Übel, dass wir unsere Kameraden im Stich lassen mussten.«

Frafa setzte sich nun doch neben ihn, hielt ihn fest in dem Wissen, dass er als Elf nicht erkennen konnte, welche Bedeutung diese Geste für eine Nachtalbe hatte.

»Nein«, sagte sie. »Manchmal muss man zwischen zwei Übeln das kleinere wählen. So groß ist der Unterschied nicht zwischen uns. Auch ich habe Dinge getan, nicht weil ich sie als Albe für gut und für richtig halte, sondern weil sie einfach notwendig sind.«

»Das kleinere Übel ...« Barsemias schüttelte den Kopf. »Elfen sollten tun, was richtig ist. Sie sollten rein bleiben. Sie sollten niemals das Übel wählen, so klein es auch sein mag.«

Er griff nach Frafas Arm, der um seine Schultern lag. Seine Berührung war warm, und Frafa merkte, wie sehr sie hier draußen in der immerwährenden Nacht ausgekühlt war.

»Aber wer weiß«, sagte Barsemias. »Vielleicht ist das ja nur mein Empfinden. Mag sein, dass die anderen Elfen solche Dinge tun können und trotzdem rein bleiben dabei. Immerhin galt ich immer als ein merkwürdiger Elf mit meiner fast nachtalbischen Magie.«

»Nun.« Frafa lächelte schalkhaft. »Mir hat auch schon jemand gesagt, dass meine Magie mehr zu einer Elfe passt als zu einer Nachtalbe. Dabei gibt es bei uns Alben eine Geschichte, dass gerade die Art unserer Magie Elfen und Nachtalben voneinander scheidet. Und wenn das so ist und ich damit fast eine Elfe bin und du fast ein Nachtalb, ist es dann nicht folgerichtig, dass wir uns begegnet sind, auf halbem Wege zwischen unseren Völkern?«

Der Elfenwald von Porfagilia reiste weiter durch den Abgrund zwischen den Welten. Sie mochten eine Woche unterwegs sein, oder zehn Tage; ohne den Wechsel von Tag und Nacht fiel es Frafa schwer, ein Gefühl für die Zeit zu behalten, und sie hatte keine anderen Sinne und Fähigkeiten mehr, die ihr dabei geholfen hätten.

Wann immer die Tore sich öffneten und der Wald einen Sprung durch eine höhere Dimension tat, war Frafa aufgewühlt. Sie suchte dann Barsemias, um sich zu vergewissern, dass alles gut gegangen war.

Wie rasch würde es sich herumsprechen, wenn Barsemias den Weg verlor? Mit wem würde er sein Wissen teilen? Würde er seine Brüder beunruhigen, oder würde er erst einmal selbst versuchen, die Fährte wiederaufzunehmen? Womöglich war es schon längst geschehen, womöglich suchte Barsemias bereits verzweifelt nach Leuchmadans Spur und niemand ahnte es, weil niemand sah, was er sah ...

Frafa bereute schon, dass sie die Elfen auf diesen Weg gebracht hatte. Was kümmerte sie das Blut der Erde? Sie war auf einem Boden aufgewachsen, der getränkt gewesen war mit dieser Substanz, und es hatte ihr nicht geschadet. Frafa sehnte sich nach zu Hause, und jetzt, wo sie die Gefahr kannte, hier im Nichts verloren zu gehen, zweifelte sie an ihrem eigenen Plan.

Dann dachte sie an das Bruchstück, daran, was mit den Elfen dort geschehen war, und an jene *andere* Form des Thaumagels, die man darauf gefunden hatte, fremder und gefährlicher als das, was unter ihrer Welt floss.

Wer wusste schon, wo es enden würde, ob der Einfluss des Blutes der Erde so harmlos bliebe, wie Frafa es gewöhnt war. Was, wenn dies am Ende Leuchmadans Ziel war: die ganze Welt so zu verwandeln, wie man es auf dem Bruchstück gesehen hatte? Wenn sein Blut sich nur zurückhielt, solange es noch wachsen musste?

Mit solchen Gedanken stärkte Frafa ihren Mut, hielt durch, auch wenn ihr graute vor der Reise. Aber sie flog mit den Elfen, und es gab ohnehin kein Zurück mehr.

»Haltet ihr es für möglich«, sagte sie eines Tages, als sie mit dem kleinen Volk beisammensaß, »dass wir alle Geschöpfe von Leuchmadans Blut sind?«

Die Gnome und Biste schauten sie an. Der Wichtel saß an der entferntesten Ecke des Tisches, wie immer mit einem Gerät in den Händen. Seine Nase war dick und rot, und er schniefte.

»Wir wissen, dass das Blut der Erde alles Leben verändert«, fuhr sie fort. »Und auf dem Felsbrocken in der Leere haben wir gesehen, wie weit es gehen kann. Dazu gibt es diese alten Geschichten bei meinem Volk, dass Elfen und Nachtalben einst aus demselben Geschlecht hervorgingen. Haltet ihr es für möglich, dass Nachtalben einst Elfen waren? Und Gnome ... beispielsweise Wichtel? Dass unsere Vorfahren irgendwann in Falinga lebten und vom Blut der Erde verändert wurden wie die Pflanzen und Tiere und dass am Ende wir dabei herauskamen?«

Wisbur, Waldron und Segga hoben den Kopf. Wie ein einziges Geschöpf schauten sie Biste an, und Wisbur sagte: »Wir waren bestimmt nie *so etwas.*«

»Nachtalben sind doch verrückt«, hörte Frafa Waldron flüstern.

»Ja, aber sie haben ein gutes Gehör«, zischte Segga mit einem verlegenen Lächeln in Frafas Richtung.

Auch der Wichtel wies Frafas Idee von sich. Mit einem angewiderten Laut ließ er den Taschenintegrator sinken. »Iiihhh, ich kann mir wirklich keine Thaumagel-Deformierung vorstellen, die aus einem Wichtel so einen unförmigen Wasserkopf werden lässt.«

Ein wütendes Zischen von den Gnomen ertönte.

»Ich hänge der Theorie an«, sagte Wisbur bissig. »Dass Wichtel Bastarde von Elfen und Zwergen sind.«

»Und ich«, erwiderte Biste, »bin ein großer Freund der These, dass Gnome aus einem Kürbis entstanden sind, den man zu nah bei einer Alraunwurzel gepflanzt hat. Mag sein, dass Thaumagel im Spiel war, um beides zu verbinden. Die Nase spricht für eine solche Mutation.«

Frafa hob die Hand. »Schon gut«, sagte sie. »Vergesst die Frage.«

Sie stand auf und ging nach draußen. Die Tür fiel zu, und die streitenden Stimmen von Gnomen und Wichtel verstummten wie abgeschnitten.

Sie stand auf dem schmalen freien Streifen vor dem zusammengewürfelten Haus von Barsemias' Familie. Der Wald hatte etwas Winterliches an sich, Frafas Atem stand weiß vor ihrem Mund. Allerdings behielten die Bäume ihr Grün, und die Elfen achteten sehr darauf, dass die Temperaturen über der Frostgrenze blieben. Sie konnten es sich nicht leisten, dass das Pflanzenwerk geschädigt und der Wald gelähmt wurde.

Frafa hatte sich angewöhnt, eine Decke mitzunehmen und sich als Mantel über die Schultern zu legen. Der Stoff war leicht und mit Blattmustern bestickt, dennoch trug Frafa ihn mit Unbehagen. Es war ein weiteres Zeichen ihrer Schwäche, dass sie einen Schutz gegen die Kälte brauchte und ihren Körper nicht mehr genug unter Kontrolle hatte.

Sie ging ein paar Schritte, und die schmalen Lichtflecken aus den Heimen der Elfen blieben hinter ihr zurück. Es wurde dunkel im Wald, und das dichte Blätterdach verhüllte die Sterne.

Doch das matte Licht, das an manchen Stellen seinen Weg zum Boden fand, reichte Frafa, und sie folgte dem vertrauten Pfad, den sie während der letzten Tage selbst geschlagen hatte. Ein würziger Herbstgeruch erfüllte die kalte Luft, und es war still, abgesehen von gelegentlichem Rascheln und Knistern zwischen den Bäumen.

Sie hatte etwa den halben Weg zum Rand zurückgelegt, als die Farben sich ein wenig verschoben. Eine Spur von Rot stahl sich zwischen die Blätter, doch es war ein Licht, das keine Helligkeit spendete und wie Dunst zwischen den Pflanzen waberte. Ein weiteres Tor, ein weiterer Sprung ...

Im nächsten Moment war ihr so leicht zumute, als stünde sie in einem Aufzug, der rasch nach unten fuhr. Dann schien der Boden des Waldes zu kippen. Frafa taumelte, sie hielt sich am nächsten Baum fest. Im Unterholz brach ein Tumult los. Kleine Tiere flohen kreischend und keckernd durch das Buschwerk, suchten Schutz in den Kronen. Frafa hörte Rufe in der Ferne, und es wurde heller. Ein schwerer graublauer Schein sickerte warm durch das Blattwerk.

Frafa zögerte, dann lief sie weiter. Am Waldrand legte sie die Hände um den schlanken Stamm einer Esche und streckte nur den Kopf durch das Unterholz.

Eine neue Welt lag schimmernd über dem Elfenwald wie ein übergroßer Mond und füllte ein Drittel des sichtbaren Firmaments. Frafa sah Wolken und Ozeane, graue und dunkelbraune Landmassen. Ganz langsam kroch diese Welt den Horizont hinab, während der Elfenwald sich darunter drehte, und sie wurde größer.

Frafa blinzelte erschrocken, doch es gab keinen Zweifel: Der Wald von Porfagilia stürzte auf diesen Planeten zu.

20

***Portale** (Netzportale, Nexusportale) – Die Unübersichtlichkeit des* *Nexus *sorgt dafür, dass Informationen darin nur gefunden werden können, wenn man weiß, wo sie sich befinden. Ursprünglich war damit der Zugriff auf denjenigen beschränkt, der die Information selbst* *aufgeprägt *hatte. Zu dem Zeitpunkt, da der erste Zauberer auf die Idee kam, diese Zugriffskoordinaten in einem magischen Artefakt aufzuzeichnen, damit ein anderer sie benutzen konnte, war das erste Nexusportal entstanden.*

Portale sind am ehesten als Inhaltsverzeichnisse für den *Nexus *zu verstehen. Diese können ganz unterschiedliche Formen annehmen. Im Kern steht allerdings immer ein magisches Artefakt, das auf den Nexus zugreifen kann. Auf diesem greifbaren Teil eines Portals muss nur eine einzige Information hinterlegt sein: nämlich ein Verweis auf den* *Nexus, *wo das Portal seine eigenen Daten pflegt und wo dann wiederum das Verzeichnis weiterer Nexusdaten zu finden ist, die über dieses Portal eingebracht wurden.*

In welcher Form das Portal mit der Außenwelt kommuniziert, kann ebenfalls sehr unterschiedlich sein. Mitunter hält das Portal Kontakt zu *Portalsteinen, *in anderen Fällen ist es selbst nur über den* *Nexus *zu erreichen, oder es steht als magisch-technische Schnittstelle in Verbindung mit anderen Technologien.*

AUS: »TECHNIKLEXIKON«, VON ISKWELZA VON DAUGAZBURG

Die Lichtung im Wald war neu. Die freie Fläche durchmaß dreißig Doppelschritte, war kreisrund und von hohen geraden Buchen umstanden. Wenn man nach oben blickte, war es, als würde man sich in einem weiten Brunnenschacht mit holzgetäfelten Wänden befinden.

Und darüber, in der Mitte dieses Schachts, schimmerte die

neue Welt, das Ziel ihrer Reise. Viele Elfen hatten sich versammelt, auch Barsemias und die Gnome. Biste der Wichtel hielt sich ein Fernglas vor die Augen und grummelte.

»Man kann kaum etwas erkennen! Hätte ich gewusst, wohin die Reise geht, hätte ich andere Ausrüstung mitgenommen!«

Dann und wann leckten Flammen wie Schlieren über das Firmament. Die Elfen hatten ihren Wald dicht an Leuchmadans Welt herangebracht, und mitunter rieben Ausläufer der Atmosphäre an dem magischen Schild. Frafa war sich nicht sicher, ob sie diese Position mit Bedacht gewählt hatten oder ob ihre Flugbahn mehr oder minder zufällig an dieser Stelle stabilisiert worden war, in jenen Augenblicken kurz nach der Ankunft, als Barsemias mit hektischen Sprüngen den Absturz verhindert hatte.

»Das ist also Leuchmadans Welt«, sagte Wisbur. Die drei Gnome lagen auf dem Rücken, so war es leichter für sie, als wenn sie die ganze Zeit den Kopf in den Nacken hätten legen müssen.

»Sieht fast aus wie zu Hause«, stellte Waldron fest.

»Na danke«, knurrte Segga. »Kannst ja hierbleiben, wenn's dir gefällt. Ich jedenfalls will ins Tal der Blumen zurück.« Er warf einen Seitenblick auf Wisbur. »Nachdem wir unseren Auftrag erfüllt haben, heißt das.«

Frafa sah, wie die Elfen in der Mitte der Lichtung ein riesiges weißes Tuch ausbreiteten. Eine Art Baldachin bildete sich über den Kronen der hohen Bäume, ein durchscheinendes Dach aus purer Magie. Die Elfen versammelten sich erwartungsvoll. Alle Helligkeit zog sich im Mittelpunkt der freien Fläche zusammen, während ringsum Schatten über die Waldwiese krochen. Weitere Kraftfelder entstanden zwischen den Bäumen, von den Spitzen bis dicht über den Köpfen der Beobachter hintereinandergereiht. Auf der weißen Decke zeigte sich ein Abbild, als die Magie wie die Linsen eines Fernrohres das Licht bündelte und dorthin lenkte.

Frafa trat näher.

Die Umrisse von Kontinenten zeichneten sich ab. Sie sah weißfleckige Meere, Berge, Seen und fließende Ströme dazwischen und ein wogendes, fleckiges Rotbraun – Wälder oder was auch immer es war, das die Länder dieser fremden Welt bedeckte. Frafa beobachtete fasziniert, genau wie die Elfen um sie herum.

Barsemias trat zu ihr.

»Wir suchen einen Ort für die Landung«, erklärte er. »Schau mal, vielleicht entdeckst du etwas Vielversprechendes.«

»Wonach genau halten wir Ausschau?«, fragte Frafa.

Barsemias grinste sie an. Er sah erschöpft aus, aber glücklich. *Er hat uns hergebracht,* dachte sie. *Er muss erleichtert sein.*

»Wenn du es nicht weißt«, antwortete Barsemias, »wer dann? Du wolltest hier nach Leuchmadans Wurzeln suchen. Wo wir damit am besten anfangen, wer weiß? Jedenfalls müssen wir da hinunter, fürchte ich. Von hier oben, durch die Vergrößerungslinsen allein, werden wir die Geheimnisse von Leuchmadans Blut kaum enträtseln.«

»Also ist das Leuchmadans Heimat?«, fragte Frafa. »Von dieser Welt ist er gekommen?«

Barsemias zuckte die Schultern. »Es ist ein wenig merkwürdig. Seine Spur endet hier. Aber nicht auf dieser Welt, sondern darüber. Wie es aussieht, schwebte Leuchmadan einst hier, so wie wir. Wenn ich die Spur richtig deute, hat er die Oberfläche der Welt unter uns niemals berührt.«

»Dann war die Reise ganz umsonst?« Frafa war erschrocken.

»Oh, ich glaube nicht.« Barsemias verzog den Mund. »Das Ding, das als Leuchmadan zu uns kam, mag diese Welt niemals berührt haben, aber Leuchmadans Blut ist dennoch dort unten. Oder zumindest etwas sehr Ähnliches. Ich kann seine magische Aura bis hierher fühlen.«

Er hob den Blick von dem vergrößerten Abbild auf dem Tuch zu der Welt selbst. »Wie es dennoch dazu kommt, dass die Spur des Überträgers endet, ohne den Planeten zu berühren ... das ist ein Mysterium, welches wir gleich zu den anderen packen können, die wir untersuchen wollen.«

»Ich will mit hinunter«, sagte Frafa. »Ich will mich dieses Mal selbst umsehen und forschen. Kannst du dafür sorgen?«

»Was willst du dort?«, fragte Barsemias. »Kehrt deine Magie zurück? Es ist eine magische Substanz, die wir untersuchen, und solange du deine magischen Sinne verloren hast, wirst du dort unten kaum etwas wahrnehmen.«

»Menschliche Wissenschaftler arbeiten seit Jahrhunderten mit Thaumagel«, widersprach Frafa. »Sie haben viel über seine Eigenschaften herausgefunden, ganz ohne Magie. Ich bin in der Alchemie bewandert, und ich will nicht wieder nutzlos zurückbleiben und warten, während andere sich wegen meiner Ideen in Gefahr begeben.«

»Nun ...« Barsemias seufzte. »Viele Elfen denken dasselbe. Wenn du also selbst mit hinunterwillst, wird kaum jemand Einwände erheben.«

Er verstummte. Frafa behielt weiterhin das vergrößerte Abbild der Welt im Blick, das von den magischen Linsen auf das Tuch projiziert wurde. Es dauerte einige Sekunden, bis ihr ein Detail ins Bewusstsein stieg, das sie beinahe genau wie die Elfen übersehen hätte.

»Hier!«, sagte Frafa. »Könnt ihr den Ausschnitt größer machen?«

Das Bild lief auseinander, wurde unscharf. Die Elfen stellten ihr magisches Teleskop neu ein, und die Einzelheiten traten deutlicher hervor. Man erkannte eine Küstenlinie und einen Streifen Festland, der bis zum Wasser mit dichtem Urwald bewachsen war. Zumindest sah es von oben aus wie ein Dschungel, auch wenn man die einzelnen Pflanzen nicht unterscheiden konnte.

»Das ist es«, sagte sie. »Das ist der richtige Platz für eine Landung.«

Gemurmel erhob sich. Einige der Elfen bekundeten offen ihren Unmut. Es stand Frafa nicht zu, den Landeplatz zu bestimmen!

»Das ist ein schlechter Ort«, meinte ein Elf. »Viel zu viel Dickicht.«

Frafa wies auf einige Lichtungen. »Es gibt geeignete Landeplätze in der Nähe.«

»Trotzdem ist es dort unübersichtlich«, beharrte der Elf. »Wer weiß, was uns erwartet auf Leuchmadans Welt? Wir sollten als Erstes auf einer kleinen Insel landen, mit übersichtlichem Gelände und wo es nicht so viele Verstecke gibt für gefährliches Getier. Das da ist kein Wald, so wie wir ihn kennen. Das Land ist unrein!«

Frafa wies auf die Karte. »Ich wollte nicht des Waldes wegen landen, sondern deshalb.«

Mitten auf der ausgebreiteten Decke, in den verwischten farbfleckigen Umrissen des Urwalds, war eine dunkle Linie auszumachen, die auf eine Verwerfung in der Landschaft hinwies. Eine weitere Linie lief darauf zu und bildete einen rechten Winkel.

»Wir sollten uns anschauen, was sich hier unter den Bäumen verbirgt«, sagte Frafa.

Das Gemurmel verstummte. Die Elfen beugten sich weiter vor, untersuchten das Muster. Sie stellten noch einmal das Teleskop ein, vergrößerten das Abbild, aber der Urwald gab seine Geheimnisse nicht preis. Die Linien faserten aus, als das Bild größer wurde, der Pflanzenwuchs nagte an den Konturen. Es war nicht schärfer zu bekommen.

Der missmutige Elf verzog das Gesicht. »Warum sollten wir auf eine fremde Welt fliegen, um dort einen rechten Winkel zu untersuchen?«, fragte er.

»Die Natur kennt keinen rechten Winkel«, erwiderte Frafa.

Bald erfuhr Frafa, was Barsemias Sorgen machte: Die Elfen von Porfagilia wollten die Fremden bereitwillig mit hinunternehmen, aber er selbst sollte im Wald zurückbleiben. Immerhin war er der Einzige, der den Wald zurück nach Hause bringen konnte – oder überhaupt irgendwohin. Auch Frafa wollte eigentlich nicht, dass er bei der Erkundung sein Leben auf Spiel setzte. Doch obwohl ihr Kopf dieselbe Entscheidung traf, fühlte sie in ihrem Herzen eine dumpfe Enttäuschung bei dem Gedanken, dass sie allein mit den anderen Elfen dort unten wäre.

Barsemias runzelte düster die Stirn. »Es ist, als wäre ich hier im Wald gefangen«, stellte er fest, in einem ruhigen Augenblick, während sämtliche Gruppen ihre Vorbereitungen trafen – diejenigen, die hinuntergehen sollten, ebenso wie die, die zurückblieben. »Und das wegen einer Fähigkeit, über die sie alle vor Kurzem noch die Nase gerümpft haben. Jetzt würden sie mich am liebsten wegschließen wie einen Schatz!«

Frafa versuchte, es heiter zu nehmen und sich ihre Gefühle nicht anmerken zu lassen. »Ja«, sagte sie. »So ist es nun mal. Wie bei den Alben, die nichts von Naturmagie halten, aber trotzdem gern auf ihre verspotteten Brüder und Schwestern zurückkommen, wenn in ihrem Land etwas wachsen soll. Da sind wohl alle Völker gleich: Sosehr sie etwas auch verachten, sie greifen doch beherzt zu, wenn sie sich einen Gewinn davon versprechen.«

»Ja.« Barsemias seufzte schmerzerfüllt. »Erinnere mich nicht daran. Die Welt war leichter, bevor ich mein Volk durch deine Augen gesehen habe.«

Sie lenkte das Gespräch auf ein weniger verfängliches Feld. »Bringst du uns hinunter?«

»Sozusagen.« Barsemias wechselte in einen geschäftsmäßigen Tonfall. »Ich kann auf dem Boden von Leuchmadans Welt keine Tore öffnen, er ist schlimmer verseucht als die Union. Wir setzen unsere Späher in fliegenden Kapseln ab, genau wie auf dem Bruchstück. Ich öffne ein Tor hoch oben in der Atmosphäre, und die Kapseln treiben hindurch und landen wie Ballons. Auf dem umgekehrten Wege holen wir euch später wieder zurück.«

»Leuchmadans Welt ist groß«, sagte Frafa. »Und wir wissen nicht genau, wonach wir überhaupt suchen. Womöglich müssen wir lange dort verweilen ...«

»Wir haben neue Landekapseln wachsen lassen, während der Wald um die Sonne kreiste«, erklärte Barsemias. »Sie sind größer als die alten und besser ausgestattet. Wir können euch versorgen, solange es nötig ist. Hoffe ich.«

Frafa dachte nach. »Wir haben noch den Odontopter der

Kopfgeldjäger. Er fliegt sicher besser als eure Ballonkapseln. Kannst du mich und die Gnome in dieser Menschen-Flugmaschine absetzen?«

Wisbur schaute auf die Kontrollen. Waldron und Segga rangelten noch um den Kopilotensitz, während Biste mit besonderer Sorgfalt den Sicherheitsgurt anlegte. Frafa sah, wie er liebevoll über die vertäuten Kisten neben sich strich. Der Wichtel fühlte sich in dem gut ausgestatteten und vor allem *technischen* Odontopter seiner Arbeitgeber sichtlich wohler als im Elfenwald.

Die Flügel winselten. »Bereit?«, fragte Wisbur.

»Nein!«, rief Waldron. »Segga lässt mich nicht ans Steuer!«

»Setz dich nach hinten«, befahl Wisbur, und Waldron gehorchte grummelnd.

»Sei nicht so kindisch, Waldron«, sagte Segga.

Ein Ruck lief durch das Fluggerät, und sie hoben ab. Frafa sah Laubwerk an den kleinen Fenstern vorbeiziehen. Dann und wann schrappte es, wenn die Flügel durch dünne Zweige schnitten, und Biste zog den Kopf ein.

»Ich hätte mit den Elfen fliegen sollen«, jammerte er. »Elfen und Wichtel, wir gehören seit Urzeiten zusammen.«

»Na klar«, sagte Waldron mürrisch. »Du bist der geborene Waldknutscher. Ich wette, du hattest in deinem Leben noch nicht mal einen Blumentopf auf der Fensterbank stehen.«

»Nun«, räumte Biste ein, »jedenfalls keinen, der überlebt hätte. Aber das ändert nichts daran, dass dieses Ding hier von *Gnomen* gesteuert wird!«

Es wurde heller, als sie die Baumkronen durchstießen. Wisbur hielt den Odontopter zitternd und kreisend in der Luft, in dem schmalen Raum zwischen Wald und Schutzschirm. Jetzt zog auch Frafa unwillkürlich den Kopf ein. Das Licht vor den Fenstern wurde heller, und durch die großen Scheiben im Cockpit gleißte der Schein einer fernen Sonne. Wisbur fluchte.

»Willst du deine Sonnenbrille zurechtschieben?«, fragte Segga hilfsbereit. »Ich kann solange das Steuer halten!«

Der Vorschlag war nicht einmal eine Antwort wert. Worauf wartete Barsemias? Frafa hoffte, dass er ihr Fluggerät bald durch die ätherischen Dimensionen schob, bevor Wisbur irgendeinem Hindernis zu nahe kam, das die harten Flügel aus Cresit nicht durchschneiden konnten.

Da! Ein Ruck lief durch die Maschine. Frafa zuckte zusammen.

Das Licht vor dem Fenster verschob sich wieder, kurz schienen alle Farben und Formen ineinanderzufließen, und das Schwirren der Flügel klang dumpf und fern. Dann war plötzlich ein Brausen um sie her, und der Odontopter tanzte wie in einem Sturm.

Frafa krallte sich an die Kante ihres Sitzes. Wisburs Flüche wurden lauter. Sie sackten ab, schossen wieder empor.

»He, Segga«, rief Waldron. »Lass die Finger vom Steuerknüppel!«

»Ich tu gar nichts«, brüllte Segga zurück. »Das ist alles Wisbur.«

»Der Druck«, stieß Wisbur grimmig hervor. »Der Wind. Nichts stimmt mehr.«

Der Odontopter trudelte. Frafa sah Wolken durch die vorderen Fenster, dann wieder Land und Meer in der Tiefe.

»Zum Glück haben die Elfen uns hoch genug abgesetzt, dass man Flugfehler korrigieren kann«, bemerkte Biste trocken. »Lasst mich raten – ihr Gnome habt auch keine Odontopter in eurem Tal?«

»Besser!«, sagte Waldron. »Wir haben riesige Libellen!«

Er streckte beide Hände aus, um die Größe anzudeuten, erinnerte sich daran, dass er nicht in seiner kleinen Gestalt unterwegs war, und die Libellen zwischen seinen Händen schrumpften beträchtlich.

»Da«, rief Wisbur.

Er stabilisierte die Maschine und nahm eine Hand vom Steuerknüppel. Frafas Blick folgte seiner Geste, und sie sah in der Ferne einen kleinen Punkt schweben. Er erinnerte an einen Ball mit einer Einschnürung in der Mitte – eine Landekapsel der Elfen!

»Da sind noch mehr«, sagte Segga.

»Ich weiß«, antwortete Wisbur. Er hielt den Odontopter ruhig, kreiselte in einer weiten Spirale abwärts. »Such lieber den Landeplatz.«

Frafa schnüffelte. Die Kabine war nicht abgedichtet, und sie atmeten bereits die Luft dieser fremden Welt. Die Elfen behaupteten zwar, dass die Atmosphäre nicht schädlich war, und immerhin hatte das Blut der Erde schon auf dem winzigen Bruchstück in der Leere für atembare Luft gesorgt – aber was hieß das schon?

Doch Frafa roch nichts. Sie spürte nur einen Druck auf den Ohren und einen kalten Zug, denn die Luft hier oben war dünner und kühler als unter der Kuppel des Elfenwaldes.

Wisbur orientierte sich an der Küstenlinie, und beide Gnome in der Kanzel spähten hinab. Segga nahm ein Fernglas zu Hilfe.

»Es sieht alles so gleich aus«, murrte er.

Biste wedelte mit einem Gerät in seiner Hand. »Ich habe eine Aufnahme vom Landeplatz gemacht«, verkündete er. »Von der Projektion im Elfenwald. Wenn du das Ding ruhig hältst, Wisbur, dann komme ich nach vorne, und wir können das Bild als Karte benutzen.«

Die Bäume rings um die Lichtung erinnerten an halb aufgeblasene Luftballons oder an lang gezogene Pilze von blassgrüner, graublauer oder rötlicher Farbe. Schmarotzende Lianen hingen daran herab wie Vorhänge aus grünem Schleim, in dem vereinzelte Blätter schwammen. Frafa betastete sie, aber sie waren trocken und bestanden aus zahlreichen glitzernden, halb durchsichtigen Fäden, die unter ihren Fingern raschelten.

Der Boden war von einer weichen Schicht aus rötlichem Moos bedeckt – oder von einer Pflanze, die auf dieser Welt die Form und Funktion von Moos nachbildete. Das vielfältige Unterholz zwischen den Bäumen war lichter, als Frafa in einem wild gewachsenen Wald erwartet hätte. Sie bedauerte, dass sie die Vegetation nicht magisch *ertasten* konnte – sie war überzeugt davon, dass sie mit den Eindrücken mehr hätte anfangen können als die Elfen, die größtenteils mit leidenden Gesichtern herumliefen, ihre Landekapseln zurechtschoben und ein Lager aufbauten.

Ein fremder, bitterer Geruch erfüllte die Luft, und Laute drangen aus dem Wald, die man keinem Tier zuordnen konnte. Hoch über der Lichtung stand eine ferne Sonne, gelber und wärmer, als sie bei dieser Größe hätte sein dürfen.

Frafa wandte sich an den Elf, den sie für den Führer der Gelehrten hielt: »Womit fangen wir an?«

Der hagere Elf, dessen Ohren aus dem dichten blonden Haarschopf herausstachen, schaute sie an und rümpfte die Nase. »Wir schlagen das Lager auf.«

»Nein«, sagte Frafa, »mit der Erkundung! Wie kann ich helfen?«

»Wir schauen uns um, sobald alles vorbereitet ist. Sollten wir Ihren Rat brauchen, melden wir uns.« Er wandte sich wieder seinen Begleitern zu, die soeben die Laboreinrichtung ausluden.

Frafa blieb einen Augenblick stehen, dann ging sie zum Odontopter zurück. Biste saß in der Ladeklappe und grinste breit. »Rufen Sie uns nicht an, wir rufen Sie an?«

»Was?«, fragte sie.

»So hat das gerade gewirkt«, erklärte Biste. »Dein Gespräch mit diesem Elf.«

Die Gnome mühten sich soeben schnaufend mit einem riesigen Vorzelt ab, das sie unter der verbliebenen Ausrüstung der Kopfgeldjäger gefunden hatten. Frafa musterte die Fauna dieser Welt: Winzige Wesen krabbelten durch das Moos, kleine Käfer oder andere Insekten, oder Würmer. Sie machten einen Bogen um die Fremden und wichen auch Frafas Finger aus.

Mitunter sah sie Bewegung im Wald, größere Geschöpfe, die sich im Unterholz verbargen. Ein vielgliedriges Geschöpf mit Panzersegmenten wie ein Tausendfüßler kam aus einer Baumkrone heraus und verschwand einige Handbreit entfernt wieder darin. Die Substanz des pilzartigen Baumes öffnete und schloss sich um ihn mit einem Schmatzen. Kein Loch blieb zurück.

Frafa blickte empor und wäre gerne den Stamm hinaufgeklettert, um die Krone zu untersuchen. Was da an einen lang gezogenen Pilzhut erinnerte, war offenbar nachgiebig. War es eine Blätterstruktur oder eine amorphe Masse? Frafa sah Insekten am Rand der Lichtung kreisen. Sie erinnerten an Bienen und blieben im Schatten des Waldes.

Sie seufzte.

»Ich komme mir so nutzlos vor«, stellte sie fest. »Ich bin blind und taub gegen die Magie, die wir hier untersuchen sollen. Und ich fürchte, die Elfen mögen meine Hilfe als Gelehrte nicht. Ich hätte oben bleiben können.«

»Hättest du«, bestätigte Biste gnadenlos. »Aber das wäre noch schlimmer gewesen. Hier unten können wir wenigstens auf eigene Faust etwas entdecken.«

»Was denn?« Frafa zog die Arme dichter an den Körper. Das weiße Elfenkleid aus schimmerndem Taft war unpassend für diese Umgebung. Die meisten der Elfen trugen praktischere Gewänder. Frafa sah die Späher in ihren gepanzerten Anzügen, die das Lager sicherten oder beim Aufbau halfen. Sie holte Schuhe aus ihrem Gepäck, leicht, knöchelhoch und mit weicher Sohle. Frafa hatte sie schon für ihren Aufenthalt im Elfenwald bekommen, aber nur selten angezogen. Sie brauchte keinen Schutz vor lebendem Untergrund, aber auf diesem Boden fühlte sie sich wohler damit.

»Ich finde, wir sollten uns alles selber ansehen.« Biste schwenkte seine kleine Handkonsole in der Luft; eine Ledertasche stand gepackt neben ihm. »Je weniger die Elfen dabei sind, umso besser. Immerhin stehen wir hier für die Wahrheit, und wenn es etwas zu entdecken gibt, sollten wir es zuerst finden, bevor jemand die Beweise verschwinden lassen kann.«

»Was für Beweise?«, fragte Frafa

»Für … was auch immer.« Biste blickte sich düster um. »Woher soll ich das wissen, bevor wir es finden? Aber man darf niemandem trauen.«

»Aus dem Weg!«, rief Waldron.

Die Gnome zogen das Vorzelt hoch und befestigten es über der Ladeluke. Biste wich in den Odontopter zurück, Frafa nahm eine übrig gebliebene Zeltstange und trat an den Rand der Lichtung. Ihre kleinen Begleiter folgten ihr wie in einer Prozession.

»Was hast du vor?«, fragte Biste.

»Ich probiere etwas aus«, sagte sie.

Sie bohrte die Stange durch den weichen Bewuchs in den Boden. Rötliches Wasser sickerte heraus, als sie die Pflanzendecke durchstieß. Frafa zuckte zurück, aber es war wirklich nur Wasser. Sie zog die Zeltstange wieder heraus, ließ das Wasser darüberrinnen und abtropfen und atmete erleichtert auf. Dann stieß sie die Stange tiefer in den Grund, bis sie auf Widerstand stieß.

Ein fetter Wurm kroch aus dem Loch, als sie die Stange herauszog und betrachtete. Er streckte seine Körperspitze zuckend dem Himmel entgegen, verschwand wieder im Dunkel. Frafa sah nur Sand und Erde und gewöhnliche Feuchtigkeit auf dem Metall.

»Kein Thaumagel an der Oberfläche«, stellte sie fest. »Vermutlich fließt es so tief unter der Erde wie bei uns.«

Biste trat näher und zeigte ihr seine Handkonsole. Auf der Sichttafel war immer noch die Aufnahme aus großer Höhe zu sehen, die ihnen beim Anflug als Karte gedient hatte. »Wir könnten zu dieser Stadt gehen«, schlug er halblaut vor.

»Stadt?«, krähte Waldron und trat neugierig heran.

»Ich habe nie behauptet, dass es eine Stadt gibt«, sagte Frafa. »Ich glaube nur nicht, dass diese rechtwinkligen Strukturen natürlichen Ursprungs sind.«

»Das werden wir ja sehen. Ich könnte Bilder machen.«

»Und wie kommen wir dorthin?«, fragte Frafa. »Ihr habt gerade unser Fluggerät am Boden festgezurrt.«

»Das macht nichts«, sagte Biste. »Die Elfen haben die nächstgelegene Lichtung als Lager gewählt. Es sind nur ein paar Kilometer Fußmarsch durch den Wald.«

Frafa versuchte vergebens, ihre Sinne auszustrecken. Ihr

magisches Gespür war taub. Sie konnte sehen, hören, riechen, aber sonst nichts. Sie fühlte sich unsicher, jetzt, da sie nicht fühlen konnte, wo sich das Leben um sie regte.

»Wir kennen diese Welt nicht«, sagte sie. »Es mag in diesem Wald noch andere Gefahren geben als das Blut der Erde.«

»Ha, da haben wir was!«, rief Waldron. »Segga, komm!«

Sie krochen unter das schief aufgestellte Vorzelt und verschwanden im Odontopter. Wisbur und Biste traten zu Frafa, Biste mit der Ledertasche über der Schulter.

Waldron kam wieder aus dem Zelt, Segga dicht hinter sich. Die beiden Gnome trugen eine riesige Waffe auf den Schultern, die sie zu zweit schleppen mussten – ein automatisches Präzisionsgewehr, offenbar aus den Beständen der Kopfgeldjäger.

Wisbur blickte skeptisch auf seine Gefährten. »Wie wollt ihr das Ding benutzen?«

»Segga stützt es mit der Schulter, und ich ziele und schieße«, sagte Waldron.

»*Waldron* nimmt es auf die Schulter, und *ich* ziele und schieße!«, korrigierte ihn Segga.

»Na gut«, räumte Waldron widerstrebend ein. »Wir können uns abwechseln. Aber ich schieße zuerst!«

Frafa schaute auf die Elfen, die ihren eigenen Tätigkeiten nachgingen und Abstand zu den Fremden hielten. Sie fühlte einen plötzlichen Tatendrang.

»Also gut«, sagte sie. »Sehen wir uns ein wenig um.«

Sie traten unter die pilzartigen Bäume, und die sonnige Lichtung lag bald hinter ihnen. Der Wald war licht, die Stämme standen weit auseinander und sie mieden das Unterholz. Aber einige Meter über ihnen stießen die Kronen der Bäume aneinander und bildeten ein undurchdringliches Dach. Kein Licht sickerte hindurch, wie in den Wäldern, die sie kannten; es gab nur Schatten oder ausgeprägte Lichtinseln, wenn sich eine größere Lücke zwischen den Bäumen auftat.

Frafa streifte im Vorbeigehen mit den Fingern über die

Stämme. Es fühlte sich nicht an wie Holz, sondern tatsächlich eher nach Formbein, ein wenig nachgiebig. Eine elastische Rinde oder die Substanz der Stämme selbst? Frafa wollte die Pflanzen nicht mit einem Messer verletzen, um es herauszufinden.

Biste hielt sein Gerät mit der kleinen Karte auf dem Sichtschirm in der Hand und wies ihnen die Richtung. Oft blieb er stehen und murmelte vor sich hin, bevor er sich entschied. Eine der Bienen, die sie am Rande der Lichtung gesehen hatten, umschwirrte Frafas Kopf, und sie vertrieb das Tier mit einer Handbewegung. Es sah tatsächlich aus wie eine Biene, dunkel und mit Haaren am beflügelten Teil des Leibes. Es war das vertrauteste Geschöpf, das Frafa auf dieser Welt bisher gesehen hatte.

Waldron und Segga plapperten und zielten mit ihrer Waffe in das finsterste Buschwerk. Wisbur ging als Letzter, die Blaspistole in der Hand. Neben den zahlreichen Bäumen, die in leicht abgewandelter Form und Farbe vorkamen, und den schmarotzenden Ranken, die mitunter bis auf den Boden herabhingen, unterschied Frafa bald eine Vielfalt anderer Pflanzen: Da waren skelettartige Gewächse, die an Korallen erinnerten. Als buschgroßes Flechtwerk bildeten sie einen großen Teil des Unterholzes, doch mitunter strebten sie höher empor und glichen dann kahlen Bäumen im Winter. Es gab kaktusähnliche Sukkulenten, die aussahen wie behaarte Riesenzungen und die mit leckenden Bewegungen durch die Luft fuhren; stachelige Gräser, die bei Berührung splitterten wie Glas; Blüten, die farbigen Seeanemonen glichen oder bunten Gebilden aus kunstvoll gefaltetem Papier.

Frafa wies Biste auf alle Entdeckungen hin und bat ihn, Bilder zu machen, bis er einen kleinen automatischen Eidographen aus der Tasche zog und ihn ihr in die Hand drückte.

»Mach die Bilder selber«, sagte er. »Ich muss mich konzentrieren.«

Frafa hielt die Pflanzen mit dem Gerät fest, um sie später genauer zu betrachten. Die Biene blieb in ihrer Nähe und flog oft ins Bild – ein diffuser Fleck vor den scharf eingestellten Motiven. Frafa ärgerte sich.

»Wohin wollt ihr?«, fragte eine Stimme hinter ihr, und es war nicht Wisbur der Gnom!

Frafa fuhr herum.

Eine Elfe stand dort. Sie trug den Anzug eines Spähers und ein pneumatisches Gewehr, eine größere Ausgabe der Gnomenpistolen. Die Waffe hielt sie in der einen Hand, die andere lag auf Wisburs Kopf, und der Gnom stand betreten da.

»Und was wollt Ihr hier?«, erwiderte Frafa erschrocken.

»Ich erfülle meine Aufgabe und behalte die Umgebung des Lagers im Auge«, antwortete die Elfe. Die Biene landete auf ihrer Schulter.

»Ist das Euer Tier?«, fragte Frafa.

»Eine Drohne«, sagte die Elfe. Sie legte die Linke an ein Röhrchen, das sie an einem Riemen um den Hals trug. »Wir können durch ihre Augen sehen. Jeder Späher hat ein paar davon dabei. Diesmal sind wir besser gerüstet als bei unserem letzten Ausflug.« Sie musterte Frafa mit einem spöttischen Lächeln. »Nun beantwortet meine Frage.«

»Wir gehen zu dieser Stadt«, mischte Biste sich in das Gespräch ein.

»Er meint die Linien, die wir von Porfagilia aus gesehen haben«, erklärte Frafa. »Wir wollten sie uns genauer ansehen.«

Die Elfe legte den Kopf schräg, als würde sie noch anderen Stimmen lauschen. Dann sagte sie: »Der Wald ist möglicherweise gefährlich. Niemand weiß, was wir an diesem Ort finden.«

»Darum schauen wir ja auch nach«, knurrte Wisbur.

»Und auf Gefahren sind wir vorbereitet.« Waldron schwenkte die Waffe oder versuchte es jedenfalls. Er konnte nur seine Hälfte ein wenig anheben.

»Genau«, stimmte Segga ihm zu. »Wir sind Knochenmesser. Gefahr ist unser Geschäft.«

Die Elfe sah das kleine Volk an. Ein verächtlicher Zug umspielte ihre Mundwinkel, und sie schüttelte den Kopf. Wieder nahm ihr Blick diesen abwesenden Ausdruck an. Frafa erkannte, dass sie über eine Gesprächsverbindung mit dem Lager in Kontakt stand und noch jemand mithörte.

»Also gut«, sagte sie schließlich. »Unser Hauptmann hat keine Einwände, wenn ihr euch zuerst dort umseht. Aber ich soll euch begleiten, und wenn ich sage, wir hören auf, dann hören wir auf. Mein Name ist übrigens Leiri.«

Der Wald war erfüllt von Geräuschen, und es wurden mehr, je weiter sie sich vom Lager entfernten. Da war ein Laut wie von tropfendem Wasser, der leiser wurde und verstummte, wenn sie sich darauf zubewegten. Es knisterte und knackte im Unterholz und in den Baumkronen, sie hörten ein Rauschen über dem Boden und ein Flappen wie von unsichtbaren Schwingen hoch über den Bäumen.

Es wurde düster, und Frafa fragte sich schon, ob sie die Zeit auf dieser Welt falsch eingeschätzt hatte. Doch da ging ein brausender Regenguss nieder. Tropfen, groß wie Fäuste, schlugen in die Lücken zwischen den Bäumen, zerplatzten nicht auf dem Boden, sondern zerflossen ölig und versickerten im Moos. Zuckende Tentakel oder Würmer kamen aus der Erde und streckten sich dem Regen entgegen.

Die Gefährten stritten darüber, ob sie weitergehen oder Schutz suchen sollten. Schließlich gingen sie weiter, mieden aber die Lücken. Die dichten Baumkronen bildeten fast ein geschlossenes Dach, und die Löcher dazwischen waren leicht zu umgehen. Doch bald drang der Regen in feineren Tropfen wie ein Sprühnebel durch das Blattwerk – oder was auch immer es war, das die pilzförmigen Baumkronen bildete. Nässe schwebte in der Luft wie eine Wolke aus Staub, und es roch und schmeckte säuerlich.

Leiri schüttelte sich angewidert und zog den Helm auf, den sie tief in den Nacken geschoben hatte. Sie ließ ihre Drohne in die Röhre kriechen, und kurz war daraus ein vielstimmiges Summen zu hören, das verstummte, als die Elfe den Verschluss wieder draufsteckte.

Biste führte sie, und immer öfter beriet er sich mit der Späherin.

Waldron und Segga waren still geworden. Sie keuchten unter der Last ihrer Waffe, und die spärlichen Haarbüschel klebten nass an ihren breiten Gnomenköpfen.

»Ist es noch weit?«, fragte Waldron.

»Ich weiß nicht«, erwiderte Biste und achtete nicht auf Seggas empörten Ausruf. »Mein Gerät sollte Richtungen und Entfernungen messen und mir immer genau sagen, wo wir sind. Aber es funktioniert nicht.«

»Kein Wunder«, sagte Leiri. »Menschentechnik im Wald.«

»Aber Ihr findet Euch zurecht?«, fragte Frafa.

Leiri sah sich um. Der Regen hatte nachgelassen, nur vereinzelte Nebelschwaden hingen noch zwischen den Bäumen. Es wurde heller, da, wo das Sonnenlicht durchkam, und allmählich staute sich eine feuchte Hitze unter dem Walddach, die unangenehmer war als zuvor.

»Nun, das ist kein *richtiger* Wald hier. Aber mit der Karte von dem Wichtel denke ich, dass wir uns an das Ziel herantasten.«

»Langsam«, warf Biste ein.

Die beiden Gnome funkelten ihn an und schleppten ihre Waffe weiter. Leiri ließ die Drohne wieder fliegen. Frafa verfolgte an der Neigung der Sonnensäulen unter den lichten Stellen, wie die Zeit während ihrer Wanderung verging.

Und dann, ganz unvermittelt, endete der Wald vor einer zerklüfteten Landschaft, auf der die Pflanzen nur hüfthoch standen. Dazwischen gab es viele freie Flächen mit dem moosartigen Gras. Schleimige Lianenvorhänge hingen von Kanten herab, ohne an Bäumen Halt zu haben, daneben wucherten purpurne Pilzgewächse wie gallertartige Stalaktiten an Vorsprüngen und in Öffnungen.

Wisbur beugte sich vor, schob mit dem Finger das Moos zur Seite und legte eine glatte Steinoberfläche frei.

»Leuchmadans Eingeweide«, stieß er zwischen den Zähnen hervor. »Eine Mauer, und das da hinten sieht aus wie lauter Gebäude. Leute, das *ist* eine Stadt!«

Vorsichtig stiegen sie über die niedrige Mauer hinweg.

»Wir betreten eine fremde Siedlung. Sollten wir das mit der Waffe in der Hand tun?« Frafa fühlte sich unbehaglich.

Leiri umfasste ihr Gewehr fester. »Eine Ruinenstadt in einem Dschungel auf Leuchmadans Welt!«

»Und alles ist voll mit diesen Viechern!«, rief Segga.

Sie sahen sich um. Tatsächlich streiften Tiere zwischen den Bauwerken umher. Sie glichen einer Kreuzung zwischen Affe und Reptil, mit behaartem Leib, langen Gliedmaßen und einem Gesicht, das vage an eine Eidechse erinnerte. Aufgerichtet mochten sie so groß sein wie ein Alb oder wie ein Elf, aber meistens liefen sie auf allen vieren oder vornübergebeugt. Sie hielten Abstand zu den Neuankömmlingen.

Die Stadt war niedrig, unregelmäßig geformt und sah aus wie die zweidimensionale Projektion einer Ansiedlung, die auf halbem Wege stecken geblieben war, wie ein waagerechter, zerklüfteter Steilhang … Im Grunde glich sie nichts, für das die Besucher Worte hatten. Schwarze Mauern bildeten kantige, wirr ineinandergreifende Formen. Löcher in den Wänden mochten Türen und Fenster sein, oder einfach nur Löcher.

»Es gibt keine Straßen«, stellte Biste fest.

Trotzdem kamen sie gut voran. Die Gebilde waren niedrig, vielleicht nur die Überreste von Gebäuden, die allerdings nicht erkennen ließen, wie die Bauwerke früher einmal ausgesehen haben mochten. Der kleine Trupp bewegte sich auf Oberflächen, die möglicherweise Dächer waren.

»Vielleicht sehen wir nur die oberen Stockwerke der ursprünglichen Siedlung«, vermutete Leiri. »Sie ist vielleicht eingesunken.«

Die Annahme lag nahe. Immerhin war das, was sie von der Stadt sahen, auch zugewachsen. Ranken zogen sich über die Mauern, Blüten schimmerten dunkelblau und fettig zwischen dem schweren Grün oder auf dem schwarzen Steinboden. Gedrungene Bäume mit klar unterscheidbarem Geäst wuchsen auf einigen der flachen Bauten, und ihre Wurzeln liefen wie Rinnsale über die Steine. Hinter vielen Löchern oder Türen waren Rampen zu erahnen, Treppen oder einfach nur Gebäudeteile, die so ineinandergeschoben waren, dass sie titanische Stufen bildeten, Wege in einen Keller oder ein tieferes Geschoss.

Direkt vor ihnen ragte eine Fläche schräg nach oben. Darunter konnte man durch einen Spalt in einen niedrigen Raum blicken, dessen Boden abfiel, als wäre er an einem Ende eingestürzt. An der tiefsten Stelle dieser Kammer hatte sich eine Art Garten gebildet, von dem aus fleischige Ranken nach oben liefen wie Kabelstränge und zwischen den Steinen verschwanden. Die Pflanzen waren dunkler als das, was sie an der Oberfläche sahen, und sie wuchsen im finstersten Winkel des Raumes am üppigsten. Die Anlage ließ fast so etwas wie ein Muster erkennen, Beete, die einer eigenartigen Geometrie folgten.

Frafa fröstelte, und das lag nicht daran, dass es mit der Abenddämmerung kühler wurde. Bisher hatten die Ruinen dieser Stadt keine Bedrohung offenbart. Die Mauern waren schwarz und düster, aber das schreckte eine Nachtalbe nicht. Schauderte sie vor der Fremdartigkeit der Kultur, die hier gewirkt hatte und deren ursprüngliche Beschaffenheit sich kaum erahnen ließ?

Nein. Es lag an etwas anderem ...

Es waren die Tiere, die in der Ruinenstadt hausten. Etwas wirkte falsch an ihnen, was Frafa jedoch nur unterschwellig wahrnahm und was sie doch zunehmend irritierte. Ob ihr magisches Gespür zurückkehrte und ihr etwas verriet, was den gewöhnlichen Sinnen verborgen blieb? Doch als sie die Kreaturen genauer musterte, erkannte sie schließlich, was sie störte.

Normalerweise war es schwer, einzelne Exemplare einer fremden Spezies zu unterscheiden. Doch bei diesen Geschöpfen fiel es schwer, überhaupt ein gemeinsames Merkmal zu finden!

Sicher – ein Eidechsenmaul, ein Fell mit Haaren, die an Fadenwürmer erinnerten ... bei flüchtigem Hinsehen schienen die Ruinen von einer Horde gleichartiger Wesen bevölkert zu sein. Doch wenn man ein wenig mehr auf die Einzelheiten achtete, zeigten sich Unterschiede in den grundlegendsten Dingen.

Die meisten Kreaturen hatten vier Gliedmaßen, manche aber auch fünf oder sechs oder sieben. Auch die Geschöpfe mit einer ungeraden Zahl an Armen – oder Beinen – wirkten dabei nicht verkrüppelt, sondern auf eine eigene Weise symmetrisch. Nirgendwo sah man einen Stumpf oder eine Lücke oder ein anderes Anzeichen dafür, dass etwas fehlte. Das Maul war manchmal rund, manchmal eckig … Es gab nichts, kaum ein Merkmal, das allen diesen Geschöpfen eigen war.

Nur aus den Augenwinkeln betrachtet wirkte die Schar dieser fremden Wesen homogen. Doch es war eine Tierart, die in nicht zueinanderpassende Einzelteile zerfiel, sobald man nur einen genaueren Blick darauf warf. Auch ihre Begleiter betrachteten jetzt die Bewohner der Ruinenstadt.

»Vielleicht sind es gar keine Tiere«, bemerkte Wisbur.

Frafa zuckte zusammen. »Was?«, fragte sie.

»Schaut«, sagte Wisbur. Er wies auf ein Exemplar, das sich in einer Senke zwischen Pflanzen bewegte und über die Blüten strich. Es sah nicht aus wie ein Tier auf Futtersuche. Seine Bewegungen wirkten aber auch zu ziellos für Feldarbeit.

»Intelligente Wesen?«, hauchte Frafa. »Die Nachfahren der Erbauer, die zu Wilden geworden sind?«

»Sie verhalten sich jedenfalls seltsam für Tiere«, sagte Wisbur.

»Sie verhalten sich aber auch nicht intelligent«, widersprach Leiri. »Sie reagieren gar nicht auf uns. Sie haben weder versucht, uns anzugreifen, noch untersuchen sie uns oder nehmen Kontakt auf. Sie reden nicht einmal untereinander. Man sollte meinen, sie würden zumindest … nun ja, sich versammeln und beraten, wenn irgendwelche Fremden in ihre Stadt kommen.«

»Elfen würden das tun«, sagte Frafa. »Goblins würden die Fremden angreifen. Bei Menschen, Zwergen und anderen Völkern … Nun, ich hätte eine gewisse Vorstellung, was man von ihnen erwarten kann. Aber wer weiß, was Wilde auf einer ganz fremden Welt tun würden?«

»Oder fremde Tiere«, sagte Leiri. »Dass sie sich ungewöhnlich verhalten, beweist noch lange nicht, dass es *keine* Tiere sind.«

»Wir könnten eines erschießen«, schlug Waldron vor.

Segga nickte eifrig. »Du kannst das dann sizi … sendi … ich will sagen, zerschneiden und untersuchen!«, wandte er sich an Frafa.

Leiri betrachtete die Gnome mit einer Miene, die tiefste Verachtung ausdrückte. Ihre gesenkte Waffe schwenkte leicht in ihre Richtung.

»Nein«, sagte Frafa. »Wir sollten keines töten, solange wir nicht mehr wissen über sie.«

»Es sei denn, sie greifen uns an«, fügte Wisbur hinzu.

Biste nickte. Er achtete darauf, dass er in der Mitte des Trupps blieb. Sie gingen weiter. Frafa hatte das Gefühl, als würden sie beobachtet, obwohl die Bewohner der Ruinenstadt den Besuchern keine Beachtung schenkten. Aber ihre Augen waren schwarz wie die eines Nachtalbs, sie schienen ganz aus Pupillen zu bestehen, und man konnte nie voraussehen, wie viele ein Individuum hatte. Manchmal zogen sich die Augen um den Kopf wie ein Kranz, und die Kreatur starrte gleichzeitig in alle Richtungen.

»Schauen wir doch mal in ein Gebäude rein«, schlug Wisbur vor.

Er stand vor einem Durchgang, dessen geflammte Form an ein Blatt erinnerte. Wieder einmal war schwer zu sagen, ob es sich tatsächlich um einen Eingang handelte oder ob einfach ein Teil der Mauer herausgebrochen war. Aber dahinter führte eine leicht begehbare Rampe weiter hinab in eine größere Kammer.

Leiri blickte unbehaglich in die trübe Finsternis hinein und richtete ihre Waffe auf die Öffnung. Die Drohne zog enge Kreise um ihren Kopf.

Biste holte eine Lampe aus seiner Tasche und gab sie Wisbur. Der Gnom nahm die Lampe in die Linke und hielt die Pistole gezückt. Als er durch den Eingang ging, wedelte er mit der Waffe und blickte nach oben.

»Spinnweben!«, sagte er.

Frafa folgte ihm. Sie betastete die feinen Fäden, die von dem

Durchgang herabhingen, dann strich sie über die Pflanzenbüschel, die über der Öffnung an der Wand wucherten.

»Ich glaube nicht«, stellte sie fest. »Es sind feine Fasern, und sie hängen aus den Pflanzen heraus. Vielleicht sind es Luftwurzeln oder etwas in der Art. Es sieht jedenfalls harmlos aus.«

Der Raum war düster, aber er war erfüllt von Leben. Gras oder Moos bedeckte den Boden, Schlingpflanzen zogen sich an den Wänden empor. Eines der seltsamen Stadtgeschöpfe hockte in einer Ecke. Der Blick der schwarzen Augen war nicht zu deuten, dennoch hatte Frafa das Gefühl, dass das Wesen auf ihre Füße starrte. Sie trat einen Schritt zurück und schaute hinunter. Der Boden federte unter ihren Schritten. Da, wo sie eben gestanden hatte, entdeckte sie im blassen Grün winzige blaue Knötchen, die an Knospen erinnerten. Sie wuchsen überall, und als Frafa wieder zu der fremden Kreatur blickte, zerdrückte diese gerade eines davon zwischen den Fingern – oder zwischen den Auswüchsen, die man als Finger deuten konnte. An der einen Hand hatte das Wesen vier, an der anderen sieben, und keiner der Finger war gleich geformt.

Leiri musterte das Tier misstrauisch. »Gehen wir weiter«, sagte sie. »Wir stehen im Ausgang, und es fühlt sich vielleicht in die Enge getrieben.«

Wisbur ging voraus und führte sie tiefer in das Gebäude.

Der nächste Raum war riesig und dreieckig. Obwohl er tief unter der Erde lag, gab es auch hier Öffnungen nach draußen. Milchige Lichtsäulen durchschnitten die Luft, es war kaum dämmriger als in der ersten Kammer und hell genug für Alben und Gnome. Es roch feucht und muffig, und die Halle war durchzogen von Flechten und Pflanzen. Schwere Staubteilchen oder Pflanzensporen trieben im trüben Licht.

Leiri legte die Hand auf den Mund, zupfte dann an dem Helm, den sie zuklappen konnte.

Biste sah die Bewegung. »Ich hoffe, hier gibt es nichts Giftiges.« Er schnupperte misstrauisch. »Wir hätten Atemmasken mitnehmen sollen.«

»Die Gefahr ist gering«, sagte Frafa. »Das Leben hier ist zu verschieden von uns. Es ist unwahrscheinlich, dass Pilze oder andere Erreger sich in unserem Organismus festsetzen können. Oder dass die Gifte dieser Welt auf uns wirken.«

Wisbur drehte sich zu ihr um. Er schaute auf seine Waffe. »Und was ist mit *unseren* Giften?«

Frafa verstand im ersten Moment nicht, was er meinte. Dann schüttelte sie den Kopf. »Nein. Vermutlich ist alles hier ein wenig giftig für uns und alles von uns giftig für das Leben hier. Aber gerade die spezialisierten Gifte dürften nur eine geringe und zufällige Wirkung haben.«

»Wahnsinnig toll.« Wisbur verzog die Lippen. Er hob die Pistole, als wollte er sie in die Ecke schleudern, dann steckte er sie einfach weg. »Ich laufe mit dem nutzlosen Ding hier rum, und keiner sagt mir was. Jetzt kann ein anderer vorausgehen.«

Er trat zur Seite, und Waldron und Segga trabten sogleich an die Spitze.

»Du kannst uns leuchten, Wisbur«, verkündete Waldron großzügig.

Wisbur blickte mit hilfloser Geste zur Decke. »Segga«, sagte er. »Du solltest dir was in die Ohren tun. Wenn Waldron abdrückt, während du das Gewehr auf den Schultern trägst, bist du taub.«

Frafa unterbrach das Geplänkel. »Leuchte noch mal in die Ecken, Wisbur. Kann es sein, dass dieser Raum drei stumpfe Winkel aufweist?«

Wisbur folgte verwirrt ihrer Anweisung. Alle Gnome sahen Frafa verständnislos an, und Leiri hinter ihnen seufzte vernehmlich. »Was ist das jetzt schon wieder?«, fragte sie.

Aber Biste sah sich neugierig um. »Vielleicht sollten wir einen Augenblick hierbleiben.« Er stellte seine Tasche auf den Boden und packte ein kleines klappbares Stativ aus. »Ein guter Ort für eine Messung.«

Bistes Handkonsole konnte Winkel und Entfernungen bestimmen, aber im Wald, bei unübersichtlichem Gelände und in Bewegung war das Gerät überfordert gewesen. Zum Ausmessen eines Raums allerdings sollte es ausreichen.

Biste sprach weiter, während er die Handkonsole auf dem Stativ montierte: »Nein, stumpfe Winkel haben über neunzig Grad, und davon hat diese Halle nicht einen. Zweihundertsiebzig Grad für ein Dreieck wäre etwas viel. Aber möglicherweise hat jeder dieser Winkel mehr als sechzig Grad, und das wäre schon bemerkenswert.«

»Geometrie ist nicht mein Fachgebiet.« Frafa zuckte die Achseln.

»Die Mauern sind nicht so gerade, wie sie aussehen«, stellte Biste nach einer Weile fest. Er drehte das Gerät auf dem Stativ und tastete die Wände ab. »Sie sind leicht gewölbt. Darum haben wir hier einen dreieckigen Raum mit drei gleichen Winkeln, aber jeder Winkel ist größer, als er bei einem richtigen Dreieck sein dürfte. Mich wundert, dass dir das aufgefallen ist.«

»Geometrie ist nicht mein Fachgebiet«, fauchte Frafa. »Aber ich bin auch nicht dumm. Ich habe die Akademie von Daugazburg geleitet, und Mathematik gab es schon vor deinen schlauen Geräten.«

»Oh.« Biste schaute betreten drein. »Tut mir leid. Ich meinte nur, es ist schwer, das mit bloßen Augen zu sehen. Und wer achtet schon auf so etwas?«

Frafa beruhigte sich wieder. »Ich habe mich nur gefragt, ob etwas Unnatürliches daran ist. Eine Verzerrung. Ein Zauber, wie Barsemias ihn wirken kann.«

»Hm.« Biste fuhr sich nachdenklich mit der Hand über das Gesicht. »Wenn der Raum an diesem Ort anderen Gesetzen unterworfen wäre ... das wäre interessant. Verkrümmte Dimensionen. Aber nein. Schade. Hier hat der Architekt einfach keine gerade Wand hingekriegt. Nichts Besonderes.«

Er sah enttäuscht aus, als er das Stativ wieder einpackte.

»Unheimlich genug für mich«, murmelte Leiri. »Alle Wände sind schwarz. Wie die Augen von diesen Geschöpfen. Das ist unnatürlich.«

»Allerdings«, stimmte Wisbur ihr zu. »Und die Bauten ergeben keinen Sinn! Ich kann mir nicht mal vorstellen, wofür diese

Räume mal gut waren. Was für Möbel hätten hier hineingepasst?«

Inzwischen gab es hier nur noch Pflanzen, und dann und wann irgendwelche Gegenstände, deren Sinn sich gleichfalls nicht erschloss: Stöcke und formlose Klumpen, vermutlich heruntergefallene Steine. Frafa wusste nicht, ob es Hinterlassenschaften der früheren Bewohner waren oder zufällig hereingetragene Überreste. Verwendeten die Wilden solche Stöcke als Werkzeug, um an Nahrung zu kommen?

Frafa und die Gnome untersuchten die Wände nach möglichen Durchgängen, aber es ging nicht mehr weiter. Was mochte sich unter der Stadt noch verbergen? Was hatte die ursprünglichen Bewohner von hier vertrieben? War es ein schlechtes Zeichen, dass die Stadt verlassen war, oder konnten die Besucher froh sein darüber?

Das Licht, das von außen hereinfiel, wurde schon blasser, und Leiri hielt wieder den Kopf zur Seite geneigt und wirkte abwesend. Frafa rechnete jeden Augenblick damit, dass sie die Rückkehr zum Lager befahl.

»Frafa, hilfst du mir mal?«, fragte Biste. Er bohrte ein Loch in die Wand und schob einen Schlauch hinein, den er an seine Handkonsole anschloss. Auf der Sichttafel des Geräts erschien ein Abbild vom Inneren der Mauer.

»Das sieht interessant aus«, sagte er. »Die Wände sind nicht aus Stein!«

»Beton?«, fragte Wisbur. »Die Menschen bauen viel mit Beton.«

Frafa beugte sich über Bistes Schulter. »Nein«, sagte sie. »Das ist gewachsen.«

»Willst du sagen, diese Stadt ist lebendig?« Biste schaute sich unbehaglich um. »Wie bei den Elfen?«

»Eher wie ein Korallenriff.« Frafa betrachtete die Strukturen des Mauerwerks prüfend. »Irgendein Organismus hat diese Wände aufgebaut, aber jetzt leben sie nicht mehr – glaube ich. Ich würde vermuten, die Erbauer dieser Stadt haben eine Art Pflanze gezüchtet, die solche Mauern als Ablagerung zurücklässt. Dann mussten sie nur darauf achten, dass ihre Häuser in der richtigen Form wachsen. Ja, vielleicht erinnert es an die Bauweise der Elfen.«

Sie schaute zu Leiri hin, die nichts mitbekam von ihrem Gespräch. Sie wirkte blass und angespannt, sofern man das bei einer Elfe sagen konnte, und Misstrauen stieg in Frafa auf. Was hörte sie gerade über die Sprechverbindung?

»Vielleicht wuchern darum so viele Pflanzen und Pilze an den Wänden«, merkte Wisbur an. »Wenn die Gebäude gewachsen sind, holt die Natur sich nur wieder zurück, was ihr gehört. Womöglich viel schneller als bei Steinhäusern. Die Stadt ist vielleicht noch gar nicht so lange verlassen.«

»Vielleicht«, sagte Frafa. »Ich weiß nicht, wie schnell der Pflanzenbewuchs diese Mauern zersetzen kann. Womöglich haben die Elfen mehr Erfahrung in diesen Dingen. Es könnte sich lohnen, wenn sie den Ort untersuchen.«

Sie schaute wieder zu Leiri. Biste zog den Sichtschlauch aus der Wand und trat unruhig von einem Fuß auf den anderen. »Womöglich ist das hier gar keine Stadt, sondern ganz natürlich gewachsen«, sagte er. »Es könnte tatsächlich eine Art Korallenriff sein, und wir deuten viel zu viel hinein. Dann verschwenden wir nur unsere Zeit.«

Frafa widersprach entschieden. »Nein«, wiederholte sie beharrlich. »Die Natur kennt keinen rechten Winkel.«

»Die lebende Natur vielleicht«, gab Biste zu bedenken. »Aber was ist mit Kristallen?«

»Wir müssen nach draußen«, sagte Leiri.

»Warum?«, quengelte Segga. »Wir wollten uns doch weiter umschauen, und gerade jetzt dürfen wir vorne gehen!«

»Hier geht es eh nicht weiter, Idiot«, beschied ihm Waldron. »Draußen finden wir eher was zum Erschießen ... etwas Gefährliches, wollte ich sagen.« Der Gnom blickte zu den beiden Frauen hoch und lächelte entschuldigend.

»Nach draußen«, wiederholte Leiri. »Sofort.«

Sie machte auf dem Absatz kehrt und wartete nicht auf ihre Begleiter. Frafa ließ Biste seine Sachen zusammenpacken und blickte der Elfe besorgt nach. Machte die heranziehende Dämmerung sie nervös? Aber die Späherin wirkte aufgewühlt, und selbst eine Elfe sollte auf den Wechsel der Tageszeit nicht so unvermittelt und heftig reagieren.

Eilig stolperte die Schar wieder nach oben, durch die Vorkammer, deren Bewohner inzwischen verschwunden waren. Leiri stand an der Kante eines Gebäudes, knöcheltief in hängenden Ranken, und schaute zum Himmel empor. Frafa tat es ihr gleich, die Gnome und der Wichtel kletterten ebenfalls die überwachsene Mauer hoch.

Die Sonne war bereits hinter die Bäume gesunken, aber gut sichtbar auf halber Höhe am grauen Himmel sah Frafa einen schimmernden Stern. Er flackerte, gleißte mal heller, verschwand dann beinah. Schattenhafte Umrisse zeigten sich im Inneren des Leuchtens, wie eine Landschaft, die sich in einer funkelnden Seifenblase spiegelte.

Frafa stutzte, schaute genauer hin. »Das ist der Wald!«, rief sie aus. »Warum fliegen sie so tief? Der Schutzschirm glüht in der Atmosphäre.«

Leiri antwortete nicht. Sie hatte aus einer Tasche ihres Schutzanzugs ein kleines Fernglas geholt und spähte angestrengt hindurch. Frafa sah, dass die Elfe zitterte und Mühe hatte, das Glas ruhig zu halten.

Gerade als Frafa den Kopf wieder hob, wurde aus dem Leuchten ein Lodern. Eine Feuerwolke gloste dort, wo eben noch der Elfenwald geschwebt war. Sie brach auseinander, verteilte sich, Funken fielen herab. Etwas wie Sternschnuppen blitzte hoch droben in der Atmosphäre, verging rasch oder stürzte brennend hinter den Horizont. Einen Augenblick lang war es fast wie ein kleines Feuerwerk in der Ferne, dann waren da nur noch einige glühende Wolken, die langsam herabsanken und verloschen …

Biste hielt seinen Eidographen in der Hand, hob ihn aber nicht an. Er stand da wie versteinert und war bleich geworden. Alle drei Gnome klammerten sich an ihrem viel zu großen Gewehr fest.

»Sehe ich das richtig«, sagte Biste, »dass gerade unsere Rückfahrgelegenheit abgestürzt ist?«

»Barsemias!«, murmelte Frafa. Aufgeregt wandte sie sich an Leiri. »Was ist passiert? Verdammt, geht es ihnen gut?«

Wie konnte es ihnen gut gehen? Sechstausend Elfen – unmöglich, dass man sie alle in Sicherheit gebracht hatte! Und Barsemias war dort oben, und er konnte kein Tor auf den sicheren Boden öffnen …

Leiri antwortete nicht auf die Fragen. »Wir kehren zum Lager zurück«, sagte sie tonlos.

21

Kryptagraphie *– Für den Wahrheitssucher im Netz oft der sicherste Weg zu den Informationen, die geheim bleiben sollen. Die Kryptagraphie darf nicht verwechselt werden mit der Kryptographie, die eher dem umgekehrten Zweck dient. Hier spreche ich wahrhaft von der Krypta – dem verlassenen Grabmal, in das die wagemutigen Abenteurer des Äthernetzes hinabsteigen, um die vergessenen Schätze zu bergen.*

Gemeint sind damit ehemalige *Datenbanken von Portalbetreibern, die umgezogen sind oder die geschlossen wurden, und von denen man leicht ein paar Zugriffsdaten bekommt, weil diese Daten ohnehin niemandem mehr gehören oder als veraltet gelten. Aber ob veraltet oder nicht – man findet dort ein ganzes Meer von Äthernetz-Querverweisen, und viele davon werden noch benutzt und lassen sich auch wieder lesbar machen ...*

Aus dem Leitfaden für Nexusschnüffler,
von Biste dem Wichtel

Der Rückweg verlief schweigsam. Leiri lief vorneweg, und wann immer Frafa eine Frage an sie richtete oder einer der anderen sie ansprach, ging sie ein wenig schneller. Bald keuchte das kleine Volk. Biste presste seine Tasche an die Brust und stöhnte, die Gnome schleppten ihr Gewehr nun zu dritt, und als Leiri auch auf laute Zurufe und Proteste nicht reagierte, ließen sie es an einem Baum stehen und eilten ohne die Last weiter.

Bald darauf hatten Waldron und Segga wieder genug Luft, um sich zu beklagen, aber Wisbur blieb eisern. »Wir haben mehr Waffen im Odontopter. Wir holen das Gewehr wieder, sobald wir das nächste Mal zu der Stadt gehen.«

Frafa fühlte sich selbst nicht wohl dabei. Jetzt blieben ihnen nur noch die Ausrüstung der Elfenspäherin und die nutzlosen

Giftpistolen der Gnome. Sie kam sich schutzlos vor, und sie wunderte sich über sich selbst. Frafa hatte nie eine Waffe getragen, und sie hatte niemals eine vermisst. Aber ohne ihre Magie fühlte sie sich in erschreckender Weise von ihren Begleitern abhängig. Die Schatten unter den Pilzbäumen wurden länger, die Stille, die damit einherging, hatte etwas Bedrohliches.

Warum habe ich das Gewehr nicht genommen? Ich hätte es sicher tragen können ...

Aber sie waren schon Hunderte von Schritten weiter, als Frafa daran dachte, und sie wollte nicht allein deswegen umkehren. Sie war vorher gar nicht auf die Idee gekommen, ein Gewehr in die Hand zu nehmen, und auch jetzt kam diese Vorstellung ihr fremd vor. Sie wusste nicht einmal, wie schwer es tatsächlich gewesen wäre ...

Plötzlich blieb Leiri stehen und fluchte leise. Frafa wäre beinahe in sie hineingelaufen.

»Was ist?«, fragte sie.

»Die Drohne ist fort«, sagte die Elfe. »Ich habe sie im Umkreis fliegen lassen, und plötzlich ist die Verbindung weg. Ich habe nicht einmal gesehen, was mit ihr passiert ist.«

»Es wird zu dunkel für die Insekten«, erwiderte Frafa. »Da können sie leicht in Gefahr geraten.«

Leiri zuckte die Achseln. »Gut möglich. Ich war zu sorglos. Keine Spinnennetze, keine Raubinsekten – den ganzen Tag über gab es nichts, dem die Drohne hätte ausweichen müssen. Ich dachte, ich kann sie fliegen lassen, bis es gar nicht mehr geht.«

Unschlüssig tastete sie nach dem Röhrchen vor ihrer Brust. Die kleinen Leute schlossen auf und blieben keuchend stehen.

»Was ist eigentlich los?«, versuchte Frafa es ein weiteres Mal. »Geht es Barsemias ...?«

Sie wagte nicht, es auszusprechen. Sie hatte gesehen, was mit dem Wald geschehen war.

»Ein Flugschiff ist gekommen«, erklärte Leiri. »Dasselbe Kriegsschiff, das unseren Wald schon zu Hause angegriffen hat.«

»Was?«, rief Frafa entsetzt. »Das Schlachtschiff, hier? Wie haben sie uns gefunden? Wie kommen sie hierher? Das ist unmöglich!«

»Es ist passiert«, erwiderte Leiri abweisend. »Unsere Magier haben den Wald absinken lassen, um Zeit zu gewinnen. Sie haben zusätzliche Landekapseln geschaffen ... einfache Schalen, die gerade einmal zum Boden kommen. Wir haben so viele gerettet wie möglich, aber ich weiß nicht, wen genau.«

Leiri wirkte müde. Ihr schmales Elfengesicht war starr wie bei einer Puppe. Sie drehte sich um und lief weiter. Biste seufzte und setzte sich schlurfend in Bewegung. Frafa blieb noch einmal stehen und streckte dem Wichtel die Hand hin.

»Gib mir die Tasche«, sagte sie.

Biste reichte ihr wortlos seine Ausrüstung. Er lächelte dankbar. Die Tasche war überraschend schwer, und die Geräte des Techno-Wichtels klapperten darin. Frafa hatte Mühe, sich den viel zu kurzen Riemen über die Schulter zu legen, und er drückte schmerzhaft durch ihr Kleid. Sie war froh, dass sie den Gnomen mit ihrer Waffe nicht dasselbe Angebot gemacht hatte.

Leiri lief unermüdlich weiter. Der Abend schritt voran. Die bunten Bäume, das Dickicht, die Streifen von zuckendem Wurmgras und die schleimigen Schmarotzerpflanzen, alles versank allmählich im Schatten. Frafa sah Bewegung am Rande ihres Blickfelds und wusste nicht, ob es wogende Pflanzen waren oder Tiere. Räuber womöglich, die in der Nacht herauskamen.

Sie schüttelte sich. Woher rührte ihre Unruhe? Eine Nachtalbe sollte sich von der Dunkelheit nicht einschüchtern lassen. Ihr Blick reichte weit, und ihr Gehör war scharf. Nüchtern betrachtet gab es nichts, was den Weg bei Einbruch der Nacht gefährlicher machte für sie.

Doch ihr Unbehagen nahm zu, und sie fühlte sich beobachtet. Bei jedem Schritt auf dem federnden Boden befürchtete sie, dass die Moosdecke nachgeben und sich eine Grube darunter auftun könnte. Misstrauisch schaute sie zu den Kronen der Bäume hinauf, ob dort etwas auftauchte. Und sie blickte auf Leiri, die als Einzige eine Waffe trug.

»Warte!«, rief sie. »Wir dürfen uns nicht verlieren.«

»Verdammt!«

Frafa hörte Wisburs Stimme hinter sich und dann ein Klatschen.

»Was ist?« Besorgt fuhr sie herum.

»Ach nichts«, sagte der Gnom. »Eine verfluchte Mücke hat mich gestochen. Ich wusste gar nicht, dass es hier so was gibt.«

»Sie muss dich verwechselt haben«, sagte Frafa. »Unser Geruch und unsere Gestalt dürften keine Tiere anlocken, wir sind ihnen genauso fremd wie sie uns.«

Doch ihr Gefühl folgte diesen Gedanken und diesen Worten nicht mehr, und sie mochte sich selbst nicht mehr glauben.

»Ja«, sagte der alte Elf, als sie wieder im Lager waren. »Barsemias hat überlebt.«

Die Stimmung war gedrückt. Die Anführer des Landetrupps standen schweigend beisammen. Es kam Frafa so vor, als wären sie erstarrt vor Schreck.

»Aber viele andere sind tot«, fuhr der Elf fort. »Und diejenigen, die Porfagilia verlassen haben, sind in einfachen Barken gelandet, die in aller Eile aus Holz gezüchtet und von Schirmen aus verdichtetem Blattwerk getragen wurden. Sie können nicht mehr abheben und sind überall im Wald verstreut.«

»Aber ihr haltet Verbindung?«, fragte Frafa.

Sie schaute hinauf zum Nachthimmel. Ihr war nicht wohl zumute. Die Elfen standen noch immer inmitten der großen Lichtung. Sie hatten sogar Feuer entzündet, obwohl irgendwo über ihnen am Himmel ein Kriegsschiff kreiste. Es war fast so, als hätte der Verlust ihres Waldes ihnen den Kopf abgeschlagen.

»Mit einigen«, sagte der Elf, zu dem Leiri sie geführt hatte. »Wir wissen nicht, was wir tun sollen ...«

»Das liegt doch auf der Hand«, erwiderte Frafa. »Wir müssen alle suchen, die gestrandet sind. Wir müssen Barsemias und seine Leute herholen.«

Der Elf schürzte die Lippen. »Barsemias und die übrigen Zauberer wurden gerettet, auch wenn viele geringere Elfen dafür ihr Leben lassen mussten. Wir können nicht auf sie verzichten. Doch was für einen Sinn hat es am Ende?«

Mit einer weiten Geste wies der alte Elfengelehrte auf das Lager, auf seine Leute, die betroffen zwischen den kleinen Feuern standen, umschwirrt von vereinzelten mückenartigen Kreaturen, die seit den Abendstunden immer öfter aus dem Wald kamen.

»Wir sitzen hier fest. Auf einer verdorbenen Welt. Die Tiere und Pflanzen sind zu fremd, um unser Leben zu erhalten. Selbst Barsemias kann von hier aus keine Tore öffnen, und wenn Leuchmadans Geist uns nicht vergiftet, so werden wir Hungers sterben.«

»Dazu wird es nicht kommen«, sagte Frafa. »Wenn die Bitaner uns so weit gefolgt sind, werden sie jetzt nicht einfach abwarten, bis wir von selbst sterben. Sie werden landen und die Sache zu Ende bringen wollen.«

»Oh.« Nun blickte auch der alte Elf sorgenvoll zum Himmel.

»Oh ja«, erwiderte Frafa. »Wissen unsere Feinde, wo wir sind?«

Der Expeditionsleiter zuckte die Achseln. »Unsere Magier haben sie zum ersten Mal dort entdeckt, wo auch wir herausgekommen sind. Die Magie, die das Schiff ausstrahlte, ließ Flucht oder Kampf sinnlos erscheinen. Wir haben also von Anfang an versucht, so viel Abstand vom Feind zu halten wie möglich. Vielleicht haben sie gesehen, wo unsere Barken gelandet sind, vielleicht auch nicht.«

»Barsemias hat die Kapseln gewiss so tief über dem Boden abgesetzt, wie er nur konnte«, sagte Frafa. »Unsere Feinde werden vermuten, dass ein paar von uns auf dieser Welt angekommen sind, aber sie wissen womöglich nicht genau, wo. Wir sollten die Entdeckung hinauszögern.«

Der Elf nickte. Er wechselte hastige Worte mit den anderen Anführern und mit dem Hauptmann der Späher. Sie gingen durch das Lager und löschten die Feuer.

»Das wird nicht reichen«, befand Frafa. »Wir müssen unter den Bäumen verschwinden, und die Landekapseln müssen verborgen werden. Vielleicht könnt ihr die flugfähigen Kapseln jetzt in der Nacht noch benutzen, um mit dem Rest der Überlebenden zu einem günstigen Treffpunkt zu gelangen.«

»Ja ... ja«, murmelte der Elf.

»Barsemias und die übrigen Zauberer sind zusammen gelandet?«, fragte Frafa.

»Die meisten«, antwortete der Elf. »Die Zauberer mussten den Wald kontrollieren. Darum sind sie bis zum Schluss geblieben und mit der letzten Barke geflohen.«

»Dann sollten wir sie holen. So schnell wie möglich.« Frafa winkte den Gnomen, die unsicher in der Nähe verweilten. »Wo sind sie genau? Unser Odontopter fliegt schneller als eure Kapseln. Wir können Barsemias und die Zauberer herbringen, während ihr euch mit den anderen abstimmt.«

»Und was sollen wir dann tun?«, fragte der Elf. »Sterben werden wir so oder so, ob wir uns verstecken oder nicht.«

»Oh, es gibt sehr wohl etwas, was wir tun können«, sagte Frafa. »Unsere Feinde sind uns auf den Fersen, aber das ist nicht nur eine Bedrohung. Ihr Schiff ist die einzige Möglichkeit, von dieser Welt wieder fortzukommen. Wir müssen es um jeden Preis in die Hand bekommen. Wenn ein Kampf nicht zu gewinnen ist, muss uns eben eine List helfen.«

Frafa blieb im Lager und überließ den Odontopter den Gnomen. Die Entscheidung fiel ihr schwer, aber sie brauchten jeden Platz in der Maschine, um die Elfen zu bergen. Sie wäre ohnehin nur ein nutzloser Passagier gewesen.

Die Elfen räumten das Lager. Sie brachten ihre Landekapseln unter die Bäume und tarnten sie, so gut die Vegetation es zuließ. Einzelne Trupps brachen schon zu den vereinbarten Treffpunkten auf.

»Wie steht ihr in Verbindung?«, fragte Frafa den Expeditionsleiter. »Mit Magie oder über Ätherwellen?«

»Hm«, erwiderte der Elf. »Beides. Wir benutzen Ätherwellen, aber die Geräte dafür lassen wir magisch wachsen.«

»Wenn die Geräte Ätherwellen aussenden«, sagte Frafa, »dann kann das bitanische Schiff sie abfangen. Ihr solltet so wenig wie möglich davon Gebrauch machen, sonst spüren sie uns darüber auf.«

Der Elf blickte sorgenvoll drein. »Das mag sein. Aber unser Volk ist verstreut, und wenn wir unsere Brüder und Schwestern ohne Zuspruch lassen ... ich werde mit den Ältesten darüber beraten.«

Er nickte hilflos und ging davon, sprach sich mit dem Hauptmann der Späher ab und begab sich zu den Elfen, die Bündel schnürten oder die Spuren ihrer Anwesenheit auf der Lichtung beseitigten. Frafa blieb allein stehen und sah sich um. Sie war hier ebenso überflüssig wie an Bord des Odontopters. Vermutlich wäre es am besten, wenn sie mit den ersten Elfentrupps im Wald verschwand und sich ein sicheres Versteck suchte. Aber von allen Leuten, die sie näher kannte, war nur noch der Wichtel hier, und sie wollte auf Barsemias und die Gnome warten.

Am Rand des Lagers brach Unruhe aus. Ein halbes Dutzend Elfen liefen dort zusammen. Frafa duckte sich ins Unterholz. Sie verfluchte ihre Schwäche und ihre auffällige Erscheinung, in der sie sich vorkam wie eine Zielscheibe. Dann stellte sie fest, dass wohl keine unmittelbare Gefahr bestand. Stattdessen trugen die Elfen einen Körper auf die freie Fläche. Zwei benommen wirkende Gestalten gingen nebenher. Sie gestikulierten fahrig und rangen nach Worten.

Frafa trat näher.

Der Körper, den die Elfen auf einer Decke ablegten, war Belas, ein Zoologe. Er war gleich nach der Ankunft mit seinen beiden Helfern im Wald verschwunden, zu »Forschungen«, wie er gesagt hatte. Die Helfer standen nun verwirrt neben ihm. Belas war von Wunden übersät, eine Bissverletzung im Gesicht hatte seine Züge entstellt.

»Er meinte, es wäre ganz ungefährlich«, berichtete die eine Helferin schluchzend.

»Ich hatte ihn noch gewarnt«, sagte ihr Kollege. Er war so bleich, dass sein Gesicht im Dunkeln zu schimmern schien.

Eine Heilkundige eilte herbei und breitete den Inhalt ihrer Tasche neben dem Verletzten aus. Der Leiter der Expedition führte die beiden Helfer ein Stück von ihrem Meister fort und befragte sie.

»Was ist geschehen? Sind die Bitaner gelandet?«

Die Elfe schaute ihn verwirrt an, ihr Begleiter schüttelte den Kopf. »Nein«, antwortete er. »Es waren diese Tiere.« Er rang nach Worten. »Wir haben sie heute Morgen entdeckt, eine Art Schlangen mit Klauen. Belas ist ihnen den ganzen Tag über gefolgt. Er hat sich Notizen gemacht ...«

»Raubtiere?«, fragte der alte Elf.

Die Helferin nickte. »Eindeutig. Sie wirkten groß genug, um uns gefährlich zu werden. Aber Belas meinte, wir müssten uns keine Sorgen machen. Er ging davon aus, dass die Tiere ein Beuteschema haben und dass sie kein fremdartiges Wesen anfallen würden. Und sie waren tatsächlich scheu. Sie wirkten nicht einmal neugierig.«

Weitere Wissenschaftler traten hinzu. Frafa zog die Arme um den Leib und blieb ganz vorn bei dem Verletzten stehen. Sie mochte keine Magie mehr besitzen, aber sie hatte ihr ganzes Leben lang Tiere studiert. Sie wollte wissen, was der Mann falsch gemacht hatte.

»Sie hatten sich scheinbar an uns gewöhnt«, fuhr die Helferin fort. »Belas ging immer näher hin. Er wollte schärfere Aufnahmen machen ...«

»Ich habe ihn gewarnt«, warf der Helfer ein. »Wir kannten die Tiere nicht, und sie sahen gefährlich aus.«

»Aber Belas meinte, er würde merken, wenn sie aggressiv werden. Kein Tier greift ohne Vorwarnung an, sagte er. Er hat jahrhundertelange Erfahrung, und er hat viele Forschungsreisen unternommen, wie hätten wir ihm widersprechen können? Doch dann haben die drei Schlangenwesen ihn plötzlich angefallen. Wir mussten sie mit Waffen vertreiben!«

»Das war dumm von ihm«, bemerkte einer der umstehenden

Elfen. »Wir sind in einer fremden Welt. In Leuchmadans Welt! Wie kann er erwarten, dass er die Tiere hier versteht?«

»Ich hätte vielleicht dasselbe geglaubt«, murmelte Frafa. Jede Spezies, die sie kannte, vom Insekt bis zum Drachen, verriet einen Angriff durch untrügliche Anzeichen. Wenn man viele verschiedene Arten kannte, konnte man auch Rückschlüsse auf fremde Spezies ziehen und eine allgemeine Intuition entwickeln.

»Er hatte über hundert Jahre Erfahrung«, wiederholte die Assistentin des Zoologen. »Wie hätten wir ahnen können, dass sein Instinkt ihn dermaßen trügt?«

Es war eine fremde Welt, und Frafa wusste nicht sicher, was geschehen war. Vielleicht hatte der Elf die Anzeichen schlichtweg übersehen. Dennoch empfand Frafa eine vage Unruhe bei dem Gedanken, dass sich dort draußen etwas verändert hatte, dass ein paar Tiere, die den ganzen Tag über harmlos wirkten, irgendwann in der Nacht plötzlich gefährlich wurden. Sie erinnerte sich an ihre eigene Beklemmung auf dem Rückweg von der Ruinenstadt, als der Wald, der ihr bei Licht vorgekommen war wie ein Kinderparadies, unvermittelt eine bedrohliche Ausstrahlung bekommen hatte.

Lag es nur an der Dunkelheit? Doch die Nacht war die natürliche Tageszeit einer Nachtalbe. Aber sie hatte keine Magie mehr, um feinere Schwingungen zu fühlen, und sie hatte nichts beobachtet, was ihrer Sorge Nahrung gab. War die Welt also tatsächlich gefährlicher geworden in den letzten zwölf Stunden? Oder handelte es sich um einen einfachen Unfall, zurückzuführen auf die Selbstüberschätzung eines elfischen Zoologen?

Elfen sind bekannt für ihre Selbstüberschätzung!

Die Heilerin trat zu der Gruppe neben den hageren Expeditionsleiter. »Er ist tot«, flüsterte sie laut genug, dass alle Alben- und Elfenohren im Umkreis es vernehmen konnten. »Die Wunden waren nicht tief, aber es waren viele, und er hat zu viel Blut verloren.«

Schweigend gingen die Elfen auseinander. Sie machten sich wieder an die Arbeit und bauten das Lager ab. Nur Frafa blieb zurück und die beiden Helfer des Toten, die ihre Hilfe ablehnten und ihren Meister allein bestatten wollten. Frafa stand dabei und schaute nachdenklich zu, bis das Surren des Odontopters die Luft erfüllte und die Gnome mit den geborgenen Elfen zurückkehrten.

Als der Odontopter wieder abhob, war Frafa dabei. Die schwere Maschine der Kopfgeldjäger glitt dicht über den Bäumen dahin, deren runde Kronen zu einer trügerischen Hügellandschaft verschmolzen. Frafa blickte durch die Luke und suchte misstrauisch den Horizont ab. Wo waren die Bitaner? Schwebten sie schon über ihnen?

Sie fühlte sich schutzlos oberhalb des Waldes. Ein leichtes Ziel für ein Schlachtschiff.

»Haben wir noch genug Gas?«, fragte sie.

Wisbur und Biste saßen bei ihr, Waldron und Segga steuerten das Fluggerät. Es ruckelte, und mitunter flogen sie unvorhergesehene Kurven, aber wenn Wisbur kein Problem damit hatte, beschloss Frafa, würde sie sich auch nicht beschweren.

»Es reicht«, sprach Wisbur gegen den Fluglärm an. »Es sind nur etwa zwanzig Kilometer pro Weg. Kaum der Rede wert für so eine große Maschine.«

Beim ersten Flug hatten sie so viele Elfen in ihrem Odontopter mitgenommen, wie eben hineingingen. Dennoch hatten die Gnome ein halbes Dutzend Zauberer zurücklassen müssen, und die wollten sie nun holen. Zumindest blieb diesmal genug Platz, dass Frafa mitkommen konnte.

»Warum habt ihr ausgerechnet Barsemias dagelassen?«, rief sie.

Dunklere Schatten glitten draußen über den Wald in der V-förmigen Welle, die der Flügelschlag des Odontopters durch die Baumkronen hinter sich herzog. Frafa kniff die Augen zusammen. Sie wusste nicht, ob diese Schatten ein zufälliges Muster im aufgewühlten Geäst waren oder die Umrisse von Flugwesen, die ihnen folgten.

Wisbur schürzte die Lippen. »Ist nicht so, dass die Elfen Karten bei uns gezogen haben. Sie haben bestimmt, wer mitfliegt. Der Toröffner und seine Schwester waren nicht dabei. Tut mir leid, wenn du dir deinen hübschen Jungen selbst abholen musst.«

Er grinste breit, und Frafa bedachte ihn mit einem vernichtenden Blick. Es knisterte und knackte unter dem Rumpf, als der Odontopter kurz die Bäume streifte. Doch rasch gewann er wieder einige Fuß Höhe.

Wisbur fuhr herum und schaute zum Cockpit. »Verdammt!«, rief er. »Was treibt ihr beiden da?«

»'s geht schon«, erwiderte Waldron. »'les klar.«

Frafa horchte auf. Der Gnom hörte sich gar nicht gut an!

Wisbur schnallte sich los und ging nach vorn. Es gab eine halblaute, heftige Diskussion zwischen den dreien, und als Wisbur zurückkam, brachte er Waldron mit nach hinten.

»Ich fliege!«, rief Segga. »Ha! Endlich!«

Wisbur wirkte besorgt, und er stützte seinen Gefährten. Das Innere des Odontopters war nur von einigen Notlichtern erhellt. Trotzdem konnte Frafa erkennen, dass Blässe auf der dunklen Haut des Gnoms lag wie eine käsige Schicht. Seine hohe faltige Stirn war feucht, das strähnige Haar klebte am Kopf. Er zitterte, und Wisbur drängte ihn, sich auf eine Sitzbank zu legen.

»Was hat er?«, fragte Frafa.

»Er hat Fieber«, erwiderte Wisbur. »Es geht ihm nicht gut.«

Er bedachte Frafa mit einem vorwurfsvollen Blick, und sie löste ebenfalls ihren Gurt und untersuchte den Gnom. Sie fühlte seinen Puls, prüfte die Atmung. Aber ohne ihre magischen Sinne konnte sie nicht einmal die Temperatur richtig abschätzen.

»Zwanzig Kilometer«, sagte sie. »Wir müssten jeden Augenblick da sein. Da sind Elfenzauberer …«

Der Odontopter erreichte eine Lichtung, die von besonders hohen Stämmen gesäumt war. Ihnen fehlte die bauchige Krone, die alle Bäume im Wald so pilzartig wirken ließ. Stattdessen waren sie kahl, gabelten sich in einige aufstrebende Äste und sahen beinahe aus wie hochgereckte Knochenhände. Das rote Gras auf der Lichtung sträubte sich unter dem Flügelschlag wie dichtes Haar. Ein halbes Dutzend Gestalten erschienen zwischen den Bäumen, als sie landeten.

»Barsemias!«, rief Frafa. Sie trat an die Luke, hielt kurz inne und strich sich das Kleid glatt, bevor sie den Zugang öffnete. Mit einem würdevollen Schritt trat sie hinaus. Das Haargras umspielte ihre Beine bis zu den Knien und kitzelte ihre Haut.

»Barsemias«, sagte sie noch einmal und lächelte. »Bist du wieder auf verseuchtem Boden gestrandet? Wie es scheint, muss ich dich ein weiteres Mal nach Hause bringen.«

Der Elf ging nicht auf ihren Scherz ein. Sein Gesicht war ernst, beinahe abwesend, und bei ihren Worten blitzte in seinen Augen ein Ausdruck auf, den selbst Frafa als *schmerzerfüllt* zu deuten wusste. »Mein Zuhause gibt es nicht mehr«, sagte er. »Und über die Hälfte meines Volkes ist dort zurückgeblieben. Nicht zu reden von all den Seelen, die mit dem Wald verbunden waren! Ich hätte auch dort bleiben sollen, wenn ich sie schon nicht retten konnte.«

»Red keinen Unsinn«, fuhr Ledesiel ihn an. »Unser Volk braucht seine Zauberer! Es hätte keinen Sinn ergeben, mit den Verlorenen gemeinsam zu sterben und die Überlebenden ihrer Führung und ihrer Stärke zu berauben.«

Frafa ließ die Arme sinken, die sie zur Begrüßung ausgestreckt hatte. Sie presste die Lippen aufeinander. Sie hatte gewusst, dass die Elfen nicht ihr ganzes Volk aus dem fliegenden Wald gerettet hatten, aber sie hatte es einen Augenblick lang vergessen. Sie war so erleichtert gewesen, dass Barsemias unversehrt war.

Und warum auch nicht?, dachte sie trotzig. *Barsemias war mein Weggefährte, aber die anderen Elfen sind mir fremd. Was kümmern sie mich?* Und, ganz gegen ihren Willen, drängte ein anderer Gedanke in ihr Bewusstsein: dass Barsemias ohne sein Volk besser dran wäre! Er war ein starker Zauberer, und er konnte beinahe vernünftig sein. Aber diese Elfen übten einen schlechten Einfluss auf ihn aus!

Ledesiel wandte ihre Aufmerksamkeit Frafa zu. »Es ist wahr, wir haben einen hohen Preis bezahlt für unsere Reise«, sagte sie kalt. »Hätten wir geahnt, wie hartnäckig Euch diese Verfolger auf den Fersen bleiben, hätten wir anders entschieden.«

»Schwester.« Barsemias legte eine Hand auf ihren Arm. »Jetzt bist du ungerecht. Wir haben diese Reise nicht um Frafas Willen unternommen. Wir haben für das Schicksal unseres eigenen Volkes gekämpft. Und wir haben verloren. Wären wir auf unserer Welt geblieben, hätten diese Bitaner uns erst recht heimgesucht.«

»Hätten wir die Nachtalbe vorher ausgeliefert«, warf ein anderer Elf ein, »dann hätten wir hinfliegen können, wohin wir wollen, und niemand hätte sich für uns interessiert. Diese Nachtalbe hat uns ins Unglück gestürzt!«

Ledesiel musterte Frafa. »*Hätte* – jetzt ist es jedenfalls zu spät. Die Bitaner würden uns wohl nicht die Rückreise anbieten, wenn wir Euch jetzt an sie verkaufen. Aber noch haben wir nicht verloren. Nicht endgültig. Nicht, wenn Ihr dieses Mal recht behaltet, Albe. Wenn die Bitaner landen und wir ihr Schiff bekommen.«

»Eine verzweifelte Hoffnung«, murrte das Ratsmitglied Ebicos.

»Wo ist eure Landekapsel?«, fragte Biste. Der Wichtel schlenderte über die Schneise, schlug ungeduldig gegen das Gras, in dem er halb versank und sich bei jedem Schritt verfing. »Ich dachte, ihr wärt in einer Kapsel gelandet.«

»Eher in einer Nussschale«, sagte Ebicos. »Wir konnten uns nicht aussuchen, wo wir abstürzen.« Mit einem strafenden Blick in Barsemias' Richtung wies er auf den Waldrand. »Die Kapsel liegt dort hinten zwischen den Bäumen. Zwei Kilometer entfernt, so weit mussten wir laufen bis zur nächsten Lücke für den Odontopter!«

»Gut«, meldete Wisbur sich zu Wort. »Dann müssen wir das Ding nicht mehr verstecken. Wir sollten abheben, bevor das Trollgras uns hier festhält.«

»Trollgras?«, fragte Biste.

»Wie das Haar eines Trolls«, erwiderte Wisbur missmutig.

Die sechs Elfen gingen zu der Maschine. Barsemias wirkte von allen am bedrücktesten. Er blieb hinten und hielt den Kopf gesenkt, während seine Schwester als Erste einstieg und dabei mit ihren Begleitern diskutierte.

»Wir fliegen nicht ins Lager, sondern lassen uns gleich bei den Treffpunkten absetzen …«, sagte sie, und die anderen nickten.

Frafa wartete an der Luke, als wolle sie den Elfen ihre Hilfe beim Einsteigen anbieten. Auf diese Weise stand sie endlich allein neben Barsemias. Sie wusste nicht, was sie sagen sollte.

»Habt ihr noch Sprechverbindung mit den anderen Elfen?«, flüsterte sie schließlich.

Barsemias nickte.

»Ich hatte den Expeditionsleiter gewarnt, dass die Bitaner eure Ätherwellen abfangen.«

»Er hat davon erzählt. Wir benutzen jetzt einen Code«, erwiderte Barsemias mit abwesendem Gesichtsausdruck.

»Dann können sie euch zwar nicht mehr verstehen«, warf Biste ein, »wenn ihr Glück habt. Aber sie können euch immer noch orten.«

Frafa zuckte zusammen. Sie hatte den Wichtel ganz vergessen. Eilig stieg sie ein und schob Barsemias vor sich her.

»Die Albe hatte uns versprochen, dass nichts passieren kann!«, hörte sie Wisbur klagen. »Dass die Krankheiten auf dieser Welt uns gar nicht erkennen …«

Die Elfen drängten sich in dem engen Durchgang zwischen den Sitzen. Wisbur hatte sie zu seinem kranken Gefährten geführt. Eine Elfenmagierin stand über Waldron gebeugt und untersuchte ihn. Ledesiel schaute zu Frafa und bemerkte dann: »Die Albe hat vermutlich recht. Ich hätte dasselbe gesagt. Das Leben auf dieser Welt ist uns so fremd, dass es uns nicht ernähren kann. Den Krankheitserregern hier müsste es bei uns genauso ergehen. Wenn nicht …«

Sie verstummte.

»Er hat Fieber«, stellte die Heilmagierin fest. »Aber vielleicht hat er die Krankheit von zu Hause mitgebracht. Ich kümmere mich um ihn, während wir fliegen.«

Ledesiel nickte und rief Segga zu, den Odontopter zu starten. Die Elfen legten die Gurte an. Die Heilmagierin nahm auf der Bank neben Waldron Platz; Barsemias, Frafa und Biste blieben auf den Sitzen an der Seitenwand des Gepäckraums.

»Wenn nicht ...«, ergänzte Barsemias den Satz seiner Schwester, »... auch einige von uns krank geworden wären.« Er flüsterte die Worte in Frafas Ohr.

»Es gibt keine Krankheiten, die Elfen befallen!«

Barsemias nickte. »Genau. Das ist unmöglich. Die Berichte bereiten Ledesiel Sorgen. Und allen anderen, die noch genug Kraft für *zusätzliche* Sorgen haben.«

Der Odontopter hob ab. Die Knochenbäume zogen am Fenster vorüber, und bald nahm die Maschine ihren schnurrenden Schlingerkurs über den Wipfeln wieder auf.

»Manche fragen sich«, fuhr Barsemias fort, »ob die Bitaner irgendwelche Keime als Waffe eingesetzt haben. Solche, die auch Elfen befallen. Andere glauben, es ist diese Welt ... Leuchmadans Welt.«

Ein Ruck lief durch das Fluggerät. Frafa hörte, wie die Frontscheibe barst, und ein Kreischen erfüllte die Kabine. Das Sirren der Flügel wurde heller, als die Maschine zur Seite wegkippte, dann sensten die Schwingen durch die Baumkronen. Frafa schrie auf. Der Sturz presste ihr Innerstes nach oben. Kurz kam ihr in den Sinn, dass Barsemias neben ihr den Gurt nicht geschlossen hatte. Dann trieb ihr der Aufprall die Luft aus den Lungen, und ihr wurde schwarz vor Augen.

»Inversmodul hochfahren!«, kommandierte Swankar.

»Das Inversmodul ist aktiv«, rief der Rudergast. Panik klang aus seiner Stimme. Die *Lichtbringer* stürzte ab.

Rudrogeit war eigentümlich unbeteiligt zumute, fast wie in einem Traum. Er saß auf seinem Platz und blickte aus den Panzerglasscheiben der Brücke, unberührt von dem Tumult um ihn her. Das Schiff kippte langsam zur Seite, und sie rasten auf den Boden zu, auf eine düstere, schattenhafte Landschaft mit leichten Wellen, und daneben das Meer als glatte bleigraue Fläche, in der vereinzelte Funken von Sternenlicht glitzerten.

»Es greift nicht! Es greift einfach nicht!«, rief der Rudergast.

»Wir müssen ein Tor öffnen!«, sagte ein Offizier mit schriller Stimme. »Der Nodus kann uns hinausbringen!«

»Warum greift das Inversmodul nicht?«, fuhr Swankar den Schiffsmagier an. »Ihr habt gesagt, der Boden hier wäre voll vom Blut der Erde?«

»Nun ...«, meinte Feitlaz.

Swankar beachtete ihn nicht mehr. »Entfaltet die Strahlungsmembran«, befahl sie. »Wir stabilisieren das Schiff damit.«

»Das geht nicht«, erwiderte der Offizier entsetzt. »Wir trudeln. Wir können den Rumpf nicht ausrichten, bevor wir am Boden sind.«

»Ich übernehme das Ruder.«

Rudrogeit sah das versonnene Lächeln auf dem Gesicht seiner Mutter, die mit leicht gespreizten Beinen vor der Fensterfront stand, während Feitlaz, die einzige andere nicht angegurtete Person auf der Brücke, sich verzweifelt festklammerte und über den schrägen Boden rutschte.

Swankar setzte sich, sicherte sich an ihrem Platz und griff nach den Steuerhebeln. Vor dem Fenster breitete sich die grau schimmernde dimensionale Membran zwischen den Masten aus, wölbte sich über dem Deck und schirmte den Rumpf der *Lichtbringer* von der einen Seite vor dem mörderischen Druck der Ätherstrahlung ab, die sie nach unten stieß. Doch der Rumpf lag schräg, und es war nicht die richtige Seite.

Rudrogeit atmete ruhig. Er betrachtete die Gesichter der Menschen, die in der blauen Brückenbeleuchtung ängstlich und angespannt wirkten. Allmählich empfand auch er die Aufregung, als wäre er erst mit einiger Verzögerung wieder in der Wirklichkeit eingetroffen.

Die *Lichtbringer* driftete ab und richtete sich dabei langsam auf. Als sie senkrecht stand, riss Swankar einen Regler bis zum

Anschlag. Ein Aufprall erschütterte den Rumpf. Das verstärkte Holz ächzte, vor der Scheibe flog eine Luke hoch, die aus dem Deck gepresst worden war. Rudrogeit fühlte sich wie von einer Riesenhand in den Sitz gedrückt. Ihm wurde rot vor Augen, und er hörte Feitlaz erstickt aufschreien.

Dann lag das Schiff wieder ruhig da, stieg sogar gemächlich auf. Rudrogeit bekam Meldungen und Nachfragen von anderen Stationen auf seine Konsole, aber da hatte er sich schon wieder so weit erholt, dass er antworten konnte.

»So«, sagte Swankar. Sie drehte sich zum Rudergast um und bedachte ihn mit einem verächtlichen Blick. »Geht doch.«

»Wir haben Schadensmeldungen überall aus dem Schiff«, berichtete Rudrogeit. »Zu viel Bremskraft. Wir hätten nicht so tief in die Atmosphäre springen sollen, ohne zu wissen, was uns erwartet.«

»Feitlaz hat diese Welt mit dem Nodus erkundet«, erwiderte Swankar. »Die Inversmodule hätten uns sanft tragen sollen!«

Ihre Stimme klang vorwurfsvoll, aber vom Schiffmagier kam nur ein Stöhnen zurück. Feitlaz lag am Boden, und grünes Blut lief ihm aus dem Kopf. Swankar kräuselte abschätzig die Lippen.

»Ruf die Sanitäter, Rudi«, sagte sie. »Wenn du vorher nicht einen Schluck von diesem Versager nehmen möchtest.«

»Wo sollen wir landen, Coronel?«, fragte Rudrogeit. »Der Wald da unten steckt voller Elfen. Wir empfangen ihre Gesprächsverbindungen, und ich orte eine Menge von ihnen zwischen den Bäumen. Sie scheinen sich in Gruppen aufgeteilt zu haben ...«

Swankar verzog das Gesicht. »Zäh wie Küchenschaben. Ich *wusste*, dass wir das Ungeziefer nicht erwischt haben.«

»Wir können sie von oben unter Beschuss nehmen«, schlug Rudrogeit vor.

Swankar schüttelte den Kopf. »Ich will sehen, was wir treffen. Und deine Schwester ist unser Hauptziel. Schnapp dir den Pelzkopf und einen Einsatztrupp, dann suchen wir sie im Wald. Um die Elfen kümmern wir uns später.«

Rudrogeit löste den Gurt und stand auf. Erst jetzt bemerkte

er, dass die Stützen unter seinem Stuhl verbogen waren und dass die Verankerung sich gelöst hatte. Schrauben klapperten, als er sich erhob. Er beschloss, unterwegs bei der Technik vorbeizuschauen und eine Inspektion auf dem Schiff anzuordnen.

»Vielleicht war sie im Elfenwald«, sagte er laut. »Vielleicht haben wir Frafa bei unserem letzten Angriff schon erwischt.«

Swankar lachte trocken auf. »Weißt du, wie viele von meinen Gegnern ganz von selbst einem Herzschlag erlegen sind, bevor ich sie mit meiner Klinge durchbohren konnte? Keiner! Du glaubst doch nicht im Ernst, dass wir sie zufällig und nebenbei erwischen, ohne es zu merken?«

Rudrogeit schüttelte den Kopf. Er wusste selbst nicht, was ihm lieber gewesen wäre. Ihm bereitete dieser Auftrag längst nicht so viel Vergnügen wie seiner Mutter, auch wenn er seine Schwester fast tausend Jahre lang nicht mehr gesehen hatte und ihre letzte Begegnung … unerfreulich verlaufen war. Aber das war lange her.

»Ich habe hier einen Landeplatz«, sagte Swankar. »So was wie eine Ruinenstadt; nur Grundmauern und ein paar Keller. Sieht interessant aus, wenn man sich verkriechen will. Da fangen wir mit der Suche an.«

Rudrogeit verließ die Brücke. Er fand Sneithan an Deck. Der Goblin klammerte sich an die Reling, und Rudrogeit fragte sich, ob er wohl den ganzen Anflug an diesem Platz verbracht hatte. Verrückt genug war der Sargente jedenfalls.

»Na, alter Bettvorleger?«, begrüßte er ihn. »Hat dich jemand zum Entstauben übers Geländer gehängt? Es gibt Arbeit für dich: Wir sollen uns auf die Suche nach der Albe machen, sobald wir gelandet sind.«

»Eh?« Sneithan blickte auf. »Sind fit, meine Leute. Alle in Schale. Können sogar ’nen Vampir mitschleppen, wenn’s sein muss – haben gepanzerte Kragen!«

Er lachte. Rudrogeit stellte sich neben ihn. Das Schiff flog ein wenig unruhig, der Wind fegte ihnen ins Gesicht. Gelegentlich trug er dicke Tropfen heran, die einen fauligen Geruch verbreiteten, wenn sie zerplatzten. Das Geländer wackelte, und Rudrogeit sah zu der Strahlungsmembran hinauf, die sich wie ein waagerechtes Segel über ihnen wölbte, grau und leicht durchschimmernd und funkelnd wie in einer unsteten Bewegung.

Der Wald kam näher. Sneithan beugte sich weit über die Reling und sah nach unten.

»Da regt sich was«, knurrte er und nahm die Waffe vom Rücken. »Elfen oder Viecher von hier – das Welt hier hat jedenfalls 'n paar Scheißläuse im Pelz, die wir auskämmen sollten.«

Er streichelte den Schaft des Gewehrs, während Rudrogeit sich einen Halt suchte. Die Baumkronen kamen auf sie zu, stiegen neben ihnen auf. Dann streifte der Kiel den Boden. Sneithan wurde von dem Stoß umgerissen.

Er fluchte, rappelte sich auf und fiel wieder hin, als die *Lichtbringer* erneut absackte. Rudrogeit behielt das Gewehr im Auge und passte auf, dass er nicht von einem zufälligen Schuss getroffen werden konnte.

Die Decken dieser Ruinenstadt trugen das Schiff nicht. Der scharfe Kiel schnitt in den Grund wie eine Axt, und Rudrogeit spürte jedes Stockwerk, durch das sie brachen. Krachend rutschte der Rumpf tiefer, kam zum Stillstand, brach wieder ein, stand still. Ein Ächzen drang aus dem Boden wie der gequälte Schrei uralter Architektur, dann brachen sie noch einmal durch und sackten noch ein Stück tiefer.

Bebend kam das Schiff zur Ruhe.

Rudrogeit blickte über die Reling. Er schätzte, dass sie etwa sechs Meter tief im Boden steckten. Nun sah auch er die Mauern, die Swankar beim Anflug geortet hatte: Überwachsene Umrisse, die vage an Gebäude denken ließen, halb von einem bunten Urwald überwuchert, dessen Farben in der trüben Nacht nur zu erahnen waren.

»Verdammte Scheiße«, zischte Sneithan. »Schau dir die hässlichen Froschfratzen an!« Er hob das Gewehr.

Rudrogeit folgte seiner Bewegung mit dem Blick. Eine Hand voll Geschöpfe versammelte sich rings um das Schiff: fremdartige Wesen mit breitem Echsenmaul, mit Armen wie Affen und mit einem behaarten Leib. Rudrogeit hörte das gedämpfte Knacken von Sneithans LIG. Der Kopf eines der Wesen zuckte zurück, und inmitten eines Augenkranzes auf der Stirn erschien ein weiteres Loch. Dunkles Blut spritzte aus dem Hinterkopf über das Rückenfell, dann brach das Tier zusammen und blieb reglos liegen.

Die übrigen Geschöpfe standen da und regten sich nicht.

Sneithan zielte auf eine zweite Kreatur und drückte ab, erschoss eine dritte.

»Scheiße, sind die doof«, lachte er. »Schau dir das an, Rudi.«

Die Wesen blickten aus dunklen Augen zum Schiff, oder sie sahen zu Boden. Eines von ihnen hob eine Art Liane auf und streichelte sie zwischen den Affenfingern. Rudrogeit bemerkte keine Anzeichen von Furcht, von Aufregung oder auch nur von Neugier. Keines der Tiere machte Anstalten zu fliehen, selbst dann nicht, wenn ihre Gefährten gleich neben ihnen zusammenbrachen und sie vom Blut ihrer toten Artgenossen bespritzt wurden.

Sneithan drehte die Leistung an seinem großkalibrigen Beschleunigergewehr noch höher und pumpte mehrere Hundert Gramm flüssigen Stahl bei großer Streuung in ein Ziel. Das Wesen zerplatzte regelrecht, Fleischfetzen flogen meterweit und verteilten sich in der Vegetation und auf die umstehenden Tiere. Eines von ihnen wischte sich mit einer beiläufigen Geste schleimige Hautfetzen von einem bizarr großen Auge, ohne dabei den Kopf zu bewegen.

Rudrogeit hatte das Gefühl, dass dieses Tier ihn anstarrte. Oder Sneithan. Er fröstelte. Die gelassenen Bewegungen, die scheinbare Gleichgültigkeit im Angesicht eines Massakers beunruhigte ihn mehr als jede Aggression.

»Hab'n noch nie 'nen Goblin gesehen, die Fleischsäcke da unten«, grölte Sneithan. »Schau dir das an, Rotauge!«

Sneithan stellte sein Gewehr auf Dauerfeuer. In diesem Augenblick sackte die *Lichtbringer* ein weiteres Stück ein, und Risse liefen in alle Richtungen vom Schiffsrumpf fort. Jetzt setzten sich die Tiere in Bewegung, gingen langsam davon und verschwanden in den Nischen zwischen den überwachsenen Ruinen.

Rudrogeit betätigte sein Sprechgerät. »Wir rutschen immer tiefer!«, rief er. »Wir sollten uns einen anderen Platz suchen!«

Die Stimme seiner Mutter klang spöttisch in seinem Ohr. »Keine Sorge, Rudi, deinem zarten Blutsaugerarsch passiert schon nichts. Der Nodus meldet, wir haben jetzt hinreichend stabilen Grund unter dem Kiel.«

22

Harmonie und Vielfalt (HuV) – *Die zweite große politische Partei innerhalb der Union wurde von Aldungan gegründet, vermutlich vor allem, um die Kräfte der Völker von Falinga als einheitliches Gegengewicht gegen die dominanten menschlichen Bewohner des neuen Staates zu bündeln. Die HuV steht für Liberalität und Toleranz.*

Insbesondere Historiker der traditionellen bitanischen Akademien haben oft unterstellt, dass diese Ausrichtung allein taktischen Erwägungen geschuldet war, als Deckmantel, unter dem Aldungan sein Machtstreben in der Union zu verbergen suchte. Zu unglaubwürdig erschien es diesen Menschen, dass der langjährige König der Finstervölker, der Nachfolger des mythischen Leuchmadan, ernsthaft ein harmonisches Zusammenleben gleichberechtigter Völker anstrebte.

Übersehen wird dabei, dass die im Parteiprogramm festgehaltenen Werte weitestgehend der Ideologie des alten Falinga folgten und im Ursprung durchaus anders interpretiert werden konnten, als sie heutzutage klingen. So ist die Vorherrschaft des Stärksten nach dem individualistischen Ansatz Daugazburger Prägung kein Widerspruch zum Miteinander der beherrschten Völker.

Die weitere Entwicklung und das Zusammenwachsen der Union meinte es allerdings gut mit der HuV, die zeit ihres Bestehens weit weniger Stürmen ausgesetzt war als die GO und die heute noch mit einer ganz ähnlichen Satzung auftreten kann wie bei ihrer Gründung. Dennoch hat die HuV sich in den letzten 250 Jahren gewandelt, wenngleich mehr durch Evolution als durch spektakuläre Umwälzung.

Eines allerdings ist eine Konstante geblieben: Die HuV erscheint unionsweit als der ewige Zweite. Zu sehr ist sie die Partei der Finstervöker geblieben – der Nachtalben, Nachtmahre, Gnome und Kobolde, der Minderheiten in der Union. Die schwache Stellung der HuV unter den Menschen führte stets dazu, dass selbst in Schwächezeiten der konkurrierenden GO eher die kleineren Parteien profitierten, als dass die HuV einmal einen endgültigen Triumph hätte einfahren können.

Aus: »Geschichte der Union«, von Tendor Istarios, Prof. Em. der politischen Akademie zu Opponua

Als der Odontopter auf den Boden prallte, saß Barsemias nicht mehr darin. Der Sturz hatte ihn von der Bank geschleudert, und instinktiv wob er einen Zauber, trat aus dem stofflichen Raum heraus … und kehrte einen Augenblick später zurück. Der Raum hatte sich verändert.

Die Kabine des Fluggeräts war an vielen Stellen geborsten. Etwas tropfte auf ihn, und er zuckte zusammen. Dann fiel ihm ein, dass die Maschine keine Technik mit Thaumagel verwendete. Qualm und Funken schossen aus geplatzten Leitungen, immer noch schnitten die Flügel draußen sirrend durch den Bewuchs. Langsam erstarb ihre Bewegung. Die Elfen und Wichtel und Gnome stöhnten, wimmerten oder riefen durcheinander. Gestalten taumelten verwirrt zwischen den Bänken umher, halb verhüllt von dem Dunst in der Luft.

Barsemias hingegen fühlte sich hellwach, als hätte der Absturz ihn aus einem Albtraum geweckt, in dem er seit seiner Flucht von Porfagilia gefangen gewesen war. Er hatte seine Heimat verloren – aber was von seinem Volk blieb, war hier, sein Volk und die Gefährten, die sich ihnen angeschlossen hatten. Und sie brauchten ihn!

Er beugte sich zu Frafa, die regungslos neben ihm im Gurt hing. Besorgt schnallte er sie los, hielt sie ratlos in den Armen. Der Boden war aufgerissen, und wer wusste, welche Dämpfe sich dort sammelten? Er legte die Albe auf die Bank. Sie war leicht, überraschend leicht – Barsemias hatte gedacht, dass Nachtalben schwerer sein müssten.

Sie atmete. Es dauerte eine Weile, bis er die grünen Flecken auf ihrem Kleid als Blut erkannte, und dann zuckte er vor der Berührung zurück. *Nachtalbenblut … Leuchmadans Blut. War nicht eines so unrein wie das andere?*

Er überwand sich, öffnete ihr Gewand und untersuchte sie. Er fand nur kleine Schrammen, eine leichte Beule, wo ihr Hinterkopf gegen einen Holm gestoßen war. Nichts davon wirkte bedrohlich, nichts blutete mehr. Sie schien nicht ernsthaft verletzt zu sein.

Er richtete sich auf, sah nach seinen übrigen Begleitern und suchte die Heilerin.

»Segga!«, hörte er die Stimme des Gnomenhauptmanns Wisbur. »Was hast du getan?«

Die Pilotenkanzel war völlig eingedrückt. Ein mächtiger Ast hatte die dünne Trennwand zur Kabine durchstoßen, und Scherben von der Frontscheibe lagen auf dem Boden wie Splitter aus Eis. Aus dem Wirrwarr von verschobenen Wandplatten, zerdrückten Sitzen und verbogenen Hebeln kroch ein weiterer Gnom hervor, unversehrt. Segga, ihr Pilot.

»Ich kann nichts dafür«, wimmerte er. »Dieser Baum – er hat nach mir geschlagen. Er hat ausgeholt und mitten in die Scheibe geschlagen!«

»Ah ja«, bemerkte Wisbur sarkastisch. »Wie diese Bäume, die einem beim Fahren auf der Straße immer in den Weg springen. Hast du auch Fieber, Segga?« Er legte seinem Gefährten die Hand auf die Stirn.

Segga wehrte ihn ab. »Ich bin daran vorbeigeflogen, und er hat nach mir geschlagen!«, wiederholte er beharrlich. »Ich schwör's!«

Schweiß lag auf seinem Gesicht und eine fiebrige Blässe.

»Wir sollten raus hier«, sagte Barsemias. »Da ist Gas in den Tanks.«

Er wechselte einen Blick mit seiner Schwester, und die nickte. Gemeinsam verließen sie den Odontopter und versammelten sich auf einer freien Fläche am Fuß eines hohen Stammes. Sie trugen oder stützten die Verletzten. Segga blickte missmutig am Baum empor und hielt Abstand. Aber die Gewächse trafen keine Anstalten, noch einmal nach den Eindringlingen zu schlagen. Und Segga hatte tatsächlich Fieber, und er zitterte.

Die Funken an der Maschine erloschen. Als der Flügelschlag

verstummte und die Gruppe einen Augenblick beisammensaß, kehrte Stille ein. Völlige Stille und Dunkelheit. Es war ruhiger, als es in einem Wald zu dieser Zeit sein sollte. Hatte der Absturz alle Tiere erschreckt?

»Wir haben Lampen in der Kabine«, flüsterte Biste beklommen. »Wir sollten sie holen.«

Barsemias nickte, dann fiel ihm ein, dass niemand ihn sehen konnte. Aber seine Schwester stimmte dem Wichtel schon zu, und der nachtsichtige Wisbur nahm das Fluggerät in Augenschein und prüfte, was sich noch retten ließ. Frafa kam wieder zu sich, und sie griff nach Barsemias' Hand. Der zuckte zusammen unter der unerwarteten Berührung.

Es stellte sich heraus, dass die Heilerin am schwersten verletzt war. Sie hatte ungesichert neben dem kranken Gnom gesessen, als der Odontopter abgestürzt war. Jetzt hatte sie Schnittwunden am ganzen Körper, und ihr Bein war gebrochen. Auch mit Magie würde es eine Weile dauern, bis sie wieder gehen konnte. Biste der Wichtel ließ das verbliebene Gas aus den Tanks, und der Qualm aus dem Innenraum verzog sich rasch durch die offene Luke.

Bald wirkte der Odontopter wieder einladender als der fremdartige Wald um sie her. Barsemias hätte nie gedacht, dass ein solches Gefühl ihn jemals beschleichen könnte. Aber die Kronen waren undurchdringlich und in ständiger Bewegung, die Farbe der Stämme und ihre nachgiebige Oberfläche verlieh den Bäumen eine künstliche Anmutung. Barsemias musste sich eingestehen, dass die menschliche Technik im Vergleich zur Natur ringsum regelrecht heimatlich wirkte.

Unschlüssig standen die Elfen vor der offenen Luke, an der Grenze zwischen der fremden Welt und der ungeliebten Technik, unter dem schmalen Dach der durchschimmernden Flügel, und diskutierten.

»Wir müssen hierbleiben«, sagte Ebicos. »Wir können ...« Er warf einen Blick auf die Gnome und verzog das Gesicht. »... die Kranken und Verletzten nicht zurücklassen.«

»Du hast die Meldungen gehört, Ebicos«, flüsterte Ledesiel.

»Sie klingen beunruhigend. Wir müssen uns mit unseren Leuten vereinen, so schnell wie möglich.«

»Geht nur«, sagte die Heilerin. »Der Odontopter steht wenigstens richtig herum, wir haben Bänke darin und Verbandszeug und Medikamente. Ich kann ein provisorisches Hospital einrichten. Ich bleibe mit den Gnomen hier, bis wir uns alle erholt haben, und ihr schickt die Kranken und Helfer zu mir.«

Ledesiel blickte sorgenvoll drein. »Der Platz ist abgelegen, weitab von den Orten, an denen wir uns sammeln.«

»Dann werden ihn die Bitaner auch nicht so schnell finden«, sagte die Heilerin. »Wir brauchen einen sicheren Rückzugspunkt abseits des Kampfgebiets. Die abgestürzte Maschine werden sie nicht so leicht entdecken wie die großen Landekapseln.«

Wie auf Kommando schauten Barsemias, Ledesiel und einige weitere Elfen nach oben. Von der Schneise, die der Odontopter bei seinem Sturz geschlagen haben musste, war nichts mehr zu sehen. Die Baumkronen hatten sich geschlossen. Sie wussten nicht, ob die Absturzstelle aus der Luft betrachtet auch so gut getarnt wirkte, aber vermutlich war diese Stelle sicherer als das erste Lager in der Nähe der alten Stadt.

Ledesiel nickte. »Also gut«, verkündete sie. »Machen wir es so. Packt zusammen, was nützlich ist, und wer sich gesund und kräftig fühlt, bricht in einer halben Stunde auf.«

»Wenn wir ein wenig warten«, sagte Ebicos. »Muss es wieder hell werden.«

»Die Tage auf dieser Welt dauern länger als bei uns«, erwiderte Ledesiel. »Und die Nächte auch. Wir haben noch mehrere Stunden Dunkelheit vor uns, und wenn wir *jetzt* aufbrechen, sind wir bei Tagesanbruch bei den anderen und können gleich handeln.«

»Was auch immer wir dann tun«, murrte Ebicos, und in dem Blick, mit dem er Ledesiel bedachte, lag Aufruhr. Immerhin war er ein Mitglied im Rat der Ältesten und Ledesiel noch nicht.

Aber sie war eine mächtige Magierin aus edlem Geschlecht,

und in Zeiten des Kampfes war es nicht klug, die Führung des Stärksten in Frage zu stellen.

Sie packten Taschen, Bündel und provisorische Beutel mit allem, was des Mitnehmens wert schien. Es war wenig genug, denn was von der Ausrüstung der Kopfgeldjäger geblieben war, hatten die Gnome ausgeladen, bevor sie die Elfen abgeholt hatten. Die Heilerin humpelte durch die Kabine und richtete sie her. Waldron wälzte sich im Fieber, und Segga saß teilnahmslos da, während die Krankheit langsam von seinem Körper Besitz ergriff.

»Was ist mit dir?«, wandte Barsemias sich an Wisbur.

»Mir geht es gut«, sagte der Gnom grimmig. »Ich komme mit.«

»Mir geht es auch gut«, rief Biste. »Falls sich jemand dafür interessiert.«

Wisbur sah ihn an und grinste. »Klar«, sagte er. »Dann bin ich nicht der mit den kürzesten Beinen. Es ist mir sehr wichtig, dass du dabei bist, mein Lieber.«

Ledesiel schaute sich nach den beiden um, ihr Gesicht blieb ernst. »Ihr könnt mitkommen und uns helfen. Wenn ihr Schritt halten könnt. Wir können es uns nicht erlauben, auf euch zu warten. Wir kämpfen für unser Volk.«

Dann brach der Trupp auf. Die Nachtalbe ging als Letzte und achtete darauf, dass Gnom und Wichtel nicht zurückblieben. Barsemias' Schwester schritt vorneweg und kümmerte sich scheinbar um niemanden. Barsemias wusste, dass sie sich auf den Weg konzentrierte, dass sie Verbindung zu ihren Brüdern und Schwestern hielt und mit ihren magischen Sinnen dafür sorgte, dass sie auf dem kürzesten Weg zum Treffpunkt gelangten. Dennoch hielt er die angespannte Stimmung bald nicht mehr aus und gesellte sich zum hinteren Teil des Grüppchens.

Frafa lächelte kurz und sagte nichts. Barsemias beobachtete sie eine Weile; ein Nachtalbenleib in Elfenfarben, mit langen Haaren, die ihn fast zu täuschen vermochten, wenn sie das allzu runde Gesicht verdeckten. Und sie bewegte sich geschmeidig …

»Du hast keine Schmerzen?«, fragte er und erschrak über die eigene Stimme. Erst jetzt wurde ihm bewusst, dass es immer noch totenstill war im Wald.

»Nein«, antwortete Frafa. »Ich habe kaum etwas abgekriegt. Nur ein paar Schrammen.«

»Ich dachte, du hättest zumindest eine Gehirnerschütterung«, sagte Barsemias. »Du warst bewusstlos, und ich habe eine Beule an deinem Kopf gespürt.«

Frafa tastete nach ihren Haaren. »Nein«, erwiderte sie. »Ich merke nichts. Nachtalben sind keine Menschen. Wir sind nicht so zerbrechlich ... glaube ich. Nicht, dass ich es in den letzten Jahrhunderten jemals ernsthaft auf die Probe stellen musste. Da war immer meine Magie, die mich geschützt hat.«

Sie schaute zu den Bäumen hinauf und verzog das Gesicht. Auch Barsemias blickte nach oben, und etwas flog ihm ins Auge. Er blinzelte und wischte mit dem Finger. Etwas segelte um seinen Kopf, glitt davon ... noch etwas ...

Dann sah er, wie die rundlichen Baumkronen aufklappten und große weiße Flocken herabfielen. Sie tanzten im Lampenschein, setzten sich in die Haare und auf die Kleidung. Im Nu bewegte sich die Schar wie durch dichten Schneefall. Unwillig wedelte Barsemias die Flocken weg. Sie fühlten sich leicht an und ein wenig federnd. Sie schienen fast davonzuspringen, wenn man sie berührte.

Er versuchte, in den offenen Baumwipfeln mehr zu erkennen, was für Zweige, was für eine Struktur sie im Inneren bargen. Aber die Flocken waren überall, und er konnte kaum die Elfen erkennen, die vor ihnen liefen. Undeutlich zeichnete sich die Hülle ab, die vorher die Kronen umschlossen hatte. Segmente hingen an einer Art Netz oder Geflecht wie Blätter.

»Das gefällt mir gar nicht.« Wisbur hielt sich die Hand vor den Mund. »Die Bäume sehen aus wie Pilze, und Pilze sind giftig. Was, wenn das hier Sporen sind?«

»Das ist Unsinn«, rief Ledesiel von vorn. »Warum sollte irgendwas auf dieser Welt schädlich sein für uns? Das Leben hier ist nicht ...«

Sie verstummte, dann blieb sie stehen. Die Gruppe versammelte sich.

»Es gab genug Kranke«, sagte Frafa. »Vielleicht binden wir uns lieber feuchte Tücher vors Gesicht, damit wir nichts einatmen.«

»Feuchte Tücher«, entgegnete Ebicos abfällig. »Das hält höchstens die sichtbaren Flocken ab. Wer weiß, ob die gefährlichen Sporen nicht kleiner sind? Wir sollten zum Odontopter zurück.«

»Nein«, widersprach Ledesiel. »Ich glaube nicht, dass es dort besser aussieht als hier. Entweder wir kommen damit zurecht – oder nicht. Die Tücher müssen reichen.«

Sie verwendeten das wenige Wasser, das sie in Flaschen dabeihatten, und marschierten maskiert weiter. Sie blieben dicht beisammen. Die weißen Flocken warfen das Licht der Lampen zurück und blendeten sie. Es war wie eine weiße Wand, die sie von allen Seiten umgab.

»Der Boden«, murmelte Frafa, und Barsemias verstand.

Wäre es ein echter Schneefall gewesen, hätten sie bereits knöcheltief durch den Schnee waten müssen. Aber die Flocken flogen nur durch die Luft, sie blieben nicht liegen.

Die Gruppe stapfte über den weichen Waldboden, trat in Pfützen oder stolperte über Bodenwellen, denen sie nicht ausweichen konnte. Barsemias hatte einen bitteren Geschmack im Mund und fragte sich, was neben den Baumflocken noch in der Luft schwebte – klein und nicht greifbar. Aber Ledesiel hatte ein feines Gespür. Sie hätte ihre Begleiter gewiss gewarnt, wenn ernsthafte Gefahr drohte. Barsemias war dankbar, dass die Flocken fest wirkten und nicht zerfielen und als etwas *Unreines* auf Haut und Kleidern hafteten!

»Der Wald verändert sich«, stellte Wisbur fest.

»Woran merkst du das?«, Barsemias hatte Mühe, das »Du« nicht in abfälliger Weise zu betonen. Aber im selben Augenblick fiel es ihm ebenfalls auf. Die Bäume um sie her wirkten höher und schlanker. Sie hatten fast etwas von Ulmen an sich, mit fächerartig nach oben gereckten Zweigen, die im Flockentreiben nur undeutlich zu erkennen waren.

Insekten kamen aus dem Dunkel und umschwärmten sie, erst einzeln, dann in immer größerer Zahl. Insekten, oder das, was auf dieser Welt dafür galt. Barsemias fing eines der Tiere in der Hand und musterte es, ein keilförmiger Leib so groß wie eine Fliege, an dem außer Panzersegmenten nichts zu erkennen war. Das Tier biss ihn in den Finger, und er ließ es los. In dem Moment, da es wegflog, glaubte er rasch entfaltete Flügel zu sehen, Beine und Kiefer, die sich in den Panzer einklappen ließen. Dann verschwand der ... *Käfer?* zwischen den Flocken.

Biste der Wichtel fluchte, und auch die Elfen wurden unruhig. Sie wedelten mit den Armen und schlugen nach den Tieren. Barsemias wurde erneut gebissen, ins Gesicht, in den Nacken, und es brannte. Etwas kroch unter seine Kleidung. Ihre Lampen glühten matter.

»Das Licht lockt sie an«, sagte Frafa.

»Wir können nicht darauf verzichten«, zischte Ledesiel gereizt. Sie alle fühlten die Beklemmung. Es mochte an dem Gestöber liegen, an der blendenden Wand, die sie umgab – aber immer stärker stieg in Barsemias das Gefühl auf, dass außerhalb ihres Sichtkreises etwas lauerte, etwas Feindseliges ...

Keiner von ihnen wagte mehr, lauter zu sprechen.

Außer dem Wichtel, der dafür anscheinend wenig empfänglich war.

»Es klappt!«, rief er.

»Psst!« Barsemias spähte besorgt in die weiße Dunkelheit.

»Was klappt?«, flüsterte Wisbur.

»Ich hab meine Lampe ausgemacht«, antwortete der Wichtel. »Jetzt sind die Viecher bei euch, und ich hab Ruhe.«

»Danke«, murmelte Barsemias. »Wenn wir alle die Lampen ausmachen, könntest du auch nichts mehr sehen.« Er schüttelte unwillig den Kopf, und seine langen Haare vertrieben kurz die Käfer aus seinem Gesicht.

»Ich könnte uns führen«, sagte Frafa.

»Was?«, erwiderte Barsemias.

»Ich könnte uns führen, wenn die Lichter aus sind«, wiederholte die Nachtalbe. »Irgendwann müssen wir dieses ungemütliche Waldstück ja hinter uns haben.«

Ledesiel ließ den Trupp anhalten. Die acht Wanderer versammelten sich in einem engen Kreis, aber sie stellten sich so, dass sie die Umgebung im Blick behielten.

»Wie wollt Ihr das machen?«, fragte Ledesiel. »Könnt Ihr hier sehen?«

»Besser als mit den Lampen«, erwiderte Frafa. »Die Flocken reflektieren das Licht und blenden mich. Aber die Dunkelheit macht mir nichts aus.«

»Da draußen ist etwas …«, meinte Ledesiel. »Ich würde mich nur ungern der Führung einer Nachtalbe anvertrauen.«

Barsemias sah sich erschrocken um. »Werden wir verfolgt?« Er war in den Künsten des Lebens nicht so bewandert wie seine Schwester. Wenn er seine Sinne ausstreckte, fühlte er keine bedrohlichen Wesen in der Nähe. Da war nur ein ganz allgemeines Gefühl der Bedrückung, ein nicht greifbares Grauen und eine Lähmung, die in seinen Geist kroch, wenn er ihn zu weit öffnete. Er hatte es bisher dem giftigen Einfluss von Leuchmadans Blut zugeschrieben, das unter dem Boden pulsierte.

»Ich … weiß nicht«, sagte Ledesiel. »Im Augenblick spüre ich keine Feinde. Aber ganz eindeutig eine *Feindseligkeit.* Etwas hat sich verändert, und es verändert sich mit jeder Stunde mehr, ganz so, als wäre etwas auf uns aufmerksam geworden. Und es ist keine freundliche Aufmerksamkeit. Dazu diese beunruhigenden Meldungen von unserem Volk, Angriffe von Tieren auf versprengte Gruppen … Ich hoffe, es ist nur die Nacht, die diese Welt ein wenig gefährlicher wirken lässt.«

Sie verstummte.

»Ich würde mich auch keiner Nachtalbe anvertrauen. Nachtalben und Vertrauen schließen einander aus«, bemerkte Ebicos. »Aber die Aufmerksamkeit dieser leuchmadanverseuchten Viecher ist alles andere als freundlich. Wenn wir das Licht ausschalten müssen, um ihnen zu entkommen, dann lass uns das in Lucans Namen tun. Wir sind Magier. Wenn eine greifbare Bedrohung auf uns zukommt, werden wir das fühlen!«

Ledesiel zögerte, dann nickte sie.

Sie machten die Lampen aus, die Elfenlichter und die technischen Leuchten aus dem Odontopter. Sogleich war es dunkel, und die Dunkelheit war vollkommen. Barsemias zuckte regelrecht zusammen. Die weißen Flocken hatten ihnen die Sicht genommen, aber sie hatten das Licht reflektiert und die Wanderer in trügerische Helle gehüllt.

Barsemias fühlte immer noch, wie die Flocken über seine Stirn strichen, doch er sah sie nicht mehr, so wenig wie die Bäume oder den Boden unter seinen Füßen. Kein einziger Strahl von Sternenlicht fiel in seine Augen. Aber das Sirren der Käfergeschöpfe wurde leiser, und bald waren sie von Stille umgeben, durchbrochen nur von den eigenen Atemzügen und dem samtigen Rascheln der Baumflocken.

»Frafa?«, fragte Barsemias.

Er spürte ihre Berührung an der Hand. »Ich bin hier«, antwortete sie. »So ist es besser, viel besser.«

Barsemias umfasste ihre Finger, und sie bildeten eine lange Kette. Frafa ging voraus, er dahinter, gefolgt von Ledesiel und den anderen.

»Wenn wir in die falsche Richtung gehen, gebe ich Bescheid«, sagte seine Schwester. »Das würde ich spüren. Ansonsten sollten wir still sein und keine Aufmerksamkeit erregen. Und seid auf der Hut, da ist etwas in der Luft, ich weiß nicht was. Aber es könnte auf uns wirken.«

»Was?«, fragte Ebicos. »Ich merke nichts! Was soll ich mit so einer Warnung anfangen?«

»Sei einfach aufmerksam und gib Bescheid, sobald du etwas Ungewöhnliches spürst«, erwiderte Ledesiel. »Und jetzt still! Ich habe Verbindung zu unseren Leuten. Wenn wir ein paar Kilometer weitergehen, müssten wir in ruhigeres Gebiet gelangen.«

Sie setzten ihren Weg fort. Barsemias riss die Augen auf, aber da war nichts. Nur bunte Muster schienen sich in der Schwärze zu formen, je angestrengter er schaute. Dann traf ihn eine Flocke ins Auge, und er blinzelte und senkte den Kopf.

Frafas Hand lag warm in der seinen. Kurz vermengten sich die Bilder in seinem Kopf: die dunkle Haut, die er bei ihrer ersten Begegnung gesehen hatte, und der fast weiße, elfenbeinerne Teint, den Frafa seit Altagrisa angenommen hatte. Nachtalbenfinger! Seine Aufmerksamkeit wanderte zu der Berührung, und instinktiv zog er seine Hand zurück. Die Kette brach, sein Schritt stockte.

»Barsemias?«, hörte er Frafa vor sich rufen, die Stimme so leicht wie von Flocken fortgetragen.

»Pssst«, zischte Ledesiel hinter ihm. »Nicht reden, wenn es nicht nötig ist.«

Er stolperte blind voran, tastete mit dem ausgestreckten Arm. Dann fand Frafas Hand die seine wieder, und sie gingen weiter. Barsemias atmete rascher.

Die Bäume standen weit auseinander, die Äste ragten nach oben und nicht zur Seite. Der Boden war weich und eben. Es war nicht schwierig, in diesem Ulmenwald zu laufen. Frafa führte sie in Bögen und Schlenkern und schien damit alle Hindernisse zu umgehen. Barsemias' Füße gerieten nicht ein Mal ins Straucheln, und doch nahm seine Unruhe zu.

Frafa hatte seine Hand gedrückt, als sie ihn wieder berührt hatte, und der Griff brannte noch immer wie Feuer. Jetzt spürte er die Finger wieder locker in seiner Hand, und Barsemias war derjenige, der festhielt. Aber was er da hielt – es fühlte sich anders an als zuvor.

Waren Frafas Finger länger geworden? Fühlten sie sich nicht härter an, fast wie Klauen? War es überhaupt noch Frafa, die er hielt?

Er schüttelte den Kopf und versuchte, das Summen daraus zu vertreiben, das mit jedem Augenblick heftiger wurde. Eine Einbildung, die Aufregung, es konnte nicht sein …

Barsemias folgte ihrer Führerin. Zaghaft bewegte er den Daumen, um ihre Hand zu ertasten, aber er wagte es nicht. Er scheute vor der zusätzlichen Berührung zurück.

Der Atem seiner Gefährten klang ihm unnatürlich laut und dumpf, fast so, als würden sie sich unter Wasser bewegen. Lichter zuckten in der Dunkelheit, aber sie erhellten nichts. Seine Panik wuchs. Einen Moment lang erschien ihm die fremde Hand zwischen seinen Fingern wie ein Bündel Reiser, dann war da wieder Wärme und weiche Haut.

Welcher Eindruck war wirklich, welcher eine Täuschung?

»Frafa?«, hauchte er erstickt. Sie antwortete nicht. Er lauschte nach ihren Atemzügen. Das Atmen rings um ihn hallte so laut, dass es unmöglich nur seine Gefährten sein konnten. Niemand konnte sich ihnen nähern, ohne dass Ledesiel es spürte. Doch seine Schwester kam gleich hinter ihm, und ihre Schritte patschten so gleichmäßig wie ein Uhrwerk auf dem Waldboden, apathisch und viel zu schwer für eine Elfe.

Und Barsemias hatte das Gefühl, dass er auf sich allein gestellt war und das *etwas* ihn führte, etwas Fremdes, das die Gelegenheit genutzt hatte, als er den Griff löste, und das sie nun alle ins Dunkel und ins Unglück führte!

Der Abscheu vor dem, was er da berührte, wurde übermächtig, und der Gedanke an die Orte in diesem Wald, wohin es sie bringen mochte. Panik ergriff ihn, ein Grauen vor der Berührung an seiner Hand, und er ließ los …

Frafa ging durch den Wald, und es wurde heller. Es war schön hier! Das Leben war fremd, aber mit einem Mal glaubte sie, es zu verstehen. Ihre Sinne durchdrangen es, sahen die Raffinesse in der Konstruktion. Jede Baumflocke war eine kleine Barke, seidenweich und doch mit Schuppen besetzt, die winzige Taschen formten, so gedreht, dass sie jeden Luftzug fingen und darin schwebten.

Frafa hob die Hand und berührte eine davon mit dem Finger. Sie spürte eine leichte Kraft, fast wie Elektryzität, und sie entdeckte, wie die Flocken sich voneinander abstießen und in der Luft blieben.

Sie sah Bäume, erkannte die festen Strukturen unter der weichen Haut. Das Material der Ulmenäste zeigte einen rötlichen Schimmer. Es mochte den Korallen ihrer Heimat gleichen und war doch ganz einzigartig. Frafa fühlte das Moos unter den Füßen und hätte am liebsten die Schuhe ausgezogen, um es bei jedem Schritt zu ertasten. Sie bemerkte die kleinen Tiere, die zwischen der Vegetation lebten, sie musterte Buschwerk und das Unterholz und verstand endlich, wie die Pilzbäume aufgebaut waren. Ihre Blätter vereinten sich außen um das stützende Geäst herum zu einer zähen Hülle, die fast einem Ballon glich, während darunter Samen und Symbionten und weitere Bewohner dieser Welt geschützt heranwuchsen.

Frafa war so versunken in ihre Betrachtungen, dass sie über einen Hügel stolperte. Und das war der Moment, da sie bemerkte, dass sie allein war. Wie lange war es her, dass sie ihre Begleiter verloren hatte? Wann hatte Barsemias ihre Hand losgelassen?

Die Frage schien ihr bedeutungslos.

Da war so vieles um sie, so vieles zugleich. Die Flocken waren echter Schnee. Sie spürte die eisige Berührung auf den Lippen, schmeckte das Wasser, als er schmolz. Goldenes Licht sickerte zwischen den Zweigen hindurch wie ein blasser Abglanz der echten Sonne dieser Welt, die viel röter war und die am Himmel stand, ohne zu scheinen. Monde reihten sich daneben auf, in allen Phasen zugleich, an einem Himmel, an dem die Sternbilder ineinanderliefen. Frafa wandelte in vielen Zeiten. Mochte es nicht sein, dass sie in irgendeiner von diesen Zeiten noch immer mit ihren Gefährten vereint war und sie in einer langen Reihe durch die Dunkelheit führte?

Sie machte sich keine Sorgen.

Sie betrachtete, worüber sie gestolpert war, eine kleine, aber überraschend kantige Erhebung unter dem Boden. Sie grub mit den Fingern im Moos und legte einen Winkel frei. Er fühlte sich rau an. Es setzte sich in der Erde fort – ein Objekt aus Metall, uralt und verwittert. Ein Teil davon sah aus wie Bronze. Frafas Geist erweiterte das winzige Stück, das sie sah, und in Gedanken erblickte sie eine Flugmaschine, vor ungezählten Jahren hier vergessen und eingesunken.

Sie ließ den Fund zurück und ging weiter.

Frafa lief und wusste gar nicht, ob sich ihre Füße dabei bewegten. Einen Augenblick lang fühlte sie sich an Leuchmadans Hort erinnert, an die eigentümliche Ordnung im Äther dort, wo man fast blättern konnte wie in einem Buch. Frafa schritt durch den Wald, durch Raum und Zeit und studierte.

Hinter einem dichten Saum von Gestrüpp, das aussah wie erstarrte Quallen mit geringelten Wollfäden daran, entdeckte sie ein Dorf. Die Behausungen waren bunt und rund wie Pilzbäume, bei denen nur die Hüte aus dem Boden schauten. Dazwischen bewegten sich die absonderlichen Wesen, die Frafa in der Ruinenstadt gesehen hatte, aber sie waren *anders*. Nicht so verformt, sondern mit einer gleichförmigen Zahl von Gliedmaßen und Sinnesorganen ausgestattet. Kinder tobten zwischen den Älteren, und sie alle trugen Kleidung. Aber ihre Gestalt wirkte durchscheinend, und als Frafa auf sie zuging, tauchte sie durch das Dorf und durch die Bewohner hindurch, als wären es bloße Schemen.

Frafa sah den Wald unter Schnee begraben, und rote Blütenfelder im Sonnenschein. Sie sah hohe Türme, die gewachsen waren wie Bäume, sie sah Flugapparate am Himmel und noch mehr von den fremden Wesen, die einen Krieg austrugen. Ein halbes Dutzend von ihnen starben in einem gelben Nebel, der aus einer gepanzerten Maschine kam, doch als Frafa an die Stelle gelangt war, standen dort hüfthohe Schlangenbäume um einen Tümpel mit violettem Wasser.

Sie sah nackte Echsenaffen mit Speeren in den Händen, und einen Moment lang lief sie durch das Zimmer eines Zauberers, der vor brodelnden Retorten stand und mit einer Feder auf Pergament schrieb. Als sie sich über seine Schulter beugte, um die Worte zu lesen, glotzten ihr tausend Augen auf Fühlern entgegen, und die formlose Kreatur vor ihr, zu der die Fühler gehörten, kroch empört schmatzend davon.

Frafa spürte das Gift in ihrem Leib, und sie wusste, dass sie halluzinierte. Jede Zelle in ihrem Gehirn schien einem anderen Bild nachzujagen, es festzuhalten und ihr zu präsentieren. Dinge, die sie sah, und Dinge, die sie fühlte. Wer wusste, aus welchem Winkel in Zeit und Raum die Bilder kamen? Was wirklich war und was nicht?

Wieder einmal ging eine Sonne auf. Die Strahlen stachen durch Schneisen im Wald, und Frafa sah Phantome davon durchbohrt und vergehen. Der Ulmenwald war verschwunden, und um sie her wuchsen Pilzbäume mit ballonartigen und makellos geschlossenen Kronen, rot und gelb und blau, sie sah Stämme, die aussahen wie Brotlaibe, und die Korallenbäume, die sie schon auf ihrem Weg zur Ruinenstadt gesehen hatte.

Die Luft roch frisch, und was sie sah, wirkte ungewohnt *fest.* Frafa streckte die Hand aus, berührte einen Farn und überlegte, *wann* er wohl existierte.

Dann hörte sie ein hustendes Geräusch, fühlte eine Berührung an der Brust, und als sie an sich hinuntersah, war da ein Loch, ein Schwall von grünem Blut und die Ahnung eines Schmerzes, der sich jedoch so fern anfühlte wie die Phantasmen ihrer nächtlichen Wanderung. Bei jedem Atemzug gluckste es, und Frafa bekam keine Luft in die Lungen.

Ihr wurde schwindelig, und sie brach in die Knie.

»Aye«, sagte eine raue Stimme, und ein Goblin mit goldenen Reißzähnen trat aus dem Unterholz. »Ha'n wir ja das Wild, 's undankbare Vögelchen. Mit sauberm Schuss erlegt. Und Sneithan hat's getan, nicht die stolzen Herrschaften!«

23

Der Nexus, der heute zu einem allgegenwärtigen Spinnennetz geworden ist, dessen Fäden sämtliche Bereiche unseres Informationszeitalters zusammenhalten, ist keinesfalls eine neue Erscheinung. Berichte über den Nexus reichen viele Jahrhunderte zurück, und wenn man alles hinzuzählt, was möglicherweise Berichte über den Nexus sein könnten, in einer Zeit, da dieser Begriff nicht bekannt war und es an Worten und Verständnis fehlte, um seine Natur angemessen zu beschreiben ... dann muss man seine Geschichte wohl nach Jahrtausenden bemessen.

In jenen Zeiten allerdings waren nur Magiekundige in der Lage, den Nexus zu entdecken und zu gebrauchen, eine kleine Minderheit unter den Menschen, und vermutlich auch nur wenige unter den von Natur aus magischen Völkern. Und weil Magier zu allen Zeiten ein verschlossenes Völkchen waren, das seine Geheimnisse eifersüchtig hütete, musste der Nexus vielfach neu entdeckt werden und wurde zu verschiedenen Zeiten zu den unterschiedlichsten Zwecken verwendet, ohne dass die jeweiligen Benutzer überhaupt wussten, dass sie sich in ein und derselben Sphäre bewegten.

AUS: »EINE KLEINE GESCHICHTE DER WISSENSCHAFT«,
VON TESLO HOIGAN

Rudrogeit sah, wie Sneithan die Ladung an seiner Waffe hochdrehte. Er sprang aus dem Buschwerk. Hinter ihm glitten die schleimigen Wülste, aus denen der Busch bestand, schmatzend wieder zurück.

»He!«, rief er. »Was hast du vor?«

Der Goblin blickte ihm grinsend entgegen und stützte das LIG mit dem Lauf nach oben in die Armbeuge. »Wie sieht's'n aus, Blasszahn? Geb ihr'n Rest, dem Mondgesicht. Scheiße, schau's dir an, hat sich bleichen lassen – wie'n Vampir!«

Er lachte schallend.

Frafa war auf Hände und Knie zusammengebrochen. Das blonde Haar, das ihren Kopf verhüllte, irritierte Rudrogeit. Hatten sie die Richtige erwischt? Aber er hatte schon in Altagrisa gehört, dass sie sich als Elfe tarnte.

Sie röchelte, und das Blut sammelte sich in einer Lache unter ihr. Gesplitterte Knochen ragten am Rücken aus dem zerfetzten Kleid. Die Ladung hatte ihr den Brustkorb aufgerissen. Rudrogeit hätte nicht geglaubt, dass jemand einen solchen Treffer überleben konnte – wäre es nicht gerade um *sie* gegangen!

»Sie ist erledigt«, sagte er. »Unser Auftrag ist erfüllt, also nimm die Waffe runter!«

»Hä? Ich steck ihr'n Kopf auf einen Pfahl und bring ihn deiner Mama!«

Sneithan ließ den Lauf sinken. Rudrogeit baute sich vor ihm auf. Er kam sich dumm vor, denn niemand stellte sich zwischen eine Waffe und das Ziel, vor allem dann nicht, wenn ein Goblin am Abzug hing.

Eine Nachtalbe, so bleich wie ein Vampir – meine Schwester!

»Wir sind keine Henker. Mit der Wunde kann sie nicht zaubern, und ich habe etwas von dem Zeug dabei …«

Er hatte eine Injektionseinheit eingesteckt, wie die Sicherheitskräfte sie benutzten: mit der Droge, die Zauberer ruhigstellte. Rudrogeit nestelte in den Taschen an seinem Waffengurt danach. Sie hatten nicht damit rechnen können, dass sie Frafa lebend erwischten. Es wäre zu gefährlich gewesen, es zu versuchen. Aber wenn sich zufällig die Gelegenheit ergab, hatten sie auch nicht das Recht, unnötig Gewalt anzuwenden.

»'s mir egal, Junge«, sagte Sneithan. »Geh mir aus'm Weg, sonst stanz ich ein Loch durch euch beide.«

Rudrogeit erstarrte. Er nahm die Hände aus der Tasche, hob den Kopf und starrte den Goblin an. Er blickte in die Mündung des LIG, das nun direkt auf seine Brust zielte. Frafa hinter ihm hustete und würgte.

»*Sargente* Sneithan«, fuhr er den Goblin an. »Sie richten eine

Waffe auf einen Vorgesetzten! Nimm sofort das Ding runter und tu, was ich dir befehle.«

Sneithan spuckte aus. »'s nicht für dich oder die Alte. Tu ich für Leuchmadan! Wenn'ste dich dem in'en Weg stelln willst, sag's ihm selber!«

Sneithan zog mit der Linken ein Phon aus der Brusttasche, warf einen Blick darauf und schüttelte es. »Tausend schleimige Madenschwänze! Kein Empfang. Pisswald, das. Pisswelt.«

Rudrogeit runzelte die Stirn.

Sneithan warf das Phon weg. »Scheißegal. Die Hexe hat Leuchmadan verraten, dafür soll sie sterben. Geh mir aus'm Weg, Rotauge, oder geh mit ihr mit zu'n Geistern!«

Rudrogeit blickte über den Lauf des LIG in das Gesicht seines langjährigen Kameraden. Sneithan hatte die Zähne gefletscht. Es lag kein Lächeln darin, aber auch kein Zorn. Für einen Goblin wirkte Sneithan sogar überraschend ruhig. Seine tief liegenden Augen funkelten entschlossen.

Rudrogeit hob langsam die Hände, trat einen Schritt zurück – und wirbelte herum.

Sein Fuß traf den Lauf in dem Moment, als Sneithan abdrückte. Rudrogeit spürte die Hitze der Ladung an seinem Arm, hörte den prasselnden Einschlag hinter sich im Unterholz. Er sprang auf Sneithan zu. Der Goblin wich zurück, wollte die Waffe wieder anlegen, aber der Lauf war zu lang, und Rudrogeit war zu schnell.

Ein weiterer Schuss traf die Bäume. Ein Stamm zerbarst mit einem Krachen. Ein Ächzen lief durch den Wald, als er stürzte. Rudrogeit packte zu, riss mit beiden Händen an dem Gewehr und hebelte es aus Sneithans Griff.

Der Goblin ließ los und beugte sich zur Seite. Die tief stehende Sonne stand hinter ihm, ihr Licht fiel durch eine Schneise zwischen den Bäumen geradewegs in Rudrogeits Gesicht. Er kniff geblendet die Augen zusammen.

Sneithan stieß die Klauen über den Lauf gegen Rudrogeits Kopf. Der sah es im letzten Moment. Er zuckte zurück, aber Sneithan rammte ihm den Absatz seines schweren Stiefels auf den Fuß. Rudrogeit stolperte, Sneithan setzte nach. Er trat von vorn gegen das Gewehr, und der Schaft traf Rudrogeit am Kinn. Der Vampir taumelte benommen rückwärts, und Sneithan riss das LIG wieder an sich und machte einen Satz von ihm fort.

Keuchend blieben die beiden stehen, zu weit voneinander entfernt, als dass Rudrogeit den Goblin noch einmal hätte erwischen können. Sneithans Blick wirkte beinahe traurig. »Scheiße, für 'ne Albe, Rudi, 'ne Abtrünnige und 'ne Ketzerin! 'ne zauberstablutschende Hure ...«

»Sie ist meine Schwester, Sneithan!«, fiel Rudrogeit ihm ins Wort.

Sneithan lächelte. »Blöder Vampir«, sagte er und richtete das Beschleunigergewehr auf Rudrogeit.

Es blitzte auf, dann schoss ein Schwall Blut aus Sneithans Kehle. Swankar riss das Schwert zurück, mit dem sie dem Goblin den Nacken durchtrennt hatte. Sein Kopf flog in hohem Bogen durch die Luft und rollte unter einen Strauch, der aussah wie ein Bündel leprotischer Finger.

»Alle Achtung, Rudi«, sagte sie mit überheblichem Grinsen. »Bewegendes Schauspiel, das. Fast den Flug wert und einen Goblinkopf dazu.«

Allmählich bekam Frafa wieder Luft. Sie setzte sich auf. Ihre ganze Brust brannte, aber Schmerz war besser als die Taubheit davor. Schmerz war Leben. Sie sah sich um, bemerkte die Gestalten, die vor ihr standen und sich unterhielten, verschwommene Umrisse, Stimmen, gedämpft, als würde man sie durch eine Wand hören. Der Goblin und der Vampir, die eben gekämpft hatten?

Sie wischte sich mit dem Ärmel die Tränen aus den Augen und verschmierte dabei Blut über die Wangen. Die Knochen bewegten sich in ihrem Inneren wie ein Parasit. Ihre Heilkräfte waren wieder da! Frafa sah die Auren der Wesen um sich her, die ätherischen Strukturen. Wie lange schon?

Hatten die wiederkehrenden Kräfte ihr auch geholfen, die

Gifte des Waldes zu überleben? Und war das, was sie gesehen hatte, mehr gewesen als Traum und Rausch, ein unkontrolliertes Wahrnehmen der Eindrücke, die sich dem Äther dieser Welt aufgeprägt hatten?

Konnte sie Zauber wirken?

Eine der Gestalten trat auf sie zu. Frafas Blick klärte sich. Sie sah blanke Stiefel, schlanke Beine, deren ausgeprägte Muskeln sich unter der dünnen blauen Hose abzeichneten, eine Uniformweste mit eingearbeiteten Dilatanzpanzerkissen, ein dunkles Gesicht – eine Nachtalbe. Swankar! Der Goblin lag hinter ihr auf dem Boden, und Blut sickerte aus seinem Halsstumpf.

Frafa schluckte

»Mu… Mutter«, stotterte sie. Ihr Blick war wie gefangen von dem Gesicht, das sie seit über neunhundert Jahren stets nur aus der Ferne betrachtet hatte.

Swankar lächelte. Sie ging in die Hocke, bis sie mit Frafa auf gleicher Höhe war. »Hallo, mein Kind«, sagte sie. »Ist es nicht lustig, wie weit wir beide fliegen mussten, um uns mal wieder zu treffen?«

»Ich …«, stammelte Frafa. Sie konnte sich von Swankars Augen nicht abwenden. Sie erinnerte sich an das letzte Mal, als sie mit ihr gesprochen hatte. Es war eine einsame, kalte Nacht in Daugazburg gewesen. Wieder spürte sie Tränen in den Augen. Wut, Schmerz, Sehnsucht, Enttäuschung …

Eine vorübergehende Schwäche, dachte sie. *Ich bin verletzt.* Frafa sah, wie Swankars Arm sich bewegte, geschmeidig und präzise. Swankar hielt ein blutiges Schwert in der Rechten, und mit der Linken hatte sie eine Pistole gezogen. Sie setzte den Lauf der Waffe auf Frafas Bauch und drückte ab.

Rudrogeit hob Sneithans Phon auf. Wen hatte der Goblin anrufen wollen? Hatte er tatsächlich einen Auftrag angenommen, außerhalb der Befehlskette, Frafa zu töten? Sneithan hatte von Leuchmadan gesprochen, aber das war ein alter Gott und niemand, zu dem man eine Gesprächsverbindung aufbaute. Andererseits war der Goblin dumm und abergläubisch gewesen, und womöglich hatte jemand das ausgenutzt.

Er hörte Schüsse und fuhr herum. Swankar jagte seiner Schwester noch eine Kugel in die Brust. Frafa krümmte sich.

»Ich wusste, dass du Ärger machst, Mädchen.« Swankar steckte die Pistole wieder ein. »Aber *das* hier, das ist schlimmer als alles, was ich mir je vorgestellt hätte. Was du aus dir gemacht hast, ist ekelerregend!«

Rudrogeit trat zu seiner Mutter und legte ihr die Hand auf den Arm. »Was tust du?«, fragte er.

»Ich bringe es zu Ende«, erwiderte sie. »Was ich vor langer Zeit versäumt habe.«

Sie schüttelte seinen Griff ab und hob das Schwert.

»Das ist nicht nötig«, sagte Rudrogeit. »Wir haben die Drogen …«

»Schieb dir deine alchemischen Zaubereien in den Arsch, Rudi! Man sollte meinen, das Affengesicht hat dir noch was beigebracht vor seinem Tod. Wo man sich einmischt und wo man die Klappe hält.«

»Ja – Sneithan«, stieß Rudrogeit hervor. »Warum hast du ihn überhaupt umgebracht? Ihr scheint doch ganz einer Meinung zu sein, was diesen Auftrag angeht!«

Swankar lachte. Sie wuschelte ihm mit der Linken durch das Haar. Rudrogeit hasste es, wenn sie das tat.

»Rudi, mein Kleiner«, sagte sie grinsend. »Was hat das denn damit zu tun? Seit wann frag ich meine Gegner nach ihrer Meinung, bevor ich sie absteche? Wie lange hätt ich da als Kriegerin wohl überlebt? Ich töte meine Feinde, wenn sie mir im Weg sind, einfach weil sie auf der falschen Seite stehen.«

»Na, Sneithan stand doch wohl ganz auf deiner Seite«, stellte Rudrogeit bitter fest.

Swankar zuckte die Achseln. Sie bemerkte, dass Frafa zu ihren Füßen sich erholte. Also setzte sie das Schwert an und stach es ihr in die Kehle; aber nicht tief, die großen Adern ließ sie unversehrt. Rudrogeit biss die Zähne aufeinander.

»Goblins kommen und gehen, Rudi«, sagte Swankar. »Aber

du bist mein Sohn. Wir waren tausend Jahre zusammen, und wenn du nicht schlappmachst, kannst du noch einmal tausend Jahre an meiner Seite stehen, und wir machen weiter wie bisher. Was bedeutet da schon ein Goblin?«

Rudrogeit schluckte. »Immer so weiter …«, murmelte er.

Swankar lächelte liebevoll. »Manchmal bist du ja ein Strohkopf und kannst fast für ’nen weichlichen Bücherwurm gelten. Aber daran hab ich mich gewöhnt im Lauf der Zeit. Wir gehören zusammen bis in den Tod. So ist das mit Nachtalben und ihren Vampiren.«

»Und …« Rudrogeit räusperte sich. »Was soll ich tun?«

Swankar schob ihn mit der flachen Seite des Schwertes von sich fort. Dunkles Goblinblut blieb auf seiner Uniformweste zurück und perlte von der abweisenden Oberfläche ab.

»Du hast noch einen Zug Soldaten im Wald«, schlug sie vor. »Sie klangen nicht sehr glücklich, als ich zuletzt von ihnen gehört habe. Sind mit ein paar Elfen aneinandergeraten, denke ich. Du könntest dein Sprechgerät mal wieder einschalten. Da draußen tobt ein Krieg, Rudi!«

»Ein Krieg.« Rudrogeit seufzte, und eine tiefe Müdigkeit stieg in ihm auf. »Und er endet nie.«

Frafa presste die Hände auf ihre Kehle und wand sich am Boden. Sie spürte, wie die Wunden sich schlossen, aber es dauerte zu lange. Ihre Magie war zurückgekehrt! Sie wollte zaubern, doch all ihre Kraft floss in die Heilung. Der Schmerz störte ihre Konzentration.

Sie fühlte Swankars Stiefel unter ihrem Kinn. Die kräftige Albe hob den Fuß und drückte Frafa den Kopf nach hinten. Dann trat sie zu. Ein Knochen brach in Frafas Gesicht, die Pein fuhr ihr vom Nacken durch den ganzen Körper.

Swankars Stimme klang ruhig, fast unbeteiligt. »Frafa, Mädchen, was tust du mir an? Eine Albe sollte sich nicht mit elfischen Künsten einlassen, ich habe es immer gesagt. Jetzt schau, was aus dir geworden ist!«

Mit jedem Wort spie sie ihren Abscheu aus. Sie trieb Frafa mit heftigen Tritten vor sich her, bis der nachgiebige Stamm eines Baumes die Bewegung aufhielt. Frafa lehnte mit dem Rücken daran und bemühte sich, die gebrochenen Rippen einzurichten, während sie heilten.

Swankar soll reden!

Wenn sie mich nur einen Augenblick vergisst …

Es war eine verzweifelte Hoffnung, erkannte Frafa.

»Du hast nicht nur Aldungan verraten, sondern dein ganzes Volk. Dass ich dich so sehen muss! Eine *Elfe* wolltest du werden! Alles, was ich hasse, unsere schlimmsten Feinde. Wie konntest du mir das antun?«

Swankar schrie sie nun an. Sie setzte die Schwertspitze auf Frafas Stirn, drückte sie hinein und zog die Klinge seitwärts. Der Schnitt klaffte bis auf den Knochen.

»Diese Elfenhaut zieh ich dir vom Leib«, zischte Swankar. »Und ich hoffe, dass meine Tochter wenigstens als Nachtalbe stirbt!«

Sie fuhr mit der Klinge am Kopf entlang nach unten, durchtrennte an der Schulter das Kleid und die Haut zugleich. Dann hielt sie noch einmal inne und lächelte auf Frafa hinab.

»Ich habe Geschichten gehört über deine Schwäche«, erzählte sie. »Von Aldungan. Ich habe den Grund erfahren, warum du nie nach der Unsterblichkeit der alten Zauberfürsten gestrebt hast – weil du während Darnamurs Revolution einen Folterkeller gesehen und *Angst* bekommen hast! Angst, dass der Tod dir als Fluchtweg verwehrt ist, wenn du den Schmerz nicht mehr ertragen kannst. Meine schwache Tochter wählt lieber den Tod als die Macht.«

Frafa blinzelte sich das Blut aus den Augen. Sie starrte Swankar an und fühlte sich so, als gehöre ihr Körper schon jetzt nicht mehr zu ihr, als hinge sie selbst nur noch hilflos an dem gequälten Fleisch, das ganz eigenständig unter Zaubern zuckte. Sie konnte nur zusehen, wie ihre Mutter sie hasste, und sie konnte *nichts* dagegen tun.

Sie wollte etwas sagen, aber die brennende Agonie in ihrem

Leib verschloss ihr die Lippen, und ihr Geist wollte nicht glauben, dass das wirklich war, dass ihre Mutter sie bis auf diese Welt verfolgt hatte, um sie zu töten.

Swankar beugte sich vor. »Nun«, sagte sie, »wollen wir mal sehen, wie lange deine Heilfertigkeiten halten. Wie lange du sie aufrechterhalten *willst.*«

Frafa presste sich gegen den Stamm, als Swankar das Schwert hob. Da ertönte ein Knall. Etwas Feuchtes spritzte Frafa ins Gesicht. Erschrocken riss sie die Arme hoch, sie sah das Loch im Brustkorb ihrer Mutter. Ein Schwall von Blut schoss heraus und durchtränkte den Stoff der Uniform. Knochensplitter ragten aus der Wunde, eine eingenähte Panzerplatte hing nur noch an einigen Fäden von der Jacke herab.

Swankar taumelte. Frafa sah Rudrogeit hinter ihr stehen, die großkalibrige Waffe locker in den Händen. Rauch kam aus der Mündung.

»Tausend Jahre sind genug«, hörte sie ihn sagen.

»Nein!« Mühsam löste Frafa sich von dem Baum. Sie streckte die Hände aus und kroch zu Swankar hin, die in die Knie brach. Rudrogeit schwenkte die Waffe. Frafa hörte die Schüsse nicht, aber sie spürte den Schmerz in ihrem Bein, einen Schlag gegen die Schulter, der sie wieder zurückwarf. Dann verlor sie das Bewusstsein.

Frafa hatte Zauber in ihren Leib gewoben, die nicht zuließen, dass sie gegen ihren Willen lange die Besinnung verlor. Es konnte nur einen Augenblick gedauert haben, doch als sie die Augen wieder aufschlug, lag Swankar tot da, mit dem Gesicht nach unten, und Rudrogeit trug das Gewehr über der Schulter. Es war die Waffe des Goblins, und der Vampir hatte sie gerade zum zweiten Mal gerettet.

Tränen stiegen ihr in die Augen. Während ihr Geist den Schock abschüttelte, kroch der Schmerz durch ihre Gliedmaßen, und fast wäre sie wieder bewusstlos geworden. Sie konzentrierte sich, spürte, wie die Wundränder sich aneinanderschoben, wie zerfetzte Gefäße sich schlossen und wie ein Knochen in der Schulter zusammenwuchs ... Nein, wie sie ihn neu bildete, denn die Kugel hatte das Gelenk in viel zu kleine Trümmer zerschlagen.

Dann hob Frafa den Kopf und blickte ihren Bruder an, über den toten Leib ihrer Mutter hinweg. Swankar *war* tot. Frafa sah, wie die Aura sich zersetzte und sich im fremden Boden, in der Luft verlor.

»Was hast du getan?«, fragte sie.

»Nur ein paar Fleischwunden«, sagte Rudrogeit. »Ich habe die Ladung runtergedreht. Ich musste verhindern, dass du etwas Dummes tust. Sie wieder zusammenflicken, zum Beispiel.«

Frafa blinzelte. Nur träge sickerten die Worte in ihr Bewusstsein.

»Nein«, erwiderte sie dann. »Nicht diese Schüsse. Ich meinte ... deine Mutter. Du hast sie erschossen, Rudrogeit!«

»Oh.« Rudrogeit riss theatralisch die Augen auf. »Wer hätte das gedacht. Du erkennst mich!«

Frafa stützte sich auf und kam mühsam auf die Füße. »Natürlich kenne ich dich«, sagte sie. »Ich habe euch nicht aus den Augen verloren. Ich habe ... Mutters Karriere verfolgt, über all die Jahre.«

»Wohl kaum aus familiärer Bindung, meine große Schwester.« Rudrogeit verzog die Lippen.

»Ich habe aufgepasst, wo ihr gerade seid, und bin euch aus dem Weg gegangen«, sagte Frafa. »Ich dachte mir, so wäre es am besten für uns alle, kleiner Bruder.«

»Vermutlich«, erwiderte Rudrogeit. Er nickte in Swankars Richtung. »Sie war nicht so klug. Sie hat wohl auch deinen Werdegang verfolgt, und ich fürchte, sie hat dich gehasst.«

»Warum?« Frafa konnte nicht glauben, dass Swankar überhaupt ein so starkes Gefühl für sie gehegt hatte.

Rudrogeit zuckte die Achseln. »Sie war eine Nachtalbe. Nachtalben sind so.«

Frafa wollte empört widersprechen, aber ein Blick in Rudrogeits tote Augen schnürte ihr die Kehle zu. Die rote Iris schwamm darin wie ein Tropfen Menschenblut in einem kristallklaren Bergsee.

Rudrogeit lachte. »Was?«, fragte er. »Widersprich mir ruhig, wenn du kannst. Sag, dass du anders bist. Als vierzehnjähriger Jüngling hatte ich solche Träume. Ich lernte eine Nachtalbe kennen, die zerbrechlich wirkte, voller Gefühl und ganz anders als Mutter. Und ich dachte, hey, das ist meine Schwester. Wir können Freunde werden! ... Nun, du weißt, was du mir damals beigebracht hast. Danach kam ich zu dem Schluss, wenn alle Nachtalben so hart und so kalt sind, bleibe ich lieber bei meiner Mutter. Die sorgt wenigstens für mich.«

Frafa öffnete den Mund, schüttelte schließlich den Kopf. Ganz gegen ihren Willen stieg ein Lachen in ihr auf. Litiz, ihre Mutter, Rudrogeit und sie selbst vermutlich auch – es gab so wenige Völker, die der Zeit trotzten und davon unberührt blieben. Hatten sie denn alle nichts Besseres zu tun, als die kleinlichen Verletzungen ihrer Jugend durch die Jahrhunderte zu tragen und lebendig zu halten? Hilflos hob sie die Hände.

»Rudrogeit«, sagte sie. »Es tut mir leid. Ich entschuldige mich bei dir. Ich entschuldige mich bei allen, denen ich jemals mit einer unbedachten Tat oder Geste Leid zugefügt habe. Aber willst du mir wirklich erzählen, dass du tausend Jahre lang deiner Mutter gefolgt bist und ein freudloses Leben geführt hast, das du eigentlich nicht wolltest, nur weil deine Schwester einmal ein paar harte Worte zu dir gesagt hat?«

Der Vampir grinste, sodass Frafa seine spitzen Zähne sah. Nur zwei Zähne, lang und leicht gebogen wie bei einem Raubtier in einem ansonsten menschlichen Gebiss. »Nun«, sagte er. »Es fehlten die sanfteren Worte zwischendurch, die den Eindruck hätten abmildern können. Aber, nein, ich bin nicht so weich, dass ich deswegen zu Mutters Rockzipfel flüchte und da kleben bleibe.«

Er ließ die Waffe sinken und stützte sich darauf, sodass der Lauf sich in den Boden bohrte. Dann schaute er auf Swankars Leiche hinab und sprach weiter. »Die Wahrheit ist wohl, ich bin ein Vampir. Für mich war es damals nicht so leicht, der Mutter Lebewohl zu sagen und ein eigenes Leben zu führen. Später ...

Irgendwie schien es nie zu gehen. Wer weiß, wann es zu spät war oder ob es jemals hätte anders sein können.«

»Jetzt hast du sie getötet«, stellte Frafa fest.

»Ich hätte nicht gedacht, dass dir das zu Herzen geht, Schwester.« Bitterkeit lag in seiner Stimme. Sein Blick auf die Tote drückte fast so etwas wie Liebe aus. Verlust. Dennoch hatte er geschossen. Warum?

»Du hast mich gerettet«, sagte Frafa. »Aber was ist mit dir? Du kannst nicht leben ohne ihr Blut!«

»Mach dir deswegen keine Sorgen. Ich habe lang genug gelebt, nehme ich an.«

»Nein«, widersprach Frafa. »Bleib bei mir. Ich beherrsche die Kunst des Lebens, und ich finde einen Weg, um dich zu verändern. Wir finden einen Weg, damit du lebendig sein kannst und frei.«

Rudrogeit schüttelte den Kopf. Mit der Linken wies er auf den Wald hinter sich. »Wir sind keine große glückliche Familie, Frafa. Und das Versuchskaninchen für deine Zauberkunststückchen will ich auch nicht sein. Geh einfach, und lass mich meine Mutter begraben.«

»Nein.« Frafa ging auf ihn zu, bis nur noch Swankars Leichnam zwischen ihnen lag. »Ich lasse dich nicht hier. Du hast mich gerettet, du hast dich für mich entschieden und gegen sie. Das soll nicht das Ende sein. Du kannst ein besseres Leben anfangen.«

Sie fühlte eine Berührung an der Seite und fuhr herum. Barsemias!

Woher war der Elf so plötzlich gekommen?

Sie wusste nicht, was von den Ereignissen und von den Gesprächen er mitbekommen hatte. Ihr Bruder jedenfalls betrachtete sie unbewegt. Kein Zucken in seinen Augen hatte verraten, dass der Elf von hinten an sie herangetreten war.

»Komm«, sagte Barsemias. »Lass ihn.« Er schaute an Frafa vorbei auf Rudrogeit. »Auch wenn du ihn Bruder nennst: Er ist ein Vampir – ein Geschöpf, das von Nachtalben als Diener gezüchtet wurde. Er gehört nicht zu uns.«

Die Erleichterung über das Wiedersehen schwand.

»Und ich *bin* eine Nachtalbe!« Wütend stieß Frafa ihn weg. »Was glaubst du, was mir in die Wiege gelegt wurde? In welches finstere Loch willst du mich dann stecken?«

Barsemias sah verlegen zu Boden. »Das ist etwas anderes«, murmelte er.

»Der Elf hat recht«, warf Rudrogeit ein. »Geh mit ihm mit und verschwinde von hier. Ich habe mich gegen meine Mutter gestellt, und es war an der Zeit. Aber das heißt nicht, dass ich anderswo einen Platz hätte.«

Barsemias zog sanft an ihrer Hand. Aber Frafa schaute Rudrogeit an. »Lass dir von diesem Elf nichts einreden«, flehte sie. »Über mich hat er auch nicht viel besser geredet, als wir uns das erste Mal über den Weg liefen. Und schau ihn dir an: Jetzt will er mich nicht zurücklassen!«

Barsemias ließ sie unvermittelt los. Frafa erkannte, dass er knallrot geworden war im Gesicht.

Rudrogeit sagte nichts mehr. Er hatte das Gewehr weggelegt und ging neben Swankar in die Hocke. Barsemias kam wieder heran, und nun schaffte er es, Frafa ein Stück mitzuziehen.

»Du hast recht«, flüsterte er. »Dich will ich nicht mehr zurücklassen. Aber bei ihm ist es anders: Er hat seine Entscheidung getroffen. Du kannst es ihm nur noch schwerer machen.«

Frafa widersetzte sich nicht länger. Auf der anderen Seite der Lichtung wandte sie sich noch einmal um. Rudrogeit kniete neben Swankar und hatte den Kopf der Mutter in seinen Schoß gebettet. Er blickte abwesend drein und ließ ihre Haare durch seine Finger gleiten. Frafa wartete auf einen letzten Blick, aber es war ein einseitiger, ein einsamer Abschied für sie. Rudrogeit teilte ihn so wenig mit ihr, wie sie seinen Abschied von ihrer Mutter teilen konnte.

Barsemias führte sie durch den morgendlich erhellten Wald. Es war fast so wie in den nächtlichen Trugbildern, aber *greifbarer.* Alles wirkte bunt und friedlich und entrückt, erfüllt von den

Geräuschen des Lebens. Barsemias stützte sie, und Frafa lehnte sich gern an ihn, auch wenn sie mit jedem Schritt an Kraft gewann. Bei manchen Bewegungen knirschte es noch in ihrem Leib; einige Knochen waren falsch zusammengewachsen – sie würde sich später darum kümmern. Sie roch das eigene Blut, mit dem sie über und über besudelt war, und sie versuchte so zu laufen, dass Barsemias nichts davon an seine Kleidung bekam.

Was dachte er?

Er ging mit keinem Wort auf ihren Zustand ein, er wich nicht zurück, sondern hatte den Arm um sie gelegt.

»Du hast deine Magie wieder«, stellte er fest.

»Hm-hm«, sagte sie.

Ein Pfeifen hallte durch den Wald, schrill, aber weit entfernt. Ein Geschöpf wie eine bunte Girlande kroch vor ihnen davon und raschelte, als es sich bewegte. Frafa ließ ihre Sinne ausgreifen, all ihre magischen Sinne, die sie so lange entbehrt hatte, und das Idyll zerbrach.

Sie spürte eine lauernde Präsenz, die vor ihrem Tasten zurückwich und wiederkehrte, wenn sie nicht aufmerksam war. Während Frafa ihre Umgebung sondierte, wurde sie selbst betrachtet, und sie wusste nicht, von wem. Magie stieg vom Boden auf, erfüllte die Wurzeln und alles Leben ringsum, verwob den Wald zu einer Einheit, die sich ganz auf *sie* zu konzentrieren schien.

Frafa erschauderte.

Es war gewiss eine Täuschung. Sie kannte diese Welt nicht, ihre magischen Sinne kehrten eben erst zurück. War es da nicht möglich, dass sie das Spiel der Auren an diesem Ort falsch interpretierte? Dennoch beschlich sie das Gefühl, dass ihre Unruhe gestern schon ein Ausdruck ihrer wiederkehrenden Kräfte gewesen war. Dass sie gespürt hatte, wie etwas in ihrer Umgebung sich veränderte.

»Wie hast du mich gefunden?«, fragte sie. »Wie seid ihr aus dem unheimlichen Waldstück herauskommen, letzte Nacht?«

»Wir waren wohl etwas verwirrt in der letzten Nacht«, antwortete Barsemias. »Da flogen Sporen in der Luft, ein Gift. Ledesiel hat es zu spät bemerkt. Biste musste uns erst etwas wachrütteln. Auf ihn hat es nicht gewirkt.«

»Ja«, sagte Frafa. »Es liegt Stärke in der Vielfalt.«

»Was?«, fragte Barsemias.

»Ein alter Wahlspruch der Finstervölker.« Sie knuffte ihn schalkhaft. »Manchmal haben wir eben doch recht, nicht wahr?«

»Vielleicht. Wie auch immer, wir hatten vier der stärksten Zauberer unseres Volkes bei uns, und so sind wir herausgekommen. Fünf, wenn man mich mitzählen möchte, aber ich bin ja fast nutzlos hier am Boden. Dann haben wir dich gesucht. Die Schüsse haben mich schließlich in die richtige Richtung geführt.«

Er atmete tief durch. »In den letzten Stunden ist eine Menge geschehen, Frafa. Unser Volk kämpft. Menschensoldaten gegen Elfenzauberer im Wald, das ist gar nicht mal so schlimm, damit werden wir fertig. Aber der Wald, Frafa, der Wald!«

Er sah sich beunruhigt um und fasste Frafa fester. Mit einem Mal hatte sie das Gefühl, dass er sie nicht nur stützte, sondern dass er selbst Halt suchte. »Es ist, als hätte diese Welt sich gegen uns erhoben. Die Krankheiten waren der Anfang. Die Tiere werden feindseliger. Die Pflanzen bilden Gift. Es geschehen … Dinge. Kein gezielter Angriff, aber man erkennt eine Richtung. Es ist wie ein Kratzen, aber es ist diese ganze Welt, die sich kratzt, und wir sind ihre Flöhe!«

Genau das war es, was Frafa ebenfalls fühlte. Was sie bereits gestern wahrgenommen hatte. Dennoch fiel es ihr schwer, diese Welt als Bedrohung anzusehen. Sie erinnerte sich an all die Bilder der vergangenen Nacht, daran, wie sie das Leben an diesem Ort durchschaut und bewundert hatte. Es mochte ein Wachtraum gewesen sein, doch jetzt war es ihre *Erinnerung*, und es war eine Erinnerung daran, dass diese Welt *schön* war! Und war sie nicht eben erst gerettet worden? Waren sie nicht *alle* gerettet worden, nachdem sie sich im Wald verirrt hatten?

Sie konnte in diesem Moment nichts anderes empfinden als Dankbarkeit.

»Wenn die Geschöpfe dieser Welt uns so wenig mögen«, sagte sie leichthin und verfolgte den Flug zweier schillernder Insektenwesen, »dann sollten wir froh sein, dass wir auf ihrer Welt sind und nicht sie auf unserer.«

»Nun«, entgegnete Barsemias. »Etwas von dieser Welt *ist* auf die unsere gekommen. Darum sind wir überhaupt erst hier! Und ich denke, wir bekommen gerade ein paar Hinweise darauf, warum wir bei uns zuhause solche Probleme haben – auch wenn wir sie nicht deuten können.«

Frafa blieb stehen. Sie fasste Barsemias bei der Jacke, zog ihn zu sich, blickte zu ihm auf. Dann stellte sie sich auf die Zehenspitzen und küsste ihn. Sie schlang die Arme um seinen Leib und hielt ihn fest, und einen Moment lang erwiderte er die Umarmung.

Dann wand er sich verlegen aus ihrem Griff, trat einen Schritt zurück und räusperte sich.

»Äh.« Er wischte sich die Stirn. »Wofür war das? Ein, äh – Nachtalbenbrauch?«

Frafa lachte. »Ganz im Gegenteil! Ich habe keine Lust mehr auf Nachtalbenbräuche. Ich musste gerade an meine Mutter denken und an meinen Bruder und an *mich*! Ich habe etwas gelernt auf dieser kleinen Lichtung: Tausend Jahre sind eine zu lange Zeit, um sie in Gefangenschaft zu verbringen. Und ich *war* gefangen, gefangen von ein paar wenigen Erfahrungen, ein paar wenigen Jahren, die allein dadurch die Herrschaft über mein Leben erringen konnten, weil sie früh gekommen sind und ich noch nicht wusste, wie ich mich dagegen wehren sollte!«

Barsemias musterte sie verständnislos. »Frafa«, sagte er. »Geht es dir gut? Die Verletzungen …«

Frafa wischte seine Worte fort. »Es geht mir *besser.* Ich habe mich von meiner Vergangenheit fesseln lassen, Barsemias, und dabei die Gegenwart versäumt. Ich habe mehr darauf geachtet, keine Fehler zu machen, nicht mehr verletzlich zu sein, als darauf, zu leben. Das war dumm von mir. Man darf nicht nur bewahren, was man ist, und sich allem anderen verschließen.

Leben ist Veränderung, Barsemias. Und warum sollte eine Nachtalbe nicht einen Elf küssen? In tausend Jahren kann man alles sein! Und ich habe es versäumt …«

Sie schaute Barsemias an. »Ich will es nicht länger versäumen. Ich will lieben und mich verändern und die Welt in meinem Inneren fühlen. Auf dieser Lichtung habe ich erkannt, dass wir leben!«

Sie kamen an eine Lichtung. Frafa stutzte, als sie den wolkengrauen Kriegsodontopter in der Mitte stehen sah. Dann fiel ihr Blick auf die Elfe Ledesiel, die auf einem moosbewachsenen Stein saß. Wisbur und Biste standen neben ihr. Ein kleines Tier lag zu ihren Füßen, und der Gnom und der Wichtel beäugten es misstrauisch. Aber Frafa spürte schon aus der Ferne, dass das Geschöpf tot war.

»Ledesiel!«, rief sie. »Es freut mich, dass es Euch gut geht!«

Die Elfe schaute nur flüchtig auf. »Euch haben wir das jedenfalls nicht zu verdanken.«

»Ledesiel!« Barsemias hob beschwichtigend die Hand. »Gib Frafa nicht die Schuld daran. *Ich* habe sie losgelassen. Und sie wäre beinahe gestorben, weil wir sie allein gelassen haben.«

»Sie lebt, wie ich sehe.« Ledesiel musterte Frafa von Kopf bis Fuß und rümpfte die Nase. »Und ihr Blut ist grün geblieben. So ist das mit den Nachtalbenzaubern. Sie täuschen die Sinne, aber im Inneren verändern sie nichts.«

Frafa biss die Zähne aufeinander. Was die unbestimmte Drohung des Waldes nicht geschafft hatte, gelang Barsemias' Schwester im Handumdrehen: Ihre gute Stimmung schwand.

»Wo sind die anderen?«, fragte sie. »Barsemias meinte, es ginge allen gut.«

»*Gut* ist etwas übertrieben«, erwiderte Ledesiel. »Mein Volk ist in Bedrängnis. Ein halbes Dutzend unserer besten Zauberer können nicht tatenlos hier herumsitzen und warten. Die Übrigen haben sich den Spähtrupps angeschlossen oder widmen sich dem Schutz der Hilflosen.«

»Na«, sagte Frafa schnippisch. »Da kann ich aber froh sein, dass die große Zauberin Ledesiel, die Hoffnung ihres Volkes, um meinetwillen hier zurückgeblieben ist.«

Barsemias zischte begütigend und tätschelte hilflos ihren Arm. Ledesiel lupfte eine Augenbraue.

»Ich bin nicht Euretwillen geblieben«, erklärte sie. »Ich habe auf meinen törichten Bruder gewartet. Und dieses Beutestück ist zu wichtig, als dass wir es unbewacht lassen dürften.«

Sie wies auf den Odontopter. Es war ein schlankes Modell, zierlicher als der klobige Transporter der Kopfgeldjäger. Insgesamt mochte er nicht kleiner sein, aber der Rumpf war dünn und langgezogen, die beiden Kanzeln am Kopfende waren winzig. Tatsächlich glich dieses Fluggerät viel mehr einer Libelle, und der Schwanz war bestückt mit Tanks, Raketenwerfern, Munitionscontainern ...

»Der Gnom meint, er kann das Ding fliegen«, sagte Ledesiel. »Mein Volk kann auf eine solche Waffe nicht verzichten, wir haben nicht viele andere. Und doch weiß ich nicht, was wir damit anfangen sollen. Gegen das Schlachtschiff kann die Maschine jedenfalls auch nicht viel ausrichten.«

Frafa schüttelte den Kopf. »Nein«, bestätigte sie. »Ich hatte mehrere Male mit dem Schiff zu tun. Es ist ... ein Ungeheuer. Bei den ersten Zusammenstößen habe ich versucht, mich mit Magie zu wehren, aber es gibt keinen Schwachpunkt.«

Ledesiel deutete ein Nicken an. »Das müsst Ihr mir nicht sagen. Wir haben schon mit unserem ganzen Wald dagegen gekämpft, wenn Ihr Euch erinnert. Und seither haben sie das Schiff noch aufgerüstet! Wir haben ein paar Soldaten gefangen genommen und befragt und Informationen gesammelt.«

Frafa trat näher heran und schaute zu der Kreatur hinunter, die zu Ledesiels Füßen lag. Barsemias stellte sich auf die andere Seite und betrachtete das Tier ebenfalls neugierig. Es war so groß wie ein kleiner Hund, hatte schlanke Gliedmaßen mit Klauen und ein stumpfes kräftiges Maul. Frafa bückte sich und schob die Lefzen hoch. Die Zähne darunter wirkten ungewöhnlich lang, die Krallen an den Pfoten waren rasierklingenscharfe

Sicheln. Das Wesen war unbehaart, und es lag in einer Lache aus Schleim. Die Haut fühlte sich feucht und klebrig an, und das ganze Geschöpf hatte etwas seltsam Unfertiges an sich.

»Was ist das?«, fragte Frafa.

»Tiere, die an Bäumen wachsen«, sagte Ledesiel.

Frafa starrte sie fragend an.

»Ich habe es gefunden, kurz nachdem Barsemias beschlossen hat, sich Euretwegen in Gefahr zu bringen«, erklärte Ledesiel. »Es ist eine Art Embryo. Er schwamm in einer Blase, die wie eine Frucht an einem der Korallenbäume hing.«

Frafa hob die Brauen. »Das deutet ja darauf hin, dass diese Welt ganz andere Lebenszyklen kennt als wir! Womöglich gibt es gar keinen Unterschied zwischen Flora und Fauna. Wie merkwürdig. Dabei hat dieses Geschöpf noch die vertrauteste Form, die ich bisher hier gesehen habe. In einer bitanischen Stadt könnte es fast als Hund durchgehen!«

»Hässlicher Köter«, murmelte Biste.

»Mit dem Lebenszyklus dieser Welt hat das rein gar nichts zu tun.« Ledesiel betrachtete das tote Tier grimmig. »Ich habe es mit meinen magischen Sinnen untersucht – und es ist wie wir!«

Wisbur lachte auf. »Wie ein Elf oder wie ein Wichtel?«, fragte er.

»Die Zähne passen besser zu einem Nachtalb oder zu einem Gnom!«, widersprach Biste.

Ledesiel bedachte die beiden mit einem strafenden Blick. »Unser Erbgut«, sagte sie. »Oder vielmehr Bruchstücke davon, die neu zusammengefügt wurden, um *das hier* wachsen zu lassen!«

»Oh.« Barsemias erbleichte.

Frafa schaute argwöhnisch auf die Kreatur, dann auf Ledesiel. Wollte die Elfe sie zum Narren halten? Ein Tier aus ihrer eigenen Welt, das es dort gar nicht gab, das aber hier auf Bäumen wuchs?

»Wie kann das sein?«, fragte sie.

»Das liegt doch auf der Hand.« Ledesiel verzog verächtlich

die Lippen. »Es ist eine Waffe! Mit den Krankheitserregern fing es an, und so geht es weiter. Jetzt *wissen* wir wenigstens, dass es ein gezielter Angriff ist!«

Frafa glaubte es nicht. »Das wirkt nicht gezielt, sondern sinnlos kompliziert. Wer auch immer uns auf dieser Welt angreifen möchte, der findet hier genug heimische Geschöpfe, mit denen er vertrauter sein dürfte.«

»Denkt darüber nach, Frafa«, sagte Ledesiel. »All das haben unsere unsichtbaren Feinde schon versucht. Sie haben ihre eigenen Krankheitserreger an uns angepasst, und sie haben ihre eigenen Pflanzen Gifte bilden lassen, die auf uns wirken. Ihre Tiere haben uns angegriffen. Aber ihre Biologie ist so weit entfernt von uns, dass diese Angriffe nicht richtig treffen, und wir sind so weitab vom Beuteschema ihrer Raubtiere, dass deren Aggression ... uninspiriert wirkt.«

»Also hat dieser Baum tatsächlich nach dem Odontopter geschlagen!«, rief Wisbur.

Ledesiel sah ihn skeptisch an. »Vielleicht«, räumte sie ein. »Aber das wäre schon sehr weit hergeholt. Diese Raubtiere allerdings, nach unserem Vorbild geschaffen ...« Sie wies auf den Hund zu ihren Füßen. »Wenn sie reif werden und leben, dann werden sie Hunger haben auf *unser* Fleisch, sie werden riechen, was *wir* ausdünsten. Sie sind eine Waffe, die auf uns zielt, und nur auf uns!«

Frafa stand da wie festgefroren. Sie ging im Kopf die Möglichkeiten durch, überlegte, was nötig war, um so ein Geschöpf zu züchten ... nein, von Grund auf neu zu entwerfen und es aus dem Nichts wachsen zu lassen. »Unmöglich«, flüsterte sie. »Was für ein Zauberer soll das sein, der eine solche Chimäre innerhalb eines Tages entwirft? Niemand kann das. Man würde immer von einem vertrauteren Muster ausgehen!«

»Auf unserer Welt«, sagte Ledesiel. »Aber was, wenn es unseren Feinden leichter fällt, etwas im Kopf zu entwerfen, als uns zu beobachten und unsere Schwächen äußerlich zu studieren? Wenn ihr Verstand einfach so groß ist, dass sie den Bauplan eines Organismus von Grund auf neu berechnen können, und sie sich deswegen gar nicht damit aufhalten müssen, Vorhandenes zu variieren?«

»Eine Welt, die sich kratzt«, flüsterte Barsemias.

Frafa erinnerte sich an die Eindrücke, die sie von dieser Welt gesammelt hatte. In ihren Visionen. Gab es darin einen Hinweis auf die Zauberer? Oder war es tatsächlich die Welt selbst, die gegen sie arbeitete ... ein vernetzter Organismus wie ein Elfenwald? Oder eine *Maschine,* wie es auch ein Elfenwald letztlich war, gesteuert von Meistern, die im Verborgenen blieben.

Es muss nicht einmal Meister geben, dachte Frafa. Die Elfen schickten die Geister ihrer Zauberer in den Wald, um ihn zu lenken. *Was, wenn der Wald und die Geister bleiben, aber alle Bewohner längst fort sind?*

»Wie viel Zeit bleibt uns noch?«, fragte sie. »Bis diese nächste *Waffe* gegen uns einsatzbereit ist?«

Ledesiel zuckte die Achseln. »Wenn dieser Hund ein typisches Beispiel ist? Wenn ich die Zeit bis zum Schlüpfen schätzen soll? Vielleicht nur ein Tag, vielleicht länger ...«

»Dann«, sagte Frafa, »brauchen wir rasch einen Plan, um hier fortzukommen. Lasst uns über diese Informationen reden, die Eure Leute von den gefangenen Soldaten erhalten haben ...«

Frafas Blick schweifte zur Mitte der Lichtung. »Und am besten«, fügte sie hinzu, »bevor sich herumspricht, was mit diesem Odontopter geschehen ist.«

24

***Aufprägen** – Das Einbringen von Informationen in den* *Nexus *und das Abspeichern derselben in dieser arkanen Matrix. Streng genommen kann bei jeder Informationsübertragung über den* *Nexus *von Aufprägen gesprochen werden, denn Datenübertragung in dieser Struktur funktioniert immer so, dass eine Information von der einen Seite im* *Nexus *hinterlegt, von der anderen Seite dort abgeholt wird. Ein Zauberer, der mit einem Kollegen ohne Hilfsmittel über den* *Nexus *kommuniziert, prägt dort ebenso Informationen auf wie ein gewöhnlicher Gesprächsteilnehmer, der mithilfe von* *Portalsteinen *eine Unterhaltung mit einem Freund in einer anderen Stadt führt.*

Seit der Entstehung des *Äthernetzes *hat es sich allerdings eingebürgert, derlei flüchtige Informationsübertragung außen vor zu lassen und nur noch dann von Aufprägen zu sprechen, wenn Informationen so in den* *Nexus *eingebracht werden, dass ihre Position in* *Portalen *dauerhaft gespeichert bleibt und die Daten damit für andere Teilnehmer über einen längeren Zeitraum hinweg frei abrufbar sind.*

AUS: »TECHNIKLEXIKON«, VON ISKWELZA VON DAUGAZBURG

Dicht über dem bunten Dach des Waldes brummte der Odontopter auf die Küste zu. Frafa saß in der Pilotenkanzel. Sie trug eine erbeutete Uniform der Unionstruppen und hatte ihr Äußeres mit einer leichten Illusion getarnt. Zum Schutz vor den technischen Hilfsmitteln, die sich von einem Trugbild nicht täuschen ließen, hatte sie auch wieder ihre albische Erscheinung angenommen, den bräunlichen Teint mit dem Stich ins Olivgrüne und die schwarzen Haare. Das machte den Unterschied zwischen ihrer Tarnung und dem tatsächlichen Aussehen so gering, dass ein Mensch schon sehr genau hinschauen musste, um ihn zu bemerken.

Und Frafa hatte auch ihre Aura verändert, womit jeder Aurentaster ihre falsche Identität bestätigen würde. Das war leicht, denn Frafa hatte Jahrhunderte Übung in dieser Kunst, und Aurentaster waren inzwischen das bedeutendste Hilfsmittel der Union, wenn es darum ging, die Identität einer Person zu überprüfen. Ein glücklicher Zufall.

Weniger glücklich war Frafa mit dem Gnom, den sie auf dem Schoß trug und der den Odontopter lenkte. Immer wieder sackte das Fluggerät ab und streifte die Bäume, schnitt mit den Cresitflügeln durch den Bewuchs oder machte unkontrollierte Schwenks. Jedes Mal hob sich Frafas Magen, und sie kämpfte gegen die Übelkeit an.

»Wisbur«, sagte sie. »Halt die Maschine ruhig. Ich dachte, du kannst fliegen?«

Der Gnom umklammerte verbissen die Steuerhebel. »Ich kann fliegen. Kampfpiloten fliegen wagemutig!«

»Ich würde mir auch weniger Sorgen machen, wenn ein Kampfpilot die Maschine steuerte. Aber du bist nur ein Gnom.«

»Ich weiß«, antwortete Wisbur. »Ich werde jedes Mal daran erinnert, wenn ich die Fußpedale verstellen muss. Frafa, kannst du bitte …«

»Diese Fesseln sind schleimig!«, meldete sich Biste aus der zweiten Kanzel. »Ich will die loswerden!«

»Die Ranken sind nicht schleimig«, sagte Frafa. »Sie sehen nur so aus.«

»Eben«, erwiderte Biste. »Ich hasse diesen Plan.«

Frafa seufzte. »Still jetzt.« Sie legte einen Hebel um und stellte eine Sprechverbindung her.

»*Lichtbringer*, Swankar hier. Ich komme zurück. Macht einen Platz frei.«

»Horst an Adler eins – wer kommt zurück?«

Frafa atmete auf. Sie war sich nicht sicher gewesen, ob Kanal und Verschlüsselung stimmten und ob man ihren Ruf überhaupt entgegennehmen konnte. Sie runzelte die Stirn und überlegte, was sie antworten sollte.

»Willst du mich für dumm verkaufen, Horst? Ich hatte Ärger

und hab verdammt schlechte Laune, also mach mir den Landeplatz frei!«

Einen Augenblick lang herrschte Schweigen. Dann meldete der Schlachtkreuzer sich wieder. »Aye, Coronel. Landerampe bereit. Wir ... Oberleutnant Wedra möchte dringend mit Ihnen reden, Coronel.«

»Wenn ich da bin«, sagte Frafa mit Swankars Stimme und schaltete die Verbindung aus. Sie lockerte ihren verkrampften Griff um den Schalter. Ihr war heiß, und ihr Puls ging schneller.

Ich hasse diesen Plan ...

»Wisbur, Biste«, sagte sie zu ihren Begleitern. »Ich fürchte, meine Tarnung hält keinen Herzschlag lang, wenn irgendwer genauer hinschaut. Wir müssen also schnell und präzise sein und dürfen niemandem Zeit zum Nachdenken lassen. Kriegt ihr das hin?«

»Aye, Coronel«, erwiderte Wisbur.

In der Ferne endete der Wald wie abgeschnitten vor einem verwaschenen Grau. Das Meer war nah. Die orangefarben schimmernde Sonne stand in ihrem Rücken, und der Odontopter folgte seinem eigenen Schatten. Eine weitere Schneise wurde sichtbar, unregelmäßig, durchzogen von einzelnen Pflanzen und kantigen Strukturen. Die Ruinenstadt. Dazwischen sahen sie die Masten des Schlachtschiffes, die selbst fast aussahen wie fremdartige kahle Bäume.

»Ich hoffe, ich erkenne den Landeplatz.« Wisbur presste die Worte zwischen den Zähnen hervor.

»Nicht mehr reden«, sagte Frafa. »Ich muss den Kanal offen halten. Du weißt, was zu tun ist.«

Sie legte den Hebel wieder um, aber niemand meldete sich. Gab es ein Protokoll für die Landung, nach dem *sie* sich melden sollte? Frafa wusste es nicht, sie musste es eben darauf ankommen lassen.

Wisbur rutschte tiefer in ihren Schoß, bis seine Augen gerade noch über die Kante der Kanzelscheiben spähten. Die beiden vorderen Drittel der *Lichtbringer* waren vom Wald der Antennenmasten bewachsen, dahinter erhob sich eine Brücke. Frafa sah Aufbauten und Waffengondeln am Rand und einen zweiten Odontopter am Heck. Direkt daneben war eine markierte Fläche, umgeben von Klammern und Hebeln.

»Da!«, sagte Frafa und erkannte ihren Fehler sofort. Sie hielt dem Gnom den Mund zu, damit er nicht antwortete, und der Odontoper geriet ins Trudeln.

»Hm«, schnaubte Wisbur. Die Maschine stand sirrend in der Luft, kreiste über dem Heck des Kreuzers wie eine trunkene Hummel und sank dann in einer taumelnden Spirale hinab. Sie landeten hart und schräg, und ein halbes Dutzend Soldaten liefen über das Heck auf sie zu.

Frafa schaute entsetzt hinaus. Wisbur rammte hektisch einige Hebel und Schalter in die Parkposition und verschwand. Im selben Augenblick erkannte Frafa, dass die Soldaten keine Waffen in der Hand hatten. Sie duckten sich unter den immer noch schlagenden Flügeln hindurch und hakten Gurte an den Odontopter.

Frafa schaltete die restlichen Geräte ab. Sie nahm die Magie des verkleinerten Gnoms auf ihrer Uniformjacke wahr. Musste sie noch etwas tun, um Wisbur zu helfen? *Nein. Der Gnom wusste, was zu tun war!*

Sie sprang hinaus und schaute sich um. Die Soldaten zogen den Odontopter mit Winden in eine Ruheposition und sicherten ihn. Von der Brücke her kam ein weiterer Trupp auf sie zu, und an der Spitze ging ein Nachtalb mit einem dicken Verband um den Kopf!

Frafa wandte sich erschrocken ab.

Ein Nachtalb! Der war schwerer zu täuschen als ein Mensch. Sie ging um den Odontopter herum und hob den Wichtel aus seinem Sitz. Dadurch war sie außer Sicht und gewann einen Augenblick Zeit, um sich auf die Begegnung vorzubereiten. Sie hatten Biste mit Ranken aus dem Wald gefesselt und wollten ihn als Gefangenen an Bord bringen.

»Coronel Swankar«, rief der Alb. *Feitlaz der Schiffszauberer.* Sie erinnerte sich an den Namen des Mannes, den sie von einem

Gefangenen erfahren hatten. »Wir hatten Sie fast schon aufgegeben. Die Verbindung war so lange unterbrochen ...«

Sie tauschte einen Blick mit Biste und hatte das Gefühl, dass der hilflose Ausdruck auf seinem Gesicht ihre eigenen Empfindungen spiegelte.

Keine Zeit zum Nachdenken. Schnell und präzise!

Frafa straffte sich, ging auf die Soldaten zu und schob den Wichtel vor sich her.

»Es gab Probleme«, knurrte sie.

War ihre Stimme rau genug, traf sie den richtigen Ton, um den Nachtalb zu täuschen? Sie hätte ihn gern genau angesehen, damit sie merkte, wenn er Verdacht schöpfte. Zugleich wagte sie nicht, ihm in die Augen zu sehen, aus Angst, sich dabei umso rascher zu verraten. Aber wäre Swankar seinem Blick ausgewichen?

Sie sah ihn an. »Ich muss diesen Gefangenen in den Nodusraum bringen. Sofort.«

»Auf die Behelfsbrücke?« Der Zauberer strich sich nervös über den Verband an seiner Stirn. »Warum das denn? Wedra erwartet Sie auf der Brücke. Wir haben hier auch Probleme, und ...«

»Schiffszauberer Feitlaz«, sagte Frafa. »Habe ich Sie jemals ermuntert, auf meine Befehle mit Fragen zu antworten?«

»Äh, nein, Coronel.« Feitlaz zog hastig den Kopf ein. »Zur Behelfsbrücke. Sofort.«

Er schaute sich Hilfe suchend nach seinen Begleitern um. Offiziere und Unteroffiziere. Frafa hatte Mühe, die Rangabzeichen zu unterscheiden. Die Menschen wichen seinem Blick aus und bildeten eine Gasse. Frafa zog ein Messer, schnitt Biste die Fesseln durch und stieß den Wichtel zu dem Zauberer hin.

»Hier, nehmen Sie den Gefangenen. Und Abmarsch!«

»Ich?«, stammelte Feitlaz. »Den Gefangenen?« Er blickte auf Biste hinab und hob die Arme in die Höhe, als könne der Wichtel ihn beißen. Dann berührte er ihn mit spitzen Fingern an der Schulter und dirigierte ihn vor sich her. »Gut, gut«, murmelte er. »Sollen wir nicht einen Sargenten mitnehmen?«

»Feitlaz, sind Sie nicht Manns genug, um einen Wichtel im Auge zu behalten? Ich will so wenige Leute wie möglich im Nodusraum, wenn ich mich um den Gefangenen kümmere.«

»Ja, Coronel. Natürlich.«

Der Zauberer bewegte sich auf die Brücke zu. Biste ließ sich willig von ihm über das Deck führen. Die Menschen nahmen Haltung an und mieden ihren Blick, als Frafa an ihnen vorüberkam. Sie schaute von einem zum anderen, überlegte, an wen sie sich wenden sollte, und entschied sich endlich für den, dessen Rangabzeichen am unbedeutendsten aussahen.

»Du«, sagte sie und zeigte mit dem Finger auf den Mann. »Prüfe die Absprungluken!«

»Die Absprungluken?« Der Mann sah sie verwirrt an. »Aber ... die Absprungluken. Jawohl, Coronel.«

Er salutierte, sah sie noch einmal zweifelnd an und entfernte sich Richtung Bug. Erst jetzt ließ Frafa den Arm wieder sinken und schloss mit einigen raschen Schritten zu dem Zauberer auf. Ihr war plötzlich leicht zumute, fast heiter. Sie spielte hier eine Karikatur ihrer Mutter, und sie kam damit durch!

Sie hatte sich allerdings darauf verlassen, dass an Bord niemand ihrer Mutter besonders nahestand, dass diese sich nie viel um Vorschriften und Erwartungen kümmerte und dass ihr Führungsstil auch nicht dazu einlud, ihre Anweisungen zu hinterfragen. Durch ihr einschüchterndes Auftreten hatte Swankar ein Erbe hinterlassen, von dem Frafa nun zehren konnte. Und wem, wenn nicht der Tochter, stand dieses Erbe zu?

Sie musterte die Soldaten um sich herum und verfolgte aufmerksam jede ihrer Bewegungen. Den Schiffszauberer behielt sie besonders im Auge. Sie bereitete Zauber vor, mit denen sie sich notfalls einen Weg bahnen konnte, wenn die Täuschung nicht ausreichte.

»Wo ist eigentlich Ihr eigener Sargente?«, fragte Feitlaz über die Schulter. »Sein Landetrupp wurde aufgerieben, und die Verbindung ist abgebrochen. Sargente Sneithan und der Capitan haben sich schon vorher nicht mehr gemeldet. Sie wollten sich doch mit den beiden treffen, und dann lautete Ihr letzter

Befehl, dass wir uns von der Gegend fernhalten und Sie nicht stören sollten. Wedra ist ganz außer sich!«

Sie traten durch einen niedrigen Durchlass in einen Gang und folgten einer steilen Treppe nach unten. Winzige Lichtpunkte unter der Decke tauchten alles in einen albenfreundlichen Dämmer. Soldaten kamen ihnen entgegen, wichen aus. Und dieser Zauberer schwatzte immer weiter …

Frafa schwieg, doch sie hatte das Gefühl, dass sie etwas sagen sollte. Eine nette Plauderei mit dem Nachtalb, da konnte sie sich nur verraten!

»Zuletzt haben wir auch noch unsere Zielperson vom Aurentaster verloren. Ist sie tot? Wedra wünscht, dass Sie den Einsatz schwerer Waffen autorisieren. Ich persönlich möchte den Nodus vorschlagen. Mit der aufgerüsteten Anlage kann ich massive Zauber gegen die Elfen wirken.«

»Ja«, sagte Frafa. »Der Vorschlag klingt gut. Noch ein Grund, schnell zum Nodusraum zu gehen.«

»Gut«, antwortete Feitlaz zögernd. »Wedra fürchtete schon, Sie wollten weitere Marineinfanterie in den Wald schicken. Und wir haben nicht so viele Bodentruppen an Bord.«

Ein kurzes Zögern in seiner Antwort verriet Anspannung. Nach dem vorangegangenen Redeschwall fiel es Frafa gleich auf. Feitlaz ging an einer Einmündung vorbei. Fünf Schritte dahinter wirbelte er plötzlich herum.

»Das ist nicht der Weg zum Nodus!«, rief er triumphierend. »Wer sind …«

Frafas Hand fuhr auf seine Schulter zu, aber der Stoß ihrer Essenz war noch schneller und schnitt dem Zauberer das Wort ab. Frafa spürte seine Abwehr, ein schwacher Reflex – und schon war sie hindurch. Sie zerfetzte seine Aura, legte alle Nerven in seinem Leib lahm. Feitlaz war tot, noch bevor die Hand seine Schulter berührte. Sein Geist trieb in Fetzen durch den Äther.

Frafa streckte ihre eigene Essenz weiter aus, ließ sie in Feitlaz' Körper fließen und verband ihn mit ihrem Geist, wie ein Puppenspieler die Fäden an seiner Marionette verknotete. Kurz bevor Frafa den Toten völlig unter Kontrolle hatte, sank er ein Stück zur Wand hin. Dahinter sah Frafa Biste, der erschrocken zu ihr aufblickte.

Und am anderen Ende des Gangs einen uniformierten Soldaten, der den Kopf in ihre Richtung drehte und die Augen aufriss.

Als Frafa den Odontopter verließ, balancierte Wisbur auf ihrem Ärmel und kroch langsam auf das Handgelenk zu. Der grobe Stoff bot guten Halt, ein Gnom in Käfergröße konnte sich auf den Fasern bewegen wie eine Spinne in ihrem Netz. Dennoch hoffte Wisbur, dass Frafa allzu schwungvolle Bewegungen mit den Armen vermied.

Mit einem Auge und mit einem Ohr hatte er zu verfolgen versucht, was um sie herum vorging. Als er den Nachtalben erkannte, der Frafa begrüßte, erschrak er. Alben spürten verkleinerte Gnome! Er fragte sich, ob Frafas Illusion ihn davor schützte. Er bezweifelte nicht, dass sie ihn mit ihrer Magie mühelos gegen den Spürsinn des Schiffszauberers tarnen konnte, aber dachte sie auch daran?

Er zögerte nur kurz, dann kroch er weiter. Er musste sich auf die Dinge konzentrieren, die er zu tun hatte, und er musste sich darauf verlassen, dass seine Gefährten ihren Teil der Arbeit erledigten!

Am Saum des Ärmels hielt er inne und verschaffte sich festen Halt. Er hatte so viel Ausrüstung mitgenommen, wie er am Leib tragen konnte, alles, was nützlich sein mochte und was sich verkleinern ließ. Er legte die Hand auf die Pistole, schaute auf all die Menschen, zwischen denen Frafa sich bewegte, und lächelte. Wenn er hier jemandem einen Bolzen ins Bein schoss, konnte er sich wenigstens darauf verlassen, dass der Gegner umfiel! Er fühlte sich gleich viel wohler als in der fremden Welt jenseits des Schiffes.

Wisbur nahm seine kleine Armbrust vom Rücken. Er rollte die Schnur von einer Winde, die an einem Gurt unter seiner

Jacke befestigt war, und hakte sie an einen Bolzen. Dann wartete er. Frafa wies auf einen Soldaten, Wisbur hörte, wie sie von den Luken sprachen. Sein Ziel. Sein Stichwort.

Er hob die Armbrust und schoss. Der Bolzen flog davon, die Schnur spulte sich von der Winde und spannte sich über die Lücke, die Frafas Hand von der Uniform des Soldaten trennte. Wisbur verfolgte den Flug und hielt den Atem an, als der Bolzen traf ...

Der große Mensch reagierte nicht. Für ihn war der Treffer nicht mehr als ein Mückenstich in die Jacke, der Aufprall so schwach wie die Berührung mit einem Haar. Wisbur zog an der Schnur, der Bolzen saß fest. Einen Augenblick zögerte er, dann sprang er, schwang sich an dem Faden hinüber zu dem Soldaten und prallte gegen dessen Hüfte.

Er ruderte mit Armen und Beinen und hing einen Moment lang nur an der Schnur, dann fand er Halt. Wisbur kletterte höher und schlich sich auf den Rücken des Mannes. In einer Falte zwischen zwei Polstern in der Panzerweste versteckte er sich und schöpfte Atem. Er durchtrennte die Schnur, an der er hing.

Wisbur sah, wie das Achterdeck hinter ihnen zurückblieb. Der Bursche, auf dem er saß, fluchte und schimpfte leise. Wisbur grinste.

Sein Grinsen verschwand, als er hörte, wie der Soldat einen weiteren Menschen ansprach.

»He, Soldat«, knurrte der Mann, der Wisbur trug.

»Sargente?«, antwortete der andere.

»Die Alte hat befohlen, dass die Landeluken überprüft werden. Tu das.«

»Die Landeluken?« Der Mann klang überrascht. »Aber ... wie überprüfen?«

»Mir doch egal. Überprüf sie halt. Was es zu überprüfen gibt.« Der Sargente machte eine Geste an seinem Kopf, die anzeigte, was er von dem Befehl hielt. »Geh einfach hin und rüttel überall mal dran.«

»Aye, Sargente«

Der Sargente machte kehrt und stapfte zum Achterdeck zurück. Der andere Soldat ging in die Gegenrichtung weiter – dorthin, wo Wisburs Ziel lag. Und der Gnom saß auf dem falschen Transportmittel.

»Du da«, rief Feitlaz über den Korridor. »Komm her und kümmere dich um den Wichtel. Ich brauch meine Hand für was anderes.« Er legte den Arm um Frafas Schultern und grinste anzüglich.

Dem Soldaten, der in ihre Richtung schaute, quollen beinahe die Augen aus dem Kopf, und Frafa fragte sich, ob sie zu weit gegangen war.

»Jawohl, Herr Oberzauberer«, antwortete er schließlich und starrte das seltsame Paar unverwandt an. Frafa hatte die Hand auf Feitlaz' Nacken gelegt, der Zauberer zog sie an sich.

Auch Biste blickte ratlos zu den beiden hinauf. Dann war der Soldat bei ihm, ein unbewaffnetes Mitglied der Schiffsbesatzung.

»Bring den Kleinen zum Nodusraum«, befahl Frafa.

»Geh schon mal vor«, fügte Feitlaz hinzu. »Wir kommen gleich nach.«

Er grinste breit, und der Soldat wandte sich rasch ab und zog den Wichtel mit sich. Sie gingen zurück bis zur letzten Abzweigung, und Frafa und Feitlaz folgten ihm. Sie lehnten sich aneinander, und Frafa ließ Feitlaz kräftig zufassen. Bei den ersten Schritten bewegten sie sich unsicher. Es fiel Frafa schwer, beide Körper zu lenken. Aber sie steckten die Köpfe zusammen, und Frafa ließ Feitlaz kichern, damit die Unbeholfenheit und das gegenseitige Stützen wie eine unangemessene Vertraulichkeit wirkten.

Dem Soldaten war die Situation hoffentlich peinlich genug, dass er keine weiteren Fragen stellte. Frafa rechnete nicht damit, dass er ihre Tarnung durchschaute. Selbst wenn dem Matrosen das Verhalten seiner Vorgesetzten merkwürdig vorkam, was sollte er dagegen tun?

Bald darauf gelangten sie an ein Schott aus Skermakial. Von dem speziell gezüchteten Hartholz des Rumpfes hob sich die profane Panzerung ab wie ein Geschwür. Der Soldat blieb davor stehen und wandte sich um.

»Ich kann die Tür nicht öffnen, Coronel«, sagte er. »Ich habe keinen Zugang zur Zweitbrücke.«

»Es ist gut, Soldat«, antwortete Frafa. »Du kannst gehen.«

»Wir kümmern uns um den Wichtel«, fügte Feitlaz hinzu.

Der Mensch salutierte und entfernte sich. Er warf noch einen Blick über die Schulter zurück, dann verschwand er hinter der nächsten Biegung. Erst jetzt trat Frafa an die Konsole, die neben der Tür in die Wand eingelassen war.

»Was ist los?«, flüsterte Biste. Er musterte misstrauisch den Albenzauberer an Frafas Seite. »Alles in Ordnung?«

»Alles gut«, erwiderte sie. »Aber ich muss diesen Ballast loswerden.«

Ein Aurentaster. Frafa warf einen misstrauischen Blick auf das Gerät, dann zuckte sie die Achseln und presste die freie Hand darauf. Es knackte. Eine Lampe an der Konsole leuchtete auf, und mit einem dumpfen Laut öffnete sich das Schott.

Frafa atmete tief aus. Sie hatte die Aura ihrer Mutter perfekt getroffen!

Biste drängelte sich vorbei und zog die Tür weiter auf. Frafa benutzte Feitlaz' Arm, um dem Wichtel zu helfen, und zu dritt stolperten sie in den Raum hinein. Frafa und ihr Begleiter griffen synchron zurück und zogen die Tür wieder zu. Dann lehnte Frafa sich dagegen, entspannte sich und ließ Feitlaz los.

Der Albenmagier klatschte schlaff auf das Deck, da entdeckte Frafa einen Menschen, der still in einem Winkel des Nodus-Kontrollraums arbeitete. Der Mann trug keine Uniform, sondern einen weißen Overall, und er schaute Frafa erschrocken an. Sein Blick wanderte zu dem Wichtel, blieb schließlich an dem Zauberer hängen, der leblos zu ihren Füßen lag.

Frafa hob die Hand, dann sah sie genauer hin.

»Descidar!«, rief sie überrascht.

Wisbur sprang von der Jacke des Sargenten. Im Flug machte er sich groß, landete auf dem Boden und schrumpfte sogleich wieder auf Käfergröße. Erst dann fuhr er herum und schaute hoch. Der Sargente hatte wohl gehört, wie der Gnom aufkam. Er drehte sich um, blickte über das Deck und kratzte sich am Kopf. Dann setzte er seinen Weg fort.

Der zweite Soldat verschwand eben hinter einer Luke. Wisbur lief in Käfergröße bis zur Reling, nahm in dieser Deckung seine große Gestalt an und erreichte mit einem raschen Spurt den Durchgang. Er drückte die Luke wieder auf, spähte in den Korridor dahinter und sah den Soldaten in eine Einmündung biegen.

Wisbur vergewisserte sich, dass er allein in dem Gang war. Anschließend rannte er zu der Ecke und spähte vorsichtig um die Abzweigung. Der Soldat vor ihm hielt auf eine Treppe zu, aber zwei weitere Uniformierte kamen ihm entgegen und näherten sich Wisbur. Der Gnom wechselte ein weiteres Mal in seine kleine Gestalt, wartete, bis die beiden vorbei waren, machte sich dann wieder groß und lief los.

Es war eine höllische Verfolgungsjagd.

Das Schiff war von engen und verwinkelten Gängen durchzogen. Mitunter boten sie Deckung für einen Gnom, aber immer wieder kreuzten Soldaten ihren Weg. Sie zwangen Wisbur so oft dazu, seine Größe zu ändern, dass ihm bald schwindlig wurde. Er fühlte sich elend, brauchte von Mal zu Mal länger für die Verwandlung, und sein Blick war so verschwommen, dass er überall nur Uniformen sah und kaum wusste, welchem Mann er eigentlich folgte.

Einmal blieb der Soldat stehen und wechselte ein paar Worte mit Kameraden. Wisbur witterte eine Gelegenheit, lief in kleiner Gestalt weiter, so rasch er konnte. Unterwegs spannte er die Armbrust, huschte geschickt zwischen den Füßen der Soldaten hindurch und schoss ... sein Haken prallte am Stiefel des Mannes ab und verschwand irgendwo im Dunkel. Wisbur wollte das Geschoss zurückziehen, aber es hatte sich unter einem Bündel Rohre verkeilt.

Er grübelte einen Augenblick und schnitt dann die Schnur ab. Nur ein kleiner Rest hing noch an seinem Gürtel, und damit hatte er keine Möglichkeit mehr, noch einmal zu klettern. Aber der Soldat ging schon wieder weiter, und die verbliebenen Menschen zwangen Wisbur, eine Weile in Käfergestalt hinterherzuhasten.

Dennoch war er zu langsam. Als er den nächsten verlassenen Korridor erreichte und in seine große Gestalt wechseln konnte, war der Soldat verschwunden. Wisbur sah Waffenschränke und Ausrüstung an den Wänden aufgereiht. Er fasste nach einem Griff, um sich festzuhalten, verfehlte ihn und fiel um. Atemlos blieb er liegen, und die kleinen Deckenleuchten kreisten um ihn wie ein Schwarm Glühwürmchen. Er kroch ein Stück auf allen vieren weiter, rappelte sich auf, stolperte den Gang entlang.

Er steckte tief im Bauch des Schiffes, und niemand sonst war hier. Er hatte Glück, dass sein Schwächeanfall keine Folgen hatte. Doch der Soldat, der ihn an sein Ziel führen sollte, war verschwunden. Wisbur ging ein wenig schneller und wollte gerade durch das nächste Schott treten, da prallte er zurück.

Der Soldat war hier!

Vorsichtig steckte Wisbur den Kopf durch die Öffnung und fasste nach seiner Pistole. Aber der Mensch hatte ihn nicht gesehen. Hinter dem Schott lag ein großer, fast runder Raum, und an zwei Seiten gab es jeweils drei gepanzerte Luken. Der Soldat ging von einer zur anderen, zog daran, klopfte gegen die Hebel daneben und betrachtete prüfend die Windenmechanik, die unter der Decke angebracht war.

Wisbur hatte sein Ziel erreicht: die Absprungluken, von denen aus Luftlandetruppen rasch von der *Lichtbringer* auf den Boden gelangten, ob an Seilen, mit Fallschirmen oder mit anderen Hilfsmitteln.

Als Frafa den Namen aussprach, wusste sie schon, dass es ein Fehler war. Die richtige Swankar hätte gewusst, dass der Doktor an Bord war.

Aber Descidar starrte nur verwirrt auf die drei Gestalten, die in den Kontrollraum gekommen waren. »Äh, Coronel?«, fragte er.

Frafa durchmaß den Raum mit drei raschen Schritten und packte Descidar an der Kehle.

»Versuch nicht, den Nodus einzusetzen. Nicht einmal der Schiffszauberer war schnell genug, und er hatte direkten Zugang mit seiner Magie!«

Descidar hob die Arme und stotterte nur noch. Biste stieß den Körper des Magiers auf dem Boden mit dem Stiefel an. Frafa kam zu dem Schluss, dass ihre Tarnung nicht mehr von Nutzen war. Aber Descidar konnte womöglich nützlich sein, wenn er seine Gedanken wieder halbwegs beisammenhatte. Er war nur ein Mensch, und er war keine Bedrohung, entschied sie, aber wenn er sich hier herumtrieb, musste er sich auskennen an diesem Ort!

Sie löste den Illusionszauber.

»Biste«, rief sie, ohne Descidars Kehle loszulassen. »Kannst du den Eingang blockieren?«

»Äh«, stammelte der Wichtel. Er brauchte einen Moment, um sich an die Veränderung zu gewöhnen.

»Frafa?«, rief Descidar. Er ließ die Arme sinken. »Was tust du hier?«

Frafa lachte bitter. »Das sollte ich eher Sie fragen, Descidar. Auf einem Schiff, das *mich* verfolgt! Da hätten Sie eigentlich damit rechnen können, mich irgendwann auch mal zu sehen.«

»Ich wollte nicht hier sein. Gulbert hat mich dazu gezwungen!« Descidar klang aufrichtig empört. »Sie haben den Nodus im letzten Augenblick mit so vielen zusätzlichen Einheiten für diese Reise aufgerüstet, dass Gulbert unbedingt einen Experten dabeihaben wollte. Dabei hätte ich zu Hause in meinem Labor wirklich genug zu tun gehabt.«

»Was haben Sie mit dem Nodus zu tun?«

»Bitte.« Descidar legte ihr behutsam eine Hand auf den Arm. »Frafa, wir kennen uns doch! Ich bin Wissenschaftler, und ich werde bestimmt nicht gegen Sie kämpfen. Ich mache hier nur meine Arbeit. Warum lassen Sie mich nicht einfach los, und wir reden ganz in Ruhe darüber?«

»Was haben Sie mit dem Nodus zu tun?«, wiederholte Frafa.

»Ich, äh … Ich bin der leitende Wissenschaftler des Projekts. Ich habe ihn sozusagen entworfen. Der Nodus ist die Singularität unseres Fortschritts – künstliche Magie! Der Höhepunkt aller Forschung. Wir schaffen einen eigenen kleinen Nexus, der noch dazu denken und zaubern kann!«

»Jaja«, sagte Frafa. »Verschonen Sie mich mit den Einzelheiten, Descidar. Wie schaltet man ihn ab?«

Ein Gefühl des Triumphs stieg in ihr auf. Sie brauchte den Wichtel gar nicht. Sie mussten nicht lange nach einem technischen Weg suchen, um die Besatzung des Schiffes von ihrer wichtigsten Waffe abzuschneiden. Sie hatte Descidar, und er kannte den Nodus, und er war schwach. Dieses Schiff gehörte ihr!

»Abschalten?«, stammelte der Doktor. »Aber das geht nicht!«

»Mein lieber Descidar …« Frafa trat dichter an den Mann heran. Sie löste eine Hand von seinem Hals, strich mit den Fingern über seine Wange und sprach ganz sanft. »Siehst du den Schiffszauberer dort? Er hatte eine magische Verbindung zum Nodus, und wäre nur ein Teil seines Geistes am Leben geblieben, hätte er alle Macht des Schiffes gegen mich lenken können. Darum habe ich seine Seele zerfetzt im Bruchteil eines Augenblicks und bin mit meiner Aura in seinen Leib geschlüpft wie in einen Handschuh. Das war gar nicht schwierig für mich. Hältst du es also wirklich für klug, dich mir zu widersetzen?«

»Nein … nein«, stammelte Descidar. »Ich will mich gar nicht widersetzen. Das habe ich doch gesagt! Aber den Nodus kann man nicht so einfach abschalten. Es ist keine Maschine.«

»Was dann?«, fragte Frafa.

»Nun.« Descidars Blick flackerte. Er schaute an Frafas Gesicht vorbei, als suchte er einen Fluchtweg.

»Ein biologisches Konstrukt. Wir nehmen Menschen mit schwacher magischer Begabung als Grundlage. Die verändern wir durch eine gezielte Thaumagel-Mutation, bis nichts mehr von ihnen bleibt als Geist und Gehirn. Den Geist lassen wir von Magiern neu prägen, wir löschen Willen und Bewusstsein, und die Einheiten, die übrig bleiben, setzen wir in der Nodus-Kammer zusammen zu einem größeren Ganzen, einem halb lebendigen, aber künstlichen Gehirn, in dem sich die Gabe all dieser kleinen Zauberer potenziert.«

Descidar wies auf eine zweite Panzertür gegenüber dem Eingang. Frafa fühlte, wie ein Schauder ihr den Rücken emporkroch.

»Daran hast du geforscht?«, fragte sie.

Descidar sah ihr ins Gesicht, und was er sah, gefiel ihm anscheinend nicht. »Wir haben doch in Daugazburg darüber gesprochen«, sagte er, wie um sich zu rechtfertigen. »Das ist Wissenschaft. Wir haben etwas Großes geschaffen. Eine Nachtalbe sollte Verständnis dafür haben.«

»Ja«, erwiderte Frafa tonlos. »Das sollte sie. Wie schaltet man das Ding ab?«

»Gar nicht«, antwortete Descidar beharrlich. »Wie schaltet man ein Gehirn ab? Dieses ›Ding‹ betreibt das Schiff. Es sorgt für den magischen Schutzschirm, mit dem wir in der Leere zwischen den Sternen überleben. Es unterhält die Strahlungsmembran, mit der wir fliegen. Es berechnet unseren Kurs und öffnet die Tore durch die Dimensionen. Ohne den Nodus kommen wir hier nie wieder weg!«

»Der Nodus lenkt auch die Waffen dieses Schiffes. Der Nodus kann mich aufspüren und Zauber gegen mich wirken. Ich muss verhindern, dass diese Soldaten ihn weiterhin benutzen. Können sie ihn überhaupt noch benutzen, jetzt, wo ihr Zauberer tot ist?«

Descidars Lippen zuckten. Frafa sah ihm an, dass er über eine Lüge nachdachte, aber es nicht wagte, sie auszusprechen. Er nickte und fuhr sich mit der Zunge über die Lippen. »Ohne Feitlaz hat der Nodus seine *Kreativität* verloren. Was bleibt, ist eine große Integrationsmaschine. Das Personal kann über die Konsolen in der Brücke weiterhin darauf zugreifen. Das reicht für Standardanwendungen und für Standardzauber, aber Feitlaz und Feitlaz allein konnte seine eigenen Zauber darüber verstärken und durch Verknüpfungen neue Zauber schaffen ...«

»Schilde? Ferntaster für die Aurenerkennung? Magie blockieren?«

»Das gehört zu den Grundfunktionen«, räumte Descidar ein. »Genau wie die Flugeigenschaften, den Göttern sei Dank. Ich habe keine Lust, auf dieser Lemurenwelt hängen zu bleiben! Was das Blockieren von Magie anbelangt ... Ich denke mal, das funktioniert nur noch bei magischen Angriffen gegen das Schiff. Ohne Feitlaz gibt es keine flexiblen Gegenzauber mehr. Du könntest gewiss einfach verschwinden und untertauchen, Frafa. Ich glaube nicht, dass der Nodus dich ohne Feitlaz noch aufspüren kann, wenn du dich wirklich gut abschirmst!«

Er sprach wieder vertraulicher zu ihr, seine Stimme klang lockend.

»Das reicht mir nicht«, erwiderte Frafa. »Und ich habe keine Zeit mehr. Nicht zum Plaudern und auch nicht, um lange nach einer Schwachstelle im Nodus zu suchen. Aber deine Schwachstellen kenne ich ganz genau, Descidar! Ich habe euch Menschen lange studiert. Ich kann meine Essenz in deinen Leib fließen lassen und jeden Nerv darin berühren. Ich kann dir das Gefühl geben, bei lebendigem Leib zu verbrennen, und ich kann dein Zeitgefühl so verändern, dass eine Sekunde dir vorkommt wie ein Jahr. Und du wirst nicht sterben und nicht das Bewusstsein verlieren, und dein Geist wird sich auch nicht an die Schmerzen gewöhnen. Wie viele Jahre willst du brennen, Descidar, bevor du mir verrätst, was ich wissen will?«

Frafa schaute ihm ins Gesicht. Nichts war geblieben von dem Doktor, den sie auf dem Empfang in Daugazburg kennengelernt hatte. Seine lässige Überheblichkeit, seine Schale aus Dreistigkeit, Sarkasmus und Abgeklärtheit, sie zerbrach, sobald eine Bedrohung greifbar wurde. Abenteuer und neue Erfahrungen, das hatte er damals gesucht. Aber Descidars Vorstellungen von Abenteuer ließen keinen Raum für Tod und Schmerzen und unkontrollierte Gefahr. Die Furchtlosigkeit, die Frafa an ihm bewundert hatte, war kein echter Mut. Sie wurzelte in einem sicheren und abgeschiedenen Leben, in der tiefen irrationalen Überzeugung, dass ihm im Grunde nichts geschehen konnte.

Sie nahm seinen Kopf in beide Hände, ließ Taubheit in seine Gliedmaßen sickern, dann ein leichtes Prickeln. »Komm, Descidar, du kannst mir nicht erzählen, dass ihr das Ding hier eingebaut habt, ein nicht getestetes Experiment, ohne die Möglichkeit, es abzuschalten! Ohne eine einfache technische Möglichkeit, die jeder Menschenoffizier anwenden kann. Die *Swankar* anwenden konnte, die so wenig Magie hatte wie ein Mensch!«

Descidar sank auf die Konsole zurück und sackte zusammen. Zitternd streckte er den Arm aus und wies auf einen Kasten auf der anderen Seite des Kontrollraums. »Da – da«, sagte er. »Ein Anästhetikum. Ein leichtes Nervengift, das auf die Strukturen des Nodus wirkt. Dreh das Ventil ein wenig auf, und der Nodus dämmert oder schläft. Dreh es ganz auf, und er stirbt. Bitte, dreh es nicht ganz auf. Wir kämen nie wieder von hier weg.«

Frafa lächelte, aber sie ließ Descidars Kopf nicht los. Sie nickte Biste zu. »Du hast den guten Doktor gehört. Kümmere dich darum!«, sagte sie.

»Ah ja«, sagte Biste. »Ich hab übrigens die Tür blockiert. Von innen verriegelt.«

Er warf einen ehrfürchtigen Blick auf das zweite Schott, das zur Noduskammer führte. Als er daran vorbeiging, versuchte er, einen Blick durch das Sichtfenster zu erhaschen. Aber es lag zu hoch für einen Wichtel. Dann öffnete er die Klappe des Ventilkastens, und ein Alarm schrillte. Der Wichtel riss erschrocken an dem Hebel dahinter.

Descidar stieß einen erstickten Schrei aus. »Nicht so weit!«

Er wollte aufspringen, doch Frafa verstärkte ihren magischen Griff auf seinen Leib. Descidar sank zu Boden. Seine Muskeln waren erschlafft. Er wimmerte.

»Der Alarm!«, schrie Frafa ihn über das Schrillen hinweg an. »Wolltest du uns in eine Falle laufen lassen? Jetzt wissen sie oben auf der Brücke, was hier passiert.«

»Ja«, sagte Descidar matt. »Hast du gedacht, du kannst den Nodus abschalten, ohne dass es jemand bemerkt? Der Nodus *ist* das Schiff! Ich dachte, das wäre klar. Bitte, lass mich dorthin, damit ich den Nodus einschlafen lasse. Dieser Wichtel bringt ihn um. Er bringt uns alle um.«

Frafa musterte Descidar argwöhnisch.

»Bitte!«, flehte der. »Ich habe gesagt, dass ich nicht kämpfen will. Wenn du mir nicht traust, dann vertrau wenigstens darauf, dass ich leben will. Wenn der Nodus stirbt, sterben wir alle. Wenn ich dich verrate, kann ich auch nicht darauf hoffen, dass ich überlebe. Ich werde den Nodus sanft schlummern lassen, weil ich sonst selbst nicht hier herauskomme!«

Frafa dachte darüber nach, und das Kreischen der Glocke tat ihr in den Ohren weh. Dann gab sie Descidar frei. Der rappelte sich hoch und stürmte auf die andere Seite des Raumes, stieß den Wichtel beiseite und regulierte die Gaszufuhr.

»Na«, sagte Biste. »Dann kümmere ich mich mal um den Alarm. Damit wir in Ruhe auf unsere Freunde warten können.«

Descidar drehte sich um. »Freunde?«

Frafa nickte. »Ohne den Nodus sind die Unionssoldaten blind, und sie haben keinen Schutzschirm. Ein Elfentrupp steht bereit, um das Schiff zu kapern. Versuch nicht, es zu verhindern. Ich muss dich nicht berühren, weißt du. Der Raum ist nicht groß genug, dass du meinem Zauber ausweichen kannst.«

Descidar hob die Arme und trat von dem Ventil fort. »Verdammt, Frafa!«, rief er aus, und er klang gekränkt. »Wie oft muss ich noch sagen, dass ich kein Kämpfer bin? Ich bin Wissenschaftler, und ich gehöre nicht zu diesen Soldaten. Wir sind doch Kollegen! Und wir waren Liebhaber … Warum bist du so misstrauisch?«

Biste fuhr herum, und er musterte den Doktor ungläubig. Dann sah er Frafa an und legte den Kopf schräg. Obwohl er in die andere Richtung schaute, flogen seine Finger weiterhin über das Schreibfeld, und im nächsten Augenblick verstummte der Alarm.

»Keine Liebhaber«, sagte Frafa in die Stille hinein. »Nur eine

Begegnung für den Augenblick, ohne Verpflichtungen für den nächsten Tag.« Frafa lächelte. Sie reckte den Kopf und prüfte die Stellung des Ventils. Descidar hatte es zurückgeschoben, aber nicht ganz. Es sah so aus, als wäre es in Ordnung. »War es nicht das, was Sie von einer Nachtalbe erwartet haben?«

Descidar senkte den Kopf. »Gut«, sagte er. »Und was jetzt?«

»Jetzt warten wir«, sagte Frafa. »Der Schild der *Lichtbringer* ist gefallen. Unsere Freunde können herein, sobald der Gnom ihnen die Tür öffnet.«

In einem Schrank mit Kabeln fand Wisbur einen Platz, wo ein Gnom sich verstecken konnte. Er hielt die Pistole bereit, falls der Soldat die einen Spalt breit geöffnete Tür bemerkte. Der Mann kam Augenblicke später und ging achtlos vorbei.

Wisbur wartete eine Weile, dann spähte er in den Gang und schlich zurück in die Halle. Die Luken waren verriegelt, aber damit hatte er gerechnet. Er packte die Werkzeuge aus, suchte die Notentriegelung und studierte die Verbindungen, die dorthin führten. Er zögerte einen Moment und legte das Ohr an eine Luke. Natürlich hörte er nichts – das Material war zu dick. Es gab keine Möglichkeit, herauszufinden, ob ihre Verbündeten schon auf der anderen Seite warteten. Sobald die Klappen geöffnet wurden, musste alles sehr schnell gehen. Gewiss leuchtete dann irgendwo auf der Brücke ein Licht auf, und es konnte nicht lange dauern, bis jemand kam, um nachzusehen. Wisbur musste darauf vertrauen, dass die Elfen ihren Zeitplan einhielten.

Seufzend machte er sich ans Werk, schraubte eine Deckplatte ab, betrachtete das Gestänge und die Kabel dahinter. Er durchtrennte einige und verband sie neu. Dann schloss er die Kontakte, und bei einer der Luken sprangen die Riegel mit einem Ruck aus der Nut. Wisbur lief dorthin, zog an dem Hebel, um die Luke ganz hochzuklappen. Doch sie ließ sich nicht bewegen!

Er hängte sich mit seinem ganzen Körpergewicht daran,

wippte und zog. Endlich hatte er tatsächlich das Gefühl, dass die Klappe einen halben Zentimeter Spiel hatte, aber sie klemmte auf der Außenseite. Er fluchte, sah sich in der Halle um, lief wieder zu dem Kasten mit der Notentriegelung.

Hastig vertauschte er einige Kabel, löste nach ein paar Fehlversuchen einen weiteren Riegel und rannte zur nächsten Luke. Sie klemmte ebenfalls. Wisbur wirbelte hektisch herum, bekam einen Schlag gegen die Brust und taumelte zurück. Menschen standen an beiden Zugängen zur Halle!

Er griff nach der Pistole und sah dabei den Bolzen, der in seiner Brust steckte. Gleichzeitig spürte er ein Brennen, das sich dort ausbreitete. Sein Kampfeswille brach.

»Hinlegen und Hände in die Luft!«, rief einer der Uniformierten.

Wisbur fühlte sich wie in Trance.

Geistesabwesend griff er nach dem gefiederten Pfeil, der sehr der Munition seiner eigenen Blaspistole glich, der aber natürlich ein viel größeres Kaliber hatte. Wisbur zog ihn heraus. Benommen blickte er auf das Sichtfenster der eingelassenen Kanüle und fragte sich, wann wohl die Wirkung einsetzte. Vielleicht war das Gift gar nicht tödlich – vielleicht war es nur ein Betäubungsmittel …

Er atmete ein und aus und war so in seinen eigenen Körper versunken, dass er kaum hörte, wie der Offizier seine Anweisung wiederholte. Es war ohnehin vorbei …

»Glaub bloß nicht, dass du dich hier in einer Ritze verkriechen kannst, Gnom!«, meinte der Offizier hämisch. »Die Droge kastriert nicht nur Magier. Sie blockiert auch deinen Gnomenzauber.«

Wisbur verstand. Kein Gift …

Er ließ den Pfeilschaft fallen und blickte auf. Ein halbes Dutzend großer Gewehrläufe zielte auf ihn, *richtige* Waffen. Wisbur hob die Hände und sank auf die Knie. Er hatte noch eine zweite Chance bekommen, aber nicht zur Flucht und nicht zum Widerstand. Er war gefangen, ihr Plan war gescheitert. Als er am Boden lag, kamen die Soldaten vorsichtig näher.

Einer setzte ihm ein Knie auf den Rücken und fesselte ihm die Hände.

»Ihr wart schnell hier.« Wisbur versuchte, kaltblütig zu klingen.

»Klar«, antwortete der Soldat, der über ihm war. Er zeigte zur Decke. Wisbur drehte den Kopf und sah jetzt die Sichtlinsen, die dort angebracht waren. »Die Jungs von der Überwachung fanden's langweilig, wie du allein durch die Gänge geschlichen bist. Also haben sie uns runtergeschickt, damit sie ein bisschen Sport zu sehen kriegen.«

Er riss Wisbur an den Haaren hoch.

Der Anführer des Trupps trat näher und schaute verächtlich zu den verkeilten Luken, dann auf den gefangenen Gnom. »War sowieso ein blöder Plan, was auch immer du vorhattest. Wusstest du nicht, dass der Rumpf hier metertief im Boden steckt und die Klappen so feststecken wie ein Trollschwanz im Eichhörnchenarsch?«

Die Hauptleute des Stoßtrupps waren mit den beiden Magiern ganz nach vorn gerobbt. Gemeinsam beobachteten sie den Streifen zwischen dem Waldrand und dem Schiff und suchten einen sicheren Weg zwischen den Ruinen. Barsemias spähte unter einem Gewirr von Ranken hindurch, die aussahen wie kleine Keulen an langen Schnüren und die sich langsam bewegten, obwohl es keinen Wind gab.

»Wo sind die Luken?«, fragte einer der Späher.

»Am Bug, heißt es, aber ich seh sie nicht«, erwiderte ein anderer Hauptmann.

»Wir werden sie sehen, wenn sie aufgehen«, warf Barsemias ein. »Lasst uns erst mal dorthin kommen.«

»Pssst«, zischte Ledesiel. »Etwas stimmt hier nicht.«

Sie winkte eine weitere Späherin heran, Leiri, die angeblich schon einmal an diesem Ort gewesen war. Dann unterhielt sie sich flüsternd mit ihr. Schließlich wandte sich Ledesiel wieder an ihre Begleiter.

»Ihr Späher seid einfach *blind*«, verkündete sie den Hauptleuten brüsk. »Ihr seht Pflanzen und Verstecke und bestenfalls die Auren eurer Feinde, aber ihr habt keinen Blick für das Ganze!«

Alle sahen sie an und schwiegen betreten, und die Späherin Leiri senkte den Kopf.

»Seht ihr es immer noch nicht?«, wisperte Ledesiel. »Das ist keine Ruinenstadt! Sie ist frisch und lebendig. Die Pflanzen, mit denen diese Geschöpfe zu spielen scheinen – sie sind verwoben. Ich erkenne Signalranken, und diese Blüten und Stauden dort, sie sind gezielt als Labor und zur Analyse gezüchtet und hintereinandergeschaltet. Das ist eine *richtige* Stadt, mit komplexen organischen Systemen, die einen Zweck erfüllen, ein Netzwerk, das denkt und rechnet. Fast so wie Porfagilia es einmal war, nur so fremd, dass ich nicht sämtliche Einrichtungen unterscheiden kann.« Ledesiel schüttelte den Kopf. »Ihr Späher habt diesen ganzen Wald durchkämmt und die Feindseligkeit bemerkt, aber den Feind selbst habt ihr einfach übersehen!«

»Das kann nicht sein«, stammelte Leiri, »Diese Geschöpfe sind nicht wie wir. Sie haben keinen Verstand. Sie waren … einfach nur merkwürdig, als wir das erste Mal hier waren!«

Die Späherin wies mit zitternden Fingern auf die verschachtelte Siedlung, auf die Wesen, die sich darin bewegten. Ledesiel schaute genauer hin, schloss die Augen und *fühlte* die Umgebung.

»Ja«, räumte sie ein. »Die Aura dieser Bewohner *ist* merkwürdig. Sie hat etwas Unstetes an sich, fast als wären die Kreaturen selbst nur Konstrukte und Teil der Anlage. Wir sind noch nicht bis an die Wurzeln des Ganzen vorgedrungen. Aber dieser Ort ist von allem, was wir bisher gefunden haben, noch das Begreiflichste. Wir hätten mehr Zauberer auf diese Expedition schicken sollen, nicht Kämpfer und Gelehrte!«

»Oh ja«, flüsterte Barsemias. »Ich frage mich, wer so vehement dafür eingetreten ist, dass die Zauberer im Heimatwald gebraucht werden.«

»Und das war auch richtig so«, schnitt Ledesiel ihm das Wort ab. »Sonst hätten wir kaum so viele retten können von unserem Volk. Lasst uns weitergehen. Der Ort ist nicht das, was er zu sein schien. Aber womöglich können wir uns trotzdem hindurchschleichen. Wir wissen, dass die Bewohner dieser Welt eine indirekte Taktik bevorzugen. Sie werden sich uns nicht offen in den Weg stellen.«

Die Elfen schlichen weiter. Sie huschten gebückt hinter dem niedrigen gewachsenen Mauerwerk entlang und achteten darauf, dass man sie vom Schiff aus nicht sehen konnte. Schon nach wenigen Metern kamen sie nicht mehr weiter. Ein erhöhter Häuserblock ohne Deckung versperrte ihnen den Weg.

»Du bist an der Reihe«, sagte Leiri zu Barsemias.

Der sah sich um, wählte einen Durchgang und trat in einen Raum. Die anderen folgten ihm. Ein Gitter von Sonnenlicht fiel durch unsichtbare Schlitze im rankenüberzogenen Dach. Auf dem Boden standen Reihen violetter Blüten mit tiefem Kelch, umschwirrt von den mückenartigen Kreaturen, die die Elfen in der letzten Nacht so belästigt hatten. In einer Ecke des Raumes saß ein Echsenaffe mit sieben Beinen. Er starrte die Elfen aus einem einzigen leer wirkenden Auge an und massierte geistesabwesend einen Strauch mit Hunderten von fleischigen roten Blättern.

Barsemias konnte der Versuchung nicht widerstehen. Er bog ein Blatt um und schaute in einen der Blütenkelche. Eine Mücke saß darin, Staubfäden klebten an ihr wie Tankschläuche an einem bitanischen Flugschiff. Durch die transparente Hülle der Staubfäden konnte Barsemias sehen, wie eine Flüssigkeit aus dem Tier herausgepumpt wurde und sich langsam im durchsichtigen Fruchtblatt sammelte. Milbenartige Punkte wimmelten überall im Inneren der Blüte herum und drückten feine Flimmerhärchen zusammen, die den Kelch bedeckten.

Barsemias zuckte zurück.

Sie stiegen eine Rampe hinunter in die Tiefe und bahnten sich unter der Erde einen Weg auf das Schiff zu. Wenn sie keine natürliche Verbindung zwischen den Kellerräumen fanden, öffnete Barsemias mit seinen Fähigkeiten ein Tor. Er macht so selten wie möglich davon Gebrauch. Auf dem verseuchten Boden war es anstrengend, selbst bei so kleinen Dimensionszaubern. Und es kostete Kraft, den Weg für die auserwählten hundert Elfenspäher offen zu halten.

Ledesiel wurde langsamer. Immer öfter schien sie in Meditation zu versinken. Endlich blieb sie stehen und hob die Hand. Sie sah kreidebleich aus.

»Wir kehren um«, sagte sie.

»Was?« Barsemias war entgeistert.

»Raus hier«, befahl Ledesiel. »Sofort.«

Die ersten Späher machten kehrt, aber Leiri trat ihrer Anführerin empört in den Weg. »Wir haben Verbündete dort drin. Sie zählen auf uns!«

»Genau«, bestärkte Barsemias sie. »Elfen lassen ihre Gefährten nicht im Stich. Wir werden uns an die Absprachen halten.«

Ledesiel packte ihn am Arm. Ihr Griff tat weh. Sie zerrte ihn einfach mit sich, und der Trupp zog sich zurück. Manch ein Späher warf einen enttäuschten Blick über die Schulter zurück.

»Wir waren fast da!«, knurrte einer der Späher.

»Das Schiff ist nicht bloß hier gelandet«, sagte Ledesiel, als Barsemias das nächste Tor durch eine geschlossene Wand öffnete. »Es hat sich in diese Stadt *hineingeschnitten.* Es steckt in den Mauern wie ein Dolch im Leib eines Trolls, eine schwärende Wunde, die schmerzt und die die Bestie wütend macht. Ich habe die Schäden gesehen, die Risse, die sich durch das ganze Pflanzennetz ziehen, Wände mit feinen Myzelien, die gegeneinander verschoben waren. Mit jedem Schritt wurde es schlimmer.«

Ledesiel zog Barsemias jetzt nicht mehr, sie musste ihn stützen. Er hatte den Trupp hierher gebracht, und alles war vergebens. Der Rückweg kam ihm viel länger vor als der Weg, den sie vorher zurückgelegt hatten, und er war erschöpft.

»Da regt sich etwas in der Tiefe«, sagte Ledesiel hastig, während sie durch Tunnel und durch wurzeldurchwachsene Kammern schritten. »Gleich unter unseren Füßen. Dieser Ort wartet nur auf eine Gelegenheit, um den Fremdkörper zu vernichten. Es tut mir leid um unsere Verbündeten, Barsemias. Sie haben viel gewagt. Aber es wäre Selbstmord, wenn wir im falschen Augenblick zwischen dem Schiff und seinem Feind festsäßen.«

Sie blickte zurück mit sorgenvollem Gesicht, gerade als vor ihnen der letzte Durchgang sichtbar wurde. Tageslicht sickerte herein und begrüßte die Elfen.

»Und ich fürchte, der Angriff wird nicht irgendwann erfolgen. Der beste Augenblick für die Stadt, um zurückzuschlagen, ist gekommen, wenn diese Nachtalbe den Nodus und den magischen Schirm des Kriegsschiffes einfriert. Wir hätten in der Falle gesessen, genau in dem Moment, wo sie zuschnappt!«

25

Magier hinterlegten im Nexus Information, die nur ihnen selbst zugänglich waren: Notizen, magische Tagebücher, womöglich ganze Zauberbücher. Sie vereinbarten mit Vertrauten und Gefährten gemeinsame Orte im Nexus, wo sie einander Nachrichten hinterlassen und abrufen konnten – Orte, die verloren gingen, sobald die Gemeinschaft, die sie nutzte, auseinanderbrach.

Erst der Aufbau einer entsprechenden Infrastruktur machte im Lauf der letzten Jahrhunderte aus dem Nexus die Erscheinung, die wir kennen. Allgemein zugängliche Portale wurden eingerichtet, um Teile des Nexus zu verwalten. Magische Artefakte wurden geschaffen, damit auch magisch unbegabte Personen in den Nexus gelangen können. Einfache technische Sender und Empfänger gewährten bald Zugang zu einem Nexusportal und erlaubten es, von dort Bilder, Töne und Schriften abzurufen, die andere im Nexus hinterlegt hatten. Der letzte Schritt war getan, als die Nexusportale selbst anfingen, sich untereinander zum Äthernetz zu verbinden, sodass inzwischen der Kontakt zu einem einzigen Nexusportal ausreicht, um fast auf alle Informationen zuzugreifen, die irgendwer irgendwo dem Nexus aufgeprägt hat.

Vorausgesetzt, derjenige hat seine Informationen in einem öffentlich zugänglichen Portal angemeldet und sich nicht bewusst dafür entschieden, nur in vertraulicheren Zirkeln unterwegs zu sein.

Aus: »Eine kleine Geschichte der Wissenschaft«,
von Teslo Hoigan

Schwere Erschütterungen liefen durch das Schiff. Frafa ließ ihre Sinne ausgreifen und versuchte zu erspüren, was außerhalb der gepanzerten Kammer vor sich ging. Doch das im Skermakial eingearbeitete Metall hemmte ihre Magie und verwischte alle Eindrücke.

Ganz von Ferne bekam sie mit, wie Wisbur dem Doktor Fragen stellte. Descidar sprach nur allzu gern über sein Lieblingsthema, den Nodus, und der Wichtel schien fasziniert davon. Da ließ ein weiterer Stoß den Raum erbeben, der Boden legte sich schräg, und einen Augenblick lang hatte Frafa das beunruhigende Gefühl, als würden sie kippen.

»Verflucht!« Descidar sprang auf. »Die entern das Schiff nicht. Die beschießen es mit schweren Waffen.«

»Das kann nicht sein«, erwiderte Frafa. »Die Elfen haben gar keine schweren Waffen!«

Ein hörbares Ächzen lief durch die Kammer, es knirschte. Zwischen all den schwachen Auren, die dort draußen aufgeregt umherliefen, nahm Frafa etwas anderes wahr. Ein fremder Feind! Sie versuchte, die Natur dieses Angreifers zu erkunden, doch er war so gewaltig, dass Frafa seine Grenzen nicht ermessen konnte. Sie fühlte, wie ihr das Blut aus dem Gesicht wich.

»Leuchmadans Stärke«, keuchte sie. »Wir haben vergessen, dass wir nicht allein hier sind. Leuchmadans Welt selbst erhebt sich gegen uns!«

Wieder lief eine Erschütterung durch den Rumpf. Dreimal wurde das Schiff angehoben und krachte wieder hinab. Alle drei fielen hin und wurden durch die Kammer geschleudert. Descidar schrie erschrocken auf, Biste klammerte sich an einem im Boden verankerten Stuhl fest.

Frafas Gedanken überschlugen sich. Vor ihrem geistigen Auge sah sie es beinahe vor sich, wie all ihre Möglichkeiten und Hoffnungen dahinwelkten. Sie konnte das Schiff nicht mit einem magischen Feld schützen, wie der Nodus es getan hatte. Wenn sie die gepanzerte Kammer verließ, konnte sie dort ihre Kräfte freier entfalten, aber sie wäre selbst angreifbar, und die Soldaten der Union warteten schon auf sie. Sie konnte nicht gegen so viele Feinde auf einmal kämpfen.

»Wir brauchen den Nodus.« Descidar richtete eindringlich das Wort an sie. »Gib ihn frei. Dann kannst du mit deiner Magie immer noch entkommen, solange die *Lichtbringer* durch diesen anderen Feind abgelenkt ist. Und ohne einen Zauberer an

Bord werden sie dich in den Wäldern dort draußen nicht finden …«

Ist das die Wahl, die mir bleibt?, sinnierte Frafa. *Hierzubleiben, die wichtigste Waffe des Schiffes zu blockieren und mitsamt meinen Feinden vernichtet zu werden? Oder zu fliehen, mich zu verstecken und dann auf dieser feindseligen Welt zugrunde zu gehen, mitsamt all meinen Gefährten?*

Wenn ihr Schicksal besiegelt war, dann wollte sie wenigstens ihre Feinde mit sich nehmen!

Doch ihr Blick fiel auf Descidar, der sie angstvoll anstarrte, und es kam ihr so sinnlos vor. Selbst wenn sie ihre Gegner auf dieser Welt mit in den Abgrund riss, würden die wahren Feinde daheim doch triumphieren. Gulbert und Aldungan, ihnen war es gleichgültig, wenn die *Lichtbringer* mitsamt ihren Truppen unterging. Sobald Frafa tot war, hatten sie ihr Ziel erreicht.

Aber wenn dieses Schiff mit seiner Besatzung nach Hause findet, dachte Frafa, *dann werden andere von Leuchmadans Welt erfahren. Selbst wenn ich hier zurückbleibe, wird nicht verloren sein, was wir bisher erfahren haben. Ein anderer mag hierherfinden und unser Werk vollenden.*

Frafa atmete schwer. »Dann soll es so sein«, sagte sie. »Descidar, wecke den Nodus, sobald ich diesen Raum verlassen habe. Gib mir so viel Vorsprung … wie deine Gesinnung es eben zulässt. Biste, lass uns fliehen. Der Plan ist gescheitert.«

»Moment mal!«, rief der Wichtel. Er stellte sich Descidar in den Weg, als der sich schon zur Ventilsteuerung begeben wollte. »Ich bin noch nicht fertig mit dem Nodus. Descidar …« Er wies auf einen Haufen Taschen und Koffer in der Ecke, in der der Doktor seinen Arbeitsplatz eingerichtet hatte. »Was haben Sie da eigentlich alles an Ausrüstung dabei für Ihre Arbeit an diesem Ding?«

»Das geht überhaupt nicht!«, sagte Descidar. »Sie sind viel zu alt. Wir bevorzugen Jünglinge. Sonst lässt sich die Persönlichkeit nicht mehr sauber löschen, und es bleibt ein fremder Wille im System zurück.«

Biste funkelte ihn an. »Genau darum geht es ja gerade: meinen Willen und meine Persönlichkeit dort hineinzubekommen! Wenn Ihnen Ihr System danach nicht mehr rein und sauber genug ist, können Sie sich ja bei den Elfen ausheulen.«

»Aber es wäre im besten Fall eine sehr ungeordnete Mutation. Ich kann Ihre geistigen Fähigkeiten hier kaum erweitern, und Sie sind nicht einmal ein Magier! So eine kleine Hinzufügung würde man im Nodus kaum bemerken.«

»Nun«, erwiderte Biste. »Ich bin mit meinen geistigen Kapazitäten sehr zufrieden. Binden Sie mich einfach so ein, wie ich bin.«

»Wir wissen gar nicht, ob die Einbindung so funktioniert!«

Doktor Descidar und der Wichtel stritten sich, während draußen, außerhalb der Panzerschale im Herzen der *Lichtbringer*, der Kampf weiterging. Frafa hatte inzwischen auf einem der Sitze Platz genommen und sich angeschnallt. Immer wieder erschütterten Stöße das Schiff.

»Biste«, warf sie ein. »Du wirst sterben dabei.«

»Ach?« Der Wichtel wandte sich zu ihr um. Seine roten Haare waren gesträubt, und er hatte etwas von einer gereizten Katze an sich. »Als mit den Elfen auf diesem Stein dasselbe passiert ist, waren alle so empört, weil sie noch *leben*.«

»Äh ...«, sagte Descidar. »Ja. Das hängt irgendwie davon ab, wie man Leben definiert.«

»Seien Sie still, Descidar.« Frafa hob die Hand und sah Biste eindringlich an. »Du wirst nicht mehr atmen. Dein Herz wird nicht mehr schlagen. Dein Geist mag überleben, aber es ist eine ewige Gefangenschaft. Ich verstehe nicht, warum du so etwas tun willst!«

»Warum nicht?«, fragte Biste. »Die Elfen lassen ihren Geist auch freiwillig in das Netz ihres Waldes eingehen, damit ihr Land elfisch *denkt* und dem Volk freundlich gesinnt ist. Ist es nicht genau das, was wir jetzt brauchen? Wenn Descidar mich in den Nodus einbindet wie die Elfen ihre Ahnen in den Wald, dann gehört dieses Schiff *uns*!«

»Du bist kein uralter Elf«, wandte Frafa ein. »Du bist nicht einmal ein Elf, und nur ein Elf kann so verrückt sein, dass er mit dem Wald verschmelzen will. Du bist ein junger Wichtel ...«

»Na ja, nicht mehr ganz so jung.« Biste verzog das Gesicht. Er zupfte mit beiden Händen an seiner Weste, die zerschlissen war nach den Erlebnissen im Wald. »Ich bin ein dicker Wichtel, der zu ungeschickt ist zum Laufen und Schleichen und der niemals ohne Hilfsmittel im Äthernetz wandern kann. Ich will kein Wald werden, Frafa, aber dieser Nodus ist eine *Maschine*! Er ist alles, was ich jemals wollte. Er ist eine Integrationsmaschine, hat Zugang zum Nexus über eigene Portale, und zaubern könnte ich damit auch noch. Ich wäre der großartigste Nexusschnüffler der Welt! Wenn wir zurückkehren, werden die Mächtigen erzittern vor dem, was ich ans Tageslicht bringe. In der Äthernetz-Gemeinschaft wäre ich ein Gott ...«

Biste blickte verträumt drein und gestikulierte mit den kurzen Armen.

Frafa lächelte. »Fast frage ich mich, ob die Welt nicht besser dran wäre ohne einen größenwahnsinnigen Wichtel mit solcher Macht.«

»Fast?« Descidar verdrehte die Augen. »*Fast* fragst du dich das? Ihr seid alle wahnsinnig! Es ist nicht einmal sicher, ob ich ihn überhaupt einbinden kann. Vielleicht wird sein Gehirn einfach kurzgeschlossen, wenn die mutierten Nervenstränge in den Nodus hineinwandern. Er könnte sich verlieren in einer Schleife von Schmerz. Es könnte alles Mögliche passieren!«

»Ich weiß, was passiert, wenn wir es nicht tun«, sagte Biste. »Ich werde sterben, so oder so.«

Frafa nickte. »Wenn es sein Wunsch ist, dann helfen Sie ihm, Descidar.«

»Nein.« Descidar verschränkte die Arme vor der Brust und stellte sich breitbeinig hin. »Bei diesem Wahnsinn mache ich nicht mit.«

»Warum nicht?« Frafas Stimme klang kalt. »Sie haben Dutzende von Versuchspersonen in dieses Konstrukt eingeflochten und ihr Bewusstsein dabei gelöscht. Und das waren keine Freiwilligen, fürchte ich.«

»Äh«, druckste Descidar. »Sie hatten keine Schmerzen. Da waren Zauberer dabei, die den Vorgang auf ätherischer Ebene überwacht haben. Wenn wir hier herumpfuschen, könnte das den Nodus sogar beschädigen.«

Frafa schnallte sich ab und erhob sich von ihrem Sitz. Descidar zuckte zusammen und wich zurück.

»Ich bin auch eine Zauberin«, sagte sie. »Was Feitlaz konnte, kann ich auch – nur besser. Kommen Sie, Doktor. Sagen Sie mir, was zu tun ist.«

Barsemias spürte, wie der magische Schirm des Unionsschiffs zusammenbrach. Er war überrascht, wie schnell der Angriff folgte. Ein ganzer Schwarm von Flugtieren löste sich aus den Ruinen, Tiere, die sie vorher überhaupt nicht bemerkt hatten. Insektenartige Kreaturen, Mücken, aber auch fliegengroße Geschöpfe und Scharen von vielsegmentierten, langen Wesen, die man für Würmer oder für Libellen halten mochte. Dazwischen flogen größere Geschöpfe: fleischige, diskusförmige Wesen ohne erkennbare Gliedmaßen, nackte, rabengroße Hautflügler, die aussahen wie abgetrennte Entenfüße, Geschöpfe wie fliegende Blätter oder wie rote, propellerförmige Ahornsamen, die bis dahin gut getarnt im Bewuchs gesessen hatten. Sie umschwirrten das Schiff in dichten Wolken, hielten aber Abstand.

Die Soldaten an Deck wurden aufmerksam. Barsemias sah Mündungsfeuer aufblitzen. Beschleunigergewehre mit breiter Streuung schlugen Schneisen in die Schwärme, töteten Hunderte mit einem Schuss. Da geriet das Schiff mit einem Mal ins Wanken wie durch einen Stoß von der anderen Seite. Barsemias sah die Ursache nicht, er zuckte vor Schreck zusammen. Soldaten fielen über die Reling, landeten in den Fangnetzen, die zur Sicherheit am Rumpf aufgespannt waren.

Er hörte größere Geschütze. Ein stechender Geruch zog ihm in die Nase.

»Sie lassen nichts aus«, flüsterte Leiri die Späherin.

Seine Schwester stieß ihn an, und erst jetzt dachte Barsemias daran, die Atemmaske anzulegen. Auf der anderen Seite der *Lichtbringer* bewegte sich etwas Großes, verborgen hinter dem Rumpf. Die Schwärme aus Vögeln und Insekten kreisten unbeachtet, die Ablenkung hatte ihren Zweck erfüllt. Ein paar Soldaten kletterten aus den Fangnetzen empor, andere wurden geborgen.

»Da!«, flüsterte Ledesiel.

Barsemias sah es jetzt selbst, eine Bewegung dicht über dem Grund, über die ganze Länge des riesigen Kreuzers. Barsemias schaute genauer hin, aber er sah nur Schatten. Etwas wuchs am Schiffsrumpf empor ... Ranken!

Jetzt bemerkten es auch die Soldaten. Ein Flammenwerfer sprühte seitlich aus einem Erker. Die Ranken schossen aus der Feuerwolke auf. Sie mochten so dick sein wie Taue, und sie waren beweglich. Sie peitschten auf das Deck, schlangen sich um die Aufbauten und um vorstehende Waffen, schlugen nach den Menschen. Nein, keine Ranken, eher Fühler, Tentakel. Sie schlängelten sich durch den Antennenwald, bogen Masten und knickten Verstrebungen.

»Warum fliegen die Menschen nicht weg?«, fragte Barsemias.

»Sie haben keinen Antrieb, glaube ich«, flüsterte Ledesiel. »Es muss alles mit diesem Nodus verknüpft sein, den die Nachtalbe ausschalten wollte.«

Die Menschen zerschossen einige der Tentakel, doch es wurden immer mehr. Bald war die *Lichtbringer* von einem zuckenden Wald aus diesen Strängen umgeben, die aus der Ferne nur aussahen wie bloße Fäden. Raketen zischten aus den Luken, kehrten in einem Bogen zurück und fuhren in den Boden. Flammensäulen stiegen aus den Einschlaglöchern, und die Luft war erfüllt von donnernden Detonationen.

Die Odontopter am Heck stiegen auf. Züngelnd stellten die Tentakel sich ihnen in den Weg. Die Cresitflügel durchschnitten einige, dann wurde eine der Flugmaschinen umschlungen.

Die Tentakel schüttelten sie wild, zeichneten Muster in die Luft mit den Flammen aus der Gasturbine. Die Maschine krachte auf das Achterdeck. Glühende Trümmer sausten in alle Richtungen, Raketen und Munition zerbarsten in der Luft. Die Krampen der Landefläche sprangen ab. Der zweite Odontopter gewann an Höhe, tauchte in die Schwärme der Flugwesen und spie bald zerstückelte, brennende Tierkadaver aus den Turbinen. Er wurde langsamer, flog nur noch im Flügelbetrieb und schoss auf Vögel und auf Ziele am Boden.

»Wir sollten uns zurückziehen«, flüsterte einer der Hauptleute. »Das ist eine Schlacht, und wenn wir hineingezogen werden …«

»Noch nicht«, sagte Ledesiel.

Barsemias dachte an ihre Verbündeten im Inneren des Schiffes. Aber vielleicht waren sie besser dran als die Elfen, die bald in den Wäldern um ihr Leben kämpfen mussten.

Immer mehr Trümmer wurden vom Schiff geschleudert, geborstene Scheiben, Masten und Streben, Aufbauten, abgerissene Waffengondeln, tote Körper … Aber der gepanzerte Rumpf wirkte unbeeindruckt von den trommelnden Tentakeln. An manchen Stellen war er von schwarzen Flecken gezeichnet, die Streuwirkung des eigenen Beschusses.

Doch dann hob sich der Rumpf aus dem Boden in einer fließenden Bewegung und *schnell*!

Sie heben ab!, wollte Barsemias rufen.

Doch das Schiff kippte nach hinten, während die Mitte und der Bug noch immer hochstiegen. Ein Schatten ragte unter dem Schiff auf, ein Keil, ein kleiner Berg, der aus dem Boden fuhr wie von einer unsichtbaren Riesenfaust geschoben. Er drückte die *Lichtbringer* empor, und das Schiff rutschte von der Spitze herab. Holzplanken spritzten beiseite, als der Keil den Rumpf aufschlitzte. Ladung, Ausrüstung, die Eingeweide des Schiffes, alles fiel heraus. Es war, als wäre der Kreuzer ein Schiff zur See, das gerade auf ein Riff fuhr.

Dann rammte sich das hintere Ende in den Grund. Soldaten fielen vom Deck, Trümmer und Überreste des Kampfes. Der

Bug kippte seitlich von dem Bergkeil herunter, und die Spitze zog eine Narbe vom Kiel bis zur Reling. Der Rumpf landete in einem Gewimmel von Tentakeln. Es sah aus, als würde er darin schwimmen!

Wogend und brodelnd schoben sie den Fremdkörper aus der Stadt hinaus und auf den Waldrand zu. Zu Barsemias und seiner Schar.

Frafa blieb in der Schleusenkammer. Durch das kleine Fenster aus Cresit sah sie ein Stück vom Nodus, ein Netz von verschlungenen Strängen, von Fäden und Knoten in einem kränklichen rötlichen Grau. Descidar war zu erkennen in seinem weißen Schutzanzug, aber Biste war zu klein und blieb außerhalb ihres Sichtfelds.

Sie ließ ihre Essenz in den Nodusraum ausgreifen. Es war leichter, wenn sie mit den Augen die Verbindung zwischen sich und ihrem Ziel in der stofflichen Welt herstellen konnte. Allerdings war sie immer noch von Hüllen aus Skermakial umgeben, und das Metall darin störte ihre Magie nach wie vor. Es fühlte sich an, als wäre ihr Geist in einem Morast gefangen, in dem sie sich jede Bewegung erkämpfen musste.

Frafa sah den Wichtel nicht, aber sie spürte ihn. Seine Gedanken strahlten lebendig neben dem Nodus, dessen schwere Aura nichts weiter war als ein schläfriges Murmeln im Äther. Und sie fühlte, wie Biste sich veränderte …

Sie ballte die Hände zu Fäusten. Frafa wollte sich gar nicht vorstellen, was Descidar mit dem Leib des Wichtels anstellte. Aber sie konnte verfolgen, wie Bistes Aura sich verzerrte, wie der Fluss seiner Gedanken verwirbelte und in den Nodus einging wie ein Strom ins Meer. Sie konnte den Schmerz sehen und die Verwirrung, und sie versuchte, den Geist des Wichtels zu erhalten, während sein Körper verging und sich in vielfachen Berührungen mit dem Nodus vereinte.

Frafa formte seine Aura, führte sie zwischen den Strängen des Nodus hindurch. Die stoffliche Veränderung, die das Thaumagel bewirkte, würde der Aura folgen, so wie das Leben der Nachtalben von ihrer magischen Form bestimmt wurde.

Immer wieder wurde das Schiff getroffen. Der nächste Stoß war so hart, dass Frafa nach vorn geschleudert wurde. Sie klammerte sich an einen Griff in der Schleusenkammer. Der Boden unter ihren Füßen wurde schräg, immer steiler, und sie fühlte sich, als würde sie stürzen.

Sie krallte sich mit beiden Händen fest, ihre Füße verloren den Halt, und durch das Fenster sah sie noch, wie Descidar durch den Nodusraum flog und in die Nervenstränge fiel. Fäden splitterten wie Glas, und die thaumagelverseuchten Überreste spritzen durch die Luft. In der ätherischen Welt, in der Frafa immer noch halb verweilte, spürte sie die Schäden, die Descidars Körper schlug. Sie empfand es wie einen Schmerz in ihrem eigenen Leib.

Ein Aufprall schleuderte Frafa fort von der Tür und gegen die Panzerwand. Sie blieb benommen liegen und rang nach Atem. Doch wenig später hatte sie sich wieder erholt. Sie kam auf alle viere hoch. Der Boden bebte unter ihr, und immer noch hatte sie das Gefühl einer Bewegung.

Das Schiff fuhr!

Sie stürmte zur Schleusentür und schaute in den Nodusraum. Von Descidar war nichts zu sehen, aber Frafa konnte seine Aura erkennen. Er lebte, und er war unversehrt. Sie berührte ihn mit ihrem Geist, versuchte, ihm schneller auf die Beine zu helfen. Der Doktor brach aus dem Nodus hervor wie aus einem trockenen Dickicht. Sein weißer Schutzanzug war mit Thaumagel verschmiert, das sich langsam zu Tropfen zusammenzog und über die Oberfläche kroch. Unter seiner Haube liefen Descidar Tränen über das Gesicht.

Er kam auf den Schleusengang zu, gestikulierte mit den Händen vor dem Fenster, und Frafa verstand. Sie zog sich in den Kontrollraum zurück. Descidar trat von der anderen Seite in die Schleuse, zog mit geübten Bewegungen den Anzug aus, ohne die Außenseite zu berühren, und warf ihn in eine Klappe. Dann kam er heraus.

Er war kreidebleich, und seine Finger zitterten. Dennoch ging er als Erstes zu dem Ventil, das den Nodus betäubte, und schloss es wieder. Erst dann setzte er sich hin, legte die Hände in den Schoß und schaute Frafa an.

»Das war … furchtbar. Ich hätte den Raum nicht während eines Kampfes betreten dürfen. Diese Schäden … Es ist furchtbar.«

Sein Kopf fiel kraftlos nach vorn.

»Haben Sie den Wichtel eingebunden?«, fragte Frafa.

Descidar zuckte die Achseln. »Ich weiß nicht einmal, was ich im Nodus angerichtet habe.«

Frafa streckte wieder ihre Essenz aus und suchte nach Bistes Aura. Sie fand die Überreste, verloren im Äther und schwer fassbar zwischen all dem Metall. Sie erschrak, dann erkannte sie, dass der Wichtel in derselben Lähmung gefangen war wie der Rest des Nodus. Das betäubende Gas umhüllte seine nackten Nervenstränge, jetzt, wo er ohne Körper war.

Die Wirkung ließ bereits nach. Rings um die Seele des Wichtels brodelte eine andere Präsenz empor, ein kaltes Denken ohne Stimme, ohne Bewusstsein. Frafa fand kleine Inseln des Wahnsinns darin, kunstvoll zusammengeschnürt und in Schleifen gefangen – lebende Geister, ineinander verstrickt und auf ewig in den fremden Gedanken der anderen verloren. Das Werk eines Zauberers.

Frafa zuckte vor einer Berührung zurück wie vor eitrigen Pusteln.

Sie versuchte, Bistes Aura zu kräftigen, seinen Geist zu erreichen und in das größere Netz zu führen, das er gesucht hatte. Aber sie konnte ihn nur stützen, sie konnte ihn nicht leiten, zu wenig verstand sie, worin er da eingebunden war. Und dann verschwand er in dem Ganzen, und Frafa konnte seine Aura nicht mehr unterscheiden.

Etwas veränderte sich.

Nach einigen kräftigen Stößen lag das Schiff plötzlich ruhig. Das Dröhnen und Krachen und Knistern, das den gepanzerten Kern der *Lichtbringer* fast beständig umhüllt hatte, wurde leiser und verstummte ganz. Frafa hörte ein Zischen hinter sich, ein schwerer Geruch nach Hitze lag in der Luft.

Sie fuhr herum.

Rot und träge tropfte geschmolzener Stahl aus den Ritzen der Eingangstür. Frafa sprang von ihrem Sitz und verkroch sich hinter einer Konsole. In diesem Augenblick schwang das Schott auf. Reste von flüssigem Stahl perlten in winzigen Tropfen davon ab und flogen umher. Qualm stieg von Bildtafeln und Schreibfeldern auf. Ein Tröpfchen traf Descidar am Arm, und der Doktor fiel vom Stuhl und brüllte.

Zwei gepanzerte Soldaten stürmten in den Raum, aber da hatte Frafa schon ihre Zauber bereit. Die Männer brachen zusammen, sie fielen in Schlaf, und Frafa ließ ihre Essenz durch die offene Tür in den Korridor ausgreifen, wo sie weitere Menschen fand. Sie zwängte sich in ihre Gehirne, reizte gewisse Punkte, brachte Betäubung, Schwere, Gleichgültigkeit. Ein halbes Dutzend Angreifer sanken dort zu Boden. Mit einem letzten Blick auf die Schleuse, hinter der ihr Begleiter verschwunden war, wandte Frafa sich dem Ausgang zu. Ihr war schwer zumute …

Der Nodus ist wieder da …

Sie wusste es. Irgendwo auf der Brücke des Schiffes saßen Offiziere, und sie hatten die Anlage unter Kontrolle. Jedenfalls das, was davon übrig war. Sie hatten den magischen Schild wieder aufgerichtet. Und wer wusste, wozu sie sonst noch imstande waren. Den ersten Angriff hatte Frafa zurückgeschlagen, doch sie musste sich durch ein Schiff voller Soldaten nach draußen kämpfen, und das würde nicht so einfach werden wie in der Polizeistation in der Provinz.

Sie steckte den Kopf durch die Türöffnung, hielt sich vorsichtig fern von den heißen Stellen und von den Metallpfützen, die sich durch den Bodenbelag bis auf die Panzerung darunter durchgebrannt hatten. Sie blickte mit den Augen und sah neben den Bewaffneten auch zwei Techniker bei einem großen Kasten liegen. Sie tastete sich mit ihren Sinnen weiter den Gang entlang.

Der Weg bis zur nächsten Biegung schien frei zu sein, aber ihr Blick fiel auf eine Sichtlinse. Sie wusste, dass man jeden ihrer Schritte verfolgte, dass ihre Feinde schon die nächsten Fallen planten ...

Ein Knistern hinter ihr ließ sie aufschrecken. Sie hörte einen Laut wie eine abgehackte Stimme, halb übertönt von Descidars Wimmern.

Die beiden Soldaten, die sie in Schlaf versetzt hatte!

Frafa fuhr herum. Die Körper in den gepanzerten Kampfanzügen lagen da, wo sie hingesunken waren. Aber über der freien Fläche in der Mitte der Behelfsbrücke bewegte sich etwas. Eine grüne Gestalt, durchschimmernd wie ein Geist. Die verschwommenen Umrisse zogen sich zusammen, wurden schärfer. Schrumpften auf die Größe eines Wichtels ...

»Biste!«, rief Frafa.

Das Abbild wandte den Kopf in ihre Richtung, doch es sah aus leeren Augen an ihr vorbei.

»Frafa«, meldete sich eine blecherne Stimme aus einem Lautsprecher. Mit jedem Wort klang sie natürlicher, bekam Ton und Leben. »Ich sehe die Menschen auf dem Flur liegen. Kannst du mir mal deinen Schlafzauber leihen? Mir scheint, ich hab so was nicht hier im Nodus gespeichert.«

Das Schiff lag am Waldrand, leicht zur Seite geneigt, und drückte die Bäume nieder. Manche Kronen ragten über die Reling hinaus, die runde Hülle aufgerissen und das Geäst wie ein Dickicht auf dem Deck ausgebreitet. Weitere Pilzbäume lagen zerquetscht und zerschmettert unter dem Rumpf. Ein schwaches Flimmern umspielte die fremdartigen Pflanzen, wo der magische Schutzschirm sie durchdrang.

Frafa saß mit Barsemias auf dem Steg, der außen um die Brücke herumführte. Hier hatten sie ein wenig Ruhe. Der Steg war schmal, aber an der Seite des Aufbaus musste niemand vorbei, und sie waren niemandem im Weg. Frafa blickte von dort aus auf die Ruinenstadt. Eine lange aufgewühlte Furche durchschnitt die geometrischen Strukturen und markierte den Weg, auf dem die *Lichtbringer* in den Wald geschleift worden war. Frafa war froh, dass unter dem Rumpf nicht mehr die unterirdischen Kammern und Gänge lagen, sondern sicherer Boden war – was auch immer das auf dieser Welt bedeuten mochte.

»Wir sollten die Pflanzen abschneiden, die in den Schirm hineinragen«, stellte sie fest. »Das sind Schwachstellen. Alles könnte dort an Bord kriechen!«

»Hm, ja«, sagte Barsemias. »Das wird getan werden müssen. Bäume fällen ist keine populäre Tätigkeit bei meinem Volk. Auch nicht bei Bäumen, die so fremd sind wie diese hier.«

»Sie sind *verdorben*«, stichelte Frafa. »Gewachsen auf *verseuchtem Boden.* Ist es nicht das, was ihr daheim über Bitan und Falinga immer erzählt? Und wo wäre die Vegetation stärker von Leuchmadans Blut beeinflusst als hier?«

Barsemias verzog das Gesicht. »Meine Leute werden es dennoch aufschieben, solange genug anderes zu tun bleibt. Und solange es keinen zwingenden Grund gibt. Wer weiß, vielleicht ist das auch klüger so? Wir müssen diese Welt nicht noch mehr reizen.«

Hinter den Baumwipfeln ging schon wieder die Sonne unter. Trotzdem herrschte größte Betriebsamkeit auf dem Schiff. Die Elfen hatten es geentert, und es gab viel zu tun. Einige Techniker in der Uniform der Union liefen auf dem langen Vordeck herum, bewacht von Hunderten von Elfen. Allein diese Überzahl machte es unmöglich, dass der Feind das Schiff wieder zurückerobern konnte. Aber die Menschen wollten ebenso nach Hause zurück wie ihre Gegner, und darum halfen sie nach Kräften und taten alles, um die Schäden am Antennenwald auszubessern.

Wenn Barsemias und Frafa aufstanden, konnten sie durch die großen umlaufenden Fenster auf die Brücke schauen. Aber das mussten sie nicht: Die Scheiben waren zerbrochen, und sie konnten Ledesiel *hören.* Gemeinsam mit Solis und einigen anderen Ältesten hatte sie im Befehlsstand des Kriegsschiffes Posten bezogen. Als der Abend voranschritt, wurde es ruhiger.

Aber die Arbeiten gingen weiter. Scheinwerfer wurden an Deck gebracht, und noch immer kamen weitere Elfen aus dem Wald und suchten die Sicherheit der magischen Schilde.

»Wenn diese Bäume anfangen, Gift hinter unsere Barriere zu pumpen«, sagte Frafa, »dann zählt das für euch hoffentlich als zwingender Grund!«

Barsemias lachte leise. »Sei nicht immer so düster wie eine Nachtalbe, Frafa. Wir haben gesiegt, und eigentlich sollten wir feiern und nicht arbeiten!«

Frafa legte Barsemias eine Hand auf die Schulter, und der schaute sie an und berührte mit den Fingern ihre Wange.

»Du hast dein Gesicht wieder«, sagte er.

Frafa nickte.

»Du hast seltsam ausgesehen vorher. Aber bei einem flüchtigen Blick konnte man dich wirklich für eine Elfe halten. Ist es nicht seltsam? Diese kleine Veränderung hat mir gezeigt, dass auch Nachtalben schön sein können.«

»Wenn sie blond sind und helle Haut haben?«

»Nein.« Barsemias schüttelte den Kopf. »Es hat eher meinen Blick verändert auf die Alben allgemein!«

Er legte den Arm um sie und zog sie an sich. Frafa lehnte ihren Kopf gegen seinen.

»Hätten wir das geglaubt«, sagte sie, »bei unserer ersten Begegnung im Tal der Blumen, dass wir irgendwann so beieinandersitzen?«

»Es war ein langer Weg«, erwiderte Barsemias. »Und ich weiß noch immer nicht, wohin er führt.«

»Ich habe vieles erkannt in den letzten Tagen«, sagte Frafa. »Vor allem, dass man leben sollte und nicht nur Zeit verbringen. So vieles von meiner Vergangenheit ist tot. Es ist an der Zeit, neu anzufangen. Ganz neu! Glaubst du, dass ein Elf und eine Nachtalbe einander lieben können?«

»Lieben?«, fragte Barsemias.

Frafa schaute ihn erwartungsvoll an. Ein Lächeln lag auf seinen Lippen, aber sein Gesichtsausdruck war nicht zu deuten.

»Ich dachte«, fuhr er fort, »Nachtalben kennen nur Leidenschaft. Die Partner erweisen ihren Wert in Streit und Wettkampf und in allerhand Nachstellungen, und wenn sie zusammenfinden, ist die Beziehung meist kurz, doch sie ist immer voller Feuer und lebt vom Kitzel der Gefahr.«

Sein Tonfall klang scherzhaft, doch Frafa fühlte die Zweifel hinter den Worten. Sie seufzte. Sie schaute an Barsemias vorbei, und ihr Blick verlor sich in der Leere. »Ja«, sagte sie. »Als ich jung war, dachte ich das auch. Mein Kopf war voll mit diesen Geschichten.«

26

Thaumatek *– Sämtliche Geräte, deren Funktion auf* *Thaumakinetik *beruht und die vermittels dieser Technik angetrieben werden.*

*Thaumakinetik *zeichnet sich dadurch aus, dass die resultierenden Konstruktionen teuer und aufwändig in der Herstellung sind, im laufenden Betrieb aber nur Wartungs-, keine weiteren Energiekosten verursachen. Der genutzte Effekt ist thaumaturgischer Natur und speist sich unmittelbar aus den* *Äther*kräften. Das führt dazu, dass die* *Thaumakinetik *vor allem bei Anlagen mit langer Betriebsdauer und hohem Energiebedarf Anwendung findet, nicht zuletzt bei stationären Großanlagen.*

AUS: »TECHNIKLEXIKON«, VON ISKWELZA VON DAUGAZBURG

Ein Lautsprecher an der Ecke des Brückenaufbaus knackte. »Ihr wisst schon, dass ich eine Sichtlinse gleich über eurem Platz habe?«

Bistes Stimme klang eben anzüglich genug, dass Frafa zurückzuckte und Barsemias rot wurde. Frafa sah zu dem Lautsprecher hoch und lachte.

Der Wichtel materialisierte sich neben ihnen auf dem Steg. Biste hatte rasch gelernt, seine Gestalt überall auf dem Schiff erscheinen zu lassen ohne die Hilfe der Projektionsgeräte auf der Behelfsbrücke. Der Nodus verfügte über Illusionszauber, die im Kampf eine wertvolle Ablenkung darstellten, und nun war der Nodus das erweiterte Gedächtnis und das Unterbewusstsein ihres ehemaligen Gefährten.

Mitunter fragte sich Frafa, wie viel von dem ursprünglichen Biste geblieben war. Wenn der Wichtel einen Teil seiner früheren Persönlichkeit verloren hatte, so schien er jedenfalls nichts davon zu bemerken. Und solange er seine früheren Verbündeten weiterhin unterstützte, konnte es ihnen gleichgültig sein.

»Wie geht es dir, Biste?« Sie schaute das Trugbild an, als wäre es tatsächlich die Person, mit der sie sprach. Barsemias rutschte unruhig auf dem Steg herum, erhob sich dann und blickte über das Geländer hinweg in den Wald, knapp an der Erscheinung vorbei.

»Großartig«, sagte der Wichtel. »Die Löcher, die Descidar geschlagen hat, nehmen mir etwas von meiner Kapazität. Aber der Nodus ist immer noch stärker als vor seiner Aufrüstung. Und da war er immerhin schon stark genug, um allen Elfen mal ordentlich den Hintern … äh.«

Er brach ab. Sein Abbild schaute Barsemias an und strich sich verlegen durch das zerzauste Haar.

»Das höre ich gerne«, sagte Frafa. »Vor allem, weil ich heute Nacht etwas probieren möchte mit dir zusammen.«

»Ho!« Biste grinste Frafa an. »Gerade klang das für mich noch so, als wolltest du das mit dem Elfen dort probieren!«

Barsemias Kopf fuhr herum, und er warf der Illusion des Wichtels einen gequälten Blick zu. »Bist du sicher, Frafa, dass du nicht aus Versehen einen Gnom in dieses Schiffsgehirn eingespeist hast?«, fragte er.

»Bleiben wir ernsthaft«, sagte Frafa. »Wir haben immer noch nicht die Aufgabe erfüllt, wegen der wir eigentlich hergekommen sind.«

»Aufgabe?«, fragte Barsemias. »Du meinst Leuchmadans Ursprung? Was willst du da unternehmen? Das ein oder andere haben wir doch erfahren, und ich bin froh, wenn wir jetzt heil wieder fortkommen.«

»Ich habe einiges herausgefunden«, sagte Frafa, an beide Begleiter zugleich gewandt. Sie erhob sich ebenfalls und sah, dass Barsemias' Schwester innen im Brückenraum ganz nah an der zerbrochenen Scheibe stand. »Als ich allein im Wald war und die Drogen aus den Bäumen mich in Trance versetzt haben – ich glaube, ich habe damals einen Blick in die Geschichte dieser Welt werfen können.«

»Oder Ihr wart einfach nur berauscht«, warf Ledesiel ein. Die Fenster waren so gesplittert, dass man ohne Mühe hindurchsprechen konnte. »Ich glaube nicht, dass ein Drogenrausch zu höheren Einsichten führt.«

»Ich bin nicht ganz ohne Erfahrung in diesen Dingen …«, setzte Frafa an.

Ledesiel verzog das Gesicht. »Daran zweifele ich nicht. Man hört so allerhand von den Nachtalben in Daugazburg.«

Frafa trat gegen das Geländer. »Wenn es Euch nicht gefällt, wie ich die Dinge sehe, dann kümmert Euch eben um Eure eigenen Angelegenheiten. Aber ich versuche weiterhin, ein Mittel gegen das Blut der Erde zu finden, das *Eure* Wälder vergiftet.«

»Ihr wollt den Nodus des Schiffes dazu gebrauchen«, sagte Ledesiel. »Natürlich muss ich darauf achten, dass dieses kostbare Werkzeug nicht für Hirngespinste aufs Spiel gesetzt wird.«

Biste räusperte sich aus dem Lautsprecher. »Dieses *kostbare Werkzeug* bin ich«, sagte er empört. »Der Nodus ist kein *Ding* mehr, das man von der Brücke aus fernsteuert. Zu Eurem Glück, Frau Elfe, möchte ich vorbringen. Lasst mich also meine eigenen Entscheidungen treffen.«

Ledesiel blickte säuerlich drein. Sie verzog die Lippen, als wollte sie etwas sagen, stützte sich dann aber nur auf eine Konsole und wartete ab.

»Biste«, sagte Frafa. »Du warst ein Nexusschnüffler, und ich glaube, hier auf dieser Welt gibt es auch einen Nexus. Wenn du dort hineinkommst, dürften wir darin alle Informationen finden, die es über Leuchmadans Ursprung gibt.«

»Der Nexus?«, fragte Biste. »Tut mir leid, das hab ich schon probiert. Immerhin ist der Nexus eine Struktur im Äther. Es gibt keinen Beweis, dass er an unsere Welt gebunden ist. Ich meine, es gab keinen Beweis. Aber jetzt sind wir hier, und meine Nexusportale kriegen keinen Zugang.«

»Du hast versucht, dich mit *unserem* Nexus zu verbinden. Aber was, wenn diese Welt ihren *eigenen* Nexus hat? Einen Nexus, bei dem deine Portale nicht funktionieren?«

»Wie kommst du denn darauf?«, fragte Biste.

»Ich glaube«, erwiderte Frafa, »dass der Nexus an das Blut der Erde gebunden ist. Dass die Magie des Blutes den Nexus überhaupt erst entstehen lässt, indem sie dem Äther eine Struktur aufprägt. Ich habe die Ähnlichkeiten gefühlt bei Leuchmadans Hort und hier im Wald. Und denkt daran, wie Doktor Descidar den Nodus beschrieben hat: ein kleiner Nexus! So etwas entsteht, wenn das Blut der Erde auf Leben trifft. Und wenn das so ist, dann muss es auch hier einen Nexus geben. Denn Leuchmadans Blut fließt unter dieser Welt in so großen Mengen, dass alle Vorkommen bei uns zu Hause dagegen wirken wie eine Laborprobe.«

Alle schauten Frafa an. Barsemias, das Abbild von Biste und auch Ledesiel durch die zersplitterte Scheibe.

»Hm«, sagte Biste durch den Lautsprecher. »Aber wenn es hier so etwas gibt, wie komme ich dann hinein? Keiner von meinen Zugängen funktioniert!«

»Du musst dich neu darauf einstimmen«, erklärte Frafa. »Du musst den Nexus neu entdecken, wie die Zauberer in alten Tagen auf unserer Welt.«

»Gut«, sagte Biste. »Nehmen wir an, ich kann die Verbindung herstellen. Was dann? Wir haben einmal darüber gesprochen, wie es ist, im Nexus zu schnüffeln. Die Verbindung allein reicht nicht, man muss auch die Informationen finden können, die man sucht.«

»Nun.« Frafa sah sich unsicher um. »Wir alle haben beobachtet, wie sich diese ganze Welt gegen uns zu wenden scheint. Wie könnte man eine Welt lenken, wenn nicht durch den Nexus? Ich glaube, unsere verborgenen Feinde nutzen den Nexus, so wie wir es zu Hause tun – nur sehr viel umfassender. Sie werden es bemerken, wenn wir eine Verbindung aufbauen. Sie werden darauf reagieren. Und wenn es so weit ist, Biste, dann will ich das Portal nutzen, das du neu in den Nexus bringst, und mit deiner Hilfe und mit deiner Übersetzung mit den Bewohnern dieser Welt reden.«

»Ausgeschlossen!«, rief Ledesiel. »Wer weiß, was passiert,

wenn der Wichtel im Nexus diesen feindseligen Kreaturen begegnet. Unser Leben und das unseres ganzen Volkes hängt an diesem Schiff – und an seinem Nodus.«

»Womöglich kämpfen sie nur gegen uns, weil wir in ihre Welt eingedrungen sind? Wenn sie wissen, dass wir nicht bleiben wollen und selbst Hilfe brauchen, können wir vielleicht sogar einen Frieden aushandeln und uns mit ihnen verständigen.« Frafas Stimme hatte einen leicht boshaften Ton, als sie, an Ledesiel gewandt, hinzufügte: »Sollte nicht gerade eine Elfe eine solche Lösung ins Auge fassen, anstatt auf den Feindseligkeiten zu beharren?«

Frafa begann ihre Reise auf der Behelfsbrücke. Sie lag auf der Projektionsfläche in der Mitte des Raumes, und Barsemias und die mächtigsten Elfenzauberer waren bei ihr. Sie wusste, dass die Elfen ebenso sehr zur Überwachung des kostbaren Nodus dabei waren wie zu ihrer Unterstützung.

Die Luft in der Kammer war immer noch muffig und abgestanden. Bitterer Brandgeruch haftete an den Konsolen. Obwohl das Schiff und der Nodus wieder funktionierten, kam die Lüftung nicht dagegen an. Gelbe Lichtzellen schimmerten unter der Decke, und durch die aufgebrochene Panzertür, die sich nicht schließen ließ, drang manchmal das hallende Geräusch von Schritten.

Frafa bemerkte, dass ihre Begleiter im vorderen Teil des Raumes blieben und sich fernhielten vom rückwärtigen Durchgang, hinter dem der thaumageldurchtränkte Nodus lag. Nur Wisbur stand zwischen ihr und der Schleuse. Der Gnom wollte unbedingt dabei sein, auch wenn er ohne magische Fähigkeiten wenig mitbekäme. Frafa war dennoch dankbar. Unter all den Elfen war ein Gnom beinahe ein Stück Heimat.

»Fertig«, meldete Biste. »Verbindung steht. Äh, wie wählst du dich ein?«

»Ich komme zu dir«, sagte Frafa.

Sie brauchte keine Geräte, um in den Nexus zu tauchen. Sie

brauchte Biste und sein Portal nur, damit er den Nexus dieser Welt für sie übersetzte. Sie erreichte Biste einfach, indem sie ihre Aura ausdehnte und sie mit dem Nodus vereinte.

Einen Augenblick lang wurde sie vom Metall der gepanzerten Kammer gestört, dann erfasste der Nodus ihre Essenz und unterstützte sie. Er riss ihr förmlich den Geist aus dem Leib. Der schwach erleuchtete Kontrollraum verschwand, und Frafa schwebte in vollkommener Schwärze.

Sie trieb dahin, ohne Ziel und ohne Halt, und fast geriet sie in Panik.

»Biste?«, rief ihr Geist in die Dunkelheit.

»Ich bin hier«, hörte sie schwach seine Stimme, nicht irgendwo an diesem Ort, sondern wie aus ihrem Hinterkopf. »Ich habe alle Mühe, die Umgebung für dich sichtbar zu machen.«

Frafa fand ihren Sarkasmus wieder. »Na, so kompliziert sieht die Umgebung doch gar nicht aus.«

»Was verstehst du schon von vollkommen leerer *Ordnung*?«, gab Biste zurück.

Dann verstummte der Wichtel.

Etwas veränderte sich.

Die Finsternis um sie her flackerte. Erst schien es ein Licht zu sein, das aufblitzte, dann ein Umriss. Und plötzlich hatte sie Boden unter den Füßen. Sie erkannte Leuchmadans Welt, die Pflanzen und einige Tiere, aber es war nicht der Urwald draußen vor dem Schiff. Frafa stand auf einer freien Fläche, und die Bäume wuchsen nur vereinzelt. Es gab Gebäude um sie her, niedrige, kuppelförmige Bauten und einen glatten Weg unter ihren Füßen. In der Ferne sah sie eine zyklopische Stadt aus schwarzen Würfeln, in denen unzählige Fenster zu Lichtbändern verschmolzen.

Frafa bückte sich und betastete den Boden. Es war kein Stein, und es war auch kein Beton. Er war eben, bot aber Haftung, wirkte leicht porös und lebendig! Als Frafa sich wieder aufrichtete, sah sie die Echsenaffen vor ihren Behausungen. Es war genau wie in ihren Visionen: Dieselben Geschöpfe wie in der

Ruinenstadt, doch sie waren bekleidet und zeigten nicht die beunruhigenden Variationen.

Frafa ging auf eines der Wesen zu und hob grüßend die Hand. Die Kreatur regte sich nicht. Erst jetzt fiel ihr auf, wie still die Szenerie war, wie eingefroren. Es war nur ein Bild, keine wirkliche Landschaft. Frafa ging um einen reglosen Echsenaffen herum, und von der Seite sah er so flach aus wie ein Blatt Papier. Erst mit einer gewissen Verzögerung verschob sich das Bild, und sie erblickte dieselbe Landschaft aus dem neuen Blickwinkel. Frafa trat auf die Straße zurück.

»Ist hier jemand?«, fragte sie.

Wie zur Antwort setzte Wind ein. Die Bäume schüttelten sich. Kleine Tiere flogen am Himmel oder sprangen über die wiesenartige Pflanzendecke. Nur die Gestalten vor den Häusern blieben reglos wie Statuen.

Frafa wanderte auf die Stadt zu. Sie erahnte eine Bewegung an ihrer Seite und wandte den Kopf. Hatte eines der Geschöpfe geblinzelt? Sie überlegte kurz, dann trat sie auf das Wesen zu und musterte es. Die großen Augen über dem Echsenmaul starrten zurück und hatten gar keine Lider, aber es lag ein Glanz darin, den Frafa vorher nicht wahrgenommen hatte.

Wenn dies hier ein Nexus ist, überlegte Frafa, *müsste ich ihn verändern können.*

Sie versuchte, ein Bild ihrer Reise zu visualisieren. Es war ein klägliches Unterfangen. Bruchstücke ihrer Vorstellung schnitten in die perfekte Landschaft hinein und zerhackten sie. Ein Elfenwald stand plötzlich über der großen Würfelstadt und fraß an den Dächern.

Frafa konzentrierte sich. Die Formen, die sie schuf, wurden klarer für sie. *Es ist sicher eine Erleichterung, wenn man weiß, was es darstellen soll.* Der Gedanke ernüchterte sie, aber sie hoffte darauf, dass ihr Zuschauer trotzdem etwas von dem verstand, was sie zeigen wollte. Wenn es überhaupt einen Zuschauer gab.

Sie setzte neu an.

Es war beinahe unmöglich, in diesem Nexus etwas neu zu erschaffen. Also fasste sie die Landschaft und veränderte sie. Sie ließ die pilzartigen Bäume wachsen und sich vermehren. Die Bäume wuchsen aus den Häusern, sie überwucherten die riesige Stadt. Es fühlte sich an, als würde etwas ihr die Kontrolle entreißen, als geriete das ganze Bild ohne ihr Zutun in Bewegung. Der Urwald wuchs tatsächlich. Er verschlang all die Siedlungen und die starren Echsenaffen, und im nächsten Moment sah Frafa Leuchmadans Welt vor sich, wie sie sie kannte, eine wilde Welt voll von Tieren und Pflanzen, und der Elfenwald schwebte hoch am Himmel darüber.

Frafa schob ihn fort, und sich selbst mit ihm. Sie ließ Leuchmadans Welt kleiner werden, bis sie nur noch ein Farbklecks war vor der Schwärze des Abgrunds. Der Elfenwald war immer noch groß und ganz nah, und Frafa schuf daneben ein anderes Bild, ihre eigene Welt. Sie zeigte die Wälder ihrer Heimat, sie versuchte, *Thaumagel* darzustellen. Doch wie sollte sie eine Substanz, die sie selbst nicht verstand, in dieser Matrix deutlich machen?

Frafa konzentrierte sich auf die Veränderungen, die das Thaumagel bewirkte. Sie zeigte Pflanzen und Tiere, die sich verformten und verfärbten, sie führte vor, wie das Land von Bitan sich wandelte unter dem Vordringen des Blutes der Erde. Sie bildete die Pflanzen ab, in allen Details, bis hinein in die Zellen, denn damit kannte sie sich aus. Immer sicherer wurde sie im Umgang mit dem Nexus, doch sie wusste nicht, ob jemand ihr zusah oder ob sie nur ein müßiges Spiel betrieb.

Sie erinnerte sich an den Stein in der Leere, an das Bruchstück Leuchmadans, und sie zeigte auch das. Sie zeichnete das Schicksal der Elfen nach, wie man es ihr erzählt hatte. Und dann fügte sie alle Bilder zusammen, ließ eine kinegraphische Geschichte entstehen: wie der Stein auf ihre Welt prallte, auf eine gesunde Welt mit Wäldern und mit grünem Gras und bunten Blumen, und wie sich daraufhin alles verwandelte, wie das Grün einen Stich von Violett bekam, wie Blätter und Zweige sich verformten und fremde Stoffe in den Zyklus des Lebens Einzug hielten.

Und dann war sie fertig und hatte *ihre* Geschichte erzählt.

Als Frafa die Kontrolle über den Nexus aufgab, flog sie wie von selbst empor. Der Boden ihrer Heimat blieb unter ihr zurück, die Welt verschwand in der Schwärze, und es fühlte sich so wirklich an, dass ihr die Tränen kamen.

Ihr Blick verschleierte sich, dann kehrten Licht und Farben wieder, und Frafas Geist war an einem anderen Ort – in einem alchemistischen Labor! Es sah modern aus, so modern wie nur irgendwo in der Union. Aber sie war nicht an einem Ort, den sie kannte. Die Gelehrten in diesem Labor waren dieselben affenähnlichen Geschöpfe, die sie eben noch still vor ihren Behausungen gesehen hatte. Ihre Kleidung hatte sich verändert. Enge Gewänder lagen um ihren Leib, und sie bewegten sich zwischen Kolben und Kochern und Messgeräten, die Frafa vage an die vertraute Technologie einer Akademie erinnerten.

Sie spürte eine Berührung am Arm und zuckte zusammen. Sie hatte tatsächlich einen Arm! Wieder stand sie mit ihrem ganzen Leib inmitten der Szenerie, doch ohne dass sie selbst ihn geformt hätte. Der Echsenaffe neben ihr schien so wenig an diesen Ort zu gehören wie sie. Seine luftige Garderobe war dieselbe wie in Frafas erstem Nexusbild, und er mochte vielleicht dasselbe Geschöpf sein, das sie zu Beginn ihrer Reise hatte blinzeln sehen.

Er fasste sie am Arm und führte sie durch das Labor wie bei einer Besichtigung. Er sprach kein Wort, und die Gelehrten beachteten ihn so wenig wie Frafa. Untereinander redeten die Echsenaffen sehr wohl, in zischenden, abgehackten Sätzen. Frafa roch die chemischen Stoffe, die hier brodelten, und was ihr so schwer gefallen war, in dieser Illusion gelang es perfekt: Das Blut der Erde gluckste träge in einzelnen Zylindern, und Frafa sah es nicht nur, sie roch es, sie fühlte seine Aura, seine magische Macht. Wie war das möglich in diesem künstlichen Abbild?

Es war so vollkommen, dass Frafa zauderte. Ob eine Berührung mit diesem *Blut* ihre Aura wohl ebenso mutieren ließe wie den Leib?

Ihr Führer wies auf einzelne Anlagen, führte sie durch Korridore aus Fels und Beton vorbei an Wänden, die gewachsen wirkten – ein Labor ohne Fenster und unglaublich verzweigt. Frafa verstand kaum, was hier vor sich ging, doch an manchen Stellen, wenn ihr Führer sie aufmerksam machte, erkannte sie Einzelheiten. Sie sah, wie einzelne Grundstoffe zusammenkamen, wie die fremden Gelehrten Strukturen manipulierten, wie sie erste Ansätze züchteten, vermehrten und veränderten.

Nein. Frafa korrigierte ihren ersten Eindruck. *Diese Forschungsstätte war nicht so modern wie die Einrichtungen in der Union – sie war weiter, unvergleichlich viel weiter entwickelt!*

Ihr Führer brachte sie über einen Aufzug hinauf, und plötzlich stand sie in einer durchsichtigen Kuppel. Über ihr wölbte sich kein Himmel, nur die Schwärze des Abyss. Sterne funkelten tief im Abgrund und zogen langsam vorüber. Schließlich erschien die rötliche Sonne von Leuchmadans Welt am nahen Horizont, und kurz darauf Leuchmadans Welt selbst tief unter ihnen.

Und dahinter folgte etwas anderes.

Ein Leuchten kam auf sie zu, erst matt und klein, dann größer und heller. Es raste heran, von Feuer umflort und in so blendendes Licht gehüllt, dass Frafa die Augen schließen musste. Sie schrie auf und fühlte sich fortgestoßen. Kälte berührte ihre Haut. Frafa riss die Augen wieder auf. Sie trieb allein in der Schwärze. Fern von ihr kreiste Leuchmadans Welt, die Sonne, die Sterne. Steine wirbelten um sie herum, glühten noch oder brannten. Ein Lichtpunkt verschwand in der Ferne. Etwas wie ein Berg trieb von ihr fort, rauchend und lodernd und von einer Narbe gezeichnet wie von einem Biss. Er drehte sich träge und entschwand in der Finsternis zwischen den Sternen.

Und Frafa begriff.

Frafa fuhr hoch, und Barsemias ergriff ihre Hand. Sie saß auf dem Boden der Behelfsbrücke, tief im gepanzerten Herzen der *Lichtbringer.* Alles kam ihr so unwirklich vor. Die Bilder im Nexus hatten eine Klarheit gehabt, die Empfindungen eine Schärfe, mit der verglichen die Wirklichkeit matt wirkte. Frafa hatte eine Reise durch Raum und Zeit hinter sich, die ihr länger vorkam als ihr bisheriges Leben.

»Wo bin ich?«, fragte sie, ehe ihr bewusst wurde, wie dumm diese Frage war.

»Hier«, sagte Barsemias. »Du bist wieder hier.«

»Was ist passiert?«

»Das wollten wir Euch gerade fragen.« Ledesiel erhob sich von einem Sitz und trat heran. Frafa sah Wisbur auf dem Boden liegen. Der Gnom schnarchte.

»Wie lange war ich fort?«

»Zwei Stunden«, antwortete Barsemias.

»Es kam mir länger vor.«

»Es war lange genug«, sagte Ledesiel. »Hat es sich gelohnt?«

»Ich habe herausgefunden, was wir wissen wollten«, verkündete Frafa. »Ich weiß jetzt, wer Leuchmadan ist.«

»Und wie man ihn bekämpft?« Ledesiel beäugte Frafa misstrauisch.

Sie erwartet noch immer, dass die Finstervölker für Leuchmadan kämpfen, dachte Frafa.

»Ihn zu bekämpfen ... ist schwierig«, sagte sie. »Aber es gibt eine andere Lösung für alles. Für meine Probleme mit Aldungan und Gulbert. Für Eure Probleme mit Gulbert und mit Leuchmadans Blut. Für unsere Heimat. Es heißt, Leuchmadan wäre der Gott der Finstervölker. Nun, ich habe mit *Leuchmadans* Göttern gesprochen, und sie wollen uns helfen.«

Die Elfen schauten Frafa fassungslos an. Wisbur war wach geworden bei all der Unruhe und rieb sich die Augen.

»Fangen wir von vorn an«, sagte Barsemias. »Wer *ist* Leuchmadan?«

»Leuchmadan *ist* das Blut der Erde«, erklärte Frafa. »Alles fängt mit den Echsenaffen an ... Mit diesen seltsamen Kreaturen, die in den Ruinen umherstreifen. Einst waren es Geschöpfe, den Elfen nicht unähnlich ...«

»Na danke«, murmelte Barsemias. »Bitte sag jetzt, dass sie sich seitdem sehr verändert haben.«

»Nein«, erwiderte Frafa. »Ich meine, sie *haben* sich verändert. Aber ich meinte gar nicht das Äußere. Ich wollte ausdrücken, dass sie etwas Ähnliches vollbracht haben wie ihr. Sie ließen ihre Technologie wachsen. Sie schufen künstliche Gehirne aus Pflanzen und Pilzmyzelien. Aber sie sind noch weiter gegangen, viel weiter ...«

Und Frafa erklärte ihren Begleitern, was sie im Nexus erlebt hatte, wie sie die Bilder deutete, die man ihr dort gezeigt hatte. Die Bewohner von Leuchmadans Welt hatten längst hinter sich gelassen, was Frafa aus ihrer Heimat kannte. Sie hatten Maschinen besessen wie die Bitaner, komplexe gezüchtete Organismen wie die Elfen. Große Städte und Konstrukte jenseits aller Vorstellungskraft. Doch damit waren sie nicht zufrieden gewesen. Wie Doktor Descidar hatten sie nach einem Konstrukt gesucht, das die Verbindung zwischen der stofflichen Welt und der ätherischen Ebene schuf, die Verbindung zwischen Technik und Magie. Doch anders als Descidar hatten sie das Blut der Erde nicht nur als Hilfsmittel verwendet. Sie hatten diese Substanz von den Grundbestandteilen aus überhaupt erst erschaffen, um ihr Ziel zu erreichen!

Die Echsenaffen hatten das Blut der Erde als einen lebendigen Organismus konstruiert, der Informationen aufnahm, sie in den Äther übertrug und dort speicherte. Sie wollten ihrer Welt damit ein Gehirn geben, das alles überwachte, das alles bewahrte und Wunder wirken konnte. Aber sie waren nicht leichtsinnig. Das Produkt ihrer Forschung durfte nicht frei werden, ehe es nicht vollkommen war. Die kleinste fehlerhafte Zelle hätte sich vermehren und sich ausbreiten können und ihre Welt verändert.

Also hatten die Echsenaffen ihr Labor außerhalb der Welt eingerichtet, in einem ausgehöhlten Stein, der in einer Umlaufbahn schwebte wie der Wald von Porfagilia bei seiner Ankunft auf dieser Welt.

»Doch dann«, erklärte Frafa, »ist etwas geschehen. Bevor sie fertig waren. Eine Katastrophe riss ihr Labor von der Welt fort und zerstörte es. Die Substanz, die sie darin züchteten, überlebte und ergriff Besitz von den Überresten. Das war der Meteor, der durch den Abgrund zwischen den Sternen zog und der schließlich auf unsere Welt stürzte. Und die Substanz darin lernten wir kennen als Leuchmadan oder als das Blut der Erde, nachdem sie in unseren Boden sickerte und sich darin ausbreitete.«

Ledesiel und die übrigen Elfen wirkten blass im Lampenlicht. Ledesiel nickte, immer wieder, eine nervöse Geste ohne Sinn. »Das wäre eine Erklärung«, sagte sie. »Wenn es stimmt. Aber was ist die Lösung? Wo liegt Leuchmadans Schwäche?«

»Ich habe davon gesprochen, dass wir Hilfe finden können«, erwiderte Frafa. »Die Bewohner dieser Welt haben nicht aufgehört zu forschen, nachdem ihr erstes Labor verloren ging. Sie haben ihre Arbeit vollendet. Was dabei herauskam, fließt unter dem Boden dieser Welt, und die früheren Bewohner sind damit verschmolzen und leben darin. Unsterblich und unberührt von allem Stofflichen an der Oberfläche.«

»Ich hoffe, das ist nicht die Lösung, die Ihr uns vorschlagen wollt«, stellte Ledesiel sarkastisch fest. »Mit Leuchmadan eins zu werden.«

Frafa senkte den Kopf. Ihre Wangen prickelten, und ein Gefühl der Beklemmung lief durch ihren Körper. »Nein«, sagte sie. »Leuchmadan passt nicht in unsere Welt. Aber die Echsenaffen haben ihn *erschaffen*, und sie haben ihn seither vervollkommnet. Sie haben sich bereit erklärt, genau auszurechnen, was für einen Schaden Leuchmadan auf unserer Welt anrichtet, und sie wollen uns mitgeben, was wir brauchen, um diesen Schaden zu beheben. Sie geben uns ... eine Art Gegenmittel.«

»Das klingt fast zu schön, um wahr zu sein«, knurrte Ledesiel. »Wie wollen diese fremden Kreaturen, die den unreinen Schänder unserer Welt hervorgebracht haben, nun beurteilen, was die reine Natur dort erfordert?«

Frafa fühlte, wie Zorn in ihr aufstieg. Wie konnte diese Elfe es wagen? Dieses arrogante Volk, dessen Wirken nichts weiter war als das Tapsen eines Kindes, verglichen mit dem, was die Bewohner dieses Ortes geschaffen hatten?

Barsemias drückte ihre Hand, und Frafa wurde ruhiger.

»Wie auch immer«, sagte sie. »Das ist das Angebot. Wir können es annehmen und sehen, ob auch die Elfen mit dem Ergebnis zufrieden sind. Oder wir kehren in unsere Welt zurück und überlassen sie dem Blut der Erde, so wie es ist.

Das ist die Wahl, die uns bleibt.«

Die Zeit verging. Frafa meditierte und sammelte neue Kräfte. Dann streifte sie durch das Schiff, stellte sich an die Reling und betrachtete den Wald. Sie suchte das Schiffslazarett auf. Segga und Waldron lagen dort und erholten sich von dem halbherzigen Versuch biologischer Kriegsführung, der sie zum Opfer gefallen waren. Frafa plauderte mit ihnen, und die Gnome schwärmten bereits von ihrer bevorstehenden Rückkehr in das Tal der Blumen und von den Heldentaten, für die sie sich dort feiern lassen wollten.

Ein neuer Morgen dämmerte heran. Frafa verbrachte eine Weile mit Barsemias, aber sie wollte ihn nicht verschrecken, indem sie zu aufdringlich war. *Ein seltsamer Gedanke für eine Nachtalbe!*

Aber sie hatte sich in diesen Elfen verliebt, und sie genoss das Gefühl.

Was Barsemias genau empfand, wusste sie nicht, und er schien sich selbst nicht sicher zu sein. Und musste er nicht befangen sein, hier auf diesem engen Boot, umgeben von allzu vielen seines Volkes, die eine solche Verbindung nicht billigten?

Frafa war dabei, als die Elfen Doktor Descidar verhörten. Sie legte nicht viel Wert darauf, aber Descidar sah eine verwandte Seele in ihr und sprach in ihrer Gegenwart freier über den Nodus und über das, was die Elfen wissen wollten. Als Frafa nach den Gesprächen wieder an Deck kam, waren die Masten ausgebessert, und die Ältesten hielten einen Flug für möglich. Dennoch warteten die Elfen ab, und das war ein gutes Zeichen.

Gerade als Frafa allein in den abgesperrten Bereichen der

Lichtbringer umherkletterte und die Schäden begutachtete, sprach Biste sie an. Seine Stimme war in ihrem Kopf.

»Ich wurde gerufen«, sagte er.

»Gerufen?«, fragte Frafa.

»Der Nexus dieser Welt hat seine Essenz ausgestreckt und mich berührt. Ich war froh, dass er nicht versucht hat, mich zu übernehmen, darum habe ich auch nicht genauer nachgehorcht. Aber ich denke, das ist das Signal, auf das du gewartet hast.«

Frafa erstarrte. Sie hielt sich an einer Strebe fest, schaute durch einen verwüsteten Raum auf den Riss im Rumpf, der notdürftig mit Draht gesichert war. Ihr Herz schlug schneller.

»Biste«, sagte sie, »kannst du Barsemias Bescheid geben? Ich will mich mit ihm in der Stadt der Fremden treffen, vor dem Schiff. Sorge dafür, dass die anderen Elfen nichts davon merken.«

»Kein Problem«, sagte die Stimme des Wichtels in ihrem Kopf, »glaube ich.«

»Und, Biste«, fügte sie hinzu, »gib auf dich acht!«

»Auf mich und auf alle Schurken, die das Äthernetz unsicher machen«, erwiderte Biste heiter. »Und mit Schurken meine ich Politiker, Verschwörer, korrupte Sicherheitsdienste und alle anderen, die uns wertvolles Wissen vorenthalten und die den Nexusschnüfflern das Leben schwermachen. Ich bin das Äthernetz-Patrouillenboot!«

»Eher das Piratenschiff.« Frafa lächelte. »Ich hätte geglaubt, das riesige Nodusgehirn, an dem du jetzt hängst, hätte dich klüger gemacht.«

»Ich bin, was ich bin«, sagte Biste. »Wie wir alle. Gib du auf dich acht, Frafa. Du hast mehr Feinde als ich, und du hast auch mehr vor. Vielleicht treffen wir uns daheim mal zum Fachsimpeln im Nexus, wir Rebellen.«

Elfen lagerten im Schatten des riesigen Flugkreuzers. Sie übersahen die Nachtalbe nach Kräften. Frafa setzte sich auf eine der lebenden Mauern am Rande der Ruinenstadt und wartete. Es dauerte nicht lange, bis Barsemias zu ihr trat. Er war allein.

»Frafa«, sagte er. »Biste meinte, du willst mit mir reden?«

»Nicht reden«, antwortete sie. »Ich will etwas tun. Etwas abholen. Die Bewohner von Leuchmadans Welt haben das ... hm ... Heilmittel fertig. Ich wollte es mit dir gemeinsam holen – ohne deine Leute. Eine gute Gelegenheit, aus dem Gedränge und aus den engen Gängen herauszukommen.«

Barsemias sah sich misstrauisch um. Er strich sich nervös über das Gewand und betrachtete Frafa, deren Gesicht fast verschmolz mit der Tarnuniform der Unionssoldaten, die sie trug. »Ist es sicher?«, fragte er. »Ich meine, wir haben keine Waffen, und da sind immer noch diese Ungeheuer im Wald ... möglicherweise. Hat diese Welt ihre Feindseligkeit wirklich eingestellt?«

Frafa hob die Brauen und spähte zum Waldrand. »Wer weiß?«, sagte sie. »Der Nexus hier ist so groß, und so viele Geister leben darin. Wir sind so unbedeutend, dass stets nur ein winziger Bruchteil der Kräfte dieser Welt gegen uns gerichtet war. Das war unser Glück. Andererseits kann es natürlich sein, dass Teile des Nexus noch gar nicht wissen, dass ein anderer Teil sich bereits mit uns geeinigt hat.«

Sie kniff die Augen zusammen. Ein Echsenaffe kam auf sie zu, ein Geschöpf mit einem einzigen großen Auge, mit vier dünnen Beinen und einem Arm, der aus der Brust herauswuchs. Unter dem Kinn des Wesens hing ein Bart aus beweglichen Gliedern, die aussahen wie Finger. Bei dem Anblick verzog Barsemias das Gesicht und wich zurück. Frafa trat auf die Kreatur zu und streckte die Hand aus.

»Aber das ist ein besonderer Ort«, sagte sie dabei zu Barsemias. »Einer der letzten Orte, an dem die Bewohner dieser Welt noch körperlichen Kontakt zur Oberfläche unterhalten. Im Wald wäre ich vorsichtig, aber hier wird uns niemand aus Versehen angreifen.«

»Es gibt eine Einschränkung in deiner Formulierung«, erwiderte Barsemias gespreizt, »die nicht wirklich zu meiner Beruhigung beiträgt.«

Dennoch nahm er Frafas andere Hand, als der Echsenaffe sie am Arm fasste und mit sich zog, tiefer in die Stadt hinein ... In einer viereckigen Senke, einem Platz zwischen niedrigen Gebäudeteilen, hatten sich ein halbes Dutzend der Geschöpfe versammelt. Sie bildeten einen Kreis und blickten den Neuankömmlingen entgegen. Ihr Führer brachte die beiden Fremden in die Mitte, wo der Boden weich war und übersät von glockenartig herabhängenden blauen Blüten.

Eines der Wesen grub in der Erde, und nach kurzer Zeit hatte es eine Art Topf freigelegt, ein rundes vasenartiges Gefäß, das ebenso schwarz und porös wirkte wie die Mauern und das etwa doppelt so groß war wie Frafas Kopf. Ein Deckel zeichnete sich deutlich vom Korpus ab, dennoch schienen beide Teile miteinander verschmolzen zu sein. Eine Art Netz umspannte das Gefäß, doch es war kaum zu unterscheiden, ob es nur netzartige Wülste im Material waren oder dicht anliegende dunkle Lianen.

Der Topf wurde unter den Echsenaffen von einem zum anderen weitergereicht, und der letzte Echsenaffe übergab ihn Frafa. Trotz dieser zielgerichteten Handlungen machten die Geschöpfe immer noch einen abwesenden Eindruck. Sie schauten in andere Richtungen, beschäftigten sich zwischendurch mit den umliegenden Pflanzen, bewegten sich langsam und apathisch.

»Es ist kaum zu glauben«, merkte Barsemias an, »dass diese Wesen intelligent sein sollen. Dass sie Leuchmadans Schöpfer sind!«

»Oh«, sagte Frafa. »Das sind sie nicht. Nicht diese ... Gestalten hier! Das sind nur Puppen, die die wahren Bewohner dieser Welt für sich wachsen lassen, um an der Oberfläche zu wandeln. Sie formen die Gestalten vage nach ihrem Abbild und passen sie dann speziellen Bedürfnissen an. Das wahre Volk dieser Welt hat längst jede körperliche Erscheinung aufgegeben. Vermutlich sind sie nicht einmal geistig wirklich hier anwesend. Ich nehme an, sie schicken gerade so viel von ihrer Präsenz empor, wie nötig ist, um die Puppen zu lenken.«

Barsemias erschauderte. »Mir gefällt das nicht. Komm, Frafa, nehmen wir den Behälter und kehren wir um. Ich möchte echtes Leben um mich haben.«

Aber Frafa hockte sich auf die Fersen und stellte das Gefäß zwischen ihren Knien ab.

»Was tust du da?«, fragte Barsemias.

Sie hielt ihm die Hand entgegen. »Wir müssen reden«, sagte sie.

Sorge zeigte sich auf seinem Gesicht. Er kniete vor ihr nieder und schaute sie an.

»Du hast uns nicht alles erzählt«, stellte er fest, und Frafa nickte.

Barsemias sah sich um. Der einarmige Führer kroch über den Boden, das Kinn in die Blüten gesteckt, die er mit den Bartfingern berührte. Die anderen Geschöpfe zerstreuten sich und schlichen träge über die Mauern davon.

»Wollen sie einen Preis für ihre Hilfe?«, fragte Barsemias.

Frafa schüttelte den Kopf. »Keinen Preis. Sie haben uns gebracht, was wir haben wollen – soweit sie es beschaffen konnten. Wir müssen dennoch etwas dazu tun. Deine Schwester hat es bereits angesprochen: Woher sollen diese Fremden wissen, was unserer Natur entspricht? Sie haben nur eine Grundsubstanz geliefert, doch es liegt an uns, diese Substanz zu lehren, wie Leuchmadan sich verändern muss, damit er unsere Welt nicht länger vergiftet.«

»Hm.« Barsemias warf einen argwöhnischen Blick auf das Gefäß zwischen Frafas Knien. »Wir müssen diesen Stoff noch prägen? Dann sollten wir Ledesiel holen ... Ich bin nicht der richtige Elf für solche Magie.«

»Dazu habe ich dich nicht hergebracht«, sagte Frafa. »Ich habe dich mitgenommen, um mich zu verabschieden. Und damit du dieses Gefäß auf das Schiff zurückbringst, wenn ich fertig bin.«

»Um dich zu verabschieden?« Barsemias sah sie ratlos an.

Frafa legte den Kopf schräg. Sie lachte kurz auf und tippte Barsemias an. »Komm«, sagte sie. »Das ist eine Sache, mit der du dich auskennen solltest. Was tut ihr Elfen, wenn ihr euren Wald prägen und freundlich gestalten wollt?«

Barsemias sah sie an, und die Erkenntnis zog wie ein Schatten in seine Augen. Das machte Frafa traurig, aber sie versuchte, selbst heiter zu wirken und sich nichts anmerken zu lassen. Sie wollte sich von Barsemias verabschieden, aber sie wollte einen guten Abschied. Keinen Abschied in Trauer.

»Die Ahnen!«, brachte der Elf hervor. »Wir schicken die Geister der Ahnen in das Wurzelnetz.«

Frafa nickte. »Unsere fremden Freunde hier haben alles vorbereitet. Ihre Medizin weiß sogar schon eine Menge über das Leben auf unserer Welt. Immerhin haben ihre Mücken Proben von Menschen und Elfen und Gnomen genommen, und alles, was sie daraus lernen konnten, ist der Flüssigkeit in diesem Topf bereits eingeprägt. Aber es fehlt ein Geist, eine Seele, die unserem Leuchmadan die Richtung weist. Und die werde ich hinzufügen.«

»Wie?«, brachte Barsemias erstickt hervor. Er umfasste Frafas Arme, als wolle er sie aufhalten.

»Genau so, wie eure Elfenahnen in den Wald eingehen, nehme ich an. Ich gebe meinen Leib auf. Die Substanz in dem Gefäß wird dann meine Aura aufnehmen. Und sobald sich der Inhalt auf unserer Welt mit dem Blut der Erde vermischt, wird mein Geist darin wohnen und der Veränderung eine Richtung geben.«

»Nein«, sagte Barsemias. »Das ist zu viel. Das ist nicht nötig!«

»Nicht?«, fragte Frafa. »Wenn es einen anderen Weg gibt, dann habt ihr Elfen ihn bisher jedenfalls nicht gefunden, scheint mir.«

»Unsere Ahnen opfern sich erst in höchster Not, wenn unseren Wäldern nichts mehr bleibt als die Flucht. Aber wir haben noch andere Möglichkeiten. Wir können Descidars Geständnis als Waffe verwenden. Allein in diesem Schiff stecken Dutzende tote Kinder! Wenn man erst einmal nachforscht, wie sie diese Kinder in ihr Heim gebracht haben, findet man bestimmt noch mehr schmutzige Geschichten. Wir machen das öffentlich, und egal, wie glatt Gulbert ist – dieser Skandal perlt nicht an ihm ab! Er ist erledigt, und das Nodus-Projekt noch dazu.«

Barsemias hatte sich in Eifer geredet. Frafa sah ihn an und spitzte die Lippen. »Pssst«, sagte sie. »Wir sind noch nicht wieder zu Hause. Und was könnt ihr beweisen? Ihr könnt mit diesem geraubten Flugschiff kaum vor einem Unionsgericht einlaufen. Und das Blut der Erde ließe sich damit schon gar nicht aufhalten. Es wird weiter vordringen, selbst wenn Gulbert fort ist, und es wird die Elfenwälder verschlingen.

Nein, Barsemias, ein bloßer politischer Skandal rettet uns nicht. Am Ende werdet ihr das Heilmittel brauchen, das wir von dieser Welt mitbringen.«

»Ich«, setzte Barsemias an, »ich werde mich mit dem Zeug vereinen! Warum solltest du dich opfern?«

Frafa lachte auf. »Bei den Elfen binden sich die Ahnen in das Netz des Waldes, nicht die Jünglinge. Wie alt bist du, Barsemias? Ich habe beinahe ein Jahrtausend vollendet. Ich fühle mich zwar nicht so alt, denn ich habe viele Jahre durcheilt, ohne mich von ihnen berühren zu lassen. Dennoch *haben* sie mich berührt. Immer wieder merke ich es, und wer weiß? Vielleicht bin ich in meinem Herzen so müde, wie mein Bruder es war.«

»Nein«, rief Barsemias. »Du wolltest neu anfangen. Du hast es gesagt!«

»Und das tue ich auch, in gewisser Weise«, erwiderte Frafa. »Ich sterbe ja nicht, jedenfalls nicht vollständig. Es ist ein Übergang, wie der Wichtel im Schiff ihn schon vollzogen hat. Und dein Großvater in eurem Heimatwald. Oder glaubst du etwa, dass eine Nachtalbe nicht den richtigen Geist mitbringt, um unsere Welt zu heilen? Traust du mir nicht?«

»Doch.« Barsemias schaute sich kurz um, aber hinter den Wänden rings um die Senke sah er nichts von seinem Volk. »Aber die anderen könnten dagegen sein. Wenn ich ihnen erzähle, was geschehen ist, haben sie möglicherweise Zweifel. Sie könnten sich weigern, eine so fragwürdige Substanz, von der Seele einer Nachtalbe geprägt, in unsere Welt zu entlassen.«

»Darum habe ich dich mitgenommen«, sagte Frafa. »Niemand sonst weiß, was wir hier reden. Du kennst dein Volk, und ich vertraue dir. Du wirst die richtigen Worte finden.«

Sie beugte sich zu ihm hin. Nahm seinen Kopf in beide Hände und zog sein Gesicht zu sich. Dann umarmten sie einander, küssten sich, spürten den Atem des anderen.

»Du wirst dich darum kümmern«, flüsterte Frafa. »Dir vertraue ich dieses Heilmittel an.«

»Ich weiß nicht, wo und wie«, flüsterte Barsemias zurück.

»In Leuchmadans Hort im Zentrum von Falinga gibt es einen Ort, wo das Blut der Erde offen sprudelt. Wenn es dort zu gefährlich ist und du die Quelle des Blutes nicht aufsuchen kannst, dann versuch es anderswo. An vielen Orten wird Thaumagel gefördert, und durch all diese Löcher kannst du es erreichen. Es liegt in deiner Hand, und wir haben Schwierigeres gemeistert.«

Sie richteten sich auf. »Als mein Großvater in den Wald ging«, sagte Barsemias, und seine Stimme klang wieder nüchtern, »da hieß es auch, er würde nicht sterben. Doch dann war er fort.«

Er hob die Schultern und schaute zum Himmel auf, und es gab nichts mehr zu sagen. Frafa fuhr mit den Fingern über den rauen Deckel des Topfes in ihrem Schoß. Der Gedanke, dass ihre Aura, ihre Seele bald hilflos darin gefangen sein sollte, bedrückte auch sie. Das Behältnis wirkte so zerbrechlich, und so vieles konnte geschehen.

Sie nahm einen Injektionszylinder aus der Uniformtasche.

»Ich war im Lazarett und habe ein Schlafmittel mitgenommen«, sagte sie. »Genug für eine Überdosis. Eigentlich sollte ich meditieren und meine Aura bewusst in diese Substanz lenken. Aber ich will schlafen. Einmal will ich noch schlafen und meine Toten wiedersehen und meinen Frieden mit ihnen machen. Ich habe es so lange aufgeschoben.«

Sie nahm den Topf, trat auf Barsemias zu und meinte: »Halte mich solange. Das Gefäß wird meine Aura binden, sobald sie sich vom Körper löst. Dann kannst du es zurückbringen und deine Geschichte erzählen. Welche auch immer das sein wird. Von da an ist es dein Weg.

Aber vorher halte mich und wache über meinen Schlaf.«

Barsemias nickte. »Wir hätten mehr tun können«, sagte er.

»Ich weiß«, antwortete Frafa.

Sie lehnte sich an ihn, legte sich auf den Rücken, den Kopf in seinen Schoß gebettet, und schaute zu ihm auf. Er sah zu ihr herab, und seine silberblonden Haare fielen wie ein Schleier um ihrer beider Gesichter. Frafa rückte das Gefäß neben sich zurecht, sodass sie es berührte. Dann setzte sie den Zylinder an ihren Hals und drückte, bis sie das Mittel in ihrem Blut spürte. Sie ordnete ihre Essenz und nutzte all ihre Magie, um die Heilzauber zu dämpfen, die sie in ihrer Aura verwoben hatte.

Dann ließ sie den Zylinder fallen, suchte Barsemias' Hand, und sie hielten einander fest.

»Der Name unseres Schiffes ...«, flüsterte sie. »Leuchmadan erhielt seinen Namen von den Finstervölkern, weil er ihnen das Licht der Sterne auf die Erde brachte. Liegt nicht eine Ironie darin, dass nun wiederum ein *Lichtbringer* jene Fracht auf unsere Welt bringt, die Leuchmadan erleuchten soll?«

Barsemias' Gesicht verschwamm, wurde zu einem verwischten roten Fleck und versank in Dunkelheit. Frafa hörte seine Stimme, beruhigend und sanft, und nahm sie mit in den Schlummer, als ihr die Augen zufielen.

Epilog

Ich bin Frafa.

Ich bin ein Schmetterling. Ich bin ein Grashalm. Ich bin ein Vogel am Himmel.

Ich ruhe im Blut der Erde, und seine Macht umgibt mich und lässt mich alles sein.

Barsemias ist zurückgekehrt auf den Boden der Welt, und er hat die Gabe von Leuchmadans Volk heimgebracht. Ich weiß das, denn sonst wäre ich nicht hier.

Ich möchte ihn gern wiedersehen. Ich will mit ihm reden, und ich will erfahren, wie er das Werk vollbracht hat. Doch noch fällt es mir schwer, so gezielt in die Welt zu treten. Die Zeit verläuft anders, wenn man an den Puls gebunden ist, der das Blut der Erde erfüllt.

Dort bin ich nun.

Und es gibt so viel für mich zu tun.

Die korrigierende Essenz, die uns die Bewohner von Leuchmadans Welt mit auf den Weg gaben, sie breitet sich aus. Sie befällt alle Zellen im Thaumagel und verändert sie wie ein Virus, sie macht es zu dem, was es sein soll. Und was es sein soll, das bestimme ich.

Aldungan und Gulbert mögen sich mit dem Blut der Erde verbunden haben, doch das ist nicht schlimm. Denn jetzt bin *ich* das Blut, und bald wird das Blut der Erde die beiden verändern, wie es sie schon einmal verändert hat. Sie werden dem Leben dienen, wie es dem neuen Blut der Erde und all seinen Kreaturen bestimmt ist. Und eines Tages werden auch Aldungan und Gulbert hierher zurückkehren und eins werden mit dem Blut, genau wie ich.

Denn das Blut der Erde tut noch etwas anderes, was Leuchmadans Volk nicht voraussah, obwohl es diesen Stoff eben dafür geschaffen hat: Es sammelt Informationen. Es hat Auren und Seelen gesammelt und sie bewahrt, seit es auf unsere Welt kam! Weil es hier fremd war, konnte es sie nicht zum Leben erwecken, es hat sie nur gespeichert in einem Winkel des endlosen Nexus, die Persönlichkeit der Toten seit Jahrtausenden.

Und das ist meine eigentliche Aufgabe hier, die mich festhält, die mich beschäftigt: Ich sammle die Auren der Toten, ich hole sie zu mir und wecke sie auf, damit wir gemeinsam das Blut der Erde werden – genau wie das Volk auf Leuchmadans Welt darin wohnt und die Welt über sich gestaltet. Das ist die Bestimmung, für die diese Substanz geschaffen wurde, und ich kann mich ihr nicht entziehen.

Ich traf die Helden der Vergangenheit, die ich früher nur aus Geschichten kannte, und nun sind sie bei mir. Ich habe jene Leute gesucht, die mir begegnet sind und die ich verloren habe, und diese wiederum suchen nach den ihren. Es ist eine Kette, und wer weiß, wo sie endet.

Selbst Balgir habe ich wiedergefunden, meinen alten Vertrauten, und ich gab ihm seine Gestalt wieder, die er versteht, in einer Simulation im Nexus, wo jeder, der das Blut der Erde beherrscht, seine eigene Welt erschaffen kann. Ich habe Balgir in unseren alten Turm gesetzt, in Aldungans Turm, in das Zimmer meiner Kindheit, wo wir uns einst kennenlernten.

Und er hätte mich beinahe gebissen.

Wir sind beide keine Kinder mehr, und er war gekränkt über die Umgebung, die ich schuf. Ich bin froh, dass er bei mir ist und immer noch derselbe, der er war.

Vor anderen Begegnungen schrecke ich noch zurück. Die Ängste, die Sorgen, das Leid von tausend Jahren sind nicht an einem Tag vergessen. Auch nicht das schlechte Gewissen über die Fehler, die man begangen hat, so bedeutungslos sie auch anmuten mögen an diesem Ort.

Doch eines Tages, bald, werde ich den Mut finden, Bleidan zu suchen, ihn zu wecken und mit ihm zu reden. Und wir werden uns verstehen, und er wird mir vergeben, und wir werden zusammen sein.

Wir werden alle zusammen sein, die Einheit der Vielen – der alte Wahlspruch der Finstervölker, den selbst ein verzerrter Leuchmadan in die Welt getragen hat, ohne dass jemand den wahren Hintergrund ermessen konnte.

Im Blut der Erde sind wir alle eins, und jeder Streit, der uns auf dem Boden der Welt und in unseren kleinen, fleischlichen Leibern entzweit hat, ist vergessen. Wir verstehen einander, und weil jeder die Gedanken, den Schmerz und alle Gefühle des anderen empfindet wie seine eigenen, ist es leicht, einen Konsens zu bilden.

Was wir gemeinsam aus dieser Welt machen werden, wer weiß?

Wie die Welt der Fremden, wie die Wälder der Elfen hat auch diese Welt nun eine Seele bekommen und eigene Magie. Wir lenken sie im Einklang mit denen, die vor uns kamen, und mit denen, die noch zu uns stoßen.

So viele Möglichkeiten stehen uns offen, und wir können alles sein.

Ich kann mir eigene Welten im Nexus schaffen. Ich kann meine Aura emporschicken und Magie wirken oder meinen Geist in niedere Geschöpfe lenken. Sobald ich die Zeit finde, wenn ich mich ein wenig darauf einstimme, dann werde ich Auren und Leben formen können und auf den Boden der Welt zurückkehren, als was auch immer ich will – wenn ich es dann noch will. Genau wie die Bewohner von Leuchmadans Welt, die sich vor langer Zeit in ihren eigenen Nexus zurückgezogen haben und zu der Welt wurden, die über ihnen lebt.

Ich bin ein Vogel am Himmel. Ich bin ein Grashalm. Ich bin ein Schmetterling.

Ich bin Frafa.

Und alles ist gut.

Dramatis Personae

Die Politiker:

Aldungan	ein albischer Zauberer
Frafa	eine albische Zauberin
Gulbert	ein uralter Menschenzauberer

Die Gnome aus dem Tal der Blumen:

Bloma »Knochenklinge« Sockels	ein Hauptmann der Knochenmesser
Segga »Greifenklaue« Rinnster	ein Knochenmesser-Agent
Waldron »Reißzahn« Morner	ein Knochenmesser-Agent
Wisbur »Wisperwind« Unterbusch	ein Leutnant der Knochenmesser

Die Jäger:

Biste	ein Wichtel und Nexusschnüffler
Dr. Descidar	Mediziner und Spezialist für Thaumagel
Feitlaz	Nachtalb und Schiffszauberer
Rasca	eine menschliche Kopfgeldjägerin
Rudrogeit	Vampir und Capitan der Lufttruppen
Sneithan	Goblin und Sargente der Lufttruppen
Swankar	Nachtalbe und Coronel der Lufttruppen
Wedra	Mensch und Oberleutnant der Lufttruppen
ador	Mensch und Anführer der Kopfgeldjäger

Die Elfen von Porfagilia:

Antamas	Ältester und Großvater von Barsemias
Barsemias	ein junger Elfenzauberer
Becas	ein Zauberer der Spähtruppen
Ebicos	ein Mitglied des Ältestenrates
Fresi	eine Späherin
Ledesiel	eine Elfenzauberin und Barsemias' Schwester
Leiri	eine Späherin
Loricas	ein Späher
Pleras	ein Hauptmann der Elfenspäher
Solis	eine der Ältesten

Zivilisten:

Achtalon	ein albischer Gelehrter und Dekan
Ciriador	Gulberts Leibdiener
Litiz	eine Nachtalbe und Unternehmerin
Sona	eine Thekenhilfe in Altagrisa

»*Gnome sind haarige Trollklöten.*«

GOBLIN WERZAZ,
HAUPTMANN IN DAUGAZBURG

Alexander Lohmann
DER TAG DER MESSER
Roman
560 Seiten
ISBN 978-3-404-28532-7

Trolle, Nachtalben und Goblins, sie alle trampeln auf den Gnomen herum, den kleinsten Angehörigen der Finstervölker. Den Gnomen fehlt es an Macht und Stärke, doch durch ihre Magie können sie sich auf Spinnengröße verkleinern. Eines Tages lässt die Schwarze Fei den größten Helden der Gnome öffentlich hinrichten. Ein blutiger Aufruhr bricht los. Mit gezückten Messern stürzen die Gnome die Grauen Lande in eine brutale Revolution. Der Zeitpunkt könnte nicht schlechter sein. Denn die Völker des Lichts rücken vor … zur entscheidenden Schlacht gegen die Finstervölker.

Bastei Lübbe Taschenbuch

An Land gibt es viele Gefahren.
Doch die schlimmste kommt
aus den Tiefen des Meeres.

Uschi Zietsch
NAURAKA
Volk der Tiefe
Roman
496 Seiten
ISBN 978-3-404-28534-1

Sie atmen Wasser und wandeln auch an Land. Sie sind die Nauraka, und sie leben auf Waldsee.
Erenwin ist ein Prinz der Nauraka. Eines Tages findet er auf dem Meeresgrund eine schwarze Perle. Bald darauf hört er ein seltsames Flüstern in seinem Kopf. Dann, nach und nach, verändert er sich: Erst wird ein Finger schwarz. Dann der Arm, die Schulter und schließlich der ganze Körper.
Schon immer lauerten in den Fluten von Waldsee bedrohliche Ungeheuer. Und Erenwin könnte bald das grässlichste von ihnen sein ...

Bastei Lübbe Taschenbuch